KB186160

전쟁과 평화 4

세계문학전집 356

전쟁과 평화 4

Война и мир

레프 톨스토이

연진희 옮김

민음사

차례

1권 차례

등장인물[1]

베주호프가(家)

키릴 블라지미로비치 베주호프 백작

표트르 키릴로비치(혹은 키릴리치) 베주호프　키릴의 아들. 프랑스식 이름은 피에르, 애칭은 페챠, 페트루샤, 페트루시카, 페치카 등.

피에르의 사촌인 마몬토프가(家)의 세 자매　각각의 이름은 카체리나 (프랑스식 이름은 카티시), 올가, 소피야.

볼콘스키가

니콜라이 안드레예비치(혹은 안드레이치) 볼콘스키 공작

안드레이 니콜라예비치 볼콘스키 공작　니콜라이의 아들. 프랑스식 이름은 앙드레, 애칭은 안드루샤.

마리야 니콜라예브나 볼콘스카야 공작 영애　니콜라이의 딸. 프랑스식 이름은 마리, 애칭은 마샤, 마셴카.

---

1) 러시아 인명은 '이름, 부칭(아버지 이름+-예비치/-오비치), 성'으로 표기하는데 여성의 경우 부칭에 '-예브나/-오브나'를, 성에 '-아/-아야'를 붙인다. 여성이 결혼하면 부칭은 그대로 두되 아버지의 성 대신 남편의 성에 '-아/-아야'를 붙인다. 단, 아버지나 남편의 성이 자음으로 끝나면 '-아'를, 모음으로 끝나면 '-아야'를 붙인다. 부칭의 접미사를 결정하는 것은 아버지 이름의 마지막 음가다. '-이'로 끝나는 이름에는 '-예비치/-예브나'를, 자음으로 끝나는 이름에는 '-오비치/-오브나'를 붙인다. 단, '-야'로 끝나는 이름에는 '-치/-니치나'를 붙인다. 가까운 사이에는 '-예비치/-오비치' 대신 '-이치'를 붙이기도 한다. 가령 니콜라이 안드레예비치(혹은 안드레이치) 볼콘스키 공작의 아들은 안드레이 니콜라예비치(혹은 니콜라이치) 볼콘스키고, 딸의 이름은 마리야 니콜라예브나 볼콘스카야다.(니콜라이 일리이치 로스토프와 결혼한 후에는 성이 로스토바로 바뀐다.) 친한 사이에서는 대개 이름이나 애칭으로 부르고, 다소 격식을 갖추어야 하는 사이에서는 주로 이름+부칭으로 부른다.

엘리자베타 카를로브나 볼콘스카야 공작 부인 안드레이의 아내. 프랑스식 이름은 리즈, 애칭은 리자, 리자베타.

니콜라이 안드레예비치 볼콘스키 공작 안드레이와 리자의 아들. 프랑스식 이름은 니콜라, 애칭은 니콜루시카, 니콜렌카, 니콜린카, 니콜라시카, 니콜라샤, 코코, 콜랴.

로스토프가

일리야 안드레예비치 로스토프 백작 프랑스식 이름은 엘리.(러시아식 이름인 일리야와 프랑스식 이름인 엘리 모두 구약 성서에 나오는 예언자 엘리야를 가리킨다.) 애칭은 일리유시카, 일류시카.

나탈리야 로스토바 백작 부인(작품에는 부칭이 나오지 않음.) 일리야의 부인.

베라 일리니치나(혹은 일리니시나) 로스토바 백작 영애 일리야의 맏딸. 애칭은 베루시카, 베로치카.

니콜라이 일리이치 로스토프 백작 일리야의 맏아들.

나탈리야 일리니치나 로스토바 백작 영애 일리야의 작은딸. 프랑스식 이름은 나탈리, 애칭은 나타샤.

표트르 일리이치 로스토프 백작 일리야의 작은아들.

소피야 알렉산드로브나(작품에는 성이 나오지 않음.) 로스토프 백작 부부의 오촌 조카딸. 프랑스식 이름은 소피, 애칭은 소냐, 소뉴시카.

쿠라긴가

바실리 세르게예비치(혹은 세르게이치) 쿠라긴 공작

입폴리트 바실리예비치(혹은 바실리이치) 쿠라긴 공작 바실리의 큰아들.

아나톨 바실리예비치 쿠라긴 공작 바실리의 작은아들.

엘레나 바실리예브나 쿠라기나 공작 영애 바실리의 딸. 프랑스식 이름은 엘렌, 애칭은 룔랴.

드루베츠코이가

안나 미하일로브나 드루베츠카야 공작 부인 프랑스식 이름은 아네트.

보리스 드루베츠코이 공작(작품에는 부칭이 나오지 않음.) 안나의 아들. 애칭은 보랴, 보렌카.

그 밖의 인물

드론 자하리치(작품에는 성이 나오지 않음.) 보구차로보 마을의 촌장.

라브루시카(작품에는 부칭과 성이 나오지 않음.) 제니소프의 종졸.
이후 니콜라이 로스토프의 종졸이 됨.

루이자 이바노브나 쇼스 혹은 마리야 카를로브나 쇼스.(마담 쇼스로
지칭되는 이 인물의 이름과 부칭은 때에 따라 다르게 제시된다. 톨스
토이가 혼동한 듯하다.)

마리야 드미트리예브나 아흐로시모바 모스크바 사교계의 노부인.

바실리 드미트리예비치(혹은 드미트리치) 제니소프 경기병 장교이자 니
콜라이 로스토프의 친구. 애칭은 바샤, 바시카.

빌라르스키(작품에는 이름과 부칭이 언급되지 않음.) 폴란드 백작인
프리메이슨.

아말리야 예브게니예브나 부리엔 마리야 공작 영애의 프랑스인 말벗.
애칭은 아멜리, 부리엔카. 아말리야 카를로브나라고도 불림.(부칭이
다른 것은 톨스토이의 실수로 보임.)

안나 파블로브나 셰레르 페테르부르크에서 귀족 살롱을 이끄는 여관
(女官).

알폰스 카를로비치(혹은 카를리치) 베르크 보리스의 친구인 젊은 러시
아 장교. 아돌프라고도 불림.

야코프 알파티치(작품에는 성이 나오지 않음.) 볼콘스키 영지의 관리인.

오시프(혹은 이오시프) 바즈제예프 프리메이슨의 주요 인사.

줄리 카라기나(작품에는 부칭이 나오지 않음.) 마리야 공작 영애의
친구이자 부유한 상속녀.

치혼(작품에는 부칭과 성이 나오지 않음.) 볼콘스키 노공작의 하인.
애칭은 치시카.

투신(작품에는 이름과 부칭이 나오지 않음.) 쇤그라벤 전투에서 러
시아 포병대를 이끈 대위.

표도르 이바노비치(혹은 이바니치) 돌로호프 아나톨의 친구인 러시아
장교. 애칭은 페챠.

플라톤 카라타예프 프랑스군의 포로 막사에서 피에르와 친해진 농부
출신의 말단 병사.

드미트리 바실리예비치(작품에는 성이 나오지 않음.) 로스토프가의
집사. 애칭은 미챠, 미첸카, 미치카.

일러두기

1. 번역 대본으로는 『L. N. 톨스토이 선집』(전 12권, 프라브다 출판사, 1987) 중 3권, 4권, 5권, 6권을 사용했다. 『전쟁과 평화(Война и мир)』(엑스모 출판사, 2009)도 함께 사용했다. 두 판본은 문단을 구분하는 방식에서 다소 차이를 보이는데 이 책은 엑스모 출판사 판본의 문단 구분을 따랐다.

2. 러시아어 원문에서 프랑스어로 쓰인 부분은 굵은 글씨로 표기했으며, 그 밖의 외국어는 굵은 글씨로 쓰되 문장 끝에 외국어의 출처를 표기했다.(예: 독일어, 라틴어, 영어 등) 외국어 표현에 대한 번역은 톨스토이가 각주로 단 러시아어 번역문을 토대로 했다.

3. 러시아어 고유 명사와 도량형은 국립국어원의 외래어 표기법을 따르는 것을 원칙으로 하되 구개음화([d] 음과 [t] 음 뒤에 [ya], [yo], [yu], [i], [i´] 모음이 따를 경우 각각 [z]와 [ts]로 자음의 음가가 변경되는 현상)가 일어나는 경우는 발음상 편의를 위해 예외로 했다.(예: 페댜 → 페쟈, 미탸 → 미챠) 단, 영어를 비롯한 외국어에서 차용된 러시아어는 구개음화를 적용하지 않았다.(예: 파르티잔 등) 쟈, 져, 죠, 쥬, 챠, 쳐, 쵸, 츄의 음가를 자, 저, 조, 주, 차, 처, 초, 추로 표기하도록 한 조항도 예외로 했다.

4. 원문에서 강조를 위해 이탤릭체로 표시한 부분은 고딕체로 표시했다. 원문에서 부연 설명을 위해 ( ) 표시를 한 것은 그대로 따랐다.

5. 작품에 인용된 성경 텍스트는 대한성서공회가 간행한 『성경전서』(표준새번역 개정판, 2001)에서 인용했다.

6. 러시아 인명, 지명, 어휘, 문구 등을 병기할 경우 독자의 이해를 돕기 위해 러시아어 키릴 문자 대신에 로마자로 변환하여 표기했다. 단, 책 제목은 러시아어로 표기했다.

7. 톨스토이가 작품에 직접 주석을 단 경우에는 '톨스토이 주'라고 별도로 표시했다. 그 외 모든 주석은 옮긴이의 주다.

8. 톨스토이는 제정 러시아의 역법인 율리우스력에 따라 작품 속 사건을 서술하였다. 19세기 역법에 따르면 율리우스력은 오늘날 세계적으로 통용되는 그레고리력보다 십이 일 늦다. 따라서 톨스토이가 기술한 날짜를 그레고리력으로 전환할 때는 십이 일을 더하면 된다. 다만 20세기 이후에는 율리우스력의 날짜를 그레고리력보다 십삼 일 늦게 산정한다.

9. 등장인물 중 한 명인 제니소프는 혀가 짧아 'ㄹ'을 'ㄱ'으로 발음한다. 제니소프의 발음이 주는 우스꽝스러운 분위기를 전달하기 위해 그의 대사 중 'ㄹ' 부분을 전부 'ㄱ'으로 표기했다.

1부

1

그 무렵 페테르부르크의 상류 사회에서는 루만체프파, 프랑스인파, 마리야 페오도로브나파, 황태자파 등 여러 파벌의 복잡한 싸움이 언제나처럼 궁정 수벌들의 붕붕거리는 소리에 묻힌 채 어느 때보다 치열하게 벌어지고 있었다. 하지만 삶의 환영, 삶의 물그림자에만 신경을 쓰는 평화롭고 화려한 페테르부르크 생활은 예전처럼 계속 흘러갔다. 이런 생활의 흐름 속에서 러시아 국민이 처한 어려운 상황과 위기를 인식하려면 많은 노력을 기울여야 했다. 여전히 알현식과 무도회가 있고, 여전히 프랑스 연극이 있고, 여전히 궁정의 이해관계가 있고, 여전히 공무의 이해관계와 음모가 있었다. 오직 최상류층 사회에서만 현 시국의 어려움을 경고하려는 노력이 진행되었다. 사람들은 두 황후[1]가 이런 어려운 상황에서 서로 정반대로 행동하는 것을 두고 쑥덕거렸다. 자신이 관할하는 자선 단체와 교육 기관의 복지에 마음을 쓰던 마리야 페오도로브나 황태후는 모든 시설을 카잔으로 옮기라고 지시했다. 그리하여 이 시설의 물건들은 이미 짐으로 꾸려져 있었다. 그러나 엘리자베타 알렉세예브나 황후는 어떤 지시를 내리시겠느냐는 질문에 타고난 러시아적 애국심을 드러내며 자신은 국가 시설에 대한 지시를 내릴 수 없다고, 그것은 폐하의 일이기 때문이라고 답하시었다. 그리고 그녀의 사적인 결정에 대해서는 자신은 맨 나중에 페테르부르크를 떠날 것이라고 말씀하시었다.

8월 26일, 보로지노 전투가 있던 바로 그날 안나 파블로브나의 집에서 야회가 열렸다. 야회의 주요 행사는 성 세르기이의 이콘을 군주에게 보낼 때 대주교가 작성한 서한을 낭독하는 것이었다.[2] 이 서한은 애국적이고 종교적인 명문의 전형으로 여겨졌다. 탁월한 낭독 솜씨로 정평이 난 바실리 공작이

---

1) 파벨 1세의 미망인이자 알렉산드르 1세의 어머니인 마리야 페오도로브나('표도로브나'라고도 한다.) 황태후와 알렉산드르 1세의 아내 엘리자베타 알렉세예브나 황후를 가리킨다. 러시아어 'imperatritsa'는 황태후와 황후 모두를 의미한다. 마리야 페오도로브나(Marija Feodorovna, 1759~1828)는 뷔르템베르크 공국의 프리드리히 2세의 딸로 본명은 조피 도로테아 폰 뷔르템베르크다. 시어머니인 예카체리나 대제와의 갈등으로 은둔 생활을 하다가 아들 알렉산드르 1세가 등극한 후 황실 최고 지위의 여성으로서 교육과 구빈 같은 분야에서 활발한 활동을 펼쳤다. 검소하고 예술에 조예가 깊었으며, 알렉산드르 1세가 친나폴레옹 외교를 펼칠 때 이에 반대하기도 했다. 엘리자베타 알렉세예브나(Elizabeta Alekseevna, 1779~1826)는 바덴 공국의 카를 루트비히 대공의 딸로 본명은 루이제 마리 아우구스테 폰 바덴이다. 결혼 후 이른바 '러시아적 애국심'을 키웠으나 내성적인 성품과 소원한 부부 관계 탓에 러시아 사교계에서 소외되었다.

서한을 읽기로 되어 있었다.(그는 황후 앞에서도 낭독을 하곤 했다.) 사람들은 필사적인 절규와 부드러운 속삭임 사이에 그 의미와 전혀 상관없는 말들을 큰 소리로 노래하듯 쏟아 내는 것을 낭독의 기술이라 생각했다. 따라서 어떤 단어가 절규에 대응하고 어떤 단어가 속삭임에 대응하는가는 전적으로 우연에 달려 있었다. 안나 파블로브나의 모든 야회가 그랬듯이 이 낭독은 정치적 의미를 띠었다. 이 야회에는 몇몇 고위층 인사들이 참석할 예정이었는데, 프랑스 극장에 출입하는 것에 대해 창피를 당하고 애국적인 분위기에 고취되어야 마땅한 이들이었다. 이미 꽤 많은 사람들이 모였다. 하지만 안나 파블로브나는 그 자리에 꼭 있어야 할 사람들이 아직 다 오지 않은 것을 보고 낭독을 미룬 채 공통의 대화를 이끌었다.

그날 페테르부르크에 퍼진 새로운 소식은 베주호바 백작 부인의 병이었다. 백작 부인은 며칠 전에 갑자기 병에 걸려 그녀가 빛내야 할 몇몇 모임에 불참했다. 그녀가 어떤 손님도 맞이하지 않고 평소 그녀를 치료하던 페테르부르크의 유명한

---

2) 이 시기의 대주교는 플라톤 2세(속명은 플라톤 렙신(Platon Levshin), 1737~1812)였다. 성 삼위일체(성 세르기이) 수도원 신학교에서 수사학을 가르쳤고, 1775년부터 보로지노 전투 몇 달 후 죽음을 맞기까지 대주교직을 수행했다. 그의 설교는 매우 유명하여 사후에 스무 권의 설교집으로 편찬되었다. 대주교가 알렉산드르 1세에게 성 세르기이의 이콘을 보낸 것은 러시아 정교가 이민족의 침입에서 수행한 호국적인 역할과 관련되어 있다. 1380년 러시아인들이 쿨리코보 전투에 출정하기 전 성 세르기이는 블라지미르 공국의 대공인 드미트리 돈스코이에게 축복을 내렸고, 러시아군은 이 전투에서 타타르인으로부터 첫 승리를 거두었다.

의사들 대신 어떤 이탈리아 의사를 의지하고 있다는 소문이 돌았다. 그리고 그 의사는 어떤 새롭고 특이한 요법으로 그녀를 치료하는 중이라고 했다.

아름다운 백작 부인의 병이 두 남자와 동시에 결혼하기 어려워 생긴 병이며, 이탈리아인의 치료란 이런 고충을 없애는 것이라는 사실을 모두가 아주 잘 알고 있었다. 그러나 안나 파블로브나 앞에서는 아무도 감히 이런 생각을 하지 않는 것처럼, 심지어 아무도 이 사실을 모르는 것처럼 굴었다.

"가엾은 백작 부인이 많이 아프다죠? 의사는 협심증이라고 하더군요."

"협심증이요? 오, 그건 무서운 병이에요!"

"그 병 덕분에 두 경쟁자가 화해를 했다고……."

협심증이라는 단어는 즐겁게 여러 번 반복되었다.

"사람들 말로는 노백작의 모습이 무척 감동적이었다더군요. 그분은 병세가 위중하다는 말을 의사에게서 듣고 어린아이처럼 울었대요."

"오, 그렇게 되면 큰 손실이죠. 너무나 아름다운 여성이잖아요."

"가엾은 백작 부인에 대한 이야기군요……." 안나 파블로브나가 다가오며 말했다. "백작 부인의 병세를 알아보려고 사람을 보냈지요. 내가 듣기로는 백작 부인의 병세가 호전되었다더군요. 오, 의심할 여지 없이 그녀는 세상에서 가장 아름다운 여성이에요." 안나 파블로브나는 자신의 열광을 자조하며 말했다. "우리는 서로 다른 파에 속해 있어요. 하지만 그렇다고 해서 내가 그녀의 공로를 존중할 수 없는 건 아니잖아요. 그녀가 너무 불쌍해요." 안나 파블로브나는 이렇게 덧붙였다.

안나 파블로브나가 이런 말로 백작 부인의 병에 드리운 비밀의 장막을 살짝 걷어 올렸다고 생각한 어느 경솔한 청년은 백작 부인이 유명한 의사들을 부르지 않고 위험한 시술을 할지도 모를 사기꾼에게 치료를 받는다는 것에 놀라움을 표했다.

"당신의 정보가 나의 것보다 더 정확할지도 모르죠……." 갑자기 안나 파블로브나가 미숙한 청년을 신랄하게 나무랐다. "하지만 난 그 의사가 매우 학식 있고 노련한 사람이라는 사실을 확실한 소식통으로부터 들었어요. 그 사람은 에스파냐 왕비의 시의랍니다." 안나 파블로브나는 그런 식으로 청년의 콧대를 꺾어 놓고 빌리빈을 돌아보았다. 그는 다른 자리에서 오스트리아인에 대해 이야기하고 있었다. 미간을 찡그리고 있던 그는 멋진 경구를 던지려고 미간을 펼 준비를 하는 것 같았다.

"난 그 문구가 훌륭하다고 생각합니다!" 그는 외교 문서에 대해 말하는 중이었다. 그것은 페트로폴[3]의 영웅(페테르부르크에서는 비트겐시테인을 이렇게 불렀다.)이 탈취한 오스트리아 군기와 함께 빈으로 발송된 문서였다.

"어떤 것이었죠? 어떤 것이었나요?" 안나 파블로브나는 사람들이 그 경구를 듣도록 침묵을 유도했다. 그녀도 이미 아는 경구였다.

---

3) 페테르부르크의 페트로파블롭스크 요새를 가리키는 프랑스어.

그러자 빌리빈은 자신이 작성한 외교 문서 가운데 다음의 문구를 원본 그대로 되풀이했다.

"황제는 참된 길을 빗나 헤매는 우방의 군기를 발견했기에 그 오스트리아 군기를 보낸다."[4] 빌리빈은 미간을 펴며 문구를 맺었다.

"멋져요, 멋집니다!" 바실리 공작이 말했다.

"그것은 아마 바르샤바 가도였을 겁니다." 입폴리트 공작이 난데없이 큰 소리로 말했다. 다들 그가 무슨 말을 하려는지 몰라 그를 돌아보았다. 입폴리트 공작도 의아하다는 듯 유쾌하게 주위를 둘러보았다. 다른 사람들과 마찬가지로 그도 자신이 무슨 뜻으로 그런 말을 했는지 몰랐다. 그는 외교 사절단을 지내는 동안 이처럼 불쑥 꺼낸 말이 매우 재치 있게 들리기도 한다는 사실을 여러 번 경험했다. 그래서 만일의 경우를 대비해 입에서 나오는 대로 지껄였다. '아마 아주 잘 먹힐 거야.' 그는 생각했다. '만약 그렇게 되지 않으면 여기 있는 사람들이 수습해 주겠지.' 실제로 거북한 침묵이 흐르는 동안 안나가 전향시키려고 벼르던 애국심이 부족한 인물이 응접실에 들어왔다. 그녀는 빙그레 웃으며 입폴리트를 향해 위협하듯 손가락을 흔들어 보이고는 바실리를 테이블로 불러 그 앞에 초 두 자루와 원고를 내밀며 낭독을 청했다. 다들 입을 다물었다.

---

4) 비트겐시테인은 6월 18~19일 클랴스치치 전투에서 우디노 원수 휘하의 프랑스군과 싸워 오스트리아 군기들을 탈취했다. 그는 이제까지 동맹국이었던 오스트리아가 러시아에 등을 돌리고 나폴레옹과 결탁한 것을 비꼬기 위해 오스트리아 군기와 더불어 이 문서를 보낸 것이다.

"지극히 자비로우신 황제 폐하!" 바실리 공작은 엄숙히 낭독하고 청중을 둘러보았다. 마치 이에 반대하여 뭔가 말하고 싶은 사람이 있는지 묻는 것처럼 보였다. 하지만 아무도 말을 하지 않았다. "새 예루살렘이자 첫 번째 옥좌의 도시인 모스크바는 열성적인 아들들을 껴안은 어머니처럼 자신의 그리스도를 영접합니다." 그는 갑자기 자신의라는 단어를 강조했다. "그리고 피어오르는 옅은 안개를 통해 당신 주권의 찬란한 영광을 내다보며 환희에 차 노래합니다. '호산나, 복되시다, 오실 분이여!'[5] 바실리 공작은 울먹이는 목소리로 그 마지막 문구를 낭독했다.

빌리빈은 자신의 손톱을 유심히 살폈다. 많은 사람들이 두려워하고 있었다. 마치 자기가 뭘 잘못했는지 묻는 것처럼 보였다. 안나 파블로브나는 성찬식 전에 기도문을 암송하는 노파처럼 벌써 다음 구절을 조그만 목소리로 암송하고 있었다. "건방지고 불손한 골리앗이……." 그녀가 중얼거렸다.

바실리 공작은 계속 낭독했다.

"건방지고 불손한 골리앗이 프랑스 국경으로부터 죽음과도 같은 공포를 러시아 영토에 몰고 올지라도 온화한 신앙, 즉 러시아 다윗의 그 돌팔매가 피에 굶주린 오만한 자의 머리를 순식간에 맞혀 쓰러뜨릴 것입니다. 그 옛날 우리 조국의 안녕을

---

5) "호산나! 복되시다! 주의 이름으로 오시는 분."(『마가복음서』 11장 9절)에서 차용한 문구다. 예수가 예루살렘에 입성할 때 그를 앞서가고 뒤따르던 사람들이 이렇게 외치며 환호했다. 정교회 예배의 성찬 기도에서도 이 성경 구절을 낭송한다.

열망하던 성 세르기이의 이콘을 황제 폐하께 바칩니다. 제 기력이 쇠약해지는 탓에 지극히 자애로우신 폐하의 얼굴을 뵙는 기쁨을 누릴 수 없어 애통합니다. 전능하신 하느님께서 정의로운 족속을 칭찬하시고 선한 자들 안에서 폐하의 소망을 이루어 주시기를 하늘을 향해 진심으로 기도 올리옵니다."

"얼마나 힘찬 문장인가! 그야말로 명문이군!" 낭독자와 원고 작성자에 대한 찬사가 들렸다. 안나 파블로브나의 손님들은 이 연설에 고취되어 조국의 상황에 대해 한참 동안 더 이야기를 나누고 조만간 벌어질 전투의 결과에 대해 다양한 예측을 제시했다.

"두고 봐요." 안나 파블로브나가 말했다. "내일, 폐하의 탄생일에 우리는 새로운 소식을 듣게 될 거예요. 좋은 예감이 들어요."

2

안나 파블로브나의 예감은 적중했다. 다음 날 군주의 탄생일을 위한 궁정 기도회 때 볼콘스키 공작은 교회 밖으로 불려 나가 쿠투조프 공작의 봉서를 받았다. 쿠투조프 공작이 전투가 있던 날 타타리노보에서 작성하여 올린 보고서였다.[6] 쿠투

---

6) 톨스토이는 이 부분에서 사건들의 날짜를 배치하는 데 오류를 보인다. 쿠투조프가 타타리노보로 간 날짜는 8월 25일(이 책 3권 3부 21장 참조), 즉 셰바르지노 보루 전투가 있던 8월 24일(이 책 3권 3부 19장 참조)의 다음 날이다. 보로지노 전투가 벌어진 8월 26일 그는 보로지노 부근의 고르키에 있었다(이 책 3권 3부 30장 참조). 따라서 쿠투조프가 타타리노보에서 보낸 편지는 8월 25일 오후에서 8월 26일 이른 아침 사이에 발송되었다. 보로지노 전투가 벌어지기 전이다. 그런데 안나 셰레르의 연회는 보로지노 전투 당일인 8월 26일이었고, 쿠투조프의 봉서가 도착한 때로 묘사된 '다음 날, 군주의 탄생일을 위한 궁정 기도회 때'는 8월 27일인 셈이다. 쿠투조프의 편지에는 아직 보로지노 전투에서 전사한 바그라티온, 투치코프, 쿠타이소프에 대한 소식이 포함될 수 없다. 그리고 톨스토이는 알렉산드르 1세의 생일과 명명일

조프는 러시아군이 한 걸음도 물러서지 않았다고, 프랑스군이 아군보다 훨씬 더 많은 병력을 잃었다고, 자신은 미처 최근 정보를 수집할 틈이 없어 전장에서 급히 보고를 올리는 중이라고 썼다. 이는 곧 승리를 의미했다. 사람들은 교회 밖으로 나가지 않고, 그 즉시 창조주의 도우심과 승리에 대한 감사 기도를 올렸다.

안나 파블로브나의 예감은 적중했고, 오전 내내 즐거운 축제 분위기가 도시를 지배했다. 모든 사람들이 승리를 이미 실현된 일로 생각했다. 어떤 사람들은 벌써부터 나폴레옹을 생포하는 문제와 그를 폐위하고 프랑스의 새로운 수장을 선출하는 문제에 관해 이야기했다.

실제 상황과 멀리 떨어진 곳에서, 더욱이 궁정의 생활 환경 속에서 사건들이 그 온전함과 힘을 오롯이 간직한 채 반영되기는 매우 어렵다. 전체 사건들은 부지불식간에 어떤 한 가지 특정한 사건 주위로 모여든다. 말하자면 이 순간 궁정 사람들의 가장 큰 기쁨은 우리가 승리했다는 사실 못지않게 이 승리의 소식이 다름 아닌 군주의 탄생일에 도착했다는 사실에 있었다. 성공적인 깜짝 선물 같은 것이었다. 쿠투조프가 보낸 소식에는 러시아군의 손실에 관한 언급도 있었고, 그 가운데에

을 혼동한다. 알렉산드르 1세의 생일은 12월 12일이고, 명명일은 8월 30일이다. 만약 톨스토이가 안나의 연회 날짜를 8월 29일로, 군주의 명명일을 8월 30일로 서술했다면 소설 전개상 날짜 착오를 피할 수 있었을 것이다. 실제로 쿠투조프의 보고서는 8월 30일에 전달되었다.

는 투치코프, 바그라치온, 쿠타이소프[7]의 이름이 있었다. 이곳 페테르부르크 사교계에서는 이 사건의 슬픈 측면 역시 부지불식간에 쿠타이소프의 죽음이라는 한 가지 사건으로 집중되었다. 모든 이들이 그를 알았고 군주도 그를 아꼈다. 그는 젊고 재미있는 사람이었다. 그날 모든 사람들이 만나는 이들에게 이런 말을 건넸다.

"정말 놀랍지 않아요? 다름 아닌 기도회 때라니. 쿠타이소프를 잃은 것은 정말 큰 손실이에요! 아, 얼마나 애석한 일인가요!"

"내가 쿠투조프에 대해 뭐라고 했습니까?" 이제 바실리 공작은 예언자처럼 거드름을 피우며 말했다. "나폴레옹을 이길 사람은 오직 그 사람뿐이라고 늘 말했죠."

그러나 다음 날 군대로부터 아무런 소식도 오지 않았고, 사람들의 목소리는 전반적으로 불안해졌다. 궁정 신하들은 군주가 처한, 무슨 일이 일어나고 있는지 알 수 없는 그 고통에 괴로워했다.

"폐하의 심정이 어떻겠나!" 궁정 신하들은 이렇게 말하곤 했다. 그들은 더 이상 전전날처럼 쿠투조프를 극찬하지 않았으며, 이제 군주를 불안하게 만드는 그를 비난했다. 이날 바실

---

7) 알렉산드르 이바노비치 쿠타이소프(Aleksandr Ivanovich Kutaisov, 1784~1812). 튀르크인 포로의 아들인 그는 파벨 1세의 총애를 받아 빠르게 진급하여 1805~1807년 오스트리아 원정에서 아일라우와 프리들란트 전투에 참전했고, 1812년에는 바르클라이 드 톨리의 서부군에서 포병대를 지휘했다. 보로지노 전투에서 전사했다.

리 공작은 자신의 **총애**하는 쿠투조프를 더 이상 자랑하지 않았고, 총사령관에 대한 이야기가 나오면 침묵을 지켰다. 게다가 이날 저녁 무렵에는 모든 깃들이 한통속이 되어 페테르부르크 주민들을 불안과 두려움 속에 몰아넣으려는 것 같았다. 무시무시한 소식이 한 가지 더 보태졌다. 엘레나 베주호바 백작 부인이 모두가 그토록 즐겨 입에 올리던 그 무시무시한 병으로 급사한 것이다. 큰 모임에서는 공식적으로 다들 베주호바 백작 부인이 무서운 협심증 발작으로 죽었다고 말했다. 그러나 친한 사람들 모임에서는 **에스파냐 왕비의 시의**가 어떤 효과를 보기 위해 엘렌에게 어떤 약물을 소량 처방했다는 둥, 노백작의 의심을 사고 남편(그 불행한 방탕아 피에르)으로부터 답장을 받지 못해 괴로워하던 엘렌이 갑자기 처방약을 대량으로 복용하여 미처 손쓸 사이도 없이 고통 속에서 죽어 버렸다는 둥 이런저런 상세한 이야기들이 돌았다. 바실리 공작과 노백작이 이탈리아인을 손보려 했지만 그 이탈리아인이 불행하게 죽은 여인의 쪽지를 보여 주자 즉시 풀어 주었다는 소문도 있었다.

세간의 화제는 세 가지 슬픈 사건, 즉 전황을 보고받지 못한 군주, 쿠타이소프의 전사, 엘렌의 죽음에 집중되었다.

쿠투조프의 보고가 도착한 지 사흘째 되는 날 한 지주가 모스크바에서 페테르부르크로 왔다. 그리하여 모스크바가 프랑스군에 함락됐다는 소식이 도시 전체에 퍼졌다. 끔찍한 소식이었다! 폐하의 심정은 어떠할까! 쿠투조프는 배신자였다. 바실리 공작은 딸의 죽음으로 **조문**을 받는 동안 자신이 예전에 찬미하던 쿠투조프에 대한 말을 꺼냈다. 그는 앞 못 보는 호색한 노인에게 다른 아무것도 기대할 수 없다고 말했다.(그가 슬픔으로 예전에 한 말을 기억하지 못하는 것은 용서할 만하다.)

"어떻게 러시아의 운명을 그런 사람에게 맡길 수 있었는지 놀라울 뿐입니다."

그 소식이 아직 비공식적인 것일 때는 의심해 볼 수도 있었다. 하지만 다음 날 라스톱친 백작에게서 다음과 같은 보고가 도착했다.

쿠투조프 공작의 부관이 저에게 편지를 가져왔습니다. 그 편지에서 쿠투조프 공작은 랴잔 가도까지 군대를 호위해 줄 경관들을 요구했습니다. 그는 유감스럽지만 모스크바를 버리겠다고 말합니다. 폐하, 폐하의 제국과 수도의 운명은 쿠투조프의 행동에 달렸습니다. 러시아의 위대함이 집중된 도시, 폐하의 선조들이 묻힌 도시가 적에게 넘어간 사실을 알면 러시아는 몸서리를 칠 것입니다. 저는 군대를 따라가겠습니다. 저는 모스크바 밖으로 모든 것을 실어 냈습니다. 제가 할 수 있는 일이라고는 조국의 운명에 슬피 우는 것뿐입니다.

이 보고를 받은 군주는 볼콘스키 공작에게 다음과 같은 칙서를 들려 쿠투조프에게 보냈다.

미하일 일라리오노비치 공작! 나는 8월 29일부터 그대에게서 어떤 보고도 받지 못했소. 그런데 9월 1일 그대와 그대의 군대가 모스크바를 버리기로 결정했다는 모스크바 총사령관의 비통한 보고가 야로슬라블을 거쳐 도착했소. 그대는 그 소식이 나에게 준 충격을 상상도 못 할 것이오. 나의 놀라움은 그대의 침묵으로 인해 더욱 커지고 있소. 시종무관장인 볼콘스키 공작에게 이 칙서를 들려 보내오. 군대의 상황에 대해, 그대가 그처럼 비통한 결정을 내리게 된 이유에 대해 그대로부터 직접 확인하고 싶소.

3

모스크바를 버린 지 아흐레째 되는 날 쿠투조프의 전령이 모스크바 포기에 관한 공식적인 소식을 들고 페테르부르크에 도착했다. 그 전령은 러시아어를 모르는 프랑스인 미쇼였다. 그러나 그는 스스로를 비록 외국인이지만 마음만은 진정한 러시아인이라고 일컬었다.

군주는 즉시 카멘니 오스트로프 궁전의 집무실에서 전령을 맞이했다. 전쟁 전까지만 해도 모스크바를 본 적이 없고 러시아어도 몰랐지만 미쇼는 모스크바 화재 ─ 그 불길이 그의 길을 환히 비출 정도였다 ─ 에 대한 소식을 가지고 지극히 인자한 우리의 통치자(그는 그렇게 표현했다.) 앞에 섰을 때 깊은 감동을 느꼈다.

무슈 미쇼가 느끼는 슬픔의 근원은 분명 러시아인의 슬픔이 비롯된 근원과 달랐을 것이다. 그러나 군주의 집무실에 들어온 미쇼의 표정이 어찌나 슬픈지 군주는 즉시 그에게 물었다.

"어떤 소식을 가져왔소? 안 좋은 소식이오, 대령?"

"매우 안 좋은 소식입니다, 폐하." 미쇼가 눈을 내리깔고 탄식하며 대답했다. "모스크바를 버렸습니다."

"정말로 나의 고도를 전투도 한번 치러 보지 않고 넘겼단 말이오?" 군주가 얼굴을 확 붉히며 빠르게 말했다.

미쇼는 쿠투조프가 전하라고 명령한 대로 정중하게 보고했다. 모스크바 부근에서 싸우는 것은 불가능했고, 모스크바와 군대를 잃든 모스크바만 잃든 한 가지 선택만 가능했기에 원수는 후자를 택할 수밖에 없었다고 말한 것이다.

군주는 미쇼를 쳐다보지 않고 묵묵히 그의 말을 들었다.

"적이 시내로 들어왔소?" 그가 물었다.

"네, 폐하. 모스크바는 지금쯤 잿더미가 되었을 것입니다. 제가 그곳을 떠날 때는 불길에 휩싸여 있었습니다." 미쇼는 단호하게 말했다. 그러나 군주의 얼굴을 흘깃 보고 자신이 저지른 행동에 몸서리를 쳤다. 군주는 무겁게, 그리고 가쁘게 숨을 몰아쉬기 시작했다. 아랫입술이 바르르 떨리고 아름다운 하늘색 눈동자는 금방 눈물로 촉촉해졌다.

그러나 이것은 한순간에 지나지 않았다. 군주는 자신의 나약함을 책망하듯 갑자기 얼굴을 찌푸렸다. 그러고는 고개를 들어 단호한 목소리로 미쇼에게 말을 건넸다.

"대령, 지금 벌어지는 모든 사건으로 판단하건대 하느님께서 우리에게 큰 희생을 요구하시는 것 같소……." 그가 말했다. "나는 그분의 뜻에 기꺼이 순종할 것이오. 하지만 말해 보시오, 미쇼. 나의 고도를 단 한 번의 전투도 없이 버린 군대는 당신이 떠나올 때 어떤 상태였소? 군대의 사기가 떨어진 것 같지는 않았소?"

미쇼는 자신의 지극히 인자한 군주가 침착해진 모습을 보고 스스로 안정을 되찾았다. 그러나 솔직한 답변을 요구하는 군주의 직접적이고 핵심적인 질문에는 미처 대답을 준비하지 못했다.

"폐하, 참된 군인답게 솔직히 말씀드리도록 허락해 주시겠습니까?" 그는 시간을 벌고자 이렇게 말했다.

"대령, 그것은 내가 늘 요구하는 바요." 군주가 말했다. "아무것도 숨기지 마시오. 난 반드시 모든 진실을 알아야겠소."

"폐하!" 미쇼는 가볍고도 공손한 말장난의 형태로 답변을 마련하고는 보일 듯 말 듯 미묘한 웃음을 입가에 띠며 말했다. "폐하, 제가 군대를 떠날 때 지휘관부터 말단 병사에 이르기까지 모두가 극도의 두려움에 사로잡혀 있었습니다……."

"무슨 말이오?" 군주는 엄하게 눈을 찌푸리며 말을 가로막았다. "나의 러시아군이 불운 앞에서 사기가 떨어졌을 리……. 결코 그렇지 않소!"

미쇼는 자신의 말장난을 꺼내기 위해 이 말만을 기다렸다.

"폐하!" 그는 정중하고도 익살스러운 표정으로 말했다. "그들은 오직 폐하께서 인자한 성품 때문에 평화 조약을 체결하려고 결심하시지나 않을까 두려워할 뿐입니다. 그들은 다시 싸울 수 있기를, 그리고 자신들이 폐하께 얼마나 충성스러운

지 목숨을 바쳐 입증할 수 있기를 초조하게 갈망하고 있습니다." 러시아 국민의 전권 대표가 말했다.

"아!" 군주가 다정한 눈빛으로 미쇼의 어깨를 치며 편안하게 말했다. "대령, 그대가 나를 안심시켜 주는구려."

군주는 고개를 떨구고 잠시 침묵했다.

"자, 그럼 군대로 돌아가시오." 그는 몸을 곧게 세우고 인자하고도 위풍당당한 몸짓으로 미쇼를 돌아보며 말했다. "우리 용사들에게 전하시오. 당신이 가는 곳마다 나의 모든 국민들에게 전하시오. 나의 병사들이 더 이상 한 명도 남지 않게 되면 내가 직접 나의 사랑하는 귀족들과 선량한 농민들의 선두에 서서 나의 제국의 마지막 수단까지 다 동원할 것이라고 말이오. 그 수단은 적들이 생각하는 것보다 더 많다오." 군주는 점점 더 활기를 띠며 말했다. "그러나 만약 하느님께서 우리 왕조가 더 이상 선조들의 옥좌에서 통치하지 못하도록 예정하셨다면……." 그는 감성으로 빛나는 아름답고 온화한 눈을 들어 하늘을 바라보며 말했다. "그렇다면 나는 나의 조국과 나의 선량한 국민들 — 나는 그들의 희생을 잘 알고 있소 — 의 치욕에 서명하기로 결심하느니 차라리 수염을 여기(그는 가슴 중간 부분을 손으로 가리켰다.)까지 기르고 나의 농민들 가운데 최후까지 남은 자와 더불어 감자 한 알을 먹으러 가겠소!" 흥분한 목소리로 말한 군주는 눈에 고인 눈물을 미쇼에게 숨기려는 듯 휙 돌아서서 집무실 안쪽으로 깊숙이 걸어갔다. 그는 그곳에 잠시 서 있다가 성큼성큼 되돌아오더니 미쇼의 팔꿈치 아랫부분을 힘차게 잡았다. 군주의 아름답고 온화한 얼굴이 붉게 상기되고 눈동자는 결의와 분노의 빛으로 이글거렸다.

"미쇼 대령, 내가 이 자리에서 당신에게 한 말을 잊지 마시오. 어쩌면 우리는 언젠가 이 일을 즐겁게 회상할지도 모르오…… 나폴레옹이든 나든…….” 군주는 가슴에 손을 대며 말했다. "우리는 더 이상 함께 통치할 수 없소. 이제 그를 알겠소. 난 더 이상 그에게 속지 않소…….” 그러더니 군주는 얼굴을 찌푸린 채 침묵했다. 군주로부터 이 말을 듣고 그 눈동자에서 단호한 결의의 표정을 읽은 미쇼는 비록 **외국인이지만** 마음만은 진정한 러시아인으로서 이 엄숙한 순간 자신이 들은 모든 말에 환희를 느꼈다(그가 나중에 말했듯). 그리고 다음과 같은 표현으로 자기 감정뿐 아니라 러시아 민중 ─ 그는 자신을 그들의 전권 대표라고 생각했다 ─ 의 감정까지 묘사했다.

"폐하!” 그가 말했다. "폐하께서는 이 순간 국민의 영광과 유럽의 구원에 서명하셨습니다!”

군주는 미쇼에게 나가도 좋다는 뜻으로 고개를 끄덕여 보였다.

4

러시아의 절반이 침략당하고 모스크바 주민들이 머나먼 현들로 피란하고 민병들이 잇달아 조국 수호를 위해 일어서던 시절에 살지 않은 우리는 늙은이든 젊은이든 당시의 모든 러시아인들이 오로지 자신을 희생하고 조국을 구하고 조국의 몰락을 애통해하는 데 온 마음을 쏟았을 것이라고 무심결에 생각한다. 그 시대에 관한 모든 이야기와 기록은 하나같이 러시아인들의 자기희생, 애국심, 비탄, 슬픔, 영웅적 행위에 대해서만 말한다. 그러나 실제로는 그렇지 않았다. 그렇게 보이는 것은 단지 우리가 과거에서 그 시대의 일반적인 역사적 관심만 볼 뿐, 그 시절 사람들의 모든 개인적이고 인간적인 관심들을 보지 않기 때문이다. 하지만 실제로는 일반적 관심이 개인적 관심에 가려 전혀 감지되지 않을(심지어 전혀 눈에 띄지 않을) 만큼 눈앞의 개인적 관심이 일반적 관심보다 훨씬 더 중요한 의미를 띤다. 당시 사람들은 대부분 사태의 전반적인 흐름에 전혀 주의를 기울이지 않았고, 그저 눈앞의 개인적인 관심을 따랐다. 그리고 그러한 사람들이야말로 그 시대의 가장 유익한 일꾼이었다.

사태의 전반적인 흐름을 이해하려 애쓰거나 자기희생과 영웅심을 내세워 그 속에 참여하려고 했던 사람들은 사회에서 가장 무익한 일원이었다. 그들은 모든 것을 반대로 보았다. 그들이 유익을 위해 한 모든 것은 러시아 마을을 약탈한 피에르와 마모노프의 민병 연대처럼, 귀부인들이 손수 만들었으나 결코 부상병들에게 사용된 적 없는 붕대용 거즈처럼 무익한 무용지물이었음이 밝혀졌다. 똑똑한 척하고 감정 표현을 좋아하는 사람들조차 러시아의 현 상황을 논할 때는 그 말에 위선이나 거짓, 누구의 탓도 아닌 일로 비난받는 인간들을 향한 무익한 비난과 악의의 흔적을 무심코 담았다. 역사적 사건들에서 가장 분명한 것은 선악을 알게 하는 열매를 먹지 말아야 한다는 것이다. 오직 무의식적인 활동만이 열매를 맺으며, 역사적 사건에서 어떤 역할을 수행하는 사람은 결코 사건의 의의를 이해하지 못한다. 설사 그것을 이해하려 애쓴다 해도 그는 그 무익함에 충격을 받고 말 것이다.

당시 러시아에서 일어난 사건에 깊이 관여한 사람일수록 그 의의를 더 모른다. 페테르부르크와 모스크바에서 멀리 떨어진 여러 도시에서는 귀부인들과 민병대 제복을 입은 남자들이 러시아와 수도의 운명을 슬퍼하며 자기희생 등을 운운했다. 그러나 모스크바 너머로 퇴각한 군대 안에는 모스크바에 대해 말하거나 생각하는 사람이 거의 없었다. 모스크바의 화재를 보면서도 프랑스군에게 복수하겠다고 맹세하는 사람은 아무도 없었다. 그들은 그저 다음 분기 월급, 다음 숙영지, 종군 매점의 여주인 마트료시카 등에 대해 생각했을 뿐이다.

니콜라이 로스토프는 복무 중 전쟁이 일어나는 바람에 자기희생을 목적으로 삼을 생각은 추호도 없이 우연히 조국의 수호에 지속적으로 깊이 참여하게 되었고, 그리하여 당시 러시아에서 벌어지는 일들을 절망도 암울한 추측도 없이 관망하게 되었다. 만약 누군가 러시아의 현 상태를 어떻게 생각하느냐고 물었다면 그는 자신이 생각할 것은 아무것도 없다고, 그런 일을 위해서는 쿠투조프와 다른 사람들이 있다고, 자기가 들은 바로는 연대마다 인원이 보충될 거라고, 전쟁은 틀림없이 더 오래갈 거라고, 지금 상황이라면 이 년 후에는 자신이 1개 연대를 맡을 수도 있겠다고 말했을 것이다.

그는 사태를 그런 식으로 보았기에 자신이 사단을 위한 말을 보충하러 보로네시로 출장을 가도록 정해졌다는 소식을 듣고도 마지막 전투에 참가할 기회를 잃는 것에 상심하기는커녕 크게 기뻐했다. 그는 기쁨을 숨기지 않았고 동료들도 그 마음을 아주 잘 헤아려 주었다.

보로지노 전투가 벌어지기 며칠 전 니콜라이는 대금과 서류를 받았고, 경기병들을 먼저 출발시킨 후 자신은 역마차를 타고 보로네시로 떠났다.

그것을 경험한 사람, 그러니까 몇 달 동안 계속 전투 분위기에서 군대 생활을 한 사람만이 니콜라이가 맛본 즐거움을 이해할 수 있을 것이다. 사료 징발, 식량 운송, 병원 등의 명목으로 군대가 세력을 미치는 지역에서 벗어날 때의 즐거움, 즉 병사들, 치중차, 막사가 있던 지저분한 흔적 대신에 농부와 아낙들이 있는 시골, 지주의 저택, 가축들이 풀을 뜯는 들판, 역장이 꾸벅꾸벅 졸고 있는 역사를 볼 때의 즐거움을……. 그는 마치 이 모든 것을 처음 본 듯한 그런 기쁨을 느꼈다. 특히 한참 동안 그를 놀라고 기쁘게 한 것은 젊고 건강한 여자들이었다. 뒤꽁무니를 쫓는 장교들을 열 명씩 거느리고 다니는 여자는 없었고, 그 여자들은 지나가는 장교들이 농담을 건네는 것에 즐거워하고 우쭐해했다.

그날 밤 니콜라이는 더없이 즐거운 기분으로 보로네시의 호텔에 도착하여 오랫동안 군대에서 누리지 못한 것들을 전부 주문했다. 그리고 그다음 날 깔끔하게 면도를 하고 오랫동안 입지 않은 정복을 차려입고는 관청으로 출두했다.

민병대 지휘관은 늙은 칙임 문관이었다. 그는 자기 계급과 관등이 흡족한 듯 보였다. 그는 퉁명스럽게(그는 그것이 군인의 방식이라고 생각했다.) 니콜라이를 맞이하고 마치 자기에게 그럴 권리가 있다는 듯, 마치 사태의 전반적인 흐름을 논하기라도 하듯 의미심장한 투로 니콜라이에게 이것저것 물으며 찬반 의사를 표현했다. 몹시 들떠 있던 니콜라이는 그러한 모습을 우습게 여길 뿐이었다.

니콜라이는 민병대 지휘관이 있는 곳에서 물러 나와 현 지사에게 갔다. 현 지사는 키가 작은 활기찬 남자로 매우 다정하고 소탈했다. 그는 니콜라이에게 말을 구할 만한 종마장을 가리켜 보이고는 최상의 말들을 소유한 시내의 말 중개 상인과 시내에서 20베르스타 떨어진 곳의 지주를 추천하며 무엇이든 돕기로 약속했다.

"당신은 일리야 안드레이치 백작의 아들이죠? 내 아내가 당신 어머님과 절친한 사이였답니다. 목요일마다 우리 집에서 모임이 열립니다. 마침 오늘이 목요일이니 부디 격식을 차리지 말고 편하게 방문해 주시지요." 현 지사는 그를 보내며 이렇게 말했다.

현 지사와 헤어진 니콜라이는 곧장 역마차를 잡아타고 기병 특무 상사와 함께 20베르스타 떨어진 지주의 종마장으로 향했다. 보로네시에 머무는 처음 얼마 동안 니콜라이에게는 모든 것이 즐겁고 경쾌했다. 당사자의 기분이 좋을 땐 언제나 그렇듯 만사가 순조롭게 잘 풀렸다.

니콜라이가 찾아간 지주는 나이 많은 독신자 기병으로 말 전문가이자 사냥꾼이자 양탄자방[8]과 100년 묵은 향신료 보드카와 헝가리산의 오래 묵은 포도주와 명마들을 소유한 사람이었다.

니콜라이는 두어 마디 말을 주고받은 끝에 군마 조달의 견본으로 엄선한(그의 표현대로) 수말 열일곱 마리를 6000루블에 구매했다. 로스토프는 식사를 하고 헝가리산 포도주를 다소 많이 마신 후 이미 친근한 호칭으로 대하게 된 지주와 여러 번 열렬한 입맞춤을 나누고는 현 지사의 야회에 서둘러 가기

---

8) 양탄자로 장식한 동양풍의 방.

위해 계속 마부를 재촉하면서 더할 나위 없이 즐거운 기분으로 울퉁불퉁한 도로를 질주하여 되돌아왔다.

옷을 갈아입고 향수를 뿌리고 머리에 차가운 물을 끼얹은 니콜라이는 조금 늦긴 했지만 아예 가지 않는 것보다 늦게라도 가는 편이 낫다는 경구를 좇아 현 지사의 집으로 갔다.

그것은 무도회가 아니었고, 춤 순서가 있을 거라는 말도 없었다. 그러나 카체리나 페트로브나가 클라비코드로 왈츠와 스코틀랜드 무곡을 연주하리라는 것, 또한 춤이 있으리라는 것을 다들 알았다. 그래서 모두 그 점을 고려하여 무도회 차림으로 모였다.

1812년 현 지방의 생활은 여느 때와 똑같았다. 차이가 있다면 다만 모스크바에서 부유한 집안이 많이 온 덕분에 시내가 더욱 활기를 띤다는 점, 그리고 당시 러시아에서 일어나고 있던 모든 일들처럼 그곳의 생활에서도 될 대로 되라거나 어떻게 되든 상관없다는 투의 어떤 특별한 대담함이 눈에 띄게 두드러진다는 점이었다. 또한 예전에 날씨나 공통의 지인을 화제로 사람들 사이에서 불가피하게 나오기 마련이던 저속한 대화가 이제는 모스크바며 군대며 나폴레옹 등을 화제로 삼았다.

현 지사의 집에 모인 사람들은 보로네시의 최고 상류층이었다.

귀부인들이 매우 많았고, 니콜라이가 아는 모스크바의 귀부인들도 몇 명 있었다. 그러나 게오르기 훈장을 받은 기병이자 군마 조달 담당 장교이며 선량하고 품행이 반듯한 로스토프 백작과 조금이라도 견줄 만한 남자는 아무도 없었다. 남자들 가운데에는 프랑스군 장교인 이탈리아인 포로가 한 명 있었다. 니콜라이는 그 포로가 참석한 덕분에 러시아 영웅으로서 자신의 가치가 더욱 높아진 느낌을 받았다. 그것은 마치 전리품 같았다. 니콜라이는 그렇게 느꼈다. 그에게는 다른 사람들도 전부 이탈리아인을 그렇게 보고 있는 것처럼 느껴졌다. 그래서 니콜라이는 품위 있고 조심스러운 태도로 그 장교를 친절히 대해 주었다.

니콜라이가 경기병 군복 차림으로 주위에 향수와 술 냄새를 풍기며 들어가 아예 가지 않는 것보다 늦게라도 가는 편이 낫다는 말을 직접 하기도 하고 다른 사람들에게서 여러 번 듣기도 하는 사이 어느새 그는 사람들에게 둘러싸여 있었다. 모든 사람들의 시선이 그에게 쏠렸고, 그는 즉각 자신이 모든 이들의 총아 — 이 현에서 그가 마땅히 누려야 할 지위인 — 가 된 것을 느꼈다. 언제라도 즐겁기 마련인 이 지위는 오랫동안 궁핍에 시달리다 온 이 순간의 그에게 황홀한 기쁨을 안겨 주었다. 그의 관심에 기뻐하는 하녀들이 역참과 주점과 지주의 양탄자방에만 있는 게 아니었다. 이곳 현 지사의 야회에는 니콜라이가 관심을 보여 주기만 초조하게 기다리는 젊은 귀부인과 예쁜 아가씨들이 셀 수 없을 정도로 많았다.(니콜라이에게는 그렇게 보였다.) 귀부인과 아가씨들은 그에게 교태를 부렸고, 노파들은 첫날부터 어떻게 하면 이 늠름한 난봉꾼 경기병을 장가들여 착실하게 살도록 만들까 하는 궁리로 분주했다. 그 후자들 가운데에 현 지사의 아내도 있었다. 그녀는 로스토프를 가까운 친척처럼 맞으며 그를 '니콜라'니 '너'니 하는 호칭으로 불렀다.

카체리나 페트로브나가 정말로 왈츠와 스코틀랜드 춤곡을 연주하기 시작했고, 그와 함께 춤도 시작되었다. 니콜라이는 능수능란한 춤 솜씨로 현 사교계의 모든 이들을 한층 더 매혹했다. 심지어 춤을 출 때의 독특하고 거리낌 없는 태도로 모든 이들을 놀라게 하기도 했다. 그는 모스크바에서 한 번도 그런 식으로 춤을 춘 적이 없었고, 지나칠 정도로 거리낌 없이 춤추는 것을 무례하고 불쾌한 태도로 여기기까지 했다. 하지만 이곳에서 그는 어떤 유별난 행동으로, 수도에서는 평범하게 받아들여질 테지만 지방에는 아직 알려지지 않은 어떤 행동으로 모든 사람들을 놀라게 만들 필요를 느꼈다.

야회 내내 니콜라이는 어느 현청 관리의 아내에게 가장 관심을 기울였다. 하늘색 눈동자와 풍만한 몸매와 금발 머리를 지닌 사랑스러운 여인이었다. 로스토프는 기분이 들뜬 청년들의 순진한 신념, 즉 타인의 아내들이 자기를 위해 창조되었다는 신념을 품은 채 그 귀부인 곁을 떠나지 않았으며, 그녀의 남편에게 한 패거리를 대하듯 친근한 태도를 보였다. 마치 입 밖에 내어 말하지는 않았어도 니콜라이와 그의 아내가 썩 잘 어울린다는 사실을 둘 다 알지 않느냐는 투였다. 그러나 남편은 그 신념에 공감하지 않는 듯 로스토프를 애써 음울한 태도로 대했다. 그러나 니콜라이의 선량한 순진함은 끝이 없었고, 남편은 이따금 니콜라이의 유쾌한 기분에 무심코 굴복하곤 했다. 하지만 야회가 끝날 무렵 아내의 얼굴이 점점 더 붉

게 달아오르고 생기를 띰에 따라 남편의 얼굴은 더욱 슬프고
창백하게 변했다. 마치 두 사람 사이에 생기의 분량이 일정하
게 정해져 있어 아내 쪽이 증가하면 남편 쪽은 감소하는 것 같
았다.

5

니콜라이는 얼굴에 연신 미소를 띠고서 안락의자에 약간 구부정하게 앉아 금발 여인의 얼굴 쪽으로 바싹 고개를 숙이고는 신화를 들먹이며 찬사를 바치고 있었다.

꼭 달라붙는 승마 바지에 감싸인 두 다리의 위치를 민첩하게 바꾸면서, 주위에 향수 냄새를 풍기면서, 자신의 귀부인과 자신과 팽팽한 사슴 가죽에 싸인 자신의 멋진 두 다리를 감탄하듯 바라보면서 니콜라이는 금발 여인에게 이곳 보로네시에서 한 귀부인을 납치하고 싶다고 말했다.

"어떤 귀부인을요?"

"매혹적이고 아름다운 부인입니다. 그녀의 눈은 하늘색이고(니콜라이는 상대방을 바라보았다.) 입은 산호 같고 살결은 하얗고…….” 그는 그녀의 어깨를 바라보았다. "몸매는 다이아나 같고…….”

남편이 그들에게로 다가왔다. 그는 아내에게 무슨 이야기를 하고 있느냐고 침울하게 물었다.

"아! 니키타 이바니치." 니콜라이는 정중하게 일어서며 말했다. 그리고 마치 니키타 이바니치가 자신의 농담을 같이 즐겨 주면 좋겠다는 투로 한 금발 여인을 납치하려는 자신의 계획을 그에게도 이야기하기 시작했다.

남편은 우울하게, 아내는 밝게 미소를 지었다. 선량한 현 지사 부인이 못마땅한 눈치로 그들에게 다가왔다.

"니콜라, 안나 이그나치예브나가 널 만나고 싶어 하는구나." 그녀가 말했다. 그녀가 안나 이그나치예브나라고 말할 때의 목소리에서 로스토프는 즉각 그 안나 이그나치예브나라는 여자가 매우 지체 높은 귀부인임을 깨달았다. "니콜라, 같이 가자꾸나. 그런데 널 이렇게 불러도 되겠니?"

"아, 그럼요, 아주머니. 그런데 그분은 누구세요?"

"안나 이그나치예브나 말빈체바야. 조카딸에게서 너에 대한 이야기를 들었대. 네가 그분의 조카딸을 구했다면서……. 누군지 알겠니?"

"제가 구한 사람이 적지 않아서요!" 니콜라이가 말했다.

"그분의 조카딸 볼콘스카야 공작 영애란다. 그녀는 여기 보로네시의 친척 아주머니 댁에 머물고 있어. 오호라, 얼굴이 빨개졌네! 무슨 일이야, 혹시……?"

"당치도 않습니다. 그만하세요, 아주머니."

"그래, 알았다, 알았어. 참, 너란 아이도!"

현 지사 부인은 챙 없는 하늘색 모자를 쓴 키가 크고 매우 뚱뚱한 노부인에게 그를 데려갔다. 노부인은 그 도시에서 가장 영향력 있는 사람들과 카드놀이를 한차례 막 끝낸 참이었다. 그 사람은 마리야 공작 영애의 외가 친척인 말빈체바로 늘 보로네시에서 지내는, 자식이 없는 부유한 미망인이었다. 로스토프가 다가갔을 때 그녀는 카드놀이에서 잃은 돈을 지불하며 서 있었다. 그녀는 엄숙하고 오만하게 실눈을 뜨며 그를 힐끔 쳐다보고는 자기에게서 돈을 딴 장군에 대해 계속 욕지거리를 했다.

"정말 반가워요." 그녀는 그에게 한 손을 내밀며 말했다. "우리 집에 부디 와 줘요."

지체 높은 노파는 마리야 공작 영애와 고인이 된 그녀의 아버지—말빈체바는 그를 좋아하지 않았음이 분명했다—에 관해 잠시 이야기하고 니콜라이가 안드레이 공작—그 역시 그녀의 호의를 얻지 못한 듯 보였다—에 대해 아는 바를 이것저것 묻더니 자기 집을 방문해 달라는 말을 다시 한번 되풀이하고는 그를 놓아주었다.

니콜라이는 약속을 했고, 말빈체바와 작별할 때 또 한 번 얼굴을 붉혔다. 마리야 공작 영애를 떠올릴 때면 로스토프는 스스로도 이해할 수 없는 부끄러운 감정, 심지어 두려움마저 느꼈다.

로스토프는 말빈체바 곁을 떠나 사람들이 춤을 추는 곳으로 돌아가려 했다. 그러나 자그마한 현 지사 부인이 니콜라이의 소매에 포동포동한 작은 손을 얹고 꼭 해야 할 이야기가 있다며 소파방으로 데려갔다. 방에 있던 사람들은 현 지사 부인을 방해하지 않으려고 즉시 나갔다.

"얘야, 알겠니?" 현 지사 부인은 조그마한 선한 얼굴에 진지한 표정을 짓고 말했다. "그 사람이야말로 너의 천생배필이야. 너만 괜찮다면 내가 중매를 설까?"

"누구 말인가요, 아주머니?" 니콜라이가 물었다.

"내가 공작 영애에게 중매를 설게. 카체리나 페트로브나는 릴리를 꼽지만 내 생각은 달라. 난 공작 영애 쪽이야. 어떠니? 난 네 엄마도 고마워할 거라고 확신해. 정말 좋은 아가씨야! 훌륭해! 게다가 그렇게 못생기지도 않았어."

"물론이죠." 니콜라이는 마치 모욕이라도 느낀 듯 말했다. "아주머니, 전 군인의 본분에 맞게 초대받지 않은 곳에는 가지 않되 어떤 것도 사양하지 않습니다." 로스토프는 자신이 무슨 말을 하는지 미처 생각지도 않고 이렇게 말했다.

"그럼 잘 기억해 두렴. 이건 농담이 아니니까."

"농담이라니요!"

"그래, 그래." 현 지사 부인은 혼잣말을 하듯 말했다. "얘야, 한 가지 더 있다. 넌 저 금발 여자에게 지나치게 관심을 보이더구나. 정말이지 남편이 불쌍할 정도야……."

"아, 아니에요, 그 사람과 저는 친구입니다." 니콜라이는 진심으로 솔직하게 말했다. 그는 자신의 그런 즐거운 심심풀이가 다른 누군가에게 불쾌감을 줄지 모른다는 사실을 상상도할 수 없었던 것이다.

'하지만 어째서 현 지사 부인에게 그런 어리석은 말을 했을까!' 야식 시간에 문득 그런 생각이 니콜라이의 머리에 떠올랐다. '부인은 틀림없이 중매를 설 거야. 그럼 소냐는?' 그 후 니콜라이가 작별 인사를 나누려 하자 현 지사 부인은 빙그레 웃으며 한 번 더 그에게 말했다. "그럼 잘 기억해 둬라." 그는 그녀를 옆으로 잡아끌었다.

"그런데 아주머니, 솔직히 말씀드릴 게 있습니다."

"뭐야, 뭐야, 얘, 저기 가서 앉자꾸나."

문득 니콜라이는 남이나 마찬가지인 이 여자에게 속내(어머니나 누이나 친구라면 말하지 않았을 생각들)를 전부 털어놓고 싶은 바람과 필요를 느꼈다. 나중에 그가 딱히 이유도 없고 무엇으로도 설명할 수 없는 이 고백 — 이 고백은 그에게 매우 중요한 결과를 가져왔다 — 의 충동을 떠올렸을 때는 그냥 어리석은 변덕 때문이었던 것처럼 느껴졌다. 그러나 이 고백의 충동은 다른 사소한 사건들과 더불어 그와 가족 모두에게 엄청난 결과를 불러왔다.

"사실은요, 아주머니, 어머니는 오래전부터 절 부유한 아가씨와 결혼시키고 싶어 하셨어요. 그런데 돈 때문에 결혼한다는 것은 생각만 해도 혐오스럽습니다."

"아, 그럼, 이해해." 현 지사 부인이 말했다.

"하지만 볼콘스카야 공작 영애는 다릅니다. 아주머니께 솔직히 말씀드리자면 무엇보다 전 그녀가 무척 좋습니다. 제 마음에 쏙 드는 여자입니다. 그리고 그런 상황에서 그녀를 만난 이후 정말 이상하게도 이것이 운명이라는 생각을 종종 하게 됩니다. 특히 이 점을 생각해 보세요. 어머니는 오래전부터 이것에 대해 생각하셨지만 그전에 전 그녀를 만난 적이 없습니다. 어떻게 된 일인지 계속 그렇게 서로 만나지 못했죠. 그러다 나타샤가 그녀의 오빠와 약혼하면서 저는 그녀와 결혼을 생각할 수도 없게 되었습니다. 우리는 나타샤의 결혼이 허사가 되고 나서야 만나야 했던 겁니다. 그런데 그 후 모든 일이……. 네, 실은 이렇게 된 겁니다. 저는 이 이야기를 아무에게도 하지 않았고, 앞으로도 하지 않으렵니다. 그저 아주머니께만 드리는 말씀입니다."

현 지사 부인은 고맙다는 듯 그의 팔꿈치를 꽉 잡았다.

"제 사촌 동생 소피를 아십니까? 전 그녀를 사랑합니다. 전 그녀와 결혼을 약속했고 또 그렇게 결혼할 겁니다……. 그러니 아주머니도 아시겠죠, 이게 말도 안 되는 얘기라는 걸요." 니콜라이는 얼굴을 붉히며 앞뒤가 맞지 않는 말을 했다.

"얘, 어떻게 그런 식으로 생각하니? 소피에게는 재산이 한 푼도 없잖아. 너도 네 입으로 말했지. 네 아버지의 재정 상태가 아주 안 좋다고 말이야. 게다가 네 어머니는? 그건 네 어머니를 죽이는 행위와 다를 바 없어. 소피도 그렇지, 그 아가씨에게 마음이라는 게 있다면 말이다. 그 애의 인생이 어떻게 되겠니? 어머니는 절망에 빠지고, 재정은 파탄 나고……. 안 돼, 얘야, 너도 소피도 그 점을 헤아려야 한다니까."

니콜라이는 침묵했다. 그는 그런 결론을 듣게 되어 기뻤다.

"하지만 아주머니, 그럴 수는 없어요." 그는 잠시 입을 다물었다가 한숨을 쉬며 말했다. "그리고 공작 영애가 나와 결혼하려 하겠습니까? 게다가 그녀는 지금 상중인데요. 이런 일을 생각할 수나 있겠습니까?"

"넌 내가 널 당장 결혼시킬 거라 생각하니? 모든 일에는 법도라는 게 있어." 현 지사 부인이 말했다.

"대단한 중매쟁이시군요, 아주머니……." 니콜라는 그녀의 포동포동한 손에 입을 맞추며 말했다.

6

로스토프와 만난 후 모스크바로 온 마리야 공작 영애는 그
곳에서 가정 교사와 함께 있는 조카와 자기 앞으로 온 안드레
이 공작의 편지를 발견했다. 편지에서 안드레이 공작은 그들
에게 보로네시의 말빈체바 아주머니를 찾아가라고 지시했다.
이주에 대한 고민, 오빠에 대한 염려, 새로운 집에 정착하는
문제, 새로운 사람들, 조카 양육, 이 모든 것들이 마리야 공작
영애의 마음속에 있는 감정을 억눌렀다. 그것은 아버지의 와
병과 죽음 이후, 특히 로스토프와의 만남 이후 계속 그녀를 괴
롭히던 유혹과도 같은 감정이었다. 그녀는 슬펐다. 그 후 평온
한 생활 조건 속에서 한 달이 지난 지금 아버지를 잃었다는 느
낌은 그녀의 마음속에서 러시아의 멸망과 결부되어 점점 더
강렬하게 다가왔다. 그녀는 불안했다. 가까운 사람들 가운데
그녀에게 남은 유일한 사람인 오빠가 위험에 처했다는 생각

이 끊임없이 그녀를 괴롭혔다. 그녀는 조카의 양육 때문에도 근심했다. 항상 자신이 그 일을 감당할 만한 사람이 못 된다고 느꼈던 것이다. 하지만 마음 깊은 곳에는 자신에 대한 긍정이 있었다. 로스토프의 출현과 더불어 그녀의 마음속에 생긴 개인적인 꿈과 희망을 스스로 억눌렀다는 자각에서 비롯된 긍정이었다.

현 지사 부인은 야회 다음 날 말빈체바를 찾아가 자신의 계획(비록 지금 상황에서 정식 결혼은 생각도 못 할 일이지만 젊은 사람들을 이어 주고 서로를 알아 가게 하는 것은 가능하지 않겠냐는 단서를 달았다.)에 대해 의논했다. 말빈체바의 동의를 얻은 현 지사 부인은 마리야 공작 영애 앞에서 로스토프를 화제에 올리며 칭찬하고는 그가 마리야 공작 영애의 이름을 듣더니 얼굴을 붉히더라고 이야기했다. 그때 마리야 공작 영애는 기쁘기보다 오히려 고통스러운 감정을 느꼈다. 그녀 내면의 조화는 더 이상 지속되지 못했고, 갈망과 의심과 질책과 희망이 다시 고개를 내밀었다.

이 소식을 접한 후로 로스토프가 방문하기까지 이틀 동안 마리야 공작 영애는 로스토프와의 관계에서 어떻게 처신할지 계속 생각했다. 그녀는 그가 아주머니를 찾아오면 응접실에 나가지 말아야겠다고, 상중인 자신이 손님을 맞는 것은 부적절한 행동이라고 결론지었다. 그러다가도 그가 자기를 위해 해 준 일을 떠올리며 그런 행동은 무례한 짓이 될 거라고 생각했다. 아주머니와 현 지사 부인이 자신과 로스토프에 대해 어떤 계획을 품었다는 생각이 머리를 스치기도 했다.(그들의 눈짓과 말은 이따금 이러한 추측을 뒷받침해 주는 것 같았다.) 그녀는 그들을 두고 이런 생각을 하는 사람은 마음이 깨끗하지 않은 자기뿐일 거라고, 아직 상장도 떼지 않은 처지에 그런 혼담은 자신에게나 아버지의 추억에 대해서나 모욕적인 일임을 그들이 모를 리 없다고 혼잣말을 하기도 했다. 마리야 공작 영애는 그가 있는 자리에 나갔다고 가정하며 그가 자기에게 할 말과 자신이 그에게 할 말을 생각해 보기도 했다. 그녀에게는 그 말들이 까닭 없이 냉정한 듯도 하고 지나치게 많은 의미를 띤 것 같기도 했다. 그녀가 그와의 만남에 대해 가장 두려워한 것은 그를 보자마자 그녀를 지배하고 그녀의 속내를 폭로할 것이 분명한 ― 그녀는 그렇게 느꼈다 ― 당혹감이었다.

하지만 일요일 오전 예배 후 하인이 응접실에 들어와 로스토프 백작이 왔다고 보고했을 때 공작 영애는 당혹감을 비치지 않았다. 그저 부드러운 홍조가 두 뺨에 떠오르고 두 눈동자가 새로운 광채를 띠었을 뿐이다.

"아주머니, 그분을 만나 보셨어요?" 마리야 공작 영애가 침착한 목소리로 말했다. 그녀 스스로도 어떻게 그처럼 침착하게 자연스러운 척할 수 있는지 이해할 수 없었다.

로스토프가 응접실에 들어오자 공작 영애는 마치 손님에게 아주머니와 인사할 시간을 주려는 듯 잠시 고개를 숙였다. 그런 다음 니콜라이가 돌아보는 바로 그 순간 고개를 들어 빛나는 눈으로 그의 시선을 맞았다. 그녀는 기쁘게 미소를 지으며 품위와 우아함이 넘치는 몸짓으로 몸을 살짝 일으키고는 그에게 가냘프고 부드러운 손을 내밀며 처음으로 가슴에서 울리는 새로운 여성적인 목소리로 이야기를 꺼냈다. 응접실에 있던 마드무아젤 부리엔은 놀랍고 어리둥절하여 마리야 공작 영애를 쳐다보았다. 교태에 능수능란한 그녀도 마음에 들고 싶은 남자를 만났을 때 그보다 더 교묘하게 행동할 수는 없었을 것이다.

'검은색이 그녀의 얼굴에 아주 잘 어울리나 보네. 아니면 정말로 아주 예뻐졌는데 내가 알아차리지 못했거나. 무엇보다 저 빈틈없는 태도와 우아함이라니!' 마드무아젤 부리엔은 생각했다.

이 순간 생각을 할 수 있었다면 마리야 공작 영애는 자기 안에서 일어난 변화에 마드무아젤 부리엔보다도 더 놀랐을 것이다. 그 그립고 사랑하는 사람의 얼굴을 본 순간부터 그녀는 어떤 새로운 생명력에 사로잡혀 자기 의지와 상관없이 말하고 행동했다. 그녀의 얼굴은 로스토프가 들어온 후 갑자기 변모했다. 조각을 새기고 채색한 등에 불을 붙이면 등의 옆면에 이제까지 조잡하고 음침하고 무의미하게 보이던 그 복잡하고 정교한 예술 작품이 생각지도 않은 인상적인 아름다움을 드러내며 갑자기 떠오르듯 마리야 공작 영애의 얼굴도 그렇게 변모했다. 그녀가 이제까지 의지하여 살아온 순수하고 영적인 내적 노동 전체가 처음으로 표면에 나타난 것이다. 스스로에게 만족하지 않는 그녀의 모든 내적 노동, 그녀의 고통, 선에 대한 갈망, 순종, 사랑, 자기희생, 이 모든 것이 이 순간 그 빛나는 눈동자, 엷은 미소, 부드러운 얼굴선 하나하나에서 빛나고 있었다.

로스토프는 그녀의 모든 인생을 알기라도 하듯 이 모든 것을 뚜렷이 보았다. 그는 자기 앞에 있는 존재가 자신이 이제까지 만난 모든 사람들과 전혀 다른 존재임을, 그들보다도, 특히 그 자신보다도 더 뛰어난 존재임을 깨달았다.

화제는 지극히 소박하고 사소한 것이었다. 그들은 다른 모든 사람들과 마찬가지로 무심결에 전쟁에 대한 자신의 슬픔을 과장하며 그 사건에 대해 이야기했고, 지난번 만남에 대해서도 이야기했다. 니콜라이는 화제를 바꾸려고 애쓰며 선량한 현 지사 부인에 관해, 니콜라이와 마리야 공작 영애의 친척들에 관해 이야기했다.

마리야 공작 영애는 아주머니가 안드레이를 화제에 올리자마자 화제를 바꾸려 애쓰며 오빠에 관한 이야기를 피했다. 러시아의 불행에 대해서는 겉치레로나마 이야기할 수 있었지만, 오빠는 그녀의 마음에 지나치게 가까운 대상이어서 그에 대해 쉽게 이야기하고 싶지도, 그렇게 할 수도 없는 듯했다. 니콜라이는 그것을 눈치챘다. 그답지 않은 날카로운 관찰력으로 마리야 공작 영애의 성격이 지닌 모든 색조를 대체로 알아차렸기 때문이다. 그것들은 모두 그녀가 매우 특별하고 대단한 존재라는 그의 확신을 뒷받침해 줄 뿐이었다. 니콜라이도 누가 자기에게 그녀에 관한 이야기를 할 때면, 심지어 그 자신이 그녀를 생각할 때조차 마리야 공작 영애와 똑같이 얼굴을 붉히며 당황했다. 그러나 그녀와 함께 있게 되자 마음이 완전히 자유로워지는 것을 느끼면서 자신이 미리 준비해 온 말은 전혀 꺼내지 않고 순간적으로 머리에 떠오른 말 ― 그것은 언제나 적절했다 ─ 을 던졌다.

아이들이 있는 집에 가서 늘 그랬듯이 니콜라이는 짧은 방문 동안에도 침묵의 순간이 올 때면 안드레이 공작의 어린 아들에게로 달려가 다정하게 아이를 쓰다듬으며 경기병이 되고 싶지 않으냐고 묻곤 했다. 그는 사내아이의 두 팔을 잡고 즐겁게 빙글빙글 돌며 마리야 공작 영애를 힐끔거렸다. 그녀의 애정 어린 행복하고 수줍은 눈길이 사랑하는 남자의 품에 안긴 사랑하는 아이를 좇았다. 니콜라이도 그 시선을 눈치채고 마치 그 의미를 이해한 듯 기쁨으로 얼굴을 붉히며 다정하고 쾌활하게 아이에게 입을 맞추었다.

마리야 공작 영애는 상중이라 외출을 하지 않았고, 니콜라이도 그 집을 방문하는 것을 예의에 어긋한 행동이라 생각했다. 그러나 현 지사 부인은 계속 혼담을 진행했고, 마리야 공작 영애와 니콜라이를 오가면서 그들이 상대에 대해 언급한 칭찬을 전했으며, 로스토프가 마리야 공작 영애에게 자신의 뜻을 밝히도록 밀어붙였다. 현 지사 부인은 이 고백을 위하여 오전 예배 전에 두 젊은이들이 주임 신부의 집에서 만날 수 있도록 자리를 마련했다.

로스토프는 현 지사 부인에게 자신은 마리야 공작 영애한테 아무것도 털어놓을 것이 없노라고 말하면서도 그곳에 가겠다고 약속했다.

로스토프는 틸지트에서 모든 사람이 좋다고 인정한 것이 과연 좋은 일인지에 대해 의심하려 하지 않았던 것처럼 지금도 자기 이성에 따라 삶을 꾸리려는 시도와 상황에 대한 순종적인 복종 사이에서 짧지만 진지한 투쟁을 하고 난 뒤 후자를 택했으며, 그를 어딘가로 저항할 수 없이(그가 느끼기에) 끌어 당기는 힘에 스스로를 내맡겼다. 소냐에게 약속을 해 놓고 마리야 공작 영애에게 감정을 털어놓는 것은 그동안 자신이 비열한 짓이라 부르던 행위가 되리라는 사실을 알았다. 그리고 자신이 결코 비열한 짓을 하지 않으리라는 사실도 알았다. 그러나 지금 자신을 지배하는 상황과 사람들의 힘에 굴복한다 해서 나쁜 짓을 하는 것은 결코 아닐뿐더러 매우 중요한 무언가를, 자신이 이제껏 살면서 한 번도 해 보지 않은 중요한 무언가를 하는 것이라는 점도 알았다.(안다기보다 마음 깊은 곳으로부터 느꼈다.)

마리야 공작 영애와 만난 후 비록 그의 생활 방식은 겉보기에 예전 그대로였지만 이제까지 만족을 주던 모든 것이 그 매력을 잃었다. 그는 종종 마리야 공작 영애를 생각했다. 하지만 그가 그녀를 생각하는 방식은 사교계에서 마주친 모든 귀족 아가씨들에 대해 늘 생각하던 방식과 전혀 달랐다. 언젠가 오랫동안 소냐를 열광적으로 생각하던 방식과도 달랐다. 명예를 존중하는 거의 모든 청년들이 그러듯 그는 모든 귀족 아가씨들을 미래의 아내감으로 생각하며 상상 속에서 하얀 실내복, 사모바르 앞에 앉은 아내, 아내의 카레타, 아이들, 엄마와 아빠, 그와 그녀의 관계 등 결혼 생활의 모든 조건을 아가씨들에게 적용해 보곤 했다. 미래에 대한 그 그림들은 그에게 기쁨을 주었다. 하지만 그와 혼담이 오가는 마리야 공작 영애에 대해 생각할 때면 도무지 미래의 결혼 생활에 대해 아무것도 상상할 수 없었다. 상상을 해 보려 해도 모든 것이 앞뒤가 맞지 않고 억지가 되어 버렸다. 그저 기분만 나빠질 뿐이었다.

7

보로지노 전투와 아군 사상자에 대한 무시무시한 소식, 그리고 모스크바를 잃었다는 더욱 무시무시한 소식이 보로네시에 도착한 것은 9월 중순 무렵이었다. 니콜라이가 들은 바로는(그도 그녀를 만나지 못했다.) 신문에서 오빠가 부상당한 사실만 확인하고 그에 관해 어떤 명확한 정보도 얻지 못한 마리야 공작 영애가 안드레이 공작을 찾으러 길 떠날 준비를 하는 중이라고 했다.

보로지노 전투와 모스크바 포기에 대한 소식을 들은 로스토프는 절망이나 분노나 복수심이나 그 비슷한 감정을 느끼지는 않았다. 그러나 보로네시에 있는 모든 것들이 갑자기 따분하고 지긋지긋하게 느껴졌으며, 모든 것이 어쩐지 수치스럽고 거북하게 여겨졌다. 그에게는 자기가 들은 모든 대화가 위선적으로 느껴졌다. 그는 이 모든 것을 어떻게 판단해야 할지 몰랐다. 연대에 가야 모든 것이 다시 분명하게 보일 것 같았다. 그는 말 구매를 마무리 짓기 위해 서둘렀고, 종종 하인과 기병 특무 상사에게 별 이유도 없이 벌컥 성을 내곤 했다.

로스토프가 떠나기 며칠 전 러시아군이 거둔 승리를 기념하여 대교회에서 기도회가 열리기로 정해져 니콜라이도 예배에 갔다. 그는 현 지사 뒤에 약간 떨어져서 갖가지 주제에 대해 이런저런 생각을 하며 예배에 어울리는 점잖은 태도로 내내 서 있었다.[9] 기도회가 끝나자 현 지사 부인이 그를 자기 쪽으로 불렀다.

"공작 영애를 봤니?" 그녀는 찬양대석 뒤에 선 검은 차림의 귀부인을 고개로 가리키며 말했다.

니콜라이는 마리야 공작 영애를 금방 알아보았다. 모자 아래로 보이는 옆얼굴 때문이라기보다 오히려 금세 자신을 사로잡은 조심스러움과 두려움과 연민의 감정 때문이었다. 자기 생각에 몰두한 듯한 마리야 공작 영애는 교회 문을 나서기에 앞서 마지막 성호를 긋고 있었다.

니콜라이는 놀란 눈으로 그녀의 얼굴을 바라보았다. 전에 본 얼굴과 똑같았다. 여전히 얼굴에는 전반적으로 미묘하고 영적인 내적 노동의 표정이 떠올라 있었다. 하지만 지금 그 얼굴은 완전히 다르게 빛나고 있었다. 그 위에 슬픔과 간청과 희망이 뒤섞인 감동적인 표정이 어렸다. 전부터 마리야 공작 영애 앞에서 늘 그랬듯 니콜라이는 현 지사 부인이 곁으로 가 보

---

9) 러시아 정교회의 예배에서 신자들은 앉지 않고 서거나 무릎을 꿇는다.

라고 조언할 때를 기다리지 않고, 또 이런 곳에서 말을 걸어도 될지 어떨지, 그것이 예의 바른 행동일지 어떨지 스스로에게 물어보지 않고 그녀에게 다가갔다. 그는 그녀의 슬픔에 대해 들었고 진심으로 안타깝게 여기노라고 말했다. 그의 목소리를 들은 순간 갑자기 그녀의 얼굴이 강렬한 빛으로 타오르며 그녀의 슬픔과 기쁨을 동시에 내비쳤다.

"공작 영애, 당신에게 한 가지 말하고 싶은 게 있습니다."로스토프가 말했다. "만약 안드레이 니콜라예비치 공작이 살아 있지 않다면 그분은 연대장이니만큼 그 사실이 지금쯤 신문에 발표되었을 겁니다."

공작 영애는 말을 이해하지 못한 채 그를 바라보았다. 그러나 그의 얼굴에 떠오른 공감 어린 고통의 표정에 기뻐했다.

"그리고 난 아주 많은 사례를 압니다. 파편(신문에 유탄의 파편이라고 발표되었다.)으로 인한 부상은 즉사를 일으킬 만큼 치명적이거나 그와 정반대로 아주 경미하거나 합니다." 니콜라이가 말했다. "좋은 결과에 희망을 걸어야 합니다. 나는 확신합니다……."

마리야 공작 영애가 말을 가로막았다.

"오, 그건 너무 무서운……." 그녀는 입을 열었다. 그러나 흥분 때문에 말을 맺지 못하고 우아한 몸짓(그녀가 그의 앞에서 보여 준 모든 몸짓이 그러했듯)으로 고개를 숙였다. 그러고는 고마움이 담긴 눈길로 그를 쳐다본 후 아주머니를 뒤따라갔다.

그날 밤 니콜라이는 아무 데도 외출하지 않고 말 상인들과 몇 가지 계산을 끝내기 위해 숙소에 남았다. 거래를 마치고 나니 어딘가 외출하기에는 너무 늦고 잠자리에 들기에는 아직 이른 시간이었다. 그래서 니콜라이는 오랫동안 혼자 방 안을 돌아다니며 자신의 생활을 곰곰이 생각해 보았다. 이는 그에게 좀처럼 없는 일이었다.

마리야 공작 영애는 스몰렌스크 부근에서 그에게 좋은 인상을 남겼다. 그가 그녀에게 특별한 관심을 가지게 된 것은 당시 그런 특별한 상황에서 그녀를 만난 데다 한때 어머니가 부유한 배우자감으로 다름 아닌 그녀를 언급했기 때문이었다.

그가 보로네시에 체류하는 동안 그 인상은 기분 좋을 뿐 아니라 강렬하기까지 했다. 니콜라이는 이번에 알게 된 그녀의 특별한 정신적인 아름다움에 깊은 인상을 받았다. 그래도 니콜라이는 떠날 채비를 했다. 보로네시를 떠나면 공작 영애를 만날 기회를 잃을 테니 아쉽다는 생각은 머리에 떠오르지 않았다. 그러나 오늘 교회에서 이루어진 마리야 공작 영애와의 만남은 그가 예상한 것보다 더 깊이, 그가 자신의 평온을 위해 바란 것보다 더 깊이 그의 마음속에 아로새겨졌다.(니콜라이는 그것을 느꼈다.) 그 창백하고 섬세하고 슬픈 얼굴, 그 빛나는 시선, 그 조용하고 우아한 몸짓, 무엇보다 용모 전체에 드러난 그 깊고 부드러운 슬픔이 마음을 어지럽히고 연민을 불러일으켰다. 로스토프는 남자들에게서 숭고한 정신적 생활의 표출을 보는 것을 못 견디게 싫어했다.(그 때문에 안드레이 공작도 좋아하지 않았다.) 그런 것을 철학이라느니 몽상이라느니 하며 경멸스럽게 부르곤 했다. 그러나 마리야 공작 영애에게서는, 니콜라이에게 생경한 그 정신 세계의 깊이를 고스란히 드러낸 슬픔에서는 저항할 수 없는 매력을 느꼈다.

'훌륭한 아가씨인 게 분명해! 천사나 다름없어!' 그는 속으로 중얼거렸다. '어째서 난 자유로운 몸이 아니란 말인가, 어째서 난 소냐와의 관계를 서둘렀을까?' 그러자 두 여자 사이의 대비가 자기도 모르게 머리에 떠올랐다. 니콜라이가 갖지 못한, 그래서 그가 매우 높이 평가하게 된 정신적 재능에서 한 사람은 빈약하고 한 사람은 풍부했다. 그는 만일 자신이 자유로운 몸이라면 어떻게 될까 상상해 보았다. 나는 어떻게 청혼하고 그녀는 어떻게 나의 아내가 될 것인가? 아니다, 그는 그것을 상상할 수 없었다. 그는 기분이 나빠졌다. 그의 머리에 어떤 뚜렷한 상도 떠오르지 않았다. 소냐의 경우 그는 이미 오래전에 그녀와 함께할 미래상을 그려 두었다. 그 모든 것이 단순하고 분명했다. 모두 머리로 꾸며 낸 것인 데다 그가 소냐의 내면을 속속들이 알았기 때문이다. 하지만 마리야 공작 영애와 함께할 미래 생활은 상상할 수 없었다. 그녀를 알지 못한 채 그저 사랑할 뿐이었기 때문이다.

소냐에 대한 공상에는 소꿉놀이 같은 즐거운 무언가가 있었다. 그러나 마리야 공작 영애를 생각하면 언제나 어렵고 다소 두려운 느낌마저 들었다.

'그녀가 기도하는 모습은 어땠던가!' 그는 기억을 떠올렸다. '그녀의 온 영혼이 기도 안에 깃든 것처럼 보였지. 그래, 그것은 산을 옮길 만한 기도였어. 난 그녀의 기도가 이루어질 거라고 확신해. 어째서 난 나에게 필요한 것을 간구하지 않을까?' 그는 기억을 더듬었다. '나에게 필요한 것은 뭐지? 자유,

소냐와의 결별. 현 지사 부인이 한 말은 사실이야.' 그는 현 지사 부인의 말을 떠올렸다. '내가 소냐와 결혼해서 얻을 것은 불행 말고 아무것도 없어. 혼란, **어머니의 슬픔……** 재정 상태…… 혼란, 끔찍한 혼란! 그래, 난 그녀를 사랑하지도 않아. 그래, 난 응당 주어야 할 그런 사랑을 주고 있지 않아. 하느님! 저를 이 출구 없는 끔찍한 처지에서 구해 주소서!' 그는 갑자기 기도를 하기 시작했다. '그래, 기도는 산을 움직이지. 믿어야 해. 하지만 어린 시절 나타샤와 함께 눈송이를 설탕으로 만들어 달라고 기도한 다음 정말 눈송이가 설탕이 됐는지 보려고 안마당으로 뛰어나갈 때처럼 그렇게 기도해서는 안 돼. 아냐, 난 지금 쓸데없는 기도를 하는 게 아냐.' 그는 파이프를 한 구석으로 치우고는 두 손을 포개고 이콘 앞에 서서 중얼거렸다. 그리고 마리야 공작 영애에 대한 기억에 감동받아 마음이 부드러워진 그는 오랫동안 그에게서 볼 수 없었던 모습으로 기도하기 시작했다. 눈에 눈물이 고이고 목이 멘 순간 라브루시카가 어떤 종이 같은 것을 들고 안으로 들어왔다.

"멍청아! 부르지도 않았는데 왜 기어들어 와!" 니콜라이는 잽싸게 자세를 바꾸며 말했다.

"현 지사 댁에서 급사가 왔어요." 라브루시카는 잠이 덜 깬 목소리로 말했다. "백작님께 편지를 가지고요."

"그래, 알았어, 고마워. 나가 봐."

니콜라이는 편지 두 통을 받았다. 하나는 어머니의 편지였고, 다른 하나는 소냐의 편지였다. 그는 글씨체로 편지를 알아보았다. 먼저 소냐의 편지를 뜯었다. 미처 몇 줄을 채 읽기도 전에 그의 얼굴이 창백해지고, 눈이 놀라움과 기쁨으로 휘둥그레졌다.

"아냐, 이럴 리 없어!" 그는 소리 내어 중얼거렸다. 그는 자리에 가만히 앉아 있을 수 없어 두 손에 편지를 쥔 채 그것을 읽으며 방 안을 서성이기 시작했다. 그는 빠르게 편지를 훑은 후 한 번, 또 한 번 거듭 읽더니 어깨를 으쓱 올리고 두 팔을 벌린 채 방 한가운데에 멈춰 섰다. 입이 벌어지고 시선이 한곳에 고정되었다. 하느님이 이루어 주리라는 확신을 품고 방금 전에 기도한 것이 실현되었다. 그러나 니콜라이는 마치 무언가 엄청난 일이 일어났다는 듯, 자신은 그것을 기대한 적도 없다는 듯, 그것이 그처럼 빨리 실현됐다는 사실은 자기가 간구한 하느님 덕분이 아니라 흔한 우연으로 일어났음을 입증한다는 듯 놀라워했다.

로스토프의 자유를 속박하고 도저히 풀 수 없을 것처럼 보이던 매듭은 소냐가 자발적으로 쓴 그 예상치 못한(니콜라이에게는 그렇게 여겨졌다.) 편지로 풀리게 되었다. 그녀는 최근의 불행한 상황, 로스토프가가 모스크바의 재산을 거의 다 잃은 것, 백작 부인이 니콜라이가 볼콘스카야 공작 영애와 결혼하기를 바란다고 수차례 말한 것, 최근 얼마 동안 계속된 그의 침묵과 냉담, 이 모든 것 때문에 그의 약속을 포기하고 그에게 완전한 자유를 주기로 결심했노라고 썼다.

나에게 은혜를 베풀어 준 가정에 나 자신이 슬픔이나 불화의 원인이 될 수도 있다고 생각하면 마음이 너무 괴로워요. 나의 사랑에는 내가 사랑하는 사람들의 행복 외에 다른 목적은 없어요. 그러니 **니콜라**, 스스로를 자유로운 몸으로 생각해 줘요. 그리고 무슨 일이 있든 당신의 소냐만큼 당신을 열렬히 사랑할 사람은 아무도 없다는 걸 알아줘요.

두 편지 모두 트로이체에서 온 것이었다. 다른 하나는 백작 부인의 편지였다. 그 편지에는 모스크바에서의 마지막 며칠, 출발, 화재, 전 재산을 잃은 사연 등이 적혀 있었다. 그런데 그 편지에서 백작 부인은 안드레이 공작이 부상병들 틈에 끼어 자신들과 함께 떠났다고 썼다. 그의 병세가 몹시 위중했으나 이제 의사는 회복될 가망이 높다고 말한다. 소냐와 나타샤가 간호사처럼 그를 보살피고 있다.

다음 날 니콜라이는 이 편지를 들고 마리야 공작 영애에게 갔다. 니콜라이도 마리야 공작 영애도 "나타샤가 그를 보살피고 있다."라는 말이 무엇을 뜻할지에 대해서는 한마디도 꺼내지 않았다.[10] 그러나 이 편지 덕분에 니콜라이와 공작 영애는 갑자기 거의 친척만큼이나 가까워졌다.

그다음 날 로스토프는 야로슬라블까지 마리야 공작 영애와 동행했고,[11] 며칠 후 연대로 떠났다.

---

10) 러시아 정교회의 교회법은 인척 사이에 결혼을 금지했기 때문에 안드레이 공작과 나타샤가 결혼하면 니콜라이와 마리야는 결혼을 할 수 없다.
11) 남쪽 보로네시에서 북쪽 야로슬라블까지의 거리, 특히 프랑스군에 점령된 모스크바를 우회하는 거리는 적어도 700킬로미터 정도 되었을 것이다.

8

소냐는 니콜라이의 기도를 이루어 준 그 편지를 트로이체에서 썼다. 편지가 작성된 동기는 이러하다. 노백작 부인은 니콜라이를 부유한 아가씨와 결혼시키려는 생각에 점점 더 사로잡혔다. 그녀는 소냐가 이 일에서 가장 큰 걸림돌임을 알았다. 그리고 백작의 집에서 소냐의 생활은 최근 들어, 특히 니콜라이가 보구차로보에서 마리야 공작 영애와 만난 일을 편지에 써 보낸 이후 더욱 괴로워졌다. 백작 부인은 소냐에게 모욕적이거나 가혹한 암시를 던질 기회를 절대 놓치지 않았다.

그러나 모스크바를 떠나기 며칠 전 당시 일어나던 모든 일에 감동하고 흥분한 백작 부인이 소냐를 불러 비난과 요구 대신 눈물로 애원했다. 그동안 자기 집안이 베푼 모든 것에 대한 보답으로 소냐에게 자신을 희생하여 니콜라이와의 관계를 끊어 달라고 말한 것이다.

"네가 이것을 약속해 줄 때까지는 내 마음이 편하지 않을 거야."

소냐는 히스테릭한 울음을 터뜨리고는 무엇이든 하겠다고, 이미 모든 것을 각오했다고 섧게 흐느끼며 대답했다. 그러나 직접적인 약속은 하지 않았고, 마음속으로는 요구받은 것에 대해 마음을 정하지 못했다. 자기를 기르고 교육시켜 준 가족의 행복을 위해서는 스스로를 희생해야 했다. 타인들의 행복을 위해 자신을 희생하는 것은 소냐의 습성이 되었다. 집안에서 그녀는 오직 희생을 통해서만 자기 가치를 표현할 수 있는 처지였다. 그래서 자기를 희생하는 데 익숙했고 그렇게 하기를 좋아했다. 하지만 예전에 그녀가 자기희생의 모든 행위에서 즐겁게 자각하던 것은, 스스로를 희생함으로써 자신과 다른 사람들의 눈에 자기 가치를 높일 수 있고 자신이 인생에서 무엇보다 사랑한 니콜라에게 더 가치 있는 여자가 되리라는 점이었다. 그런데 이제 그녀가 치러야 할 희생은 그녀에게 희생에 대한 모든 보상이자 삶의 모든 의미가 되어 준 것을 포기하는 것이었다. 난생처음으로 그녀는 고작 자신을 더 아프게 괴롭히려고 은혜를 베푼 사람들에게 야속함을 느꼈다. 그리고 이런 일을 한 번도 겪은 적이 없고 희생해야 했던 적도 없는, 자신을 위해 다른 사람들을 희생시키면서도 모든 이들에게 사랑받는 나타샤에게 질투가 났다. 또한 니콜라를 향한 자신의 고요하고 순수한 사랑에서 갑자기 법과 미덕과 종교보다 우위에 있는 강렬한 감정이 싹트는 것을 처음으로 느꼈다. 의존적인 생활을 통해 속내를 털어놓지 않는 법을 배운 소냐는 그 감정의 영향을 받아 무심결에 대답을 얼버무리고 백작 부인과 대화하기를 피했다. 그녀는 니콜라이와의 만남을 기다리기로 결심했다. 그 만남에서 그를 자유롭게 해 주기 위해서가 아니라 오히려 영원히 자신에게 묶어 두기 위해서였다.

로스토프가가 모스크바에 머문 마지막 며칠 동안의 분주함과 두려움은 소냐의 마음속에서 그녀를 괴롭히던 우울한 생각을 삼켜 버렸다. 그녀는 실제 활동에서 그런 생각으로부터의 구원을 발견하게 되어 기뻤다. 그러나 안드레이 공작이 그들 집에 있다는 사실을 알았을 때 안드레이 공작과 나타샤에게 진실한 연민을 느꼈음에도 하느님이 자신과 **니콜라**의 이별을 원하지 않는다는 기쁘고도 미신적인 감정에 사로잡혔다. 그녀는 나타샤가 안드레이 공작만을 사랑했고 그를 여전히 사랑한다는 것을 알았다. 이런 끔찍한 상황에서 재회한 그들이 이제 다시 서로를 사랑하게 되리라는 점, 그러면 니콜라이는 친척이 될 마리야 공작 영애와 결혼할 수 없으리라는 점을 알았다. 모스크바에서의 마지막 며칠과 피란길의 처음 며칠 동안 벌어진 모든 일들에 대한 두려움에도 불구하고 하느님이 자신의 개인사에 개입하고 있다는 이런 자각, 이런 감정에 소냐는 기쁨을 느꼈다.

피란길에 오른 이후 로스토프가는 트로이체 대수도원에서 처음으로 하루 동안 휴식을 취했다.

대수도원의 숙박소에서 로스토프가는 큰 방 세 개를 배정받았고, 그 가운데 하나를 안드레이 공작이 사용했다. 이 부상자는 그날 병세가 훨씬 호전되었다. 나타샤가 그의 곁을 지켰다. 백작과 백작 부인은 옆방에서 수도원장과 정중하게 담화를 나누었다. 수도원장이 오랜 지인이자 기부자인 이들을 방문한 것이다. 소냐도 그 자리에 앉아 있었지만 안드레이 공작과 나타샤가 무슨 이야기를 나눌까 하는 궁금증이 그녀를 괴롭혔다. 그녀는 문 너머로 그들의 말소리에 귀를 기울였다. 안드레이 공작의 방문이 열렸다. 나타샤가 흥분한 얼굴로 나오더니 그녀를 맞이하고자 몸을 일으키며 오른팔의 넓은 소맷자락을 감아 쥔 수도원장을 보지 못한 채 소냐에게 다가와 손을 잡았다.

"나타샤, 왜 그러니? 이리 오렴." 백작 부인이 말했다.

나타샤가 축복을 받으러 다가가자 수도원장은 하느님과 성자에게 도움을 구하라고 조언했다.

수도원장이 떠나자마자 나타샤는 곧 친구의 손을 잡고 빈방으로 갔다.

"소냐, 그이는 살아나겠지? 그렇지?" 그녀가 말했다. "소냐, 내가 얼마나 행복하고 또 얼마나 불행한지! 소냐, 모든 게 예전 그대로야. 그가 살아만 준다면! 그는 그렇게 될 리 없어…… 왜냐하면…… 왜냐하면……." 나타샤는 한없이 눈물을 흘렸다.

"그럼! 난 알아! 감사하게도 그는 살아날 거야!" 소냐가 말했다.

소냐는 두려움, 슬픔, 아무에게도 말하지 못한 개인적인 생각으로 친구 못지않게 흥분해 있었다. 그녀는 흐느끼며 나타샤에게 입을 맞추고 위로했다. '그가 살아만 준다면!' 그녀는 생각했다. 두 친구는 함께 울고 이야기를 나눈 후 눈물을 닦고 안드레이 공작의 방으로 다가갔다. 나타샤는 조심스럽게 문을 열고 방 안을 엿보았다. 소냐가 반쯤 열린 문 옆에 나타샤와 나란히 섰다.

안드레이 공작은 베개 세 개에 머리를 높이 괴고 누워 있었다. 창백한 얼굴이 평온해 보이고 두 눈은 감겨 있었다. 그는 고르게 숨을 쉬는 듯 보였다.

"아, 나타샤!" 소냐가 갑자기 사촌의 손을 잡고 뒷걸음질하며 비명을 지르다시피 했다.

"왜, 왜 그래?" 나타샤가 물었다.

"저거야, 바로, 바로⋯⋯." 소냐가 창백한 얼굴로 입술을 바들바들 떨며 말했다.

나타샤는 조용히 문을 닫고는 소냐를 데리고 창가로 걸음을 옮겼다. 그녀는 아직 소냐가 무슨 말을 하는지 이해할 수 없었다.

"기억하니?" 소냐가 두려움이 떠오른 엄숙한 얼굴로 말했다. "기억해? 내가 너 대신 거울을 들여다보았을 때⋯⋯. 크리스마스 주간에 오트라드노예에서⋯⋯. 내가 그때 뭘 봤는지 기억하니?"

"그럼, 그럼!" 나타샤가 눈을 크게 뜨며 말했다. 그녀는 그때 소냐가 누워 있는 안드레이 공작의 모습을 보았다며 그에 대해 뭐라고 말한 것을 어렴풋이 떠올렸다.

"기억해?" 소냐가 계속 말했다. "내가 그때 보고 모두에게 말했잖아. 너에게도, 두냐샤에게도 말이야. 난 그가 침상에 누운 걸 봤어." 그녀는 상세한 점을 한 가지 한 가지 이야기할 때마다 손가락을 하나씩 세우며 말했다. "그가 눈을 감은 것, 그가 다름 아닌 장밋빛 이불을 덮은 것, 그리고 그가 손을 포갠 것." 소냐는 방금 본 세세한 부분들을 묘사하면서 그 세세한 부분들이 자기가 그때 본 것이라고 점차 확신하며 말했다. 당시 그녀는 아무것도 보지 않았고 그저 머리에 떠오른 것을 보았다고 말했을 뿐이다. 그러나 그때 머릿속으로 생각해 낸 것이 다른 모든 기억만큼이나 그녀에게는 실제처럼 느껴졌다. 그때 그녀는 말했다. 그가 그녀를 돌아보며 빙그레 웃었다고, 그가 붉은 무언가를 덮고 있었다고……. 그녀는 자신이 그때 한 말을 기억해 냈을 뿐만 아니라 심지어 그때도 자신은 그가 장밋빛, 다름 아닌 장밋빛 이불을 덮은 채 눈을 감은 모습을 보았으며 또 그렇게 말했다고 굳게 확신했다.

"그래, 그래, 바로 장밋빛이라고 했어." 나타샤가 말했다. 그녀도 이제는 장밋빛으로 들었다고 기억하는 듯했다. 그리고 바로 이런 점에서 예언의 놀라움과 신비함을 보았다.

"하지만 그게 무엇을 뜻하는 걸까?" 나타샤는 생각에 잠겨 말했다.

"아, 모르겠어. 모든 게 너무 놀라워!" 소냐는 머리를 움켜쥐며 말했다.

몇 분 후 안드레이 공작이 벨을 울렸고, 나타샤는 안으로 들어갔다. 그러나 소냐는 창가에 계속 남아 좀처럼 경험한 적 없는 흥분과 부드러운 감정을 느끼며 이제까지 일어난 일의 모든 놀라운 점들을 곰곰이 생각했다.

이날 군대에 편지를 보낼 기회가 생겨 백작 부인은 아들에게 편지를 쓰고 있었다.

"소냐." 백작 부인은 조카딸이 옆을 지나가자 편지에서 고개를 들며 말했다. "소냐, 너도 니콜렌카에게 편지를 쓰지 않겠니?" 백작 부인이 조용히 떨리는 목소리로 말했다. 안경 너머로 쳐다보는 지친 눈길에서 소냐는 백작 부인이 이 말로 전하려는 뜻을 전부 읽어 냈다. 그 눈길에는 애원, 거절당할까 두려워하는 마음, 부탁을 할 수밖에 없는 상황에 대한 수치심, 거절을 당할 경우 인정사정없는 증오를 퍼붓겠다는 각오가 드러나 있었다.

소냐는 백작 부인에게 다가가 무릎을 꿇고 그녀의 손에 입을 맞추었다.

"쓰겠어요, 어머니." 그녀가 말했다.

소냐는 이날 일어난 모든 일, 특히 그녀가 방금 본 점술의 신비한 실현에 마음이 부드러워지고 흥분하고 감동한 상태였다. 나타샤와 안드레이 공작의 관계가 회복되어 니콜라이가 마리야 공작 영애와 결혼할 수 없다는 사실을 알게 된 지금, 소냐는 자기희생의 기분이 되살아난 것을 즐거운 마음으로 느꼈다. 그녀는 그러한 기분을 좋아했고 그러한 기분으로 사는 데 익숙했다. 그래서 소냐는 눈물을 글썽이면서, 자신이 관대한 행동을 수행하고 있음을 즐겁게 자각하면서, 벨벳처럼 검은 눈동자를 뿌옇게 흐리는 눈물 때문에 몇 번이고 펜을 멈추면서 니콜라이를 그토록 놀라게 한 감동적인 편지를 썼다.

9

피에르를 체포한 장교와 병사들은 그가 수감된 영창에서 그를 적대적으로, 그러면서도 정중하게 대했다. 피에르를 대하는 그들의 태도에서는 이 남자가 과연 어떤 사람일까 하는 의혹(신분이 매우 높은 사람이 아닐까 하는)과 아직도 생생하게 떠오르는 그와의 개인적인 싸움으로 인한 적대감이 여전히 느껴졌다.

그러나 그다음 날 아침 교대조가 왔을 때 피에르는 자신을 체포한 사람들의 경우와 달리 새 위병 — 장교들이든 병사들이든 — 에게는 그 자신이 더 이상 의미가 없다는 사실을 깨달았다. 실제로 다음 날의 위병들은 농부의 카프탄을 입은 이 덩치 큰 뚱뚱한 남자를 약탈병들과 호위병들에 맞서 필사적으로 싸우고 어린아이의 구조에 관하여 엄숙한 말을 하던 팔팔한 남자로 보지 않았다. 그저 어떤 이유로 최고 사령부의 명령에 따라 체포되어 영창에 수감된 열일곱 번째 러시아인으로만 보았을 뿐이다. 피에르에게 무언가 특별한 점이 있다면 단지 골똘히 생각에 잠긴 듯 대담한 표정과 프랑스인도 놀랄 만큼 훌륭하게 구사하는 프랑스어뿐이었다. 그럼에도 그날 피에르는 다른 용의자들이 수감된 방으로 옮겨졌다. 피에르가 있던 독방이 한 장교를 위해 필요했기 때문이다.

피에르와 함께 수감된 러시아인들은 전부 최하층 사람들이었다. 피에르가 귀족임을 알아본 그들은 모두 그를 멀리했다. 피에르가 프랑스어를 사용했기에 더욱 그러했다. 피에르는 자신에게 쏟아지는 조롱을 서글픈 심정으로 들었다.

그날 저녁 피에르는 이 수감자들 모두가(그도 그 가운데 한 사람일 테지만) 방화죄로 재판을 받으리라는 사실을 알게 되었다. 사흘째 되는 날 피에르는 다른 사람들과 함께 어떤 집으로 끌려갔다. 그곳에는 흰 콧수염을 기른 프랑스 장군과 대령 두 명, 팔에 완장을 두른 다른 프랑스인들이 앉아 있었다. 피에르는 나머지 사람들과 마찬가지로 누구인지, 무슨 목적으로 어디에 있었는지 같은 질문을 받았다. 그 프랑스인들은 인간의 나약함을 초월한 척하는 엄정하고 분명한 말투 — 피고들은 대개 그런 대우를 받는다 — 로 심문했다.

실생활의 본질을 건드리지 않고 그 본질을 밝힐 가능성마저 배제하는 이 질문들의 목적은 재판에서 행해지는 모든 질문과 마찬가지로 홈통을 받치는 것에 지나지 않았다. 심문하는 사람들은 피고인의 답변이 홈통을 타고 내려가서 피고인을 자신들이 바라는 목표로, 즉 유죄 판결로 몰아넣기를 바랐다. 그가 유죄 판결이라는 목표에 부합하지 않은 말을 꺼내면 그 즉시 홈통이 치워져 물은 어디로든 마음대로 흘러갈 수 있었다. 게다가 피에르는 모든 재판의 피고들이 으레 느끼는 것을 똑같이 경험했다. 즉 재판관이 그에게 이 모든 질문을 던지는 이유가 무엇일까 하는 의혹이었다. 그는 재판관이 이런 홈통 설치의 계략을 이용하는 것은 그저 관대함이거나 정중함 때문인 것 같다고 느꼈다. 그는 알았다. 자신이 이 사람들의 권력 아래 있다는 점, 자신을 이곳으로 끌고 온 것은 단지 그 권력일 뿐이라는 점, 저들에게 심문에 대한 답변을 요구할 권리를 부여한 것도 바로 그 권력일 뿐이라는 점, 이 회의 목적은 오로지 그에게 유죄 판결을 내리는 것뿐이라는 점을…… 따라서 권력이 있고 유죄 판결을 내리려는 열망이 있는 이상 심문의 계략과 재판은 필요하지 않았다. 모든 답변이 유죄로 이어지리라는 것은 분명했다. 체포 당시 무엇을 하고 있었느냐는 질문에 피에르는 불 속에서 구한 아이를 부모에게 데려가는 중이었다고 다소 비통한 어조로 대답했다. 당신은 왜 약탈병들과 싸웠습니까? 피에르는 답변했다. 나는 여성을 보호하고 있었습니다. 모욕받는 여성을 보호하는 것은 모든 남자의 의무입니다. 그리고…… 재판관이 그의 말을 제지했다. 그 말은 이 사건에 어울리지 않았기 때문이다. 당신은 무엇 때문에 불타는 집 안마당에 있었습니까? 그곳에서 당신을 본 목격자들이 있습니다. 그는 답변했다. 모스크바에서 무슨 일이 일어나는지 보러 다녔습니다. 재판관이 다시 한번 피에르의 말을 제지했다. 그가 피에르에게 한 질문은 어디로 가고 있었느냐가 아니라 왜 화재 현장 부근에 있었느냐였기 때문이다. 당신은 누구입니까? 재판관은 피에르에게 맨 처음 했던 질문을 반복했다. 첫 질문 때 피에르는 대답하고 싶지 않다고 이미 말했다. 다시 한번 피에르는 그것에 대해서는 말할 수 없다고 답변했다.

"기록해 두시오, 그런 것은 좋지 않소. 아주 안 좋아요." 시뻘겋게 상기된 얼굴에 흰 콧수염을 기른 장군이 그에게 엄중히 말했다.

나흘째 되는 날 주봅스키 성루에서 화재가 발생했다.

피에르는 열세 명의 다른 사람들과 함께 크림스키 브로트에 있는 어느 상인 집의 카레타 차고로 끌려갔다. 피에르는 거리를 통과하다가 도시 전체에 드리운 듯한 연기에 숨을 헐떡였다. 사방에 화재의 불길이 보였다. 그때도 피에르는 불타 버린 모스크바의 의미를 여전히 이해하지 못한 채 그 불길들을 두려운 심정으로 바라보았다.

크림스키 브로트에 자리한 저택의 카레타 차고에서 피에르는 나흘을 더 보냈다. 그동안 프랑스 병사들과 나눈 대화를 통해 그는 여기에 수감된 사람들 모두 매일같이 원수의 결정을 기다리고 있다는 사실을 알았다. 어느 원수인지는 병사들로부터 알아낼 수 없었다. 병사들에게 원수는 권력의 고리에서 가장 높고 다소 신비한 사슬인 듯했다.

그 처음 며칠, 즉 포로들이 두 번째 심문에 끌려간 9월 8일까지의 기간은 피에르에게 가장 괴로운 시간이었다.

10

9월 8일 포로들이 있는 헛간에 한 장교가 들어왔다. 위병들이 그에게 경의를 표하는 것으로 보아 매우 중요한 인물 같았다. 아마도 참모부 소속인 듯한 그 장교는 두 손에 명부를 들고 러시아인 전원의 점호를 했다. 피에르에 대해서는 **이름을 말하지 않은 자**라고 불렀다. 그런 다음 무심하고 권태롭게 포로 전원을 둘러보고는 원수 앞에 데려가기 전에 포로들에게 단정한 옷을 입히고 차림새를 깔끔히 시키라고 위병 장교에게 지시했다. 한 시간 후 1개 중대의 병사들이 와서 피에르와 열세 명의 다른 사람들을 제비치예 들판으로 데려갔다. 비온 뒤의 화창하고 맑은 날씨였다. 대기가 보기 드물게 깨끗했다. 연기는 피에르가 주봅스키 성루의 영창에서 끌려 나오던 날처럼 낮게 깔리지 않고 깨끗한 대기에 기둥처럼 솟아올랐다. 화재의 불길은 어디에도 보이지 않았지만 연기 기둥이 사방에서 올라왔다. 모스크바 전체가, 피에르의 눈에 보이는 모든 것이 온통 폐허로 변해 버렸다. 사방에 페치카와 굴뚝만 남은 공터가 보였고, 이따금 석조 가옥의 그을린 벽도 보였다. 피에르는 불탄 폐허를 눈여겨보았지만 시가의 익숙한 구역들을 알아볼 수 없었다. 여기저기에 화재를 면한 교회들이 보였다. 파괴되지 않은 크렘린과 그 내부의 탑과 이반 대제 종루가 멀리서 하얗게 보였다. 가까이에는 노보제비치 수도원의 둥근 지붕이 명랑하게 반짝이고, 그곳으로부터 기도를 알리는 종소리가 유난히 낭랑하게 울려 퍼졌다. 기도를 알리는 그 종소리에 피에르는 오늘이 일요일이자 성모 강탄제라는 것을 기억했다. 그러나 이 축일을 축하하는 사람은 아무도 없는 듯했다. 불에 탄 폐허가 어디에나 있었다. 이따금 마주치는 러시아인이라고는 프랑스군을 보면 모습을 감추는 누더기를 걸친 겁에 질린 사람들뿐이었다.

분명 러시아인의 보금자리는 파괴되어 소멸되었다. 그러나 러시아의 생활 질서가 소멸된 그 이면에서 피에르는 이제까지와 완전히 다른 프랑스식의 견고한 질서가 그 황폐화된 보금자리 위에 세워졌음을 무의식중에 느꼈다. 그는 자신과 다른 죄수들을 호송하며 가지런히 열을 맞춰 활기차고 쾌활하게 행군하는 군인들의 표정에서 그것을 느꼈다. 한 병사가 맞은편에서 몰고 와 스쳐 지나간 쌍두 콜랴스카에서 어느 프랑스인 고위 관료의 표정을 보며 그것을 느꼈다. 들판 왼편에서 들려오는 군악대의 유쾌한 소리에서 그것을 느꼈다. 특히 오늘 아침에 온 프랑스 장교가 포로들을 점호할 때 읽던

명부를 보며 그것을 느끼고 깨달았다. 피에르는 어떤 병사들에게 붙잡힌 뒤 다른 수십 명의 사람들과 함께 이곳저곳으로 끌려다녔다. 그들이 그를 잊어버리거나 다른 사람으로 혼동할 수도 있을 것 같았다. 그러나 그러지 않았다. 그가 심문에서 한 답변은 이름을 말하지 않은 자라는 이름의 형태로 그에게 돌아왔다. 그리고 피에르에게 무시무시하게 느껴지는 그 이름으로 병사들은 지금 피에르를 어딘가로 이송하고 있었다. 그와 다른 모든 포로들은 필요한 자들이고 자신들은 그들을 필요한 곳에 데려가는 중이라는 분명한 확신이 병사들의 얼굴에 어려 있었다. 피에르는 자신이 제대로 잘 작동하는 기계 — 그에 대해 아는 바는 없지만 — 의 톱니바퀴에 낀 하찮은 나뭇조각 같다고 느꼈다.

피에르와 다른 죄인들은 제비치예 들판 오른쪽, 수도원에서 멀지 않은 곳에 자리한 거대한 정원이 딸린 하얀 대저택으로 끌려갔다. 피에르가 예전에 종종 방문한 적 있는 셰르바토프 공작의 집이었다. 피에르가 병사들의 대화에서 알게 된 바로는 지금 그 집에 원수인 에크뮐 공작이 묵고 있었다.

병사들은 피에르와 죄수들을 현관 계단으로 끌고 가더니 한 사람씩 저택 안으로 데려갔다. 피에르는 여섯 번째로 들어갔다. 피에르는 눈에 익은 유리 회랑과 현관방과 대기실을 통과하여 길고 천장이 낮은 서재로 끌려갔다. 서재의 문가에 부관이 서 있었다.

다부는 코에 안경을 걸치고 방 끝의 테이블에 걸터앉아 있었다. 피에르는 그에게 가까이 다가갔다. 다부는 앞에 놓인 어떤 서류를 처리하는지 눈을 들지도 않았다. 그는 눈을 들지 않은 채로 조용히 물었다.

"당신은 누구요?"

피에르는 한마디도 입 밖에 낼 수 없었기에 침묵했다. 피에르에게 다부는 그저 프랑스 장군이기만 한 것이 아니었다. 그에게 다부는 잔혹하기로 유명한 인간이었다. 엄한 교사처럼 잠시 인내를 갖고 답변을 기다리는 데 동의한 다부의 냉담한 얼굴을 쳐다보면서 피에르는 답변을 일 초 일 초 지연하는 사이 자신의 생명이 위험해질 수도 있음을 느꼈다. 그러나 무슨 말을 해야 할지 몰랐다. 첫 번째 심문에서 말한 대로 답변할 결심은 서지 않았다. 이름과 지위를 밝히는 것은 위험할뿐더러 치욕스럽기도 했다. 피에르는 침묵을 지켰다. 그러나 피에르가 미처 무언가를 결심하기도 전에 다부가 고개를 들고 안경을 이마 위로 올리더니 눈을 가늘게 뜨며 피에르를 뚫어지게 바라보았다.

"난 이 남자를 알지." 피에르를 놀래려고 의도한 듯 그는 침착하고 싸늘한 목소리로 말했다. 오싹한 한기가 피에르의 등을 타고 흘러 압착기처럼 머리를 죄었다.

"장군, 당신이 나를 알 리 없습니다. 난 당신을 한 번도 본 적이 없는데……."

"이자는 러시아의 스파이요." 다부는 피에르의 말을 가로막으며 방에 있던 다른 장군 ─ 피에르는 그가 있는 것을 알아채지 못했다 ─ 을 향해 말했다. 그러고 나서 다부는 얼굴을 돌려 버렸다. 피에르는 갑자기 우레와 같은 목소리로 빠르게 지껄였다.

"아닙니다, 공작 각하." 그는 문득 다부가 공작이라는 사실을 떠올리며 말했다. "아닙니다, 공작 각하. 당신이 나를 알 리 없습니다. 난 민병대 장교로 모스크바를 떠난 적이 없습니다."

"당신의 이름은?" 다부가 다시 한번 물었다.

"베주호프입니다."

"당신이 거짓말을 하는 게 아니라고 누가 나에게 증명해 주겠소?"

"공작 각하!" 피에르는 화난 목소리가 아닌 간청하는 목소리로 부르짖었다.

다부는 눈을 들어 피에르를 뚫어지게 바라보았다. 몇 초 동안 그들은 서로를 바라보았고, 그 시선이 피에르를 구했다. 전쟁과 재판의 모든 조건을 초월한 그 시선에서 이 두 사람의 인간적인 관계가 확립되었던 것이다. 두 사람은 그 일 분 동안 무수한 사물들을 어렴풋이 느꼈고 자신들 모두 인류의 아들이자 형제라는 사실을 깨달았다.

인간의 행위와 삶이 숫자로 지칭되는 명부에서 막 고개를 든 다부에게는 첫눈에 본 피에르가 단지 하나의 상황에 불과했다. 그러므로 다부는 나쁜 행동이라는 양심의 가책 없이 그를 총살할 수도 있었다. 그러나 이 순간 이미 피에르에게서 한 인간을 보고 말았다. 그는 잠시 생각에 잠겼다.

"당신 말이 옳다는 것을 나에게 무엇으로 증명하겠소?" 다부가 냉정하게 물었다.

피에르는 랑발을 떠올리고 그 연대의 이름, 그의 성, 집이 있는 거리를 댔다.

"당신은 당신이 말한 사람이 아니오." 다부가 다시 말했다.

피에르는 토막토막 끊어지는 떨리는 목소리로 자신의 진술이 옳다는 것을 입증할 증거를 대기 시작했다.

그런데 바로 그때 부관이 들어와 다부에게 무언가를 보고했다.

다부는 부관이 전한 소식에 갑자기 얼굴을 환하게 빛내며 군복의 단추를 채우기 시작했다. 피에르에 대해서는 까맣게 잊은 듯했다.

부관이 포로를 상기시키자 그는 얼굴을 찌푸린 채 피에르 쪽으로 고개를 끄덕이고는 그를 데려가라고 말했다. 그러나 자신이 어디로 끌려갈지, 다시 헛간으로 가게 될지, 아니면 제 비치예 들판을 지날 때 동료들이 가리켜 보인 준비된 형장으로 가게 될지 피에르는 몰랐다.

그는 고개를 돌리다 부관이 무언가 거듭 묻는 것을 보았다.

"그럼, 물론이지!" 다부가 말했다. 그러나 뭐가 '그렇다'는 것인지 피에르는 몰랐다.

피에르는 자신이 얼마나 오랫동안 걸었는지, 또 어디로 가는지 기억하지 못했다. 아무 영문도 모른 채 멍한 상태로 주위에는 전혀 눈길을 주지 않고 다른 사람들과 함께 걸음을 옮겼으며, 다른 사람들이 걸음을 멈추면 그도 멈췄다. 그러는 내내 피에르의 머릿속에는 오직 한 가지 생각밖에 없었다. 누가, 도대체 누가 결국 자신에게 사형을 언도했는가 하는 생각이었다. 위원회에서 그를 심문한 사람들은 아니었다. 그들 가운데 그렇게 하기를 원했거나 그렇게 할 수 있었던 사람은 단 한 명도 없었다. 그를 그토록 인간적으로 바라보던 다부도 아니었다. 일 분만 더 있었더라면 다부는 자신들이 악한 짓을 하고 있다는 사실을 깨달았을 것이다. 그런데 방에 들어온 부관이 그 순간을 방해했다. 그 부관도 분명 나쁜 짓을 하려던 것은 아닐 테고, 또한 안으로 들어오지 않을 수도 있었다. 그렇다면 결국 그를 사형에 처하고 죽이려는 자는 누구란 말인가? 피에르에게서 모든 기억과 열망과 희망과 생각과 더불어 생명을 앗아 가려는 자가 누구란 말인가? 누가 그런 짓을 하려는 것인가? 피에르는 그런 사람은 아무도 없다는 것을 깨달았다.

그것은 질서였다. 여러 상황이 집적된 결과였다.

어떤 질서가 그를, 즉 피에르를 죽이고 있었다. 그것이 그의 생명을, 그의 모든 것을 앗아 가고 그를 소멸시키고 있었다.

11

포로들은 셰르바토프 공작의 저택에서 나와 제비치예 들판을 따라 아래쪽으로 곧장 내려간 다음, 제비치예 수도원 왼쪽의 말뚝이 있는 채소밭으로 끌려갔다. 말뚝 뒤에 커다란 구덩이가 있고 그 옆에는 막 파낸 흙이 쌓여 있었다. 그리고 구덩이와 말뚝 주위에 많은 군중이 반원으로 서 있었다. 군중은 소수의 러시아인과 대열을 이탈한 많은 나폴레옹 군대, 즉 갖가지 제복을 입은 독일인, 이탈리아인, 프랑스인으로 이루어져 있었다. 말뚝 양옆에는 파란색 군복에 붉은 견장을 달고 각반을 차고 원통형 군모를 쓴 프랑스 군인들의 부대가 대열을 짓고 서 있었다.

병사들은 죄수들을 명부에 적힌 어떤 순서(피에르는 여섯 번째였다.)에 따라 줄을 세워 말뚝으로 끌고 갔다. 갑자기 양쪽에서 북 치는 소리가 났다. 피에르는 이 소리와 함께 영혼의 일부가 찢겨 나가는 듯한 기분을 느꼈다. 그는 생각하고 판단할 능력을 잃었다. 그저 보고 들을 수 있을 뿐이었다. 그의 바람은 오직 하나, 다름 아닌 실행되어야 할 그 무시무시한 무언가가 어서 끝났으면 하는 것뿐이었다. 피에르는 동료들을 둘러보며 그들을 찬찬히 바라보았다.

맨 앞의 두 사람은 머리털이 빡빡 깎인 죄수였다. 한 사람은 키가 크고 말랐으며, 또 한 사람은 머리칼과 눈동자가 검고 코가 납작하고 털이 덥수룩하고 기골이 장대했다. 세 번째 사람은 마흔다섯 살가량 된 하인으로 머리칼이 희끗하고 몸이 투실투실했다. 네 번째 사람은 금빛 수염이 덥수룩하고 눈동자가 검은 매우 잘생긴 농부였다. 다섯 번째 사람은 비쩍 마르고 얼굴이 누런 열여덟 살가량의 공장 노동자로 할라트를 걸치고 있었다.

피에르는 프랑스인들이 한 사람씩 쏠지 두 사람씩 쏠지 의논하는 소리를 들었다. "두 사람씩!" 고참 장교가 흔들림 없이 냉정하게 대답했다. 병사들의 대열에서 이동이 일어났다. 다들 서두르는 모습이 눈에 띄었다. 모두가 이해할 만한 일을 하기 위해 서두르는 게 아니라 불가피하지만 불쾌하고 납득하기 힘든 일을 끝내기 위해 서두르는 식이었다.

완장을 찬 프랑스 관리가 죄인들 대열의 오른쪽으로 다가가 러시아어와 프랑스어로 판결을 낭독했다.

그런 다음 둘씩 짝을 지은 프랑스군 두 조가 죄인들에게 다가가더니 장교의 지시에 따라 맨 앞에 선 두 죄수를 붙잡았다. 죄수들은 말뚝으로 다가가 그 자리에 섰다. 병사들이 자루를 가져오는 동안 그들은 상처 입은 짐승이 자기 쪽으로 다가오는 사냥꾼을 바라보듯 말없이 주위를 바라보았다. 한 사람은 계속 성호를 그었고, 또 한 사람은 등을 긁으며 웃는 것처럼 입술을 실룩였다. 병사들은 바삐 손을 움직이며 그들의 눈을 가리고 자루를 씌워 말뚝에 묶었다.

라이플총을 든 저격병 열두 명이 정확한 걸음으로 발맞추어 대열에서 나와 말뚝으로부터 여덟 걸음 떨어진 곳에 섰다. 피에르는 곧 일어날 일을 보지 않으려고 고개를 돌렸다. 갑자기 탕탕 하는 요란한 소리가 들렸다. 피에르에게는 그 소리가 이루 말할 수 없이 무시무시한 천둥소리보다 더 크게 느껴졌다. 그는 주위를 둘러보았다. 연기가 피어올랐고, 창백한 얼굴의 프랑스 병사들이 손을 부들부들 떨며 구덩이 옆에서 무언가를 하고 있었다. 다른 두 죄수가 끌려갔다. 그 두 사람도 입을 다문 채 오직 눈으로만 부질없이 보호를 구하며 똑같은 눈으로 똑같이 모든 사람들을 쳐다보았다. 이제 곧 일어날 일을 이해하지도 믿지도 못하는 것 같았다. 그들은 도저히 믿을 수 없었다. 그들의 생명이 그들에게 어떤 것인지 아는 사람은 오직 그들 자신뿐이었기 때문이다. 그래서 다른 사람이 그 생명을 빼앗을 수 있다는 것을 이해할 수도 믿을 수도 없었다.

피에르는 그들을 보지 않으려고 다시 고개를 돌렸다. 그러나 또 한 번 고막이 터질 듯한 끔찍한 폭발음이 울렸다. 그 소리와 함께 그는 연기, 누군가의 피, 프랑스 병사들의 겁에 질린 창백한 얼굴을 보았다. 그들은 또다시 말뚝 옆에서 떨리는 손으로 서로를 밀치며 무언가를 하고 있었다. 피에르는 괴롭게 숨을 몰아쉬며 주위를 둘러보았다. '도대체 이게 뭐지?' 하고 묻는 듯했다. 피에르의 시선과 마주치는 모든 시선에도 똑같은 물음이 떠올라 있었다.

러시아 사람의 얼굴에서, 프랑스 병사와 장교의 얼굴에서, 어느 한 사람 예외 없이 모든 사람의 얼굴에서 피에르는 자기 마음속에 있는 것과 똑같은 놀라움과 두려움과 몸부림을 읽었다. '결국 누가 이 일을 하고 있단 말인가? 저들도 모두 나와 똑같이 괴로워하는데. 누구일까? 도대체 누구란 말인가?' 이런 생각이 일순간 피에르의 마음속에 떠올랐다.

"86부대 저격수들, 앞으로!" 누군가가 호령했다. 피에르와 나란히 서 있던 다섯 번째 사람 한 명만 끌려 나갔다. 피에르는 자신이 죽음을 면했다는 사실, 그와 다른 나머지 사람들은 단지 사형의 입회자로서 이곳에 끌려왔을 뿐이라는 사실을 깨닫지 못했다. 그는 기쁨도 안도도 느끼지 못한 채 점점 커져 가는 두려움을 안고 눈앞에서 일어나는 일을 지켜보았다. 다섯 번째 사람은 할라트를 입은 공장 노동자였다. 프랑스 병사들이 그에게 손을 대자마자 두려움에 사로잡힌 그는 펄쩍 뛰며 피에르에게 매달렸다.(피에르는 흠칫 떨며 그를 떼어 냈다.) 그 공장 노동자는 걷지 못했다. 그가 병사들에게 겨드랑이를 잡힌 채 질질 끌려가며 뭐라고 부르짖었다. 병사들이 말뚝으로 끌고 가자 그는 갑자기 입을 다물었다. 불현듯 무언가 깨달은 듯했다. 소리를 질러 봤자 소용없다고 생각했는지, 아니면 사람들이 자기를 죽일 수 없다고 생각했는지, 말뚝 옆에 선 그는 다른 사람들처럼 눈이 가려지기를 기다리면서 마치 상처 입은 짐승처럼 눈을 빛내며 주위를 둘러보았다.

피에르는 이미 고개를 돌릴 수도 눈을 감을 수도 없었다. 그 다섯 번째 처형에서 그를 비롯한 모든 군중의 호기심과 흥분은 절정에 달했다. 다른 사람들과 마찬가지로 이 다섯 번째 사람도 침착해 보였다. 그는 할라트의 옷깃을 여미고 맨발인 한쪽 발로 다른 쪽 발을 긁어 댔다.

병사들이 눈을 천으로 가리려 할 때는 뒤통수의 매듭을 손수 고쳐 매기도 했다. 뒤통수의 살갗이 따가웠던 것이다. 그런 다음 병사들이 피로 물든 말뚝에 세우자 등을 기댔다. 그런데 자세가 불편했던 그는 몸을 똑바로 세우고 두 발을 나란히 놓은 후 편안하게 뒤로 기댔다. 피에르는 그에게서 시선을 떼지 않고 지극히 작은 동작 하나도 놓치지 않았다.

분명 구령 소리가 들렸을 것이다. 분명 구령 소리가 난 뒤에 여덟 개의 라이플총에서 발사 소리가 울렸을 것이다. 그러나 나중에 아무리 기억을 더듬어 보아도 피에르는 지극히 작은 발사 소리조차 듣지 못한 것 같았다. 그저 별안간 공장 노동자가 무엇 때문인지 새끼줄에 묶인 채 축 늘어지는 것을, 두 군데에 피가 나는 것을, 축 늘어진 몸뚱이의 무게로 새끼줄이 느슨해지고 공장 노동자가 부자연스럽게 고개를 떨군 채 한쪽 다리를 구부리며 주저앉는 것을 보았을 뿐이다. 피에르는 말뚝으로 달려갔다. 아무도 그를 제지하지 않았다. 공장 노동자의 주위에서 겁에 질린 사람들이 창백한 얼굴로 무언가를 하고 있었다. 콧수염을 기른 늙은 프랑스 병사는 아래턱을 덜덜떨며 새끼줄을 풀었다. 몸뚱이가 바닥에 툭 떨어졌다. 병사들은 멋쩍어하며 그 몸뚱이를 말뚝 뒤로 부랴부랴 끌고 가 구덩이에 밀어 넣기 시작했다.

모두가 자신들이 범죄의 흔적을 서둘러 감춰야 할 죄인이라는 사실을 분명히 아는 것 같았다.

피에르는 구덩이를 힐끔 쳐다보았다. 공장 노동자가 무릎을 머리 가까이 올리고 한쪽 어깨를 다른 어깨보다 높이 치켜든 채 누워 있는 모습이 보였다. 그 어깨가 발작하듯 일정한 간격으로 들썩였다. 하지만 이미 몸뚱이 전체에 흙이 몇 삽 뿌려진 상태였다. 병사들 가운데 한 명이 무섭게 화를 내며 피에르에게 제자리로 돌아가라고 길길이 소리를 질렀다. 그러나 피에르는 이를 깨닫지 못한 채 계속 말뚝 옆에 서 있었고, 아무도 그를 쫓아내지 않았다.

구덩이가 다 메워지자 구령 소리가 들렸다. 피에르는 제자리로 끌려갔고, 말뚝 양옆에 몇 줄로 서 있던 프랑스 부대들은 뒤로 돌아 발맞추어 말뚝 옆을 지나갔다. 총알을 다 쏘고 원한가운데에 서 있던 스물네 명의 저격수들이 자신들의 중대가 지나갈 때 제자리로 달려가 합류했다.

이제 피에르는 둘씩 짝을 지어 원 밖으로 달려 나오는 그 저격수들을 멍한 눈으로 쳐다보았다. 한 사람을 제외한 모든 저격수들이 중대에 합류했다. 죽은 사람처럼 얼굴이 창백해진 젊은 병사는 군모를 젖혀 쓰고 라이플총을 늘어뜨린 채 여전히 구덩이 맞은편 자신이 총을 쏘던 자리에 서 있었다. 그는 취한처럼 비틀거리며 금방이라도 쓰러질 것 같은 몸뚱이를 지탱하기 위해 앞뒤로 이리저리 움직였다. 부사관인 늙은 병사가 대열에서 달려 나와 젊은 병사의 어깨를 잡고 중대로 끌고 갔다. 러시아인과 프랑스인이 뒤섞인 군중은 흩어지기 시작했다. 다들 고개를 떨군 채 밀없이 걸었다.

"저자들도 방화를 저지르면 어떻게 되는지 배웠을 거야." 프랑스인들 가운데 누군가가 말했다. 피에르는 말한 사람을 돌아보고 병사임을 알았다. 그 병사는 방금 벌어진 일에서 뭔가 위안거리를 찾으려 했으나 그러지 못했다. 그는 입 밖으로 꺼낸 말을 끝맺지 않은 채 한 손을 저으며 가 버렸다.

12

처형이 있은 후 피에르는 다른 피고들과 따로 분리되어 작고 황폐하고 더러운 교회에 홀로 수감되었다.

저녁이 되기 전 위병 부사관이 두 병사를 데리고 교회에 들어와 피에르에게 이제 사면되어 전쟁 포로 막사로 가게 되었다는 사실을 알려 주었다. 피에르는 자신이 들은 말을 이해하지 못한 채 자리에서 일어나 병사들을 따라갔다. 그들은 불에 탄 판자와 통나무와 널빤지로 들판 위쪽에 지은 막사들 쪽으로 피에르를 끌고 가서 그중 한 곳에 집어넣었다. 어둠 속에서 스무 명가량의 온갖 사람들이 피에르를 에워쌌다. 피에르는 그들을 쳐다보았으나 그 사람들이 누구인지, 왜 그곳에 있는지, 그들이 자신에게 무엇을 바라는지 알지 못했다. 그는 사람들이 자기에게 하는 말을 들었지만 그것들로부터 어떤 결론이나 추가 정보도 끌어내지 못했다. 그는 그 뜻을 아예 이해하지 못했다. 그 역시 사람들이 묻는 말에 대답을 하기는 했지만 누가 자신의 말을 듣고 있는지, 사람들이 자신의 대답을 어떻게 이해할지에 대해서는 깊이 생각하지 않았다. 그는 사람들의 얼굴과 형상을 쳐다보았다. 그에게는 그들 모두가 똑같이 무의미하게 느껴졌다.

그 일을 하고 싶어 하지 않은 사람들을 통해 이루어진 그 무시무시한 처형을 본 이후, 피에르의 마음속에서는 모든 것을 지탱하며 살아 있는 것처럼 보이게 만들던 용수철이 느닷없이 뽑혀 나가 모든 것이 무의미한 먼지 더미로 무너져 내린 것만 같았다. 스스로는 분명히 깨닫지 못했지만 그의 안에서 세계의 선한 질서에 대한 믿음, 인간의 영혼과 그 자신의 영혼과 하느님에 대한 믿음이 깨져 버렸다. 피에르는 예전에 그런 상태를 경험한 적이 있었다. 그러나 이때처럼 강렬하게 찾아온 적은 한 번도 없었다. 예전에 피에르가 그런 종류의 의심에 빠졌을 때 그 의심의 근원은 자신의 죄악이었다. 그리고 당시 피에르는 그러한 절망과 의혹으로부터의 구원이 자기 내면에 있다고 마음 깊이 느꼈다. 그러나 지금은 세계가 눈앞에서 붕괴하고 무의미한 폐허만 남은 것이 자신의 죄 때문은 아니라고 느꼈다. 삶에 대한 믿음으로 되돌아가는 것은 자기 권한 밖의 일이라고 느꼈다.

어둠 속에서 사람들이 그를 둘러싸고 서 있었다. 분명 그의 안에 있는 무언가가 그들의 흥미를 강하게 끌어당긴 것 같았다. 사람들은 그에게 무언가 이야기하고 또 무언가에 대해 이것저것 캐묻고는 그를 어딘가로 데려갔다. 마침내 그는 자신이 사방에서 서로 이야기를 나누고 웃어 대는 어떤 사람들과 함께 막사 한구석에 있다는 것을 깨달았다.

"어이, 형제들…… 그 공작('그'라는 단어를 특히 강조했다.) 이……." 막사 맞은편 구석에서 누군가의 목소리가 말했다.

피에르는 벽 옆의 짚더미 위에 묵묵히 꼼짝 않고 앉아서 눈을 떴다 감았다 했다. 눈을 감기만 하면 그 무시무시한, 소박하여 특히 더 무시무시한 공장 노동자의 얼굴이, 그리고 표면에 어린 불안감으로 한층 더 무시무시해 보이는 마지못해 살인자가 된 사람들의 얼굴이 피에르 앞에 나타났다. 그러면 그는 다시 눈을 뜨고 주위의 어둠을 멍하니 응시했다.

그의 옆에는 어떤 작은 남자가 등을 구부리고 앉아 있었다. 피에르는 남자가 몸을 움직일 때마다 풍기는 강한 땀 냄새 때문에 처음부터 그의 존재를 알아차렸다. 그 남자는 어둠 속에서 발로 무언가를 하고 있었다. 피에르는 그의 얼굴을 보지 않았지만, 그 남자가 끊임없이 자기를 힐끔힐끔 쳐다보는 것을 느꼈다. 어둠에 익숙해진 피에르는 그 남자가 신발을 벗고 있는 것을 알았다. 그리고 그가 신발을 벗는 방식이 피에르의 흥미를 끌었다.

그는 한쪽 발에 감긴 삼노끈을 풀자 그 끈을 꼼꼼하게 돌돌 만 후 즉시 다른 쪽 발에 손을 대며 피에르를 힐끔거렸다. 한 손이 끈을 들고 있는 동안 다른 한 손은 이미 다른 쪽 신발의 끈을 풀기 시작했다. 쉼 없이 이어지는 꼼꼼하고 둥실하고 능숙한 동작으로 그렇게 신발을 벗더니 남자는 머리 위에 박힌 못에 신발을 걸고는 작은 칼을 꺼내 무언가를 자르고 그 칼을 접어 베개 밑에 넣었다. 그리고 좀 더 편하게 앉아 세운 무릎을 두 팔로 감싸 안고서 피에르를 똑바로 응시했다. 피에르는 그 민첩한 동작에서, 한구석에 잘 정리된 그의 세간에서, 심지어 그 남자의 체취에서 기분 좋고 평온하고 둥글둥글한 무언가를 느꼈다. 그래서 시선을 떼지 않고 그를 계속 바라보았다.

"나리도 비참한 광경을 많이 보셨죠, 그렇죠?" 체구가 작은 남자가 불쑥 말을 꺼냈다. 남자의 노래하는 듯한 경쾌한 목소리에 다정함과 소박함이 묻어났다. 피에르는 그 목소리에 대답하고 싶었으나 턱이 떨렸다. 눈물이 솟는 것을 느꼈다. 체구가 작은 남자는 그 순간 피에르에게 당혹감을 드러낼 틈을 주지 않고 여전히 듣기 좋은 목소리로 입을 열었다.

"이런, 젊은이, 슬퍼하지 말아요." 그는 러시아 할머니들처럼 노래하듯 부드럽고 다정한 목소리로 말했다. "슬퍼하지 말아요, 젊은 친구. 한 시간을 참고 일생을 산다잖아요! 딱 그렇다니까요. 우리는 이곳에서 살지요. 감사하게도 화나는 일은 없어요. 이곳에도 역시 좋은 사람이 있는가 하면 나쁜 사람도 있답니다." 그는 말했다. 그러고는 계속 중얼거리면서 탄력 있는 동작으로 몸을 무릎 쪽으로 기울여 일어서더니 기침을 하며 어딘가로 갔다.

"아니, 악당 녀석이 왔네!" 피에르는 막사 끝에서 그 부드러운 목소리를 들었다. "왔구나, 악당 녀석, 기억하네! 자, 자, 그만!" 병사는 그를 향해 팔짝팔짝 뛰어오르는 작은 개를 밀치고 자기 자리로 돌아와 앉았다. 그의 손에는 무언가 넝마에 싸인 것이 들려 있었다.

"자, 드셔 보세요, 나리." 그는 다시 조금 전의 공손한 말투로 돌아가 이렇게 말하고는 넝마를 펼쳐 구운 감자 몇 알을 피에르에게 건넸다. "점심에는 수프도 있었답니다. 하지만 감자도 훌륭하지요!"

피에르는 하루 종일 아무것도 먹지 못했다. 그래서인지 감자 냄새가 유난히 기분 좋게 느껴졌다. 그는 병사에게 감사의 말을 하고 그것을 먹기 시작했다.

"어때요? 정말 그렇죠?" 병사가 빙그레 웃으며 말하고 감자 한 알을 집었다. "이렇게 해 보세요." 그는 다시 주머니칼을 꺼내 손바닥 위에 놓인 감자를 똑같이 반으로 자르더니 넝마에 든 소금을 그 위에 뿌려 피에르에게 내밀었다.

"훌륭한 감자지요." 그가 똑같은 말을 되풀이했다. "이렇게 먹어 봐요." 피에르는 이보다 맛있는 음식을 먹어 본 적이 없는 것 같다고 느꼈다.

"아니, 난 괜찮아." 피에르가 말했다. "그런데 그자들은 무엇 때문에 그 불쌍한 사람들을 총살했을까! 마지막 남자는 스무 살 안팎이던데."

"쯧쯧……." 체구가 작은 남자가 말했다. "죄 때문이죠, 죄……." 그는 빠르게 덧붙였다. 마치 그의 입에는 늘 말이 준비되어 있어서 불시에 툭툭 튀어나오는 것 같았다. 그는 계속해서 말했다. "무엇 하러 모스크바 같은 곳에 이렇게 남으셨나요, 나리?"

"그자들이 이렇게 빨리 오리라고는 생각지 못했어. 어쩌다 보니 남게 되었지." 피에르가 말했다.

"어떻게 붙잡혔어요, 젊은이? 저택에서 끌려 나왔나요?"

"아니, 화재 현장에 갔다가 그곳에서 잡혀 방화죄로 재판을 받았어."

"재판이 있는 곳에는 거짓이 있기 마련이죠." 체구가 작은 남자가 끼어들었다.

"그런데 자네는 여기에 오래 있었나?" 피에르가 마지막 감자를 마저 씹으며 물었다.

"저요? 일요일에 모스크바에 있는 병원에서 붙잡혔지요."

"자네는 누군가, 병사인가?"

"압셰론스키 연대의 병사랍니다. 열병으로 죽어 가고 있었지요. 우리는 아무 이야기도 듣지 못했어요. 아군이 스무 명가량 누워 있었지요. 생각도 못 했어요. 짐작도 못 했다고요."

"어때, 이곳에 있으니 따분하지?" 피에르가 물었다.

"쓸쓸하지 않을 리 있나요. 제 이름은 플라톤입니다. 성은 카라타예프고요." 그는 이렇게 덧붙였다. 피에르가 말을 건네기 쉽게 해 주기 위해서인 듯했다. "부대 사람들은 절 작은 매[12]라고 불렀지요. 어찌 쓸쓸하지 않겠어요! 모스크바는 도시들의 어머니잖아요. 이런 꼴을 보고 어찌 쓸쓸하지 않겠냐고요. 벌레는 양배추를 갉아 먹지만 자기가 먼저 죽는다고 하잖아요. 노인들은 그렇게 말했답니다." 그가 빠르게 덧붙였다.

---

12) 맹금의 일종인 '매'라는 단어는 러시아인들 사이에서 아름다운 젊은이나 친한 사람을 부르는 애칭으로 흔히 사용되었다. 이 책에서는 내용 흐름상 이 애칭의 번역을 여러 차례 생략했지만 플라톤은 이 대화에서 피에르를 '나리', '친구', '매'라는 호칭으로 친근하게 부르고 있다.

"뭐, 뭐라고 했나?" 피에르가 물었다.

"저요?" 카라타예프가 물었다. "우리의 지혜가 아니라 하느님의 심판으로 결정된다고 말했죠." 그는 자신이 방금 전의 말을 반복하고 있다고 생각하며 말했다. 그러고는 즉시 말을 이었다. "어떤가요, 나리에게는 영지가 있지요? 저택도 있지요? 그러니까 가득 찬 술잔이네요. 아내도 있나요? 연로한 부모님도 살아 계신가요?" 그가 이것저것 물었다. 피에르는 비록 어두워서 볼 수 없었지만 병사가 이런 질문들을 할 때 입술을 오므리면서 조심스럽게 다정한 미소를 짓는 것을 느꼈다. 병사는 피에르에게 부모님, 특히 어머니가 없다는 사실을 마음 아프게 여기는 듯 보였다.

"조언에는 아내, 환대에는 장모라지요. 하지만 어느 누구도 어머니보다 좋을 수는 없어요!" 그가 말했다. "그럼 자식은 있나요?" 그가 계속 물었다. 자식이 없다는 피에르의 대답이 다시 그를 마음 아프게 한 것 같았다. 그는 황급히 덧붙였다. "뭐어때요, 나리는 젊잖아요. 하느님께서 나리에게도 언젠가 주시겠죠. 그저 화목하게 지내기만 하면……."

"이제는 어떻게 되든 상관없어." 피에르는 자기도 모르게 말했다.

"이런, 나리." 플라톤이 반박했다. "비럭질과 감옥을 절대 피하지 말라는 말도 있잖아요." 그는 좀 더 편하게 자리를 잡고 앉아 긴 이야기를 늘어놓으려는 듯 헛기침을 했다. "나의 친애하는 벗이여, 저도 예전에는 집에서 그렇게 살았답니다." 그가 입을 열었다. "감사하게도 우리의 영지는 비옥하고, 땅은 넉

넉하고, 농부들과 우리 집안은 지금도 잘 살아가고 있어요. 아버지는 우리 일곱 명을 데리고 풀을 베러 가곤 하셨죠. 우리는 잘 살았어요. 진실한 그리스도교 신자였고요. 그런데 그런 일이 일어난 거죠……." 그러더니 플라톤 카라타예프는 목재를 구하러 남의 숲에 갔다가 파수꾼에게 걸린 일, 사람들에게 채찍질당하고 재판을 받고 군대에 넘겨진 일에 대해 긴 이야기를 들려주었다. "어떻게 됐을까요?" 그가 미소를 짓느라 달라진 목소리로 말했다. "우리는 그 일을 불행이라고 생각했는데 사실은 다행한 일이었어요. 내가 죄를 짓지 않았다면 내 동생이 입대해야 했을 테니까요. 그런데 동생에게는 자식이 넷 있었어요. 저에게 딸린 식구라고는 마누라뿐이었죠. 딸아이가 하나 있었지만 제가 아직 입대하기 전 하느님이 데려가셨답니다. 예전에 휴가를 받아 집에 간 적이 있어요. 그 일을 나리에게 들려 드리죠. 보아하니 가족들은 예전보다 더 잘 살더군요. 안마당이 가축으로 가득하고, 여자들은 집에 있고, 두 형제는 삯일을 하러 갔어요. 집에는 막내인 미하일로만 있었지요. 아버지는 말했어요. '나에게는 어느 자식이나 다 똑같다. 어느 손가락을 깨물든 다 아프지 않느냐. 그때 플라톤이 징병당하지 않았다면 미하일로가 끌려갔을 게다.' 아버지는 우리 모두를 — 믿어지십니까? — 이콘 앞에 세웠어요. 아버지는 말했지요. '미하일로야, 이리 와서 이 녀석의 발 앞에 절해라. 며늘아기야, 손주들아, 너희들도 절해라. 알겠느냐?' 그렇답니다, 나의 친애하는 벗이여. 운명은 머리통을 찾아요. 하지만 우리는 계속 이것은 좋지 않다, 이것은 이상하다 등등 판단을 하지요. 친구, 우리의 불행은 그물 속의 물 같아서 당기면 부풀지만 끌어내면 아무것도 없답니다. 그런 거예요." 그러더니 플라톤은 짚 더미 위에서 자세를 고쳐 앉았다.

잠시 침묵하던 플라톤은 자리에서 일어섰다.

"보아하니 주무시고 싶은 것 같은데요?" 그는 이렇게 말하고 빠르게 중얼거리며 성호를 그었다.

"주 예수 그리스도시여, 성 니콜라, 프롤라, 라브라시여,[13] 주 예수 그리스도시여, 성 니콜라시여! 프롤라와 라브라, 주 예수 그리스도시여, 우리에게 은혜를 베푸시어 우리를 구원해 주옵소서!" 그는 기도를 끝맺은 후 땅바닥에 닿도록 고개를 숙였다가 똑바로 서서 깊이 숨을 몰아쉬고 자신의 짚 더미에 앉았다. "이제 됐군. 하느님, 나를 돌멩이처럼 눕히시고 빵처럼 일으켜 주소서!" 그는 이렇게 중얼거리고 자리에 누워 몸 위로 외투를 끌어 올렸다.

---

13) 플로루스(Florus)와 라우루스(Laurus)는 형제다. 석공인 두 사람은 2세기 초반에 일리리아(Illyria)의 이교도 신전 공사장에서 일하던 중 그리스도교로 개종했고, 다른 석수 두 명(프로쿨루스와 막시무스)과 함께 이교도 신상을 끌어 내려 그리스도교 예배당을 짓는 데 사용한 죄목으로 고발되었다. 그들은 산 채로 화형을 당했고, 시신은 마른 우물에 던져졌다. 100여 년 후 말들이 이 우물에서 물을 마시는 모습이 사람들에게 목격되었고, 뒤이어 쌍둥이 형제의 손상되지 않은 유골이 발견되었다. 그 후 우물에 말을 치유하는 힘이 있다는 소문이 퍼졌다. 러시아 정교회는 이들을 성인으로 추대했으며, 러시아 농민들은 두 형제를 말들의 수호성인으로 여겼다. 농민들은 이들의 이름을 잘못 발음하여 '프롤라', '라브라'라고 부르기도 했다. 두 성인을 묘사한 이콘에는 두 성인 사이에 천사장 미카엘이 서고 그 아래 우물가에 수많은 말들과 말 사육자들이 있는 그림이 있다.

"자네가 읊은 게 무슨 기도문인가?" 피에르가 물었다.

"네?" 플라톤이 중얼거렸다. (그는 이미 잠에 빠졌던 것이다.) "무엇을 읊다니요? 하느님께 기도를 드렸죠. 나리는 기도를 드리지 않으세요?"

"그야 나도 기도를 하지." 피에르가 말했다. "하지만 자네가 말한 게 뭐지? 플로라와 라브라라고?"

"물론 말들의 축일이죠." 플라톤이 빠르게 대답했다. "가축도 가엾게 여겨 줘야 해요." 카라타예프가 말했다. "이런, 악당 녀석, 몸을 웅크리고 있네. 개새끼, 몸이 따뜻해졌구나." 그는 발치에 있는 개를 더듬으며 중얼거렸다. 그리고 다시 돌아눕더니 곧 잠들어 버렸다.

밖에서는 어딘가 멀리서 울음소리와 고함 소리가 들리고 막사 틈새로 불빛이 보였다. 그러나 막사 안은 고요하고 캄캄했다. 피에르는 옆에 드러누운 플라톤의 규칙적인 코골이 소리에 귀를 기울이며 오랫동안 잠을 이루지 못한 채 어둠 속에서 뜬눈으로 누워 있었다. 그는 느꼈다. 이전에 파괴된 세계가 자신의 영혼 속에서 새로운 아름다움을 띤 채 어떤 새롭고 견고한 토대 위로 높이 솟아오르는 것을……

13

피에르가 들어가 사 주를 보낸 막사 안에는 병사 스물세 명, 장교 세 명, 관리 두 명이 포로로 수용되어 있었다.

나중에 피에르는 그들 전부를 마치 안개에 싸인 것처럼 희미한 모습으로 떠올렸지만, 플라톤 카라타예프는 가장 강렬하고 소중한 추억이자 러시아적이고 선하고 둥근 모든 것의 화신으로서 피에르의 마음속에 영원히 남았다. 다음 날 새벽 피에르가 자기 옆에 있는 사람을 보았을 때 둥그스름한 무언가 같은 첫인상은 충분히 확인되었다. 프랑스 군복 외투를 새끼줄로 여미고 군모를 쓰고 나무껍질 신발을 신은 플라톤의 전체적인 모습은 둥글둥글했다. 머리통은 완전히 둥글었고, 등과 가슴팍과 어깨, 심지어 언제나 무언가를 안을 것처럼 쥔 손도 둥글었다. 기분 좋은 미소도, 커다랗고 부드러운 갈색 눈동자도 둥글었다.

플라톤 카타라예프는 오래전 병사로서 참가한 원정에 대해 들려주는 이야기로 미루어 쉰 살이 넘은 게 분명했다. 정작 그 스스로는 자신이 몇 살인지 몰랐고 어림짐작조차 못 했다. 웃을 때마다 두 개의 반원을 그리며 불쑥불쑥 드러나는 광채가 날 정도로 하얗고 단단한 치아는 모두 건강하고 온전했다. 턱수염과 머리칼에 희끗한 털이 한 올도 없었으며, 몸은 전체적으로 유연한 인상, 특히 굳세고 탄탄한 인상을 풍겼다.

비록 둥글둥글한 작은 주름이 옅게 지긴 했지만 얼굴은 순진하고 젊은 표정을 띠었다. 목소리도 노래하는 듯한 기분 좋은 울림을 냈다. 그러나 말투의 주된 특징은 즉각적이고 빠르다는 점이었다. 자신이 무슨 말을 했는지, 또 앞으로 무슨 말을 할지 전혀 생각하지 않는 것 같았다. 그의 빠르고 진실한 어조에서 반박하기 힘든 독특한 설득력이 느껴지는 것도 그 때문이었다.

포로 시절 초기에 그는 워낙 체력이 좋고 민첩하여 피로와 병이 뭔지 모르는 사람처럼 보였다. 매일 아침저녁으로 자리에 누워 "주여, 돌멩이처럼 눕히시고 빵처럼 일으키소서!"라고 중얼거렸다. 이른 아침이면 언제나 똑같이 어깨를 움츠리며 일어나 "누우면 웅크리고, 일어나면 몸을 흔들어라."라고 중얼거렸다. 실제로도 그는 눕기만 하면 즉시 돌처럼 잠들었고, 몸을 흔들기만 하면 마치 잠자리에서 일어나자마자 장난감을 쥐는 아이처럼 일 초도 지체하지 않고 즉시 어떤 일에 매달렸다. 그는 무슨 일이든 해냈다. 그렇게 잘하지도 않았지만 그렇게 못하지도 않았다. 그는 빵도 굽고 요리도 하고 바느질도 하고 대패질도 하고 부츠도 꿰맸다. 언제나 바빴기에 밤이 되어야 이야기 — 그는 대화를 즐겼다 — 와 노래를 할 수 있었다. 그는 남들이 듣는다는 것을 아는 가수처럼 노래하지 않고 새처럼 노래했다. 아마도 사람에게 이따금 팔다리를 뻗는 것이 필요하듯, 그에게는 그 소리를 내는 것이 필요해서인 듯했다. 그 소리는 언제나 거의 여자 목소리처럼 높고 부드럽고 구슬펐으며, 노래할 때 그의 얼굴은 매우 진지했다.

포로가 되고 수염이 덥수룩하게 자라자 그는 자신이 떠맡은 낯선 군인 행세를 전부 벗어던지고 자기도 모르게 농부와 평민으로 살던 예전 방식으로 돌아가 버린 듯했다.

"휴가 중인 군인은 말이야, 바지 밖으로 빼낸 루바시카라고."[14] 그는 이렇게 말하곤 했다. 비록 불평도 하지 않았고 복무하는 내내 한 대도 맞지 않았다는 말을 자주 되풀이했지만, 그는 자신의 군대 생활에 대해 이야기하는 것을 내켜하지 않았다. 이야기를 꺼낼 때면 자신이 '그리스도교적' 생활이라고 일컫는 농민[15] 생활에 대한 추억들, 아마도 그에게 소중할 옛 추억들에 대해 주로 들려주었다. 그의 이야기에 넘쳐 나는 관용구들은 대부분 병사들이 즐겨 말하는 상스럽고 대담한 표

---

14) 농민들은 루바시카를 허리띠로 조여 옷자락이 엉덩이 위에 헐렁하게 내려오도록 입었다. 이와 달리 병사들은 루바시카 자락을 바지 안에 넣었다. 플라톤의 말은 부대를 벗어난 군인은 군인이라기보다 농민(혹은 평민)에 가까우며, 굳이 군대의 규율대로 행동할 필요가 없다는 뜻을 담고 있다.
15) 러시아어로 농민을 뜻하는 'krestyanin'은 그리스도교인을 뜻하는 'khristianin'에서 유래했다.

현들이 아니라, 따로 떼어 놓고 보면 그다지 대수롭지 않은 것 같아도 적절한 때에 언급하면 갑자기 심오한 의미를 띠게 되는 민중적인 격언이었다.

그는 종종 자신이 예전에 한 말과 정반대로 말하기도 했는데 그 말도 이 말도 모두 옳았다. 그는 이야기하기를 좋아했고, 또 다정한 말과 관용구로 자기 말을 꾸미면서 멋들어지게 이야기했다. 피에르가 보기에 그 관용구들은 카라타예프가 만들어 낸 표현 같았다. 그러나 그가 들려주는 이야기의 주된 매력은 지극히 단순한 사건들이, 때로는 피에르가 눈으로 보면서도 알아채지 못하던 단순하기 짝이 없는 사건들이 그의 이야기 속에서 엄숙한 품위를 부여받는다는 점이었다. 그는 한 병사가 저녁마다 들려주는 민담(언제나 똑같은)을 즐겨 들었다. 그러나 가장 즐겨 들은 이야기는 진짜 생활에서 나온 것이었다. 그는 즐거운 미소를 지으면서 그런 이야기들을 듣고 말참견을 하고 질문을 했다. 그 질문들은 자신이 듣고 있는 이야기의 품위를 이해하기 위한 것이었다. 카라타예프는 피에르가 이해하는 대로의 집착, 우정, 사랑 같은 것은 전혀 갖고 있지 않았다. 하지만 삶이 자신에게로 이끌어 준 모든 것들, 특히 인간들 ── 어떤 특정한 인간들이 아니라 자기 눈앞에 있는 인간들 ── 을 사랑했고, 또 그들과 애정 어린 관계를 맺으며 살아갔다. 그는 자신의 개를 사랑했고, 동료들과 프랑스인들을 사랑했으며, 이웃이 된 피에르를 사랑했다. 하지만 피에르는 카라타예프가 아무리 다정한 애정(카라타예프는 자기도 모르게 이 애정을 통하여 피에르의 정신생활을 공정하게 평가하고 있었다.)을 보여 준다 한들 자신과의 이별을 단 한 순간도 애석해하지 않으리라고 느꼈다. 피에르도 카라타예프에게 똑같은 감정을 느끼기 시작했다.

다른 모든 포로들에게 플라톤 카라타예프는 지극히 평범한 병사였다. 그들은 그를 '작은 매'라느니 플라토샤라느니 하는 애칭으로 부르며 선량한 마음으로 악의 없이 놀리기도 하고 심부름을 보내기도 했다. 그러나 피에르에게 그는 첫날 밤에 보인 모습 그대로 소박함과 진리의 불가해하고 둥글고 영원한 화신으로 언제까지고 남았다.

플라톤 카라타예프는 자신의 기도문 외에 아무것도 암기하지 못했다. 일단 이야기를 꺼내면 어떻게 끝맺어야 할지도 모르는 것 같았다.

피에르가 이따금 그가 한 이야기의 의미에 감동하여 다시 한번 들려 달라고 부탁할 때면, 플라톤은 자신이 가장 좋아하는 노래 가사를 피에르에게 말하지 못했던 것과 마찬가지로 자신이 방금 한 말도 기억하지 못했다. 그 가운데 "사랑하는 사람이여", "작은 자작나무여", "나는 지긋지긋해요"라는 표현이 있었는데 단어만 놓고 보면 아무런 의미도 없었다. 그는 이야기에서 별개로 분리된 단어의 의미를 이해하지 못했고 또 이해할 수도 없었다. 그의 말 한 마디 한 마디, 그의 행동 하나하나는 그가 알지 못하는 어떤 활동의 발현이었고, 그 활동은 곧 그의 삶이었다. 그러나 그의 삶은 그 자신이 보는 바대로 개별적인 삶으로서는 어떤 의미도 지니지 않았다. 그 삶은 전체의 한 부분으로서만 의미를 띠었고, 그는 항상 그 전체를 의식했다. 꽃송이에서 향기가 풍겨 나오듯 그의 말과 행동은 전체로부터 일정하게, 불가피하게, 직접적으로 흘러나왔다. 그는 별개로 취해진 행동이나 말에 대해서는 그 가치도, 의미도 이해할 수 없었다.

14

마리야 공작 영애는 니콜라이로부터 오빠가 로스토프가 사람들과 함께 야로슬라블에 있다는 소식을 듣자 아주머니의 만류를 뿌리치고 즉시 떠날 채비를 했다. 더욱이 혼자가 아니라 조카를 데리고 가려 했다. 그것이 어려울지 쉬울지, 가능할지 불가능할지에 대해 묻지도 않았고 알고 싶어 하지도 않았다. 그녀의 의무는 아마도 죽어 가고 있을 오빠 곁으로 몸소 가는 것뿐 아니라 그에게 아들을 데려가기 위하여 가능한 모든 일을 하는 것이었다. 그래서 그녀는 떠날 준비를 했다. 안드레이 공작이 직접 마리야 공작 영애에게 소식을 전하지 않은 것에 대해 마리야 공작 영애는 그가 편지도 쓰기 힘들 만큼 몹시 쇠약해졌거나 그녀와 아들에게 이 긴 여행이 너무 힘들고 위험하리라 생각해서일 거라고 해석했다.

며칠 동안 마리야 공작 영애는 길 떠날 채비를 했다. 그녀에게는 보로녜시까지 타고 온 공작의 거대한 카레타, 브리치카, 짐마차가 있었다. 마드무아젤 부리엔, 니콜루시카와 가정 교사, 늙은 보모, 하녀 세 명, 치혼, 젊은 하인 한 명, 아주머니가 공작 영애에게 딸려 보낸 심부름꾼 한 명이 공작 영애와 함께 출발했다.

모스크바까지 평상시 다니던 길로 간다는 것은 생각도 할 수 없는 일이었다. 그래서 마리야 공작 영애는 리페츠크, 랴잔, 블라지미르, 슈야를 거치며 우회해야 했다. 그 길은 아주 길었고, 어느 역참에 가든 교대할 말이 없어 매우 힘들었으며, 랴잔 부근에서는 프랑스군이 출몰한다는 소문마저 돌아 위험하기까지 했다.

그 어려운 여정 동안 마드무아젤 부리엔과 데살과 마리야 공작 영애의 하녀는 그녀의 군건한 정신과 활동에 놀랐다. 그녀는 가장 늦게 잠자리에 들고 가장 일찍 일어났다. 어떤 난관도 그녀를 막을 수는 없었다. 동행인들을 자극한 그녀의 활동과 에너지 덕분에 두 주일이 다 되어 갈 무렵 그들은 야로슬라블 부근에 이르렀다.

보로녜시에서 머물던 마지막 시기에 마리야 공작 영애는 자기 인생에서 최고의 행복을 맛보았다. 로스토프를 향한 사랑은 이미 그녀를 괴롭히지도 흥분시키지도 않았다. 그 사랑은 그녀의 영혼을 가득 채우고 그녀에게서 분리할 수 없는 일부가 되었다. 그녀는 더 이상 그 사랑에 저항하지 않았다. 최근 마리야 공작 영애는 자신이 사랑받고 또 사랑하고 있다는 것을 확신했다 — 비록 한 번도 이 점을 스스로에게 말로써 분명히 표현한 적은 없지만. 그녀는 최근 니콜라이와의 만남에서 이 사실을 확인했다. 그는 그녀의 오빠가 로스토프가 사람들과 함께 있다는 것을 알려 주기 위해 찾아왔다. 니콜라이는 이제(안드레이 공작이 건강을 되찾을 경우) 그와 나타샤의 이전 관계가 다시 회복될지 모른다는 점에 대해서 한마디 암시도 하지 않았다. 그러나 마리야 공작 영애는 그의 얼굴에서 그가 그 점을 알고 또 생각하고 있다는 것을 알았다. 그렇지만 그녀를 대하는 신중하고 부드럽고 애정 어린 태도는 변함이 없었다. 그뿐만 아니라 마리야 공작 영애도 이따금 생각했던 것처럼 이제 마리야 공작 영애와의 인척 관계 덕분에 자신의 우정 어린 사랑을 그녀 앞에서 더욱 자유롭게 표현할 수 있게 되어 기뻐하는 듯했다. 마리야 공작 영애는 자신이 인생에서 처음이자 마지막으로 사랑을 하고 있다는 것을 알았고, 사랑받고 있다는 것을 느꼈으며, 이 때문에 행복하고 평온했다.

그러나 마음 한구석의 그 행복은 오빠로 인한 슬픔이 가슴에 사무치는 것을 막지 못했다. 오히려 어떤 점에서 이런 정신적인 평온은 오빠에 대한 자기 감정에 충분히 몰입할 많은 여지를 허락했다. 보로네시를 떠나는 처음 몇 분 동안 그 감정이 어찌나 강렬했던지 그녀를 배웅하는 사람들은 기진맥진하고 절망적인 얼굴을 보며 그녀가 틀림없이 도중에 병이 날 거라고 확신할 정도였다. 그러나 마리야 공작 영애가 대단한 활동력을 발휘하며 매달린 여행의 난관과 걱정거리는 그녀를 잠시 슬픔으로부터 구해 주었고 그녀에게 힘을 주었다.

여행 중에 늘 그러듯이 마리야 공작 영애는 여행의 목적이 무엇인지 잊고 오직 여행에 대해서만 생각했다. 하지만 마차가 야로슬라블에 점점 가까워지면서 많은 날이 지난 후가 아니라 바로 오늘 밤 자신에게 닥칠 수 있는 일이 다시 눈앞에 떠오르자 마리야 공작 영애의 흥분은 극도에 다다랐다.

로스토프가 사람들이 어디쯤 있고 안드레이 공작이 어떤 상황에 처했는지 알아보라고 앞서 야로슬라블로 보낸 심부름꾼은 관문 옆에서 시내로 들어오는 커다란 카레타를 맞닥뜨렸다. 그는 창문 밖으로 내민 무서울 정도로 창백한 공작 영애의 얼굴을 보고 몸서리를 쳤다.

"전부 알아보았습니다, 공작 영애님. 로스토프가 분들은 광장의 브론니코프 상인 집에 계십니다. 여기에서 멀지 않은 볼가 강변입니다." 심부름꾼이 말했다.

마리야 공작 영애는 두려움과 의문이 어린 눈으로 그의 얼굴을 보았다. 그가 무슨 말을 하는지 이해할 수 없었고, 그가 오빠는 어떠냐는 중요한 질문에 왜 대답을 하지 않는지 이해할 수 없었다. 마드무아젤 부리엔이 마리야 공작 영애를 대신해 이 질문을 했다.

"공작님은 어떠시지?" 그녀가 물었다.

"공작 각하는 그분들과 같은 집에 머물고 계십니다."

'그렇다면 오빠는 아직 살아 있구나.' 공작 영애는 이렇게 생각하고 안드레이 공작의 상태가 어떤지 조용히 물었다.

"사람들 말로는 여전히 똑같은 상태라고 합니다."

'여전히 똑같은 상태'라는 말이 무슨 뜻인지 공작 영애는 묻지 않았다. 그녀는 그저 자기 앞에 앉아 시내를 보며 즐거워하는 일곱 살 니콜루시카를 눈에 띄지 않게 힐끗 쳐다보고 고개를 숙였다. 그러고는 묵직한 카레타가 덜컹덜컹 흔들리다 어딘가에 멈춰 설 때까지 고개를 들지 않았다. 쿵 하고 발판을 내려놓는 소리가 들렸다.

문이 열렸다. 왼쪽에 물, 즉 커다란 강이 있고 오른쪽에 현관 계단이 있었다. 현관 계단에는 하인들, 하녀 한 명, 검은 머리를 풍성하게 땋아 내린 뺨이 발그레한 어떤 아가씨(소녀였다.)가 있었다. 마리야 공작 영애에게는 그 아가씨가 불쾌하고 부자연스러운 미소를 짓고 있는 것처럼 보였다. 공작 영애가 계단을 뛰어 올라가자 부자연스러운 미소를 짓던 아가씨가 말했다. "이쪽, 이쪽이에요!" 대기실에서 문득 정신을 차린 공작 영애는 눈앞에 동양적인 얼굴의 늙은 여자가 서 있는 것을 발견했다. 그 여자가 감동한 표정을 하고 공작 영애를 맞으러 빠른 걸음으로 다가왔다. 백작 부인이었다. 그녀는 마리야 공작 영애를 안고 입을 맞추기 시작했다.

"나의 아기!" 그녀가 말했다. "당신을 사랑해요. 오래전부터 당신을 알았죠."

마리야 공작 영애는 몹시 흥분한 상태이기는 했지만, 이 사람이 백작 부인이며 그녀에게 무슨 말이든 해야 한다는 것을 깨달았다. 그녀는 어떻게 해야 할지 스스로도 모르면서 다른 사람들이 그녀에게 말할 때와 똑같은 어조의 정중한 프랑스어로 말하고는 "오빠는 어떤가요?'" 하고 물었다.

"의사는 위험하지 않다고 하더군요." 백작 부인이 말했다. 그러나 그 말을 하는 동안 그녀는 한숨을 쉬며 시선을 들었다.

그 몸짓에는 말과 모순되는 표정이 어려 있었다.

"오빠는 어디 있나요? 볼 수 있을까요? 그래도 될까요?" 공작 영애가 물었다.

"당장이라도 볼 수 있어요, 공작 영애, 당장이라도요, 나의 어린 친구. 이 아이가 공작의 아들인가요?" 백작 부인은 데살과 함께 들어오는 니콜루시카를 돌아보며 말했다. "우리 모두 함께 머물기로 해요. 집이 크거든요. 오, 정말 귀여운 소년이군요!"

백작 부인은 공작 영애를 응접실로 안내했다. 소냐는 마드무아젤 부리엔과 이야기를 나누었다. 백작 부인은 소년을 쓰다듬었다. 노백작이 응접실에 들어오며 공작 영애에게 환영 인사를 건넸다. 노백작은 공작 영애를 마지막으로 만난 이후 몹시 변했다. 그때는 활기차고 쾌활하고 자신만만한 노인이었지만 지금은 불쌍하고 의지할 곳 없는 사람처럼 보였다. 공작 영애와 이야기를 나누는 동안 그는 자신이 적절하게 행동하고 있는지 모든 사람들에게 묻기라도 하듯 쉴 새 없이 주위를 두리번거렸다. 모스크바와 자신의 영지가 파괴된 후 익숙한 궤도에서 내쫓긴 백작은 스스로의 가치에 대한 자각을 상실하고 이제는 생활 속에 자기 자리가 없다고 느끼는 듯했다.

공작 영애는 흥분해 있었다. 한시바삐 오빠를 보고 싶을 뿐이었다. 오빠를 만나는 것이 유일한 바람인 이런 순간에 사람들이 자신을 계속 붙잡아 두고 조카에게 입에 발린 말로 칭찬을 늘어놓자 그녀는 화가 치밀었다. 그러나 공작 영애는 주위에서 일어나는 모든 일을 알아차렸고, 자신이 발을 들여놓은 이 새로운 질서에 잠시 따르지 않으면 안 된다는 것을 알아차렸다. 그녀는 그 모든 것이 불가피하다는 것을 알았다. 그래서 그것이 힘들게 느껴져도 그들에게 화를 내지 않았다.

"이 아이는 나의 조카딸이랍니다." 백작은 소냐를 소개하며 말했다. "공작 영애는 이 아이를 모르죠?"

공작 영애는 그녀를 돌아보고 마음속에 솟구치는 이 아가씨에 대한 적대감을 억누르려 애쓰며 그녀에게 입을 맞추었다. 그러나 주위를 둘러싼 모든 이들의 기분이 자신의 심정과 너무도 달랐기에 점차 괴로워졌다.

"오빠는 어디에 있나요?" 그녀는 모든 사람들을 돌아보며 다시 한번 물었다.

"그분은 아래층에 계세요. 나타샤가 함께 있지요." 소냐가 얼굴을 붉히며 대답했다. "상태를 알아보도록 하인을 보냈어요. 공작 영애님, 피곤하시죠?"

공작 영애의 눈에서 분노의 눈물이 왈칵 솟았다. 그녀는 고개를 돌렸다. 오빠를 만나려면 어디로 가야 하는지 다시 백작 부인에게 물으려는 순간 문가에서 발랄하게 느껴지는 가볍고 재빠른 발소리가 들렸다. 공작 영애는 주위를 둘러보다가 안으로 뛰어들다시피 하는 나타샤를, 오래전 모스크바에서 만났을 때 자신이 그토록 싫어하던 나타샤를 보았다.

그러나 그 나타샤의 얼굴을 제대로 쳐다보기도 전에 공작 영애는 나타샤야말로 슬픔을 함께 나눌 진실한 동지며, 따라서 자신의 친구라는 점을 이해했다. 공작 영애는 나타샤에게 달려가 얼싸안고 그 어깨에 기대어 울음을 터뜨렸다.

안드레이 공작의 머리맡에 앉아 있던 나타샤는 마리야 공작 영애의 도착을 알자마자 빠른 걸음으로, 마리야 공작 영애에게는 발랄하게 느껴진 걸음으로 조용히 방을 빠져나와 공작 영애에게 달려왔다.

방으로 뛰어들었을 때 그녀의 흥분한 얼굴에는 오직 한 가지 표정, 즉 사랑의 표정, 그를 향한, 공작 영애를 향한, 자신이 사랑하는 남자와 가까운 모든 것을 향한 무한한 사랑의 표정, 타인들을 동정하고 그들을 위해 고통스러워하는 표정, 그들을 돕기 위해 자신의 모든 것을 바치려는 열망의 표정뿐이었다. 이 순간 나타샤의 마음속에는 자신에 대한 생각이나 그와의 관계에 대한 생각은 조금도 없는 듯 보였다.

예민한 마리야 공작 영애는 나타샤를 처음 본 순간 그 모든 것을 이해했기에 슬픔 어린 기쁨을 느끼며 나타샤의 어깨에 기대어 울었던 것이다.

"같이 가요, 마리, 그분에게 같이 가요." 나타샤는 공작 영애를 다른 방으로 이끌며 말했다.

마리야 공작 영애는 얼굴을 들고 눈물을 닦은 후 나타샤를 바라보았다. 그녀는 나타샤를 통해 모든 것을 이해하고 알게 되리라 느꼈다.

"어때요……." 그녀는 질문을 꺼냈다가 문득 말을 멈췄다. 그녀는 말로는 물을 수도 대답할 수도 없다는 것을 깨달았다. 나타샤의 얼굴과 눈동자가 더 분명하고 더 깊이 있게 말해 줄 것이 틀림없었다.

나타샤는 그녀를 바라보았다. 그러나 자신이 아는 바를 전부 말해야 할지 말지에 대해 두려움과 의구심에 빠진 듯했다. 그녀는 마음 가장 깊은 곳을 꿰뚫어 보는 그 빛나는 눈동자 앞에서 모든 것을, 자신이 본 모든 진실을 말하지 않을 수 없다고 느끼는 것 같았다. 나타샤의 입술이 갑자기 바르르 떨리고 입가가 보기 흉하게 일그러졌다. 그녀는 두 손으로 얼굴을 감싸고 흐느끼기 시작했다.

마리야 공작 영애는 모든 것을 이해했다.

그러나 그녀는 여전히 희망을 품고 스스로도 믿지 않는 말로 물었다.

"오빠의 부상은 어떤가요? 전반적으로 어떤 상태죠?"

"당신도, 당신도…… 보게 될 거예요." 나타샤는 겨우 이렇게 말할 수 있을 뿐이었다.

그들은 아래층에 있는 그의 방 옆에 잠시 앉았다. 울음을 그치고 평온한 얼굴로 그의 방에 들어가기 위해서였다.

"병이 어떻게 진행되었나요? 병세가 심해진 지 오래됐어요? 그 일이 일어난 게 언제죠?" 마리야 공작 영애가 물었다.

나타샤는 처음 얼마 동안은 열과 통증 때문에 위험했지만 트로이체에 온 후 그런 증상은 사라졌다고, 의사가 두려워한 것은 오직 괴저뿐이었다고 말했다. 그러나 그런 위험도 지나갔다. 야로슬라블에 도착하자 상처가 곪기 시작했으며(나타샤는 화농 등등에 관한 것들을 전부 알고 있었다.) 의사는 화농이 무사히 지나갈 것이라고 말했다. 열이 났다. 의사는 그 열도 그렇게 위험하지 않다고 말했다.

"하지만 그저께……." 그녀는 말문을 열었다. "갑자기 그 일이 일어났어요…….” 그녀는 흐느낌을 억눌렀다. “나는 이유를 모르겠어요. 하지만 당신도 그가 어떻게 되었는지 보게 될 거예요.”

“쇠약해졌나요? 수척해졌어요?” 공작 영애가 물었다.

“아뇨, 그렇지는 않아요. 하지만 더 안 좋아요. 당신도 보게 될 거예요. 아, 마리, 마리, 그분은 너무 좋은 분이에요. 그분은 살 수 없어요…… 왜냐하면…….”

15

나타샤가 익숙한 동작으로 방문을 열어 공작 영애를 먼저 지나가게 할 때부터 마리야 공작 영애는 벌써 흐느낌이 목구멍까지 북받치는 것을 느꼈다. 그녀는 아무리 마음을 가다듬고 침착하려 애써도 눈물 없이는 그를 볼 수 없으리라는 것을 알았다.

마리야 공작 영애는 "이틀 전 그에게 그 일이 일어났다."라는 말로 나타샤가 뜻하고자 한 바를 이해했다. 이는 곧 그가 갑자기 부드러워졌다는 뜻이며, 그런 부드러움과 온화함은 죽음의 징후라는 것을 이해했다. 문으로 다가갈 때부터 그녀는 이미 어린 시절부터 알던 안드류샤의 얼굴을, 그에게서 좀처럼 보기 힘들기에 그녀에게 언제나 너무도 강력한 영향을 미치던 다정하고 상냥하고 온화한 얼굴을 상상 속에서 보고 있었다. 그녀는 알았다. 아버지가 죽음 앞에서 그랬던 것처럼 안드레이 공작도 자기에게 온화하고 부드러운 말을 건네리라는 것을, 자신이 그 말을 견디지 못하고 그에게 엎드려 통곡하리라는 것을……. 그러나 이르든 늦든 그 일은 일어나게 되어 있었고, 그녀는 방으로 들어갔다. 그녀가 근시안으로 그의 형체를 점점 더 뚜렷이 분간하고 그 특징을 찾아내는 사이 흐느낌이 그녀의 목구멍으로 점점 더 북받쳐 올랐다. 그녀는 그의 얼굴을 알아보았고 두 사람의 시선이 서로 마주쳤다.

그는 다람쥐 가죽으로 지은 할라트를 입고 베개에 둘러싸인 채 소파에 누워 있었다. 그는 수척하고 창백했다. 투명할 정도로 하얗고 비쩍 마른 한 손에는 손수건을 쥐었고, 다른 한 손으로는 조용히 손가락을 움직이며 웃자란 가느다란 콧수염을 매만졌다. 그의 눈이 방에 들어오는 사람들을 바라보았다.

그의 얼굴을 알아보고 그 시선을 마주한 마리야 공작 영애는 갑자기 걸음을 늦추었다. 갑자기 눈물이 마르고 흐느낌이 멎는 것을 느꼈다. 그의 표정과 시선을 포착한 순간 그녀는 덜컥 겁이 났고 자신이 잘못한 듯한 기분을 느꼈다.

'하지만 도대체 내가 뭘 잘못했지?' 그녀가 스스로에게 물었다. '넌 살아 있고 산 사람에 대해 생각하는데 난……! 바로 그 점이지.' 그의 차갑고 엄한 시선이 대답했다.

그가 여동생과 나타샤를 찬찬히 뜯어보는 동안 자신의 외부가 아닌 내면을 응시하는 그 깊은 시선에는 적대감에 가까운 감정이 실려 있었다.

두 사람은 습관적으로 서로 손을 잡고 입을 맞추었다.

"안녕, 마리, 어떻게 이곳까지 왔니?" 안드레이 공작이 시선만큼이나 담담하고 생경한 목소리로 말했다. 설사 그가 기를 쓰고 발악을 했다 해도 마리야 공작 영애에게는 그 발악이 그 목소리보다 덜 무서웠을 것이다.

"니콜루시카도 데려왔니?" 그는 여전히 담담하고 느린 어조로 말했다. 기억을 떠올리는 것이 힘겨워 보였다.

"건강은 어때?" 마리야 공작 영애는 자신이 한 말에 스스로 놀라며 되물었다.

"그런 것은 의사에게 물어봐야지." 그가 말했다. 그리고 또다시 애써 다정하게 대하려는 기색으로 입만 달싹이며(그는 자신이 무슨 말을 하는지 전혀 생각지 않는 눈치였다.) 말했다. "와 줘서 고맙다."

마리야 공작 영애는 그의 손을 꼭 잡았다. 누이동생에게 손을 잡히자 그는 눈에 띄지 않을 정도로 살짝 얼굴을 찌푸렸다. 그는 침묵했고, 그녀는 무슨 말을 해야 할지 몰랐다. 그녀는 지난 이틀 동안 그에게 무슨 일이 있었는지 깨달았다. 그의 말, 그 어조, 특히 적대적이다시피 한 그 차가운 시선은 살아 있는 사람에게 무시무시한 느낌을 주는, 이 세상의 모든 것을 밀어내는 듯한 분위기를 띠었다. 그는 이제 살아 있는 존재를 이해하는 데 어려움을 느끼는 듯했다. 그러나 그와 동시에 그가 살아 있는 존재를 이해하지 못하는 것은 이해력을 상실했기 때문이 아니라 다른 어떤 것, 즉 산 사람들은 모르고 또 이해할 수도 없는 것을 깨달았기 때문이라는 점, 또 그것이 그를 완전히 삼켜 버렸기 때문이라는 점이 느껴졌다.

"운명이 우리를 얼마나 기묘하게 이끌었는지!" 그는 침묵을 깨고 나타샤를 가리키며 말했다. "백작 영애가 줄곧 날 간호하고 있어."

마리야 공작 영애는 그의 말을 들으면시도 이해할 수 없었다. 그가, 세심하고 다정한 안드레이 공작이, 자기가 사랑하고 또 자기를 사랑하는 여자에 대해 어떻게 그런 말을 할 수 있단 말인가! 만약 그가 삶을 생각했더라면 그처럼 차갑고 모욕적인 어조로 그런 말을 하지는 않았을 것이다. 만약 자신이 죽게 되리라는 것을 몰랐다면 어떻게 그녀를 불쌍히 여기지도 않고 그녀 앞에서 그런 말을 할 수 있겠는가! 이에 대해서는 오직 한 가지 설명만이 가능했다. 그에게는 아무래도 상관없었다. 다른 무언가가, 가장 중요한 무언가가 그에게 모습을 드러냈기에 그로서는 아무래도 상관없었던 것이다.

대화는 냉랭하고 지지부진했으며 걸핏하면 끊어졌다.

"마리는 랴잔을 거쳐 왔어요." 나타샤가 말했다. 안드레이 공작은 그녀가 자기 여동생을 마리라고 부른 것을 알아차리지 못했다. 그의 앞에서 공작 영애를 그렇게 부른 나타샤도 그제야 비로소 그 사실을 깨달았다.

"어떻게 됐나요?" 그가 물었다.

"사람들이 마리에게 모스크바 전체가 다 타 버렸다고 말했대요. 아마……."

나타샤는 말을 멈추었다. 말을 할 수가 없었던 것이다. 그는 들으려고 애를 써도 들을 수 없는 듯했다.

"그래요. 다 타 버렸다고 하더군요." 그가 말했다. "정말 유감이에요." 그리고 무심하게 손가락으로 콧수염을 매만지며 눈앞을 응시했다.

"마리, 니콜라이 백작과 만났지?" 안드레이 공작이 불쑥 입을 열었다. 그들을 기쁘게 해 주고 싶은 모양이었다. "그가 이곳으로 편지를 보내왔어. 네가 아주 마음에 든다고 말이야." 그는 소탈하고 평온하게 계속 말했다. 아마도 자기 말이 산 사람들에게 갖는 모든 복잡한 의미를 이해하지 못하는 듯했다. "너도 그를 사랑한다면 정말 좋을 텐데…… 두 사람이 결혼하면……." 그는 자신이 오랫동안 찾았고 또 마침내 발견한 그 말에 기뻐하며 다소 서둘러 덧붙였다. 마리야 공작 영애는 그의 말을 들었다. 그러나 그녀에게는 그 말이 그가 살아 있는 모든 것으로부터 얼마나 무서우리만큼 멀어져 있는지 증명하는 것 외에 다른 어떤 의미도 띠지 않았다.

"내 이야기는 뭣 하러 해!" 그녀는 조용히 말하고 나타샤를 흘긋 쳐다보았다. 나타샤는 자신을 향한 그녀의 시선을 느꼈으나 그녀를 쳐다보지 않았다. 다시 모두 침묵에 잠겼다.

"앙드레……." 갑자기 마리야 공작 영애가 떨리는 목소리로 말했다. "니콜루시카를 만나고 싶지 않아? 그 애는 계속 오빠만 생각했어."

안드레이 공작은 처음으로 보일락 말락 희미하게 미소를 지었다. 그러나 그의 얼굴을 너무나 잘 아는 마리야 공작 영애는 그것이 기쁨의 미소도, 아들에 대한 다정한 미소도 아닌 마리야 공작 영애가 그의 감정을 불러일으킬 마지막 수단 — 그녀의 생각에 따르면 — 을 이용한 것에 대한 조용하고 온화한 냉소라는 사실을 깨닫고 두려움을 느꼈다.

"그래, 나도 니콜루시카가 와서 기뻐. 그 애는 건강하니?"

사람들이 니콜루시카를 데려오자 안드레이 공작은 아들에게 입을 맞추었다. 하지만 아들과 무슨 말을 해야 할지 모르는 듯했다. 니콜루시카는 놀란 눈으로 아버지를 보았으나 울지는 않았다. 아무도 울지 않았기 때문이다.

사람들이 니콜루시카를 데려가자 마리야 공작 영애는 오빠에게 또다시 다가가 입을 맞추고는 더 이상 참지 못하고 울음을 터뜨렸다.

그는 그녀를 뚫어지게 쳐다보았다.

"니콜루시카 때문에 우니?" 그가 말했다.

마리야 공작 영애는 계속 울면서 그렇다는 뜻으로 고개를 끄덕였다.

"마리, 알지? 복음서에……" 하지만 그는 갑자기 입을 다물었다.

"뭐라고 했어?"

"아무것도 아냐. 여기서 울면 안 돼." 그는 여전히 차가운 눈빛으로 그녀를 쳐다보며 말했다.

마리야 공작 영애가 울음을 터뜨렸을 때 그는 니콜루시카가 아버지 없이 남게 되는 것 때문에 그녀가 운다는 것을 깨달았다. 그는 안간힘을 다해 삶으로 되돌아오려 애썼고 그들의 시각으로 옮아왔다.

'그래, 이들에게는 이 일이 슬프게 느껴질 게 틀림없어!' 그는 생각했다. '하지만 이것은 너무나 단순한 일인데!'

'공중의 새는 씨를 뿌리지도 거두지도 않지만 너희의 하늘 아버지께서 그것들을 먹이신다.'[16] 그는 이렇게 속으로 중얼거리고 공작 영애에게 똑같은 말을 하려 했다. '아니야, 이들은 자기 나름의 방식으로 이것을 이해하겠지. 이들은 이해하지 못해! 이들은 이것을 이해할 수 없어. 그들이 소중히 여기는 그 모든 감정, 우리가 그토록 중요하게 여기는 우리의 이 모든 상념들, 그것들이 다 필요 없다는 것을 말이야. 우리는 서로를 이해할 수 없어.' 그리고 그는 침묵에 잠겼다.

안드레이 공작의 어린 아들은 일곱 살이었다. 그는 이제 간신히 글을 읽을 수 있을 뿐 아무것도 몰랐다. 그는 그날 이후 많은 일을 겪으며 지식과 관찰력과 경험을 얻었다. 그러나 그가 훗날 획득할 이 모든 자질을 당시에 이미 가졌다 하더라도, 자신이 아버지와 마리야 공작 영애와 나타샤 사이에서 본 장면의 모든 의미를 지금보다 더 깊이 더 잘 이해하지는 못했을 것이다. 그는 모든 것을 이해했으며 울지 않고 방을 나왔다. 그리고 자신을 뒤따라 나온 나타샤에게 말없이 다가가 생각에 잠긴 듯한 아름다운 눈으로 수줍게 그녀를 흘깃 쳐다보았다. 살짝 치켜 올라간 그의 붉은 윗입술이 바르르 떨렸다. 그는 그녀에게 머리를 기대고 훌쩍훌쩍 울기 시작했다.

그날부터 그는 데살을 피했고, 자기를 귀여워하는 백작 부인을 피했다. 그는 혼자 가만히 앉아 있거나, 마리야 공작 영

---

16) 예수의 산상 설교 가운데 일부로 『마태복음서』 6장 26절에 수록되었다.

애와 나타샤 ── 그가 고모보다 더 좋아하게 된 듯한 ── 에게 쭈뼛쭈뼛 다가가 얌전히 수줍게 어리광을 부리곤 했다.

안드레이 공작의 방에서 나오던 마리야 공작 영애는 나타샤의 얼굴이 그녀에게 말한 것을 전부 이해하게 되었다. 더 이상 나타샤에게 그의 목숨을 구할 가능성에 대해 말하지 않았다. 그녀는 나타샤와 교대로 그의 소파 옆을 지켰다. 더 이상 울지 않았고, 죽어 가는 사람 위로 이제 너무나 뚜렷이 감지되는 그 영원하고 불가해한 존재를 향해 마음속으로 호소하며 계속 기도했다.

16

안드레이 공작은 자신이 죽으리라는 것을 알았을 뿐 아니라 지금 죽어 가고 있다는 것, 이미 절반은 죽은 사람이라는 것을 느꼈다. 그는 지상 모든 것으로부터의 분리와 존재의 즐겁고도 기묘한 가벼움을 자각했다. 그는 서두르거나 불안해하지 않고 자신에게 닥칠 일을 기다렸다. 일생 동안 끊임없이 느껴 온 그 준엄하고 영원하고 불가해하고 머나먼 존재가 이제 그에게 가까운 것, 그가 경험한 존재의 기묘한 가벼움을 통해 거의 이해할 수 있고 감지할 수 있는 가까운 것이 되었다.

. . . .

이전에 그는 종말을 두려워했다. 죽음, 즉 종말에 대한 공포라는 그 무시무시하고 괴로운 감정을 그는 두 번 경험했다. 그리고 지금은 더 이상 그 감정을 이해할 수 없었다.

그가 이 감정을 처음 경험한 것은 유탄이 그의 앞에서 팽이처럼 빙글빙글 돌 때, 그가 밭의 그루터기와 딸기나무와 하늘을 보면서 죽음이 그의 앞에 와 있다는 것을 알았을 때였다. 부상당한 후 정신을 차렸을 때, 마치 자신을 짓누르던 삶의 압박으로부터 해방되기라도 한 듯 현생에 구속받지 않는 영원하고 자유로운 사랑의 꽃이 마음속에서 순식간에 피어났을 때 그는 더 이상 죽음을 두려워하지 않았고 그것에 대해 생각하지도 않았다.

부상 후 고통스러운 고독과 반쯤 의식을 잃은 상태를 경험하면서 자기 앞에 열린 영원한 사랑의 새로운 원리에 침잠해 갈수록 그는 스스로도 느끼지 못하는 사이에 점점 지상의 생활을 거부하게 되었다. 모든 것과 모든 사람을 사랑하고 사랑을 위해 언제나 자신을 희생한다는 것은 아무도 사랑하지 않는 것을 뜻하며, 이 지상의 삶을 살지 않는 것을 뜻했다. 그래서 이 사랑의 원리가 그의 안에 차오를수록 그는 더욱더 삶을 거부했고, 삶과 죽음 사이에 사랑 없이 놓인 그 무시무시한 담장을 더욱더 철저히 무너뜨렸다. 처음 얼마 동안 그는 자신이 죽을 수밖에 없다는 것을 떠올릴 때면 이렇게 혼잣말을 하곤 했다. "뭐, 어때, 더 잘됐군."

그러나 미치시에서 반쯤 의식을 잃은 그의 앞에 간절히 원하던 여인이 나타난 밤부터, 그가 그녀의 손을 입술에 대고 조용하고도 기쁨에 찬 눈물을 흘렸을 때부터 한 여인에 대한 사랑은 그 마음속에 눈에 띄지 않게 스며들어 그를 다시 삶과 이어 주었다. 그러자 기쁨과 불안이 뒤섞인 상념들이 떠오르기 시작했다. 야전 응급 치료소에서 쿠라긴을 본 순간을 떠올리

자 그는 이제 그 감정으로 돌아갈 수 없었다. '그는 살았을까?'
라는 질문이 그를 괴롭혔다. 그러나 차마 물어볼 수 없었다.

그의 병은 육체의 순리대로 진행되었다. 그러나 나타샤가
"그에게 그 일이 일어났다."라고 표현한 것은 마리야 공작 영애
가 도착하기 이틀 전에 일어났다. 그것은 삶과 죽음 사이에 벌
어진 마지막 정신적 투쟁이었다. 그리고 죽음이 승리를 거두
었다. 그것은 나타샤를 향한 사랑 속에서 그의 앞에 나타난 삶
을 그가 아직 소중히 여기고 있다는 뜻밖의 자각이었고, 불가
해한 것에 대한 공포가 일으킨 마지막 발악, 그러나 결국에는
굴복하고 말 발악이었다.

그 일이 일어난 것은 저녁때였다. 식사 후에는 대개 그랬듯
그의 몸에서 미열이 났다. 그러나 사고는 대단히 또렷했다. 소
냐가 테이블 옆에 앉아 있었다. 그는 잠시 꾸벅꾸벅 졸았다.
불현듯 행복감이 그를 사로잡았다.

'아, 그녀가 들어왔다!' 그는 생각했다.

실제로 소냐의 자리에는 방금 소리 없이 들어온 나타샤가
앉아 있었다.

그녀가 간호하기 시작한 후부터 그는 이런 육감으로 그녀
가 가까이 있음을 늘 감지했다. 그녀는 자기 몸으로 양초의 불
빛을 가리느라 그를 향해 비스듬히 몸을 돌린 채 안락의자에
앉아 긴 양말을 뜨고 있었다.(언젠가 안드레이 공작이 긴 양말을
뜨는 늙은 보모만큼 환자를 잘 간호하는 사람은 없다고, 양말 뜨기에
는 마음을 평온하게 하는 무언가가 있다고 말한 후로 그녀는 양말 뜨

기를 배웠다.) 가느다란 손가락이 이따금 맞부딪는 뜨개바늘을 재빠르게 놀렸고, 생각에 잠긴 듯한 그녀의 고개 숙인 옆모습이 그에게 또렷이 보였다. 그녀가 움직이자 실 꾸러미가 무릎에서 굴러떨어졌다. 그녀는 흠칫 몸을 떨더니 그를 돌아보았다. 그러고는 한 손으로 초를 가리면서 조심스럽고 유연하고 섬세한 동작으로 몸을 구부려 실 꾸러미를 들어 올리고 원래 자세로 돌아갔다.

그는 꼼짝 않고 지켜보다 그녀가 그 동작 후 가슴 가득 숨을 들이쉴 필요가 있는데도 그러지 않기로 마음먹고 조심스럽게 숨을 가다듬는 것을 보았다.

트로이체 대수도원에서 그들은 과거에 대해 이야기하곤 했다. 그는 만약 자신이 살아난다면 그녀와 다시 만나게 해 준 부상에 대해 영원한 하느님께 감사드리겠다고 말했다.

'그렇게 될 수 있을까 없을까?' 그는 지금 그녀를 쳐다보고 뜨개바늘의 가벼운 쇳소리에 귀를 기울이며 생각했다. '운명이 우리를 그토록 기묘하게 이은 것은 단지 나의 죽음을 위해서였나? 삶의 진실이 내 앞에 열린 것은 단지 내가 거짓 안에서 살도록 하기 위해서였나? 하지만 내가 이 여인을 사랑한다면 도대체 난 무엇을 해야 하나?' 그는 속으로 이렇게 중얼거리고는 고통을 겪는 동안 몸에 붙은 습관대로 갑자기 무심결에 끙끙 앓는 소리를 냈다.

그 소리를 들은 나타샤가 양말을 내려놓고 그에게 가까이 몸을 굽히더니 문득 그의 빛나는 눈동자를 알아차리고는 가벼운 걸음으로 다가와 몸을 숙였다.

"안 자요?"

"네. 아까부터 당신을 보고 있었어요. 당신이 들어오는 것을 느꼈죠. 당신처럼 나에게 이토록 부드러운 평온을…… 이런 빛을 준 사람은 아무도 없었어요. 정말이지 기뻐서 울고 싶을 정도예요."

나타샤는 그에게로 더 가까이 움직였다. 그녀의 얼굴이 감격에 찬 기쁨으로 환하게 빛났다.

"나타샤, 난 당신을 지나칠 정도로 사랑하고 있어요. 이 세상 무엇보다도."

"나 말이에요?" 순간 그녀가 고개를 돌렸다. "왜 지나치다고 하죠?" 그녀가 말했다.

"왜 지나치냐고요? 음, 당신은 어떻게 생각해요? 솔직히 진심으로 어떻게 느끼죠? 내가 살 것 같은가요? 당신 생각은 어때요?"

"난 확신해요. 확신한다고요!" 나타샤는 열정적인 몸짓으로 그의 두 팔을 잡으며 외치다시피 말했다.

그는 잠시 침묵했다.

"그렇게 되면 얼마나 좋을까!" 그는 그녀의 손을 잡고 입을 맞추었다.

나타샤는 행복으로 가슴이 뛰었다. 그러나 곧 이러면 안 된다는 것을, 그에게는 안정이 필요하다는 것을 기억해 냈다.

"하지만 당신은 잠을 자지 않았어요." 그녀는 기쁨을 억누르며 말했다. "제발 잠을 자려고 해 봐요."

그는 그녀를, 그녀의 손을 꽉 쥐었다가 놓아주었다. 그녀는 양초 쪽으로 걸음을 옮겨 다시 원래 자리에 앉았다. 그녀는 두어 번 그를 돌아보았고, 그의 눈동자가 그 시선에 응하며 반짝였다. 그녀는 스스로에게 양말 뜰 분량을 과제로 주고는 그것을 다 뜰 때까지 그를 돌아보지 않겠다고 속으로 중얼거렸다.

실제로 그 후 그는 곧 눈을 감고 잠이 들었다. 그는 잠든 지 얼마 되지 않아 갑자기 식은땀을 흘리며 불안하게 눈을 떴다.

그는 잠들면서도 요즘 줄곧 생각하던 것, 즉 삶과 죽음에 대해 계속 생각했다. 그리고 죽음에 대해 더 많이 생각했다. 그는 자신이 죽음에 더 가까이 있음을 느꼈다.

'사랑? 사랑이란 도대체 무엇인가?' 그는 생각했다. '사랑은 죽음을 방해한다. 사랑은 생명이다. 모든 것, 내가 이해하는 모든 것, 내가 그것들을 이해하는 이유는 단지 내가 그것들을 사랑하기 때문이다. 모든 것은 존재한다. 단지 내가 사랑한다는 이유로 모든 것이 존재하게 되는 것이다. 모든 것은 오직 이것으로 이어져 있다. 사랑은 하느님이다. 그리고 죽는다는 것은 사랑의 일부인 나에게 보편적이고 영원한 근원으로 회귀하는 것을 의미한다.' 그 생각은 그에게 위안을 주는 것 같았다. 그러나 생각에 불과했다. 그 안에는 무언가가 결여되어 있었다. 일방적일 만큼 개인적이고 이지적인 무언가가 있을 뿐 명확한 것이 없었다. 그리고 똑같은 불안과 모호함이 있었다. 그는 잠들었다.

그는 현실에서 누워 있는 그 방에 부상당하지 않은 건강한 몸으로 누워 있는 꿈을 꾸었다. 하찮고 무신경한 온갖 많은 인간들이 안드레이 공작 앞에 나타난다. 그는 그들과 이야기를 나누고 불필요한 무언가에 대해 논쟁한다. 그들은 어딘가로 떠날 채비를 한다. 안드레이 공작은 이 모든 것이 하찮고 자신에게는 지극히 중요한 다른 고민들이 있다는 것을 기억해 내지만 여전히 그들을 놀래면서 어떤 공허하고도 재치 있는 말들을 계속 늘어놓는다. 그 모든 이들의 얼굴이 눈에 띄지 않게 서서히 사라지기 시작하고, 모든 것은 닫힌 문에 대한 한 가지 질문으로 바뀐다. 그는 문에 빗장을 질러 닫아 두려고 자리에서 일어나 문으로 간다. 모든 것은 그가 문을 닫을 수 있느냐 없느냐에 달렸다. 그는 서둘러 걸으려고 하지만 다리가 움직이지 않는다. 그는 문을 닫을 수 없다는 것을 안다. 그럼에도 병적으로 온 힘을 다해 애쓴다. 그러자 괴로운 공포가 그를 덮친다. 그리고 그 공포란 죽음의 공포다. 문 너머에 그것이 서 있다. 그러나 그가 문을 향해 힘없이 꼴사납게 기어가는 그때 이미 끔찍한 무언가가 반대편에서 문을 열려고 힘껏 민다. 인간이 아닌 무언가 — 죽음 — 가 문을 억지로 열려고 한다. 그것을 막아야 한다. 그는 문에 달려들어 그것을 막아 보기라도 하려고 — 문을 닫는 것은 이미 불가능했다 — 마지막 안간힘을 다한다. 그러나 그의 힘은 약하고 어설프다. 끔찍한 것이 밀어붙이던 문이 열렸다가 다시 닫힌다.

그것이 그곳으로부터 한 번 더 힘껏 밀어붙였다. 최후의 초자연적인 노력은 수포로 돌아가고 두 개의 문짝이 소리 없이 열렸다. 그것이 들어왔고, 그것은 죽음이다. 그리고 안드레이 공작은 죽었다.

그러나 임종하는 바로 그 순간 안드레이 공작은 자신이 자고 있다는 것을 기억해 냈고, 임종하는 바로 그 순간 안간힘을 다해 눈을 떴다.

'그래, 그것은 죽음이었어. 난 죽었어. 그리고 나는 눈을 떴어. 그래, 죽음이란 깨어남이야!' 갑자기 그의 마음속이 환해졌다. 이때까지 불가해한 것을 가리던 장막이 마음의 눈길 앞에서 걷혔다. 그는 자기 안에 속박되어 있던 힘이 해방되는 듯한 기분과 이상야릇한 가벼움을 느꼈다. 그 가벼움은 그 이후로 그를 떠나지 않았다.

식은땀을 흘리며 깨어난 그가 소파 위에서 뒤척이자 나타샤가 다가와 무슨 일이냐고 물었다. 그는 대답하지 않았고, 그녀의 말을 이해하지 못한 채 기묘한 시선으로 그녀를 쳐다보았다.

바로 이것이 마리야 공작 영애가 도착하기 이틀 전 그에게 일어난 일이었다. 의사의 말에 따르면 체력을 소진시키는 신열이 악성을 띠기 시작한 것은 그날부터였다. 그러나 나타샤는 의사의 말에 관심을 두지 않았다. 그 무시무시한 정신적 징후를 보았기 때문이다. 그것이 그녀에게는 더욱 의심할 여지가 없는 것이었다.

그날 이후 안드레이 공작은 꿈에서 깨어남과 동시에 삶에서도 깨어났다. 그리고 그에게는 삶의 길이와 비교했을 때 삶에서의 깨어남이 꿈의 길이와 비교했을 때 꿈에서의 깨어남보다 더 더딘 것 같지도 않았다.

상대적으로 느린 이 깨어남에는 무시무시하고 격렬한 부분이 전혀 없었다.

그의 마지막 나날과 시간들은 평소와 다름없이 단순하게 흘러갔다. 곁을 떠나지 않는 마리야 공작 영애와 나타샤 모두 그것을 느꼈다. 그들은 울지도 떨지도 않았다. 최후에는 그들도 느꼈다시피 더 이상 그가 아니라(그는 이미 없었다. 그들을 떠나 버렸다.) 그에 관한 가장 가까운 기억, 즉 그의 육체를 돌보았다. 두 사람의 감정이 너무도 강렬했기에 죽음의 외적이고 무시무시한 측면은 그들에게 영향을 미치지 않았다. 그들은 자신의 슬픔을 자극할 필요를 느끼지 않았다. 그들은 그가 있거나 없거나 울지 않았으며 자기들끼리도 그에 대해서 전혀 이야기하지 않았다. 자신들이 이해한 것을 말로는 표현할 수 없다고 느꼈다.

두 사람 모두 그가 그들을 떠나 어딘지 모를 그곳을 향해 점점 더 깊이, 천천히, 평온하게 가라앉는 것을 지켜보았다. 둘 다 그렇게 되어야만 하고, 그것이 좋다는 것을 알았다.

그는 참회를 하고 성찬을 받았다. 모든 이들이 그에게 작별 인사를 하러 왔다. 사람들이 아들을 데려오자 그는 아들에게 입을 맞추고 고개를 돌렸다. 괴로움이나 동정을 느껴서가 아니었다.(마리야 공작 영애와 나타샤는 그것을 알았다.) 단지 요구받은 것이 그것뿐이라고 생각했기 때문이었다. 그러나 아들을 축복해 주라는 말을 듣자 그는 요구받은 대로 하고는 마치 무언가 아직 더 해야 할 것이 남았느냐고 묻기라도 하듯 주위를 둘러보았다.

영혼이 남긴 육신의 마지막 경련이 일어나는 동안 마리야 공작 영애와 나타샤는 그곳에 있었다.

"끝났어요?!" 마리야 공작 영애가 말했다. 그의 육신이 그들 앞에서 차갑게 식어 가며 꼼짝 않고 누워 있은 지 이미 몇 분이 지난 후였다. 나타샤는 다가가 죽은 눈을 들여다보고 황급히 눈을 감겨 주었다. 그녀는 눈을 감기고는 그 눈에 입을 맞추지 않고 그에 대한 가장 가까운 기억에 입술을 댔다.

'그는 어디로 갔을까? 그는 지금 어디에 있을까?'

깨끗이 씻기고 옷을 입힌 육신을 테이블 위의 관에 눕히자 모두 그에게 작별 인사를 하러 다가와 흐느꼈다.

니콜루시카는 마음을 찢는 괴로운 의혹 때문에 울었다. 백작 부인과 소냐는 나타샤에 대한 연민 때문에, 그가 더 이상 존재하지 않는다는 사실 때문에 울었다. 노백작은 이제 곧 자신도 그와 똑같은 무시무시한 한 걸음을 내딛어야 한다고 느껴 울었다.

나타샤와 마리야 공작 영애도 이제는 울었다. 그러나 개인적인 슬픔 때문에 운 것은 아니었다. 눈앞에서 일어난 죽음의 단순하고 엄숙한 신비를 자각하는 순간 자신들의 영혼을 사로잡은 경건한 감동 때문에 울었던 것이다.

2부

1

인간의 이성으로는 온갖 현상을 일으키는 원인들의 총합에 도달할 수 없다. 그러나 인간의 마음에는 원인을 찾고 싶은 욕구가 내재한다. 그리고 인간의 이성은 현상들 — 각각의 현상은 제각기 하나의 원인으로 나타날 수 있다 — 의 조건이 무수히 많고 복잡하다는 점을 깊이 탐구하려 하지 않고 가장 알기 쉬운 첫 번째 근사치를 잡아 바로 이것이 원인이라고 말한다. 역사 사건(인간의 행동이 관찰 대상인)에서 가장 원초적 근사치는 신의 의지이고, 그다음은 가장 눈에 띄는 역사적 장소에 있던 인간들, 즉 역사적 영웅의 의지다. 그러나 각 역사 사건의 본질, 즉 사건에 참여한 모든 인간 대중의 활동을 탐구하기만 해도 역사적 영웅의 의지는 대중의 행위를 지도하기는커녕 오히려 그 자신이 계속 지도받는다는 사실을 확인할 수 있다. 역사 사건의 의미를 이렇게 생각하든 저렇게 생각하든

별 상관 없을 것처럼 보일지도 모른다. 그러나 서방 민족들이 동방으로 원정을 떠난 이유가 나폴레옹이 원했기 때문이라고 말하는 사람과 그것이 일어난 것은 반드시 일어나야 하는 일이었기 때문이라고 말하는 사람 사이에는, 지구는 가만있고 행성들이 그 주위를 돈다고 주장한 사람들과 무엇이 지구를 지탱하는지 모르겠지만 지구와 다른 행성들의 운행을 지배하는 법칙이 존재한다는 것은 안다고 말한 사람들만큼의 차이가 있다. 역사 사건에는 모든 원인들의 유일한 원인 외에 다른 원인은 없으며 있을 수도 없다. 그러나 사건들을 지배하는 법칙들은 존재한다. 그 가운데 일부는 우리에게 알려지지 않았고 일부는 감지된다. 이 법칙들을 발견하는 것은 오직 우리가 한 인간의 의지에서 원인을 찾는 것을 완전히 그만둘 때만 가능하다. 이는 사람들이 지구가 가만히 정지해 있다는 개념을 버릴 때만 행성 운행의 법칙을 발견할 수 있게 되는 것과 마찬가지다.

보로지노 전투와 적군의 모스크바 함락, 그리고 모스크바의 소실(燒失) 이후 역사가들이 1812년 전투의 가장 중요한 일화로 꼽는 것은 러시아군이 랴잔 가도에서 칼루가 가도로, 그곳에서 다시 타루치노 마을의 진지로 이동한 사건, 이른바 크라스나야 파흐라 너머로의 측면 행군[17]이다. 역사가들은 이 천재적인 무훈의 영광을 다양한 인물들에게로 돌리며 그 공훈이 본래 누구의 것이었는지 논쟁을 벌인다. 심지어 외국 역사가들, 심지어 프랑스 역사가들도 이 측면 행군을 언급하며 러시아 지휘관들의 천재성을 인정한다. 그러나 어째서 전쟁 저술가들과 그 뒤를 이은 모든 이들이 이 측면 행군을 어느 한 인물의 매우 심오한 발상으로, 러시아를 구하고 나폴레옹을 파멸시킨 발상으로 생각하는지 참으로 납득하기 어렵다. 첫째, 이 이동의 어디에 심오함과 천재성이 있는지 납득이 가지 않는다. 군대를 위한 최적의 위치(군대가 공격받지 않을 때)가 식량이 풍부한 곳이라는 점을 알아차리는 데는 많은 정신적 노력이 필요하지 않기 때문이다. 1812년 모스크바로부터 퇴각한 군대를 위해 가장 유리한 위치가 칼루가 가도에 있다는 것은 누구라도, 심지어 멍청한 열세 살 소년이라도 쉽사리 알 수 있었다. 따라서 첫째, 역사가들이 어떤 추론을 통해 이 작전으로부터 심오한 무언가를 보게 되는지 이해하기는 불가능하다. 둘째, 이 작전이 러시아인들에게는 구원을, 프랑스인들에게는 파멸을 가져왔다는 점을 역사가들이 어디에서 발견하는지 이해하기는 더더욱 어렵다. 왜냐하면 이 측면 행군은 그

---

17) 이 이동은 쿠투조프가 세운 작전의 일부였다. 그는 러시아군을 모스크바에서 철수시켜 모스크바강에 이를 때까지(9월 4일) 랴잔 가도를 따라 이동했다. 러시아군은 모스크바강에서 오른쪽으로 틀어 파흐라강의 제방을 따라 행군하여 포돌스크에 위치한 툴라 가도로 나왔고(9월 5~6일), 강을 건너 계속 서쪽으로 이동하여 (옛 칼루가 가도가 있는) 크라스나야 파흐라에 도달했다(9월 7일). 처음에 쿠투조프는 이곳에서 전투를 벌이고자 했으나 군대를 칼루가 가도를 따라 더 멀리 철수시켜 타루치노에서 숙영했다. 그럼으로써 프랑스군이 러시아 남부의 비옥한 촌락과 군수품을 조달할 능력을 갖춘 도시로 향하지 못하게 막았다. 한편 러시아군 후방 부대인 코사크의 2개 연대는 계속 랴잔 가도를 따라 퇴각하여 프랑스군의 선봉을 이끌던 뮈라를 엉뚱한 곳으로 이끌었고, 이 때문에 뮈라는 결국 러시아군을 놓치고 말았다.

보다 앞서거나 동시에 일어나거나 뒤따라온 다른 상황들에서 러시아인에게는 파멸을, 프랑스인에게는 구원을 가져왔을 수도 있기 때문이다. 설사 그 이동이 이루어진 후부터 러시아군 상황이 점차 호전되었다 하더라도 그 사실로부터 그 이동이 원인이었다고 결론지을 수는 없다.

만약 이 측면 행군에 다른 조건들이 겹치지 않았다면 어떤 이점도 가져올 수 없었을 뿐 아니라 오히려 러시아군을 파멸시킬 수도 있었다. 모스크바가 불타지 않았다면 어떻게 되었을까? 뮈라가 러시아군을 시야에서 놓치지 않았다면? 나폴레옹이 빈둥거리지 않았다면? 러시아군이 베니히센과 바르클라이의 조언에 따라 크라스나야 파흐라 부근에서 전투를 벌였다면? 만약 러시아군이 파흐라강 남쪽으로 이동할 때 프랑스군에게 공격을 받았다면 어떻게 되었을까? 만약 나폴레옹이 이후에 타루치노로 진격할 때 스몰렌스크 공격에 쏟은 정력의 10분의 1이라도 들여 러시아군을 공격했다면 어떻게 되었을까? 만약 프랑스군이 페테르부르크로 갔다면 어떻게 되었을까? 이 모든 가정 아래에서 측면 행군은 구원이 아닌 파멸을 가져왔을 수도 있다.

셋째, 가장 이해하기 힘든 것은 역사를 연구하는 사람들이 다음과 같은 사실, 즉 측면 행군을 어떤 한 인간의 공으로 돌릴 수 없다는 점, 아무도 그것을 전혀 예견하지 못했다는 점, 필리에서 퇴각할 때와 똑같이 당시에는 어느 누구의 눈에도 이 작전의 전체 그림이 보이지 않았다는 점, 이 작전은 다양하기 이를 데 없는 무수한 조건으로부터 한 걸음씩, 한 사건씩,

한 순간씩 차례차례 형성되었다는 점, 그리고 작전은 완수되어 과거가 될 때에만 전체 그림으로 떠오른다는 점을 일부러 보려 하지 않는다는 것이다.

필리 군사 회의에서는 당연히 직선 방향으로, 즉 니즈니 노브고로드 가도를 따라 퇴각하자는 것이 러시아군 상층부의 지배적인 의견이었다. 군사 회의의 대다수 발언들이 이런 의미에서 나왔다는 점, 특히 회의 후 총사령관과 식량 부서를 담당한 란스코이의 유명한 대화가 그 증거다. 란스코이는 군대를 위한 식량이 주로 오카강 연안의 툴라현과 칼루가현에서 집하되므로 니즈니 노브고로드로 퇴각할 경우 군대는 큰 오카강에 가로막혀 식량과 단절된다고, 초겨울에는 강을 통한 운송이 불가능하다고 총사령관에게 보고했다. 그것은 그때까지 가장 자연스럽게 보이던 니즈니 노브고로드로의 직선 노선에서 방향을 틀어야 할 필연성의 첫 번째 징후였다. 군대는 랴잔 가도를 따라 식량을 향해 더 가까이 계속 남하했다. 그후 러시아군은 프랑스군의 태만 — 프랑스군은 심지어 러시아군을 시야에서 놓치기까지 했다 — 을 비롯해 툴라 공장[18]의 방어와 관련된 고민, 무엇보다 식량에 접근함으로써 얻는 이익으로 인하여 툴라 가도를 향해 더 남쪽으로 방향을 틀지 않을 수 없었다. 러시아군이 파흐라를 지나 툴라 가도로 절망적인 이동을 할 때 사령관들은 포돌스크 부근에 남자는 생각

___

18) 모스크바 남쪽으로 약 240킬로미터 떨어진 툴라는 제철 공장과 군수 공장으로 유명했다.

을 했을 뿐 타루치노 진지에 대해서는 고려하지 않았다. 그러나 아군은 무수한 온갖 상황, 이전에 러시아군을 시야에서 놓친 프랑스군의 재출현, 전투 계획, 무엇보다 칼루가의 풍부한 식량 때문에 남쪽으로 한층 더 방향을 틀어 보급로의 중심으로, 즉 툴라 가도에서 칼루가 가도로, 다시 타루치노로 이동하는 수밖에 없었다. 모스크바가 언제 버려졌는가라는 질문에 답하기가 불가능하듯 언제 누가 타루치노로의 이동을 결정했는가라는 질문에 대해서도 답하기가 불가능하다. 무수한 미분적인 힘의 결과로 군대가 이미 타루치노에 이르고 나서야 비로소 사람들은 자신들이 그것을 원하고 오래전부터 예견했다고 스스로 믿기 시작했다.

2

그 유명한 측면 행군이란, 전진할 때와 반대 방향으로 똑바로 퇴각하던 러시아군이 프랑스군의 공격이 중단된 후 애초에 택한 직선 노선에서 벗어나 자신들을 추격하던 적군이 보이지 않는 사이 풍부한 식량이 끌어당기는 쪽으로 자연스럽게 기운 것에 지나지 않았다.

러시아군 수뇌부에 천재적인 장군들이 없고 그저 지휘관 없는 군대만 남았다 하더라도, 그 군대 역시 식량이 더 많고 토지가 더 풍요로운 지방으로부터 포물선을 그리며 모스크바로 돌아오는 것 외에 달리 어쩔 도리가 없었을 것이다.

니즈니 노브고로드 가도에서 랴잔 가도, 툴라 가도, 칼루가 가도로 이어진 이 이동이 지극히 자연스러웠기에 러시아군 약탈병들도 바로 이 방향으로 탈주했으며, 페테르부르크도 쿠투조프에게 군대를 이 방향으로 이동시키도록 요구했다. 타루치노에서 쿠투조프는 군대를 랴잔 가도로 이동시킨 것 때문에 군주로부터 질책을 받다시피 했다. 군주는 쿠투조프에게 칼루가 맞은편을 지정했지만, 군주의 편지를 받았을 때 그는 이미 그곳에 있었다.

전쟁의 전 기간과 보로지노 전투 동안 받은 충격의 진행 방향으로 굴러가던 러시아군이라는 공은 그 충격의 힘이 사라지고 새로운 충격이 이어지지 않으면서 자연스러운 위치를 찾았다.

쿠투조프의 공훈은 사람들이 지칭하듯 어떤 천재적이고 전략적인 작전이 아니라 그 혼자만이 당시 벌어지던 사건의 의미를 이해했다는 점이다. 오직 그 한 사람만이 그때 이미 프랑스군이 아무것도 하지 않는 상황의 의미를 이해했고, 오직 그 한 사람만이 보로지노 전투를 승전이라고 계속 주장했다. 오직 그 한 사람, 총사령관이라는 지위상 공격에 나서지 않을 수 없었을 그 한 사람만이 러시아 군대가 무익한 전투를 하지 않도록 자신의 온 힘을 쏟아부었다.

보로지노 부근에서 상처를 입은 짐승은 사냥꾼이 달아나며 두고 간 자리에 쓰러져 있었다. 짐승이 살았는지, 기력이 남았는지, 그저 숨기만 한 것인지 사냥꾼은 알지 못했다. 갑자기 그 짐승의 신음 소리가 들렸다.

그 상처 입은 짐승인 프랑스군의 파멸을 폭로한 신음 소리란 다름 아닌 평화 조약을 요청하기 위해 로리스통을 쿠투조프의 진영에 파견한 것이었다.

좋은 게 좋은 게 아니라 자기 머리에 떠오른 것이 좋다는 확신으로 나폴레옹은 자기 머리에 가장 먼저 떠오른, 그러나 아무런 의미도 없는 말을 쿠투조프에게 써 보냈다. 그는 다음과 같이 썼다.

쿠투조프 공작, 많은 중대한 논제에 대해 교섭하고자 나의 시종무관들 가운데 한 명을 당신에게 보내오. 그가 당신에게 하는 모든 말을 신뢰해 주기 바라오. **특히 내가 오래전부터 당신에게 품어 온 존경과 특별한 경의의 감정을 그가 당신에게 표현할 때**…… 무슈, 쿠투조프 공작, 이 편지에는 아무런 목적도 없소. 하느님께서 거룩하고 합당한 가호로 당신을 지켜 주시길 기도하겠소.

1812년 10월 3일, 모스크바, 나폴레옹.

내가 어떤 식의 거래든 그 주모자로서 사람들 눈에 비친다면 나는 후손들의 저주를 받게 될 것이오. **그것이 바로 우리 민족의 참된 정신이기 때문이오.**

쿠투조프는 이렇게 답하고 계속 군대의 공격을 억제하는 데 모든 힘을 쏟았다.

프랑스군은 모스크바에서 약탈을 저지르고 러시아군은 타루치노 부근에서 편안하게 주둔하던 이 한 달 동안 양 군대의 힘의 관계(사기와 군 인원수)에 변화가 생겼고, 그 결과 러시아군의 힘이 우위라는 사실이 밝혀졌다. 프랑스군의 상황과 군 인원수가 러시아 측에 알려지지는 않았지만, 힘의 관계에 변화가 생기자마자 공격의 필연성이 무수한 전조를 통해 즉각 나타났다. 그 전조는 이런 것들이었다. 로리스통의 파견, 타루치노의 풍부한 식량, 프랑스군의 태만과 군기 문란에 대해 사방에서 들어오는 정보, 신병 모집을 통한 아군 연대의 인원 보충, 좋은 날씨, 장기간 지속된 러시아 병사들의 휴식, 휴식으로 인하여 군대 내에 흔히 나타나는, 자신들이 소집된 목적을 빨리 수행하고 싶어 하는 조바심, 너무나 오랫동안 보지 못한 프랑스군 내부에 무슨 일이 벌어지는지에 대한 호기심, 요사이 타루치노에 주둔 중인 프랑스군 주위에 불쑥불쑥 출몰하는 러시아 전초 부대들의 대담함, 농부들과 파르티잔들이 프랑스군을 상대로 손쉽게 거둔 승리에 대한 소식, 이런 소식에 자극받은 질투심, 프랑스군이 모스크바에 있는 한 모든 사람들의 마음에서 떠나지 않을 복수심, 그리고 (무엇보다) 이제 힘의 관계가 바뀌어 아군이 우위에 있다는, 각 병사들의 마음속에서 일어나는 어렴풋한 자각. 힘의 본질적인 관계는 변했고, 공격은 불가피해졌다. 그리고 시곗바늘이 한 바퀴 돌면 종이 울리고 음악 소리가 나오는 것만큼이나 확실하게 힘의 본질적인 변화에 따라 강화된 움직임이며 댕댕거리는 소리며 음악 소리가 상층부에 즉각 반영되었다.

3

러시아군은 쿠투조프와 그 사령부뿐 아니라 페테르부르크의 군주에게서도 지휘를 받았다. 페테르부르크 측은 모스크바 포기에 대한 소식을 받기 전부터 전쟁 전반에 대하여 상세한 계획을 세우고 그것을 쿠투조프에게 보내 지침으로 삼도록 했다. 그 계획서는 모스크바가 아직 아군의 수중에 있다는 것을 전제로 작성되었지만 사령부는 그 계획에 찬성하고 실행에 옮기기로 했다. 쿠투조프는 그저 원거리 견제 공격을 실행하는 데는 언제나 어려움이 따른다고만 써 보냈다. 그러자 페테르부르크 측은 자신들이 봉착한 난관을 해결하기 위해 새로운 지령과 인물들을 파견했다. 이들의 임무는 쿠투조프의 행동을 감시하고 보고하는 것이었다.

게다가 이제는 러시아군 사령부 전체가 완전히 바뀌었다. 전사한 바그라치온과 화가 나서 물러난 바르클라이의 자리에 다른 사람들이 채워졌다. A를 B의 자리에 앉힐지, B를 D의 자리에 앉힐지, 혹은 반대로 D를 A의 자리에 앉힐지 등등 누가 더 적임자인가 하는 문제도 매우 신시하게 고려되있다. 마치 A와 B의 만족 이외에 다른 무언가가 이 문제에 달렸을 수도 있다는 투였다.

군사령부에서는 쿠투조프와 그 참모장 베니히센의 반목, 군주의 신임을 받는 인물들의 존재, 그리고 이 같은 인사 이동 때문에 여느 때보다 더욱 복잡한 파벌 싸움이 벌어지고 있었다. A는 B를, D는 C를 계략에 빠뜨리고, 이런 일들은 일어날 수 있는 모든 인사 이동과 조합에 걸쳐 벌어졌다. 이 모든 계략에서 음모의 대상은 대개 전쟁과 관련된 문제였으며, 이 사람들은 모두 전쟁을 지휘할 생각을 품고 있었다. 그러나 이 전쟁 문제는 그들과 무관하게 응당 흘러가야 하는 대로, 즉 사람들이 궁리해 낸 것에 전혀 부합하지 않고 대중의 본질적인 상관관계에서 진행되었다. 그 모든 궁리들은 서로 엇갈리고 얽히고설키면서 응당 일어나야 하는 것의 정확한 표상만을 상층부에 제시할 뿐이었다.

타루치노 전투 후 도착한 10월 2일 자 편지에서 군주는 다음과 같이 썼다.

미하일 일라리오노비치 공작!

9월 2일 이후 모스크바는 적의 수중에 놓여 있소. 그대의 마지막 보고는 20일에 보낸 것이오. 이 기간 내내 적에 대한 어떠한 조치도, 고도(古都)의 해방을 위한 어떠한 조치도 없었을 뿐 아니라 심지어 그대의 마지막 보고에 따르면 그대는 더욱 후방으로 퇴각하기까지 했소. 세르푸호프는 이미 적의 부대에 점령당했소. 그리고 군대를 위해 꼭 필요한 그 유명한 공장이 있는 툴라도 위험에 처했소. 빈친게로데 장군의 보고에 따르면 적의 1만 군단이 페테르부르크 가도를 따라 접근하고 있다 하오. 몇천의 다른 군단도 드미트로프를 향해 출발했소. 또 다른 군단은 블라지미르 가도를 따라 전진하기 시작했소. 상당한 규모의 또 다른 군단은 루자와 모자이스크 사이에 주둔해 있소. 나폴레옹은 25일에 모스크바에 있었소. 이 모든 정보에 비추어 보면 적군은 병력을 강력한 여러 분대로 분할했고, 나폴레옹은 자신의 근위대와 함께 아직 모스크바에 있소. 그런데 그대 앞에 있는 적군의 수가 많아 공세를 취할 수 없다는 것이 가당키나 하오? 아마 그와 반대로 그자는 그대가 맡은 군대보다 훨씬 더 약한 몇몇 분대로, 혹은 기껏해야 몇몇 군단으로 그대를 추적하고 있다고 가정해야 할 것이오. 이런 상황을 이용하여 그대는 보다 약한 적을 유리한 위치에서 공격하여 전멸시킬 수도 있을 것이오. 아니면 적어도 적을 후퇴하게 만들어 현재 적에게 함락된 현들 가운데 상당수를 우리 수중에 넣고, 또 그렇게 함으로써 툴라와 그 밖에 우리의 내륙 도시들을 위험으로부터 지킬 수 있을 것이오. 만약 많은 군대가 머물 수 없는 이 수도를 위협하고자 적이 페테르부르크로 상당 규모의 군단을 파견할 경우 그대가 책임을 지게 될 것이오. 왜냐하면 맡은 군대와 함께 결연하고 적극적으로 행동하기만 하면 그대는 이 새로운 불행을 막을 모든 수단을 가진 셈이기 때문이오. 모스크바의 상실로 모욕받은 조국에 대해 그대는 여전히 책임이 있다는 것을 기억하시오. 그대는 나의 흔쾌한 포상을 경험했을 것이오. 이런 흔쾌함이 내 안에서 약해시지는 않을 것이오. 그러나 그대의 두뇌, 군인으로서 그대의 재능, 그대가 지휘하는 군대의 용맹함이 우리에게 예지하는 모든 열정과 불굴의 의지와 승리, 나와 러시아는 그대로부터 이런 것들을 기대할 권리가 있소.

그러나 힘의 본질적인 상관관계가 벌써 페테르부르크에도 반영되었음을 입증하는 이 편지가 도상에 있을 때는 쿠투조프도 더 이상 자신이 지휘하는 군대의 진격을 억제하지 못해 이미 전투가 시작된 상태였다.

10월 2일 정찰을 돌던 샤포발로프라는 코사크는 라이플총으로 토끼 한 마리를 죽이고 다른 한 마리에 상처를 입혔다. 샤포발로프는 상처 입은 토끼를 뒤쫓으며 숲속 깊숙이 들어갔다가 완전히 무방비 상태이던 뮈라 군대의 왼쪽 측면과 맞닥뜨렸다. 코사크는 프랑스인들에게 붙잡힐 뻔한 일을 동료들에게 낄낄거리며 들려주었다. 그 이야기를 들은 코사크 부대의 소위가 지휘관에게 그것을 보고했다.

코사크는 불려 가서 심문을 받았다. 코사크 지휘관들은 이 기회를 틈타 말들을 탈취하려고 했지만 군 상층부와 친분이 있던 한 지휘관이 그 사실을 군사령부 장군에게 알렸다. 최근 군사령부는 극도로 긴장된 상태에 놓여 있었다.

"만일 내가 당신을 몰랐다면 이 사람은 자신이 요청한 것을 정말로 바라지는 않는다고 생각했을 거요. 대공작 각하가 반드시 정반대로 행동하도록 하려면 나는 한 가지 조언만 하면 되오." 베니히센은 이렇게 대답했다.

파견 나간 척후병들을 통해 확인한 코사크들의 정보는 기회가 완전히 무르익었음을 입증했다. 팽팽하게 당겨진 현이 끊어지고 괘종시계가 댕댕거리고 음악 시계가 선율을 내기 시작했다. 허울뿐인 권력과 지능과 노련함과 인간에 대한 지식을 갖춘 쿠투조프도 베니히센의 서한 ── 그는 군주에게 개인적으로 보고서를 올렸다 ── 과 모든 장군들이 표현하는 동일한 열망, 자신이 예상하는 군주의 열망, 코사크들의 정보를 깊이 숙고한 후에는 그 필연적인 움직임을 더 이상 억누를 수 없었다. 그리하여 자신이 무익하고 해롭다고까지 생각하는 것을 지시하고 말았다. 이미 일어난 사실에 대해 신의 은총을 빌어 준 것이다.

4

베니히센이 공격의 불가피함에 관해 제출한 서한, 프랑스군 왼쪽 측면이 무방비 상태라는 코사크들의 정보, 이것들은 공격 명령을 내려야 할 필연성에 대한 최후의 전조에 불과했다. 공격은 10월 5일로 정해졌다.

10월 4일 오전 쿠투조프는 작전 명령에 서명했다. 톨은 그것을 예르몰로프에게 읽어 주고 이후의 지휘를 맡아 달라고 제안했다.

"좋아, 좋아. 그런데 지금은 시간이 없어서 말이야." 예르몰로프는 이렇게 말하고 통나무집에서 나갔다. 톨이 작성한 작전 명령은 매우 훌륭했다. 비록 독일어로 쓴 것은 아니었지만 아우스터리츠 작전 명령에서와 똑같이 작성되어 있었다.

'1종대는 저리로 가고 2종대는 이리로 간다.'(독일어) 등등. 그리고 서류상에서는 이 모든 종대들이 지정된 시각에 제 위치에 도착하여 적을 섬멸했다. 어느 작전 명령이나 다 그렇듯 모든 것이 훌륭하게 계획되었다. 또 어느 작전 명령의 경우나 다 그렇듯 제시간에 제 위치에 도착한 종대는 하나도 없었다.

필요한 부수만큼 작전 명령서가 준비되자 한 장교가 호출되었다. 그는 작전 수행을 위해 그 서류를 전달하도록 예르몰로프에게 파견되었다. 쿠투조프의 연락 장교인 젊은 기병 장교는 맡은 임무의 중요성에 흡족해하며 예르몰로프의 숙소로 출발했다.

"나가셨습니다." 예르몰로프의 종졸이 대답했다. 기병 장교는 예르몰로프가 종종 방문하는 장군에게로 갔다.

"아뇨, 장군님도 안 계십니다."

기병 장교는 말을 타고 다른 장군에게로 갔다.

"아뇨, 나가셨습니다."

'내가 지연을 책임지는 일은 없어야 되는데! 에잇, 열받아!' 장교는 생각했다. 그는 진영을 전부 돌아다녔다. 예르몰로프가 다른 장군들과 함께 어디로 가는 것을 보았다고 말하는 사람이 있는가 하면, 아마 다시 숙소로 돌아갔을 거라고 말하는 사람도 있었다. 장교는 식사도 거르고 저녁 6시까지 예르몰로프를 찾아다녔다. 예르몰로프는 어디에도 없었고, 어디에 있는지 아는 사람도 없었다. 장교는 동료의 숙소에서 서둘러 요기를 하고 다시 전위 부대의 밀로라도비치를 찾아갔다. 밀로라도비치도 숙소에 없었다. 그러나 밀로라도비치는 키킨 장군의 숙소에서 열리는 무도회에 있으며 예르몰로프도 틀림없이 그곳에 있을 거라는 말을 들었다.

"거기가 어디입니까?"

"저기 예치키노의 저택입니다." 코사크 장교가 멀리 떨어진 지주의 저택을 가리키며 말했다.

"어떻게 그럴 수가! 산병선 너머에요?"

"아군의 두 연대가 산병선에 파견되었지요. 그곳에서 오늘 굉장한 술판이 벌어지고 있답니다. 난리예요! 악단이 둘, 합창단이 셋이랍니다."

장교는 산병선 너머 예치키노의 집으로 향했다. 저택에 다가가는 동안 멀리서부터 정겹고도 유쾌한 소리로 울려 퍼지는 병사들의 춤곡이 들려왔다.

"초오워언에서…… 초오원에서!" 멀리에서 사람들의 목소리에 묻힌 휘파람 소리와 토르반[19] 소리가 들려왔다. 그 소리에 장교의 마음도 점차 흥겨워졌다. 그러나 그와 동시에 자신이 맡은 중요한 명령서를 이렇게 오래도록 전달하지 못한 것에 책임을 져야 한다는 생각에 두려워졌다. 벌써 8시가 넘었다. 그는 말에서 내려 현관 계단을 올라가, 러시아군과 프랑스군 사이에 조금도 파괴되지 않고 무사히 남은 지주의 대저택 대기실로 들어갔다. 식료품 저장실과 대기실에서는 하인들이 술과 푸짐한 음식을 나르느라 부산을 떨고 있었다. 창문 아래에는 합창대원들이 서 있었다. 장교는 문 안쪽으로 안내되었다. 군 장성들의 얼굴이 한꺼번에 불쑥 시야에 들어왔다. 눈에

---

19) 동유럽, 특히 우크라이나에서 주로 연주되던 현악기다. 19세기 후반부터 점차 사용하지 않게 되었다.

잘 띄는 덩치 큰 예르몰로프의 모습도 있었다. 반원으로 선 모든 장군들이 프록코트의 단추를 풀고서 벌겋게 달아오른 활기찬 얼굴로 호탕하게 웃어 댔다. 홀 한가운데에서 그다지 크지 않은 잘생긴 장군이 벌건 얼굴로 힘차고 능숙하게 트레파크를 추고 있었다.

"하, 하, 하! 아, 니콜라이 이바노비치로군! 하, 하, 하!"

장교는 이런 순간에 중요한 명령서를 들고 들어와 잘못을 곱절로 저지른 기분이 들어 잠시 기다리려고 했다. 그러나 장군들 가운데 한 명이 그를 알아보고는 찾아온 이유를 묻고 예르몰로프에게 말을 전했다. 예르몰로프는 찌푸린 얼굴로 장교에게 다가갔다. 그는 장교에게서 서류를 받아 들고 이야기를 다 들은 후 아무 말도 하지 않았다.

"자네는 그 사람이 외출한 게 우연이라고 생각하나?" 그날 밤 사령부의 동료가 기병 장교에게 예르몰로프에 대하여 말했다. "장난을 친 거야. 전부 일부러 그런 거라니까. 코노브니친[20]의 기세를 꺾어 놓으려는 거지. 내일 어떤 소동이 벌어지는지 잘 지켜봐!"

---

20) 이 시기에 쿠투조프 총사령관의 당직 장교를 맡은 코노브니친은 총사령관의 명령을 하달하는 책임자였다.

5

다음 날 이른 아침, 노쇠한 쿠투조프는 잠자리에서 일어나 하느님께 기도를 드리고 옷을 갈아입은 후, 자신이 찬성하지 않는 전투를 지휘해야 한다는 불쾌한 자각과 함께 콜랴스카에 올라 타루치노로부터 약 5베르스타 후방에 있는 레타셉카를 출발하여 공격군이 집합하기로 한 지점을 향했다. 쿠투조프는 콜랴스카 안에서 자다 깨다를 반복하며 오른쪽에서 사격 소리가 나지는 않았는지, 전투가 시작되지는 않았는지 귀를 기울였다. 그러나 주위는 여전히 고요했다. 습하고 음울한 가을날의 새벽이 막 시작되려는 참이었다. 타루치노 부근에 이르렀을 때 쿠투조프는 기병들이 그의 콜랴스카가 달리는 도로를 가로질러 말들을 이끌고 샘으로 가는 것을 보았다. 쿠투조프는 그들을 주시하다가 콜랴스카를 세우고 그들에게 어느 연대인지 물었다. 기병들은 저 멀리 앞쪽에 매복하고 있어야 할 종대 소속이었다. '착오가 있었나 보군.' 늙은 총사령관은 생각했다. 그러나 앞으로 더 나아간 쿠투조프는 걸어총[21]을 한 보병 연대를 보았다. 병사들은 속바지 차림으로 죽을 먹기도 하고 장작을 나르기도 했다. 쿠투조프는 장교를 불렀다. 장교는 진격에 대한 명령은 전혀 없었다고 보고했다.

"어떻게 그럴⋯⋯." 쿠투조프는 말문을 열었다가 즉시 입을 다물고는 고참 장교를 불러오라고 명령했다. 그는 고개를 숙인 채 무겁게 숨을 몰아쉬며 콜랴스카에서 내린 후 이리저리 서성이면서 묵묵히 기다렸다. 호출을 받은 참모 본부의 장교 에이헨이 나타나자 쿠투조프의 얼굴이 시뻘겋게 변했다. 실책이 그 장교 탓이어서가 아니라 분풀이하기 좋은 상대였기 때문이다. 노인은 분에 받쳐 땅바닥을 데굴데굴 구를 수도 있을 만큼 격분한 상태로 부들부들 떨고 숨을 헐떡였다. 그는 위협적인 손짓을 하고 호통을 치고 상스러운 욕설을 퍼부으며 에이헨을 크게 나무랐다. 마침 그 자리에 나타난 브로진 대위 역시 아무 잘못이 없는데도 똑같은 꼴을 당했다.

"이건 또 어디서 나타난 새끼야! 이 파렴치한 놈들을 총살해!" 그는 두 팔을 휘두르고 비틀거리며 목쉰 소리로 외쳤다. 그는 육체적인 고통을 느꼈다. 총사령관이며 대공작인 그가, 이제까지 러시아에 그만한 권력을 가진 사람이 없다고 모두가 확신하는 그가 이런 처지에 놓인 것이다. 전군 앞에서 웃음

---

21) 군사 제식 훈련에서 총을 서로 기대어 세워 놓으라는 구령이나 그 구령에 따라 행하는 동작. 세 자루의 라이플총을 한 짝으로 하여 삼각뿔 모양으로 서로 기대어 세워 놓는다.

거리가 된 것이다. '오늘을 위해 그토록 열심히 기도했건만, 밤새 한숨도 자지 않고 고심했건만 다 부질없는 짓이었군!' 그는 속으로 중얼거렸다. '내가 풋내기 장교일 때조차 아무도 감히 나를 이렇게 조롱하지 못했는데……. 그런데 지금!' 그는 체형이라도 당한 듯한 육체적 고통을 느껴 분노에 찬 고통스러운 비명을 지르지 않을 수 없었다. 그러나 이내 기력이 떨어지자 주위를 둘러보고는 심한 말을 많이 지껄였다고 느끼며 콜랴스카에 올라 말없이 되돌아갔다.

한번 폭발한 분노는 더 이상 되살아나지 않았다. 쿠투조프는 힘없이 눈을 끔벅거리며 베니히센과 코노브니친과 톨(예르몰로프는 다음 날까지도 쿠투조프 앞에 나타나지 않았다.)의 변명, 옹호의 말, 실행에 옮기지 못한 그 작전을 다음 날 다시 펼쳐야 한다는 주장을 들었다. 그리고 쿠투조프는 또다시 이에 동의해야 했다.

6

다음 날 군대는 저녁부터 지정된 장소에 집합하여 밤에 진군을 시작했다. 보라색을 띤 검은 먹구름이 깔렸지만 비는 내리지 않는 가을밤이었다. 땅은 축축해도 진창이 없었기에 군대는 소리 없이 행군했다. 이따금 대포가 덜거덕거리는 소리만 약하게 들릴 뿐이었다. 큰 소리로 이야기하거나 담배를 피우거나 부싯돌로 불을 일으키는 것은 금지되었다. 말들도 울지 못하도록 제지를 받았다. 계획의 은밀함이 그 매력을 더했다. 사람들은 유쾌하게 행군했다. 몇몇 종대는 행선지에 도착했다고 생각하여 행군을 멈추고는 걸어총을 하고 차가운 땅바닥에 드러누웠다. 몇몇(대다수) 종대들은 밤새 행군했는데 아마도 자신들이 있어야 할 지점에는 도착하지 못했을 것이다.

코사크들을 거느린 오를로프-제니소프 백작[22](모든 분대가운데 가장 미약한 분대였다.)만이 제때에 자기 위치에 도착했다. 그 분대는 스트로밀로보 마을과 드미트롭스코예 마을을 잇는 숲 가장자리의 샛길에 멈춰 섰다.

동이 트기 전 누군가가 잠시 꾸벅꾸벅 졸던 오를로프 백작을 깨웠다. 프랑스군 진영에서 도망쳐 나온 탈주병이 그의 앞에 끌려왔다. 포냐톱스키 군단의 폴란드인 부사관이었다. 그 부사관은 폴란드어로 자신은 근무 중에 모욕을 당하여 탈주했다고, 오래전에 장교로 임명되었어야 했다고, 자신은 누구보다 용감하다고, 그래서 프랑스군을 버렸으며 그들을 벌하고 싶다고 해명했다. 그는 뮈라가 1베르스타 떨어진 곳에 묵고 있다며, 만약 호위병 100명을 내주면 뮈라를 생포해 오겠다고 말했다. 오를로프-제니소프 백작은 동료들과 상의했다. 거부하기에는 너무나 유혹적인 제안이었다. 모두들 자진하여 나섰고, 모두들 시도해 보라고 조언했다. 많은 논쟁과 숙고 끝에 그레코프 소장이 2개 코사크 연대를 거느리고 그 부사관과 함께 가 보기로 결심했다.

"기억해 둬." 오를로프-제니소프 백작이 부사관을 놓아주며 말했다. "만약 거짓말을 한 것이라면 네놈을 개처럼 목매달

---

22) 바실리 바실리예비치 오를로프-제니소프(Vassili Vassilievich Orlov-Denisov, 1775~1845). 돈강 코사크로 기병대 장교였으며, 오스트리아 원정 때 황실 근위 기병 중대를 지휘했다. 1812년에는 바르클라이 드 톨리의 서부 군에서 코사크로 구성된 근위 기병 연대를 지휘했다. 비텝스크, 스몰렌스크, 보로지노의 전투에 참전했고, 특히 타루치노 전투 때 세운 무훈으로 베니히센의 찬사를 받았다. 이후 파르티잔으로서 활약했다.

라고 명령하겠다. 사실이라면 금화 100닢을 주지."

부사관은 그 말에 대꾸도 하지 않고 단호한 표정으로 말에 오르더니 신속하게 채비를 갖춘 그레코프와 함께 출발했다. 그들은 숲속으로 자취를 감추었다. 자신의 책임 아래 일을 감행하게 된 데 흥분한 오를로프 백작은 동이 트기 시작한 아침의 쌀쌀한 공기에 어깨를 움츠리며 그레코프를 배웅하고 숲을 빠져나갔다. 그리고 밝아 오는 아침과 꺼져 가는 모닥불 불빛 속에서 이 순간 환영처럼 보이는 적의 진영을 둘러보기 시작했다. 오를로프 백작 오른편의 탁 트인 비탈에 아군의 종대들이 있어야 했다. 오를로프-제니소프 백작은 그곳을 쳐다보았다. 그러나 멀리에서도 눈에 띌 그 종대들이 어디에도 보이지 않았다. 오를로프-제니소프 백작이 느꼈듯이, 특히 눈이 좋은 그의 부관도 말했듯이 프랑스군 진영에서 움직임이 일기 시작했다.

"아, 정말 늦는군." 오를로프 백작이 적의 진영을 응시하며 말했다. 우리가 믿던 사람이 더 이상 눈앞에 보이지 않을 때 종종 있는 일이지만 그 부사관은 사기꾼이고, 그가 거짓말을 했으며, 그 2개 연대 ─ 그가 연대들을 어디로 데려갔는지는 하느님만 아실 일이다 ─ 를 빼돌려 공격을 완전히 망쳐 놓으리라는 것이 불현듯 그의 뇌리에 너무나도 명확하고 분명한 사실로 다가왔다. 과연 저런 대군 속에서 총사령관을 잡아 올 수 있을까?

"분명 그놈이 거짓말을 한 거야. 교활한 놈 같으니!" 백작이 말했다.

"되돌아오게 할 수 있습니다." 수행원들 가운데 한 명이 말했다. 그도 적의 진영을 본 순간 오를로프-제니소프 백작과 똑같이 이 계획에 의혹을 품었던 것이다.

"뭐? 정말? 자네는 어떻게 생각하나? 그냥 이대로 내버려 둘까? 아니면 돌아오게 할까?"

"돌아오라고 명령을 내리실 겁니까?"

"돌아오게 해. 돌아오게 하라고." 갑자기 오를로프 백작이 시계를 쳐다보며 단호하게 말했다. "늦겠어. 날이 완전히 환해졌잖아."

그리하여 부관은 그레코프를 뒤쫓아 숲으로 말을 몰았다. 그레코프가 되돌아오자 이런 식의 계획 중단과 여전히 모습을 보이지 않는 보병 종대들에 대한 헛된 기다림과 적이 가까이 있다는 사실(그 부대의 모든 병사들도 똑같이 느끼고 있었다.)에 흥분한 오를로프-제니소프 백작은 공격을 결심했다.

그가 조그만 소리로 명령을 내렸다. "말에 오르라!" 병사들은 대오를 짓고 성호를 그었다…….

"하느님께서 함께하시길!"

"우라!" 하는 함성이 숲에 울려 퍼졌다. 코사크 수백 명이 창을 앞쪽으로 기울인 채 마치 자루에서 쏟아져 나오듯 잇달아 개울을 건너 적진으로 유쾌하게 돌진했다.

코사크들을 처음 발견한 프랑스인이 절망적이고 두려움에 찬 외마디 비명을 질렀다. 그러자 진영에서 잠에 취해 있던 사람들이 전부 옷도 입지 않은 채 대포와 라이플총과 말들을 버리고 발길 닿는 대로 내달리기 시작했다.

만약 코사크들이 그들의 뒤편과 주위에 있는 것들에 관심을 쏟지 않고 프랑스군을 추격했더라면 뮈라와 그곳에 있던 모든 이들을 붙잡았을지도 모른다. 지휘관들은 그러려고 했다. 그러나 전리품과 포로들을 획득한 코사크들은 그 자리에서 움직이려 하지 않았다. 아무도 명령을 듣지 않았다. 그 자리에서 포로 1500명, 화포 서른여덟 문, 군기, 그리고 코사크들에게 무엇보다 중요한 말과 안장과 담요와 다양한 물건들을 노획했다. 이 모든 것을 처리해야 했다. 포로와 대포들을 차지하고 노획물을 나누고 소리를 지르고 심지어 서로 주먹질까지 해야 했다. 코사크들은 이 모든 일에 몰두했다.

더 이상 추격을 받지 않게 된 프랑스인들은 점차 정신을 차리고 부대별로 집합하여 사격을 시작했다. 오를로프-제니소프는 계속 종대들을 기다렸고 더 이상 공격하지 않았다.

한편 늦게 도착한 보병 종대들 — 베니히센이 명령을 내리고 톨이 지휘하는 — 은 '1종대는 어디로 가고……'(독일어) 등등의 작전 명령에 따라 제대로 출발했다. 그런데 언제나 그렇듯 어딘가에 도착하긴 했지만 지정된 장소는 아니었다. 언제나 그렇듯 유쾌하게 출발한 병사들은 행군을 멈추기 시작했다. 불만이 터져 나오고 혼란이 감지되는 사이 그들은 어딘가로 되돌아가기 시작했다. 부관들과 장군들은 말을 타고 질주하면서 고함을 지르고 화를 내고 서로 다투고 완전히 엉뚱한 곳에 와서 지체하게 되었다 말하고 누군가에게 욕을 퍼붓다가, 결국에는 다들 팔을 휘두르며 그저 어딘가로 가기 위해 다시 행군을 시작했다. '어디든 도착하겠지!' 실제로 그들은 어딘가 도착하긴 했다. 그러나 지정된 장소가 아니었다. 몇몇은 정해진 장소에 도착했지만 너무 늦은 바람에 아무런 보람도 없이 그저 총을 맞으려고 온 꼴이 되었다. 이 전투에서 아우스터리츠 전투의 바이로터 같은 역할을 한 톨은 여기저기 열심히 말을 몰고 돌아다녔으나 어디를 가든 전부 엉망진창이 되어 버린 것만 보았을 뿐이다. 이미 날이 환하게 밝았을 무렵 그는 숲속에서 바고부트[23] 군단과 마주쳤다. 그러나 그 군단은 벌써 한참 전에 오를로프-제니소프와 함께 목적지에 있어야 했다. 실패에 불안과 괴로움을 느끼며 그 책임이 다른 누군가에게 있다고 생각한 톨은 군단장에게로 말을 몰고 달려가 이 일에 대해서는 총살을 시키는 것이 마땅하다면서 엄중하게 그를 문책했다. 나이 지긋하고 군인답고 침착한 바고부트 장군도 그 모든 중단과 혼란과 모순에 지쳐 모두가 놀랄 정도로 격분하며 — 그의 성격과 정반대되는 모습이었다 — 톨에게 불쾌한 말들을 퍼부었다.

"나는 누구에게서도 설교를 듣고 싶지 않소. 하지만 나의 병사들과 더불어 기꺼이 죽을 수 있소. 그 마음은 어느 누구 못지않소." 그는 이렇게 말하고 1개 사단과 함께 전진했다.

프랑스군의 포화가 쏟아지는 벌판으로 나서자, 흥분해 있던 용맹한 바고부트는 지금 전투에 뛰어드는 것이 유리할지 불리할지 생각지도 않고 1개 사단과 함께 곧장 진격하여 자신의

---

23) 카를 바고부트(Karl Bagovut, 1761~1812). 러시아 장군. 튀르크 전쟁과 1806~1808년 전쟁에 참전했다. 1812년 바르클라이 드 톨리 군대의 보병 2군단을 지휘했으며 타루치노 전투에서 전사했다.

부대를 포화 속으로 이끌었다. 위험, 포탄, 총알이야말로 격분한 그에게 필요한 것이었다. 처음 날아온 총알들 가운데 하나가 그를 죽였고, 잇따른 총알들이 많은 병사들을 죽였다. 그리하여 그의 사단은 한동안 부질없이 적의 포화 아래 서 있게 되었다.

7

한편 또 다른 종대가 전선으로부터 프랑스군을 공격하기로 했었다. 그런데 이 종대에는 쿠투조프가 있었다. 그는 자기 의지에 반하여 시작된 이 전투로부터 혼란 외에 아무것도 얻을 게 없다는 것을 잘 알았기에 힘이 미치는 한 군대를 억제하려고 했다. 그는 진격하지 않았다.

쿠투조프는 공격하자는 제안에 대해 묵묵히 자신의 작은 회색 말을 타고 가면서 느릿느릿 대꾸할 뿐이었다.

"당신은 언제나 공격이라는 말을 입에 달고 있지만 아군에게 복잡한 작전을 수행할 능력이 없다는 것은 못 보는구려." 그는 진격을 요청하는 밀로라도비치에게 말했다.

"우리는 오늘 아침에 뮈라를 생포하지도 못했고 지정된 장소에 때맞춰 도착하지도 못했소. 이제 아무것도 할 수 있는 게 없소!" 그는 다른 사람에게 이렇게 말했다.

쿠투조프는 전에 아무도 없던 프랑스군 후방에 이제 폴란드군 2개 대대가 있다는 — 코사크들의 보고에 따르면 — 보고를 받자 뒤쪽에 있는 예르몰로프를 힐끔 곁눈질했다.(쿠투조프는 전날부터 예르몰로프에게 한마디도 하지 않았다.)

"그렇게 공격을 요청하고 온갖 계획을 제안해도 막상 전투에 돌입해서 보면 아무것도 준비해 놓은 게 없어. 미리 알아챈 적들은 대책을 마련해 놓는데 말이야."

예르몰로프는 그 말을 듣자 눈을 가늘게 뜨고 슬며시 웃었다. 자신을 위협하던 폭풍이 지나갔고 쿠투조프도 이런 암시로만 그치리라는 것을 깨달았다.

"저 사람은 나를 놀리느라 저런 말을 하는 거야." 예르몰로프는 옆에 서 있던 라옙스키를 무릎으로 쿡쿡 찌르며 나직하게 말했다.

잠시 후 예르몰로프는 쿠투조프 앞으로 나아가 정중하게 보고했다.

"때를 놓친 것은 아닙니다, 대공작 각하. 적은 아직 떠나지 않았습니다. 공격을 명하시면 어떨까요? 그러지 않으면 근위 부대는 연기도 못 볼 텐데요."

쿠투조프는 아무런 대꾸도 하지 않았지만 뮈라의 군대가 후퇴하고 있다는 보고를 받자 공격 명령을 내렸다. 그러나 100걸음 정도 전진할 때마다 사오십 분 동안 진군을 중지시켰다.

전투라고는 오를로프-제니소프의 코사크들이 한 것이 전부였다. 나머지 부대들은 그저 수백 명의 병사들을 헛되이 잃었을 뿐이다.

그 전투의 결과 쿠투조프는 다이아몬드 훈장을 받았다. 베니히센도 다이아몬드와 10만 루블을 받았고, 다른 장군들도 관등에 따라 좋은 것들을 많이 받았다. 그리고 그 전투 후 사령부 안에서 새로운 인사 이동도 있었다.

"우리에게 일어나는 일이 늘 그렇지. 모든 게 뒤죽박죽이라니까!" 타루치노 전투 후 러시아 장교들과 장군들이 말했다. 그것은 오늘날 사람들이 그때는 어떤 멍청한 인간이 그런 식으로 행동하여 일을 꼬이게 만들었지만 우리라면 그런 식으로 행동하지 않을 거라는 어감을 풍기며 하는 말과 조금도 다를 바 없다. 하지만 그렇게 말하는 사람들은 화제에 오른 문제에 대해 잘 모르거나 일부러 자신을 속이는 것이다. 모든 전투 — 타루치노 전투, 보로지노 전투, 아우스터리츠 전투 — 는 그것을 준비한 사람의 예상과 다르게 진행되기 마련이다. 그것이 본질적인 조건이다.

무수한 자유로운 힘(삶과 죽음이 걸린 전투만큼이나 인간이 더 자유로운 곳도 없기 때문이다.)이 전투의 향방에 영향을 미친다. 그 향방은 결코 미리 알 수 없으며, 또 어느 한 가지 힘의 방향과도 합치되지 않는다.

만약 동시에 다양한 곳을 향하는 많은 힘들이 어떤 물체에 작용하면 그 물체의 운동 방향은 그 힘들 가운데 어떤 것과도 일치할 수 없다. 하지만 최단 거리인 가운데 방향, 즉 역학에서 힘의 평행 사변형의 대각선으로 표현되는 방향은 항상 존재할 것이다.

만약 역사가들, 특히 프랑스 역사가들의 기술에서 그들의 전쟁과 전투가 미리 정해진 계획에 따라 수행되었다는 표현을 보게 될 경우, 우리가 그로부터 끌어낼 수 있는 유일한 결론은 그 기술이 옳지 않다는 점뿐이다.

타루치노 전투는 분명 톨이 염두에 둔 목적, 즉 부대들을 작전 명령에 따라 질서 정연하게 전투에 투입한다는 목적을 성취하지 못했다. 뮈라를 생포하겠다는 오를로프 백작의 목적도, 모든 군단을 일시에 소탕하겠다는 베니히센과 다른 인물들의 목적도, 전투에 뛰어들어 공을 세우겠다는 어느 장교의 목적도, 자신이 획득한 것보다 더 많은 전리품을 획득하기를 바란 어느 코사크의 목적도, 그 밖의 다른 목적들도 성취하지 못했다. 그러나 만약 실제로 일어난 것, 당시 모든 러시아인들이 공통으로 바라던 것(러시아에서 프랑스군을 몰아내고 소탕하는 것)이 목적이었다면, 분명 타루치노 전투는 다름 아닌 그 지리멸렬함 때문에 전쟁의 그 기간 동안 반드시 필요한 것이었으리라. 이 전투로부터 실제 결말보다 더 합목적적인 어떤 결말을 생각해 내기는 어렵고 심지어 불가능하기까지 하다. 러시아군은 가장 적은 노력과 가장 커다란 혼란과 가장 미미한 손실을 통해 전쟁의 전 기간 중 최대의 성과를 획득했고, 퇴각에서 공격으로 전환을 이루어 냈으며, 프랑스군의 약점을 드러냈고, 나폴레옹의 군대에 도주의 시작을 위한 일격 — 프랑스군이 그저 기다리고만 있던 — 을 가했다.

8

  나폴레옹은 모스크바의 눈부신 승리 이후 모스크바에 입성
한다. 전장이 프랑스군의 수중에 떨어졌으니 승리에 대해서
는 의심할 여지가 없다. 러시아군은 퇴각하며 수도를 넘겨준
다. 식량과 대포와 포탄과 산더미 같은 재물로 가득한 모스크
바가 나폴레옹의 수중에 있다. 병력이 프랑스군의 절반에 불
과한 러시아 군대는 한 달 동안 단 한 번도 공격을 시도하지
않는다. 나폴레옹의 위상은 더할 나위 없이 눈부시다. 두 배
의 병력으로 러시아군의 잔류군을 습격하고 소탕하는 것, 유
리한 평화 조약을 제안하거나 러시아가 거절할 경우 페테르
부르크를 향해 위협적인 진군을 하는 것, 설사 실패한다 하더
라도 스몰렌스크나 빌노로 돌아가거나 혹은 모스크바에 남는
것, 한마디로 프랑스 군대가 그 무렵 누리던 눈부신 위치를 지
켜 내는 데 특별한 천재성이 필요해 보이지는 않을 터다. 이를

위해서는 지극히 단순하고 쉬운 것, 즉 군대에 약탈을 허용하지 않고, 겨울 의복 ── 모스크바에는 전 군대에 조달할 만큼 충분한 겨울 의복이 있을 것이다 ── 을 준비하고, 전 군대를 위한 식량 준비 ── 모스크바에는 반년 이상 버티기에 충분한 식량이 있었다(프랑스 역사가들의 진술에 따르면) ── 를 확실히 해 두어야 했다. 역사가들의 주장에 따르면 천재 중의 천재이고 군대를 지휘할 권력까지 소유했다고 하는 나폴레옹은 그런 일을 전혀 하지 않았다.

그는 그런 일을 전혀 하지 않았을 뿐 아니라 오히려 눈앞에 펼쳐진 모든 행동 노선 중에서 가장 어리석고 파멸적인 노선을 선택하는 데 자신의 권력을 이용했다. 모스크바에서 겨울 나기, 페테르부르크로 진군하기, 니즈니 노브고로드로 진군하기, 좀 더 북쪽이나 이후 쿠투조프가 지나간 길을 따라 좀 더 남쪽으로 퇴각하기 등 나폴레옹이 할 수 있었던 모든 방법 가운데 그가 실제로 한 것 ── 즉 군대가 도시를 약탈하도록 허용하며 10월까지 모스크바에 남은 것, 그러고는 수비대를 남길지 말지 망설이며 모스크바를 떠난 것, 쿠투조프에게 접근했다가 전투는 시작하지도 않고 오른쪽으로 방향을 틀어 말리 야로슬라베츠까지 간 것, 그리고 또 돌파할 기회를 시도해 보지도 않고서 쿠투조프가 지나간 가도가 아닌 황폐한 스몰렌스크 가도를 따라 모자이스크로 되돌아간 것 ── 보다 더 어리석고 파멸적인 방법을 생각해 낼 수는 없을 것이다. 결과가 보여 주듯 군대를 위해 이보다 더 어리석고 이보다 더 파멸적인 생각을 해 내기는 불가능할 것이다. 가장 노련한 전략가들에게 나폴레옹의 목적이 자기 군대를 파멸시키는 것이라고 가정하도록 하고, 러시아군의 어떤 계획과도 무관하게 나폴레옹이 실제로 한 것만큼 확실히 프랑스군을 전멸시킬 다른 일련의 행동들을 궁리해 내라고 해 보라.

천재적인 나폴레옹은 그것을 해냈다. 그러나 나폴레옹이 스스로 원해서, 혹은 매우 어리석어서 자기 군대를 파멸시켰다고 말하는 것은, 나폴레옹이 스스로 원했을 뿐만 아니라 매우 똑똑하고 천재적이었기에 군대를 모스크바까지 이끌고 왔다고 말하는 것만큼이나 부당하다.

어떤 경우에든 그의 개인적인 활동은 병사 한 명 한 명의 개인적 활동보다 더 큰 힘을 갖지 않았으며, 그저 현상을 일어나게 한 법칙에 부합했을 뿐이다.

나폴레옹의 힘이 모스크바에서 쇠약해졌다는 역사가들의 기술(단지 결과가 나폴레옹의 행동을 정당화해 주지 않았다고 해서)은 완전히 잘못되었다. 그는 예전과 마찬가지로, 혹은 그 이후인 1813년과 마찬가지로 자신과 군대를 위한 최상의 것을 하고자 모든 수완과 힘을 발휘했다. 이 시기 나폴레옹의 활동은 이집트, 이탈리아, 오스트리아, 프로이센에 있던 시절 못지않게 감탄할 만했다. 4000년이라는 시간이 나폴레옹의 위대함을 지켜본 이집트에서 그의 천재성이 어느 정도로 발휘되었는지 우리는 정확히 모른다. 그 모든 위대한 공적을 기술한 이들이 프랑스인들뿐이기 때문이다. 우리는 오스트리아와 프로이센에서 그가 보인 천재성에 대해서도 정확히 판단할 수 없다. 그의 그곳 활동에 대한 정보는 프랑스인 역사가들과 독일인 역사가들에게서 얻어야 하기 때문이다. 전투도 없이 군단들을 포로로 내주고 포위도 없이 성채들을 넘긴 이해할 수 없는 항복 때문에 독일인들은 독일에서 벌어진 전쟁에 대한 유일한 해명으로서 그의 천재성을 인정하는 수밖에 없었다. 그러나 우리에게는 다행히 스스로의 수치를 감추기 위해 그 천재성을 인정할 이유가 없다. 우리는 문제를 단순하게 직시할 권리를 얻기 위하여 대가를 치렀다. 그러니 우리는 이 권리를 양보하지 않을 것이다.

모스크바에서 그의 활동은 다른 어느 곳에서와 마찬가지로 감탄할 만하고 천재적이다. 모스크바에 들어가 그곳을 나올 때까지 그는 잇달아 명령을 내리고 잇달아 계획을 발표한다. 주민들과 사절단이 없다는 사실에도, 모스크바의 화재에도 당황하지 않는다. 그는 자기 군대의 복지도, 적의 행동도, 러시아 국민의 복지도, 파리의 여러 가지 문제의 해결도, 임박한 평화 조약의 조건에 대한 외교적인 고려도 간과하지 않는다.

9

군사적인 면에서 나폴레옹은 모스크바 입성 직후 세바스티아니 장군에게 러시아군의 움직임을 주시하도록 엄중히 지시하고, 여러 가도로 군단들을 파견하고, 뮈라에게 쿠투조프를 찾도록 지시한다. 그런 다음 크렘린의 요새화와 관련해 열심히 지시를 내린다. 그러고 나서 러시아 전체 지도를 보며 향후 전쟁에 대한 천재적인 계획을 세운다. 외교적인 면에서 나폴레옹은 약탈을 당하여 누더기를 걸친 야코블레프 대위 — 그는 모스크바를 어떻게 빠져나가야 할지 몰랐다 — 를 불러 자신의 모든 정책과 관대함을 상세히 말하고 알렉산드르 황제에게 보낼 편지를 쓴다. 그는 친구이자 형제에게 라스톱친이 모스크바를 엉망으로 관리했음을 알리는 것이 자신의 의무라 생각하며 야코블레프를 페테르부르크로 보낸다. 투톨민[24] 앞에서도 자신의 계획과 관대함을 상세하게 설명한 후 이 노인 역시 협상을 위해 페테르부르크로 파견한다.

법률적인 면에서는 화재 직후 범인들을 찾아 처형하라는 명령을 내린다. 그리고 악인 라스톱친을 벌하기 위해 그의 집을 불태우라고 명령한다.

행정적인 면에서는 모스크바에 헌법을 반포하고, 시 자치회를 설립하고, 다음과 같은 선언문을 공포한다.

모스크바 주민들이여!

그대들은 가혹한 불행을 당했다. 그러나 황제이자 국왕인 폐하께서는 이러한 흐름을 끝내고자 하신다. 그대들은 폐하께서 불복종과 범죄를 어떻게 벌하시는지 무서운 사례들을 통해 알았을 것이다. 우리는 무질서를 근절하고 공공의 안전을 회복하기 위해 엄격한 조치를 실시했다. 바로 여러분 중에서 선출된 조국의 관리들이 그대들의 시 자치회나 시청을 구성할 것이다. 그 관청은 그대들과 그대들의 필요와 그대들의 이익을 돌볼 것이다. 관청의 임원들은 어깨에 두른 붉은 띠로 구분되고, 시장은 그 위에 하얀 띠를 두를 것이다. 그러나 근무 시간이 아닐 때는 왼팔에 붉은 완장만 찰 것이다.

시 경찰은 이전의 규정에 따라 설립되었고, 경찰 활동을 통해 이미 최상의 질서가 자리를 잡았다. 정부는 두 명의 위원장, 즉 경시 총감 둘과 위원 스무 명, 즉 시의 모든 구역에 설치된

---

24) 투톨민(I. V. Tutolmin)은 모스크바 고아원의 감독이었다. 프랑스군이 모스크바를 점령한 당시 그는 모스크바에 계속 남아 있었다.

구(區) 경찰서의 서장들을 임명했다. 왼팔에 두른 하얀 완장으로 그들을 알아볼 수 있을 것이다. 다양한 종파의 몇몇 교회들은 다시 개방되었고, 예배는 그 안에서 아무런 방해 없이 진행되고 있다. 그대들의 동포들이 매일 주거지로 돌아오고 있다. 또한 그 안에서 그들이 불행에 대해 응당 받아야 할 원조와 보호를 구할 수 있도록 하라는 명령도 내려졌다. 이상의 것들이 질서를 회복하고 그대들의 형편을 개선하기 위해 정부가 내린 방침이다. 그러나 이를 성취하기 위해서는 그대들이 열의를 다해 그 방침과 화합해야 한다. 가능하다면 그대들이 이전에 당한 불행을 잊고 운명이 그렇게 잔인하지 않다는 희망을 품어야 한다. 그대들의 신체와 남은 재산을 침해하는 자들은 반드시 수치스러운 죽음을 맞이하리라는 것을 확신해야 한다. 마지막으로 그대들의 신체와 재산이 보존되리라는 것을 의심하지 않아야 한다. 그것이 모든 군주들 가운데 가장 위대하고 공정한 분의 의지이기 때문이다. 어느 민족이든 병사와 주민들이여! 국가 행복의 원천인 공공의 신뢰를 회복하고, 형제처럼 지내고, 서로에게 도움과 보호를 베풀고, 악한 생각을 품은 자들의 의도를 꺾을 수 있도록 서로 화합하고, 군 당국과 시 당국에 복종하라. 그러면 곧 그대들의 눈물도 그칠 것이다.

군량 확보 면에서 나폴레옹은 전 군대에 스스로 식량을 조달하도록 교대로 모스크바를 약탈하러 가라고 지시했으며, 그런 식으로 군대가 앞날을 대비하게 했다.

종교적인 면에서 나폴레옹은 사제들을 다시 불러들여 교회 예배를 재개하도록 했다.

상업적인 면에서는 군의 식량 확보를 위하여 다음과 같은 포고문을 곳곳에 붙이도록 했다.

포고문

불행으로 도시에서 내몰린 침착한 모스크바 주민들, 장인들, 노동자들, 그리고 근거 없는 공포로 여전히 뿔뿔이 흩어져 들판에 머물고 있는 농민들이여, 그대들은 들어라! 이 도시에 평화가 돌아오고 질서가 회복되고 있다. 그대들의 동포는 자신들이 존중받고 있음을 알고 과감히 피란처를 떠나고 있다. 그들과 그들의 재산에 가해진 모든 강압 행위는 신속히 처벌받는다. 황제이자 국왕이신 폐하께서는 그들을 보호하시고, 그대들 가운데 그분의 명령에 복종하지 않는 자 말고는 어느 누구도 적으로 생각하지 않으신다. 폐하께서는 그대들의 불행을 끝내고 그대들을 집과 가정으로 돌려보내기를 원하신다. 폐하의 자애로운 생각에 부응하여 아무 두려움 없이 우리에게로 오라. 주민들이여! 믿음을 가지고 그대들의 주거지로 돌아오라. 그대들은 곧 필요를 채울 수단을 찾을 것이다. 수공업자들과 근면한 장인들이여! 그대들의 공방으로 돌아오라. 집과 상점, 호위병들이 그대들을 기다린다. 그대들의 노동에 대해 마땅한 보수를 받아라! 마지막으로 농민들이여! 두려움으로 숨어든 숲에서 나와 보호를 받으리라는 뚜렷한 확신을 안고 두려움 없이 집으로 돌아가라. 시내에 곡물 상점이 문을 열어 농민들은 여분의 물자와

농작물을 가져올 수 있다. 정부는 그대들의 자유로운 판매를 보
장하기 위해 다음과 같은 방침을 채택했다. 1) 농민들, 경작에
종사하는 사람들, 그리고 모스크바 부근에 사는 주민들은 오늘
부터 아무 걱정 없이 모든 종류의 물자를 시내의 모호바야 거리
와 오호트니 랴드에 지정한 두 상점으로 가져오면 된다. 2) 이
식량은 그곳에서 구매자와 판매자가 서로 동의한 가격에 판매될
것이다. 그러나 자신이 요구한 정당한 가격을 받지 못할 경우 판
매자는 식량을 가지고 마을로 자유롭게 돌아갈 수 있다. 어느 누
구도 어떤 식으로든 이 사람을 막을 수 없다. 3) 매주 일요일과
수요일은 큰 장날로 정해졌다. 따라서 화요일과 토요일마다 충
분한 군대가 짐수레 행렬을 보호하는 데 필요한 만큼 모든 대로
에 배치될 것이다. 4) 짐수레와 말을 끌고 귀로에 오르는 농부
들이 방해받지 않도록 똑같은 조치가 취해질 것이다. 5) 상설
시장의 재개를 위한 방침이 조속히 실시될 것이다. 어느 민족
이든 상관없이 도시와 촌락의 주민들이여, 노동자와 장인들이
여, 그대들은 황제이자 국왕이신 폐하의 자애로운 뜻을 이행하
도록, 폐하와 더불어 공공의 행복에 기여하도록 부름을 받았다.
존경과 신뢰를 폐하의 발 앞에 바치고 우리와 협력하기를 지체
하지 말라![25]

---

25) 톨스토이는 알렉산드르 이바노비치 미하일롭스키-다닐렙스키(Alek-
sandr Ivanovich Mikhailovskii-Danilevskii, 1789~1848)의 『1812년 조국 전
쟁에 대한 기술(Описание Отечесвенной войны в 1812году)』(1839, 페
테르부르크)에서 나폴레옹의 이 두 포고문을 인용했다.

군 사기와 민심의 고양을 위해서는 끊임없이 사열식이 거행되고 포상이 지급되었다. 황제는 말을 타고 거리를 다니며 주민들을 위로했다. 한편 국정에 대한 모든 염려에도 불구하고 자신의 명령으로 설립된 극장을 친히 방문하기도 했다.

군주들의 최고 덕목인 자선을 위해서는 나폴레옹도 할 수 있는 모든 일을 했다. 그는 자선 시설들에 내 어머니의 집이라 쓰도록 명령하고, 이런 행위를 통해 자식의 부드러운 감정을 군주의 덕목인 위대함과 결합하려 했다.[26] 고아원을 방문하여 자신이 구한 고아들에게 그 하얀 손에 입 맞추도록 허락하고 투톨민과 자애롭게 담화를 나누기도 했다. 그 후 티에르의 유려한 서술에 따르면, 나폴레옹은 군대에 자신이 만든 러시아 위조지폐를 봉급으로 지불하도록 명령했다. 나폴레옹은 그와 프랑스군에 걸맞은 행위로써 이러한 조치를 취하도록 고무하며 화재의 희생자들에게 원조를 베풀라고 명령했다. 그러나 대부분이 적인 타국 사람들에게 내주기에 식량은 너무나 귀중한 것이므로 나폴레옹은 그들이 다른 곳에서 스스로 식량을 조달하도록 돈을 주는 것이 최선이라고 생각했다. 그리하여 그는 그들에게 루블 지폐를 분배하라고 명령했다.

군의 기강에 대해서는 근무 불이행에 대한 엄중한 처벌과 약탈 근절에 대한 명령이 계속 내려졌다.

---

26) 톨스토이는 모스크바의 여러 신문들 가운데 1812년 9월 18일 자 기사에서 이 일화들을 발견했다.

10

그러나 이상하게 이 모든 명령과 배려와 계획은 비슷한 경우들에 발표되었던 다른 것들보다 전혀 못하지 않은데도 문제의 핵심을 건드리지 못했다. 마치 기계 장치와 분리된 시계의 숫자판에서 시곗바늘이 톱니바퀴와 맞물리지 않아 목적도 없이 제멋대로 도는 것 같았다.

군사 면에서 그 천재적인 전쟁 계획 — 티에르는 이 계획에 대해 그의 천재성도 이제까지 이보다 더 심오하고 더 교묘하고 더 놀라운 것을 생각해 낸 적이 없었다고 말했으며, 팽[27]과 벌인 논쟁에서 그 천재적인 계획은 10월 4일이 아닌 15일에 작성된 것으로 추정해야 한다고 증명해 보인다 — 은 현실

---

27) 아가톤 장 프랑수아 팽(Agathon Jean François Fain, 1778~1837). 나폴레옹의 비서이자 기록 담당관. 나폴레옹을 따라 모든 전쟁 지역에 동행했고, 훗날 나폴레옹의 말년에 대한 수많은 저술을 남겼다.

성이 전혀 없어 실현되지 않았고, 또 실현될 수도 없었다. 크렘린의 요새화는 이를 위해 모스크(나폴레옹은 성 바실리 교회를 그렇게 불렀다.)까지 파괴해야 했는데도 아무런 유익이 없는 것으로 드러났다. 크렘린 밑에 지뢰를 설치한 것은 그저 모스크바를 떠날 때 크렘린이 폭파되었으면 하는 황제의 바람을 실현하는 데 도움이 되었을 뿐이다. 그 바람은 마루에서 넘어진 어린아이가 다른 사람이 마루를 쿵쿵 때려 주었으면 하는 마음과도 같았다. 나폴레옹이 그토록 마음을 쓴 러시아군 추격은 전대미문의 현상을 불러왔다. 프랑스군 사령관들은 6만 명의 러시아 군대를 놓치고 말았다. 그리고 티에르의 말에 따르면 핀 하나를 찾아내듯 그 6만 명의 러시아 군대를 찾아내는 데 성공한 것은 뮈라의 솜씨, 그리고 어쩌면 그의 천재성 때문이었는지도 모른다.

외교 면을 보자면 나폴레옹이 투톨민 앞에서, 또한 외투와 짐마차를 손에 넣는 데 여념이 없던 야코블레프 앞에서 자신의 관대함과 공정함을 입증하려 한 모든 시도는 무익한 것으로 밝혀졌다. 알렉산드르는 이 사절들을 맞이하지 않았고 답변을 해 주지도 않았다.

법률 면에서는 가공의 방화범들을 처형한 이후 모스크바의 남은 절반마저 다 타 버리고 말았다.

행정 면에서 시 자치회의 설립은 약탈을 막지 못했으며, 그저 이 자치회에 참여하거나 질서 유지를 핑계로 모스크바를 약탈하거나 자신의 재산을 약탈로부터 지키려는 몇몇 사람들만 이롭게 했을 뿐이다.

종교 면에서 이집트에서는 회교 사원을 방문하는 것으로 매우 간단히 해결되었던 문제가 이곳에서는 어떤 성과도 내지 못했다. 모스크바에서 찾아낸 시제 두세 명이 나폴레옹의 의지를 실행하려고 했으나 그 가운데 한 사제는 예배 도중 프랑스 병사에게 뺨을 맞았다. 어느 프랑스 관리는 또 다른 사제에 대해 다음과 같이 보고했다.

제가 찾아내서 예배를 재개하도록 초빙한 사제는 교회를 깨끗이 치우고 폐쇄했습니다. 그날 밤 사람들이 다시 문을 부수고 자물쇠를 박살내고 책을 찢고 난동을 부렸습니다.

상업 면에서 근면한 수공업자들과 모든 농민에 대한 포고문은 어떤 반응도 불러일으키지 못했다. 근면한 수공업자들은 아예 없었으며, 농민들은 이 포고문을 들고 지나치게 깊숙이 찾아 들어간 위원들을 붙잡아 죽여 버렸다.

민중과 군대에게 극장으로 유흥을 베푸는 문제도 똑같이 실패로 돌아갔다. 크렘린과 포즈냐코프의 저택에 설치된 극장은 배우들이 납치되는 바람에 금방 폐쇄되었다.

자선도 원하던 결과를 가져오지 못했다. 위조지폐와 진짜 지폐가 모스크바에 넘쳐나 그 가치를 잃은 것이다. 전리품을 모으는 프랑스인들에게 필요한 것은 오직 금뿐이었다. 나폴레옹이 불행한 사람들에게 그토록 자비롭게 나눠 준 위조지폐도 가치를 잃었지만, 은도 그것의 가치 이하로 금과 교환되었다.

그러나 그 시기에 최고 지도부의 명령이 무력했음을 보여준 가장 충격적인 현상은 약탈을 저지하고 기강을 회복하려한 나폴레옹의 노력이었다.
　군 장교들은 다음과 같이 보고했다.

　약탈을 중지하라는 명령에도 약탈은 도시에서 계속 벌어지고 있습니다. 질서도 아직 회복되지 않았고, 합법적인 방법으로 장사를 하는 상인은 단 한 명도 없습니다. 종군 매점의 상인들만 물건을 팝니다. 그것도 약탈한 물건을 말입니다.

　제 관할 구역의 일부는 3군단 병사들에게 계속 약탈을 당하고 있습니다. 그 병사들은 불행한 주민들이 지하실에 감춰 둔 얼마 안 되는 재산을 빼앗는 데 만족하지 않고 잔혹하게도 기병도를 휘둘러 상처를 입히기까지 합니다. 제 눈으로 여러 번 보았습니다.

　병사들이 약탈과 도둑질을 한다는 것 외에는 별다른 일이 없습니다. 10월 9일.

　절도와 약탈이 계속되고 있습니다. 우리가 관할하는 구역에도 도둑의 무리가 있습니다. 강력한 조치로 이들을 제지해야 합니다. 10월 11일.

　약탈을 중지하라는 엄중한 명령에도 불구하고 우리 눈에 보이는 것이라고는 크렘린으로 돌아오는 근위부대 약탈병들뿐이라는 사실에 황제께서 매우 불만스러워하고 계십니다. 고참 근위대 사이에서는 어제, 지난밤, 오늘에 걸쳐 무질서와 약탈이 어느 때보다 더 심하게 재개되었습니다. 황제 폐하께서는 옥체를 지키도록 임명되고 복종의 모범을 보여야 할 정예 군인들이 군대를 위해 확보해 둔 술 창고와 상점을 부술 정도인 것을 보시고 침통해하셨습니다. 다른 군인들도 보초들과 위병 장교들에게 불복하며 욕하고 구타할 정도로 비천해졌습니다.

현 지사는 다음과 같이 기록했다.

병사들이 거듭된 금지 명령에도 때마다 모든 안마당을 쏘다니고 심지어 황제가 있는 곳의 창문 아래까지 온다며 의전 대신이 몹시 불평하고 있다.

모스크바에 불필요하게 머물던 시기에 프랑스 군대는 풀어놓은 가축 떼처럼 그들을 굶어 죽지 않도록 해 줄 여물을 발로 짓밟으며 하루하루 무너지고 파멸해 갔다.

그러나 그들은 움직이려 하지 않았다.

그들은 스몰렌스크 가도에서 수송 대열을 탈취당한 사건과 타루치노 전투에 불현듯 극심한 공포를 느꼈고, 그제야 비로소 달아나기 시작했다. 티에르의 말에 따르면, 나폴레옹이 사열을 하던 도중 예기치 않게 날아든 이 타루치노 전투에 관한 소식은 그의 마음속에 러시아군을 벌하고 싶은 욕망을 불러

일으켰다. 그리하여 온 군대가 바라던 진격 명령을 내렸다.

모스크바를 떠날 때 이 군대의 군인들은 약탈한 물건을 전부 가져갔다. 나폴레옹도 자신의 보물들을 가지고 떠났다. 나폴레옹은 군인들이 짐을 잔뜩 쌓아 올린 수송 대열을 보며 경악했다(티에르의 말에 따르면). 그러나 그는 풍부한 전쟁 경험을 갖추고도 모스크바에 접근할 때 어느 원수의 짐마차에 대해 그랬던 것처럼 불필요한 짐마차를 전부 불살라 버리라는 명령을 내리지 않았다. 그 대신에 병사들이 탄 그 콜랴스카와 카레타를 보더니 그 승용 마차들을 식량과 병자와 부상병들을 위해 사용하면 아주 좋겠다고 말했다.

전 군대의 상황은 자신의 파멸을 느끼면서도 무엇을 해야 할지 모르는 상처 입은 짐승의 처지 같았다. 모스크바에 입성할 때부터 괴멸하기까지 나폴레옹과 그 군대의 교묘한 작전과 목적을 연구한다는 것은 치명적인 상처를 입은 짐승이 죽음 직전에 보이는 발작과 경련의 의미를 연구하는 것과 다를바 없다. 다친 짐승은 바스락대는 소리만 들어도 사냥꾼의 총구를 향해 돌진하여 이리저리 날뛰다가 스스로 죽음을 재촉하기 쉽다. 자신의 전 군대의 압박 아래 놓인 나폴레옹도 그와 똑같이 행동했다. 타루치노 전투의 바스락거리는 소리가 맹수를 놀라게 하자, 맹수는 총구를 향해 돌진하여 사냥꾼 앞까지 갔다가 뒤로 도망치고 다시 앞으로 달렸다가 또 한 번 뒤로 도망치고는, 결국 여느 맹수들과 마찬가지로 가장 불리하고 위험한 길을 따라, 그러나 눈에 익은 이전의 흔적을 따라 달아났다.

우리에게 이 모든 움직임의 지도자로 보이던 나폴레옹(야
만인들의 눈에는 뱃머리에 새겨진 형상이 그 배를 이끄는 힘으로 보
이듯), 나폴레옹은 이 활동 기간 내내 마치 카레타 안에 묶인
조그만 끈을 잡고서 자신이 카레타를 몰고 있다고 상상하는
어린아이 같았다.

11

10월 6일 아침 일찍 막사를 나섰다가 돌아온 피에르는 문가에서 걸음을 멈추고 자기 주위를 맴도는 작은 개 ― 긴 몸통에 짧고 구부정한 다리를 하고 털에 연보랏빛이 도는[28] ― 와 놀아 주었다. 이 개는 그들의 막사에서 지내며 밤에는 카라타예프와 함께 자기도 했지만 이따금 시내 어딘가로 갔다가 되돌아왔다. 개는 이제껏 누구의 소유도 되어 본 적이 없는 듯했다. 지금도 그 개에게는 주인이나 이름이 없었다. 프랑스인들은 그 개를 아조르라 부르고, 어느 이야기꾼 병사는 펨갈카라 부

---

28) 톨스토이의 『코사크들』에는 검은 등에 달라붙은 숱한 모기떼로 인해 보랏빛으로 보이는 '불카'라는 개가 등장한다. 이 장면에서 톨스토이가 개의 털빛을 연보라색이라고 표현한 것도 본래 털 색깔이라기보다 벌레나 먼지로 더러워졌음을 나타내기 위해서라고 추측된다.

르고, 카라타예프와 다른 사람들은 세리,[29] 때로는 비슬리[30]라 불렀다. 이 연보라색 개는 주인이 없고 이름이 없어도, 심지어 종과 털 색깔조차 분명치 않아도 전혀 신경 쓰지 않는 듯했다. 털이 복슬복슬한 꼬리는 둥글게 말려 위풍당당하게 솟아 있었다. 휘어진 다리도 제 역할을 톡톡히 하여 개는 마치 네 다리를 전부 사용하는 것을 경멸하기라도 하듯 걸핏하면 한쪽 뒷다리를 우아하게 치켜들고 아주 능숙하고 빠르게 세 발로 뛰어다니곤 했다. 개에게는 모든 것이 만족의 대상이었다. 개는 신이 나서 깽깽거리며 땅바닥에 등을 댄 채 뒹굴기도 하고, 생각에 잠긴 의미심장한 표정으로 햇볕을 쬐기도 하고, 나뭇조각이나 지푸라기를 가지고 놀며 법석을 떨기도 했다.

이제 피에르의 복장은 그의 예전 옷들 가운데 유일하게 남은 구멍 난 더러운 루바시카, 카라타예프의 조언대로 보온을 위하여 복사뼈 부근에 새끼줄을 감은 군복 바지, 카프탄, 농부 모자로 이루어져 있었다. 이 무렵 피에르는 육체적으로 많이 변했다. 조상에게 물려받은 장대한 기골과 다부진 풍채는 여전했지만 더 이상 뚱뚱해 보이지 않았다. 얼굴 아랫부분은 턱수염과 콧수염으로 뒤덮였다. 더부룩하게 자라 헝클어지고 이가 들끓는 머리칼은 이제 구불하게 말려 모자처럼 보였다. 눈에는 의연하고 침착하고 생기 있고 결연한 표정이 깃들었다. 피에르에게서 이제껏 볼 수 없던 눈빛이었다. 예전에 그

29) seryi. 러시아어로 '회색'을 뜻한다.
30) vislyi. 러시아어로 '축 처진'이란 뜻을 가진 어근이다.

의 눈빛에 어려 있던 방탕함은 이제 당장이라도 행동과 반격에 나설 듯한 열정적인 반듯함으로 바뀌었다. 그의 발은 맨발이었다.

피에르는 이날 아침 짐마차들과 말 탄 사람들이 분주하게 오가는 들판을, 멀리 강 건너를, 정말로 그를 물고 싶어 하는 척하는 개를, 자신의 맨발을 쳐다보았다. 그는 맨발의 위치를 이리저리 옮기거나 더럽고 퉁퉁하고 커다란 발가락을 꼼지락거리며 기쁨을 만끽했다. 자신의 맨발을 볼 때마다 얼굴에 생기 있고 만족스러운 미소가 스쳤다. 그 맨발의 모습이 그가 이 시기에 체험하고 깨달은 모든 것을 떠올리게 했으며, 그것은 그에게 즐거운 기억이었다.

벌써 며칠 동안 잔잔하고 맑은 날씨가 계속되었고 아침이면 다소 쌀쌀했다. 이른바 '아낙의 여름'이었다.

공기와 햇살은 따사롭고, 이 따뜻함은 아직 공기에서 느껴지는, 원기를 북돋우는 아침 추위의 상쾌함과 어우러져 특히나 기분 좋게 느껴졌다.

멀고 가까운 곳에 있는 모든 것들이 이 무렵의 가을에만 볼 수 있는 수정 같은 매혹적인 광채를 띠었다. 저 멀리 보로비예비 언덕과 마을과 교회와 하얀 대저택이 보였다. 헐벗은 나무, 모래, 돌, 가옥의 지붕, 교회의 녹색 첨탑, 멀리 떨어진 하얀 저택의 모퉁이, 이 모든 것들이 투명한 대기 속에서 부자연스러울 정도로 또렷하고 세밀하게 드러났다. 가까이에는 프랑스군에 점령된 반쯤 타고 남은 지주 저택의 낯익은 폐허와 아직 암녹색을 띤 채 담장을 따라 늘어선 라일락 떨기나무들이 보였다. 흐린 날이면 혐오스러울 정도로 추해 보이던 그 황폐하고 더러운 저택마저 이제 흔들림 없는 눈부신 빛 속에서 평온하고 아름다운 무언가로 보였다.

집에 있는 양 윗옷의 단추를 풀고 나이트캡을 쓰고 짤막한 파이프를 입에 문 프랑스군 하사가 막사 한구석에서 밖으로 나와 다정하게 한쪽 눈을 찡긋하며 피에르에게 다가왔다.

"멋진 햇살이에요. 그렇지 않습니까, 무슈 키릴?(프랑스 군인들은 모두 그를 그렇게 불렀다.) 영락없는 봄이로군요." 그러고 나서 문에 기대어 피에르에게 파이프를 권했다. 하사는 언제나 파이프를 권했고 피에르는 언제나 이를 거절했다.

"행군하기에 딱 좋은 날씨입니다……." 그가 말을 꺼냈다.

피에르는 진격에 관해 들은 이야기가 없느냐고 이것저것 캐물었다. 하사는 거의 전 군대가 곧 출발할 거라고, 오늘 포로에 대한 지시도 있을 것이라고 말했다. 피에르가 머무는 막사에서 소콜로프라는 병사가 병으로 죽어 가고 있었다. 피에르는 하사에게 그 병사를 위한 조치가 취해져야 한다고 말했다. 하사는 피에르에게 안심해도 된다고, 이곳에는 이동 야전 병원과 상설 병원이 있다고, 환자들에 대한 지시가 있을 것이라고, 상부는 발생 가능한 일을 대체로 모두 예측하고 있다고 말했다.

"그건 그렇고 무슈 키릴, 당신은 대위에게 한마디만 하면 돼요. 당신도 알다시피…… 그분은 어떤 것도 잊어버리지 않는 사람이라……. 대위가 순찰을 돌 때 말해 봐요. 그분은 당신을 위해서라면 무슨 일이든 할 테니……."

하사가 말한 대위는 종종 피에르와 오랫동안 담소를 나누고 그에게 온갖 종류의 관대함을 보이는 사람이었다.

"성 도마를 걸고 맹세하는데 그분은 언젠가 나에게 이렇게 말했답니다. '키릴은 교양 있는 사람이고 프랑스어를 할 줄 안다. 그는 러시아의 귀족이다. 비록 불행을 당하긴 했지만 그는 인간이다. 그는 의미를 안다……. 혹시 그가 무엇이 필요하다고 말하면 거절하지 마라. 배운 사람은 계몽과 고상한 인간을 아끼는 법이다.' 무슈 키릴, 난 당신을 위해서 이 말을 하는 것이라고요. 요전번 일도 그렇죠. 당신이 없었다면 일이 안 좋게 끝났을 겁니다."

하사는 잠시 더 지껄이고 나서 자리를 떴다.(하사가 언급한 며칠 전의 사건이란 포로들과 프랑스인들 사이에 벌어진 주먹다짐이었다. 피에르는 이때 동료들을 진정시키는 데 성공했다.) 포로 몇 명이 피에르와 하사의 대화를 듣고 있다가 즉시 하사가 무슨 말을 했느냐고 묻기 시작했다. 피에르가 동료들 앞에서 진격에 대한 하사의 이야기를 꺼내자마자, 얼굴이 누렇게 뜨고 비쩍 마른 몸에 누더기를 걸친 프랑스 병사가 막사의 문가로 다가왔다. 그는 인사의 표시로 다급하고 어색하게 손가락을 이마에 대며 피에르에게 말을 걸더니, 혹시 이 막사에 자신이 루바시카를 지어 달라고 부탁한 플라토슈라는 병사가 있느냐고 물었다.

일주일 전 프랑스 군인들은 부츠 가죽과 아마포 천을 지급받았다. 그들은 포로 병사들에게 부츠와 루바시카를 지어 달라고 요청했다.

"다 됐습니다, 다 됐어요." 카라타예프가 반듯하게 접은 루바시카를 들고 나오며 말했다.

날씨도 따뜻하고 일하기 편하다는 점 때문에 카라타예프는 통 좁은 바지와 흙처럼 검은 구멍이 난 루바시카만 걸치고 있었다. 그는 장인들처럼 머리털을 보리수 껍질로 동여맸다. 그래서 둥근 얼굴이 더욱 둥글고 사랑스럽게 보였다.

"약속과 일은 친형제잖아요. 금요일까지라고 말씀하셔서 그대로 했습니다." 플라톤은 싱글벙글 웃는 얼굴로 자신이 지은 루바시카를 펼치며 말했다.

프랑스인은 불안하게 주위를 둘러보고는 망설임을 떨쳐 버렸는지 재빨리 군복을 벗고 루바시카를 입었다. 프랑스인은 군복 아래에 셔츠를 입고 있지 않았다. 누렇게 뜨고 비쩍 마른 벗은 몸뚱이에 꼬질꼬질한 긴 꽃무늬 실크 조끼를 걸친 채였다. 프랑스인은 포로들이 보고 웃음을 터뜨릴까 두려웠던지 부랴부랴 루바시카에 머리를 쑤셔 넣었다. 포로들은 한마디도 하지 않았다.

"아, 딱 맞네요." 플라톤은 루바시카의 아랫단을 당겨 반듯하게 매만지며 말했다. 머리와 두 팔을 끼운 프랑스인은 여전히 눈을 내리깐 채 자신이 입은 루바시카를 이리저리 둘러보며 솔기를 살폈다.

"어쩌겠습니까, 여기는 양복점이 아닌걸요. 진짜 도구도 없고요. 연장이 없으면 이도 못 죽인다고 하잖아요." 플라톤은 둥글둥글한 인상을 주는 미소를 지으며 말했다. 스스로도 자기 작품에 기뻐하는 듯했다.

"좋아, 좋아. 고마워. 그런데 남은 천은 어디 있지?" 프랑스인이 말했다.

"맨몸에 입으면 더 잘 맞을 거예요." 카라타예프는 계속 자신의 작품에 기뻐하며 말했다. "정말 착용감도 좋고 멋질 겁니다……."

"고맙네, 고마워. 그런데 자투리는 어디 있나?" 프랑스인은 미소 띤 얼굴로 거듭 묻고 지폐를 꺼내 카라타예프에게 건넸다. "자투리를 주게."

피에르는 플라톤이 프랑스인의 말을 이해하고 싶어 하지 않는 것을 보고는 그들의 이야기에 끼어들지 않고 바라보기만 했다. 카라타예프는 돈에 대해 감사를 표하고 계속 감탄하는 눈길로 자신의 작품을 바라보았다. 프랑스인은 자투리를 달라고 고집을 부리며 피에르에게 통역해 달라고 부탁했다.

"도대체 무엇 때문에 자투리를 달라는 거죠?" 카라타예프가 말했다. "우리에게는 귀한 각반이 될 텐데요. 자요, 하느님께서 함께하시길." 카라타예프는 갑자기 돌변한 서글픈 표정으로 품에서 자투리 묶음을 꺼내더니 프랑스인을 쳐다보지도 않은 채 그것을 건넸다. "에잇!" 카라타예프는 이렇게 말하고 되돌아갔다. 프랑스인은 아마포 천을 보고 생각에 잠겼다. 그는 뭔가 묻는 듯한 눈길로 피에르를 힐끔 쳐다보았다. 마치 피에르의 눈빛이 그에게 뭐라고 말하는 것 같았다.

"플라토슈, 이봐, 플라토슈." 프랑스인은 갑자기 얼굴을 붉히며 꽥꽥거리는 목소리로 외쳤다. "자네가 가져." 그는 자투리를 건네며 말하고는 돌아서서 가 버렸다.

"이럴 수가!" 카라타예프가 고개를 저으며 말했다. "저 사람들은 이교도라고 하던데 영혼은 있군요. 노인들이 흔히 말하잖아요. 땀이 밴 손은 인심이 후하고 메마른 손은 야박하다고 말이에요. 자기도 알몸이면서 이렇게 주고 가다니." 카라타예프는 생각에 잠긴 듯 미소를 머금은 채 자투리를 쳐다보며 잠시 침묵했다. "친구, 이건 요긴한 각반이 될 거예요." 그는 이렇게 말하고 다시 막사로 들어갔다.

12

피에르가 포로로 잡히고 사 주가 흘렀다. 프랑스인들이 병사용 막사에서 장교용 숙소로 옮겨 주겠다고 제안했으나 그는 첫날 들어간 막사에 계속 머물렀다.

불에 타 버린 황폐한 모스크바에서 피에르는 인간이 감내할 수 있는 궁핍의 거의 극한을 경험했다. 그러나 이제까지 의식하지 않았던 강인한 체격과 건강 덕분에, 특히 언제 시작되었는지 말할 수도 없을 만큼 이 궁핍이 너무나 감지하기 어렵게 찾아온 덕분에 그는 자신의 처지를 수월하게, 오히려 기꺼이 견뎠다. 게다가 이제껏 헛되이 좇기만 하던 평온과 자기만족을 얻은 것도 바로 이 시기였다. 오랫동안 그는 자신의 삶속에서 이러한 평온과 자기 긍정을 다양한 측면으로부터 추구해 왔다. 보로지노 전투 때 그는 병사들에게서 이런 모습을 발견하고 충격을 받았다. 그 자신은 박애, 프리메이슨, 사교계

오락, 술, 자기희생이라는 영웅적인 공훈, 나타샤를 향한 낭만적인 사랑에서 이것을 추구했기 때문이다. 물론 사유를 통해서도 추구했다. 그러나 이 모든 추구와 시도는 그를 기만할 뿐이었다. 그런데 스스로도 느끼지 못하는 사이 죽음의 공포를 통해, 궁핍을 통해, 카라타예프에게서 얻은 깨달음을 통해 이러한 평온과 자기 긍정을 얻은 것이다. 마치 처형 때 겪은 무시무시한 순간들이 그의 상상과 기억으로부터 예전의 그에게 중요해 보이던 불안한 상념과 감정을 영원히 씻어 낸 것 같았다. 러시아도, 전쟁도, 정치도, 나폴레옹도 뇌리에 떠오르지 않았다. 그는 이 모든 것이 자신과 관계없고, 자신은 그것을 위해 부름받지 않았으며, 따라서 자신으로서는 이 모든 것에 대해 판단할 수 없다는 점을 분명히 깨달았다. '러시아는 여름과 인연이 없다.' 그는 카라타예프의 말을 속으로 되풀이했다. 그러자 그 말이 이상하게도 마음을 평온하게 해 주었다. 나폴레옹을 죽이려던 계획, 신비주의적인 숫자와 계시록의 짐승에 대한 계산이 이제 이해할 수 없는 일, 심지어 우스꽝스러운 일로 보였다. 아내를 향한 적의, 자기 이름이 모욕당하지나 않을까 하는 불안, 이런 것들이 이제 하찮을 뿐 아니라 재미있게 느껴지기까지 했다. 그 여자가 어딘가에서 좋을 대로 살아가는 것이 그와 무슨 상관이란 말인가? 프랑스 군인들이 포로들 가운데 한 명이 베주호프 백작이라는 것을 알든 모르든 그것이 누구에게 중요하단 말인가? 특히 그에게 무슨 의미가 있겠는가?

요즘 그는 안드레이 공작과의 대화를 종종 떠올렸다. 그는 안드레이 공작의 생각을 다소 다른 식으로 이해했지만 그 의견에는 전적으로 동의했다. 안드레이 공작은 행복이란 부정적인 것에 지나지 않는다고 생각했으며 또 그렇게 말했다. 하지만 신랄하게 빈정거리듯 그 말을 했다. 마치 이런 말을 하는 동안 다른 생각을 토로하는 듯했다. 우리 안에 긍정적 행복을 향한 갈망이 놓인 것은 단지 우리에게 욕구를 충족하지 못하게 하고 우리를 괴롭히기 위해서라는 것이다. 그러나 피에르는 어떤 악의도 없이 그 생각의 정당성을 인정했다. 괴로움이 없고 욕구가 충족되고 그로 인해 직업, 즉 삶의 방식을 선택할 자유가 생기는 것이야말로 지금 피에르에게는 의심할 나위 없이 인간을 위한 최상의 행복으로 보였다. 이곳에서 피에르는 먹고 싶을 때의 음식, 마시고 싶을 때의 음료, 자고 싶을 때의 잠, 추울 때의 온기, 말을 하고 사람의 목소리가 듣고 싶을 때의 대화가 얼마나 즐거운지 이제야 비로소 절실히 깨달았다. 좋은 음식, 청결, 자유, 이 모든 것을 박탈당한 지금 피에르에게는 이런 욕구의 충족이 완벽한 행복으로 여겨졌다. 그리고 직업, 즉 삶의 선택이 너무나 제한된 지금 이러한 선택이 어찌나 쉬운 문제로 보이던지, 풍족한 생활은 욕구 충족으로써 느끼는 모든 행복을 깨뜨린다는 점, 직업을 선택할 수 있는 커다란 자유, 교육과 부와 사교계 지위가 자신에게 준 그 자유는 오히려 해결의 실마리가 보이지 않을 만큼 직업 선택을 어려운 문제로 만들며 직업의 필요성과 가능성 자체를 무너뜨린다는 점을 스스로도 잊을 정도였다.

이제 피에르의 공상은 자신이 자유로워질 순간에 온통 쏠려 있었다. 하지만 그 이후로, 그리고 평생토록 피에르는 이 한 달 동안의 포로 시절에 대해, 다시는 돌아오지 않을 강렬하고도 즐거운 느낌에 대해, 무엇보다 오직 이 시기에 경험한 영혼의 그 충만한 평온과 내면의 완전한 자유에 대해 가슴 벅찬 환희에 젖어 생각하고 말하곤 했다.

첫날 아침 일찍 일어나서 동틀 무렵 막사를 나와 가장 먼저 노보제비치 수도원의 거무스름한 둥근 지붕과 십자가를 보았을 때, 흙먼지로 뒤덮인 풀 위에 추위로 얼어붙은 듯한 이슬을 보고 보로비예비 언덕을 보고 강물을 따라 굽이치며 연보랏빛 도는 먼 곳으로 아스라이 사라지는 숲이 우거진 강변을 보았을 때, 가볍게 스치는 신선한 공기를 느끼며 모스크바로부터 들판을 지나 날아온 갈까마귀들의 울음소리를 들었을 때, 그러다가 갑자기 동쪽에서부터 빛살이 물보라처럼 흩어지고 구름 사이로 태양의 가장자리가 장엄하게 떠오르며 둥근 지붕과 십자가와 이슬과 먼 곳과 강 등 만물이 기쁨의 빛 속에서 뛰놀기 시작했을 때 피에르는 이제까지 맛보지 못한 새로운 느낌, 즉 생명의 기쁨과 힘을 느꼈다.

그리고 이러한 느낌은 포로 시절 내내 그를 떠나지 않았고, 오히려 처지가 어려워질수록 그의 안에서 점점 더 커져 갔다.

피에르가 막사에 들어간 직후 동료들 사이에 뿌리내린 그에 대한 높은 평판은 그의 마음속에서 모든 일에 대한 이런 각오와 정신적인 반듯함을 더욱 굳건히 지탱해 주었다. 여러 언어에 대한 지식, 프랑스인들이 그에게 표하는 존경, 사람들이 부탁만 하면 자신의 모든 것을 내주는 소탈함,(그는 장교로서 대우를 받아 일주일에 3루블씩 받았다.) 병사들 앞에서 막사 벽에 못을 눌러 박은 힘, 동료들을 대하는 온화한 태도, 꼼짝없이 앉아서 아무것도 하지 않고 생각에 잠기는 능력 — 병사들로 서는 이해할 수 없는 — 으로 인하여 병사들의 눈에는 피에르 가 다소 신비하고 지고한 존재로 보였다. 예전에 살던 세계에 서는 설사 그에게 해를 주지 않는다 해도 그를 불편하게 만들 던 이러한 특징들, 즉 그의 힘, 삶의 안락함에 대한 멸시, 방심, 소탈함이 이곳 사람들 사이에서는 그에게 거의 영웅과도 같 은 지위를 주었다. 그리고 피에르는 이런 시선이 자신에게 의 무를 부여한다고 느꼈다.

13

10월 6일부터 7일에 걸친 밤에 프랑스의 진군이 시작되었다. 취사장과 막사가 헐리고, 수레에 짐이 실리고, 군대와 수송 대열이 출발했다.

오전 7시에 프랑스군 호송대가 행군 복장에 원통형 군모를 쓰고 라이플총을 들고 배낭과 커다란 자루를 짊어지고서 막사 앞에 섰다. 욕설이 뒤섞인 활기찬 프랑스어가 대열 전체에 퍼져 나갔다.

막사 안에서는 다들 옷을 입고 허리띠를 매고 신발을 신는 등 모든 준비를 마치고 그저 출발 명령이 떨어지기만 기다리고 있었다. 병이 들어 해쓱하게 야위고 눈 주위가 푸르스름한 병사 소콜로프만 신발도 신지 않고 옷도 입지 않은 채 자기 자리에 앉아 있었다. 그는 초췌한 얼굴 때문에 불거져 보이는 눈으로 뭔가 묻고 싶은 듯 자기에게 관심을 두지 않는 동료들을 쳐다보고 일정한 간격으로 낮게 끙끙 앓는 소리를 냈다. 그가 신음하는 것은 고통 — 그는 이질을 앓았다 — 때문이라기보다 혼자 남게 되는 두려움과 슬픔 때문이었다.

피에르는 카라타예프가 차(茶) 자루 — 프랑스 군인이 신발 바닥에 덧대 달라고 가져온 — 로 지어 준 단화를 신고 새끼줄을 허리에 두르고는 병자에게 다가가 그의 앞에 쭈그리고 앉았다.

"이봐, 소콜로프, 프랑스군이 완전히 떠나는 건 아니잖아! 이곳에는 저들의 병원이 있어. 어쩌면 우리보다 자네가 더 나을지도 몰라." 피에르가 말했다.

"아이고, 하느님! 아이고, 나 죽네! 아이고, 하느님!" 병사는 더욱 큰 소리로 신음했다.

"내가 당장 저 사람들에게 다시 부탁해 볼게." 피에르는 이렇게 말하고 몸을 일으켜 막사 문으로 향했다. 피에르가 문간으로 다가가던 그때, 전날 그에게 파이프를 권하던 하사가 병사 두 명을 데리고 막사 쪽으로 걸어오고 있었다. 하사와 병사들은 행군 복장에 배낭을 메고 원통형 군모를 썼다. 턱 밑에 버클을 채운 군모의 끈이 그들의 낯익은 얼굴을 달리 보이게 만들었다.

하사는 상관의 명령으로 막사를 폐쇄하기 위해 온 것이었다. 포로들을 내보내기 전에 수를 세어 두어야 했다.

"하사님, 환자는 어떻게 됩니까?" 피에르가 말문을 열었다. 그러나 그 말을 꺼내면서 상대방이 자기가 잘 아는 하사인지 전혀 모르는 다른 사람인지 의심을 품었다. 그 순간 하사는 본래 모습과 너무도 달라 보였다. 게다가 피에르가 그 말을 꺼냈을 때 갑자기 양쪽에서 요란한 북소리가 들렸다. 하사는 피에르의 말에 얼굴을 찌푸리고 별 뜻 없는 욕설을 내뱉더니 문을 쾅 닫아 버렸다. 막사 안이 어둑해졌다. 양쪽에서 북소리가 병자의 신음 소리를 삼키며 요란하게 울렸다.

'바로 저거야! 또 나타났어!' 피에르는 속으로 중얼거렸다. 그러자 자기도 모르는 사이에 싸늘한 기운이 등을 타고 흘렀다. 하사의 달라진 얼굴, 그의 목소리, 귀를 먹먹하게 하는 선동적인 북소리에서 피에르는 사람들로 하여금 스스로의 의지에 반하여 자신과 비슷한 사람들을 살해하게 만드는 비밀스럽고 냉담한 힘을 감지했다. 피에르는 처형 때 이 힘의 작용을 보았다. 이 힘을 두려워하며 달아나려고 애써 보았자, 이 힘의 도구가 된 사람들에게 애원이나 훈계를 해 보았자 소용없었다. 이제 피에르도 그것을 알았다. 참고 기다리는 수밖에 없었다. 피에르는 더 이상 병자에게 다가가지도 돌아보지도 않았다. 그는 말없이 얼굴을 찌푸린 채 막사의 문가에 서 있었다.

막사 문이 열리자 포로들은 양 떼처럼 서로 밀치며 문으로 몰려갔다. 피에르는 그들 앞으로 겨우 빠져나가 대위에게 다가갔다. 하사는 대위가 피에르를 위해 무엇이든 기꺼이 해 줄 거라고 장담했다. 대위도 행군 복장을 했다. 피에르가 하사의 말과 북소리에서 감지한 '그것'이 또 대위의 냉담한 얼굴 안에서 밖을 내다보고 있었다.

"빨리빨리 움직여!" 대위는 옆에서 북적거리는 포로들을 무섭게 인상을 쓰고 바라보며 말했다. 피에르는 자신의 시도가 부질없으리라는 것을 알면서도 그에게 다가갔다.

"아니, 이건 또 뭐야?" 장교는 피에르를 알아보지 못한 듯 차갑게 힐끔 쳐다보며 말했다. 피에르는 병자에 대해 이야기했다.

"그자도 걸을 수 있어! 제기랄!" 대위가 말했다. "빨리빨리 움직이라니까." 그는 피에르에게 눈길도 주지 않고 계속 지껄였다.

"안 됩니다, 그 사람은 죽어 가고 있어요……." 피에르가 말을 꺼냈다.

"꺼져 주시지?!" 대위는 사납게 인상을 쓰며 소리쳤다.

둥두두둥, 둥, 둥, 북소리가 울렸다. 피에르는 비밀스러운 힘이 이미 이 사람들을 완전히 사로잡았으며, 이제는 무슨 말을 해도 소용없다는 것을 깨달았다.

프랑스군은 장교 포로와 병사 포로를 구분하여 장교 포로들에게 먼저 출발하라고 명령했다. 장교는 피에르를 포함하여 서른 명 정도고, 병사는 300명쯤 되었다.

다른 막사에서 풀려나온 장교들은 모두 낯선 이들이었고, 피에르보다 훨씬 더 좋은 옷을 입었다. 그들은 피에르와 그의 신발을 꺼림칙하게 쳐다보았다. 동료 포로들에게서 전반적으로 존경을 받는 듯 보이는 퉁퉁하고 누렇게 뜬 성난 얼굴의 뚱뚱한 소령이 카잔풍의 할라트를 입고 허리에 수건을 두른 채 피에르 가까이에서 걸어가고 있었다. 그는 담배쌈지를 쥔 손을 품속에 넣고 다른 한 손을 긴 담뱃대에 의지하고 있었다. 소령은 숨을 헐떡이면서 투덜대고 모든 이들에게 화를 냈다.

사람들이 자기를 밀어 대는 것 같아서, 서둘러 갈 곳도 없는데 다들 서두르는 것 같아서, 놀랄 만한 것도 전혀 없는데 다들 뭔가에 놀란 깃 같아시였다. 체구가 작고 야윈 한 장교는 프랑스군이 이제 자기들을 어디로 끌고 갈지, 이날 하루 동안 얼마나 멀리 갈 수 있을지 추측하며 다른 모든 사람들과 이야기를 나누고 있었다. 펠트 천으로 지은 부츠를 신고 물자 보급부의 제복을 입은 관리는 사방으로 뛰어다니며 불에 타 버린 모스크바를 둘러보더니 무엇이 타 버렸는지, 눈에 보이는 곳들이 모스크바의 어디어디인지 등 자신이 관찰한 바를 큰 소리로 알렸다. 억양으로 보아 폴란드 출신인 듯한 한 장교는 물자 보급부 관리가 모스크바의 구역들을 제대로 식별하지 못했다고 따지며 그와 언쟁을 벌였다.

"뭣 때문에 다투나?" 소령이 화를 내며 말했다. "니콜라든 블라스[31]든 다 똑같아. 봐, 전부 타 버렸잖아. 이젠 끝이야…… 왜 밀어? 길이 좁기라도 하냐고." 그는 뒤에서 걷고 있는 남자를 성난 얼굴로 돌아보며 말했다. 그러나 그는 소령을 전혀 밀지 않았다.

"아, 아, 아, 놈들이 무슨 짓을 한 거야!" 화재가 난 자리를 둘러보던 포로들의 목소리가 여기저기에서 들렸다. "자모스크보레치예도 주보보도 크렘린 성벽 안쪽도…… 봐, 절반이 없어졌어……. 내가 말했잖아. 자모스크보레치예 전 지역이

---

31) 니콜라와 블라스는 러시아 성인의 이름이다. 러시아에는 이 이름이 붙은 교회가 많다.

그렇다고. 정말 그렇지?"

"다 타 버린 사실을 알고 있었잖아. 뭘 구시렁거려!"소령이
말했다.

하모브니키(모스크바에서 전소되지 않은 구역들 가운데 한 곳)
의 교회 옆을 지나갈 때 갑자기 모든 포로들이 한쪽으로 쏠렸
다. 두려움과 혐오감이 뒤섞인 절규가 들렸다.

"에잇, 악당들! 정말 이교도로군! 시체가, 시체가 있어……
무언가로 칠해 놓았는데."

피에르도 교회 쪽으로 걸음을 옮겼다. 교회 옆에 끔찍한 비
명을 지르게 만드는 무언가가 있었다. 피에르는 무언가가 교
회 담장에 기댄 모습을 어렴풋이 보았다. 피에르는 자기보다
더 뚜렷이 볼 수 있었던 동료들의 말을 통해 그 무언가가 담장
옆에 똑바로 세워진 인간의 시체이고 얼굴에 검댕이 칠해져
있었다는 사실을 알게 되었다.

"어서 가, 악마들아……. 가라니까, 이 사탄의 무리들아!"
호위병들의 욕설이 들렸다. 새로이 적개심을 드러낸 프랑스
병사들이 시체를 보고 있던 포로 무리를 단검으로 몰아댔다.

14

포로들은 호위병들과 함께 하모브니키의 골목을 지나가고 있었다. 호위대 소속의 짐마차와 치중차가 그 뒤를 따랐다. 그러나 식량 창고 쪽으로 나온 그들은 개인용 짐마차들과 뒤섞여 비좁게 움직이는 포병대의 거대한 대열 한가운데로 휩쓸리고 말았다.

다리 옆에서 모두 걸음을 멈추고 앞쪽에 있는 사람들이 지나가기를 기다렸다. 다리에서 포로들은 앞뒤로 끝없이 이어진 다른 수송 대열을 보았다. 네스쿠치니 정원을 끼고 칼루가 가도가 꺾이는 오른쪽으로 군대와 수송 대열이 저 멀리까지 아련하게 보일 만큼 끝없이 뻗어 있었다. 이 행렬은 가장 먼저 출발한 보아르네[32] 군단의 부대였다. 그 뒤쪽에는 네의 군대와 수송 대열이 강변을 따라서 카멘니 다리를 지나 멀리까지 뻗어 있었다.

포로들이 속한 다부의 군대는 크림 여울을 통과하여 벌써 일부는 칼루가 거리에 진입했다. 그러나 수송 대열이 어찌나 길게 뻗었는지 보아르네의 마지막 대열은 아직 모스크바를 벗어나지도 칼루가 거리에 진입하지도 못했다. 네가 이끄는 군대의 선두는 이미 볼샤야 오르딘카를 벗어나고 있었다.

크림 여울을 통과하던 포로들은 몇 걸음 움직이다가 멈추고 또다시 움직였다. 사방에서 마차와 사람들이 점점 더 북적였다. 다리와 칼루가 거리 사이에 놓인 몇백 걸음의 거리를 도보로 통과하는 데 한 시간 이상 걸렸다. 그리고 자모스크보레츠카야 거리와 칼루가 거리가 만나는 광장에 이르렀을 때 이리저리 밀려 한 덩어리로 바싹 붙게 된 포로들은 걸음을 멈추고 그 교차로에서 몇 시간 동안 계속 서 있었다. 사방에서 바다의 파도 소리처럼 그칠 줄 모르는 요란한 바퀴 소리, 발소리, 끊임없는 성난 고함 소리와 욕설이 들려왔다. 피에르는 사람들에게 밀려 불에 탄 저택의 벽에 바싹 붙어 선 채 상상 속에서 북소리와 한데 뒤엉킨 그 소리를 듣고 있었다.

몇몇 장교 포로들은 더 잘 보기 위해 불탄 저택 ─ 피에르

---

32) 외젠 드 보아르네(Eugène de Beauharnais, 1781~1824). 알렉상드르 드 보아르네 자작과 마리 조제프(조제핀) 로제 타셰 드 라 파제리의 아들이다. 알렉상드르 드 보아르네 자작은 1794년 단두대에서 처형되었다. 외젠 드 보아르네는 조제핀과 나폴레옹의 결혼으로 나폴레옹의 의붓아들이 되었다. 이후 나폴레옹은 그에게 이탈리아 총독의 직위와 베네치아 공, 프랑크푸르트 대공, 아이허슈테트 공 등의 작위를 내렸다. 수많은 전쟁에 참전했으며 러시아에서는 이탈리아, 프랑스, 바이에른의 군대로 이루어진 1개 군단, 이른바 '이탈리아군'을 지휘했다.

는 그 옆에 서 있었다 ── 의 벽을 기어올랐다.

"사람들을 봐! 엄청난 사람들인걸! 대포 위에도 잔뜩 올라가 있어! 모피 좀 봐!" 그들이 말했다. "아니, 저 짐승 같은 놈들! 약탈을 했구먼…… 저기 뒤쪽에, 첼레가에…… 저것은 이콘에서 떼어 낸 거야. 분명해! 저놈들은 맹세코 독일인이야. 우리 농부들도 있어. 틀림없어! 아, 비열한 놈들! 봐, 산더미같이 실었어. 간신히 걷는군! 저기 봐, 드로시키도 빼앗았어! 우아, 궤짝에도 앉았네. 이런, 싸움이 붙었어!"

"그렇지, 낯짝을 쳐, 낯짝을! 그런 식으로는 밤이 되어도 끝이 안 나지. 봐, 보라고…… 저 사람은 나폴레옹이 틀림없어! 봐, 굉장한 말이야! 머리글자 문양과 왕관을 달았네. 저건 접이식 집이야. 저 남자는 자루를 떨어뜨리고도 모르네. 또 싸움이 붙었다……. 아이를 데리고 있는 저 여자, 못생기진 않았네. 그렇지, 물론 놈들은 너를 통과시켜 줄 거야……. 봐, 끝이 없어. 러시아 아가씨들이다. 틀림없어, 아가씨들이야! 콜랴스카에 얌전히도 앉아 있군!"

하모브니키의 교회 부근에서 그랬던 것처럼 모두를 사로잡은 호기심의 물결이 모든 포로들의 마음을 또다시 도로 쪽으로 이끌었다. 키가 큰 피에르는 다른 사람들의 머리 너머로 무엇이 그토록 포로들의 호기심을 끌었는지 확인할 수 있었다. 탄약차들 사이에서 달리는 콜랴스카 세 대에 화사한 옷을 곱게 차려입고 뺨에 연지를 바른 여자들이 나란히 꼭 붙어 앉아 날카로운 목소리로 뭐라 외치고 있었다.

피에르는 신비한 힘의 출현을 자각한 후부터 그 무엇도 이상하거나 끔찍하게 여기지 않았다. 누군가 재미 삼아 검댕을 칠한 시체도, 황급히 어딘가로 향하는 그 여자들도, 모스크바의 불탄 자리도. 이 순간 피에르의 눈에 들어온 어떤 것도 그에게 거의 아무런 영향을 미치지 않았다. 그의 영혼은 힘든 투쟁을 대비하느라 스스로를 나약하게 만들지 모르는 인상은 아예 받아들이려 하지 않는 듯 보였다.

여자들을 태운 마차 행렬이 지나갔다. 그 뒤로 다시 첼레가, 병사, 치중차, 병사, 포차, 카레타, 병사, 카레타, 병사, 탄약차, 병사, 그리고 이따금 여자들이 지나갔다.

피에르는 사람들을 한 명 한 명 구별해서 보지 않고 그들의 움직임을 지켜보았다.

그 모든 사람들이 마치 보이지 않는 힘에 내몰리는 말들 같았다. 피에르가 관찰한 한 시간 동안 그들은 모두 서둘러 통과하고 싶다는 똑같은 바람으로 이 거리 저 거리에서 쏟아져 나왔다. 누구라고 할 것 없이 다들 서로 부딪치며 화를 내고 싸워 댔다. 사람들은 하얀 이를 드러내고 눈썹을 찌푸리고 서로에게 계속 똑같은 욕지거리를 퍼부었다. 모든 사람들의 얼굴에 용감하고 단호한, 그러면서도 잔혹하고 차가운 똑같은 표정이 어려 있었다. 이른 아침 북소리가 울릴 때 피에르가 하사의 얼굴에서 보고 충격을 받은 그 표정이었다.

호송 대장은 저녁이 될 무렵에야 부하들을 모아 고함치고 말다툼을 벌이며 수송 대열로 비집고 들어갔고, 포로들은 사방에서 에워싸인 채 칼루가 가도로 들어섰다.

그들은 매우 빠르게 쉬지 않고 걸었으며 해가 지기 시작할 때에야 겨우 행군을 멈췄다. 수송 대열이 잇달아 밀려왔고, 사람들은 야영을 준비하기 시작했다. 다들 화가 나고 불만에 찬 듯 보였다. 오랫동안 사방에서 욕설과 악에 받친 고함 소리와 싸움 소리가 들렸다. 호송대를 따르던 카레타 한 대가 호송대의 짐마차 쪽으로 다가오더니 끌채를 부수었다. 몇몇 병사들이 사방에서 짐마차 쪽으로 뛰어갔다. 어떤 병사들은 카레타에 매인 말들의 머리를 철썩철썩 때리며 방향을 돌렸고, 어떤 병사들은 서로 주먹다짐을 했다. 피에르는 한 독일인이 단검에 찔려 머리를 심하게 다치는 것을 보았다.

차가운 어스름이 깔린 가을 저녁의 들판 한가운데에 멈춰 선 이 순간, 이 모든 사람들은 모스크바를 떠날 때 자신들을 사로잡은 조급함과 어딘가로 맹렬히 치닫는 움직임으로부터 불쾌하게 깨어나는 느낌을 똑같이 맛보고 있는 것 같았다. 걸음을 멈춘 그들은 자신들이 어디를 향해 가는지 아직 모른다는 것, 이 행군 동안 힘들고 어려운 일이 많으리라는 것을 깨달은 듯했다.

이번 휴식에서 호송병들은 출발 때보다 포로들을 한층 더 심하게 대했다. 이번 휴식에서 포로들은 처음으로 말고기를 끼니로 배급받았다.

장교부터 말단 병사에 이르는 모든 군인들이 별안간 이제까지의 우호적인 태도를 뒤집어 포로 한 사람 한 사람에 대한 개인적인 적개심 같은 것을 눈에 띄게 드러냈다.

복통으로 아픈 척하던 러시아 병사가 모스크바를 떠날 때 혼란을 틈타 달아났다는 사실이 포로 점호 시간에 밝혀지자 이러한 적개심은 한층 더 심해졌다. 피에르는 프랑스 군인이 한 러시아 병사를 도로에서 멀리 벗어났다는 이유로 구타하는 것을 보았다. 그리고 그 친구인 대위가 러시아 병사의 탈주에 대해 부사관을 책망하며 그를 군사 재판에 넘기겠다고 위협하는 것을 들었다. 그 병사가 병이 나서 걷지 못했다는 부사관의 변명에 장교는 낙오할 병사들을 총살하라는 명령이 있었다고 말했다. 피에르는 처형이 진행되는 동안 자신을 짓밟던, 포로로 잡혀 있는 동안에는 눈에 띄지 않던 그 파멸적인 힘이 이 순간 다시 자기 존재를 지배하는 것을 느꼈다. 그는 두려웠다. 그러나 파멸적인 힘이 그를 짓누르려 할수록 그것과 무관한 생명력이 그의 영혼 속에서 더욱 굳건하게 자라는 것을 느꼈다.

피에르는 호밀 가루로 쑨 수프와 말고기로 저녁을 때우고 동료들과 담소를 나누었다.

피에르도, 그의 동료들 가운데 어느 누구도 모스크바에서 본 것이며, 프랑스군의 거친 태도며, 총살 명령의 공표에 대해서는 전혀 입에 올리지 않았다. 다들 악화된 상황에 저항이라도 하듯 유난히 활기차고 쾌활했다. 그들은 개인적인 추억과 행군 중에 본 우스꽝스러운 장면을 이야기하다가 현 상황으로 화제를 돌렸다.

해는 한참 전에 졌다. 하늘 여기저기에서 밝은 별들이 반짝이기 시작했다. 떠오르는 보름달의 불처럼 붉디붉은 빛이 하늘가에 퍼졌다. 거대한 붉은 공이 옅은 회색빛 안개 속에서 경이롭게 흔들렸다. 주위가 차츰 밝아졌다. 저녁은 어느새 끝났고 밤은 아직 시작되지 않았다. 피에르는 새로운 동료들 틈에서 일어나 도로 건너편의 모닥불들 사이로 걸어갔다. 그곳에 포로 병사들이 있다고 들은 것이다. 그는 그들과 이야기를 나누고 싶었다. 도로에서 프랑스 보초병이 그를 막으며 돌아가라고 명령했다.

피에르는 발길을 돌렸지만 모닥불 옆 동료들이 아니라 말을 풀어놓은 짐마차 옆으로 갔다. 그곳에는 아무도 없었다. 그는 고개를 숙이고서 짐마차 바퀴 옆의 차가운 땅바닥에 꿇어앉아 오랫동안 꼼짝 않고 생각에 잠겼다. 한 시간 넘게 시간이 흘렀다. 아무도 피에르를 방해하지 않았다. 갑자기 그가 특유의 굵직하고 선량한 웃음소리로 웃기 시작했다. 그 소리가 어찌나 컸던지 사방에서 사람들이 깜짝 놀란 표정을 지으며 그 기묘하고도 고독한 듯한 웃음소리 쪽으로 고개를 돌렸다.

"하, 하, 하!" 피에르가 웃었다. 그리고 그는 소리 내어 혼잣말을 했다. "병사가 나를 못 가게 하네. 저들이 나를 잡고 나를 가두었어. 지금도 나를 포로로 붙잡아 두고 있지. 누구를? 나를? 나란 말이지, 나의 불멸의 영혼을 말이야! 하, 하, 하! 하, 하, 하!" 그는 눈에 눈물이 그렁그렁하도록 웃어 댔다.

어떤 남자가 일어나 이 덩치 큰 이상한 인간이 무엇 때문에 혼자 웃나 알아보려고 다가왔다. 피에르는 웃음을 멈추고 일어나 그 호기심 많은 남자를 피해 더 멀찍이 자리를 옮기고는 주위를 둘러보았다.

이제까지 모닥불 타는 소리와 사람들의 말소리로 소란스럽던 끝이 보이지 않을 정도로 거대한 야영지가 잠잠해졌다. 모닥불의 붉은 불꽃이 서서히 사그라지고 창백해졌다. 밝은 하늘에 보름달이 높이 떠 있었다. 그동안 보이지 않던 야영지 너머의 숲과 들판이 이제 저 멀리에서 모습을 드러냈다. 그리고 그 숲과 들판 너머에 환한 빛으로 아른거리며 사람을 부르는 듯한 끝없이 펼쳐진 먼 풍경이 보였다. 피에르는 하늘을, 아득한 곳에서 사라졌다 반짝였다 하는 별들을 바라보았다. '이 모든 것이 나의 것이고, 이 모든 것이 내 안에 있고, 이 모든 것이 바로 나다!' 피에르는 생각했다. '그런데 저들은 이 모든 것을 붙잡아 판자로 둘러친 막사에 집어넣었다!' 그는 빙그레 웃고 동료들 곁으로 자러 갔다.

15

10월 초 또다시 군사(軍使)가 나폴레옹의 편지와 평화 조약 제안을 가지고 쿠투조프를 찾아왔다. 편지에는 마치 모스크바에서 발송된 것처럼 허위 표시가 기재되어 있었다. 그러나 그때 나폴레옹은 이미 쿠투조프의 앞쪽에, 그리 멀지 않은 옛 칼루가 가도에 있었다. 그 편지에 대한 쿠투조프의 답은 로리스통이 가져온 첫 번째 편지 때와 똑같았다. 평화 조약은 말도 안 된다고 일축한 것이다.

그 후 얼마 지나지 않아 타루치노의 왼편으로 움직이던 도로호프[33]의 파르티잔 부대에서 보고가 올라왔다. 포민스코예

---

33) 이반 세묘노비치 도로호프(Ivan Semyonovich Dorokhov, 1762~1815). 러시아 기병 장교로 1787~1791년 튀르크 전쟁에 참전했다. 1805~1807년 오스트리아 원정 때 경기병 연대를 지휘했고, 1812년에는 보로지노의 왼쪽 측면에서 바그라치온 부대의 보루를 방어하며 활약했다.

에 군대가 나타났다, 그 군대는 브루시예 사단으로 이루어졌다, 이 사단은 다른 군대와 떨어져 있으므로 아군이 쉽게 소탕할 수 있다는 보고였다. 병사들과 장교들은 또다시 행동을 요구했다. 타루치노 부군에서 쉽게 이긴 기억으로 흥분해 있던 사령부 장군들은 도로호프의 제안을 실행에 옮기자고 쿠투조프에게 강청했다. 쿠투조프는 어떤 공격도 필요하지 않다고 생각했다. 타협안이 나왔고, 그것은 일어날 수밖에 없는 일이었다. 그리하여 브루시예를 공격할 소규모 부대가 포민스코예에 파견되었다.

기묘한 우연으로 이 임무 — 나중에 밝혀지듯 가장 어렵고 가장 중요한 — 를 맡은 사람은 도흐투로프였다. 더할 나위 없이 겸손하고 체구가 작은 바로 그 도흐투로프, 전투 계획을 세웠다든지 연대의 선두에서 질주했다든지 포병 중대에 십자 훈장을 던졌다든지 하는 식으로 묘사된 적이 한 번도 없는 도흐투로프, 우유부단하고 아둔한 사람으로 여겨졌고 또 그렇게 불리던 도흐투로프, 그러나 러시아군과 프랑스군의 전쟁 시기를 통틀어, 즉 아우스터리츠 전투부터 1813년까지 상황이 어려운 모든 곳에서 지휘를 도맡았던 그 도흐투로프 말이다. 아우스터리츠에서 모두들 도주하거나 전사하여 후위 부대에 단 한 명의 장군도 남지 않았을 때 그는 아우게스트 제방에 마지막까지 남아 연대를 집결하고 힘닿는 대로 많은 것을 건져 낸다. 그는 나폴레옹의 전 군대에 맞서 스몰렌스크를 방어하기 위해 신열에 시달리면서도 2만 병력과 더불어 그 도시로 향한다. 스몰렌스크의 몰로홉스키 관문 옆에서 그가 갑자기 오른 열로 깜빡 잠이 들 뻔한 순간 스몰렌스크를 겨냥한 포격 소리가 그를 깨운다. 그리고 스몰렌스크는 온종일 포격을 버텨 낸다. 바그라치온이 전사하고 아군의 왼쪽 측면 부대가 9대 1로 격파되고 프랑스 포병대가 모든 화력을 쏟아부은 보로지노 전투의 날 그곳에 파견된 사람은 다른 어느 누구도 아닌 바로 우유부단하고 아둔한 도흐투로프다. 처음에 쿠투조프는 다른 사람을 그곳으로 보냈으나 황급히 자신의 잘못을 시정한다. 그리하여 체구가 작고 성품이 조용한 도흐투로프가 그곳에 가게 되고, 보로지노는 러시아군에 최고의 영예를 안긴다. 사람들은 시와 산문을 통해 많은 영웅을 묘사했으나 도흐투로프에 대해서는 한마디도 쓰지 않았다.

도흐투로프는 다시 포민스코예에 파견되었다가 그곳에서 또다시 말리 야로슬라베츠로, 프랑스군과 마지막 전투가 벌어진 그 장소로, 어쩌면 프랑스군의 파멸이 이미 시작되고 있던 바로 그 장소로 파견된다. 사람들은 다시 이 전쟁 기간의 많은 천재와 영웅들에 관해 기술한다. 그러나 도흐투로프에 대해서는 한마디도 없다. 혹은 거의 없거나 의심스러운 말만 있을 뿐이다. 도흐투로프에 대한 이러한 침묵은 그의 가치를 가장 명백히 입증한다.

기계의 움직임을 이해하지 못하는 사람이 그 작동을 보았을 때 우연히 기계에 들어가 그 작동을 방해하고 기계를 망가뜨리는 나뭇조각을 그 기계의 가장 중요한 부분이라고 생각하는 것은 당연하다. 기계의 구조를 모르는 사람은 기계를 망가뜨리고 작동을 방해하는 그 나뭇가지가 아니라 소리 없이 돌아가는 작은 변속 기어가 바로 기계의 가장 중요한 부분들 가운데 하나라는 점을 이해하지 못한다.

10월 10일 포민스코예까지의 노정을 절반쯤 통과한 도흐투로프가 아리스토보 마을에서 행군을 중지한 후 하달된 명령을 정확히 수행하기 위해 준비하던 바로 그날, 발작적인 이동으로 뮈라의 진지까지 도달한 프랑스의 전 군대는 겉보기에 전투를 하기 위해서인 듯했지만 별 이유도 없이 불쑥 왼쪽의 새 칼루가 가도로 방향을 틀어 이제껏 브루시예만 주둔하던 포민스코예 마을로 들어가기 시작했다.

10월 11일 저녁에 세슬라빈[34]이 포로로 잡힌 프랑스 근위대원 한 명을 데리고 아리스토보 마을의 본부로 찾아왔다. 포로는 이날 포민스코예에 들어온 군대가 대규모 본대의 전위 부대라고, 나폴레옹도 그곳에 있다고, 본대는 이미 닷새 전에 모스크바를 떠났다고 말했다. 그날 저녁 보롭스크에서 온 하인 한 명이 대규모 군대가 도시에 들어오는 것을 보았다고 말했다. 도흐투로프 부대의 코사크들은 프랑스 근위대가 가도를 따라 보롭스크로 향하는 것을 보았다고 보고했다. 이 모든 정보에 비추어 볼 때 1개 사단이 있으리라 여겨지던 그곳에

---

34) 알렉산드르 니키티치 세슬라빈(Aleksandr Nikitich Seslavin, 1780~1858). 나폴레옹 전쟁 동안 정규군 장교이자 파르티잔 지휘관이었다. 오스트리아 원정에도 참전했다. 1812년 보로지노 전투에서 큰 활약을 했고, 말리 야로슬라베츠 전투에서 나폴레옹의 군대를 칼루가 가도로부터 스몰렌스크 가도로 퇴각하도록 만드는 데 중요한 역할을 담당했다. 이후 유럽 원정 때는 비트겐시테인 휘하에서 싸웠다.

이제 프랑스의 전 군대가 있음이 분명해졌다. 그리고 그 군대는 모스크바를 떠나 예기치 않은 방향으로, 즉 옛 칼루가 가도를 따라 진군하는 중이었다. 도흐투로프는 당장은 자신의 임무가 무엇인지 분명치 않았기에 어떤 시도도 하려 하지 않았다. 그는 포민스코예를 공격하라는 명령을 받았다. 그러나 예전에는 포민스코예에 브루시예만 있었고 이제 프랑스의 전 군대가 있었다. 예르몰로프는 자신의 판단대로 행동하려 했지만, 도흐투로프는 대공작 각하의 명령을 받아야 한다고 강력히 주장했다. 그들은 사령부에 보고를 올리기로 결정했다.

이를 위해 볼호비치노프라는 명민한 장교가 선발되었다. 그는 문서로 작성된 보고 이외의 모든 상황을 구두로 전해야 했다. 자정에 볼호비치노프는 문서가 든 봉투와 구두 명령을 수령한 후 코사크 한 명과 더불어 예비 말 몇 필을 끌고 군사령부로 질주했다.

16

　어둑하고 따뜻한 가을밤이었다. 벌써 나흘째 가랑비가 내리고 있었다. 볼호비치노프는 말을 두 번 갈아타고 한 시간 삼십 분 동안 질척한 진창길을 따라 30베르스타를 질주한 끝에 새벽 2시가 못 되어 레타솁카에 도착했다. 그는 바자울에 '군사령부'라는 표찰이 붙은 어느 통나무집 옆에 말을 두고 어둑한 현관방으로 들어섰다.

　"어서 당직 장군을 불러 주십시오! 아주 중요한 사안입니다!" 그는 현관방의 어둠 속에서 몸을 일으키며 코를 킁킁거리는 누군가에게 말했다.

　"저녁때부터 몸이 많이 편찮으셨습니다. 사흘째 잠을 못 주무시고 계십니다." 종졸의 목소리가 두둔하는 말투로 소곤거렸다. "먼저 대위님을 깨우는 편이 좋겠습니다."

　"아주 중요한 사안입니다. 도흐투로프 장군의 전갈입니다."

볼호비치노프는 문을 더듬거려 열고 안으로 들어가며 말했다. 종졸이 앞장을 서더니 누군가를 깨우기 시작했다.

"대위님, 대위님, 특사가 왔습니다."

"뭐, 뭐라고? 누가 보냈나?" 누군가의 졸음에 겨운 목소리가 말했다.

"도흐투로프와 알렉세이 페트로비치의 전갈입니다. 나폴레옹이 포민스코예에 있습니다." 볼호비치노프가 말했다. 어둠 속이라 질문을 한 사람이 누구인지 볼 수 없었지만 목소리로 미루어 코노브니친이 아님을 짐작했다.

잠에서 깬 남자는 하품을 하고 기지개를 켰다.

"그분을 깨우고 싶진 않군요." 그는 무언가를 더듬으며 말했다. "아주 편찮으십니다! 그런데 그 이야기는 아마 소문이겠지요."

"여기 보고서가 있습니다." 볼호비치노프가 말했다. "곧바로 당직 장군에게 전달하라는 명을 받았습니다."

"잠깐, 불을 좀 켜고요. 이 빌어먹을 자식, 넌 항상 어디에 쑤셔 넣어 두는 거냐?" 기지개를 켜던 남자가 종졸을 돌아보았다. 코노브니친의 부관인 셰르비닌이었다. "찾았다, 찾았어." 그가 덧붙였다.

종졸은 부싯돌을 치고 셰르비닌은 촛대를 더듬어 찾았다.

"아, 역겨운 놈들!" 그는 혐오감을 드러내며 말했다.

볼호비치노프는 불빛을 통해 양초를 든 셰르비닌의 젊은 얼굴과 대기실 구석에서 여전히 자고 있는 또 다른 남자를 보았다. 그가 코노브니친이었다.

부싯깃의 유황이 처음에는 파란 불꽃으로, 뒤이어 빨간 불꽃으로 타오르자 셰르비닌은 수지 양초에 불을 붙이고 — 양초를 갉던 바퀴벌레들이 촛대에서 달아났다 — 사자를 유심히 바라보았다. 온통 진흙투성이가 된 볼호비치노프는 소매로 얼굴을 닦아 얼굴에까지 진흙을 묻히고 있었다.

"누구의 보고입니까?" 셰르비닌은 봉투를 건네받으며 말했다.

"확실한 정보입니다." 볼호비치노프가 말했다. "포로들도, 코사크들도, 정찰병들도 다들 한목소리로 똑같은 말을 했습니다."

"어쩔 수 없군요. 깨워야겠습니다." 셰르비닌은 몸을 일으키며 말하고는 나이트캡을 쓰고 외투를 뒤집어쓴 남자에게 다가갔다. "표트르 페트로비치!" 그가 말했다. 코노브니친은 꿈쩍도 하지 않았다. "군사령부에 가셔야 합니다!" 그는 씩 웃으며 말했다. 셰르비닌은 코노브니친이 이 말이면 틀림없이 일어나리라는 것을 알았다. 정말로 나이트캡을 쓴 머리가 즉각 올라왔다. 열 때문에 상기된 코노브니친의 잘생기고 의연한 얼굴에는 일순간 아직 현실과 거리가 먼 졸음에 겨운 표정이 남아 있었다. 그러나 불현듯 몸을 부르르 떨었다. 그러자 그의 얼굴이 평소의 침착하고 단호한 표정을 띠었다.

"무슨 일이야? 누가 보냈지?" 그는 빛 때문에 눈을 깜빡이며 침착하게, 그러나 지체 없이 물었다. 코노브니친은 장교의 보고를 들으면서 봉투의 봉인을 뜯고 보고서를 읽었다. 그것을 거의 다 읽자 긴 털양말을 신은 두 발을 흙바닥에 내리고 부츠를 신기 시작했다. 그러고는 나이트캡을 벗고 구레나룻을 가지런히 빗은 후 군모를 썼다.

"신속히 온 건가? 대공작 각하께 같이 가지."

코노브니친은 사자가 가져온 소식이 대단히 중요한 의미를 띤다는 점, 한시도 지체해서는 안 된다는 점을 즉각 깨달았다. 그것이 좋은 소식인지 나쁜 소식인지는 생각하지 않았고, 스스로에게 물어보지도 않았다. 그는 그런 것에 흥미가 없었다. 그는 전쟁의 모든 사안을 이성이나 판단이 아닌 다른 무언가에 의지하여 바라보았다. 비록 입 밖으로 표현하지 않았지만 마음속에는 모든 것이 잘될 것이다, 그러나 굳이 그것을 믿을 필요는 없고 더욱이 말할 필요도 없다, 그저 자기 일만 하면 된다라는 굳은 확신이 있었다. 그래서 온 힘을 다하여 자신의 임무를 수행하고 있었다.

표트르 페트로비치 코노브니친은 도흐투로프와 마찬가지로 이른바 1812년 영웅들 — 바르클라이, 라옙스키, 예르몰로프, 플라토프, 밀로라도비치 등 — 의 반열에 명목상 등재되었을 뿐 도흐투로프와 마찬가지로 재능과 식견이 매우 부족한 사람이라는 평을 받았다. 그리고 도흐투로프와 마찬가지로 한 번도 작전을 세운 적은 없지만 언제나 가장 힘든 곳에 있었다. 그는 당직 장군으로 임명된 이후 사자가 찾아오면 반드시 자신을 깨우도록 지시하고 늘 문을 열어 둔 채 잤다. 그는 전투가 벌어지면 항상 포화 한가운데에 있었다. 그 때문에 쿠투조프는 그를 책망하곤 했으며 그를 전투에 내보내기를 꺼렸다. 그는 도흐투로프와 마찬가지로 눈에 잘 띄지 않는 톱니바퀴, 요란한 소음을 내지 않으면서 기계의 가장 중요한 부분을 구성하는 그런 톱니바퀴들 가운데 하나였다.

통나무집에서 습하고 어두운 밤으로 나온 코노브니친은 얼굴을 찌푸렸다. 심해진 두통 때문이기도 했고, 머리에 떠오른 불쾌한 생각 때문이기도 했다. 곧 이 소식을 알게 되면 사령부 실력자들의 이 소굴 전체는, 특히 타루치노 전투 이후 쿠투조프에게 날을 세우고 있는 베니히센은 안달할 것이다. 그들은 또 어떤 식으로 제안하고 논쟁하고 명령하고 번복할 것인가? 그는 그것이 불가피하다는 것을 알았지만 그 예감에 불쾌감을 느꼈다.

실제로 코노브니친이 새로운 소식을 전하기 위해 찾아간 톨은 함께 거주하는 장군에게 즉시 자신의 의견을 늘어놓기 시작했다. 묵묵히 지친 기색으로 듣던 코노브니친은 자신들이 대공작 각하에게 가야 한다는 점을 다시 한번 알렸다.

17

노인들이 다 그렇듯 쿠투조프는 밤에 좀처럼 잠을 이루지 못했다. 낮 동안에는 종종 느닷없이 꾸벅꾸벅 졸았으나 밤이 되면 옷도 갈아입지 않고 침상에 누워 거의 뜬눈으로 밤을 새우며 생각에 빠져들었다.

지금도 그는 침상에서 그 무겁고 보기 흉한 큰 머리를 투실투실한 손으로 받치고 누워 한 눈으로 어둠 속을 가만히 응시하며 생각에 잠겨 있었다.

군주와 편지를 주고받고 사령부에서 가장 큰 권력을 지닌 베니히센이 쿠투조프를 피하게 된 이후, 쿠투조프는 자신과 군대가 또다시 무익한 공격에 나서도록 강요받지 않아 더 편했다. 나에게 쓰라린 기억으로 남은 타루치노 전투와 그 전날의 교훈도 분명 영향을 미쳤겠지라고 쿠투조프는 생각했다.

'우리가 공세를 취하면 그냥 패배할 수도 있다는 것을 저들은 깨달아야 해. 인내와 시간, 이것이야말로 나의 전사들이지.' 쿠투조프는 생각했다. 그는 풋사과를 따면 안 된다는 것을 알았다. 사과는 익으면 스스로 떨어진다. 설익은 사과를 따면 사과와 나무도 망치고 그것을 따서 먹는 사람의 이도 흔들리게 된다. 그는 노련한 사냥꾼처럼 그 짐승이 상처를 입었다는 점, 그 상처는 러시아의 전 병력이 입힐 수 있는 최대한의 상처라는 점, 그러나 그 상처가 치명적인지 아닌지는 아직 밝혀지지 않은 문제라는 점을 알았다. 이제 쿠투조프는 로리스통과 바르텔르미의 파견과 파르티잔의 보고를 통해 그 짐승이 치명상을 입었음을 거의 확신했다. 그러나 증거가 좀 더 필요했고, 기다려야 했다.

'그자들은 자기들이 짐승을 죽였는지 확인하기 위해 달려가고 싶어 한다. 좀 더 기다리면 알게 될 텐데. 언제나 기동, 언제나 공격을 부르짖지!' 그는 생각했다. '도대체 무엇을 위해? 항상 남들 눈에 돋보이려 할 뿐이다. 싸움질에 무슨 재미있는 것이라도 있는 양. 그자들은 꼭 어린애 같아서 상황이 어떤지에 대한 말은 기대할 수도 없다. 다들 자신이 얼마나 싸움을 잘하는지 증명하고 싶어 하니까. 지금 문제는 그게 아닌데.

그리고 그자들 모두 나에게 얼마나 교묘한 기동을 제안하고 있는가! 그자들은 두세 가지 가능성(그는 페테르부르크에서 도착한 전체 계획을 떠올렸다.)을 떠올리면 그것으로 모든 가능성을 다 생각해 낸 것처럼 느끼나 보다. 하지만 가능성은 무수하지 않은가!'

보로지노에서 입힌 상처가 치명적인지 아닌지에 대한 풀

리지 않은 문제가 벌써 한 달 내내 쿠투조프의 머리를 맴돌았다. 한편으로 프랑스군은 모스크바를 점령했다. 또 다른 한편으로 쿠투조프는 자신과 러시아의 모든 사람들이 온 힘을 쏟아부은 무시무시한 일격이 분명 치명적이었을 거라고 한 치의 의심도 없이 온 존재로 느끼고 있었다. 그러나 어쨌든 증거가 필요했다. 그리고 벌써 한 달 동안 그것을 기다렸다. 시간이 흐를수록 그도 점차 초조해졌다. 그는 잠 못 이루는 밤 침상에 누워 젊은 장군들이나 하는 행동을, 그가 그들을 향해 비난하던 바로 그 행동을 했다. 그는 이미 실현된 나폴레옹의 그 확실한 파멸이 모습을 드러낼 모든 가능성에 대해 곰곰이 생각했다. 그는 젊은이들과 똑같은 방식으로 그 가능성을 생각했다. 다만 차이가 있다면 쿠투조프는 이 예상을 근거로 어떤 것도 수립하려 하지 않았고 그 가능성도 두세 가지가 아니라 수천 가지를 보았다는 점이다. 오래 생각에 잠길수록 머리에는 더 많은 가능성이 떠올랐다. 그는 나폴레옹 군대 전체 혹은 그 일부가 취할 온갖 종류의 움직임 — 페테르부르크로 접근하기, 그에게로 진격하기, 그를 피하여 우회하기 — 을 생각해 보았고, 나폴레옹이 바로 쿠투조프가 사용한 무기로 그와 맞서 싸울 가능성, 즉 나폴레옹이 모스크바에 남아 쿠투조프를 기다릴 가능성(그는 이것을 가장 두려워했다.)도 생각해 보았다. 쿠투조프는 나폴레옹의 군대가 메딘과 유흐노프로 물러나는 상황까지 생각해 두었다. 그러나 그가 예상하지 못한 단 한 가지는 실제로 벌어진 일이었다. 나폴레옹의 군대가 모스크바를 떠난 후 처음 열하루 동안 미친 듯이 발작적으로 돌진한 것이다. 그 돌진은 쿠투조프가 그때만 해도 아직 감히 생각도 못하던 것, 즉 프랑스군의 전멸을 가능하게 만들었다. 브루시예의 사단에 대한 도로호프의 보고, 나폴레옹 군대가 곤경에 처했다는 파르티잔의 정보, 그 군대가 모스크바를 떠날 채비를 한다는 소문, 이 모든 것이 프랑스 군대가 궤멸되어 도주를 준비하고 있다는 가정을 뒷받침했다. 그러나 이는 젊은 사람들에게나 중요하게 보일 법한 가정이지 쿠투조프에게는 아니었다. 그는 육십 년 경험을 통하여 소문에 어느 정도 무게를 두어야 하는지 알았고, 무언가를 바라는 사람들이 모든 정보를 자신의 열망에 대한 확증처럼 보이도록 얼마나 능숙하게 분류하는지 알았으며, 그 경우 그들이 서로 모순되는 모든 것들을 기꺼이 배제한다는 것도 알았다. 쿠투조프는 그것을 간절히 갈망할수록 더욱 믿으려 하지 않았다. 그 문제는 그의 모든 정신력을 삼켜 버렸다. 그에게 다른 모든 것들은 생활의 습관적인 영위에 불과했다. 참모들과의 대화, 타루치노에서 마담 스탈[35]에게 쓴 편지, 소설 읽기, 포상 분배, 페테르부르크와의 서신 교환 등은 그와 같은 생활의 습관적인 영위이자 생활에 대한 복종이었다. 하지만 오직 그 한 사람만이 예견한 프랑스

---

35) 안나루이즈 제르멘 드 스탈(Anne-Louise Germaine de Staël, 1766~1817). 프랑스의 소설가이자 수필가. 네케르 대신의 딸로 스탈 남작과 결혼한 후 문필가로서 정치적 색채가 강한 살롱을 이끌었다. 나폴레옹의 조언자가 되고자 했으나, 이후 나폴레옹에 대한 거침없는 비판으로 1802년에 파리에서 추방되었다. 1812년 러시아에서 체류 중이었다. 그녀는 쿠투조프와 실제로 서신을 교환하던 사이이며, 쿠투조프가 총사령관으로 임명된 것을 가장 먼저 축하해 준 사람이기도 했다.

군의 파멸은 그가 진심으로 바라는 유일한 희망이었다.

10월 11일 밤에 그는 팔을 괴고 누워서 이것을 생각하고 있었다.

옆방에서 부스럭대는 소리가 나더니 톨과 코노브니친과 볼호비치노프의 발소리가 들렸다.

"어, 거기 누군가? 들어오게, 들어와! 뭐 새로운 소식이라도 있나?" 원수가 큰 소리로 그들을 불러들였다.

하인이 초에 불을 붙이는 동안 톨이 소식의 내용을 전했다.

"누가 가져왔지?" 쿠투조프가 물었다. 초에 불이 붙은 순간 톨은 차갑고도 엄숙한 쿠투조프의 얼굴에 깜짝 놀랐다.

"의심할 여지가 없습니다, 대공작 각하."

"데려와, 그자를 이리로 데려오게."

쿠투조프는 침상에 앉은 채 한쪽 다리를 내리고 구부린 다른 쪽 다리에 커다란 배를 기댔다. 그는 사자를 더 잘 보기 위해 시력이 있는 눈을 가늘게 떴다. 마치 자기 마음을 차지하고 있는 것을 그 사자의 용모에서 읽어 내고 싶은 듯했다.

"말해 보게, 젊은 친구, 말해 봐." 그는 가슴팍이 젖혀진 루바시카를 여미며 특유의 나직한 노인다운 목소리로 볼호비치노프에게 말했다. "이리 와. 더 가까이 오게. 자네는 나에게 어떤 소식을 가져왔나? 응? 나폴레옹이 모스크바를 떠났다고? 정말인가? 응?"

볼호비치노프는 지시받은 대로 처음부터 전부 상세하게 보고했다.

"말해 보게. 얼른 말해 봐, 속 태우지 말고." 쿠투조프가 말을 가로막았다.

볼호비치노프는 보고를 끝낸 후 입을 다물고 명령을 기다렸다. 톨이 뭔가 말하려 했지만 쿠투조프가 가로막았다. 쿠투조프는 무언가 말하려 했으나 갑자기 그 얼굴이 일그러지고 쭈글쭈글해졌다. 그는 톨을 향해 한 손을 내저으며 반대편으로, 여러 개 걸린 이콘 때문에 어둑해 보이는 통나무집의 한쪽 구석으로 돌아섰다.

"하느님, 나의 창조주시여! 우리의 기도를 들어주셨군요……." 그는 두 손을 모으고 떨리는 목소리로 말했다. "러시아가 구원을 받았습니다. 감사합니다, 주여!" 그리고 그는 울음을 터뜨렸다.

18

이 보고를 받은 후부터 전쟁이 끝날 때까지 쿠투조프의 모든 활동은 오로지 권력과 계책과 간청을 동원하여 자신의 군대가 무익한 공격, 기동, 파멸해 가는 적과의 충돌에 나서지 않도록 억누르는 것에 국한되었다. 도흐투로프는 말리 야로슬라베츠로 향하는데 전 군대를 통솔하는 쿠투조프는 늑장을 부리며 칼루가를 비우라고 명령한다. 칼루가 후방으로 퇴각하는 편이 현실적이라고 생각한 것이다.

쿠투조프는 어디를 가나 후퇴만 한다. 그러나 적은 그의 후퇴를 기다리지 않고 반대편으로 도주한다.

나폴레옹을 연구하는 역사가들은 타루치노와 말리 야로슬라베츠로 향한 나폴레옹의 교묘한 이동을 기술하고, 만약 나폴레옹이 비옥한 남쪽 현으로 침투할 수 있었다면 어떻게 되었을까 가정한다.

그러나 아무것도 나폴레옹이 그 남쪽 현으로 가는 것을 방해하지 않았다는 점(러시아군이 그에게 길을 내주었기 때문에)은 제쳐 두더라도, 역사가들은 당시 이미 나폴레옹의 군대에 파멸의 불가피한 조건이 내포되어 그의 군대를 구할 방법이 전혀 없었다는 점을 잊고 있다. 모스크바에서 풍부한 식량을 발견하고도 그것을 지키지 못한 채 짓밟아 버린 군대, 스몰렌스크에 도달했을 때 식량을 정리하여 분배하지 않고 약탈해 버린 군대, 그 군대가 어떻게 칼루가현에서 정비될 수 있겠는가? 그곳에 사는 사람도 모스크바와 마찬가지로 러시아인들이고, 그곳의 불도 일단 타오르기 시작하면 전부 태우고 마는 똑같은 속성을 지녔으니 말이다.

그 군대는 어디에서도 정비될 수 없었다. 보로지노 전투와 모스크바 약탈 이후 그 군대는 붕괴를 위한 화학적 조건을 내포하고 있었다.

일찍이 군대였던 이 무리의 인간들은 지도자들과 함께 어디로 가야 할지도 모르는 채 오직 한 가지만을 바라며 도망쳤다. 그들(나폴레옹과 모든 병사들)의 바람은 자신들 모두가 어렴풋이 인식하던 그 출구 없는 상황으로부터 최대한 빨리 벗어나는 것이었다.

말리 야로슬라베츠의 회의에서 장군들이 다양한 의견을 내놓으며 협의하는 척할 때 무통이라는 순박한 병사[36]가 모든

---

36) 레지바르텔레미 무통뒤베르네(Régis-Barthélemy Mouton-Duvernet, 1769~1816). 프랑스 장군. 툴롱 포위전에 참가했고, 혁명기와 제정 시대의 모든 전쟁에 참전했다. 부르봉 왕가의 복고를 적극적으로 비판하던 그는 마

이들이 생각하던 것을 말하며 내놓은 마지막 의견, 즉 그저 최대한 서둘러 떠나야 한다는 의견이 모두의 입을 다물게 한 것은 단지 이러한 이유 때문이었다. 아무도, 심지어 나폴레옹조차 모든 이들이 인식하고 있는 이 진실에 대해 거스르는 말을 전혀 할 수 없었다.

그러나 다들 달아나야 한다는 것을 알면서도 도망쳐야 한다고 인정하는 것에 여전히 수치를 느꼈다. 이러한 수치심을 극복하기 위해서는 외부의 충격이 필요했다. 그리고 그 충격은 필요한 순간에 나타났다. 이른바 프랑스인들의 황제 만세였다.

회의 다음 날 이른 아침에 나폴레옹은 이제까지 전장이었고 앞으로도 전장이 될 벌판과 군대를 둘러보려는 척하며 원수들과 호위대를 거느리고 군대 배치선 한가운데로 갔다. 전리품 주위를 들쑤시고 다니던 코사크들은 다름 아닌 황제와 딱 마주쳤고, 그를 거의 잡을 뻔했다. 이때 코사크들이 나폴레옹을 잡지 못한 것은 프랑스군을 파멸로 이끈 바로 그것, 즉 전리품 때문이었다. 코사크들은 타루치노에서나 이곳에서나 사람은 내버려 두고 전리품에만 달려들었다. 그들은 나폴레옹에게 신경도 쓰지 않고 전리품에 달려들었다. 그리하여 나폴레옹은 무사히 빠져나올 수 있었다.

다름 아닌 황제가 자신의 군대 한가운데서 돈강의 아이들

침내 체포되어 총살되었다. 이 장면에서 장군인 그를 '순박한 병사'라고 지칭한 것은 그가 10월 25일 군사 회의에서 불필요한 몸짓 없이 직설적으로 말했음을 나타내는 표현일 뿐이다.

에게 잡힐 뻔한 일이 생기자 잘 아는 가장 가까운 도로를 따라 한시바삐 달아나는 것 말고는 달리 아무것도 할 수 없음이 분명해졌다. 마흔 살의 뱃살이 나오고 이미 자기 안에서 이전의 민첩함과 용기를 느끼지 못하던 나폴레옹은 이 사건이 암시하는 바를 이해했다. 그는 코사크들에게서 느낀 두려움의 영향으로 즉시 무통의 말에 찬성했고, 역사가들이 말하는 것처럼 스몰렌스크 가도로 퇴각하도록 명령을 내렸다.

나폴레옹이 무통에게 동의하고 군대가 퇴각했다는 사실이 그가 그 퇴각 명령을 내렸음을 입증하지는 않는다. 다만 군대를 모자이스크 가도 쪽으로 돌렸다는 의미에서 오히려 이 사실은 군대 전체에 미친 힘이 나폴레옹에게도 동시에 작용했음을 입증한다.

19

    운동 중인 인간은 언제나 자신을 위해 그 운동의 목적을 궁리한다. 1000베르스타를 가기 위해 인간은 그 1000베르스타 너머에 무언가 좋은 것이 있다고 생각하지 않으면 안 된다. 움직일 힘을 얻기 위해서는 약속의 땅에 대한 개념이 필요하다.

    프랑스군이 진격할 당시 약속의 땅은 모스크바였고, 퇴각할 당시에는 고국이었다. 그러나 고국은 너무 멀었다. 1000베르스타를 걸어가는 사람은 최종 목적지를 잊고 반드시 "오늘 난 휴식과 숙박을 위해 40베르스타를 걸을 것이다."라고 다짐하지 않으면 안 된다. 첫 이동에서 이 휴식 장소는 최종 목적지를 가리고 모든 갈망과 희망을 끌어당긴다. 각 사람에게 나타나는 갈망은 언제나 무리 안에서 더욱 강해지기 마련이다.

    옛 스몰렌스크 가도를 통해 퇴각하는 프랑스군에게 고국이라는 최종 목적지는 너무나 멀리 떨어져 있었다. 그리하여 모든 갈망과 희망이 집중된 가장 가까운 목적지는 스몰렌스크였고, 무리 안에서 그 목적지를 향한 갈망과 희망은 가파른 곡선을 그리며 정비례로 증가했다. 사람들이 스몰렌스크에 많은 식량과 신병 부대가 있다고 알거나 그렇다고 들어서가 아니었다.(오히려 군대의 최고 상층부와 나폴레옹은 그곳에 식량이 별로 없음을 알았다.) 오직 이것만이 그들에게 계속 나아가고 현재의 곤궁을 견딜 힘을 주었기 때문이다. 이 사실을 아는 사람이든 모르는 사람이든 똑같이 스스로를 속이며 마치 약속의 땅으로 향하듯 스몰렌스크로 돌진했다.

넓은 가도로 나온 프랑스군은 놀라운 기세와 전대미문의 속력으로 자신들이 생각해 낸 목적지를 향해 도주했다. 프랑스군 무리를 하나의 전체로 결합하고 그들에게 어떤 힘을 북돋아 준 공통의 갈망이라는 이 동기 외에 그들을 결합한 원인이 하나 더 있었다. 그 원인이란 그들의 수(數)였다. 물리적인 인력의 법칙에서처럼 그 거대한 집단 자체가 인간이라는 개별 원자들을 자기 쪽으로 끌어당겼다. 그들은 마치 하나의 왕국인 양 10만 명의 집단을 이루어 움직였다.

그들 각각은 오직 한 가지, 포로가 되어 모든 공포와 불행으로부터 벗어나기만을 바랐다. 그러나 한편으로는 스몰렌스크라는 목적지를 향하는 전체의 힘이 그들 한 사람 한 사람을 똑같은 방향으로 끌어당겼다. 다른 한편으로 1개 군단이 1개 중대에 투항하여 포로가 되는 것은 불가능했다. 프랑스인들은 서로에게서 벗어나 어떻게든 그럴듯한 핑계를 대어 적의 포로가 되려고 모든 기회를 이용했지만 그런 핑계가 늘 생기는 것은 아니었다. 그들의 수와 밀집되고 빠른 움직임이 그들에게서 이러한 가능성을 앗아 갔다. 그 때문에 러시아군이 그 움직임을, 프랑스군이라는 집단의 모든 힘이 쏠린 그 움직임을 제지하기는 어려울 뿐 아니라 불가능하기까지 했다. 물체의 기계적인 절단은 현재 진행 중인 해체 과정을 어느 한계 이상 앞당길 수 없다. 눈덩이를 순식간에 녹이는 것은 불가능하다. 일정한 시간적 한계가 있기에 아무리 열을 가해도 그 한계보다 더 빨리 눈을 녹이지는 못한다. 열을 많이 가할수록 오히려 남은 눈은 더 단단해진다.

러시아 지휘관들 가운데 쿠투조프를 제외한 어느 누구도 이것을 이해하지 못했다. 프랑스군의 퇴각 방향이 스몰렌스크 가도로 확정되었을 때 10월 11일 밤 코노브니친의 예견이 실현되기 시작했다. 군 수뇌부들은 모두 무공을 세우고 싶어 했으며, 프랑스군을 차단하고 생포하고 파멸시키기를 원했다. 그리하여 그들은 모두 공격을 요구했다.

오직 쿠투조프만이 공격을 억제하기 위해 모든 힘(어떤 총사령관이라도 그 힘은 그다지 크지 않다.)을 쏟았다.

우리가 지금 하는 말을 그는 그들에게 할 수 없었다. 무엇 때문에 전투를 해야 하는가, 무엇 때문에 도로를 차단하고 자기편을 희생하고 불행한 자들을 무자비하게 처단해야 하는가, 모스크바에서 뱌지마까지 이동하는 동안 단 한 차례의 전투 없이도 군대의 3분의 1이 사라졌는데 무엇 때문에 그 모든 것을 해야 한단 말인가? 그러나 그는 자신이 간직한 노인의 지혜로부터 그들이 이해할 만한 것을 끄집어내어 말했다. 그는 그들에게 황금 다리에 대해 말했다. 그러나 그들은 그를 비웃고 비난했으며, 격분하여 날뛰고, 죽은 짐승 앞에서 거드름을 피웠다.

뱌지마 부근에서 프랑스군이 가까이 있음을 알게 된 예르몰로프, 밀로라도비치, 플라토프 등은 프랑스군 2개 군단을 차단하여 그들을 파멸시키고픈 욕망을 억제할 수 없었다. 그들은 쿠투조프에게 자신들의 계획을 알리고자 봉투에 보고서 대신 하얀 종이 한 장을 넣어 보냈다.

쿠투조프가 아무리 군대를 억제하려 해도 아군은 공격을 감행하여 가도를 차단하려 했다. 사람들의 말에 따르면 보병 연대들은 군악과 북을 울리며 돌격하여 수천 명을 죽이거나 잃었다고 했다.

그러나 차단에 대해 말하자면 그들은 아무도 차단하지 못했고 아무도 파멸시키지 못했다. 그리하여 위험에 직면하여 더욱 단단하게 결집한 프랑스 군대는 일정한 속도로 점차 사라지며 스몰렌스크로 향하는 그 파멸의 길을 따라 계속 나아갔다.

3부

1

보로지노 전투는 그 뒤를 이은 모스크바 점령과 새로운 전투 없이 진행된 프랑스군의 패주와 더불어 역사상 가장 교훈적인 현상들 가운데 하나다.

모든 역사가들은 서로 충돌하는 국가들과 국민들의 외면적 활동이 전쟁으로 나타난다는 점, 국가와 국민의 정치적 힘은 전쟁에서의 크고 작은 성공의 결과에 따라 직접적으로 강해지거나 약해진다는 점에 동의한다.

어느 나라 왕 혹은 황제가 다른 나라 왕 혹은 황제와 반목하다가 군대를 모아서 적군과 싸운 끝에 승리를 거두고 3000명, 5000명, 혹은 1만 명을 죽인 결과 한 왕국과 수백만의 전 국민을 정복했다는 역사 기술이 아무리 이상하더라도, 전체 국민의 힘 중 고작 100분의 1에 불과한 군대의 패배가 어째서 국민을 굴복하게 만드는지 아무리 납득하기 어렵더라도, 역사상의 모든 사실(우리가 아는 한)은 한 국민의 군대가 다른 국민의 군대와 싸워 얻어 낸 크고 작은 성공이 그 국민들의 흥망성쇠를 가져오는 원인이거나 적어도 그 본질적인 징후라는 설의 정당성을 뒷받침한다. 군대가 승리하면 승리한 국민의 권리는 패배한 국민의 희생으로 인해 강해진다. 군대가 패하면 국민은 그 즉시 패배의 정도에 따라 권리를 박탈당한다. 군대가 완전히 패하면 국민도 완전히 종속되고 만다.

고대부터 현대에 이르기까지(역사에 따르면) 그러했다. 나폴레옹이 일으킨 모든 전쟁은 이 법칙을 뒷받침한다. 오스트리아 군대가 패한 정도에 따라 오스트리아는 자신의 권리를 잃고 프랑스의 권리와 힘은 강해진다. 프랑스군이 예나와 아우어슈테트 부근에서 거둔 승리는 프로이센의 독립적인 존립을 파괴한다.

그런데 갑자기 1812년에 프랑스군이 모스크바 부근에서 승리를 거둔다. 모스크바는 점령되었고, 그 후 새로운 전투는 없었다. 그러나 더 이상 존재하지 않게 된 것은 러시아가 아니라 60만 명의 프랑스 군대, 그다음에는 나폴레옹의 프랑스였다. 역사 법칙에 사실을 억지로 끼워 맞춘다든지, 보로지노 전장은 러시아 수중에 있었으며 모스크바 점령 이후 나폴레옹의 군대를 파괴한 전투도 여러 번 있었다고 말하는 것은 불가능하다.

보로지노에서 승리한 이후 전면적인 전투는커녕 조금이라도 중요한 전투는 단 한 차례도 없었는데 프랑스군은 소멸해 버리고 말았다. 이것은 무엇을 의미하는가? 만약 중국 역사에서 끌어낸 사례였다면 우리는 이것이 역사 현상은 아니라고 말했을지 모른다.(이는 무언가 자신의 척도에 맞지 않을 때 역사가들이 빠져나가는 구멍이다.) 만약 소수의 군대가 참가한 짧은 충돌과 관련된 문제라면 우리는 이 현상을 예외로 받아들였을지도 모른다. 그러나 이 사건은 우리 선조들의 눈앞에서 일어났다. 그들에게 이것은 조국의 생사를 가르는 문제였고, 이 전쟁은 사람들이 아는 모든 전쟁들 가운데 가장 큰 전쟁이었다…….

보로지노 전투부터 프랑스군 축출에 이르기까지 1812년 전쟁 기간은 전투의 승리란 정복의 원인이 아닐뿐더러 정복에 늘 따르는 징후도 아니라는 점을 입증한다. 또한 그 기간은 국민들의 운명을 결정하는 힘이 정복자에게 있지 않다는 점, 심지어 군대와 전투에도 있지 않고 다른 무언가에 있다는 점을 입증한다.

프랑스 역사가들은 프랑스군이 모스크바를 떠나기 전의 상황을 기술하면서 기병대와 포병대와 수송대를 제외하면 대육군의 모든 것이 질서 정연했다고, 다만 말과 소에게 먹일 여물이 없었다고 주장한다. 그 무엇도 이러한 재앙에 도움을 줄 수 없었다. 근방의 농부들이 프랑스군에 건초를 넘기지 않고 태워 버렸기 때문이다.

전투의 승리는 통상적인 결과를 가져오지 않았다. 카프르와 블라스라는 농민 — 프랑스군이 모스크바를 떠난 후 짐마차를 끌고 도시를 약탈하러 온 두 사람은 개인적으로 영웅심을 드러낸 적이 전혀 없었다 — 과 그 부류의 무수한 모든 농민들이 건초를 모스크바로 가져오는 대신 — 프랑스군이 건초에 대해 두둑한 사례를 제안했는데도 — 불태워 버렸기 때문이다.

펜싱의 모든 규칙에 따라 장검을 들고 대결에 나선 두 사람을 상상해 보자. 펜싱은 꽤 오랫동안 계속되었다. 두 적수 가운데 자신이 상처를 입은 것을 알아차린 사람이 이 일은 장난이 아니라 생명에 관한 것임을 깨닫고는 장검을 내던지고 가장 먼저 눈에 띈 몽둥이를 주워 들어 휘두르기 시작했다. 그러나 목적을 성취하기 위해 최고이자 가장 간단한 수단을 그처럼 합리적으로 이용한, 그러면서도 기사도 전통에 고무되어 있던 이 남자가 진상을 숨기고자 자신은 펜싱 규칙에 따라 장검으로 이겼노라 주장한다고 상상해 보자. 벌어진 결투를 그런 식으로 묘사할 경우 어떤 혼란과 모호함이 생겨날지 상상할 수 있을 것이다.

펜싱 규칙대로 싸울 것을 요구한 펜싱 선수는 프랑스군이고, 검을 내던지고 몽둥이를 주워 든 상대는 러시아군이었다. 펜싱 규칙에 따라 모든 것을 설명하려고 애쓰는 사람들은 바로 이 사건을 기술한 역사가들이다.

스몰렌스크 화재 때부터 전쟁의 이전 규칙에 전혀 부합하지 않는 전쟁이 시작되었다. 도시와 촌락의 소실, 전투 이후의 퇴각, 보로지노에서의 타격, 또 한 번의 퇴각, 모스크바 포기와 화재, 약탈자 체포, 수송 대열 탈취, 파르티잔 전투, 이 모든 것이 규칙을 벗어났다.

나폴레옹은 이것을 감지했다. 그는 펜싱 선수의 올바른 자세를 취하고 모스크바에 남아 있다가, 적수가 장검 대신 쳐든 몽둥이를 본 이후로 쿠투조프와 알렉산드르 황제에게 전쟁이 모든 규칙(마치 사람을 죽이는 데 어떤 규칙이 있다는 듯)을 벗어나 진행되고 있다고 끊임없이 불평했다. 프랑스군이 규칙의 불이행을 불평했음에도, 지위가 높은 러시아인들이 몽둥이로 싸우는 것을 어쩐지 부끄럽게 여기며 모든 규칙에 따라 카르트나 티에르스로 서거나 혹은 프림으로 능숙하게 찌르기를 원함에도 국민 전쟁의 몽둥이는 그 위협적이고도 위풍당당한 모든 힘과 함께 위로 쳐들렸다. 그러고는 누구의 취향도 규칙도 묻지 않으며 무식하고 단순하게, 그러면서도 시의적절하게 사정없이 오르내리며 침공이 완전히 파멸할 때까지 프랑스군을 내리쳤다.

1813년에 프랑스군처럼 펜싱의 모든 규칙에 따라 경례를 하고 칼자루를 돌려 우아하고 정중하게 그것을 관대한 승자에게 건네지 않은 국민은 복되도다. 시련의 순간에 처했을 때 다른 나라 국민은 그런 경우 어떤 규칙에 따라 행동하는지 따지지 않고, 단순하고 편하게 가장 먼저 눈에 띈 몽둥이를 집어들어 마음속의 분노와 복수심이 멸시와 동정으로 바뀔 때까지 몽둥이를 내리친 국민은 복되도다.

2

이른바 전쟁의 규칙에서 벗어나는 가장 확실하고 유리한 군사 행동 가운데 한 가지는 뿔뿔이 흩어진 사람들이 한 덩어리로 뭉친 사람들을 상대하는 것이다. 그런 종류의 군사 행동은 국민적 성격을 띠는 전쟁에 언제나 나타나기 마련이다. 그 군사 행동은 집단 대 집단으로 맞서는 대신 대병력과 맞닥뜨리면 뿔뿔이 흩어져서 즉각 달아나는 것과 그 후 기회가 생기면 다시 공격하는 것으로 이루어진다. 에스파냐의 게릴라들이 그렇게 했고, 캅카스의 산사람들도 그렇게 했다. 그리고 1812년의 러시아인들도 그렇게 했다.

사람들은 그런 종류의 전쟁을 파르티잔 전투라 부르고, 그런 명칭을 붙임으로써 그 의미를 해명했노라고 생각했다. 그러나 그런 종류의 전쟁은 어떤 규칙에도 부합하지 않을뿐더러 완전무결한 것으로 인정받는 잘 알려진 전술 규칙과도 완전히 대조를 이룬다. 이 규칙에 따르면 공격군은 전투의 순간에 우위에 설 수 있도록 자신의 군대를 집결시켜야 한다.

파르티잔 전투(언제나 성공적이었다고 역사가 입증하는)는 이 규칙과 정반대다.

이러한 모순은 군사학이 병력을 군대의 수와 동등하게 보기 때문에 발생한다. 군사학은 군대의 규모가 클수록 그 힘이 커진다고 말한다. **대군이 언제나 진리다.**

이렇게 말할 경우 군사학은 기계학과 유사하다. 힘을 단지 질량과의 관계에서만 고찰하는 기계학은 질량이 같거나 같지 않기 때문에 힘이 서로 같거나 같지 않다고 말할 것이다.

힘(운동량)은 질량에 속도를 곱한 산물이다.

군사 문제에서 병력은 수에 어떤 무언가를, 어떤 미지수 x를 곱한 산물이기도 하다.

군사학은 군대의 규모가 병력과 일치하지 않고 작은 부대가 큰 부대를 이기는 무수한 예를 역사에서 보며, 그 미지의 승수라는 존재를 막연히 인정하고 때로는 기하학적 대형에서, 때로는 무기에서, 때로는 지휘관의 천재성 — 가장 흔한 경우다 — 에서 그 승수를 찾으려고 애쓴다. 그러나 이 모든 값을 승수에 대입해도 역사적 사실과 일치하는 결과는 나오지 않는다.

그러나 이 미지수 x를 찾고자 한다면 전쟁 중 최고 수뇌부가 내린 명령의 효력에 대한 그릇된 시각을, 영웅에게 유리하게 형성된 그 시각을 버리기만 하면 된다.

이 x는 바로 군대의 사기다. 즉 스스로를 위험에 내던져 싸우려 하는, 군대를 구성하는 모든 이들의 크고 작은 열망이다.

이것은 병사들이 천재의 지휘 아래 싸우는가 아니면 천재가 아닌 자의 지휘 아래 싸우는가, 3열로 싸우는가 아니면 2열의 전신으로 싸우는가, 몽둥이로 싸우는가 아니면 일 분에 서른 번 발사되는 라이플총으로 싸우는가 하는 문제와 전혀 상관 없다. 싸우고자 하는 열망이 최고로 고조된 병사들은 언제나 싸움에서 가장 유리한 조건을 점하기 마련이다.

군대의 사기란 힘을 산출하는 질량에 곱하는 승수다. 군대의 사기라는 이 미지수의 값을 결정하고 표현하는 것이 학문의 과제다.

그 과제를 풀 수 있는 것은 오직 우리가 그 미지수 x의 값 대신 힘이 발현되는 조건, 예를 들어 지휘관의 명령이나 무기 등등을 승수 값으로 간주하여 임의로 대입하기를 멈추고 그 미지의 것을 온전히 받아들일 때, 즉 스스로를 위험에 내던져 싸우려는 크고 작은 열망으로서 받아들일 때뿐이다. 그때야 비로소 우리는 이미 알려진 역사적 사실을 방정식으로 표현하고 이 미지수의 상대값을 비교함으로써 미지수 자체에 대한 정의를 기대할 수 있게 된다.

열 사람이나 대대나 사단이 열다섯 사람이나 대대나 사단과 싸워 열다섯인 측을 이겼다. 즉 한 사람도 빠짐없이 전부 죽이거나 생포했다. 그리고 넷을 잃었다. 따라서 한쪽에서는 넷이, 다른 쪽에서는 열다섯이 제거되었다. 결국 넷과 열다섯 사이에 등가가 성립하므로, $4x = 15y$가 된다. 따라서 $x : y = 15 : 4$다. 이 방정식은 미지수의 값을 제시하지 않는다. 그러나 두 미지수 사이의 관계를 제시한다. 그리고 다양하게 취한 역사적 단위(개별 전투, 전체 전쟁, 전쟁 기간)를 그러한 방정식에 대입할 경우 일련의 수를 얻게 된다. 그 수에는 응당 법칙이 존재할 테고, 그 수에서 법칙이 발견될 수도 있다.

공격할 때는 집단으로, 퇴각할 때는 따로 흩어져 행동해야 한다는 전술 규칙은 단지 군대의 힘이 그 사기에 달렸다는 진실을 무의식중에 뒷받침할 뿐이다. 병사들을 포탄 아래로 이끌기 위해서는 공격군을 물리칠 때보다 더 강력한 기강, 오직 집단행동으로만 성취되는 기강이 필요하다. 그러나 군대의 사기를 간과하는 이 규칙은 언제나 그것이 옳지 않음을 드러내고, 모든 국민 전쟁에서처럼 특히 군 사기의 고양과 저하가 심하게 나타나는 곳에서는 충격적일 만큼 현실과 모순된다.

1812년에 퇴각 중이던 프랑스군은 전술상 각자 흩어져 스스로를 지켜야 마땅했으나 집단으로 뭉쳐 다녔다. 집단으로 있지 않으면 군대를 유지하기 어려울 만큼 사기가 떨어졌기 때문이다. 반면 러시아군은 전술상 집단으로 공격해야 마땅했으나 실제로는 뿔뿔이 흩어져 있었다. 개개인들이 명령 없이도 프랑스군을 무찌를 만큼, 스스로를 어려움과 위험에 내던지기 위한 강제력을 필요로 하지 않을 만큼 군의 사기가 높았기 때문이다.

3

이른바 파르티잔 전투는 적군이 스몰렌스크에 진입한 이후부터 시작되었다.

파르티잔 전투가 우리 정부의 공식적인 인정을 받기 전부터 이미 코사크와 농민들은 수천 명의 적군 — 본대에서 낙오된 약탈자들, 말여물 징발 대원들 — 을 소탕했다. 마치 개들이 광견병에 걸린 떠돌이 개를 무의식적으로 물어 죽이듯이 그들도 무의식적으로 그자들을 죽였다. 제니스 다비도프[37]는 러시아인 특유의 직감으로 이 무시무시한 몽둥이 — 병법의 규칙을

___

37) 제니스 바실리예비치 다비도프(Denis Vassilievich Davydov, 1784~1839). 러시아의 군인이자 작가다. 1812년 퇴각하는 프랑스군을 공격하기 위해 가장 먼저 파르티잔 부대를 조직했다. 푸시킨이 숭배하는 시인이었으며, 사교계의 유명 인사였다. 파르티잔 전쟁에 대한 논문과 자서전을 쓰기도 했다.

따지지 않고 프랑스군을 죽이는 —— 의 의미를 가장 먼저 깨달 았다. 그리고 이 전법의 합법화를 위한 첫걸음을 내딛은 영예 는 그의 것이다.

8월 24일 다비도프의 첫 파르티잔 부대가 창설되었다. 그 부대를 뒤이어 다른 부대들이 설립되기 시작했다. 전쟁이 진 행될수록 이 부대들의 수도 점점 늘어났다.

파르티잔들은 각개 격파로 대육군을 무찔렀다. 그들은 말 라죽은 나무 —— 프랑스 군대 —— 에서 저절로 떨어진 나뭇잎들 을 긁어모으며 이따금 그 나무를 흔들었다. 10월, 프랑스군이 스몰렌스크로 달아날 무렵에는 다양한 규모와 특성을 띤 이 부대들이 수백 개에 이르렀다. 군대의 모든 방식을 받아들여 보병대, 포병대, 사령부, 생활 시설을 갖춘 부대도 있었다. 코 사크 기병만으로 이루어진 부대도 있었다. 보병과 기병이 결 합한 작은 혼성 부대도 있었다. 아무에게도 알려지지 않은 농 민 부대와 지주 부대도 있었다. 하급 사제가 이끄는 부대도 있 었는데, 이 부대는 한 달에 수백 명의 포로를 잡았다. 촌장 아 내 바실리사는 수백 명의 프랑스군을 죽였다.

10월 하순은 파르티잔 전투가 최고조에 이른 때였다. 이 전 쟁 초기, 즉 자신의 대담함에 놀란 파르티잔들이 당장이라도 프랑스군에 잡히거나 포위될까 두려워하면서 말안장을 벗기 지도 않고, 말에서 거의 내려오지도 않고, 매 순간 추격당할 것을 예상하며 숲속에 숨어 있던 시기는 이미 지나갔다. 이제 이 전쟁은 명확히 규정되었다. 프랑스군에 어떤 행동을 취할 수 있는지, 또 어떤 행동을 취하면 안 되는지가 모든 사람에게 분명해졌다. 이제는 참모들을 거느린 채 규칙에 따라 프랑스 군과 멀리 떨어져 행동하는 지휘관들만 아직도 많은 것들이 불가능하다고 생각했다. 하지만 벌써 오래전부터 독자적인 행동을 시작하고 프랑스군을 가까이에서 관찰해 온 작은 규모의 파르티잔들은 큰 부대의 지휘관들이 감히 생각도 못 하는 것을 능히 해낼 일로 여겼다. 프랑스군 틈에 은밀히 숨어든 코사크와 농민들은 이제 무엇이든 가능하다고 생각했다.

10월 22일 파르티잔의 일원인 제니소프는 파르티잔의 열정에 한껏 고무되어 자신의 부대와 함께 있었다. 아침부터 그는 자신의 부대와 함께 움직였다. 온종일 가도와 접한 숲에 숨어 기병대 물자와 러시아 포로를 운반하는 프랑스군의 대규모 수송대를 주시했다. 정찰병과 포로의 말에 따르면 다른 부대와 떨어져 강력한 엄호를 받는 그 부대는 스몰렌스크로 향하고 있었다. 제니소프와 그 부근에서 움직이는 돌로호프(그역시 작은 파르티잔 부대를 이끌었다.)뿐 아니라 참모를 거느린 대규모 부대의 지휘관들도 그 수송대에 대해 알고 있었다. 다들 그 수송대에 대해 알았으며, 제니소프의 말에 따르면 다들 그 수송대에 대해 이를 갈았다. 그 큰 부대 지휘관들 가운데 두 사람 — 한 사람은 폴란드인, 또 한 사람은 독일인이었다 — 이 자기 부대에 합류하여 수송대를 습격하자며 제니소프에게 거의 동시에 전갈을 보냈다.

"아니지, 형제, 나도 풋내기는 아니거든." 제니소프는 그 문서들을 읽으며 말했다. 그러고 나서 독일인에게 자신도 그처럼 용감하고 고명한 장군의 지휘 아래 복무하기를 진심으로 바라지만 이미 폴란드 장군의 지휘 아래 들어왔기 때문에 그 행복을 버릴 수밖에 없다고 편지했다. 또 폴란드 장군에게는 이미 독일인의 지휘 아래 들어왔다고 통지하는 똑같은 편지를 써 보냈다.

그런 식으로 일을 처리한 제니소프는 상부에 보고하지 않고 돌로호프와 함께 자신들의 적은 병력으로 이 수송대를 공격하여 탈취할 생각을 품었다. 10월 22일 수송대는 미쿨리노 마을에서 샴셰보 마을로 향했다. 미쿨리노에서 샴셰보까지 가는 가도 왼편에 큰 숲이 있었다. 숲의 어떤 지점은 가도와 가까웠고, 어떤 지점은 가도에서 1베르스타 남짓 떨어져 있었다. 제니소프는 이동 중인 프랑스군에게서 한시도 눈을 떼지 않은 채 숲 한가운데로 깊숙이 들어가기도 하고 가장자리로 나오기도 하면서 온종일 부대와 함께 이 숲을 따라 돌아다녔다. 오전에 미쿨리노로부터 멀지 않은, 숲이 가도와 인접한 곳에서 제니소프 부대의 코사크들이 기병들의 안장을 실은 프랑스군의 치중차 —— 진창에 빠진 —— 두 대를 탈취하여 숲속으로 끌고 왔다. 그때부터 저녁까지 제니소프의 부대는 프랑스군을 습격하지 않고 그들의 움직임을 주시했다. 그들이 놀라지 않고 마음 편하게 샴셰보까지 가도록 해야 했다. 그러고 나서 협의를 위해 저녁쯤 숲속 초소(샴셰보에서 1베르스타 떨어진)로 찾아올 돌로호프와 합류하면, 동틀 무렵 양쪽에서 불시에 덮쳐 그들 모두를 단번에 죽이거나 생포해야 했다.

미쿨리노에서 2베르스타 떨어진 후방에 숲이 가도와 맞닿은 그곳에는 코사크 여섯 명이 남아 있었다. 그들은 프랑스군의 새 종대들이 나타나는 대로 즉각 보고를 해야 했다.

샴셰보 전방에서는 돌로호프가 그와 똑같이 도로를 점검하기로 되어 있었다. 어느 정도 거리에 또 다른 프랑스군이 있을지 알아내기 위해서였다. 수송대 인원은 1500명으로 추정되었다. 제니소프에게 200명이 있었고, 돌로호프에게도 아마 그만큼 있을 터였다. 그러나 그러한 수적인 우위가 제니소프를 막지는 못했다. 그가 또 알아야 할 것은 그저 이들이 어떤 부대인가 하는 것뿐이었다. 그리고 제니소프의 이러한 복석을 위해서는 혀(즉 적의 종대에 속한 군인)를 잡아야 했다. 오전의 치중차 공격에서는 일이 어찌나 급하게 이루어졌던지 코사크들이 치중차에 탄 프랑스군을 전부 죽이고 북 치는 소년만 생포했다. 소년은 낙오병이었고, 종대에 어떤 부대들이 있는지 아무것도 말하지 못했다.

제니소프는 종대 전체를 불안하게 할지도 모르므로 한 번 더 공격하는 것은 위험하다고 생각했다. 그래서 자신의 부대에 있던 치혼 셰르바토프라는 농부를 샴셰보로 먼저 보내 가능하면 그곳에 있는 프랑스군 전위 부대의 숙영계원을 한 사람이라도 붙잡아 오라고 시켰다.

4

비가 내리는 따뜻한 가을날이었다. 하늘과 지평선은 똑같이 흐린 물빛이었다. 때로는 안개가 끼는 것 같았고, 때로는 별안간 굵직한 빗방울이 비스듬하게 쏟아지기도 했다.

부르카[38]와 털모자 — 물이 뚝뚝 떨어지는 — 를 착용한 제니소프는 마르고 허리가 잘록한 순종 말을 타고 있었다. 고개를 옆으로 기울이고 귀를 바짝 눕힌 자신의 말과 똑같이 그도 비스듬히 내리는 빗줄기에 얼굴을 찌푸리며 근심스러운 기색으로 전방을 주시했다. 짧고 검은 텁수룩한 수염으로 뒤덮인 야윈 얼굴은 화가 난 것처럼 보였다.

제니소프 옆에는 그와 마찬가지로 부르카와 털모자를 착용

---

38) 캅카스 지방의 남성 상의로 일종의 소매 없는 망토다. 펠트 천, 산양 가죽, 염소 가죽 등으로 만든다.

한 코사크 일등 대위 — 제니소프의 동료인 — 가 몸집이 크고 살진 돈 지방의 말을 타고 있었다.

역시 부르카와 털모자를 착용한 또 다른 사람은 코사크 일등 대위인 로바이스크였다. 판자처럼 납작하고 길쭉한 몸, 하얀 얼굴, 옅은 금발, 가느다란 맑은 눈동자를 지니고 얼굴과 태도에 침착하고 도도한 표정이 깃든 사람이었다. 말과 말 탄 사람의 특징이 무엇이라고 딱히 말할 수는 없었다. 그러나 제니소프를 얼핏 보면 그가 축축하고 불편한 기분을 느끼고 있다는 것, 그는 말을 탄 인간이라는 것을 알 수 있었다. 반면 코사크 일등 대위를 보면 그는 여느 때와 다름없이 편안하고 침착한 기분을 느끼고 있다는 것, 그는 말을 탄 인간이 아니라 말과 하나가 된 인간이며 힘이 갑절로 강해진 존재라는 것을 알 수 있었다.

그들보다 조금 앞쪽에는 회색 카프탄과 테 없는 하얀 모자 차림의 농부 길잡이가 비에 흠뻑 젖어 걷고 있었다.

조금 뒤쪽에서 파란 프랑스군 외투를 입은 젊은 장교가 앙상하게 마른 작은 키르기스산 말을 타고 따라갔다. 꼬리와 갈기가 풍성한 그 말은 입술이 찢어져 피가 나고 있었다.

그의 옆에는 한 경기병이 너덜너덜한 프랑스 군복에 원추형의 파란 모자를 쓴 소년을 말 엉덩이에 태워 데려가고 있었다. 소년은 추위에 빨개진 손으로 경기병을 붙잡고서 맨발에 온기를 돌게 하려고 두 발을 가볍게 흔들며 눈썹을 치켜뜬 채 놀란 표정으로 주위를 둘러보았다. 이 아이가 이날 아침에 생포된 프랑스군의 북 치는 소년이었다.

그 뒤에 사람들의 잦은 왕래로 훼손된 좁고 질퍽한 숲길을 따라 경기병들이 따르고, 그다음에 코사크들이 서너 명씩 길게 뻗어 있었다. 그중에는 부르카를 걸친 자도 있고, 프랑스군 외투를 입은 자도 있고, 머리에 말 덮개를 뒤집어쓴 자도 있었다. 말들은 적황색이든 밤색이든 몸뚱이를 타고 흐르는 빗방울 때문에 한결같이 검은색으로 보였다. 말들의 목덜미가 비에 젖은 갈기 때문에 기이할 정도로 가늘어 보였다. 몸에서 김이 올라왔다. 덮개도 안장도 고삐도 길에 쌓인 낙엽이나 흙같이 축축하고 미끈거리고 후줄근했다. 사람들은 옷 속으로 들어온 물을 덥히기 위해, 그리고 엉덩이와 허벅지 아래나 목덜미 뒤로 새롭게 흘러든 차가운 물을 옷 속에 들이지 않기 위해 미동도 하지 않으려 애쓰면서 얼굴을 찌푸린 채 앉아 있었다. 길게 뻗은 코사크들 한가운데에서 프랑스 말과 안장을 얹은 코사크 말이 끄는 치중차 두 대가 그루터기와 가지에 걸려 덜컹거리고 물이 가득 고인 바큇자국을 따라 철퍽거렸다.

제니소프의 말이 길 위의 웅덩이를 피해 옆으로 돌아가면서 그의 무릎을 나무에 부딪고 말았다.

"제기랄!" 제니소프는 화가 나서 버럭 소리를 지르고는 이를 드러내며 채찍으로 말을 세 번 후려갈겼다. 그 바람에 자신과 동료들에게 진흙이 튀었다. 제니소프는 기분이 좋지 않았다. 비 때문이기도 하고 허기(다들 아침부터 아무것도 먹지 못했다.) 때문이기도 했지만, 무엇보다 지금까지 돌로호프에게서 아무 소식이 없는 데다 혀를 잡아 오라고 보낸 자도 돌아오지 않았기 때문이다.

'아마 수송대를 습격하기에 오늘처럼 좋은 기회도 또 없을 거야. 우리 힘만으로 습격하는 것은 너무 위험해. 그렇다고 다른 날로 미루면 큰 파르티잔 부대의 누군가가 우리 코앞에서 노획물을 채 가겠지.' 제니소프는 이렇게 생각하면서 자신이 기다리는 돌로호프의 사자가 보이기를 기대하며 계속 전방을 흘깃거렸다.

제니소프는 나무를 베어 오른쪽 전방이 멀리까지 훤히 보이는 공터로 나오자 행군을 멈췄다.

"누가 오는군." 그가 말했다.

코사크 일등 대위는 제니소프가 가리킨 방향을 바라보았다.

"두 사람이 옵니다. 장교와 코사크군요. 다만 저 사람이 중령이라고는 가정할 수 없습니다만." 코사크 일등 대위가 말했다. 그는 코사크들이 모르는 말을 즐겨 사용했다.

말을 타고 오던 두 사람은 언덕 아래로 내려가 시야에서 사라지더니 몇 분 뒤에 다시 나타났다. 앞쪽에서 짧은 채찍을 휘두르며 기진맥진한 모습으로 질주하는 사람은 장교였다. 머리카락이 온통 헝클어지고 옷은 완전히 젖고 바지는 무릎 위쪽이 부풀어 있었다. 그 뒤에는 코사크가 등자를 밟고 서서 질주하고 있었다. 넓적하고 발그레한 얼굴의 앳된 소년 장교가 제니소프 쪽으로 말을 몰고 오더니 흠뻑 젖은 봉투를 건넸다.

"장군님께서 보내셨습니다." 장교가 말했다. "봉투를 젖게 해서 죄송합니다……."

제니소프는 얼굴을 찌푸리며 봉투를 받아 들고는 봉인을 뜯었다.

"사람들은 계속 '위험해, 위험해'라고 말합니다." 제니소프가 건네받은 편지를 읽는 동안 장교는 코사크 일등 대위를 향해 말을 건넸다. "어쨌든 나와 코마로프는 준비를 갖추고 왔습니다." 그는 코사크를 가리키며 말했다. "우리에게 피스톨 두 자루가 있습니다만……. 그런데 저건 뭔가요?" 그는 프랑스군의 북 치는 소년을 가리키며 물었다. "포로입니까? 당신네들은 벌써 전투를 치렀나 보군요? 저 소년과 이야기를 나누어도 될까요?"

"고스토프! 페챠!" 건네받은 편지를 다 훑어본 제니소프가 이때 큰 소리로 외쳤다. "자네가 누구가고 왜 말하지 않았나?" 제니소프가 빙그레 미소를 지으며 돌아서더니 장교에게 한 손을 내밀었다.

그 장교는 페챠 로스토프였다.

이곳에 오는 내내 페챠는 어른스럽고 장교답게 예전의 친분을 티 내지 않고 제니소프를 대하려 마음의 준비를 했다. 그러나 제니소프가 그를 향해 빙그레 웃자마자 페챠의 얼굴은 금방 환하게 밝아지며 기쁨으로 발갛게 달아올랐다. 그러고는 미리 준비한 장교다운 태도를 까맣게 잊고서 이곳에 오는 동안 프랑스군을 지나쳤다는 둥, 이런 임무를 맡게 되어 얼마나 기쁜지 모르겠다는 둥, 자신도 뱌지마 전투[39]에 있었다는

---

39) 나폴레옹의 군대가 스몰렌스크 가도를 따라 퇴각하던 시기의 첫 번째 주요 전투는 1812년 11월 2~3일 뱌지마에서 벌어졌다. 밀로라도비치 휘하의 러시아 전위 부대가 프랑스군을 상대로 승리를 거두었다. 이 전투로 프랑스군은 완전히 사기를 잃었다.

둥, 그곳에서 한 경기병이 무공을 세웠다는 둥 이야기를 늘어 놓기 시작했다.

"음, 자네글 만나니 기쁘군." 제니소프는 페챠의 말을 가로 막았다. 그의 얼굴에 다시 걱정스러운 표정이 어렸다.

"미하일 페오클기티치." 그는 코사크 일등 대위를 돌아보았다. "독일인이 또 편지글 보냈군. 이 사감은 그의 부하야." 그리고 방금 전달받은 편지는 독일인 장군이 수송대 습격을 위해 자기 부대에 합류해 달라고 거듭 요청하는 내용이었다고 코사크 일등 대위에게 말해 주었다. "우기가 내일 수송대글 탈취하지 못하면 그자들이 우기 코앞에서 채 갈 거야." 그는 이렇게 말을 맺었다.

제니소프가 코사크 일등 대위와 말하는 동안, 제니소프의 냉정한 말투에 당황한 페챠는 그 원인이 자신의 바지 상태에 있다고 짐작하여 아무도 눈치채지 못하게 외투 밑으로 손을 넣어 부푼 바지를 반듯하게 매만지고 최대한 용감한 모습을 보이려 애썼다.

"어떤 지시를 내리시겠습니까?" 페챠가 거수경례를 하며 제니소프에게 말했다. 이렇게 그는 자신이 준비한 장군과 부관의 놀이로 다시 돌아갔다. "아니면 제가 이곳에 남아야 합니까?"

"지시가?" 제니소프는 생각에 잠긴 표정으로 말했다. "그검 자네는 내일까지 이곳에 머물 수 있나?"

"아, 부디……. 제가 이곳에 남아도 됩니까?" 페챠가 큰 소리로 외쳤다.

"자네는 장군에게서 어떤 명경을 받았지? 즉시 돌아오라고 하던가?" 제니소프가 물었다. 페챠는 얼굴을 붉혔다.

 "아무런 명령도 받지 않았습니다. 이곳에 있어도 되지 않을까요?" 그는 뭔가 묻고 싶은 눈치로 말했다.

 "음, 좋아." 제니소프가 말했다. 그는 부하들을 돌아보며 숲속의 초소 옆에 지정된 휴식 장소로 부대를 이동시키라고 지시했다. 그러고는 키르기스산 말을 탄 장교(그 장교는 부관의 직책을 수행했다.)에게 돌로호프를 찾아보라고, 또 돌로호프가 어디에 있는지, 그가 저녁에 올 수 있을지 없을지 알아보라고 지시했다. 제니소프는 코사크 일등 대위와 페챠를 데리고 샴셰보에 인접한 숲 가장자리로 갈 생각이었다. 다음 날 공격할 예정인 프랑스군의 소재지를 봐 두기 위해서였다.

 "어이, 턱수염." 그는 농부 길잡이를 돌아보았다. "샴셰보고 안내해."

 제니소프, 페챠, 코사크 일등 대위는 코사크 몇 명과 경기병한 명 ― 포로를 호송하는 ― 을 이끌고 왼편의 골짜기를 지나 숲 가장자리로 향했다.

5

가랑비가 그쳤다. 다만 안개가 끼고 나뭇가지에서 물방울
이 떨어졌다. 제니소프와 코사크 일등 대위와 페챠는 테 없는
모자를 쓴 농부를 묵묵히 따라갔다. 나무껍질 신발을 신은 농
부는 벌어진 다리로 나무뿌리와 축축한 나뭇잎을 가볍게 소
리 없이 밟으며 사람들을 숲 가장자리로 안내했다.

농부는 완만한 언덕으로 나오자 잠시 걸음을 멈추고 주위
를 둘러보고는 잎사귀가 성긴 나무들이 벽처럼 늘어선 곳으
로 향했다. 그는 여전히 잎사귀로 뒤덮인 커다란 참나무 옆에
서서 자기 쪽으로 오라며 은밀하게 손짓을 했다.

제니소프와 페챠는 그를 향해 말을 몰았다. 농부가 멈춰 선
장소에서 프랑스군이 보였다. 이제 숲 너머 아래쪽에는 봄밀
밭이 완만한 경사를 이루며 펼쳐져 있었다. 오른쪽 가파른 골
짜기 너머로는 작은 마을이며 지붕이 허물어진 지주의 작은

저택이 보였다. 그 작은 마을에서, 지주의 저택에서, 구릉 전체에서, 정원에서, 우물가와 못가에서, 다리부터 마을로 이어진 언덕길 전체 — 고작해야 거리가 200사젠에 지나지 않는 — 에서 아른아른하는 안개 사이로 사람들 무리가 보였다. 짐마차를 끌고 간신히 언덕을 올라온 말들에게 외치는 그들의 고함 소리 — 러시아어가 아닌 — 와 서로를 부르는 소리가 또렷이 들려왔다.

"포고글 이기고 데겨와." 제니소프가 프랑스인들에게서 시선을 떼지 않으며 조용히 말했다.

코사크는 말에서 내려 소년을 내려 주고 그와 함께 제니소프에게로 다가갔다. 제니소프는 프랑스군을 가리키며 이 부대는 어떤 부대고 저 부대는 어떤 부대인지 물었다. 소년은 꽁꽁 언 두 손을 주머니에 찔러 넣고 눈썹을 추켜세운 채 두려운 표정으로 제니소프를 바라보았다. 분명 소년은 아는 것을 전부 말하고 싶은 듯했으나 횡설수설 종잡을 수 없는 답변을 하더니 제니소프가 묻는 것을 확인해 줄 뿐이었다. 제니소프는 얼굴을 찌푸린 채 고개를 돌리고 코사크 일등 대위를 보며 자신의 생각을 전했다.

페챠는 고개를 이리저리 민첩하게 움직이며 북 치는 소년과 제니소프와 코사크 일등 대위를, 또한 마을의 프랑스군과 도로를 번갈아 보면서 중요한 것을 놓치지 않으려고 애썼다.

"돌고호프가 오든 안 오든 우기가 차지해야 해. 그렇지 않나?" 제니소프가 유쾌하게 눈을 빛내며 말했다.

"위치는 좋습니다." 코사크 일등 대위가 말했다.

"보병은 산기슭 아개고 늪을 따가가서 정원으고 잠입한다."
제니소프는 계속 말을 이었다. "자네는 코사크들과 함께 저곳
에서 들어가." 세니소프는 마을 너머의 숲을 가리켰다. "난 여
기에서 내 경기병들을 이끌고 들어간다. 그검 총소기고……."

"저지대로 가면 안 됩니다. 그곳은 습지라 말들이 푹푹 빠
집니다. 좀 더 왼쪽으로 우회해야 합니다." 코사크 일등 대위
가 말했다.

그들이 그렇게 작은 목소리로 수군거리고 있을 때 아래쪽
저지대의 못가에서 총성이 한 발 울리고 작은 연기가 하얗게
피어올랐다. 그리고 산비탈에 있던 프랑스군 100명가량이 일
제히 유쾌한 함성을 지르는 듯한 소리도 들렸다. 처음에는 제
니소프도 코사크 일등 대위도 뒤로 물러났다. 프랑스군과 거
리가 너무나 가까워서 자신들이 그 총성과 함성의 원인이라
고 생각했다. 그러나 총성과 함성은 그들과 아무 상관이 없었
다. 아래의 늪지를 따라 무언가 붉은 것을 걸친 남자가 달리고
있었다. 프랑스군은 분명히 그를 향해 총을 쏘고 함성을 지르
는 것 같았다.

"저 사람은 우리 치혼이 아닙니까?" 코사크 일등 대위가 말
했다.

"맞아요! 그 사람입니다!"

"에잇, 빌어먹을 놈!" 제니소프가 말했다.

"도망칠 겁니다." 코사크 일등 대위가 눈을 가늘게 뜨며 말
했다.

그들이 치혼이라고 부른 남자는 개울로 달려가 물보라를

262

일으키며 첨벙 뛰어들더니 순식간에 자취를 감추었다. 그러고는 물에 완전히 검게 젖은 채 손발을 짚고 빠져나와 더 멀리 달아났다. 그를 뒤쫓던 프랑스인들은 그 자리에 멈춰 섰다.

"재빠르지요." 코사크 일등 대위가 말했다.

"저건 교활한 놈!" 제니소프는 여전히 성난 표정으로 중얼 거렸다. "저 녀석은 지금까지 뭘 하고 있었던 거지?"

"저 사람은 누굽니까?" 페챠가 물었다.

"우기 부대의 플가스툰[40]이야. 내가 저 녀석에게 혀글 잡아오가고 시켰지."

"아, 그렇군요." 페챠는 제니소프의 첫마디에 마치 전부 이해했다는 듯 고개를 끄덕이며 말했다. 하지만 그는 한마디도 이해하지 못했다.

치혼 셰르바티는 부대에 꼭 필요한 사람들 가운데 한 명이었다. 그는 그자트 부근의 포크롭스코예에서 온 농부였다. 작전 초반에 제니소프는 포크롭스코예에 도착해서 언제나처럼 촌장을 불러 프랑스군에 대해 아는 것이 있는지 물었다. 모든 촌장들과 마찬가지로 이 사람도 자신을 지키려는 듯 아무것도 모른다고 대답했다. 그러나 제니소프가 자신의 목적은 프

---

40) 플라스툰(plastun)은 흑해 코사크 부족 가운데 말을 타지 않고 정찰과 호위와 매복 등을 하는 명사수를 가리킨다. 엄밀히 말하자면 플라스툰은 러시아와 캅카스 부족의 전쟁에 투입된 흑해 코사크 부대였다. 이후 모든 코사크 보병대를 '플라스툰 연대'라 부르기도 했지만 러시아 제정군에는 온전한 틀을 갖춘 정규군으로서 플라스툰 연대가 있었다. 플라스툰은 정찰과 호위와 매복이 특기였다. 이 장면에서 제니소프는 단지 플라스툰처럼 활약하는 남자를 가리키기 위해 이 용어를 사용했을 뿐이다.

랑스군을 치는 것이라 설명하고 프랑스군이 우연히 그곳에 나타나지 않았느냐고 묻자, 촌장은 분명 약탈자들이 온 적이 있다고, 하지만 자기 마을에서 이런 일에 관여하는 사람은 치시카 셰르바티뿐이라고 대답했다. 제니소프는 치혼을 불러들이라고 명령하더니 그의 활약을 칭찬하고 촌장 앞에서 조국의 아들들이 마땅히 지녀야 할 차르와 조국을 향한 충성심과 프랑스군을 향한 증오심에 대해 몇 마디 했다.

"우리는 프랑스군에게 나쁜 짓을 하지 않습니다요." 치혼이 말했다. 이 말을 할 때 그는 제니소프를 겁내는 듯 보였다. "우리는 그냥, 그러니까 마음 내키는 대로 젊은 녀석들과 장난을 쳤을 뿐이라고요. 약탈자들을 딱 스무 명 죽이긴 했지만 나쁜 짓은 하지 않았습니다요……." 다음 날 그 농부에 대해 까맣게 잊고 포크롭스코예를 떠나려던 제니소프는 치혼이 부대를 귀찮게 따라다니면서 부대에 넣어 달라고 요청한다는 보고를 받았다. 제니소프는 그를 받아 주라고 지시했다.

처음에는 모닥불을 지피고 물을 길어 오고 말가죽을 벗기는 등 허드렛일을 하던 치혼이 얼마 지나지 않아 파르티잔 전투에 대해 대단한 열의와 능력을 드러냈다. 그는 밤이면 노획물을 구하러 나가 매번 프랑스군의 의복과 무기를 가져왔다. 명령이 떨어지면 포로를 끌고 오기도 했다. 제니소프는 치혼을 허드렛일에서 빼내 척후에 데리고 다녔으며, 그를 코사크 부대의 병적에 올렸다.

치혼은 말타기를 싫어하여 늘 걸어 다녔지만 기병대에 뒤처진 적은 한 번도 없었다. 그의 무기는 재미 삼아 들고 다니는 머스커툰 단총과 창과 도끼였다. 늑대가 이빨을 자유자재로 사용하며 털에 붙은 벼룩을 잡기도 하고 굵은 뼈다귀를 씹기도 하듯 치혼도 도끼를 자유자재로 사용했다. 치혼은 도끼로 힘껏 통나무를 쪼갤 때나 도끼 등을 잡고 가느다란 말뚝을 다듬을 때나 숟가락을 깎을 때나 똑같이 확실하게 해냈다. 제니소프의 부대에서 치혼은 자신만의 특별하고 남다른 지위를 차지하고 있었다. 매우 고되고 몹시 불결한 일을 해내야 할때, 예를 들어 진창에 처박힌 짐마차를 어깨로 세운다든지, 늪에 빠진 말의 꼬리를 잡아 밖으로 끌어낸다든지, 말가죽을 벗긴다든지, 프랑스군 한가운데로 잠입한다든지, 하루에 50베르스타를 간다든지 해야 할 때 모든 이들이 낄낄거리며 치혼을 지목했다.

"저런 악마에게 무슨 일이 생기겠어, 황소처럼 튼튼한데." 사람들은 그에 대해 이렇게 말했다.

한번은 치혼이 한 프랑스인을 막 잡으려는 순간에 프랑스인이 피스톨을 쏘아 치혼의 등살을 맞혔다. 치혼이 보드카 — 내복용으로든 외상용으로든 — 로만 치료한 그 상처는 온 부대 안에서 가장 유쾌한 농담거리가 되었고, 치혼도 그 농담에는 기꺼이 두 손을 들었다.

"어떤가, 형제, 자네도 다시는 안 하겠지? 호된 꼴을 당했잖아?" 코사크들은 그를 조롱했다. 그러면 치혼은 일부러 몸을 웅크리고 얼굴을 찡그린 채 짐짓 화난 척하며 프랑스인들을 향해 가장 우스꽝스러운 욕설을 퍼부었다. 그 사건이 그에게 미친 유일한 영향은 부상 이후 좀처럼 포로를 잡아 오지 않았다는 것이다.

치혼은 부대에서 가장 유용하고 가장 용감한 사내였다. 그
보다 습격의 기회를 더 많이 찾아낸 사람도 없었고, 그보다 프
랑스인을 더 많이 생포하거나 죽인 사람도 없었다. 그 때문에
모든 코사크들과 경기병들 사이에서 놀림감이 되었고, 자신
도 기꺼이 그러한 관등을 받아들였다. 이날 밤에도 치혼은 제
니소프의 명으로 혓바닥을 잡으러 샴셰보로 갔다. 그러나 프
랑스인 한 명에 만족하지 않았는지, 아니면 밤새 잠이 들었는
지, 그는 대낮에 덤불에 숨어 프랑스군 한가운데로 잠입했다
가 제니소프가 언덕에서 보았듯이 프랑스군의 눈에 띄고 말
았던 것이다.

6

제니소프는 다음 날의 공격에 대해 코사크 일등 대위와 잠시 더 이야기를 나눈 후 말을 돌려 되돌아갔다. 그는 이때 프랑스군을 가까이에서 보고 완전히 마음을 굳힌 것 같았다.

"어이, 형제, 이제 몸을 좀 말기거 가세." 그가 페챠에게 말했다.

숲의 초소 부근에 이른 제니소프는 말을 멈추고 숲속을 가만히 응시했다. 짧은 상의, 나무껍질 신발, 코사크 모자를 착용한 남자가 어깨에 라이플총을 메고 허리띠에 도끼를 꽂은 채 숲의 나무들 사이에서 기다란 두 팔을 건들거리며 기다란 다리로 성큼성큼 경쾌하게 걷고 있었다. 제니소프를 본 그 남자는 황급히 덤불 속으로 무언가를 획 던지더니 챙이 축 늘어진 젖은 모자를 벗고 대장에게 다가왔다. 치혼이었다. 작고 가느다란 눈에 곰보 자국과 주름으로 울퉁불퉁한 얼굴이 기쁨으로 의기양양하게 빛났다. 그는 고개를 높이 쳐들고 마치 웃음을 참는 듯한 모습으로 제니소프를 응시했다.

"뭐야, 어디고 사가졌던 거야?" 제니소프가 말했다.

"어디로 사라지다니요? 프랑스군을 잡으러 갔었죠." 치혼이 거칠지만 아름다운 저음의 음색으로 대담하고도 신속하게 대답했다.

"뭣 때문에 대낮에 기어들어 간 거야? 개자식! 뭐야, 잡아오지도 않았잖아?"

"잡기는 잡았죠." 치혼이 말했다.

"어디 있는데?"

"새벽녘에 좌우간 한 놈을 잡았습니다요." 치혼은 나무껍질 신발을 신은 틀어진 평평한 두 발을 더 성큼성큼 옮기며 계속 말했다. "그놈을 숲속으로 데려갔죠. 보아하니 적당한 놈이 아니더라고요. 그래서 생각했지요. 가서 더 적당한 다른 놈을 데려오자고요."

"이건 교활한 놈, 역시 그렇다니까." 제니소프는 코사크 일등 대위에게 말했다. "왜 그놈을 데겨오지 않았어?"

"그런 놈을 뭣 하러 데려옵니까요?" 치혼은 벌컥 화를 내며 재빨리 말을 가로막았다. "쓸모도 없는 놈인데. 아무렴 제가 대장님에게 어떤 자가 필요한지도 모를까요?"

"이 간사한 인간! 그개서?"

"다른 놈을 잡으러 갔죠." 치혼은 계속 말을 이었다. "이런 식으로 숲에 기어 들어가 엎드렸습니다요." 치혼이 생각지도 않게 유연한 동작으로 배를 깔고 엎드리더니 자신이 어떻게 했는지 사람들 앞에서 재현해 보였다. "그런데 한 놈이 갑자기 나타났지요." 그는 계속 말했다. "저는 그자를 이렇게 붙잡았습니다요." 치혼은 날렵하게 벌떡 일어섰다. "대령님께 가자고 말했지요. 어찌나 소리를 지르던지. 다른 놈들 넷이 그곳에 왔습니다요. 그자들이 장검을 들고 저한테 달려들더라고요. 저는 이렇게 도끼를 휘둘렀지요. '뭐냐, 이놈들아, 하느님의 가호를 빌어 주마.' 하면서요." 치혼은 험상궂은 얼굴로 가슴을 쑥 내밀고 두 팔을 휘두르며 외쳤다.

"우리는 언덕에서 네가 웅덩이를 지나 쏜살같이 달아나는 것을 보았단 말이다." 코사크 일등 대위가 반짝이는 눈을 가늘게 뜨며 말했다.

페챠는 소리 내어 웃고 싶었지만 다들 웃음을 참고 있는 것을 보았다. 그는 재빨리 치혼의 얼굴에서 코사크 일등 대위와 제니소프의 얼굴로 시선을 옮겼다. 그는 이 모든 것이 무엇을 의미하는지 이해할 수 없었다.

"바보짓 그만해." 제니소프는 노여운 기색으로 헛기침을 하며 말했다. "첫 번째 놈은 왜 데기고 오지 않았나?"

치혼은 한 손으로 등을, 다른 한 손으로 머리를 긁적이기 시작했다. 갑자기 그의 낯짝 전체가 이 빠진 자리(그가 셰르바티[41]라고 불린 것도 그 때문이었다.)를 드러내며 쫙 늘어나더니 아둔해 보이는 미소를 환하게 띠었다. 제니소프가 빙그레 웃었다.

---

41) shcherbatyi. 러시아어로 얼굴이 곰보 자국으로 얽은, 울퉁불퉁한, 들쭉날쭉한 등의 뜻을 가진 형용사다.

그러자 페챠도 유쾌하게 웃어 댔고, 치혼도 덩달아 소리 내어 웃었다.

"하지만 정말이지 칠칠치 못한 놈입니다요." 치혼이 말했다. "옷 꼬락서니도 형편없고요. 그런 놈을 어디에 데려갑니까요? 게다가 정말로 막돼먹은 놈이지 뭡니까, 대장님. 세상에, 그놈이 이렇게 말하더군요. '난 장군의 아들이다. 가지 않겠다.'라고요."

"이 개자식!" 제니소프가 말했다. "내가 심문을 해야 하는데……."

"제가 그놈에게 물어봤지요." 치혼이 말했다. "'잘 몰라.' 하더군요. '우리는 많다. 하지만 형편없어.'라고도 했습니다요. '허울만 좋을 뿐이야.'라고도 했고요. 또 이렇게 말하던데요. '불시에 덮쳐 봐. 그럼 전부 잡을 테니.'" 치혼은 쾌활하고 흔들림 없는 모습으로 제니소프의 눈을 응시하며 말을 맺었다.

"네놈을 채찍으고 100대 정도 흠씬 두들겨 패야겠다. 그개도 네놈이 바보짓을 할까." 제니소프가 엄하게 말했다.

"왜 화를 내세요?" 치혼이 말했다. "아무렴 제가 다른 프랑스 놈들을 보지 않았을까요? 날이 어두워지면 대장님이 원하시는 놈들을 세 명이라도 데려옵죠."

"자, 가자." 제니소프가 말했다. 그는 초소에 이를 때까지 얼굴을 험상궂게 찌푸린 채 묵묵히 말을 몰았다.

치혼은 그 뒤를 따라 걸었다. 페챠는 그가 덤불에 던진 부츠에 대해 코사크들이 그와 시시덕거리기도 하고 비웃기도 하는 소리를 들었다.

치혼이 말하고 미소 짓는 동안 페챠를 사로잡았던 웃음이 가셨다. 문득 페챠는 치혼이 그 남자를 죽였다는 사실을 깨달았다. 페챠는 거북해졌다. 포로가 된 북 치는 소년을 돌아보았다. 무언가 가슴을 쿡쿡 찔렀다. 그러나 그런 거북함도 한순간의 기분에 지나지 않았다. 그는 자신이 속한 사회에 부적합한 인간이 되지 않으려면 고개를 더 높이 치켜들고, 좀 더 기운을 내고, 다음 날의 계획에 대해서 코사크 일등 대위에게 의미심장한 표정으로 이것저것 묻지 않으면 안 된다고 느꼈다.

도중에 제니소프는 파견 나온 장교와 마주쳤다. 그 장교는 돌로호프가 이제 곧 도착한다고, 그쪽은 만사가 순조롭다고 소식을 전했다.

제니소프는 갑자기 쾌활해져 페챠를 자기 쪽으로 불렀다.

"자, 자네에 대한 이야기글 해 보게." 그가 말했다.

7

가족을 두고 모스크바를 떠난 페챠는 소속 연대에 합류했고, 그 후 얼마 안 있어 큰 부대를 지휘하는 장군의 연락 장교로 차출되었다. 장교로 승진한 이후, 특히 실전 부대 ─ 그는 이 부대 소속으로 뱌지마 전투에 참가했다 ─ 에 들어간 이후 페챠는 자신도 어른이라는 기쁨으로 늘 행복과 흥분에 겨워했으며 진정한 영웅심을 발휘할 어떤 기회도 놓치지 않겠다는 열광적이고 조급한 기분에 항상 빠져 있었다. 그는 자신이 군대에서 보고 경험한 것에 무척이나 행복해했다. 그러나 동시에 언제나 자신이 없는 다른 어딘가에서 이 순간 가장 진정한 영웅적 행위가 벌어지고 있을 것이라 생각했다. 그래서 그는 자신이 있지 않은 곳에 가기 위해 안달했다.

10월 21일 그의 장군이 누군가를 제니소프 부대에 보내고 싶다는 바람을 표현했을 때 페챠는 자신을 보내 달라며 장군이 도저히 거절할 수 없을 만큼 애처롭게 간청했다. 그러나 페챠를 보내려는 순간 장군은 뱌지마 전투에서 보인 페챠의 광기 어린 행동을 기억해 냈다. 그 전투에서 페챠는 가도를 따라 자신이 명령받은 곳으로 가지 않고 산병선을 향해 프랑스군의 포화 아래로 말 머리를 돌려 질주했으며, 그곳에서 피스톨을 두어 발 쏘아 댔다. 장군은 페챠를 보내면서 무슨 일이 있어도 절대 제니소프의 작전 행동에 가담하지 말라고 엄중히 경고했다. 제니소프가 남아도 되느냐고 물었을 때 페챠가 얼굴을 붉히며 당황한 것도 그 때문이었다. 숲 가장자리로 나올 때까지만 해도 페챠는 임무를 정확히 수행하고 곧바로 돌아가야겠다고 생각했다. 그러나 프랑스인들과 치혼을 보자, 반드시 야간 공격이 감행되리라는 것을 알자 그는 쉽사리 생각을 뒤집는 젊은이답게 이제껏 자신이 몹시도 존경했던 장군은 멍청이 독일인일 뿐이라고, 제니소프와 코사크 일등 대위와 치혼이야말로 영웅이라고, 어려운 순간에 그들을 떠나는 것은 수치스러운 짓이라고 혼자 멋대로 판단을 내려 버렸다.

제니소프와 페챠와 코사크 일등 대위가 초소 부근에 이르렀을 때는 이미 주위가 어둑했다. 어스름 속에서 안장을 얹은 말들, 숲속 공터에 임시 막사를 짓고(프랑스인들이 연기를 보지 못하도록) 숲 골짜기에서 불을 벌겋게 지피는 코사크들과 경기병들이 보였다. 작은 통나무집의 현관방에서 한 코사크가 소매를 걷어 붙인 채 양고기를 썰고 있었다. 그 통나무집에서는 제니소프 부대의 장교 세 명이 문짝으로 테이블을 준비하고 있었다. 페챠는 젖은 옷가지를 벗어 다른 사람에게 말리도록 건네주고는 즉시 저녁 식사 테이블을 준비하는 장교들을 돕기 시작했다.

십 분 후 테이블보를 덮은 테이블이 마련되었다. 테이블 위에 보드카, 수통에 담긴 럼주, 흰 빵, 소금을 친 구운 양고기가 놓였다.

장교들과 함께 테이블 앞에 앉아 기름기가 돌고 맛있는 냄새가 나는 양고기를 손으로 뜯으면서 페챠는 모든 사람들에게 부드러운 애정을 느끼는, 그 때문에 다른 사람들도 자기한테 똑같이 애정을 느낀다고 확신하는 어린아이 같은 기쁨에 빠졌다.

"그럼 당신은 어떻게 생각하십니까, 바실리 페도로비치." 그는 제니소프에게 말을 걸었다. "제가 하루 정도 당신과 함께 머물러도 괜찮겠습니까?" 그러고는 대답을 기다리지 않고 자신의 말에 대해 스스로 대꾸했다. "저는 상황을 확실히 알아오라고 명령을 받았습니다. 그러니 확실히 알아봐야겠습니다…… 그냥 제가 갈 수 있게 허락해 주십시오…… 가장…… 중요한……. 전 아무런 포상도 바라지 않습니다……. 제가 바라는 것은……." 페챠는 이를 악문 채 높이 치켜든 고개를 바르르 떨고 한 팔을 휘두르며 주위를 둘러보았다.

"가장 중요한 곳으고……." 제니소프는 빙그레 웃으며 페챠의 말을 따라 했다.

"제발 저에게 지휘할 부대를 주십시오." 페챠는 계속 말을 이었다. "당신에게는 간단한 일이지 않습니까? 아, 칼을 드릴까요?" 그는 양고기를 썰고 싶어 하는 장교에게 말을 걸었다.

그리고 자신의 주머니칼을 건넸다.

　장교는 주머니칼을 칭찬했다.

　"가지세요. 내게는 그런 것이 많으니까……." 페챠는 얼굴을 붉히며 말했다. "이런! 까맣게 잊고 있었네." 그가 갑자기 소리쳤다. "저에게 아주 좋은 건포도가 있습니다. 그게 말이에요, 씨가 없는 건포도랍니다. 우리 부대에 새로 매점이 생겼습니다. 그래서 그런 좋은 물건들이 들어오죠. 나는 10푼트를 샀답니다. 뭔가 단것을 먹는 습관이 생겨서요. 드릴까요?" 그러더니 페챠는 현관방에 있는 자신의 코사크에게 달려가 건포도 5푼트가 든 자루를 가지고 돌아왔다. "드시죠, 여러분, 드셔보십시오."

　"그리고 커피포트는 필요하지 않으십니까?" 그는 코사크 일등 대위를 돌아보았다. "우리 부대 매점에서 샀습니다. 훌륭하죠! 그 사람에게는 좋은 물건들이 있습니다. 그리고 그는 아주 정직하답니다. 그게 중요하죠. 내가 당신에게도 그 사람을 꼭 보내겠습니다. 그런데 혹시 당신의 부싯돌이 다 닳지는 않았습니까? 그런 일이 종종 있잖습니까. 내가 가져왔습니다. 저기에……." 그는 자루를 가리켰다. "부싯돌이 100개는 있습니다. 아주 싸게 샀죠. 필요한 만큼 가져가세요. 아니면 전부다……." 문득 그는 너무 너스레를 떤 게 아닐까 걱정이 되어 입을 다물고 얼굴을 붉혔다.

　그는 자신이 또 무슨 어리석은 언동을 하지 않았나 기억을 더듬기 시작했다. 그날 하루의 기억을 더듬던 그는 문득 프랑스군의 북 치는 소년을 떠올렸다. '우리는 좋지만 그 애는 어떨까? 그 애를 어디로 데려갔을까? 먹을 것을 주긴 했을까? 괴롭히지는 않았을까?' 그는 생각에 잠겼다. 그러나 자신이 부싯돌에 대해 너무 너스레 떤 것을 깨닫고 다시 불안해했다.

'물어봐도 괜찮을 거야.' 그는 생각했다. '하지만 사람들이 말하겠지. 자기가 어린아이라서 어린아이를 동정하는 거라고. 내일 저 사람들에게 내가 어떤 아이인지 보여 줘야지! 그런데 물어보면 부끄러운 일이 될까?' 페챠는 생각했다. '뭐, 아무래도 상관없어.' 곧 그는 얼굴을 붉힌 채 장교들의 얼굴에 조롱기가 있는지 걱정스럽게 살피며 말했다.

"포로로 잡힌 그 소년을 불러와도 됩니까? 그 아이에게 먹을 것을 주고 싶은데요…… 혹시……."

"그개, 불쌍한 소년이지." 제니소프가 말했다. 그는 그 소년을 언급하는 것을 전혀 수치스러워하지 않는 듯했다. "아이글이기로 데겨와. 뱅상 보스가는 아이야. 데겨와."

"제가 불러오겠습니다." 페챠가 말했다.

"데겨와, 데겨와. 불쌍한 꼬마야." 제니소프가 거듭 말했다.

제니소프가 그 말을 할 때 페챠는 문가에 서 있었다. 페챠는 장교들 사이로 빠져나가 제니소프에게 가까이 다가갔다.

"당신에게 입 맞추게 해 주세요." 페챠가 말했다. "아, 정말 잘됐어요! 정말 잘됐어!" 그러더니 페챠는 제니소프에게 입을 맞추고 안마당으로 달려갔다.

"보스! 뱅상!" 페챠는 문 옆에 서서 큰 소리로 외쳤다.

"누구를 찾으십니까, 나리?" 어둠 속에서 누군가의 목소리가 물었다. 페챠는 오늘 잡혀 온 프랑스인 소년을 찾는다고 대답했다.

"아, 베셴니요?" 코사크가 말했다.

뱅상이라는 이름은 이미 다르게 바뀌어 있었다. 코사크들은 베셴니라 불렀고, 농부들과 병사들은 비세냐로 불렀다. 두 이름 모두에서 연상되는 봄이 앳된 소년의 이미지와 잘 어울렸다.[42]

"그 아이는 저기 모닥불 옆에서 불을 쬐고 있습니다. 어이, 비세냐! 비세냐! 베셴니!" 어둠 속에서 서로 주고받는 목소리와 웃음소리가 들렸다.

"약삭빠른 꼬마예요." 페챠 옆에 서 있던 경기병이 말했다. "우리가 좀 전에 그 아이에게 먹을 것을 주었죠. 무척 굶주렸더군요."

어둠 속에서 발소리가 들렸다. 북 치는 소년이 맨발로 진창을 철벅거리며 문가로 다가왔다.

"아, 당신이군요!" 페챠가 말했다. "뭘 먹고 싶지 않습니까? 겁내지 마세요. 당신에게 아무 짓도 하지 않을 테니까요." 그는 쑥스럽게, 그러면서도 다정하게 소년의 손을 어루만지며 덧붙였다. "들어와요, 들어와."

"감사합니다, 무슈." 북 치는 소년은 거의 어린아이 같은 떨리는 목소리로 대답하고 진흙투성이가 된 발을 문지방에 비비기 시작했다. 페챠는 북 치는 소년에게 많은 말을 건네고 싶

---

42) 러시아어로 봄은 '베스나(vesna)'다. '베셴니(Vesennii)'라는 애칭은 '봄의'라는 뜻의 형용사를 그대로 딴 것이고, '비세냐(Visenya)'라는 애칭은 '베스나'의 발음을 변형한 것이다.

었지만 입이 떨어지지 않았다. 그는 현관방에서 주저하며 소년 옆에 서 있었다. 그러더니 어둠 속에서 소년의 손을 잡고 꽉 쥐었다.

"들어와요, 들어와." 그는 그저 부드럽게 속삭이는 듯한 목소리로 똑같은 말을 되풀이했다.

'아, 내가 이 아이에게 무엇을 해 줄 수 있을까!' 폐챠는 속으로 이렇게 중얼거리고는 문을 열고 소년이 지나가도록 비켜섰다.

북 치는 소년이 작은 통나무집에 들어서자 폐챠는 그에게서 조금 멀찍이 떨어져 앉았다. 그에게 관심을 보이는 것을 굴욕으로 여긴 것이다. 그는 그저 주머니 안의 돈을 만지작거리며 북 치는 소년에게 돈을 주는 것이 부끄러운 짓은 아닐까 망설였다.

8

제니소프의 지시로 북 치는 소년에게 보드카와 양고기가 제공되었다. 제니소프는 소년을 포로들과 함께 보내지 않고 자기 부대에 남겨 두기 위해 그에게 러시아 카프탄을 입히도록 지시했다. 돌로호프가 도착하자 페챠의 관심은 북 치는 소년에게서 멀어졌다. 페챠는 군대에서 돌로호프의 비범한 용기와 프랑스군에 대한 잔혹 행위에 관해 많은 이야기를 들었다. 그래서 돌로호프가 통나무집에 들어온 뒤부터 한시도 눈을 떼지 않고 계속 지켜보면서, 치켜든 고개가 바르르 떨릴 정도로 잔뜩 기합을 넣었다. 돌로호프 같은 패거리에게조차 무시를 당하지 않기 위해서였다.

페챠는 돌로호프의 단순한 외양에 야릇한 충격을 받았다.

제니소프는 체크멘[43]을 입고 턱수염을 기르고 가슴께에 니콜라이 성인의 이콘을 걸었다. 그는 말투를 비롯한 모든 방식에서 자신의 특수한 위치를 드러냈다. 그와 반대로 예전에 모스크바에서 페르시아풍의 의상을 입던 돌로호프는 이제 지나칠 정도로 격식에 맞춘 근위대 장교 복장을 하고 있었다. 그는 얼굴을 깨끗이 면도하고 솜을 댄 근위대 프록코트를 입고 단춧구멍에 게오르기 훈장을 달고 단순한 모양의 군모를 반듯하게 썼다. 그는 구석에서 축축한 부르카를 벗고는 누구와도 인사를 나누지 않고 제니소프에게 다가오더니 곧장 본론에 들어가 이것저것 묻기 시작했다. 제니소프는 큰 부대가 적군 수송대에 관해 세운 계획, 페챠의 파견, 자신이 두 장군에게 보낸 답변에 대해 들려주었다. 그러고 나서 프랑스 부대의 위치에 대해 자신이 아는 바를 전부 말했다.

"그야 그렇지만 어떤 부대가 얼마나 있는지 알아야 해." 돌로호프가 말했다. "그곳에 다녀와야겠어. 적의 수가 얼마나 되는지 확실히 모르면서 일을 벌일 수는 없지. 난 일을 빈틈없이 처리하기를 좋아하거든. 자네들 가운데 나와 적진에 다녀올 사람 없나? 나에게 군복이 있는데."

"저, 저요…… 제가 당신과 가겠습니다!" 페챠가 외쳤다.

"자네가 갈 필요는 없어." 제니소프는 이렇게 말하고 돌로호프를 돌아보았다. "난 절대고 이 녀석을 보낼 수 없어."

"멋지잖아요!" 페챠가 외쳤다. "왜 제가 가면 안 됩니까?"

"그야 갈 이유가 없으니까."

---

43) 캅카스 지역의 남성 상의. 몸의 옆 선에 맞춰 재단하고 뒷자락에 주름을 잡아 헐렁하게 만든 모양새가 카자킨과 비슷하다.

"저, 용서하십시오, 왜냐하면…… 왜냐하면…… 저는 가야 하니까요. 그뿐입니다." 그는 돌로호프를 돌아보았다. "절 데려가실 거죠?"

"안 될 이유는 없지……." 돌로호프는 북 치는 소년의 얼굴을 쳐다보며 무심하게 대답했다.

"이 아이를 데리고 있은 지 오래됐나?" 그가 제니소프에게 물었다.

"오늘 잡아 왔지. 그런데 그 애는 아무것도 몰가. 내가 그 애글 데기고 있어."

"그럼 나머지 놈들은 어디로 보내나?" 돌로호프가 말했다.

"어디고가니? 그야 인수증을 받고 보내지." 제니소프가 갑자기 얼굴을 붉히며 소리쳤다. "그기고 난 당당히 말할 수 있어. 어느 누구 앞에서도 양심에 꺼길 게 없단 말이야. 자네고서는 솔직히 말해서 군인의 명예글 더겁히기보다 서근 명이든 300명이든 호위글 붙여 도시고 보내는 게 더 어겹겠지."

"그런 상냥한 말은 여기 열여섯 살짜리 어린 백작님에게나 어울려." 돌로호프는 냉소를 지으며 말했다. "자네도 이젠 그런 것쯤 버릴 때도 됐잖아."

"뭐, 저는 아무 말도 하지 않았습니다. 그저 꼭 당신과 함께 가고 싶다고 말했을 뿐입니다." 페챠가 겸연쩍게 말했다.

"형제, 자네와 난 이제 그런 상냥함 따위는 버려야 해." 돌로호프는 계속 말했다. 제니소프를 자극하는 이런 화제를 거론하며 특별한 만족을 얻는 것 같았다. "이봐, 자네는 어째서 이 아이를 곁에 두나?" 그는 고개를 절레절레 저으며 말했다. "어째서 이 아이를 가여워하냔 말이야? 자네가 말하는 그 인수증이라는 게 뭔지 우리도 알잖아. 자네가 100명을 보내면 도착하는 사람은 서른 명이야. 나머지는 굶어 죽거나 살해당하지. 그럼 그자들을 포로로 삼지 않아도 별 차이 없잖아?"

코사크 일등 대위는 색이 옅은 눈동자를 가늘게 뜨며 수긍한다는 듯 고개를 끄덕였다.

"그야 어떻게 되든 상관없지. 이거쿵저거쿵 따질 것도 없어. 하지만 내가 책임지고 싶지는 않아. 자네는 말했지. 그들은 죽을 거라고. 그개, 좋아. 다만 나 때문이 아니라면."

돌로호프는 킬킬거리며 웃었다.

"프랑스군 가운데 날 잡으라는 명령을 스무 번쯤 내리지 않은 자가 있을 것 같아? 정말로 저들이 나도 잡고 기사도를 갖춘 자네도 잡았다고 쳐. 사시나무에 매달리는 것은 다 똑같아." 그는 잠시 입을 다물었다. "하지만 일은 해야지. 내 코사크에게 짐짝을 가져오라고 해 줘! 나에게 프랑스 군복이 두 벌있어. 어떻게 하겠나, 나와 갈 텐가?" 그는 페챠에게 물었다.

"저요? 네, 네, 가고말고요." 페챠는 거의 눈물을 흘릴 정도로 얼굴을 빨갛게 붉히고 제니소프를 힐끔거리며 큰 소리로 외쳤다.

돌로호프와 제니소프가 포로를 어떻게 대해야 할지에 관해 언쟁을 벌이는 동안 페챠는 다시 거북하고 초조한 기분을 느꼈다. 그러나 이번에도 그들이 무슨 이야기를 하는지 잘 이해할 수 없었다. '어른들이, 유명한 사람들이 그렇게 생각한다면 그럼 그렇게 해야겠지. 그럼 됐어.' 그는 생각했다. '그리고 무엇보다 제니소프에게 내가 그의 말에 순종할 거라든지, 그가 나를 지배할 수 있다든지 하는 생각을 못 하도록 해야 해. 난 반드시 돌로호프와 함께 프랑스군 진영으로 갈 테야. 그가 할 수 있다면 나도 할 수 있어.'

제니소프가 가지 말라고 아무리 설득해도 페챠는 자신에게도 모든 일을 정확하게 하는 습관이 있다고, 준비 없이 대충하지 않는다고, 자신에게 닥칠 위험에 대해서는 생각해 본 적도 없다고 대꾸했다.

"당신도 동의하겠지만 그곳에 적군이 얼마나 있는지 확실히 모르면…… 어쩌면 그 문제에 수백 명의 목숨이 달렸을지 모르니까요. 그리고 이곳에는 우리뿐입니다. 또 저는 그 일을 몹시 하고 싶고요. 꼭, 꼭 가겠습니다. 당신은 절 막을 수 없습니다." 그는 말했다. "상황만 악화될 뿐입니다……."

9

프랑스군 외투를 입고 원통형 군모를 쓴 페챠와 돌로호프는 제니소프가 적진을 바라보던 그 숲속 공터로 출발했다. 두 사람은 칠흑 같은 어둠에 잠긴 숲을 통과하여 저지대로 내려갔다. 아래에 다다르자 돌로호프는 동행한 코사크에게 그곳에서 대기하라는 명령을 내리고 길을 따라 다리를 향하여 빠른 걸음으로 말을 몰았다. 페챠는 흥분하여 심장이 멎는 듯한 기분을 느끼며 그와 함께 나란히 말을 몰았다.

"설사 우리가 잡힌다 해도 난 산 채로 굴복하지는 않을 겁니다. 나에게는 피스톨이 있거든요." 페챠가 소곤거렸다.

"러시아어로 말하지 마." 돌로호프가 빠르게 속삭였다. 그 순간 어둠 속에서 "**누구야?**" 하고 부르는 소리와 라이플총의 공이치기를 당기는 소리가 들렸다.

페챠의 얼굴로 피가 쏠렸다. 그는 피스톨을 움켜쥐었다.

"6연대의 창기병이다." 돌로호프는 말의 속도를 늦추지도 높이지도 않으며 말했다. 보초의 검은 형상이 다리 위에 서 있었다.

"암호는?" 돌로호프는 말을 제어하며 천천히 몰았다.

"제라르 대령이 여기에 있나?" 그가 말했다.

"암호를 대!" 보초는 대꾸하지 않고 길을 막아서며 말했다.

"장교가 전선을 시찰할 때 보초는 암호를 요구하지 않는다……." 돌로호프가 버럭 소리를 지르더니 갑자기 얼굴을 확 붉히며 말로 보초를 덮치려 했다. "대령이 어디 있냐고 묻지 않았나?"

그러더니 돌로호프는 옆으로 비켜선 보초의 대답을 기다리지 않고 언덕으로 천천히 말을 몰았다.

도로를 건너려는 사람의 검은 그림자를 알아챈 돌로호프는 그 사람을 불러 세우고 지휘관과 장교들이 어디 있는지 물었다. 어깨에 자루를 짊어진 그 사람은 병사였다. 그는 걸음을 멈추고 돌로호프의 말 쪽으로 가까이 다가왔다. 그는 한 손으로 말을 가볍게 어루만지면서 지휘관과 장교들은 언덕 오른편의 농장(그는 지주의 장원을 그렇게 불렀다.) 안마당에 있다며 소탈하고 허물없는 말투로 이야기했다.

돌로호프는 도로를 따라 올라가 지주의 저택 안마당으로 말 머리를 돌렸다. 도로 양쪽에서 모닥불을 둘러싼 프랑스인들의 말소리가 들렸다. 대문을 통과하자 돌로호프는 말에서 내려 활활 타는 커다란 모닥불 곁으로 다가갔다. 몇 사람이 그 주위에 둘러앉아 떠들썩하게 이야기를 나누고 있었다. 불가에 걸린 솥에서 무언가가 보글보글 끓고 있었다. 챙 없는 모자를 쓰고 파란 외투를 입은 병사가 무릎으로 땅을 짚은 채 불빛을 환하게 받으면서 꽂을대로 솥 안을 휘휘 저었다.

"빌어먹을, 끈질긴 놈일세." 모닥불 맞은편의 그늘에 앉아 있던 장교들 가운데 한 명이 말했다.

"저 녀석이 해치울 거야……." 다른 사람이 껄껄 웃으며 말했다. 두 사람은 말을 끌고 모닥불 쪽으로 걸어오는 돌로호프와 폐챠의 발소리에 어둠 속을 응시하며 침묵했다.

"여러분, 안녕하시오!" 돌로호프가 큰 소리로 또렷하게 말했다.

모닥불 그늘에 있던 장교들이 꿈틀하고 움직였다. 그 가운데 키가 크고 목이 긴 장교가 모닥불을 빙 돌아 돌로호프에게 다가왔다.

"클레망, 당신이구려?" 그가 말했다. "빌어먹을, 어디에서……." 하지만 그는 말을 미처 끝내기 전에 실수를 알아차리고는 얼굴을 약간 찌푸린 채 돌로호프와 초면 인사를 나누고 자신이 도울 일이 없는지 물었다. 돌로호프는 동료와 함께 연대를 찾아가는 길이라 말하고, 그곳에 있는 모든 장교들을 향해 6연대에 관하여 뭔가 아는 게 없느냐고 물었다. 다들 아무것도 몰랐다. 폐챠가 생각하기에는 장교들이 적의 어린 의심스러운 눈길로 자신과 돌로호프를 훑어보는 것 같았다. 몇 초동안 다들 잠자코 있었다.

"저녁을 기대했다면 늦었습니다." 모닥불가에서 웃음을 참으며 말하는 누군가의 목소리가 들렸다.

돌로호프는 자신들은 배가 부르다고, 밤사이에 좀 더 가지 않으면 안 된다고 대답했다.

그는 솥 안을 휘젓던 병사에게 말을 넘기고 목이 긴 장교와 나란히 모닥불가에 쭈그리고 앉았다. 그 장교는 돌로호프에게서 눈을 떼지 않고 계속 쳐다보며 어느 연대 소속이냐고 한 번 더 물었다. 돌로호프는 그 질문을 못 들은 양 아무 대꾸도 하지 않고 대가 짧은 프랑스풍 파이프를 주머니에서 꺼내 불을 붙인 후 앞쪽 도로에서 코사크의 위험이 닿지 않는 곳이 어디까지냐고 물었다.

"그 날강도들은 어디에나 있습니다." 모닥불 너머에서 한 장교가 대꾸했다.

돌로호프는 코사크가 자기네 같은 낙오병들에게나 무서운 존재라고 말하고는 그들도 아마 큰 부대는 감히 공격하지 못할 거라고 떠보듯 덧붙였다. 아무도 대꾸하지 않았다.

'음, 이제 돌로호프가 자리를 뜨겠지.' 페챠는 모닥불 앞에 서서 그의 이야기를 들으며 매 순간 생각했다.

그러나 돌로호프는 중단된 화제를 다시 끄집어내어 그들 대대의 인원수가 몇 명인지, 대대는 몇이나 있는지, 포로는 얼마나 되는지 노골적으로 묻기 시작했다. 돌로호프는 그들 부대에 잡힌 러시아 포로들에 대해 물으면서 이렇게 말했다.

"그런 시체들을 뒤에 달고 다니는 것은 추잡한 짓이지. 그 부랑자들을 총살하는 편이 나을 텐데." 그러고 나서 돌로호프가 어쩌나 이상야릇하게 큰 소리로 웃어 대는지 페챠는 당장에 프랑스군이 속임수를 알아차렸으리라 생각하여 자기도 모르게 모닥불에서 한 걸음 물러나고 말았다. 돌로호프의 말과 웃음에 반응을 보이는 사람은 아무도 없었다. 이제껏 눈에 띄지 않던 한 장교(그는 외투로 감싸고 누워 있었다.)가 몸을 약간 일으키더니 동료에게 뭐라고 속삭였다. 돌로호프는 자리에서 일어나 말을 데리고 있는 병사를 큰 소리로 불렀다.

'말을 내줄까, 안 내줄까?' 페챠는 자기도 모르게 돌로호프 옆으로 가까이 다가서며 생각했다.

병사가 말들을 넘겨주었다.

"잘 있으시오, 여러분." 돌로호프가 말했다.

페챠도 잘 있으라고 말하려 했지만 그 말을 끝맺을 수 없었다. 장교들은 자기들끼리 무언가 수군거렸다. 돌로호프는 한참이 지나서야 말에 올라탔다. 말이 가만히 서 있지 않고 대문 밖으로 터벅터벅 걸어 나갔기 때문이다. 페챠는 그의 옆에서 나란히 말을 몰았다. 그는 프랑스인들이 뒤쫓아 오는지 확인하기 위해 돌아보고 싶었지만 차마 그러지 못했다.

도로로 나오자 돌로호프는 들판으로 되돌아가지 않고 마을을 가로질러 갔다. 그는 한 곳에 말을 세우고 가만히 귀를 기울였다.

"들리나?" 그가 말했다.

페챠는 러시아인들의 말소리를 알아듣고 모닥불 옆에서 러시아 포로들의 검은 형체를 보았다. 다리 쪽으로 내려간 페챠와 돌로호프는 보초 — 그는 한마디도 하지 않고 다리 위를 침울하게 오가고 있었다 — 를 지나쳐 코사크들이 대기하고 있는 저지대로 향했다.

"자, 이제 작별이군. 제니소프에게 말해. 새벽녘의 첫 번째 총소리를 신호로 하자고 말이야." 돌로호프는 이렇게 말하고 떠나려 했다. 그러나 페챠가 그의 팔을 잡았다.

"가지 마세요!" 그가 외쳤다. "당신은 굉장한 영웅입니다. 아, 정말 훌륭해요! 정말 대단해요! 당신이 정말 좋습니다."

"알았네, 알았어." 돌로호프가 이렇게 말했는데도 페챠는 그를 놓아주지 않았다. 돌로호프는 어둠 속에서 페챠가 자기 쪽으로 몸을 숙이는 것을 보았다. 입을 맞추려 했다. 돌로호프는 그에게 입을 맞춘 후 소리 내어 웃고는 말을 돌려 어둠 속으로 사라졌다.

10

초소로 돌아온 페챠는 현관방에서 제니소프를 발견했다. 제니소프는 페챠를 보낸 것 때문에 흥분과 불안과 자책에 빠져 그를 기다리고 있었다.

"감사합니다, 하느님!" 그가 부르짖었다. "아, 하느님, 감사합니다!" 그는 페챠의 열광적인 이야기를 들으며 똑같은 말을 되풀이했다. "이 녀석아, 악마에게나 잡혀가. 너 때문에 잠도 못 잤단 말이다!" 제니소프가 말했다. "아, 하느님, 감사합니다. 이제 자거 가. 아침까지는 조금 잘 수 있겠다."

"네……. 아뇨." 페챠가 말했다. "저는 아직 자고 싶지 않습니다. 저는 제 자신을 잘 알아요. 잠이 들면 그것으로 끝입니다. 그리고 저는 전투를 앞두고 자지 않는 것에 익숙합니다."

페챠는 통나무집에 잠시 앉아 방금 다녀온 정찰을 세세한 점까지 즐겁게 떠올리고 다음 날 일어날 일을 마음속으로 생생하게 그려 보았다. 그러고는 제니소프가 잠든 것을 알고 자리에서 일어나 안마당으로 나갔다.

안마당은 아직 깜깜했다. 가랑비는 그쳤지만 여전히 나무에서 빗방울이 떨어지고 있었다. 초소 가까이에 나무로 얼기설기 지은 코사크의 임시 막사와 그 옆에 매인 말들의 검은 형상이 보였다. 통나무집 뒤로는 치중차 두 대가 검게 보이고 그 옆에 말들이 서 있었다. 골짜기에는 모닥불의 꺼져 가는 불빛이 붉게 어른거렸다. 코사크들과 경기병들이 전부 잠든 것은 아니었다. 여기저기에서 빗방울 떨어지는 소리, 말들이 가까이에서 무언가를 우물거리는 소리와 함께 마치 속삭이는 듯한 낮은 목소리들이 들려왔다.

페챠는 현관방에서 나와 어둠 속을 둘러보고 치중차 쪽으로 다가갔다. 치중차 아래에서 누군가 코를 골고, 그 주위에 안장을 얹은 말들이 귀리를 씹으며 서 있었다. 페챠는 어둠 속에서 자신의 말 — 소러시아산 말이었지만 그는 카라바흐[44]라는 이름을 붙였다 — 을 알아보고 그쪽으로 다가갔다.

"있잖아, 카라바흐, 내일 우리는 나라를 위해 싸울 거야." 그는 말의 콧구멍 냄새를 맡으면서 말에 입을 맞추었다.

"왜요, 나리, 안 주무십니까?" 치중차 밑에 앉아 있던 코사크가 말했다.

"응. 그런데 자네 이름이 리하쵸프던가? 난 방금 막 돌아왔어. 우리는 프랑스 진영에 다녀왔지." 그리고 페챠는 코사크에

---

44) 남(南)캅카스의 고산 지역이다.

게 자신의 정찰에 대해서뿐만 아니라 왜 그곳에 다녀왔는지, 왜 자신은 대충 아무렇게 하기보다 목숨 걸고 하는 편을 더 낫다고 생각하는지 그 이유를 자세하게 말해 주었다.

"한숨 자 두는 게 어떻습니까?" 코사크가 말했다.

"아냐, 익숙해." 페챠가 대답했다. "피스톨의 부싯돌이 닳지 않았나? 내가 가져왔지. 필요하지 않아? 가져가."

코사크는 페챠를 더 가까이 보려고 치중차 밑에서 나왔다.

"난 무슨 일이든 꼼꼼하게 하도록 습관이 들어서 말이야." 페챠가 말했다. "어떤 사람들은 준비도 없이 허술하게 일을 처리하고 나중에야 후회하지. 나는 그런 게 싫어."

"맞는 말입니다." 코사크가 말했다.

"할 이야기가 더 있는데…… 내 기병도를 좀 갈아 줘. 날이 무뎌져서……(하지만 페챠는 거짓말하기가 두려웠다.) 한 번도 이 기병도를 간 적이 없어. 자네가 갈아 줄 수 있을까?"

"그럼요, 해 드리고말고요."

리하쵸프는 일어나서 짐짝을 뒤졌다. 곧 페챠는 숫돌에 쇠를 가는 전투적인 소리를 들었다. 그는 치중차 위로 기어 올라가 가장자리에 앉았다. 코사크는 치중차 아래에서 기병도를 갈았다.

"뭐야, 젊은 사람들은 자나?" 페챠가 말했다.

"자는 사람도 있고, 우리처럼 이렇게 깨어 있는 사람도 있지요."

"그런데 그 애는 어때?"

"베센니요? 그 아이는 저기 현관방에 자빠져 있습니다. 두려운 생각이 들면 잠이 오지요. 그 애는 정말 기뻐하던걸요."

그 후 한참 동안 페챠는 입을 다문 채 소리에 귀를 기울였다. 어둠 속에서 발소리가 들리고 검은 형상이 보였다.

"무얼 갈고 있습니까?" 어떤 남자가 치중차로 다가오며 물었다.

"여기 나리의 기병도를 갑니다."

"좋은 일이죠." 남자가 말했다. 페챠가 보기에 남자는 경기병 같았다. "내가 여기에 찻잔을 두고 가지 않았습니까?"

"저기 바퀴 옆에 있어요."

경기병이 찻잔을 집어 들었다.

"곧 날이 밝겠군요." 그는 이렇게 말하고 하품을 하며 어딘가로 갔다.

페챠는 자신이 도로에서 1베르스타 떨어진 숲에 제니소프의 부대와 함께 있다는 것, 자신이 프랑스군에게서 탈취한 치중차에 앉아 있고 그 주위에 말들이 매여 있다는 것, 아래에는 리하쵸프라는 코사크가 앉아 자신을 위해 기병도를 갈아 주고 있다는 것, 오른편의 커다란 검은 점은 초소고 왼편 아래쪽의 붉고 환한 반점은 꺼져 가는 모닥불이라는 것, 찻잔을 가지러 온 남자는 뭔가를 마시고 싶어 한 경기병이라는 것을 당연히 알아야 했다. 그러나 아무것도 몰랐고 알려 하지도 않았다. 그는 현실과 완전히 딴판인 마법의 왕국에 있었다. 커다란 검은 반점은 정말 초소일지 모르지만 어쩌면 땅속 가장 깊은 곳으로 이어진 동굴일지도 모른다. 붉은 반점은 불일지 모르지만 어쩌면 거대한 괴물의 눈동자일지도 모른다. 그는 지금 확실히 치중차 위에 앉아 있는 것일지 모르지만 어쩌면 치중차가 아니라 까마득하게 높은 탑 위에 앉은 것일지도 모른다. 그래서 그 위에서 떨어지면 땅에 닿는 데 꼬박 하루, 아니 꼬박한 달을 날아야 할지도 모른다. 쉬지 않고 난들 어디에도 닿지 못할지 모른다. 치중차 아래에 앉은 사람은 단지 코사크 리하쵸프일지 모르지만 어쩌면 세상에서 가장 선하고 가장 용맹하고 가장 뛰어나고 가장 훌륭한, 세상에 전혀 알려지지 않은 사람일지도 모른다. 어쩌면 그 사람은 확실히 물을 가지러 왔다가 저지대로 간 경기병일지 모른다. 그러나 그 사람은 그냥 시야에서 사라져 버렸는지도, 완전히 사라져 존재가 없어져 버렸는지도 모른다.

이 순간 페챠는 무엇을 보았다 해도 전혀 놀라지 않았을 것이다. 그는 무엇이든 가능한 마법의 왕국에 있었다.

그는 하늘을 바라보았다. 하늘도 땅과 마찬가지로 마법의 왕국 같았다. 하늘은 맑게 개고, 구름이 마치 별들을 드러내려는 듯 숲 우듬지 위로 빠르게 흘러갔다. 때로는 구름이 흩어지면서 맑게 갠 검은 하늘이 얼굴을 내미는 것 같았다. 때로는 그 검은 반점이 먹구름 같기도 했다. 때로는 하늘이 머리 위로 점점 높이 올라가는 것처럼 보이기도 했고, 때로는 하늘이 손에 닿을 듯 완전히 낮게 내려앉은 것처럼 보이기도 했다.

페챠는 눈을 감고 몸을 흔들기 시작했다.

물방울이 떨어졌다. 나직한 말소리가 들렸다. 말들이 힝힝거리며 싸우기 시작했다. 누군가가 코를 골았다.

"오쥑, 쥑, 오쥑, 쥑……." 기병도가 숫돌에 갈리면서 휘파람 소리를 냈다. 그리고 불현듯 페챠는 자신이 알지 못하는 어떤 엄숙하고도 감미로운 찬송가를 합창하는 조화로운 음악 소리를 들었다. 페챠에게는 나타샤 못지않고 니콜라이보다 뛰어난 음악적 재능이 있었다. 하지만 한 번도 음악을 배워 본 적이 없었고 음악에 대해서는 생각도 하지 않았다. 그래서 느닷없이 머리에 떠오른 모티프가 그에게 유난히 새롭고 매력적으로 느껴졌다. 음악 소리는 점점 더 또렷해졌다. 악기들이 번갈아 선율을 전개해 나갔다. 이른바 푸가라고 불리는 것이 생겨났다. 그러나 페챠는 푸가에 대한 최소한의 개념도 몰랐다. 때로는 바이올린을, 때로는 트럼펫을 닮은, 그러나 바이올린과 트럼펫보다 훨씬 아름답고 맑은 소리를 내는 악기들이 저마다의 선율을 연주했다. 그리고 각 악기는 자신의 모티프를 미처 끝내기 전에 거의 똑같은 모티프를 시작하는 다른 악기와 하나로 어우러져 제3, 제4의 악기와 똑같은 과정을 되풀이했다. 그 모든 것들은 하나로 어우러졌다가 다시 흩어지고 또다시 때로는 웅장한 교회 음악으로, 때로는 눈부시게 찬란한 승리의 개가로 어우러졌다.

'아, 그래, 난 지금 꿈을 꾸는 거야.' 페챠는 앞으로 휘청하며 속으로 중얼거렸다. '이것은 내 귀에서 나는 소리야. 어쩌면 나의 음악인지도 모르지. 아, 또 들린다. 자, 달려라, 나의 음악아!'

그는 눈을 감았다. 그러자 멀리서 들려오듯 사방에서 소리가 떨리기 시작하더니 조화를 이루었다가 흩어졌다가 하나로 어우러졌고, 또다시 아까와 똑같은 감미롭고 엄숙한 찬송가로 결합했다. '아, 이 얼마나 아름다운 음악인가! 내가 원하는 만큼, 내가 원하는 대로구나.' 페챠는 속으로 중얼거렸다. 그는 여러 악기들의 이 거대한 합주를 지휘해 보았다.

'자, 더 나직하게, 더 나직하게, 이제 멈추고…….' 그러자 소리가 그의 말에 순종했다. '자, 이제 더 충만하게, 더 경쾌하게. 좀 더, 좀 더 기쁘게.' 그러자 장엄한 소리가 점점 더 커지면서 미지의 심연으로부터 솟아올랐다. '자, 성악 파트, 들어가!' 페챠가 지시했다. 그러자 처음에 남자들의 목소리가 아련하게 들리더니 그다음에는 여자들의 목소리가 들렸다. 목소리는 일정한 리듬으로 장중하게 점점 더 커졌다. 그 놀라운 아름다움에 귀를 기울이자니 페챠는 두렵기도 하고 기쁘기도 했다.

장중한 승리의 행진곡이 노래와 어우러지고, 빗방울이 떨어지고, 브직, 직, 직, 기병도가 피리 소리를 내고, 말들이 다시 서로 다투며 울부짖기 시작했다. 그 소리들은 합주를 흐트러뜨리지 않고 그 속으로 들어갔다.

이것이 얼마나 오래 계속되었는지 페챠는 몰랐다. 그는 즐거운 시간을 보냈고, 자신이 누리는 즐거움에 계속 놀라워했으며, 그 즐거움을 함께 나눌 사람이 없는 것에 아쉬워했다. 리하쵸프의 다정한 목소리가 그를 깨웠다.

"다 됐습니다, 장교님, 이제 후랑스 놈을 두 동강 낼 수 있을 겁니다."

페챠는 잠에서 깼다.

"벌써 날이 환해지고 있군. 정말 환해지고 있어!" 그가 외쳤다.

이제까지 눈에 보이지 않던 말들이 꼬리까지 환히 보이기 시작하고, 잎이 다 떨어진 나뭇가지들 사이로 물기 어린 빛살이 보였다. 페챠는 몸을 부르르 털고 벌떡 일어나 호주머니에서 1루블짜리 은화를 꺼내 리하쵸프에게 건넸다. 그는 장검을 시험 삼아 휘둘러 보고는 칼집에 넣었다. 코사크들은 말을 마차에서 풀고 뱃대끈을 조였다.

"저기 대장님이 오십니다." 리하쵸프가 말했다.

초소에서 제니소프가 나와 페챠를 큰 소리로 부르며 채비를 하라고 지시했다.

11

병사들은 어스름 속에서 신속하게 각자의 말을 찾아 뱃대
끈을 조이고 구령에 맞춰 정렬했다. 제니소프는 초소 옆에 서
서 마지막 지시를 내리고 있었다. 파르티잔 부대의 보병들은
수많은 발들을 철벅거리며 도로를 따라 전진하다가 첫새벽의
안개에 싸인 나무들 사이로 빠르게 자취를 감추었다. 코사크
일등 대위는 코사크들에게 무언가 지시를 내렸다. 페챠는 말
고삐를 쥐고 말에 오르라는 명령을 초조하게 기다렸다. 차가
운 물로 씻은 얼굴, 특히 눈동자가 불처럼 벌겋게 달아올랐다.
한기가 등줄기를 따라 흘러내리고, 몸속 전체에서 무언가가
빠르게 규칙적으로 떨렸다.

"자, 다들 준비됐나?" 제니소프가 말했다. "말을 끌고 와."

코사크가 말을 끌고 왔다. 제니소프는 뱃대끈이 느슨하다
며 코사크에게 노발대발 화를 내고 욕지거리를 퍼붓고는 말

에 올라탔다. 페챠가 등자를 잡았다. 말은 습관적으로 그의 발을 물려고 했다. 그러나 페챠는 자신의 체중을 느끼지 못한 채 재빨리 안장 위로 펄쩍 올라타고는 뒤쪽의 어둠 속에서 움직이는 경기병을 돌아보며 제니소프에게 다가갔다.

"바실리 페도로비치, 저에게 뭔가 맡겨 주시지 않겠습니까? 부탁드립니다…… 제발……." 그가 말했다. 제니소프는 페챠의 존재에 대해서는 잊은 듯했다. 제니소프가 페챠를 돌아보았다.

"자네에게 한 가지만 부탁하지." 그가 엄하게 말했다. "내 말에 복종하고 절대고 주제넘게 나서지 마."

이동하는 내내 제니소프는 페챠에게 더 이상 한마디도 건네지 않고 묵묵히 말을 몰았다. 숲 가장자리에 이르렀을 무렵 들판은 이미 눈에 띄게 환해지기 시작했다. 제니소프는 코사크 일등 대위와 뭔가 소곤거리며 이야기를 나누었고, 코사크들이 페챠와 제니소프 옆을 지나쳐 갔다. 그들이 모두 지나가자 제니소프는 말을 움직여 언덕 아래로 내려갔다. 기수를 태운 말들이 엉덩이를 땅에 붙인 채 미끄러지며 골짜기로 내려갔다. 페챠는 제니소프와 나란히 말을 몰았다. 그의 몸속 전체에서 일어나던 떨림이 더욱 심해졌다. 주위는 점점 더 밝아졌고, 그저 안개가 멀리 떨어진 사물을 가릴 뿐이었다. 아래까지 다 내려간 후 제니소프가 주위를 둘러보고는 옆에 있는 코사크에게 고개를 끄덕여 보였다.

"신호!" 그가 말했다.

코사크가 한 손을 올리자 총성이 울렸다. 그와 동시에 앞쪽에서 달리는 말들의 발굽 소리, 사방에서 터져 나오는 고함 소리, 더 많은 총성이 들려왔다.

처음에 말발굽 소리와 고함 소리가 울리자마자 페챠는 그에게 소리치는 제니소프의 말은 듣지도 않고 말을 후려치고 고삐를 늦추며 앞으로 내달렸다. 총성이 들린 순간 페챠는 갑자기 주위가 대낮처럼 환해지는 것 같다고 느꼈다. 그는 다리로 말을 몰았다. 도로 앞쪽으로 코사크들이 질주하고 있었다. 다리 위에서 그는 뒤처진 코사크들과 부딪쳤지만 계속 앞으로 내달렸다. 앞쪽에는 몇몇 사람들 — 분명 프랑스군이었다 — 이 도로의 오른편에서 왼편으로 달리고 있었다. 그 가운데 한 사람이 페챠의 말발굽 아래에서 진창에 쓰러졌다.

한 통나무집 옆에 코사크들이 모여 무언가를 하고 있었다. 무리의 한가운데에서 무시무시한 비명 소리가 들렸다. 페챠는 그 무리 쪽으로 다가갔다. 눈에 가장 먼저 들어온 것은 자신을 찌른 창의 자루를 움켜쥐고 아래턱을 덜덜 떠는 프랑스인의 창백한 얼굴이었다.

"우라! 제군들…… 아군의……." 페챠가 큰 소리로 외치더니 흥분한 말의 고삐를 늦추고 길을 따라 앞으로 질주했다.

앞쪽에서 총성이 들렸다. 코사크들과 경기병들과 누더기를 걸친 러시아 포로들이 도로 양쪽에서 달리며 이구동성으로 뭐라고 계속 크게 외쳐 댔다. 파란 외투의 어느 용감한 프랑스인은 모자도 쓰지 않은 채 벌겋게 상기된 얼굴을 찌푸리며 총검으로 경기병들을 물리쳤다. 페챠가 가까이 다가갔을 때 프랑스인은 이미 쓰러져 있었다. 또 늦었군, 페챠의 머릿속에 그런 생각이 얼핏 스쳤다. 그는 총성이 빈번하게 들리는 곳으로 질주했다. 총성은 어젯밤 돌로호프와 함께 들른 지주의 저택 안마당에서 울리고 있었다. 프랑스군은 바자울 뒤편의 떨기나무들이 무성하게 자란 정원에 숨어 대문가에 모인 코사크들을 향해 사격했다. 대문으로 접근하던 페챠는 포연 속에서 창백하고 푸르죽죽한 얼굴로 사람들에게 뭐라고 외치는 돌로호프를 보았다. "우회하라! 보병을 기다려!" 페챠가 가까이 다가가자 그가 외쳤다.

"기다리라고? 우라!" 페챠는 함성을 지르면서 한시도 지체하지 않고 총성이 들리는 곳으로, 포연이 자욱한 곳으로 질주했다. 일제 사격의 소리가 들리고, 탄환이 윙윙 소리를 내면서 빗나가거나 무언가를 맞혔다. 코사크들과 돌로호프는 페챠를 뒤따라 저택의 대문 안으로 뛰어들었다. 자욱한 연기 속에서 갈팡질팡하던 프랑스인들 가운데 어떤 이들은 무기를 버리고 코사크들을 향해 떨기나무 밖으로 나왔으며, 또 어떤 이들은 언덕 아래의 못으로 달아났다. 페챠는 말을 탄 채 지주의 저택을 따라 달렸다. 그런데 고삐를 잡는 대신 두 손을 이상야릇하고 빠르게 흔들면서 안장의 한편으로 계속 기울었다. 아침 햇살 속에서 연기만 피우던 모닥불에 달려든 말이 두 다리로 힘껏 버티고 섰다. 페챠가 축축한 땅 위로 털썩 쓰러졌다. 코사크들은 보았다. 페챠의 머리는 꿈쩍하지 않는데 사지가 빠르게 경련하는 것을……. 탄환이 머리를 관통한 것이다.

돌로호프는 장검에 손수건을 달고 저택 밖으로 나와 항복을 선언한 프랑스 고참 장교와 협상한 후 말에서 내려 두 팔을 벌린 채 꼼짝 않고 누워 있는 페챠에게로 다가갔다.

"당했군." 그는 얼굴을 찌푸리며 말하고는 자기 쪽으로 말을 몰고 오는 제니소프를 맞으러 대문 밖으로 나갔다.

"죽었나?!" 제니소프는 페챠의 몸뚱이가 자신이 익히 아는 목숨을 잃은 것이 분명한 자세로 누운 것을 멀리에서부터 알아보고 부르짖었다.

"당했어." 돌로호프가 똑같은 말을 되풀이했다. 그 말의 발음에서 만족을 느끼는 듯했다. 말에서 내린 코사크들이 빙 둘러싼 포로들을 향하여 그는 재빨리 걸음을 옮겼다. "포로들은 데려가지 말지!" 그가 제니소프에게 외쳤다.

제니소프는 대꾸하지 않았다. 그는 페챠에게 다가가 말에서 내렸다. 손을 부들부들 떨며 피와 진흙으로 더러워진 이미 핏기를 잃은 페챠의 얼굴을 자기 쪽으로 돌렸다.

'뭔가 단것을 먹는 습관이 생겨서요. 좋은 건포도지요. 전부 가지세요.' 그의 머리에 페챠의 말이 떠올랐다. 코사크들은 개가 짖는 듯한 소리에 깜짝 놀라 주위를 두리번거렸다. 제니소프가 휙 돌아서서 바자울로 다가가 그것을 붙잡으며 뱉어 낸 소리였다.

제니소프와 돌로호프가 되찾아 온 러시아 포로들 가운데에 피에르 베주호프도 있었다.

12

베주호프가 속한 포로 집단에 대해서는 모스크바를 떠난 후 프랑스 지휘관으로부터 어떤 새로운 명령도 없었다. 10월 22일에는 그 무리와 함께 모스크바를 떠난 부대나 수송대가 더 이상 남아 있지 않았다. 행군의 처음 얼마 동안 비스킷을 싣고 포로들을 뒤따라오던 수송대 가운데 절반은 코사크에게 탈취당했고 나머지 절반은 그들을 버리고 떠나 버렸다. 그들 앞에서 도보로 행군하던 기병들은 이제 한 명도 남지 않았다. 그들은 전부 사라졌다. 행군의 처음 얼마 동안 포병대가 지키던 선두에는 이제 베스트팔렌 사람들의 호위를 받는 주노 원수[45]의 거대한 수송 대열이 있었다. 포로들 뒤로는 기병대 물

---

45) 장앙도슈 주노(Jean-Andoche Junot, 1771~1813). 프랑스 장군이자 정치가. 툴롱 포위전 때 처음으로 나폴레옹을 만났고, 이탈리아 원정과 이집트 원정에 참전했다. 통령 정부에서 파리의 총독이 되었다. 나폴레옹과 몇 차례

품을 실은 수송 대열이 따랐다.

전에는 3개 중대로 이동하던 프랑스군이 뱌지마에서부터 이제 한 덩어리로 움직였다. 모스크바를 떠난 후 첫 휴식에서 피에르가 눈치챈 무질서의 징후는 이제 극도에 달했다. 그들이 이동하던 도로 양쪽에 죽은 말들이 쌓여 있었다. 누더기를 걸친 여러 부대의 낙오병들은 끊임없이 뒤섞이면서 행군 중인 종대에 합류하기도 하고 다시 뒤처지기도 했다.

행군 중에 잘못된 경보가 여러 번 있었다. 호송대 병사들은 라이플총을 들어 사격을 하고 서로를 밀치며 쏜살같이 달아났지만, 그러고는 다시 집결하여 공연히 공포를 조성한다고 서로에게 욕을 퍼붓곤 했다.

함께 나아가는 이 세 무리 — 기병대 소속의 대열, 포로 대열, 주노의 수송대 — 는 비록 빠른 속도로 사라지고 있었지만 여전히 별개의 온전한 어떤 것을 이루었다.

처음에 대열을 이루던 짐마차 120대는 이제 60대도 채 남지 않았다. 나머지는 탈취당하거나 버려졌다. 주노의 수송대 가운데에도 버려지거나 탈취된 짐마차가 몇 대 있었다. 짐마차 세 대는 점점 불어난 다부 군단의 낙오병들에게 약탈당했다. 독일인들의 대화에서 피에르는 포로들을 지키는 위병보다 그 수송대를 지키는 위병이 더 많다는 사실, 그 동료들 가운데 한 명인 독일인 병사가 원수의 은 숟가락 하나를 가지고

논쟁한 후 포르투갈에 대사로 파견되지만 1808년 나폴레옹의 대육군에 복귀하여 러시아 원정에 참전했다.

있었다는 이유로 원수의 명령에 따라 총살당했다는 사실을 들었다.

이 세 무리들 가운데 가장 먼저 사라진 것은 포로 대열이었다. 모스크바를 떠날 당시 330명이던 사람들은 이제 100명도 되지 않았다. 호위병들에게는 기병들의 안장보다도, 주노의 수송대보다도 포로들이 훨씬 더 성가셨다. 그들은 안장과 주노의 숟가락이 무언가에 쓸모가 있다는 것을 이해했다. 그러나 굶주리고 추위에 떨던 병사들로서는 자기들이 보초를 서야 한다는 것, 자신들과 똑같이 굶주리고 추위에 떠는 러시아 포로들 — 그들은 죽거나 도로에서 낙오될 경우 명령에 따라 사살되었다 — 을 감시해야 한다는 것이 납득되지 않았을 뿐 아니라 꺼림칙하기까지 했다. 그리고 호송병들은 자신들이 처한 서글픈 처지에서 포로에 대한 동정심에 굴복하여 상황을 더 악화시킬까 두려운 듯 러시아 포로들을 유난히 침울하고 엄하게 대했다.

도로고부시에서 호송병들이 포로들을 마구간에 가두고 자신들의 저장고를 약탈하러 떠난 동안 몇몇 포로 병사들이 벽 아래를 파고 달아나다가 프랑스군에게 잡혀 총살당했다.

모스크바를 떠날 때 정한, 장교 포로와 병사 포로를 따로 이동하게 한 이전의 규칙은 이미 오래전에 무너졌다. 걸을 수 있는 사람들은 모두 함께 걸었다. 그래서 세 번째 행군부터는 피에르도 카라타예프와 그를 주인으로 선택한 연보라색 안짱다리 개와 다시 함께하게 되었다.

모스크바를 떠난 지 사흘째가 되는 날 카라타예프는 열

병 ― 그는 이 병 때문에 모스크바 병원에 입원했었다 ― 에
걸렸다. 카라타예프가 쇠약해지면서 피에르는 그와 소원해졌
다. 피에르도 이유를 몰랐지만 카라타예프가 쇠약해지기 시
작한 이후 그에게 다가가려면 애써 노력을 기울여야 했다. 그
러나 곁에 다가가다가도 휴식 중에 카라타예프가 바닥에 드
러누워 으레 내는 낮은 신음 소리를 듣게 되면, 그리고 요즘
들어 심해진 카라타예프의 체취를 느끼게 되면 피에르는 가
능한 한 멀리 떨어져 그에 대해 생각하지 않으려 했다.

포로의 몸으로 막사에서 지낼 때 피에르는 인간이 행복을
위해 창조되었고, 행복은 자기 안에, 인간의 자연적인 욕구를
충족하는 데 있으며, 모든 불행은 부족이 아니라 과잉에서 비
롯된다는 것을 이성이 아닌 자신의 온 존재로, 자신의 생명으
로 깨달았다. 그러나 지난 삼 주 동안의 이 행군에서 이제 그
는 마음에 위안이 되는 새로운 진리를 또 하나 알아냈다. 세상
에는 무서울 것이 하나도 없다는 깨달음을 얻은 것이다. 그는
깨달았다. 인간이 완전히 자유롭고 행복할 수 있는 상황이 존
재하지 않듯, 자신이 자유롭지 못하고 행복하지 않을 수 있는
상황도 존재하지 않는다는 것을…… . 그는 고통에 한계가 있
고 자유에도 한계가 있다는 것, 그 경계가 매우 가깝다는 것
을 깨달았다. 장미 침상에서 잎사귀가 한 장 뒤집혔다고 괴
로워하는 사람이든, 지금 축축한 땅바닥에 자면서 몸 한편에
는 싸늘함을, 다른 한편에는 따뜻함을 느끼며 괴로워하는 자
신이든 둘 다 괴롭기는 마찬가지라는 것을 깨달았다. 볼이 좁
은 무도화를 신었던 때나 지금처럼 종기로 뒤덮인 맨발(신발

은 이미 오래전에 너덜너덜해졌다.)로 다니는 때나 자신이 똑같이 괴로워했다는 것을 깨달았다. 자기 의지로 — 그가 느끼기에 — 아내와 결혼했을 때가 밤중에 마구간에 갇혀 있는 지금보다 더 자유롭지 않았다는 것을 깨달았다. 나중에는 그도 고통이라고 일컬었으나 당시에는 거의 느끼지 못한 모든 것 가운데 대표적인 것은 상처 나고 딱지가 앉은 맨발이었다. (말고기는 맛있고 영양이 풍부했으며, 소금 대신 사용하던 화약의 질산칼륨 냄새는 기분 좋게 느껴지기까지 했다. 큰 추위도 없었다. 낮에 행군할 때는 언제나 무더웠고 밤에는 모닥불이 있었다. 몸을 물어뜯는 이가 기분 좋게 몸을 덥혀 주기도 했다.) 초기에는 다만 한 가지가 괴로웠을 뿐이다. 바로 발이었다.

행군 이틀째 되는 날 모닥불 옆에서 자신의 종기를 살펴보던 피에르는 그 발로는 걸을 수 없겠다고 생각했다. 하지만 모두 일어서면 그도 다리를 절며 걸었고, 그러다가 몸이 훈훈해지면 통증 없이 걸었다. 비록 저녁 무렵이 되면 두 발은 보기에 더 끔찍해졌지만……. 그러나 그는 발을 보지 않고 다른 것들을 생각했다.

이제야 피에르는 인간의 생명력이 지닌 모든 힘을 깨달았다. 그리고 증기 압력이 일정 기준을 넘는 순간 즉시 여분의 증기를 방출하는 보일러의 안전밸브처럼 인간의 내면에 쏠린 주의력을 다른 곳으로 돌리는 것에 구원의 힘이 있다는 사실을 깨달았다.

그는 뒤처진 포로들이 총살되는 모습을 보거나 들으려 하지 않았다. 그러나 그들 가운데 100명 이상이 이미 그런 식으로 죽었다. 그는 매일 쇠약해져 가는, 아마도 곧 똑같은 운명에 처해질 카라타예프에 대해 생각하지 않았다. 자신에 대해서는 더더욱 생각하지 않았다. 상황이 어려워질수록, 미래가 더 끔찍해질수록 그가 처한 상황과는 더욱 무관하게 즐겁고 평온한 생각이나 추억이나 이미지가 머리에 떠올랐다.

13

22일 정오에 피에르는 미끄러운 진창길을 따라 자신의 발
과 울퉁불퉁한 길을 쳐다보며 언덕을 오르고 있었다. 이따금
그는 자신을 에워싼 눈에 익은 무리를 흘깃거리다가 다시 두
발을 쳐다보았다. 이쪽저쪽 똑같이 자기 것이고 친숙한 것이
었다. 다리가 굽은 연보라색 세리는 즐겁게 길가를 따라 뛰어
다니고, 이따금 자신의 민첩함과 즐거움을 입증하느라 뒷발
을 하나 들고 세 발로 껑충껑충 뛰다가 다시 짐승의 시체에 앉
은 까마귀들을 향해 컹컹 짖으며 네 발로 달려들곤 했다. 세리
는 모스크바에 있을 때보다 더 명랑했고 털도 더 반지르르했
다. 인간부터 말에 이르기까지 각종 동물의 고기가 다양한 정
도로 부패되어 사방에 널려 있었다. 행군하는 인간들이 늑대
가 가까이 오지 못하도록 막았기 때문에 세리는 마음껏 배불
리 먹을 수 있었다.

아침부터 가랑비가 내렸다. 곧 비가 그치고 하늘이 갤 것처럼 보이더니 빗방울은 잠시 그쳤다가 더욱 굵고 세차게 쏟아지기 시작했다. 빗물을 흠뻑 빨아들인 도로가 더 이상 물을 흡수하지 못하자 바퀴자국을 따라 실개울이 흘렀다.

피에르는 양쪽을 두리번거리면서 세 발짝씩 세며 손가락을 꼽았다. 그는 비를 향해 마음속으로 중얼거렸다. '자, 자, 더, 더 쏟아져라!'

그가 느끼기에는 자신이 아무 생각도 하지 않는 것 같았다. 그러나 멀고 심원한 어딘가에서 그의 영혼은 위안이 되는 중요한 무언가를 생각하고 있었다. 그 무언가란 지난밤 카라타예프와의 대화에서 얻은 지극히 미묘한 정신적인 것이었다.

전날 야간 휴식 때, 꺼진 모닥불 옆에 있다가 몸이 언 피에르는 자리에서 일어나 더 잘 타고 있는 가장 가까운 모닥불 쪽으로 옮겨 앉았다. 그가 다가간 모닥불 옆에서는 플라톤이 외투를 사제의 제의처럼 머리부터 뒤집어쓰고 앉아 특유의 재빠르고 유쾌한, 그러나 힘이 없고 병약한 목소리로 피에르도 익히 아는 이야기[46]를 병사들에게 들려주고 있었다. 벌써 자정을 넘긴 시각이었다. 이 시간은 카라타예프가 평소 고열로 생기를 되찾아 유난히 활발해지는 때였다. 모닥불로 다가가 플라톤의 힘없고 병약한 목소리를 들으며 불빛에 환히 비친 가련한 얼굴을 보고 있자니 불쾌한 무언가가 피에르의 가슴

---

46) 톨스토이는 이 이야기를 별도로 다시 작업하여 1872년에 '하느님은 진실을 보지만 빨리 말하지는 않을 것이다'라는 제목으로 발표했다.

을 쿡쿡 찔러 댔다. 그는 자신이 이 남자에게 연민을 품었다는 것에 깜짝 놀라 자리를 떠나려 했다. 그러나 다른 곳에는 모닥불이 없었다. 피에르는 플라톤을 보지 않으려고 애쓰며 모닥불 가까이에 앉았다.

"그래, 건강은 어떤가?" 그가 물었다.

"건강이요? 병을 한탄하면 하느님께서 죽음을 허락하지 않아요." 카라타예프는 이렇게 말하고 곧바로 자신이 시작한 이야기로 돌아갔다.

"……그래서 말이야, 형제들." 플라톤은 해쓱하고 창백한 얼굴에 미소를 머금고 눈에는 기쁨이 어린 특별한 광채를 띤 채 계속 이야기를 이어 나갔다. "그래서 말이지, 형제들……."

피에르는 그 이야기를 오래전부터 알고 있었다. 카라타예프는 피에르에게만도 그 이야기를 여섯 번이나, 그것도 언제나 기쁨이 어린 특별한 감정을 담아 들려주었다. 그러나 피에르는 그 이야기를 아주 잘 알면서도 새로운 이야기인 양 지금도 귀를 기울였다. 그러자 카라타예프가 이야기를 들려주며 느끼고 있을 고요한 환희가 피에르에게도 전해졌다. 그것은 하느님을 공경하며 가족들과 착실하게 살아가던 늙은 상인이 어느 날 부유한 동료 상인과 함께 마카르[47]로 떠난 이야기였다.

두 상인은 여인숙에 여장을 풀고 잠이 들었다. 그런데 다음 날 동료 상인이 살해당한 채 발견되었다. 물건은 도둑맞아 사

---

47) 19세기 말 니즈니 노브고로드는 러시아의 주요한 상업 중심지였다. 이곳에서 열리는 시장을 마카리옙스키 시장 혹은 줄여서 마카르 시장이라고 불렀다. 이후에는 점차 니즈니 시장으로 알려지게 되었다.

라지고 없었다. 피 묻은 칼이 늙은 상인의 베개 밑에서 발견되었다. 상인은 재판을 받고 채찍으로 태형을 당했다. 그리고 콧구멍을 베인 후 ── 카라타예프의 말에 따르면 마땅한 절차에 따라 ── 유배지로 보내졌다.

"그래서 말이야, 형제들,(바로 이 부분부터 피에르는 카라타예프의 이야기를 듣기 시작했다.) 그 사건 이후 십여 년의 세월이 흘러. 노인은 유배지에서 지내지. 그는 마땅히 순종하며 나쁜 짓은 하지 않아. 그저 하느님께 죽음을 구할 뿐이야. 좋아. 그런데 밤일 때문에 유형수들이 우리처럼 모이게 돼. 노인도 그들과 함께 있어. 그러다 누가 무엇 때문에 괴로움을 겪게 되었는지, 하느님께 어떤 죄를 범했는지에 대한 화제가 나왔어. 어떤 자는 한 사람을 죽였다고, 어떤 자는 두 사람을 죽였다고, 어떤 자는 화재를 일으켰다고, 어떤 사람은 도망자일 뿐 아무 짓도 하지 않았다고 했어. 사람들은 노인에게도 묻기 시작했지. 노인장은 무엇 때문에 괴로움을 겪고 있소 하고 말이야. 노인은 말했지. 사랑하는 형제들, 나는 나 자신의 죄와 인간들의 죄로 고통을 겪고 있네. 하지만 아무도 죽이지 않았고 다른 사람의 것을 빼앗지도 않았어. 오히려 거지들에게 적선을 베풀기도 했네. 형제들, 난 상인일세. 큰 부를 소유했지. 이러쿵저러쿵 그는 계속 이야기를 했어. 그렇게 돼서 그들에게 모든 자초지종을 순서대로 이야기한 거지. 그는 말했어. 나 자신에 대해서는 한탄하지 않네. 말하자면 하느님은 나를 찾아내신 거야. 다만 한 가지, 우리 할멈과 아이들이 가여울 뿐이야. 그는 그렇게 말했어. 그러더니 노인은 울기 시작했지. 그런데 그 패거리에 상인을 죽인 남자가 있었던 거야. 그가 말했지. 노인장, 어디에서 있었던 일이오? 언제, 어느 달에 그랬소? 그는 계속 캐물었지. 그는 가슴이 아팠어. 그는 이런 식으로 노인에게 다가가 발치에 털썩 엎드렸어. 노인장, 당신은 나 때문에 파멸한 거요. 사실이오. 여보게들, 이분은 아무 죄도 없이 공연히 괴로움을 겪으셨네. 그 사건을 저지른 것은 바로 나요. 잠든 당신의 머리 밑에 칼을 놓아 둔 것도 나란 말이오. 노인장, 제발 나를 용서하시오."

카라타예프는 기쁨의 미소를 머금고 말없이 모닥불을 바라보다가 장작개비를 바로 놓았다.

"노인은 말하지. 하느님은 자네를 용서하셨네. 그리고 우리 모두 하느님 앞에서는 죄인이야. 나는 나 자신의 죄 때문에 고통을 받는 걸세. 그는 뜨거운 눈물을 흘렸어. 이보게들, 어떻게 생각하나?" 카라타예프는 감격의 미소를 더욱더 환하게 빛내며 말했다. 마치 자신이 이제부터 이야기하려는 것에 이야기의 주된 매력과 모든 의미가 있다는 투였다. "이보게들, 어떻게 생각하나? 이 살인자는 관청에 자수했네. 그는 말했지. 나는 여섯 명을 죽였습니다.(그는 엄청난 악당이었다.) 나는 단지 그 노인이 가엾을 뿐입니다. 노인이 저 때문에 울지 않도록 해 주십시오. 그는 그렇게 자백을 했지. 그 자백은 문서로 작성되어 마땅한 절차에 따라 파송되었어. 먼 곳인 데다 재판을 하고 이런저런 관청을 통해 모든 문서를 필요한 형식에 따라 작성하느라 한동안 시간이 걸렸지. 문서는 차르에게 전해졌어. 얼마 후 차르의 칙령이 도착했네. 상인을 석방하고 그곳에서 정한 대로 포상금을 주라는 내용이었지. 칙령이 도착하자 사람들은 노인을 찾기 시작했다네. 아무 죄도 없이 공연히 괴로움을 겪은 그 노인은 어디에 있을까? 차르가 칙령을 내렸다는데. 사람들은 그를 찾기 시작했어." 카라타예프의 아래턱이 떨렸다. "하지만 하느님은 이미 그를 용서하셨지. 그는 죽었다네. 그렇게 된 걸세." 카라타예프는 그렇게 이야기를 맺고 오랫동안 말없이 미소를 지으며 정면을 응시했다.

그 이야기 자체가 아닌 그것의 내밀한 의미, 그 이야기를 하는 동안 카라타예프의 얼굴을 환히 빛낸 환희, 그 기쁨의 내밀한 의미, 바로 그것이 이 순간 어렴풋한 기쁨과 함께 피에르의 마음을 가득 채웠다.

14

"제자리로!" 갑자기 누군가의 목소리가 크게 외쳤다.

포로와 호송병 사이에서 즐거운 소란이, 행복하고도 장엄한 무언가에 대한 기대가 일었다. 사방에서 명령을 외치는 소리가 들렸다. 왼쪽에서 잘 차려입고 좋은 말을 탄 기병들이 포로들 주위를 빠른 걸음으로 우회하며 나타났다. 모든 사람의 얼굴에 최고 권력층과 가까운 사람에게 종종 나타나는 긴장한 표정이 어려 있었다. 포로들은 한 덩어리로 몰려 도로에서 밀려났다. 호송병들은 대열을 갖추었다.

"황제다! 황제다! 원수다! 대공이다!" 그리고 살진 호송병들이 지나가자마자 2열 종대의 회색 말들이 끄는 카레타들이 줄지어 덜컹거리며 지나갔다. 피에르는 삼각모를 쓴 남자의 침착하고 잘생기고 살지고 하얀 얼굴을 얼핏 보았다. 원수들 가운데 한 사람이었다. 원수의 시선이 눈에 잘 띄는 피에르의 거구를 향했다. 그 원수가 얼굴을 찌푸리며 고개를 돌릴 때의 표정에서 피에르는 연민과 그것을 감추고픈 마음을 본 것 같았다.

수송대를 지휘하던 장군은 깜짝 놀란 듯 벌겋게 달아오른 얼굴을 한 채 여윈 말을 급하게 몰면서 카레타를 뒤따라갔다. 몇몇 장교들이 모여들고 병사들이 그들을 에워쌌다. 모두의 얼굴에 흥분과 긴장이 떠올랐다.

"그가 뭐라고 했습니까? 뭐라고, 뭐라고 했습니까?" 하는 말이 피에르의 귀에 들렸다.

원수가 지나가는 동안 포로들은 무리 지어 모여 있었다. 그래서 피에르는 이날 아침에 보지 못한 카라타예프를 발견하게 되었다. 카라타예프는 외투를 입은 채 자작나무에 기대어 앉아 있었다. 얼굴에는 어제 죄 없이 고통을 겪은 상인에 대한 이야기를 할 때의 기쁨 어린 부드러운 표정 외에 고요하고도 엄숙한 표정이 빛나고 있었다.

카라타예프는 눈물이 어린 특유의 선량하고 둥근 눈으로 피에르를 바라보았다. 피에르를 옆으로 불러 무언가를 말하고 싶은 듯했다. 그러나 피에르는 자신이 너무나 두려웠다. 그는 카라타예프의 시선을 못 본 척하며 황급히 자리를 피했다.

포로들이 다시 출발할 때 피에르는 뒤를 힐끔 돌아보았다. 카라타예프는 길가의 자작나무 옆에 앉아 있었다. 프랑스인 둘이 그를 내려다보며 무슨 말을 하고 있었다. 피에르는 더 이상 쳐다보지 않았다. 그는 다리를 절며 언덕을 올라갔다.

뒤편에서, 카라타예프가 앉아 있던 자리에서 총성이 들렸다. 피에르는 그 총성을 똑똑히 들었다. 그러나 그 소리를 들은 순간 피에르는 원수가 지나가기 전에 시작한 계산, 즉 스몰렌스크까지 가려면 얼마나 더 행군을 해야 하는가 하는 계산을 아직 끝내지 않았음을 떠올렸다. 그래서 셈을 하기 시작했다. 프랑스 병사 두 명이 피에르를 지나쳐 달려갔다. 한 명은 연기가 나는 라이플총을 들고 있었다. 두 사람은 낯빛이 창백했다. 그들 — 그 가운데 한 명이 겸연쩍게 피에르를 흘긋 쳐다보았다 — 의 표정에는 피에르가 처형 때 어느 젊은 병사에게서 본 것과 비슷한 무언가가 어려 있었다. 병사를 바라보는 동안 피에르는 그 병사가 그저께 모닥불 옆에서 자신의 루바시카를 말리다가 태워 사람들에게 놀림받은 일을 기억해 냈다.

카라타예프가 앉아 있던 뒤편에서 개가 울부짖었다. '저런 바보가 있나, 왜 우는 거야?' 피에르는 생각했다.

피에르와 나란히 걷던 동료 병사들도 그와 마찬가지로 총성과 개의 울부짖음이 들려오는 곳을 돌아보지 않았다. 모든 이들의 얼굴에 딱딱하게 굳은 표정이 어렸다.

15

    부대도, 포로도, 원수의 수송 대열도 샴셰보 마을에서 멈췄다. 다들 모닥불 주위에 모여들었다. 피에르는 모닥불로 다가가 구운 말고기를 먹은 후 불을 등지고 누워 이내 잠들었다. 또 한 번 그는 보로지노 전투 후 모자이스크에서 잘 때와 똑같은 잠에 빠졌다.

    또다시 현실의 사건과 꿈이 뒤섞이고, 또다시 자신인지 다른 사람인지 알 수 없는 누군가가 그에게 이런저런 생각을, 심지어 그가 모자이스크에서 들은 것과 똑같은 생각을 말했다.

    '삶이 전부야. 삶이 곧 신이야. 모든 것이 이동하고 움직이지. 그 운동이 신이야. 그리고 삶이 존재하는 동안에는 신을 자각하는 기쁨이 있어. 삶을 사랑하는 것은 곧 신을 사랑하는 것이지. 가장 힘들고도 가장 행복한 일은 자신의 고통 속에서도, 무고한 고통 속에서도 이 삶을 사랑하는 것이고.'

'카라타예프!' 피에르는 그를 떠올렸다.

그러자 불현듯 오랫동안 잊고 지낸, 스위스에서 피에르에게 지리학을 가르쳤던 온화한 노교사가 마치 살아 있는 사람처럼 눈앞에 생생하게 떠올랐다. "잠깐!" 노인이 말했다. 그러더니 피에르에게 지구본을 보여 주었다. 이 지구본은 명확한 크기가 없이 살아서 요동하는 공이었다. 공의 표면 전체는 서로 촘촘하게 붙은 물방울로 이루어져 있었다. 그리고 이 물방울들이 계속 움직이고 이동하면서 때로는 몇 개가 하나로 합쳐지고 때로는 하나에서 많은 물방울이 흩어져 나오기도 했다. 각각의 물방울은 넓게 퍼져 최대한 많은 공간을 차지하려고 했지만, 똑같은 목적을 추구하는 다른 물방울들이 그 물방울을 짓누르며 없애기도 하고 하나로 합치기도 했다.

"이것이 인생이야." 노교사가 말했다.

'얼마나 단순하고 분명한가?' 피에르는 생각했다. '어떻게 내가 이제껏 그것을 알지 못했을까?'

"한가운데에 신이 있지. 물방울은 저마다 신을 최대한 반영하기 위해 팽창하려고 해. 그렇게 커지고 하나로 뭉치고 서로 밀치다가 표면에서 소멸하여 깊은 곳으로 사라진 후 다시 떠오르지. 여기에 그가 있어. 카라타예프는 그렇게 퍼져 나가다가 사라진 거야. 자네, 알겠나?" 교사가 말했다.

"알겠냐고? 제길, 악마에게나 잡혀가라지." 누군가의 목소리가 고래고래 소리를 질렀다. 피에르는 잠에서 깼다.

그는 몸을 일으켜 앉았다. 모닥불 옆에서 방금 러시아 병사를 밀쳐낸 프랑스인이 쭈그리고 앉아 꽂을대에 꽂힌 고기를 굽고 있었다. 소맷자락을 걷어 올린, 힘줄이 불거지고 털로 뒤덮이고 손가락이 짧은 붉은 손이 민첩하게 꽂을대를 돌렸다. 눈썹을 찌푸린 구릿빛의 음울한 얼굴이 목탄 불빛에 또렷이 보였다.

"저 녀석한테는 아무래도 상관없어." 그는 뒤에 서 있는 병사를 돌아보며 빠르게 투덜거렸다. "……진짜 날강도라니까."

그리고 병사는 꽂을대를 빙빙 돌리며 침울하게 피에르를 흘깃 쳐다보았다. 피에르는 고개를 돌려 그늘진 곳을 유심히 바라보았다. 프랑스인이 밀친 러시아 포로 병사는 모닥불가에 앉아 한 손으로 무언가를 토닥거리고 있었다. 더 자세히 들여다본 피에르는 병사 옆에 앉아 꼬리를 흔드는 작은 연보라색 개를 알아보았다.

"어, 왔구나?" 피에르가 말했다. "그런데 플라……." 그는 입을 열었으나 말을 맺지 못했다. 문득 그의 뇌리에 플라톤이 나무 아래 앉아 자기를 바라볼 때의 시선, 그 자리에서 들리던 총성, 개의 울부짖음, 옆으로 뛰어가던 두 프랑스인의 범죄자 같은 얼굴, 손에 들린 채 연기가 피어나던 라이플총, 이번 휴식에 카라타예프가 없던 기억이 서로 엮이며 한꺼번에 떠올랐다. 그는 이미 카라타예프가 살해되었다는 사실을 받아들일 준비가 되어 있었다. 그러나 바로 그 순간 어느 여름에 그가 키예프 자택의 발코니에서 아름다운 폴란드 여인과 보낸 저녁에 대한 기억 ─ 그 기억이 어디에서 왔는지는 하느님만 아실 일이다 ─ 이 떠올랐다. 그리고 역시 오늘의 이런저런 기억들을 하나로 연결하지 못하고 그것들에 대한 결론을 내지 못한 채 피에르는 눈을 감고 말았다. 그러자 여름날의 자연 풍경이 미역 감기와 물로 이루어진 요동하는 공에 대한 기억 에 뒤섞였다. 그는 물속 어딘가로 가라앉았고, 그리하여 물이 그의 머리를 덮었다.

해가 뜨기 전 그는 요란하고 잦은 총소리와 고함 소리에 깼 다. 프랑스인들이 피에르의 옆을 지나쳐 달려갔다.

"코사크다!" 그들 가운데 한 명이 외쳤다. 그리고 곧 러시아 인의 얼굴을 한 무리가 피에르를 에워쌌다.

피에르는 자신에게 무슨 일이 일어나고 있는지 한참 동안 깨닫지 못했다. 사방에서 동료들이 기쁨에 겨워 우는 소리가 들렸다.

"형제들! 이보게!" 늙은 병사들이 코사크들과 경기병들을 얼싸안고 울면서 외쳤다. 경기병들과 코사크들이 포로들을 에워싸고 서둘러 어떤 이에게는 옷을, 어떤 이에게는 부츠를, 어떤 이에게는 빵을 권했다. 피에르는 그들 가운데에 앉아 흐 느꼈다. 입 밖으로 한마디도 낼 수 없었다. 그는 자기에게 가 장 먼저 다가온 병사를 얼싸안고 울면서 입을 맞추었다.

돌로호프는 무장이 해제된 프랑스군 무리가 지나가도록 길 을 양보한 채 폐허가 된 저택의 대문 옆에 서 있었다. 이제까 지 벌어진 모든 일에 흥분한 프랑스인들은 자기들끼리 큰 소 리로 떠들었다. 그러나 돌로호프의 옆을 지나치는 순간 그들 의 말소리가 뚝 그쳤다. 돌로호프가 짧은 가죽 채찍으로 자신의 부츠를 가볍게 치면서 어떤 선한 것도 약속하지 않는 유리 같은 싸늘한 시선으로 그들을 쳐다보고 있었다. 맞은편에는 돌로호프의 코사크가 서서 대문에 분필로 수백 개의 선을 그으며 포로들을 세고 있었다.

"몇 명이야?" 돌로호프가 포로를 세던 코사크에게 물었다.

"200명 가까이 되어 갑니다." 코사크가 대답했다.

"어서 가, 어서 가." 돌로호프가 말했다. 그는 이 표현을 프랑스인들에게서 배웠다. 지나가던 포로와 눈이 마주칠 때면 그의 시선이 잔인한 광채를 띠며 불타올랐다.

음울한 얼굴을 한 제니소프는 높은 털모자를 벗고서 페챠 로스토프의 몸뚱이를 정원에 파 놓은 구덩이로 옮기는 코사크들을 뒤따라갔다.

16

영하의 추위가 시작된 10월 28일부터 프랑스군의 패주는 얼어 죽는 사람들, 모닥불 옆에서 타 죽는 사람들, 털외투를 입고서 콜랴스카에 약탈한 재산을 싣고 계속 달리는 황제와 왕들과 대공들로 한층 더 비극적인 성격을 띨 뿐이었다. 본질상 프랑스군의 패주와 붕괴 과정은 모스크바를 떠난 때로부터 전혀 달라지지 않았다.

모스크바에서 뱌지마에 이를 때까지 근위대(그들은 전쟁 내내 약탈 외에는 아무것도 하지 않았다.)를 제외한 7만 3000명의 프랑스군 가운데 살아남은 사람은 3만 6000명(그중 전투에서 죽은 사람은 5000명도 되지 않았다.)이었다. 이것이 수열의 1항이며, 이후의 항들은 이에 의해 수학적으로 정확하게 결정된다.

모스크바에서 뱌지마까지, 뱌지마에서 스몰렌스크까지, 스몰렌스크에서 베료지나까지, 베료지나에서 빌노까지 추위와 추격과 도로 차단, 그리고 개별적으로 취해진 다른 모든 조건들이 어떠했는지에 상관없이 프랑스군은 동일한 비율로 사라지고 소멸되어 갔다. 뱌지마 이후 프랑스 군대는 3개 종대를 취하는 대신 한 덩어리로 모였고 그렇게 최후까지 행군했다. 베르티에는 군주에게 편지를 보냈다.(지휘관들이 군대의 상태를 기술하는 경우 진실에서 얼마나 멀리 벗어나는지 잘 알려져 있다.) 그는 다음과 같이 썼다.

지난 이삼일 동안 행군 중에 관찰한 여러 군단의 상황을 폐하게 보고하는 것이 제 의무라고 믿습니다. 그들은 완전히 해체되다시피 했습니다. 군기(軍旗) 아래 남은 병사들은 기껏해야 전 부대의 4분의 1에 지나지 않습니다. 다른 자들은 식량을 찾고 군대에서 이탈하고자 다양한 방향으로 뿔뿔이 흩어졌습니다. 다들 스몰렌스크를 휴식을 취할 장소로만 여깁니다. 최근 며칠 동안 병사들이 탄약 상자와 라이플총을 내버렸습니다. 폐하의 향후 계획이 어떠하든 이러한 상태에서는 스몰렌스크에서 군대를 결집하고 말과 무기를 잃은 기병들, 불필요한 물자, 현 부대의 수에 상응하지 않는 대포의 일부를 버리는 것이 폐하게 유리합니다. 또한 식량과 며칠 동안의 휴식이 필요합니다. 병사들은 굶주림과 피로로 기진맥진해 있습니다. 최근 많은 병사들이 노상과 야영지에서 죽었습니다. 그런 비참한 상태는 계속 악화되어, 재앙을 예방하기 위해 서둘러 조치를 취하지 않으면 머지않아 전투가 일어날 경우 더 이상 군대를 통제할 수 없을 것이라는 우려를 낳고 있습니다. 11월 9일. 스몰렌스크에서 30베르스타 떨어진 곳으로부터.

프랑스인들은 자신들이 약속의 땅으로 여기던 스몰렌스크에 도달하자 식량 때문에 서로를 죽이고 자신들의 저장소를 약탈했다. 그리고 모든 것을 약탈한 후에는 더 앞쪽으로 달아나 버렸다.

다들 어디로 왜 가는지도 모르면서 나아갔다. 그 사실을 누구보다도 모르는 사람은 바로 천재 나폴레옹이었다. 아무도 그에게 명령을 내리지 않았기 때문이다. 그래도 그와 주변 사람들은 오랜 습관을 따랐다. 그들은 명령서, 편지, 보고서, 일정을 작성했고 서로를 폐하, 나의 사촌, 에크뮐 공, 나폴리 왕 등등으로 불렀다. 그러나 명령서와 보고서는 서류상으로만 존재할 뿐 그대로 실행되는 경우는 전혀 없었다. 어떤 것도 실행이 불가능했기 때문이다. 그들 모두는 느끼고 있었다. 서로에게 폐하, 전하, 사촌이라고 부른다 해도 자신들 모두가 많은 악 ─ 이제 그들은 그에 대한 벌을 받아야 했다 ─ 을 저지른 가련하고 추악한 인간이라는 것을……. 그리고 그들은 군대를 걱정하는 척하면서도 저마다 자신에 대해서만, 어떻게 하면 얼른 달아나 목숨을 부지할 수 있을까에 대해서만 생각했다.

17

모스크바에서 네만강에 이르기까지 역방향의 군사 행동이 진행되는 동안 러시아군과 프랑스군의 행동은 두 사람이 눈가리개를 하고서 한 사람이 술래에게 자기 위치를 알리고자 이따금 방울을 울리는 술래잡기 놀이와 비슷했다. 처음에는 도망 다니는 쪽이 적을 두려워하지 않고 종을 울린다. 그러나 상황이 자신에게 불리해지면 소리가 나지 않게 움직이려고 애쓰며 적에게서 달아난다. 그러다가 종종 도망친다고 착각하면서 적의 손아귀로 곧장 향하기도 한다.

처음에는 나폴레옹의 군대도 자신의 존재를 알렸다. 바로 칼루가 가도를 따라 진군하던 초창기였다. 그러나 그 후 스몰렌스크 가도로 나오자 한 손으로 방울의 혀를 꽉 움켜쥐고 달아나기 시작했으며, 종종 자신들이 도망치고 있다고 착각하면서 러시아군을 향해 곧장 달려가곤 했다.

프랑스군의 도주와 러시아군의 추격 속도가 빠른 탓에, 또한 그로 인해 말들이 기진한 탓에 적의 위치를 대략적으로 확인하는 주된 수단인 기병 척후가 존재하지 않았다. 게다가 설령 어떤 정보가 있다 하더라도 양쪽 군대의 위치가 빈번하고 빠르게 바뀐 탓에 정보가 제때에 도착하지 못했다. 첫날 적군이 이러이러한 장소에 있다는 소식이 그다음 날에 도착한다 해도, 무언가를 실행할 수 있는 사흘째에는 이미 그 군대가 두 번의 행군을 한 후라 전혀 다른 위치에 있었다.

한쪽 군대는 달아나고 다른 쪽 군대는 추격했다. 스몰렌스크부터는 프랑스군 앞에 많은 다양한 길이 놓여 있었다. 따라서 이렇게 보일지도 모른다. 프랑스군은 그곳에 나흘 동안 머물렀으니 적이 어디에 있는지 알아내고 유리한 무언가를 생각해 내고 새로운 무언가를 실행할 수도 있었을 것이라고…… 그러나 나흘 동안 묵고 난 후 그들 무리는 다시 오른쪽이나 왼쪽으로 가지 않고 어떤 작전이나 판단도 없이 최악인 이전의 길을 따라, 사람들의 발길에 다져진 길을 따라 크라스노예와 오르샤로 도주했다.

적이 앞이 아닌 뒤편에 있을 거라 예상한 프랑스인들은 넓게 퍼져 스물네 시간 정도 거리를 두고 서로 갈라졌다. 맨 앞에 황제, 그다음에 왕들, 그다음에 대공들이 달아났다. 러시아군은 나폴레옹이 오른쪽을 택하여 드네프르강을 건널 것이라고, 그것이 합리적인 유일한 방법이라고 생각하여 자신들도 오른쪽으로 출발하여 크라스노예로 향하는 대로로 나갔다. 그리하여 그곳에서 프랑스군은 마치 술래잡기 놀이처럼 러시아군의 전위 부대와 딱 마주쳤다. 예기치 않게 적을 발견한 프랑스군은 뜻밖의 놀라운 상황에 당황하여 그 자리에 멈췄다. 하지만 그다음 뒤따라오는 동료들을 버리고 다시 달아나기 시작했다. 그곳에서 프랑스군 개별 부대들은 마치 러시아군의 대열 사이로 빠져나가듯 사흘에 걸쳐 줄줄이 지나갔다. 처음에는 부왕(副王)의 부대가, 그다음에는 다부의 부대가, 그다음에는 네의 부대가 지나갔다. 모두들 서로를 저버리고 무거운 짐과 대포와 인원의 절반을 내버린 채 오직 밤에만 오른편에서 반원을 그리며 러시아군을 우회하여 도주했다.

맨 나중에 이동한(운 나쁜 위치에도 불구하고, 아니 바로 그런 점으로 인해 자신들이 넘어져 다친 마루를 깨부수고 싶어 아무에게도 방해가 되지 않는 스몰렌스크 성벽을 폭파하느라) 네는, 1만 명의 군단을 이끌고 가장 나중에 이동한 네는 결국 1000명만 데리고 오르샤의 나폴레옹에게 도착했다. 다른 모든 병사들과 모든 대포를 버리고 밤에 몰래 숲을 통과하여 드네프르강을 건넌 것이다.

그들은 오르샤를 떠나서 추격군과 술래잡기를 하듯 빌노로 이어진 길을 따라 더 멀리 도주했다. 베료지나에서 그들은 다시 혼란에 휩쓸려 많은 사람들이 물에 빠지고 많은 사람들이 항복했다. 그러나 강을 건넌 사람들은 앞으로 계속 달아났다. 그들의 총지휘관은 외투를 입고 썰매에 올라타 동료들을 버리고 혼자 도망갔다. 도망갈 수 있는 사람은 도망갔고, 그러지 못한 사람은 항복하거나 죽었다.

18

프랑스군의 도주라는 이 군사 행동 ─ 이때 프랑스군은 자멸을 위해 자신들이 할 수 있는 모든 것을 했으며, 칼루가 가도로 방향을 전환한 것부터 지휘관의 탈영에 이르기까지 이 무리의 행동들 가운데 조금이라도 유의미한 것은 단 하나도 없었다 ─ 에 대해서든 이 군사 행동의 시기에 대해서든 대중의 행위에 대한 원인을 한 사람의 의지로 귀착시키는 역사가들도 결국에는 이 퇴각을 그러한 의미로는 기술할 수 없을 것 같다. 그러나 그렇지 않다. 역사가들은 이 군사 행동에 대해 산더미처럼 많은 책들을 써냈고, 곳곳에서 나폴레옹의 명령과 그의 심오한 계획 ─ 즉 군대를 이끈 작전 ─ 과 그가 거느린 원수들의 천재적 명령에 대해 기술했다.

풍요로운 지방으로 향하는 도로가 주어졌음에도, 그 도로와 나란히 뻗었고 이후에 쿠투조프가 추격할 때 택한 도로 역시 열려 있음에도 나폴레옹이 말리 야로슬라베츠로부터 퇴각한 점, 그것도 황폐한 도로를 따라 불필요한 퇴각을 한 점이 온갖 심오한 이유로써 우리에게 설명된다. 그가 스몰렌스크에서 오르샤로 퇴각한 것도 똑같이 심오한 이유로써 기술된다. 그다음에 역사가들은 크라스노예에서 나폴레옹이 보여 준 영웅적인 행동을 기술한다. 그곳에서 그는 전투에 응할 뿐 아니라 직접 지휘할 각오를 다지고는 자작나무 지휘봉을 쥐고 걸어 나가 이렇게 말했다고 한다.

"나는 이미 꽤 오랫동안 황제의 역할을 했다. 이제 장군이 되어야 할 때다." 그러나 그 일이 있고 곧 그는 뿔뿔이 흩어져 뒤에 남아 있던 군대를 운명에 맡긴 채 더 멀리 달아난다.

그다음에 역사가들은 우리에게 원수들의 위대한 정신, 특히 네의 위대한 정신을 기술한다. 그 위대한 정신이란 그가 밤중에 군기와 대포와 군대의 10분의 9를 버리고 우회하여 숲을 지나 드네프르강을 건너 오르샤로 도주한 점에 있었다.

그리고 마지막으로 역사가들은 위대한 황제가 최후에 영웅적인 군대를 저버리고 떠난 것에 대해 위대하고 천재적인 무언가로 묘사한다. 심지어 도주라는 이 최후의 행위, 인간의 언어로 비열함의 최종 단계라 불리고 모든 아이들이 수치스러운 짓이라고 배우는 그 행위조차 역사가들의 언어를 통해 정당성을 획득한다.

역사적 고찰이라는 그토록 탄력 있는 실을 더 이상 늘이는 것이 불가능할 때, 하나의 행동이 온 인류가 선(善), 심지어 정의라고 일컫는 것과 명백히 어긋날 때 역사가들에게서 위대함이라는 구원적인 개념이 나타난다. 위대함은 선악이라는 척도의 가능성을 배제하는 듯하다. 위대함에 악이란 있을 수 없다. 위대한 사람에게 죄를 물을 수 있는 참상은 없다.

　"그것은 위대하다!" 역사가들이 이렇게 말하면 그때에는 이미 선도 악도 존재하지 않고 '위대함'과 '위대하지 않음'만 존재할 뿐이다. 위대함은 선이고 위대하지 않음은 악이다. 역사가들의 개념에 따르면 위대함이란 그들이 영웅이라 일컫는 어떤 특별한 동물의 특성이다. 따뜻한 털외투로 몸을 감싼 나폴레옹은 파멸해 가는 동료들뿐 아니라 자신이 이곳까지 끌고 온 사람들(그의 생각에 따르면)까지 버리고 고국으로 물러나면서 이것은 위대하다고 느낀다. 그리고 그의 영혼은 평온하다.

　"숭고(그는 자기 안에서 숭고한 무언가를 본다.)와 우스꽝스러움의 차이는 겨우 한 발짝에 지나지 않는다." 그는 말한다. 그리고 온 세계는 오십 년 동안 똑같은 말을 되풀이한다. "숭고하다! 위대하다! 나폴레옹은 위대하다. 숭고와 우스꽝스러움의 차이는 겨우 한 발짝에 지나지 않는다."

　그리고 선악의 척도로 측량할 수 없는 위대함을 인정하는 것이 자신의 미약함과 측량할 수 없는 하찮음을 인정하는 것에 불과하다는 사실은 누구의 머리에도 떠오르지 않는다.

　그리스도로부터 선악의 척도를 받은 우리에게는 측량하지 못할 것이 전혀 없다. 그리고 정직과 선과 진실이 없는 곳에는 위대함도 없다.

19

러시아인들 가운데 1812년 전쟁의 마지막 시기에 대한 기술을 읽으면서 분노와 불만과 모호함 같은 무거운 감정을 느끼지 않은 이가 있을까? 러시아의 세 군대가 우세한 병력으로 프랑스군을 포위했는데, 혼란에 빠진 프랑스군이 굶주림과 추위에 시달리다 무리를 지어 항복했는데, 러시아군의 목적은 바로 프랑스군의 진로를 막고 퇴로를 차단하여 모두 생포하는 것이었는데(역사가 우리에게 말하는 바에 따르면) 어째서 러시아군은 프랑스군 전체를 생포하지도 못하고 소탕하지도 못했을까? 과연 스스로에게 이런 질문들을 던지지 않은 이가 있을까?

프랑스군보다 수적으로 열세이면서도 보로지노에서 전투를 벌였던 러시아 군대가, 프랑스군을 세 방향에서 에워싸 생포하는 것을 목적으로 삼은 그 군대가 어쩌다 목적을 달성하지 못했을까? 과연 프랑스군에 우리가 우세한 병력으로 포위하고도 격파하지 못할 만큼 굉장한 이점이 있는 것일까? 어떻게 이런 일이 일어날 수 있었을까?

역사(이런 이름으로 불리는 것)는 이 질문들에 답하면서 말한다. 이런 일이 일어난 것은 쿠투조프, 토르마소프, 치차고프 등 이런저런 사람들이 이런저런 작전을 펼치지 않았기 때문이라고…….

그런데 어째서 그들은 그 모든 작전을 수행하지 않았을까? 만약 예정된 목적이 성취되지 못한 게 그들 탓이라면 어째서 그들은 재판도 받지 않고 처형도 당하지 않았을까? 그러나 설령 러시아군이 실패한 책임이 쿠투조프와 치차고프 등등에게 있다 가정하더라도, 러시아군이 크라스노예와 베료지나 부근에 있을 때와 같은 조건(두 경우 모두 러시아군의 병력이 더 우세했다.)에서 왜 프랑스 군대와 원수들과 왕들과 황제를 생포하지 못했는지는 이해할 수 없다. 러시아군의 목적이 그들을 생포하는 것이었는데도 말이다.

쿠투조프가 공격을 방해했다는 사실로 이 기묘한 현상을 설명하는 것(러시아의 군사 역사가들은 그렇게 설명한다.)은 근거가 없다. 왜냐하면 우리는 쿠투조프의 의지가 뱌지마와 타루치노 부근에서 공격을 막지 못했다는 것을 알기 때문이다.

보로지노 부근에서는 전력을 쏟은 적을 지극히 미약한 군대로 이긴 러시아군이 어째서 크라스노예와 베료지나 부근에서는 혼란에 빠진 프랑스인 무리에게 우세한 병력을 가지고도 패했을까?

러시아군의 목적이 퇴로를 차단하여 나폴레옹과 원수들을 생포하는 것이었다면, 그리고 이 목적이 달성되지 못한 데다 이 목적을 달성하려는 모든 시도가 매번 말할 수 없이 치욕스러운 방식으로 좌절되었다면, 프랑스인들이 전쟁 마지막 시기를 자신들의 연전연승이라고 생각하는 것은 완전히 정당하며, 러시아 역사가들이 자신들의 승리라고 생각하는 것은 완전히 틀린 셈이다.

러시아의 군사 역사가들은 논리의 구속을 받는 한 부득이 이러한 결론에 이른다. 설사 용기와 충성 등을 운운하며 서정적인 호소를 한다 해도, 프랑스군의 모스크바 퇴각이 나폴레옹에게는 일련의 승리고 쿠투조프에게는 일련의 패배임을 부득이 인정할 수밖에 없다.

그러나 민족의 자존심을 완전히 제쳐 두더라도 이러한 결론 자체에는 모순이 내포되어 있음이 감지된다. 프랑스군은 연승의 결과 완전히 섬멸되었고, 러시아군은 연패의 결과 적을 섬멸하여 조국에서 완전히 몰아냈기 때문이다.

이 모순의 근원은 군주와 장군의 편지, 전투 보고, 상신, 계획서 등으로 사건을 연구하는 역사가들이 1812년 전쟁 마지막 시기의 목적, 결코 존재한 적 없는 그 목적을 마치 나폴레옹과 원수들과 군대의 퇴로를 차단하여 생포하는 것이 목적인 양을 잘못 가정한 점에 있다.

이러한 목적은 결코 존재한 적도 없고 존재할 수도 없었다. 목적이 무의미하고, 그것을 실현하는 것은 완전히 불가능했기 때문이다.

그 목적은 완전히 무의미했다. 첫째, 혼란에 빠진 나폴레옹의 군대는 전력을 다하여 최대한 빨리 러시아에서 도망치는 중이었다. 즉 프랑스군은 러시아인이라면 누구나 바랄 만한 것을 수행하고 있었다. 최대한 서둘러 도주하는 프랑스군에게 다양한 작전을 펼쳐야 할 이유가 무엇이란 말인가?

둘째, 도주에 전력을 쏟는 사람들의 갈 길을 막아서는 것은 무의미했다.

셋째, 프랑스군을 섬멸하기 위해 자신의 군대를 잃는 것은 무의미했다. 딱히 길을 차단하지 않아도 프랑스군은 12월에 국경을 넘은 자들, 즉 전체 군대 가운데 100분의 1 외에는 국경을 건너지 못할 속도로 전진하면서 외적 요인 없이도 계속 파멸하고 있었다.

넷째, 당시의 가장 노련한 외교관들(J. 메스트르[48] 등)도 인정했듯이, 생포할 경우 러시아군의 활동을 극도로 어렵게 만들 만한 사람들, 즉 황제와 왕들과 대공들을 포로로 잡으려는 바람은 무의미했다. 자기들 군대도 크라스노예에 이르기까지 절반이나 사라졌는데 생포한 군대를 위하여 몇 개 사단을 호위로 붙여야 하는 상황에서, 또 아군 병사들도 늘 충분한 식량을 배급받지 못할뿐더러 생포된 포로들이 이미 굶주림으로

---

48) 조제프 드 메스트르(Joseph de Maistre, 1754~1821). 프랑스의 상원 의원이었으나 프랑스 혁명 때 국외로 추방되었다. 1803년 사르디니아 공국의 국왕이 그를 페테르부르크 주재 외교관으로 임명한 후 십오 년 동안 페테르부르크 궁정에서 생활했다. 그리스도교와 국왕과 교황의 절대적 권위를 주장하고 과학의 진보와 자유주의 사상에 반대했다.

죽어 가는 상황에서 프랑스군 군단을 생포하겠다는 바람은 한층 무의미했다.

나폴레옹과 프랑스 군대의 퇴로를 차단하고 생포하겠다는 심오한 계획은 전반적으로 밭이랑을 짓밟은 가축을 채소밭에서 내몰며 대문 가까이 가면 그 가축의 머리통을 패야겠다고 생각하는 농부의 계획과 비슷했다. 농부를 옹호하기 위해 할 수 있는 말은 그가 굉장히 화가 났다는 것뿐이리라. 그러나 작전을 세우는 자들에 대해서는 이런 말을 꺼낼 수조차 없다. 그들은 짓밟힌 밭이랑 때문에 괴로움을 겪은 것이 아니기 때문이다.

그러나 나폴레옹과 프랑스 군대의 퇴로를 차단하는 것은 무의미할 뿐 아니라 불가능했다.

첫째, 그것이 불가능한 이유는 경험으로도 알 수 있듯이 한 전투에서 5베르스타 정도 뻗는 종대의 움직임은 작전 계획에 전혀 부합하지 않았고, 따라서 치차고프와 쿠투조프와 비트겐시테인이 지정된 장소에서 제때 만날 가능성은 불가능에 가까울 정도로 미미했기 때문이다. 작전 계획을 받는 자리에서 쿠투조프가 긴 거리에 걸친 견제 공격은 바라는 결과를 가져오지 않는다고 말했을 때 그 역시 그렇게 생각했던 것이다.

둘째, 그것이 불가능한 이유는 나폴레옹의 군대가 퇴각할 때 관성의 힘을 마비시키기 위해서는 러시아군이 보유한 것과 비교할 수도 없는 대규모 군대가 필요했기 때문이다.

셋째, 그것이 불가능한 이유는 차단이라는 군사 용어가 어떤 의미도 갖지 않기 때문이다. 자를 수 있는 것은 빵 조각이지 군대가 아니다. 군대를 자르는 것, 즉 군대의 길을 가로막는 것은 도저히 불가능하다. 우회할 만한 장소는 주위에 언제나 많으며 아무것도 보이지 않는 밤도 있기 때문이다. 그 점은 군사학자들이 크라스노예와 베료지나의 사례만 보아도 확인할 수 있을 것이다. 생포는 포로로 잡히는 사람이 동의하지 않으면 절대 이루어질 수 없는 일이다. 그것은 제비를 잡을 수 없는 것과도 같다. 물론 제비가 손 위에 앉아 주면 잡을 수도 있겠지만…… 독일인들처럼 전략과 전술의 규칙에 따라 항복하는 자는 생포할 수 있다. 그러나 지극히 당연하게도 프랑스군은 그래도 괜찮다고 생각하지 않았다. 도주하든 생포되든 그들을 기다리는 것은 굶주림과 추위로 인한 죽음뿐이었기 때문이다.

넷째, 무엇보다 그것이 불가능한 이유는 세계가 존재한 이후 1812년 전쟁만큼 끔찍한 조건에서 일어난 전쟁은 없었던 데다, 러시아군도 프랑스군 추격에 전력을 기울이긴 했지만 자멸하지 않는 이상 더는 아무것도 할 수 없었기 때문이다.

타루치노에서 크라스노예까지 이동하는 동안 러시아군은 병자와 낙오병으로 5만 명, 즉 큰 현청 소재지의 인구에 필적하는 수를 잃었다. 전투도 치르지 않고 병력의 절반을 잃은 것이다.

그리고 군대가 부츠와 털외투도 없이, 충분한 식량도 없이, 보드카도 없이 영하 15도의 눈 속에서 몇 달 동안 숙영을 하던 그 전쟁 시기에 대해, 낮은 겨우 일곱 시간에서 여덟 시간뿐이고 나머지 시간은 규율이 영향을 미치지 못하는 밤이던 그 전쟁 시기에 대해, 불과 몇 시간만 규율이 존재하지 않는 죽음의 영역으로 들어가던 전투 때와 달리 사람들이 몇 달 동안 매 순간 굶주림과 추위로 인한 죽음과 싸우며 살아가던 그 전쟁 시기에 대해, 한 달 사이에 군대의 절반이 소멸한 그 전쟁 시기에 대해 역사가들은 우리에게 말한다. 밀로라도비치는 어디어디로, 토르마소프는 어디어디로 측면 공격을 했어야 하며 치차고프는 어디어디로 이동했어야 한다고,(무릎이 푹푹 빠지는 눈 속을 이동하는 것이다.) 또 누구누구는 이러이러하게 쳐부수고 차단했다고…….

러시아군은 절반 가까이 죽어 가면서도 러시아 민족에게 어울리는 목적을 성취하고자 자신들이 할 수 있고 또 해야 하는 일들을 전부 해냈다. 다른 러시아인들이 따뜻한 방에 앉아 실현 불가능한 일의 성취를 가정한들 그것이 러시아군의 책임은 아니다.

사건과 역사의 기술에 지금은 이해되지 않는 이 모든 기묘한 모순이 발생하게 된 것은, 이 사건을 기록하는 역사가들이 사건들 자체의 역사가 아닌 이런저런 장군들이 표방한 아름다운 감정과 말의 역사를 기록했기 때문이다.

그들이 몹시 흥미롭게 여긴 것은 밀로라도비치의 말, 이런저런 장군들이 받은 포상, 그 장군들의 의향이었다. 병원과 묘지에 남겨진 5만 명에 대한 물음은 전혀 흥미를 끌지 못했다. 그 물음은 그들의 연구에 속한 것이 아니었기 때문이다.

하지만 상신과 전체 계획에 대한 연구를 버리고 사건에 직접 관여한 인간들 수십만 명의 움직임을 고찰하기만 해도 이제까지 해결할 수 없을 것으로 보이던 모든 문제들이 갑자기 매우 쉽고 간단하게, 그리고 분명하게 해결될 것이다.

나폴레옹과 그 군대를 차단하겠다는 목적은 수십 명의 머릿속 외에는 결코 존재한 적이 없다. 그것은 존재할 수도 없었다. 왜냐하면 무의미하고, 성취가 불가능했기 때문이다.

국민의 목적은 오직 한 가지, 자신들의 땅에서 침입군을 쓸어 내는 것이었다. 첫째, 그 목적은 프랑스군이 도주하는 바람에 저절로 성취되었다. 따라서 그 움직임을 막지만 않으면 되었다. 둘째, 그 목적은 프랑스군을 섬멸한 국민 전쟁의 활동으로써 성취되었다. 셋째, 러시아 대군은 프랑스군의 움직임이 멈출 경우에만 군사력을 행사할 태세를 갖추고 뒤를 추격했으며, 이 점 역시 그 목적을 성취하는 데 도움이 되었다.

당연히 러시아군은 달아나는 짐승에게 가해지는 채찍처럼 행동해야 했다. 그리고 노련한 몰이꾼은 달아나는 짐승의 머리를 채찍으로 갈기는 것이 아니라 채찍을 높이 치켜들며 짐승을 위협하는 것이 가장 효과적이라는 점을 알았다.

4부

1

사람은 죽어 가는 짐승을 볼 때 공포에 사로잡힌다. 다름 아닌 그 자신인 것, 즉 자신의 본질이 눈앞에서 선명하게 소멸해가기 때문이다. 존재하기를 멈추는 것이다. 그러나 죽어 가는 것이 사람인 경우에는, 더군다나 사랑하는 사람, 생생하게 감지되는 사람인 경우에는 생명의 소멸에 대한 공포 외에 파열과 정신적 상처도 나타난다. 그 상처는 육체의 상처와 똑같이 때로는 죽음을 불러오기도 하고 때로는 치유되기도 한다. 그러나 언제나 아프고, 외부의 자극적인 접촉을 두려워한다.

안드레이 공작의 죽음 이후 나타샤와 마리야 공작 영애는 똑같이 그것을 느꼈다. 정신적으로 움츠러든 두 사람은 자기들 위에 드리운 죽음이라는 위협적인 구름에 눈을 감고 차마 삶의 얼굴을 똑바로 응시하지 못했다. 그들은 자신들의 벌어진 상처를 모욕적이고 고통스러운 접촉으로부터 조심스럽게 보호했다. 빠르게 거리를 달리는 승용 마차, 식사를 알리는 소리, 어떤 옷을 준비할지 묻는 하녀의 질문, 특히 마음이 담기지 않은 미약한 동정의 말, 그 모든 것이 상처를 아프게 자극하고 모욕을 느끼게 했으며, 그들에게 필요한 고요함 — 그 고요함 가운데 두 사람은 머릿속에서 여전히 그치지 않는 무섭고도 준엄한 합창 소리를 들으려 애썼다 — 을 깨뜨렸다. 그리고 일순간 그들 앞에 펼쳐진 신비하고 무한한 먼 곳을 응시하지 못하게 방해하기도 했다.

그들은 단둘이 있을 때에만 모욕도 고통도 느끼지 않았다. 그들은 서로 거의 말을 하지 않았다. 설사 말을 한다 해도 지극히 사소한 화제에 대해서였다. 나타샤도 마리야 공작 영애도 똑같이 미래에 관한 언급을 피했다.

그들에게는 미래의 가능성을 인정하는 것이 그에 대한 추억을 모욕하는 것처럼 느껴졌다. 그들은 대화에서 고인과 관련될 만한 모든 것을 한층 조심스럽게 피했다. 자신들이 겪고 느낀 것을 말로는 표현할 수 없다고 생각했다. 어떤 말로든 그의 삶을 세세하게 언급하는 것은 눈앞에서 일어난 신비의 위대함과 성스러움을 깨뜨린다고 생각했다.

끊임없이 말을 절제하고 화제를 그에게로 돌릴 만한 모든 것을 계속 피하려고 애쓰다 보니, 즉 어디에서 출발하든 말할 수 없는 것의 경계에서 이런 식으로 딱 멈추다 보니 그들이 느끼는 것은 상상을 통해 그들 앞에 더욱더 순수하고 선명하게 떠올랐다.

그러나 순수하고 완전한 기쁨이 있을 수 없는 것처럼 순수하고 완전한 슬픔도 있을 수 없다. 마리야 공작 영애는 자기 운명의 유일하고도 독립된 주인이자 조카의 후견인이며 양육자라는 처지 때문에 처음 두 주 동안 빠져 있던 슬픔의 세계로부터 나타샤보다 먼저 삶의 부름을 받았다. 그녀는 친척들에게서 답장을 하지 않을 수 없는 편지들을 받았다. 니콜렌카가 지내는 방이 습해서 그가 기침을 하기 시작했다. 알파티치가 업무를 보고할 겸 모스크바의 브즈드비젠카에 있는 저택으로 거처를 옮기자는 제안과 조언을 하러 야로슬라블에 왔다. 브즈드비젠카의 저택은 온전하게 보존되어 약간만 수리하면 되었다. 삶은 멈추지 않았고, 사람은 살아가지 않으면 안 되었다. 이제껏 살아온 고독한 사색의 세계에서 벗어나기가 아무리 괴롭다 해도, 나타샤를 혼자 버려 두는 것이 아무리 딱하고 또 부끄러운 일처럼 느껴진다 해도, 삶의 고민들이 그녀의 관심을 요구했기에 그녀도 어쩔 수 없이 굴복하고 말았다. 그녀는 알파티치와 함께 계산서를 확인하고, 조카에 관해 데살과 상의하고, 모스크바로 이사할 준비를 하면서 이런저런 지시를 내렸다.

나타샤는 외톨이가 되었고, 마리야 공작 영애가 떠날 준비에 마음을 쏟기 시작하자 그녀까지 피했다.

마리야 공작 영애는 백작 부인에게 나타샤를 모스크바에 데려가게 해 달라고 요청했다. 나타샤의 부모는 그 제안을 기쁘게 받아들였다. 딸의 체력이 날로 쇠약해지는 것을 눈치챈 그들은 장소의 변화와 모스크바 의사들의 도움이 딸에게 유익하리라 생각했다.

"절대로 가지 않겠어요." 나타샤는 그 제안을 받자 이렇게 대답했다. "부탁이에요. 날 그냥 내버려 두세요." 그녀는 이렇게 말하고 슬픔이라기보다 분노와 원망의 눈물을 애써 참으며 방에서 뛰쳐나갔다.

나타샤는 마리야 공작 영애에게 버림받고 슬픔 속에 홀로 남았다고 느낀 후 대부분의 시간을 자기 방에서 혼자 보냈다. 그녀는 소파 한구석에 다리를 접고 앉아 가느다란 손가락에 힘을 주어 무언가를 찢거나 구기면서 눈길 닿는 곳에 시선을 고정한 채 물끄러미 바라보았다. 이러한 고독은 그녀를 지치게 하고 괴롭혔다. 그러나 그것은 그녀에게 없어서는 안 될 것이었다. 누군가가 방에 들어오기만 해도 그녀는 재빨리 일어나 자세와 눈빛을 바꾸고 책이나 바느질감을 집어 들었다. 분명 자신을 방해하는 사람이 나가기를 초조하게 기다리는 듯했다.

자기 내면의 눈길이 스스로 감당하기 힘든 무시무시한 의문을 품고 뚫어지게 응시하는 그것을 그녀는 이제 곧 이해하고 헤아릴 수 있으리라 계속 생각했다.

12월 말 야위고 창백한 나타샤는 머리를 아무렇게 하나로 땋아 내리고 검은 모직 드레스를 입은 채 다리를 접고 소파에 앉아 허리띠 끝을 힘껏 접었다 폈다 하면서 문 한구석을 바라보고 있었다.

그녀는 그가 가 버린 곳, 즉 생의 저편을 바라보고 있었다. 이제껏 한 번도 생각해 보지 않은, 예전에는 너무나 멀게 느껴지고 믿기지 않던 생의 저편이 이제 공허함이나 파괴나 고통이나 모욕만 있는 생의 이편보다 더 가깝고 친근하고 알기 쉽게 느껴졌다.

그녀는 그곳을 바라보았다. 그녀는 그가 그곳에 있다는 것을 알았다. 그러나 그를 이 세상에 있을 때와 같은 모습으로밖에 볼 수 없었다. 그녀는 미치시, 트로이체, 야로슬라블에 있을 때의 그를 또 한 번 보고 있었다.

그녀는 그의 얼굴을 보고, 그의 목소리를 듣고, 그의 말과 그에게 건넨 자신의 말을 곱씹었다. 그리고 이따금 자신과 그를 위해 그때 그들이 할 수도 있었을 새로운 말들을 생각해 내곤 했다.

여기 벨벳 코트를 입은 그가 야위고 창백한 손으로 머리를 괴고 안락의자에 드러누워 있다. 가슴이 무서울 정도로 푹 꺼지고 어깨는 올라가 있다. 입술은 굳게 닫히고, 눈동자는 빛나고, 창백한 이마에 주름 하나가 솟아올랐다가 사라진다. 그의 한쪽 다리가 거의 눈에 띄지 않을 만큼 빠르게 떨린다. 나타샤는 그가 고통스러운 통증과 싸우고 있다는 것을 안다. '저 통증은 과연 어떤 걸까? 어째서 아픈 걸까? 저 사람은 어떤 기분을 느낄까? 얼마나 아플까!' 나타샤는 생각한다. 그는 그녀의 관심을 알아차리고 눈을 들었다. 그리고 웃음기 없는 얼굴로 말했다.

"다만 한 가지 끔찍한 것은……." 그가 말했다. "자기 자신을 고통스러워하는 인간과 영원히 묶는 것입니다. 그것은 영원한 고통입니다." 그러더니 주의 깊은 시선 — 그녀에게는 지금도 그 시선이 보였다 — 으로 그녀를 바라보았다. 그때 나타샤는 언제나처럼 무슨 대답을 해야 할지 미처 생각해 내기도 전에 입을 열었다. 그녀는 말했다. "이런 상황이 계속될 리없어요. 끝날 거예요. 당신은 건강해질 거예요. 완전히."

그녀는 지금 다시 그를 보고, 그때 느낀 모든 것을 다시 겪고 있었다. 그녀는 그가 그 말을 하면서 오래도록 지은 슬프고도 엄한 눈빛을 떠올렸고, 그 지긋한 눈빛에 어린 질책과 절망의 의미를 깨달았다.

'난 그의 말에 동의했지.' 이제 나타샤는 속으로 혼잣말을했다. '그가 언제까지나 고통스러운 상태로 남으면 무서울 일이라고 말이야. 내가 그때 그렇게 말한 것은 단지 그것이 그에게 무서운 일일 거라고 생각했기 때문이야. 그런데 그는 다른식으로 이해했지. 그것이 나에게 무서운 일이 될 거라고 생각한 거야. 그때만 해도 그는 아직 살고 싶어 했어. 죽음을 두려워했어. 그런데 난 그에게 그처럼 무정하고 어리석은 말을 해버렸네. 난 그렇게 생각하지 않았는데. 난 전혀 다른 생각을하고 있었어. 내가 그때 생각한 것을 말로 표현하면 이런 걸거야. 그가 죽어 가더라도, 내 눈앞에서 계속 죽어 가더라도지금에 비하면 난 행복할 거라고……. 지금은……. 아무것도,아무도 없어. 그는 이 사실을 알았을까? 아니. 그는 몰랐고 앞으로도 결코 모를 거야. 그리고 이제는 이미 그것을 결코, 결코 되돌릴 수 없어.' 그러면 그는 다시 그녀에게 똑같은 말을했다. 그러나 이제 나타샤는 상상 속에서 그에게 다른 대답을했다. 그녀는 그의 말을 가로막고 말했다. '당신에게는 끔찍한 일일지 몰라도 나에게는 그렇지 않아요. 당신도 알잖아요. 당신 없는 내 인생에는 아무것도 없다는 걸요. 당신과 함께 고통을 겪는 것은 나에게 최고의 행복이에요.' 그러자 그는 그녀의 손을 쥐더니 죽기 나흘 전 그 무서운 저녁에 그랬던 것처럼 그 손을 꼭 잡았다. 그리고 공상 속에서 그녀는 그때 할 수도 있었을, 하지만 이제야 하게 된 부드럽고 애정에 찬 다른 말들을 그에게 더 건넸다. '당신을 사랑해요…… 당신을…… 사랑해요, 사랑해요…….' 그녀는 발작하듯 두 손을 꼭 모으고 이를 힘껏 악물면서 말했다.

그러자 달콤한 슬픔이 그녀를 사로잡았고 눈에는 어느새 눈물이 그렁그렁 고였다. 그러나 문득 그녀는 스스로에게 물었다. 난 누구에게 이 말을 하고 있는 걸까? 그는 지금 어디에 어떤 사람으로 있을까? 그러자 다시 모든 것이 무정하고 잔혹한 의혹으로 뒤덮였다. 그녀는 다시 눈을 잔뜩 찡그리고 그가 있던 곳을 응시했다. 이제 곧 자신이 신비를 꿰뚫어 볼 것 같았다……. 그러나 불가해한 것이 앞에 모습을 드러낼 것 같은 순간 문손잡이를 요란하게 두들기는 소리가 귀를 아프게 울렸다. 하녀 두냐샤가 나타샤는 안중에 없는 듯 겁에 질린 얼굴로 조심성 없이 방으로 후다닥 들어왔다.

"어서 아버지께 가 보세요." 두냐샤가 평소와 다른 흥분한 표정으로 말했다. "불행이, 표트르 일리이치에 대한…… 편지가…….' 그녀가 흐느끼며 말했다.

2

그 무렵 나타샤는 모든 사람들을 기피하는 전반적인 감정 외에도 가족을 멀리하고픈 독특한 감정을 경험했다. 모든 가족들, 즉 아버지와 어머니와 소냐는 그녀에게 너무도 가깝고 익숙하고 일상적인 사람들이었기에 그들의 모든 말과 감정은 그녀가 최근에 살던 세계에 대한 모욕처럼 느껴졌다. 그래서 그들에게 냉담했을 뿐 아니라 그들을 적의에 찬 눈으로 바라보기도 했다. 그녀는 두냐샤가 표트르 일리이치와 불행에 대해 하는 말을 들었지만 그 말을 이해하지 못했다.

'저기 저 사람들에게 무슨 불행이 있다는 거지? 무슨 불행이 있을 수 있겠어? 저 사람들에게는 오래되고 익숙하고 평화로운 것들만 있을 뿐인데.' 나타샤는 속으로 혼잣말을 했다.

그녀가 홀에 들어섰을 때 아버지가 백작 부인의 방에서 황급히 나왔다. 그의 얼굴은 일그러지고 눈물에 젖어 있었다. 목구멍으로 치밀어 오르는 흐느낌을 터뜨리기 위해 그 방에서 뛰쳐나온 것 같았다. 나타샤를 본 그는 두 손을 절망적으로 흔들며 둥글고 부드러운 얼굴을 일그러뜨리는 발작적인 흐느낌을 고통스럽게 터뜨렸다.

"페…… 페챠가……. 가라, 가 보아라, 엄마가…… 엄마가…… 부른다……." 그러더니 그는 어린아이처럼 흐느끼면서 쇠약해진 다리로 종종걸음을 치며 등받이 없는 의자로 다가가 두 손으로 얼굴을 가린 채 그 위에 쓰러지다시피 했다.

갑자기 전류가 나타샤의 온 존재를 뚫고 지나가는 듯했다. 무언가 무시무시한 것이 가슴을 아프게 때렸다. 그녀는 끔찍한 아픔을 느꼈다. 무언가가 그녀의 속을 파헤치는 것 같았다. 죽을 것만 같았다. 그러나 그 아픔에 이어 일순간 자기 위에 놓인 삶의 금제로부터 자유로워지는 기분을 느꼈다. 아버지를 보고 문 너머에서 어머니의 무시무시하고 거친 비명 소리를 들은 그녀는 순간적으로 자신과 자신의 슬픔을 잊었다. 그녀는 아버지 곁으로 달려갔다. 하지만 그는 힘없이 한 손을 저으며 어머니의 방문을 가리켰다. 마리야 공작 영애가 창백한 얼굴로 아래턱을 바들바들 떨며 문에서 나와 나타샤의 손을 잡고 무슨 말을 했다. 나타샤에게는 그녀의 모습이 보이지 않았고, 그 목소리가 들리지 않았다. 그녀는 빠른 걸음으로 문에 들어서다가 마치 자신과 싸우기라도 하듯 잠시 걸음을 멈추더니 어머니 곁으로 달려갔다.

백작 부인은 기묘하고 부자연스러운 자세로 안락의자에 몸을 쭉 뻗고 누워 머리로 벽을 찧고 있었다. 소냐와 하녀들이 그녀의 팔을 잡고 있었다.

"나타샤! 나타샤를!" 백작 부인이 부르짖었다. "거짓말, 거짓말이야……. 그이가 거짓말을 한 거야……. 나타샤를 데려와!" 그녀는 주위 사람들을 밀치며 외쳤다. "전부 나가라니까. 거짓말! 죽다니! 하하하하! 거짓말이야!"

나타샤는 안락의자에 무릎을 꿇더니 어머니 위로 몸을 굽혀 끌어안고는 예상치 못한 힘으로 그녀를 일으켰다. 그런 다음 어머니의 얼굴을 자기 쪽으로 돌리고 어머니에게 기댔다.

"엄마! 엄마! 저 여기 있어요, 엄마!" 그녀는 잠시도 말을 멈추지 않고 어머니에게 계속 속삭였다.

그녀는 어머니를 놓아주지 않고 부드럽게 실랑이를 벌이며 하녀들한테 베개와 물을 가져오게 하고는 어머니의 옷을 풀어 헤쳤다.

"엄마, 사랑하는 엄마……." 그녀는 어머니의 머리와 손과 얼굴에 입을 맞추면서, 눈물이 자신의 코와 뺨을 간질이며 시냇물처럼 그치지 않고 흐르는 것을 느끼면서 쉬지 않고 속삭였다.

백작 부인은 딸의 손을 잡고는 눈을 감고 잠시 진정했다. 그러다 불현듯 평소와 달리 빠른 동작으로 벌떡 일어나 멍하니 주위를 둘러보았다. 나타샤를 알아본 그녀는 딸의 머리를 힘껏 움켜쥐었다. 그러고는 아픔으로 일그러진 나타샤의 고개를 자기 쪽으로 돌리고 한참 동안 그 얼굴을 응시했다.

"나타샤, 너는 날 사랑하지?" 그녀는 신뢰가 담긴 부드러운 목소리로 소곤거렸다. "나타샤, 너는 날 속이지 않겠지? 나에게 진실을 전부 말해 주겠지?"

나타샤는 눈물이 가득 고인 눈으로 어머니를 바라보았다. 그녀의 얼굴에는 용서와 사랑을 애원하는 표정만 담겨 있을 뿐이었다.

"사랑하는 엄마." 그녀는 어머니를 짓누르는 그 넘치는 슬픔을 어떻게든 자신에게로 옮기기 위해 자신이 간직한 사랑의 힘을 전부 쏟아 내며 같은 말을 되풀이했다.

그리고 어머니는 또다시 현실과 무력한 투쟁을 벌이면서, 생명을 꽃피우던 사랑하는 아들이 죽었는데도 자신이 살 수 있다고 믿기를 거부하며 현실을 피해 광기의 세계에서 구원을 얻으려 했다.

나타샤는 그날의 낮과 밤이, 그다음 날의 낮과 밤이 어떻게 흘러갔는지 기억할 수 없었다. 그녀는 자지도, 어머니를 떠나지도 않았다. 끈기 있고 참을성 있는 나타샤의 사랑은 설명이나 위로가 아니라 삶으로의 부름으로서 매 순간 사방에서 백작 부인을 에워싸는 듯했다. 사흘째 밤 백작 부인이 잠시 안정을 찾았다. 그래서 나타샤는 안락의자 손잡이에 머리를 기대고 눈을 감았다. 침대가 삐걱거렸다. 나타샤는 눈을 떴다. 백작 부인이 침대에 앉아 나직하게 말했다.

"네가 돌아와서 얼마나 기쁜지 모른다. 피곤하지? 차를 마시겠니?" 나타샤가 그녀에게 다가갔다. "멋있어졌구나. 어엿한 어른이 됐어." 백작 부인은 딸의 손을 잡으며 계속 말을 이었다.

"엄마, 무슨 말씀을 하시는 거예요!"

"나타샤, 그 애는 없다. 이제 없어!" 백작 부인은 딸을 끌어
안고 비로소 흐느끼기 시작했다.

3

마리야 공작 영애는 출발을 연기했다. 소냐와 백작은 나타샤와 교대하려 했으나 그럴 수 없었다. 그들은 나타샤만이 어머니를 광적인 절망에 빠지지 않도록 할 수 있다는 것을 알았다. 삼 주 동안 나타샤는 어머니 옆에 계속 붙어 지내면서 어머니 방에 있는 안락의자에서 자고 어머니와 끊임없이 이야기를 나누며 음식을 들게 했다. 그녀가 그처럼 어머니와 이야기를 나눈 것은 그녀의 다정하고 부드러운 목소리만이 백작 부인을 진정시켰기 때문이다.

어머니가 입은 마음의 상처는 치유될 수 없었다. 페챠의 죽음은 그녀의 생명을 반쯤 앗아 갔다. 페챠의 사망 소식을 받을 때만 해도 생기 있고 건강한 쉰 살 여인이던 백작 부인은 그로부터 한 달 후 자신의 방에서 나왔을 때 생활에 무관심한 반쯤 죽은 노파가 되어 있었다. 그러나 백작 부인을 반쯤 죽인 바로 그 상처, 그 새로운 상처가 나타샤를 삶으로 불러냈다.

영적인 몸의 파열로 생긴 마음의 상처도 육체적인 몸의 상처와 똑같다.[49] 이상하게 들릴지 모르지만 마음의 상처도 육체적인 상처와 마찬가지로 깊은 상처가 낫고 살갗이 아문 후 오직 내부에서 솟아오르는 생명력으로 치유된다.

나타샤의 상처도 그와 같이 치유되었다. 그녀는 자신의 인생이 끝났다고 생각했다. 그런데 뜻밖에도 어머니를 향한 사랑은 그녀의 삶에서 본질인 것, 즉 사랑이 그녀 안에 여전히 살아 있음을 그녀에게 보여 주었다. 사랑이 눈을 떴다. 그리고 삶이 눈을 떴다.

안드레이 공작의 마지막 며칠은 나타샤와 마리야 공작 영애를 하나로 묶었다. 새로운 불행은 두 사람을 더욱 가깝게 만들었다. 마리야 공작 영애는 출발을 미루고 지난 삼 주 동안 마치 병든 어린아이를 돌보듯 나타샤를 돌보았다. 어머니 방에서 지난 몇 주를 보내는 사이 나타샤는 체력을 다 소진했다.

어느 날 한낮에 마리야 공작 영애는 나타샤가 열과 오한으로 덜덜 떠는 것을 알아채고 자기 방으로 데려가 침대에 눕혔다. 나타샤는 침대에 누웠다. 그러나 마리야 공작 영애가 커튼

---

49) 『고린도전서』 15장 44절에서 사도 바울은 말한다. "육체적인 몸으로 묻히지만 영적인 몸으로 다시 살아납니다. 육체적인 몸이 있으면 영적인 몸도 있습니다."(공동 번역 개정판의 번역을 인용했다.) 사도 바울은 죽으면 썩어서 흙이 되는 자연적인 몸과 부활 후 영원히 썩지 않는 거룩한 몸을 비교하며 '육체의 부활'을 설명한다. 톨스토이는 그저 육체와 영혼(혹은 정신)을 비교하기 위해 사도 바울의 용어를 빌려 왔을 뿐이다.

을 치고 방에서 나가려 하자 그녀를 불렀다.

"자고 싶지 않아. 마리, 내 옆에 있어 줘."

"피곤하잖아. 자려고 해 봐."

"아니, 아니야. 왜 나를 데려왔어? 엄마가 날 찾으실 텐데."

"어머니는 아주 좋아지셨어. 오늘은 말씀도 아주 잘하시던 걸." 마리야 공작 영애가 말했다.

나타샤는 침대에 누워 흐릿한 어둠 속에서 마리야 공작 영애의 얼굴을 바라보았다.

'그녀가 그를 닮았나?' 나타샤는 생각했다. '음, 닮기도 했고 닮지 않기도 했네. 하지만 그녀는 독특하고 낯설어. 완전히 새롭고 알기 힘든 사람이야. 그래도 그녀는 날 좋아해. 그녀의 마음속에는 어떤 것이 있을까? 전부 선한 것들이겠지. 하지만 어떻게, 그녀는 어떻게 생각할까? 날 어떻게 보고 있을까? 그래, 그녀는 훌륭한 사람이야.'

"마샤." 나타샤는 마리야 공작 영애의 손을 쑥스럽게 잡아끌며 말했다. "마샤, 날 나쁜 여자라고 생각하지 마. 알았지? 마샤, 소중한 사람. 내가 마샤를 얼마나 좋아하는데. 우리, 꼭, 꼭 친구가 되기로 해."

그리고 나타샤는 마리야 공작 영애를 끌어안으며 손과 얼굴에 입을 맞추기 시작했다. 마리야 공작 영애는 나타샤의 그러한 감정 표현에 부끄럽기도 하고 기쁘기도 했다.

그날 이후 마리야 공작 영애와 나타샤 사이에는 여자들 사이에서만 볼 수 있는 열렬하고 부드러운 우정이 굳게 뿌리를 내렸다. 그들은 끊임없이 서로에게 입을 맞추고 다정한 말을 건네며 많은 시간을 함께 보냈다. 한 사람이 방에서 나가면 다른 사람은 불안해하다가 다급하게 상대방이 있는 곳으로 갔다. 두 사람은 따로 있을 때보다 둘이 있을 때 더 서로간의 화합을 느꼈다. 그들 사이에는 우정보다 더 끈끈한 감정이 확립되었다. 그것은 서로가 존재할 때에만 삶이 가능하다는 각별한 감정이었다.

이따금 그들은 몇 시간이고 침묵을 지켰다. 때로는 침대에 누워 이야기를 시작했다가 밤을 새우기도 했다. 대부분 먼 과거에 대해 이야기했다. 마리야 공작 영애는 어린 시절에 대해, 어머니에 대해, 아버지에 대해, 자신의 꿈에 대해 이야기했다. 그리고 그런 헌신과 순종의 삶을, 그리스도교의 자기희생이라는 시(詩)를 태연하고 무심하게 외면해 온 나타샤는 이제 자신이 마리야 공작 영애와 사랑으로 이어져 있다고 느끼면서 그녀의 과거도 사랑하게 되고, 자신이 이제껏 몰랐던 삶의 측면들도 이해하게 되었다. 나타샤는 다른 기쁨을 추구하는 데 익숙했기에 순종과 자기희생을 자신의 삶에 적용하겠다고 생각하지 않았지만 지금까지 몰랐던 그 다른 미덕을 이해하고 사랑하게 되었다. 나타샤의 어린 시절과 사춘기에 관한 이야기를 들은 마리야 공작 영애에게도 그녀가 예전에 알지 못하던 삶의 측면이, 삶과 삶의 즐거움에 대한 믿음이 열렸다.

그들은 여전히 그에 대해서는 결코 이야기하지 않았다. 그들 안에 있는 지고한 감정을 말로 깨뜨리지 않기 위해서였다 ― 그들은 그렇게 생각했다. 그러나 그에 대한 이러한 침묵이 그들 스스로는 믿지 않았지만 조금씩 그를 잊게 만들었다.

나타샤는 야위고 창백해졌다. 다들 끊임없이 그녀의 건강에 대해 말할 만큼 육체적으로 몹시 쇠약해졌다. 그녀는 그것이 기뻤다. 그러나 간혹 죽음에 대한 두려움뿐 아니라 병과 쇠약과 아름다움의 상실에 대한 두려움이 불현듯 그녀를 엄습했다. 그래서 가끔 무심결에 맨 팔을 유심히 바라보다가 야윈 모습에 놀라기도 했고, 아침이면 거울에 비친 해쓱하고 초라한 ― 그녀에게는 그렇게 느껴졌다 ― 얼굴을 오랫동안 응시하기도 했다. 그녀는 이것이 너무나 당연하다고 생각하면서도 두려움과 서글픔을 느꼈다.

언젠가 나타샤는 위층으로 급히 올라가다가 괴롭게 숨을 헐떡인 적이 있었다. 그녀는 자기도 모르게 곧바로 아래층에서 처리할 용무를 생각해 내고는 자신의 힘을 시험하고 스스로를 관찰하며 아래층에서 위층으로 다시 뛰어 올라갔다.

또 언젠가는 두냐샤를 불렀는데 목에서 목쉰 소리가 난 적이 있었다. 나타샤는 두냐샤의 발소리가 들리는데도 한 번 더 그녀를 불렀다. 노래를 부를 때처럼 가슴에서 울리는 소리로 크게 부르고 그 소리에 귀를 기울였다.

그녀는 알지도 못했고 믿으려 하지도 않았겠지만 그녀의 영혼을 덮고 있던 진흙층 ― 그녀에게는 어떤 것도 침투할 수 없을 것처럼 보이던 ― 아래에서는 이미 가늘고 부드러운 새싹이 자라고 있었다. 분명 그 새싹은 뿌리를 내리고 생생한 가지를 뻗어 머지않아 그녀를 짓누르는 슬픔을 보이지 않게 가려 줄 것이다. 상처는 속에서부터 아물고 있었다.

1월 말에 마리야 공작 영애는 모스크바로 떠났다. 백작은 나타샤도 의사와 상담할 수 있도록 마리야 공작 영애와 함께 떠나야 한다고 주장했다.

4

적의 섬멸과 차단 등을 갈망하는 아군의 욕망을 쿠투조프
도 막지 못한 뱌지마 충돌 이래로, 도주하는 프랑스군과 그들
을 뒤쫓는 러시아군은 크라스노예에 이를 때까지 단 한 번도
전투를 치르지 않고 계속 이동하기만 했다. 프랑스군이 어찌
나 빠르게 도주했는지 그 뒤를 쫓는 러시아군은 적군을 미처
따라잡을 수도 없었다. 게다가 기병대와 포병대의 말들은 걸
핏하면 멈춰 섰으며 프랑스군의 움직임에 대한 정보는 늘 부
정확했다.

러시아 병사들은 하루에 40베르스타씩 나아가는 이 끝없는
이동에 몹시 지쳐 버려 더 빠른 속도로는 움직이지 못했다.

러시아군이 어느 정도로 지쳤는지 이해하려면, 타루치노
를 떠날 때만 해도 10만 명에 이르던 러시아군이 크라스노
예에 도착할 때 5만 명에 불과했다는 — 이동하는 내내 겨우

5000명의 사상자를 내고 포로로는 100명도 잃지 않았으면 서─사실이 의미하는 바를 분명히 이해하기만 하면 된다.

프랑스군을 뒤쫓는 러시아군의 빠른 추격은 프랑스군의 후퇴가 그 자신들에게 그랬던 것처럼 러시아군에게도 똑같이 파괴적인 영향을 미쳤다. 차이가 있다면 러시아군은 프랑스군 위에 드리운 파멸의 위협 없이 자발적으로 이동했다는 점, 그리고 프랑스군에서 낙오된 병자들은 적의 수중에 떨어지고 러시아군 낙오병들은 고국에 남았다는 점뿐이다. 나폴레옹의 군대가 줄어든 주요한 원인은 이동이 빨랐기 때문이다. 러시아 군대가 그에 상응하게 감소한 것이 명백한 증거다.

타루치노와 뱌지마 부근에서와 마찬가지로 쿠투조프의 활동은 프랑스군에 파괴적인 영향을 미치는 이러한 이동을 가능한 한 중단하지 않고(페테르부르크와 군 내부의 러시아 장군들은 그 이동을 멈추기를 원했다.) 오히려 그 이동을 도우며 러시아군의 움직임을 더 수월하게 하는 데만 온통 쏠려 있었다.

그러나 그 밖에도 군대 내에서 빠른 이동으로 인한 피로와 엄청난 손실이 나타난 이후 쿠투조프에게는 군대의 이동을 늦추고 때를 기다릴 또 다른 이유가 생겼다. 러시아군의 목적은 프랑스군을 추적하는 것이었다. 프랑스군의 진로는 알려지지 않았다. 따라서 프랑스군에 바짝 붙어 추격할수록 아군은 더 많은 거리를 이동하게 된다. 약간 거리를 두고 쫓을 때에만 프랑스군이 택한 지그재그식의 진로를 최단 거리로 차단할 수 있었다. 여러 장군들이 건의한 온갖 치밀한 작전들은 군대의 이동과 이동 거리의 증가라는 형태로 나타났다. 유일하게 합리적인 목표는 이러한 이동을 줄이는 것이었다. 그리고 모스크바에서 빌노에 이르기까지 쿠투조프의 활동은 전쟁 내내 이러한 목표에 집중되었다. 우연도, 일시적인 것도 아니었다. 그는 처음부터 끝까지 한 번도 이러한 목표를 바꾸지 않았다.

쿠투조프는 모든 러시아 병사들이 느끼는 것, 즉 프랑스군이 패했으며, 적은 달아나는 중이고 자신들은 적을 몰아내야 한다는 것을 이성이나 학문으로써가 아니라 러시아인이라는 자신의 온 존재로써 깨닫고 감지했다. 그러나 그와 동시에 속도와 계절의 측면에서 이 전례 없는 행군에 따를 모든 고충을 병사들과 한마음으로 느끼고 있었다.

하지만 공을 세우고 누군가를 놀라게 하고 무언가를 위해 어떤 대공이나 왕을 생포하고 싶어 하는 장군들, 특히 러시아인이 아닌 장군들에게는 모든 전투가 추악하고 무의미한 지금야말로 전투를 벌이고 누군가를 무찌를 때인 것처럼 느껴졌다. 신발도 제대로 갖추지 못하고 반외투도 없고 반쯤 굶주린 병사들, 한 달 동안 전투를 한 번도 치르지 않았는데 절반 정도가 사라져 버린 병사들, 도주가 계속되기 위한 최적의 조건 아래에서 국경에 이르려면 이제껏 온 것보다 더 많은 거리를 가야 하는 병사들을 포함한 작전 계획들이 잇달아 제출되자 쿠투조프는 그저 어깨를 으쓱할 뿐이었다.

공을 세우고 기동 작전을 펼치고 적을 쳐부수고 퇴로를 차단하려는 이러한 갈망은 특히 러시아군이 프랑스군과 우연히 부딪칠 때 나타나곤 했다.

크라스노예 부근에서도 그런 일이 일어났다. 그곳에서 러시아군은 프랑스군의 3개 종대 가운데 하나를 발견하리라 생각했는데 1만 6000명을 거느린 나폴레옹과 맞닥뜨렸다. 쿠투조프가 이런 파국적인 충돌을 피하기 위해, 그리고 자신의 군대를 지키기 위해 온갖 수단을 동원했음에도 크라스노예 부근에서 러시아군의 기진맥진한 병사들은 이미 괴멸되어 무리에 지나지 않는 프랑스군의 숨통을 완전히 끊어 놓기 위해 사흘 동안 계속 매달렸다.

톨은 '1종대는 어디어디로 향할 것'(독일어) 등의 작전 명령을 썼다. 그리고 언제나 그렇듯 모든 것은 작전 명령대로 되지 않았다. 뷔르템베르크의 예브게니 대공은 옆을 지나 달아나는 프랑스군 무리를 향해 언덕 위에서 사격하며 지원을 요청했지만 지원군은 오지 않았다. 프랑스군은 밤이 되면 러시아군을 우회하여 뿔뿔이 흩어진 후 숲속에 몸을 숨기고 제각기 최대한 멀리 달아났다.

분대의 경제적인 문제에 대해서는 아무것도 알고 싶지 않다 말하고, 필요할 때 한 번도 나타난 적이 없으며, 스스로를 '두려움을 모르고 흠잡을 것이 없는 기사'[50]라 일컫고, 프랑스

---

50) 피에르 테라일(Pierre Terrail, 1473~1524). 기사의 귀감이자 당대의 가장 노련한 장군으로 꼽히는 인물이다. 정찰대와 간첩망으로 적의 움직임을 확보하고 분석하는 능력이 탁월했다. 쾌활함과 친절함, 낭만적 기사도, 동정심, 관대함의 상징이었고, '두려움을 모르고 흠잡을 것이 없는 기사(le chevalier sans peur et sans reproche)'로 꼽혔으며, 동료들 사이에서 '호인 기사(le bon chevalier)'라 불렸다. 바야르를 일컫는 '두려움 없고 흠결 없는 기사'라는 말은 관용적 표현이 되었다.

군과의 회담을 광적으로 좋아하던 밀로라도비치는 항복을 요구하느라 계속 군사(軍使)를 보내 시간을 낭비할 뿐 자신이 받은 명령은 수행하지 않았다.

"제군들, 그대들에게 저 종대를 선사하겠다." 그는 말을 부대 쪽으로 가까이 몰고 가서 기병들에게 프랑스군을 가리키며 말했다. 그러자 야위고 털이 다 빠지고 겨우 움직이는 말을 탄 기병들은 박차와 칼로 빠르게 말을 몰며 엄청난 노력을 쏟은 끝에 자신들에게 헌납된 종대 쪽으로, 즉 동상에 걸리고 추위에 몸이 얼어붙은 굶주린 프랑스인들 무리 쪽으로 접근했다. 헌납된 종대는 무기를 버리고 항복했다. 그것은 그들이 이미 오래전부터 바라던 바였다.

크라스노예 부근에서 러시아군은 2만 6000명을 생포하고 대포 수백 문과 원수의 홀(笏)이라 불리는 어떤 막대기를 노획했다. 그들은 그곳에서 누가 공을 세웠는지 입씨름을 하고 그것으로 만족했다. 하지만 나폴레옹이나 하다못해 어떤 영웅이나 원수라도 잡지 못한 것을 몹시 애석해하며 이에 대해 서로를, 특히 쿠투조프를 비난했다.

자신의 욕망에 이끌려 온 이 사람들은 단지 필연성이라는 가장 슬픈 법칙을 맹목적으로 실행한 자들에 불과했다. 하지만 스스로를 영웅으로 여기고, 자신들이 한 일을 이루 말할 수 없이 훌륭하고 고귀한 일로 생각했다. 그들은 쿠투조프를 비난하며 그가 전쟁 초기부터 나폴레옹을 무찌르지 못하게 방해했다고, 그가 자기 욕망을 충족하는 것만 생각하여 자신에게 편하다는 이유로 폴로트냐니 자보디를 떠나려 하지 않았다고, 그가 크라스노예 부근에서 진군을 중지시킨 것은 그저 나폴레옹이 있다는 사실을 알고 너무 당황하여 어쩔 줄 몰랐기 때문이라고, 그가 나폴레옹과 한패이며 그에게 매수되었으리라는[51] 추정도 가능하다고 떠들어 댔다.

자신의 욕망에 이끌린 동시대인들만 그런 식으로 이야기한 것이 아니었다. 후손들과 역사도 나폴레옹은 위대하다고 인정했다. 그러나 쿠투조프에 대해 외국인들은 교활하고 음탕하고 쇠약하고 늙은 신하로, 러시아인들은 뭔가 정체를 알 수 없고 단지 러시아 이름을 가졌다는 점에서만 쓸모 있는 인형 같은 존재로 생각했다.

---

51) 윌슨의 일기.(톨스토이 주) 나폴레옹이 포르투갈을 정복한 후 잉글랜드로 추방된 포르투갈인들은 그곳에서 외인부대 '로얄 루시타니아 군대'를 조직한다. 로버트 토머스 윌슨(Robert Thomas Wilson, 1774~1849)은 이 부대의 지휘관이었고, 1812~1814년에 영국 대표로서 러시아 사령부에 몸담고 있었다. 그는 베니히센과 함께 결정적 행동을 요구하며 쿠투조프를 중상모략하고, 알렉산드르 1세에게 파견대를 보내 쿠투조프를 비방하기도 했다.

5

1812년과 1813년에 쿠투조프는 실책에 대하여 노골적인 비난을 받았다. 군주는 그를 불만스러워했다. 그리고 군주의 명령으로 최근에 저술된 역사서에는 쿠투조프가 교활하고 거짓말을 잘하는 신하로서 나폴레옹의 이름조차 무서워했다고, 크라스노예와 베료지나 부근에서는 그의 실책으로 러시아군에게서 영예 — 프랑스군에 대한 완전한 승리 — 를 앗아 갔다고 기록되어 있다.[52]

그것이 바로 위대한 인물, 즉 그랑 옴므(grand homme) — 러시아의 지성은 이런 인물들을 인정하지 않는다 — 가 아닌 자

---

[52] 보그다노비치의 『1812년의 역사: 쿠투조프의 성격과 크라스노예 전투의 불만스러운 결과에 대한 고찰(История 1812года: характеристика К-утузова и рассуждение о неудовлетворительности результатов Красненских сражений)』.(톨스토이 주)

들의 운명, 신의 뜻을 깨달아 자신의 개인적인 의지를 그 뜻에 복종시키는 보기 드물고 언제나 고독한 자들의 운명이다. 군중의 질투와 멸시는 지고한 법칙을 깨달았다는 죄목으로 이러한 사람들을 벌한다.

말하기 이상하고 두렵기도 하지만 러시아 역사가들에게 나폴레옹 — 그는 언제 어디에서도, 심지어 추방 중에도 인간의 품위를 보여 준 적 없고 이루 말할 수 없이 보잘것없는 역사의 도구에 불과하다 — 은 열광과 환희의 대상이다. 즉 그는 위대하다. 한편 1812년 활동 내내 보로지노에서 빌노에 이르기까지 자신의 행동과 말에 언제나 충실했던 쿠투조프는, 자신을 희생하고 사건이 미래에 갖게 될 의미를 현재 안에서 인식한 자로서 역사상 보기 드문 모범이 된 쿠투조프는 그들이 보기에 정체를 알 수 없는 불쌍한 자다. 또 쿠투조프와 1812년에 대해 말할 때면 그들은 늘 다소 수치심을 느끼는 듯하다.

그러나 역사 속 인물들 가운데 그 활동이 그처럼 언제나 변함없이 하나의 똑같은 목적만을 향했던 인물을 떠올리기란 어렵다. 그보다 더 가치 있고 그보다 더 국민 전체의 의지에 합치하는 목적을 생각해 내기도 어렵다. 역사상의 인물이 스스로에게 부여한 목표가 1812년 쿠투조프의 모든 활동이 성취하려 했던 목적만큼 완벽하게 성취된 사례를 찾아내기는 더욱 어렵다.

쿠투조프는 피라미드에서 굽어보는 4000년에 대해, 자신이 조국을 위해 감내하는 희생에 대해, 자신이 실현하려 하거나 이미 실현한 것에 대해 결코 말하지 않았다. 대체로 자신에 대해서는 아무 말도 하지 않았고 어떤 배역도 연기하지 않았다. 언제나 지극히 소탈하고 평범한 사람으로 보였으며, 또 지극히 소탈하고 평범한 이야기를 했다. 그는 딸과 마담 스탈에게 편지를 쓰고, 소설을 읽고, 아름다운 여인들과 교제를 즐기고, 장군들과 장교들과 병사들에게 농담을 건네고, 그에게 무언가를 증명하려는 사람의 말을 결코 반박하지 않았다. 라스톱친 백작이 야우자 다리에 있는 쿠투조프에게로 말을 몰고 와 모스크바의 파멸이 누구의 탓인가에 대해 개인적인 비난을 퍼부으며 "당신은 전투 없이 모스크바를 버리지는 않을 거라고 약속하지 않았습니까?"라고 말했을 때, 쿠투조프는 이미 모스크바를 포기했으면서도 "나는 전투도 치르지 않고서 모스크바를 버리지는 않소."라고 대꾸했다. 군주가 쿠투조프에게 보낸 아락체예프가 예르몰로프를 포병대 지휘관으로 임명해야 한다고 말하자, 쿠투조프는 그 직전에 전혀 다른 말을 하고서도 "좋소. 나도 지금 막 그렇게 말한 참이오."라고 대답했다. 자신을 에워싼 어리석은 무리들 틈에서 혼자만 당시 사건의 거대한 의미를 전부 이해하고 있던 쿠투조프에게 라스톱친 백작이 수도의 재앙을 자기 탓으로 돌리든 그의 탓으로 돌리든 무슨 상관이었겠는가? 누구를 포병대 지휘관으로 임명할 것인가는 더더욱 그의 관심을 끌지 못했다.

인생의 경험을 통해 사상과 그것을 표현하는 언어가 인간의 원동력이 아니라는 확신에 이른 이 노인은 이런 경우들뿐 아니라 끊임없이 전혀 의미가 없는 말들, 그러니까 머리에 가장 먼저 떠오른 말들을 지껄여 댔다.

그러나 그처럼 자기 말에 개의치 않던 이 노인도 자신이 전쟁의 전 기간에 걸쳐 추구한 유일한 목적에 부합하지 않을 만한 말은 자신의 활동 기간 내내 단 한 마디도 한 적이 없었다. 분명 그는 사람들의 이해를 받지 못할 거라는 괴로운 확신에도 어쩔 수 없이 온갖 다양한 상황 속에서 자신의 생각을 여러 번 드러냈다. 주변 사람들과 불화가 시작된 보로지노 전투 때부터 오직 그 한 사람만이 보로지노 전투는 승리다라고 말했다. 그는 그 말을 구두로든 보고서로든 죽는 순간까지 계속 되풀이했다. 오직 그 한 사람만이 모스크바를 잃는다고 해서 러시아를 잃는 것은 아니다라고 말했다. 그는 평화 조약을 제안하는 로리스통에게 평화 조약은 있을 수 없다, 그것이 국민의 의지이기 때문이다라고 답변했다. 프랑스군이 퇴각할 때 오직 그 한 사람만이 어떤 군사 행동도 필요 없다, 모든 것은 자연히 우리의 바람 이상으로 잘 풀릴 것이다, 적에게 황금 다리를 넘겨야 한다, 타루치노 전투도, 뱌지마 전투도, 크라스노예 전투도 필요 없다, 국경에 이를 때까지 무엇이라도 남아 있어야 한다, 나는 러시아 군인 한 명을 프랑스 군인 열 명과도 바꾸지 않을 것이다라고 말했다.

그리고 오직 그 한 사람만이, 군주의 비위를 맞추기 위해 아락체예프에게 거짓말을 했다고 알려진 바로 그 신하가 빌노에서 국경 너머로 전쟁을 연장하는 것은 백해무익하다라고 말하여 군주의 기분을 상하게 한다.

그러나 말만으로는 그가 당시 사건의 의미를 이해하고 있었다고 입증할 수 없을 것이다. 그의 행동들은 한 치의 벗어남도 없이 똑같은 목적을 향했고, 그 목적은 세 가지 행동으로 표현되었다. 1) 프랑스군과의 충돌에 대비해 자신의 모든 힘을 집중한다. 2) 프랑스군을 격파한다. 3) 프랑스군을 러시아에서 몰아내 힘닿는 한 국민과 군대의 불행을 완화한다.

인내와 시간이 신조인 느림보 쿠투조프, 과감한 행동의 적인 쿠투조프, 그런 그가 비할 데 없이 엄숙하게 보로지노 전투를 준비하고 그 전투에 임한다. 아우스터리츠 전투 때는 전투를 시작하기 전부터 자신들이 질 것이라고 말하던 쿠투조프, 그런 그가 보로지노 전투 때는 다른 장군들이 그 전투를 패배로 확신하는데도, 또한 군대가 승리를 거두고도 퇴각을 해야 하는 역사상 전대미문의 사태가 닥쳤는데도 혼자서 모든 이들에게 반대하며 죽을 때까지 보로지노 전투는 승리였다고 주장한다. 오직 그 한 사람만이 퇴각하는 내내 이제 아무 유익도 없는 전투를 피해야 한다고, 새로운 전쟁을 벌이지도 말고 러시아 국경을 넘지도 말아야 한다고 주장한다.

우리가 수십 명 인간의 머릿속에만 있던 목적을 대중의 활동에 적용하지만 않으면 이제 사건의 의미를 이해하기는 쉽다. 사건 전체가 그 결과와 함께 우리 앞에 놓여 있기 때문이다.

그러나 어떻게 당시에 그 노인 혼자만 모두의 견해에 반대하며 그 사건이 지니는 국민적 의미의 중요성을 짐작할 수 있었을까? 어떻게 당시에 그 중요성을 그토록 정확히 짐작하고 자신의 활동 기간 내내 한 번도 그것을 저버리지 않았을까?

벌어지는 현상의 의미를 간파해 낸 그 비상한 힘의 원천은 그가 자기 안에 더할 나위 없이 순수하고 강렬한 형태로 간직한 민족적 감성이었다.

국민이 실총한 노인을 차르의 의지를 거스르며 그처럼 기묘한 방법을 통해 국민 전쟁의 대표자로 뽑은 것은 단지 그에게서 그런 감성을 보았기 때문이다. 그리고 오직 이 감성이 그를 인간으로서 가장 높은 위치에 오르게 했다. 총사령관인 그는 그 위치에서 사람을 죽이고 파괴하는 것이 아닌 사람을 구하고 동정을 베푸는 것에 모든 힘을 쏟았다.

　소탈하고 겸손한, 그래서 진정으로 위대한 이 인물은 인간을 지배한다고 여겨지던, 역사가 고안해 낸 유럽식 영웅이라는 그 거짓된 형상에 마음을 빼앗기지 않을 수 있었다.

　노예에게 위대한 인간은 존재할 수 없다. 노예에게는 위대함에 대한 자신만의 개념이 있기 때문이다.

6

11월 5일은 이른바 크라스노예 전투의 첫날이었다. 저녁
전, 지정된 장소에 가지 않은 장군들이 이미 많은 언쟁과 실책
을 한 다음이고 서로 상충되는 명령서를 지닌 부관들이 곳곳
에 파견된 다음이고 적군이 사방으로 도주하는 바람에 전투
가 벌어질 수도 없고 벌어질 리도 없음이 분명해진 시점에, 쿠
투조프는 크라스노예를 떠나 그날 군사령부가 이전한 도브로
예로 갔다.

맑고 얼어붙을 듯이 추운 날이었다. 쿠투조프는 살진 백
마를 타고서 대규모 수행원 ── 그를 불만스러워하며 뒤에서
수군거리는 장군들로 구성된 ── 을 거느리고 도브로예로 향
했다. 도로는 이날 생포된 프랑스인 포로들(이날 잡힌 포로는
7000명이었다.)로 온통 붐볐다. 그들은 모닥불가에서 몸을 녹
이고 있었다. 도브로예에서 멀지 않은 곳에는 누더기를 걸치

고 닥치는 대로 아무 천이나 감고 싸맨 포로들의 거대한 무리
가 말과 분리하여 한 줄로 길게 늘어놓은 프랑스군 대포들 옆
도로에 서서 와글와글 떠들고 있었다. 총사령관이 그들 쪽으
로 다가가자 말소리가 뚝 그쳤다. 모든 이들의 시선이 쿠투조
프에게 쏠렸다. 붉은 테를 두른 하얀 군모를 쓰고 굽은 어깨에
솜을 댄 외투를 혹처럼 걸친 그가 느릿느릿 길을 따라 움직였
다. 장군들 가운데 한 명이 쿠투조프에게 대포와 포로를 어디
에서 탈취했는지 보고했다.

쿠투조프는 뭔가에 정신이 팔려 장군의 말을 듣고 있지 않
는 것 같았다. 그는 불만스러운 듯 눈을 가늘게 뜨고서 유난히
불쌍한 행색을 한 포로들의 모습을 주의 깊게 골똘히 주시했
다. 프랑스 병사들의 얼굴은 대부분 동상에 걸린 코와 뺨 때문
에 추하게 일그러졌으며, 거의 모든 이들의 눈동자가 붉게 부
풀고 곪아 있었다.

한 무리의 프랑스인들이 길옆에 가까이 서 있었다. 그들 가
운데 두 병사 — 한 명은 얼굴이 종기투성이였다 — 는 손으
로 날고기 조각을 찢고 있었다. 그들이 말을 타고 지나가는 사
람들에게 흘깃 던진 시선에는, 또한 종기 난 병사가 쿠투조프
를 쳐다보자마자 고개를 홱 돌리며 하던 일을 계속할 때의 성
난 표정에는 무시무시하고 동물적인 무언가가 있었다.

쿠투조프는 이 두 병사를 오랫동안 유심히 바라보았다. 그
는 한층 더 얼굴을 찌푸리며 눈을 가늘게 뜨더니 생각에 잠긴
표정으로 고개를 저었다. 다른 곳에서 그는 한 러시아 병사가
껄껄 웃으면서 어느 프랑스인의 어깨를 두드리며 뭔가 다정

하게 말하는 것을 보았다. 쿠투조프는 다시 똑같은 표정으로 고개를 저었다.

"뭐라고 했나, 뭐라고?" 그가 장군에게 물었다. 장군은 계속 보고를 하면서 아군이 탈환하여 프레오브라젠스키 연대 앞에 세워 둔 프랑스 깃발로 총사령관의 관심을 돌리려 했다.

"아, 깃발!" 쿠투조프는 머릿속을 가득 채운 대상을 간신히 떨친 듯 말했다. 그는 멍하니 주위를 둘러보았다. 사방에서 수천 개의 눈동자가 그의 말을 기다리며 바라보고 있었다.

그는 프레오브라젠스키 연대 앞에 멈춰 서서 무겁게 숨을 몰아쉬고 눈을 감았다. 깃발을 쥔 병사들이 가까이 다가와 총사령관 주위에 깃대를 똑바로 세워 들도록 수행원들 가운데 누군가가 손을 흔들었다. 쿠투조프는 몇 초 동안 침묵하고는 자신의 지위로 인한 불가피함을 마지못해 받아들이며 고개를 들고 입을 열었다. 장교들의 무리가 그를 에워쌌다. 그는 원을 이룬 장교들을 주의 깊은 눈길로 둘러보았고 그들 가운데 몇 명을 알아보았다.

"제군들 모두에게 감사한다!" 그는 병사들을 향해, 그다음에는 장교들을 향해 말했다. 그 주위에 드리운 정적 속에서 그의 느린 말소리가 똑똑히 들렸다. "어려운 임무를 충실히 수행해 준 데 대해 모두에게 감사한다. 완전한 승리다. 러시아는 제군들을 잊지 않을 것이다. 제군들에게 영원히 영광 있으라!" 그는 주위를 둘러보며 잠시 침묵했다.

"낮추게, 깃발의 머리를 낮춰." 그는 프랑스군의 독수리 깃발을 쥐고 있다가 무심코 그것을 프레오브라젠스키 연대의 깃발 앞으로 내린 병사에게 말했다. "더 아래로, 더 아래로, 그렇지. 우라! 제군들이여." 그는 병사들을 향해 재빨리 턱을 돌리며 말했다.

"우라…… 라…… 라!" 수천 명의 목소리가 울부짖었다.

병사들이 함성을 지르는 동안 쿠투조프는 안장에서 허리를 구부정하게 구부리고 고개를 숙였다. 그의 눈이 마치 조소하듯 온화한 광채를 띠며 빛났다.

"자, 제군들." 함성이 잦아들자 그는 입을 열었다.

그런데 갑자기 그의 목소리와 표정이 달라졌다. 총사령관이 말하기를 멈추고, 그 대신 가장 필요한 무언가를 동료들에게 당장 전달하고 싶어 하는 소박한 노인이 입을 열었다.

장교들 무리와 병사들의 대열에서 움직임이 일었다. 그가 이제부터 하려는 말을 더 잘 듣기 위해서였다.

"자, 제군들. 나도 그대들에게 힘든 일이라는 것을 안다. 하지만 어쩔 도리가 없지 않은가! 참아 주기 바란다. 오래가지 않을 것이다. 손님들을 보내고 나면 그때에는 쉬게 될 것이다. 차르께서 그대들의 노고를 잊지 않을 것이다. 그대들은 괴롭다 해도 어쨌든 제집에 있지 않은가! 하지만 저들은, 보라, 어떤 지경이 되었는지……." 그는 포로들을 가리키며 말했다. "상거지보다 못하지 않은가. 저들이 강할 때 우리는 몸을 사리지 않았다. 하지만 이제 우리는 저들을 동정할 수 있다. 저들도 사람이다. 그렇지 않은가, 제군들?"

그는 주위를 보았다. 공손함과 의혹이 뒤섞인 눈빛으로 물끄러미 바라보는 그들의 시선에서 그는 자기 말에 대한 공감을 읽었다. 그의 얼굴은 노인다운 온화한 미소로 점점 더 밝아졌다. 입가와 눈가에 미소로 별 모양의 주름이 잡혔다. 그는 잠시 침묵하며 의혹에 잠긴 듯 고개를 숙였다.

"하지만 누가 저들을 이곳으로 불렀느냔 말이지. 자업자득이야. 개…… 자식들……." 그가 고개를 들며 불쑥 말했다. 그러고는 채찍을 휘두르더니 이번 전쟁이 시작된 후 처음으로 말을 전속력으로 몰며 병사들의 곁을 떠났다. 병사들은 흐트러진 대열 속에서 큰 소리로 기쁘게 웃으며 "우라!" 하고 함성을 질렀다.

병사들은 아마 쿠투조프의 말을 거의 이해하지 못했을 것이다. 원수의 엄숙한 말로 시작되어 선량한 노인의 말로 마무리된 연설의 내용을 전달할 수 있는 사람은 아무도 없었을 것이다. 그러나 이 연설의 진심 어린 의미는 전달되었다. 그뿐만 아니라 적에 대한 연민과 자신의 정당성에 대한 자각과 어우러진 위대하고 엄숙한 감정, 다름 아닌 노인의 이런 악의 없는 욕설로 표현된 바로 그 감정은 병사 한 사람 한 사람의 영혼 속에 깃들었고 오래도록 그치지 않는 기쁨의 함성으로 표현되었다. 그 후 한 장교가 총사령관에게 콜랴스카를 대령하라고 분부할지 묻자 쿠투조프는 격한 흥분에 휩싸인 듯 대답을 하다 갑자기 흐느껴 울기 시작했다.

7

　11월 8일 크라스노예 전투의 마지막 날이었다. 부대가 야
영지로 돌아왔을 때는 이미 어둑해진 후였다. 온종일 고요하
고 얼어붙을 듯이 추웠으며 가랑눈이 드문드문 날렸다. 저녁
무렵이 되자 날이 개기 시작했다. 가랑눈 사이로 별이 빛나는
짙은 보라색 하늘이 보이고 추위가 점점 심해졌다.

　타루치노에서 출발할 때 3000명이던 라이플총 연대가 선
두 부대로서 대로변 마을의 지정된 야영지에 도착했을 때는
900명으로 줄었다. 연대를 맞이한 숙영계 장교들은 모든 농가
가 병들거나 죽은 프랑스인, 기병, 참모 들로 꽉 찼다고 알렸
다. 오직 연대장을 위한 농가 한 채가 남았을 뿐이었다.

　연대장은 자신에게 배정된 농가로 말을 몰았다. 연대는 마
을을 통과하여 변두리 농가들 옆 도로에 걸어총을 했다.

　다리가 많이 달린 거대한 짐승처럼 연대는 자신의 굴과 먹

이를 마련하기 위한 작업을 시작했다. 병사들 가운데 일부는 마을 오른편에 있는 눈이 무릎까지 쌓인 자작나무 숲속으로 뿔뿔이 흩어졌다. 곧 숲에서 도끼와 단검을 휘두르는 소리, 나뭇가지가 부러지는 소리, 유쾌한 목소리 들이 들렸다. 또 다른 일부는 연대의 짐마차들과 말들을 모아 놓은 중심부 부근에서 큰 솥과 비스킷을 꺼내고 말들에게 여물을 주느라 수선을 피웠다. 또 다른 일부는 마을로 흩어져 참모들의 숙소를 짓고, 농가를 돌아다니면서 프랑스군의 시체를 가려내고, 모닥불을 위한 판자와 마른 장작과 지붕의 짚과 방어를 위한 바자울을 운반했다.

마을 변두리의 농가들 뒤에서 병사 열다섯 명이 유쾌한 함성을 지르며 지붕이 벗겨진 헛간의 높다란 바자울을 흔들어 대고 있었다.

"자, 자, 동시에 하는 거야, 밀어!" 여러 사람들의 목소리가 들렸다. 그리고 밤의 어둠 속에서 눈 덮인 바자울의 거대한 벽이 빠직 하고 얼어붙었다가 깨지는 소리를 내며 흔들렸다. 아래쪽 말뚝들이 점점 갈라지고, 마침내 바자울은 떼 지어 달라붙은 병사들과 함께 나동그라졌다. 기쁨에 겨운 거친 함성과 너털웃음 소리가 커다랗게 울려 퍼졌다.

"두 사람씩 들어! 지렛대를 이쪽으로 가져와! 그렇지. 넌 어디에 끼어들어?"

"자, 한 번에……. 다들 기다려. 함성을 지를 때 하는 거야!"

다들 잠잠해졌다. 벨벳처럼 부드럽고 듣기 좋은 목소리가 조그맣게 노래를 부르기 시작했다. 3절 끝부분의 마지막 음이 끝남과 동시에 스무 명의 목소리가 한꺼번에 함성을 질렀다. "우-우-우! 단숨에 가자! 다들 달려들어!" 그러나 일제히 미는데도 바자울은 거의 꼼짝하지 않았다. 뒤이은 침묵 속에서 괴롭게 헐떡이는 소리가 들렸다.

"어이, 거기, 6중대! 빌어먹을! 도와줘…… 우리도 나중에 자네들에게 도움이 될 거야."

마을로 가던 6중대의 스무 명가량 되는 병사들이 바자울을 끌던 이들에게 합류했다. 그러자 길이 5사젠에 너비 1사젠인 바자울이 휘면서 숨을 헐떡이는 병사들의 어깨를 누르며 아프게 찔렀다. 그렇게 바자울은 마을의 길을 따라 앞으로 움직였다.

"계속 가, 뭐 하는……. 야, 넘어지잖아……. 왜 서 있는 거야? 그렇지……."

유쾌하고도 난폭한 욕설이 그치지 않았다.

"너희들, 뭐야?" 갑자기 어느 병사의 고압적인 목소리가 들렸다. 바자울을 운반하는 병사들에게 달려온 병사였다.

"여기에는 신사분들이 있단 말이다. 집 안에 장군님도 계신데. 너희, 이 빌어먹을 새끼들은 상스러운 욕이나 지껄이고 있으니. 네놈들을!" 상사는 이렇게 소리를 지르고 팔을 번쩍 들어 가장 먼저 눈에 띈 병사의 등짝을 후려쳤다. "좀 조용히 할 수 없나?"

병사들은 잠잠해졌다. 상사에게 맞은 병사는 끙끙 신음하며 얼굴에서 피를 닦아 냈다. 바자울에 부딪칠 때 얼굴을 긁힌 것이다.

"저 악마가 어떻게 두들겨 팼는지 봐! 낯짝이 온통 피투성이잖아." 상사가 자리를 뜨자 그는 소심하게 소곤거렸다.

"넌 그런 걸 좋아하지 않았냐?" 누군가의 낄낄대는 목소리가 말했다. 병사들은 목소리를 죽이며 계속 나아갔다. 숲을 벗어나자 그들은 다시 똑같이 무의미한 욕설을 섞으며 큰 소리로 떠들어 댔다.

병사들이 지나친 농가 안에서는 최고 수뇌부가 모여 차를 마시며 지나간 하루에 대해, 앞으로 예정된 군사 행동에 대해 활기찬 대화를 나누고 있었다. 왼쪽으로 측면 이동을 하여 부왕의 퇴로를 막고 그를 생포할 예정이었다.

병사들이 바자울을 끌고 왔을 때는 이미 곳곳에서 취사를 위한 모닥불이 타오르고 있었다. 장작은 탁탁 소리를 내면서 타고, 눈은 녹고, 병사들의 검은 그림자는 군인들이 차지한 온 공간을, 짓밟힌 눈 위를 여기저기 바쁘게 돌아다녔다.

도끼와 단검이 사방에서 움직였다. 모든 것이 아무런 명령 없이 이루어졌다. 밤에 쓸 장작이 운반되고, 상관들을 위한 움막이 지어지고, 물주전자가 끓고, 라이플총과 장비가 정비되었다.

8중대가 끌고 온 바자울은 북쪽에 반원으로 세워져 총가로 받쳐졌고, 그 앞에 모닥불이 지펴졌다. 점호를 알리는 북이 울리고 점호가 행해졌다. 사람들은 저녁을 먹고 밤을 보내기 위해 모닥불 옆에 자리를 잡았다. 어떤 이는 신발을 수선하고, 어떤 이는 파이프를 피우고, 어떤 이는 이를 잡기 위해 옷을 벗고 알몸을 드러낸 채 뜨거운 김을 쏘였다.

8

당시 러시아 병사들이 처한 거의 상상하기 힘들 만큼 괴로운 생존 조건, 즉 영하 18도의 눈밭에 따뜻한 부츠도 없고 반외투도 없고 머리를 가릴 지붕도 없고 심지어 식량도 충분하지 않은 — 식량 보급이 뒤처지지 않게 언제나 군대를 잘 따라온 것은 아니기에 — 조건에서 병사들은 틀림없이 매우 비참하고 음울한 광경을 보여 주었을 것 같다.

하지만 최상의 물질적 조건을 갖춘 군대도 결코 그보다 더 유쾌하고 활기찬 광경을 보인 적은 없었다. 이런 일이 일어난 것은 낙담하고 쇠약해지기 시작한 사람들이 날마다 군대에서 떨어져 나갔기 때문이다. 육체적으로나 정신적으로나 나약한 자들은 이미 오래전에 전부 낙오되었다. 정신력에서나 체력에서나 군대의 정수만이 남은 것이다.

바자울을 둘러친 8중대에 가장 많은 사람들이 모여들었다.

상사 두 명이 그 틈에 끼었고, 그들의 모닥불은 다른 데보다 더 활활 타올랐다. 그들은 바자울 안쪽에 앉을 권리를 얻으려면 장작을 가져오라고 요구했다.

"어이, 마케예프, 자네는 왜 코빼기도 안 보였어? 늑대에게 잡아먹히기라도 했었나? 장작을 가져와." 얼굴이 붉고 머리털이 붉은 한 병사가 외쳤다. 그는 연기 때문에 눈을 가늘게 떴다 감았다 하면서도 불가에서 물러나려 하지 않았다. "까마귀, 너라도 가서 장작을 가져와." 그 병사는 다른 병사에게 말을 건넸다. 머리털이 붉은 남자는 부사관도 상병도 아니었다. 그는 건장한 병사였는데 그런 이유로 자기보다 약한 사람들에게 명령을 내리고 있었다. 까마귀라고 불린 야위고 체구가 작고 콧날이 날카로운 병사는 고분고분 일어나 지시를 수행하러 가려고 했다. 그러나 그때에는 장작을 한 아름 안고 온 젊은 병사의 늘씬하고 멋진 모습이 모닥불 불빛 속에 이미 들어와 있었다.

"이쪽으로 가져와. 굉장한데!"

사람들은 장작을 쪼개 불 속에 넣고 입과 외투 자락으로 바람을 불어 댔다. 그러자 불꽃이 쉭쉭 타닥타닥 소리를 내며 타올랐다. 병사들은 가까이 붙어 파이프를 피웠다. 장작을 가져온 젊고 잘생긴 병사는 두 손을 허리에 댄 채 제자리에서 뻣뻣하게 언 다리를 빠르고 민첩하게 구르기 시작했다.

"아, 엄마, 이슬이 차고 아름다워요, 나는 라이플총병이⋯⋯." 그는 음절마다 딸꾹질을 하듯 노래를 흥얼거렸다.

"어이, 신발창이 날아가겠어!" 머리털이 붉은 남자가 춤추는 사람의 신발창이 헐거운 것을 알아채고 큰 소리로 외쳤다. "춤은 정말 해악이라니까!"

춤을 추던 사람은 멈춰 서서 헐거운 가죽을 뜯어내 불 속으로 던졌다.

"그렇군, 형제." 그는 말했다. 그는 주저앉아 배낭에서 프랑스군의 파란색 모직 자투리를 꺼내 한쪽 발을 둘둘 싸기 시작했다. "김이 차서 감각이 없어졌어." 그는 두 발을 불가로 뻗으며 덧붙였다.

"곧 새 신발이 지급될 거야. 우리가 놈들을 깡그리 죽이면 전원이 물품을 두 배로 받을 거라던데."

"그런데 그 개자식이 결국은 낙오됐어. 페트로프 말이야." 상사가 말했다.

"난 예전부터 계속 그놈을 지켜봤지." 다른 사람이 말했다.

"어쩌겠어, 병사라는 것들이⋯⋯."

"그런데 3중대에서는 어제 하루 동안에 아홉 명이 없어졌다더군."

"응, 그야 생각해 봐, 발에 동상을 입었는데 어디인들 갈 수 있겠어?"

"에, 쓸데없는 소리!" 상사가 말했다.

"아니면 너도 똑같은 것을 바라는 거냐?" 늙은 병사가 발에 동상을 입었다고 말한 사람을 힐난하듯 돌아보며 말했다.

"그럼 당신은 어떻게 생각하는데?" 까마귀라 불린 콧날이 날카로운 병사가 갑자기 모닥불 너머에서 몸을 일으키더니 높고 날카로운 목소리를 바르르 떨며 말했다. "기름진 놈들은 그렇게 야위기라도 하지. 하지만 마른 사람에게는 죽음뿐이야. 예를 들면 나 같은 사람이지. 더 이상 버틸 수가 없어." 그는 상사를 돌아보며 갑자기 단호하게 말했다. "절 병원으로 보내라고 명령해 주십시오. 류머티즘에 걸렸습니다. 그렇게 하지 않으면 전 결국 낙오될⋯⋯."

"자, 됐어, 이제 그만." 상사가 침착하게 말했다.

작은 병사는 입을 다물었다. 그리고 대화가 계속 이어졌다.

"오늘 프랑스군이 꽤 많이 잡혔잖아. 그런데 솔직히 말해서 제대로 된 신발이 하나도 없어. 그냥 이름뿐이야." 병사들 가운데 한 명이 새로운 화제를 꺼냈다.

"코사크들이 전부 벗겨 갔잖아. 연대장을 위해 통나무집을 치우느라 놈들을 밖으로 끌어냈지. 보기 딱하더군." 춤추던 사람이 말했다. "놈들을 헤집는데 한 명이 살았지 뭐야. 믿을 수 있겠나, 그자가 자기 나라 말로 뭐라고 지껄이더군."

"그렇지만 깨끗한 사람들이었어." 첫 번째 사람이 말했다. "하얘. 자작나무처럼 하얗다니까. 용감한 자들도 있고, 정말이지 고상한 사람들도 있어."

"자네는 어떻게 생각하나? 저쪽에서는 모든 계급에서 소집을 하잖아."

"그놈들은 우리말을 전혀 못해." 춤추던 사람은 당황한 미소를 지으며 말했다. "내가 그 녀석에게 '어느 왕 밑에 있나?' 하고 물으니까 그 녀석이 자기 나라 말로 지껄이잖아. 이상한 민족이야!"

"형제들, 정말 묘한 일이야." 프랑스인들의 하얀 피부에 놀란 사람이 계속해서 말했다. "모자이스크 부근의 농부들이 그러는데, 전투가 있었던 곳에서 시체를 치울 때 말이야, 한 달이 지났는데도 그곳에 널브러진 시체들의 얼굴을 알아볼 수 있었다더군. 그 사람들이 말하길 그자들이 깨끗한 백지장처럼 누워 있더라는 거야. 냄새도 전혀 풍기지 않고."

"뭐야, 날이 추워서 그런가?" 한 명이 물었다.

"정말 똑똑하기도 하지! 추위 때문이라니! 그날은 더웠단 말이야. 만약 추워서 그랬다면 아군의 시체도 악취를 풍기지 않았겠지. 그런데 아군의 시체에 다가가 보면 구더기가 끓을 만치 완전히 썩었더라는 거야. 그래서 손수건으로 얼굴을 싸매고 낯짝을 돌린 채 끌어간다는군. 견딜 수가 없더래. 그런데 그자들은 종이처럼 하얗더래. 냄새도 전혀 안 나고."

다들 침묵했다.

"틀림없이 음식 때문일 거야." 상사가 말했다. "귀족들의 음식을 처먹어서 그래."

아무도 반박하지 않았다.

"그 농부에게 들었는데, 전투가 벌어진 모자이스크 부근에서 열 개 마을의 농부를 끌어모아 스무 날 동안 시체를 치우게 했대. 그런데도 시체를 전부 치우지 못했다는군. 늑대가 엄청나게 많았대……."

"그 전투는 진짜 전투였어." 늙은 병사가 말했다. "어쨌든 기억할 만한 것이었지. 하지만 그 후에 일어난 일은 전부……. 그냥 사람들에게 고통만 주었어."

"맞아요, 아저씨. 그저께 우리가 덮쳤거든요. 그런데 세상에, 우리가 가까이 가기도 전에 그자들이 곧바로 라이플총을 버리지 뭐예요. 무릎까지 꿇고요. '파르동' 하면서요. 이건 한 가지 예일 뿐이에요. 플라토프는 폴리온[53]을 두 번이나 잡았대요. 그런데 주문을 모르잖아요. 잡았다 싶으면 세상에, 손안에서 새로 변해 날아가는 거예요. 그냥 날아간다고요. 죽이는 것도 여의치 않고요."

"자네, 잘도 거짓말을 하는군. 키셀로프, 자넬 지켜보겠어."

"뭐가 거짓말이야, 참말이라니까."

"만약 내가 그런 상황에 놓였다면 난 그를 잡아서 땅에 파묻었을 거야. 사시나무 말뚝으로 찔러서. 그자가 얼마나 많은 사람을 죽였냐고."

"이렇든 저렇든 우리는 그자를 끝장낼 거야. 그자는 오래 못 가." 늙은 병사가 하품을 하며 말했다.

대화가 그치고 병사들은 드러눕기 시작했다.

"봐, 별들이야, 굉장한걸, 엄청나게 반짝여! 말해 봐, 아낙들이 아마포를 펼쳐 놓은 것 같지?" 한 병사가 은하수를 황홀하게 바라보며 말했다.

"저것은 풍년의 징조야."

"장작이 더 있어야겠어."

"등을 데우면 배가 얼어붙으니 이상한 일이야."

"오, 하느님!"

"왜 밀어? 불이 자네만을 위한 건가? 봐…… 저 녀석, 완전

---

53) 문맥상 병사가 '폴리온'이라고 칭한 사람은 나폴레옹인 듯하다.

히 뻗었네."

침묵이 깔리고 몇몇 잠든 사람들의 코 고는 소리가 들렸다. 나머지 사람들은 간간이 이야기를 나누면서 몸을 돌려 가며 불을 쬐었다. 100발짝 정도 떨어진 모닥불가에서 다정하고 유쾌한 웃음소리가 들렸다.

"봐, 5중대에서 쩌렁쩌렁한 소리가 나는데." 한 병사가 말했다. "사람들도 엄청 많아. 굉장한걸!"

한 병사가 일어나 5중대로 갔다.

"웃음바다가 됐더군." 그가 돌아와서 말했다. "후랑스인 둘이 끼었어. 한 명은 완전히 얼었고, 다른 한 명은 아주 기세등등하던데. 그 녀석이 노래를 부르고 있어."

"그래? 보러 가자……." 몇몇 병사들이 5중대로 향했다.

9

5중대는 숲 바로 옆에서 야영을 했다. 눈밭 한가운데서 거대한 모닥불이 서리가 무겁게 내려앉은 나뭇가지들을 비추며 활활 타오르고 있었다.

한밤중에 5중대의 병사들은 숲속에서 눈을 밟는 발소리와 나뭇가지 부러지는 소리를 들었다.

"어이, 곰이야." 한 병사가 말했다. 다들 고개를 들고 귀를 기울였다. 그런데 괴상한 옷차림을 하고 서로를 꽉 붙잡은 두 인간의 형체가 숲에서 나오더니 모닥불의 밝은 빛 속에 모습을 드러냈다.

숲속에 숨어 있던 프랑스인 두 명이었다. 그들은 병사들이 알아들을 수 없는 언어를 쓰며 목쉰 소리로 뭐라고 말하면서 모닥불 옆으로 다가왔다. 키가 더 크고 장교 모자를 쓴 한 명은 완전히 기력을 잃은 것 같았다. 그는 모닥불로 다가와 앉으려다가 땅바닥에 픽 쓰러지고 말았다. 체구가 작고 땅딸막하고 손수건으로 양 볼을 싸맨 다른 병사는 좀 더 기운이 남아 있었다. 그는 동료를 일으키고는 자기 입을 가리키며 뭐라고 말했다. 병사들은 프랑스인들 주위에 모여들어 병자를 위해 외투를 깔아 주고 두 사람에게 죽과 보드카를 가져다주었다.

쇠약한 프랑스 장교는 랑발이었다. 그리고 손수건으로 얼굴을 싸맨 남자는 종졸인 모렐이었다.

보드카를 마시고 솥의 죽을 다 먹어 치운 모렐은 갑자기 병적으로 즐거워하며 자기 말을 알아듣지도 못하는 병사들에게 무언가 끊임없이 말하기 시작했다. 랑발은 음식을 거부하며 말없이 모닥불 옆에 팔꿈치를 괴고 누워 붉게 충혈된 멍한 눈으로 러시아 병사들을 쳐다보았다. 이따금 길게 신음 소리를 내다가 다시 침묵하곤 했다. 모렐은 어깨를 가리키면서 이 사람은 장교인데 몸을 따뜻하게 해 주어야 한다고 병사들에게 전하려 했다. 모닥불로 다가간 러시아 장교는 프랑스 장교를 데려가 몸을 따뜻하게 해 줄 수 없는지 연대장에게 사람을 보내 물어보게 했다. 심부름을 갔다가 되돌아온 사람은 연대장이 장교를 데려오도록 지시했다고 말했다. 랑발은 그쪽으로 가라는 말을 전달받았다. 그는 자리에서 일어나 걸음을 옮기려 했지만 다리가 휘청거렸다. 옆에 서 있던 병사가 잡아 주지 않았다면 쓰러지고 말았을 것이다.

"왜? 안 갈 거야?" 한 병사가 랑발을 돌아보면서 놀리듯 한쪽 눈을 찡긋하며 말했다.

"에이, 멍청이! 무슨 헛소리야! 정말 촌놈이군, 진짜 촌놈이야."농을 지껄인 병사에게 사방에서 비난이 빗발쳤다. 사람들이 랑발을 에워쌌다. 두 병사가 자신들의 팔로 앉을 자리를 만들어 그를 들어 올린 후 통나무집으로 운반했다. 랑발은 병사들의 목을 팔로 감았다. 병사들이 그를 들어 옮기자 애처로운 목소리로 말했다.

"아, 훌륭한 젊은이들이다! 아, 선하고 착한 나의 벗들! 인간이란 바로 이런 것이구나! 아, 나의 선한 벗들이여!"그러고는 어린아이처럼 한 병사의 어깨에 머리를 기댔다.

그사이 모렐은 병사들에게 둘러싸여 가장 좋은 자리에 앉았다.

작고 땅딸막하고 눈이 짓무른 프랑스인 모렐은 아낙처럼 군모 위에 손수건을 동여매고 여자 외투를 입은 채였다. 술에 취했는지 옆에 앉은 병사에게 팔을 두른 그는 툭툭 끊어지는 목쉰 소리로 프랑스 노래를 불렀다. 병사들은 허리에 손을 얹고 그를 구경했다.

"어이, 어이, 가르쳐 줘, 어떻게 부르는 거야? 내가 잘 흉내를 내 볼게. 어떻게 하는 건데?"모렐이 팔을 두르고 있던 익살꾼 가수가 말했다.

앙리 4세 만세,
(비브 앙리 카트르,)
용맹한 왕 만세!
(비브 스 루아부아얀)

모렐이 한쪽 눈을 찡긋하며 노래를 불렀다.

그 4중의 악마……

(스 디아블 아 카트르……)

"비바리카! 비프 세루바루! 시쟈블랴카……." 선율을 제대로 포착한 병사는 한 팔을 휘두르며 노래를 따라 했다.

"와, 잘하는데! 하하하하하!" 사방에서 즐거운 너털웃음이 터졌다. 모렐도 얼굴에 주름이 잡히도록 웃어 댔다.

"어이, 계속해, 계속!"

세 가지 재능을 가진 자,

(카 우 르 트리플 탈랑)

마시고 싸우고

(드 브와르, 드 바트르)

여자를 밝히는 재능을……

(에 데트르 안 베르 갈랑……)[54]

---

54) 앙리 4세는 부르봉 왕가의 첫 번째 왕이다. 프랑수아 앙리 카스틸 블라르가 작곡한 「앙리 4세 만세(Vive Henri Ⅳ)」는 부르봉 왕가 시절의 프랑스 국가다. 이 장면에서 러시아 병사들은 모렐이 부르는 프랑스 노래를 뜻도 모르면서 발음만 흉내 내어 따라 부르고 있다. 러시아 병사들에게 프랑스 발음이 어떻게 들릴지에 관한 이해를 돕기 위해 모렐이 프랑스어로 부르는 노랫말 밑에 우리말 음가를 덧붙였다. 프랑스어 원문은 다음과 같다. "Vive Henri Quatre,/Vive ce roi vaillant!/Ce diable à quatre……/Qui eut le triple talent/ De boire, de battre,/Et d'être un vert galant……."

"역시 잘하는데. 자, 계속해, 잘레타예프!"

"큐." 잘레타예프는 열심히 소리를 내 보려고 했다. "키유우 유우유……." 그는 애써 입술을 내밀고 소리를 길게 늘였다. 그는 "레트리프탈라, 데 부 데 바 이 제트라바갈라." 하고 노래를 불렀다.

"와, 대단해! 정말로 후랑스인 같아. 하하하하! 어때, 더 먹을래?"

"이 녀석에게 죽을 가져다줘. 주린 뒤라 배를 채우는 데 오래 걸리는군."

사람들은 다시 모렐에게 죽을 가져다주었다. 모렐은 킬킬거리며 세 번째 솥을 퍼먹기 시작했다. 모렐을 쳐다보는 젊은 병사들의 모든 얼굴에 즐거운 미소가 어려 있었다. 그런 시시껄렁한 짓을 무례한 행동으로 여긴 늙은 병사들은 모닥불 맞은편에 누워 있었다. 하지만 이따금 팔꿈치를 짚고 몸을 일으켜 싱글싱글 웃는 표정으로 모렐을 쳐다보았다.

"저자들도 인간이구나." 그들 가운데 한 명이 외투로 몸을 감싸며 말했다. "쑥도 제 뿌리가 있어야 자라는 법이지."

"오, 주여, 주여! 별이 정말 많이 떴네. 굉장해! 엄청 춥겠어……." 그리고 주위가 잠잠해졌다.

별들은 이제 아무도 쳐다보지 않으리라는 것을 아는지 검은 하늘에서 활기차게 노닐었다. 확 타오르고 꺼지고 깜빡이면서 즐거운, 그러나 신비한 무언가에 대해 자기들끼리 바쁘게 속닥였다.

10

프랑스군은 수학적으로 규칙적인 수열과도 같이 일정한 비율로 점차 사라져 갔다. 그리고 너무나 많은 기록이 남아 있는 '베료지나 도하(渡河)'는 단지 프랑스군이 소멸하는 과정의 중간 단계였을 뿐 결코 전쟁에서 결정적 사건은 아니었다. 베료지나에 대해 그처럼 많은 것이 기록되었고 또 지금도 기록되고 있다면 그 이유는 프랑스군 측에서 볼 때 이제껏 프랑스군이 일정한 간격으로 겪어 오던 참사가 갑자기 이곳 베료지나의 끊어진 다리 위에서 한순간으로, 모든 사람의 기억에 남는 하나의 비극적 광경으로 집약되었기 때문일 뿐이다. 러시아 측에서 볼 때 베료지나가 그처럼 많이 이야기되고 기록된 이유는 단지 베료지나강에서 나폴레옹을 전략적 함정에 빠뜨려 생포하는 작전이 전쟁의 무대로부터 먼 페테르부르크에서 작성(풀에 의해)되었기 때문이다. 다들 모든 것이 계획대로 실현

될 것이라고 확신했다. 그 때문에 다름 아닌 베료지나 도하가 프랑스군을 파멸시킨 사건이었다고 주장하는 것이다. 그러나 사실 베료지나 도하의 결과는 수치가 보여 주듯 프랑스군 측에서 볼 때 화포와 포로의 손실이라는 면에서 크라스노예 전투보다 훨씬 덜 치명적이었다.

베료지나 도하의 유일한 의의는 모든 차단 작전이 그릇된 것이었고 쿠투조프와 군대 전체(대중)가 요구한 행동 방식 ─ 유일하게 실현 가능성이 있는 ─ 즉 적을 추격하는 것만이 옳은 길이었음을 명백하고도 확실하게 증명했다는 점이다. 프랑스군 무리는 목표 지점에 도달하는 데 온 힘을 쏟으며 꾸준히 점점 더 빠른 속도로 달아났다. 그 무리는 상처 입은 짐승처럼 도망치고 있었다. 그들로서는 도중에 멈추는 것이 불가능했다. 도하의 실행보다 다리 위에서의 행동이 이를 증명했다. 다리들이 붕괴했을 때 무기를 소지하지 않은 병사들, 모스크바 주민들, 자식들을 데리고 프랑스군의 수송 대열에 끼어 있던 여자들, 관성의 힘으로 움직이던 그 모든 사람들은 상황에 굴복하지 않고 보트 안으로, 얼어붙을 듯이 차가운 물속으로 뛰어들었다.

이러한 돌진은 당연한 행동이었다. 달아나는 자들도 쫓는 자들도 똑같이 열악한 상황에 처해 있었다. 자기편에 남을 경우 어려운 처지에 놓인 사람들은 저마다 동료들의 도움을 기대하고 무리 안에서 일정한 자리를 기대했다. 그런데 러시아군에 투항하는 사람은 비록 러시아인들과 똑같은 곤경을 겪긴 했지만 생명의 욕구를 충족시키고자 할 때 가장 낮은 계층으로 밀려났다. 러시아인들은 포로들을 간절히 구하고 싶어 했지만 포로들 — 아무도 이들을 어떻게 처리해야 할지 몰랐다 — 의 절반이 추위와 굶주림으로 죽었다는 사실에 대해 프랑스인들은 굳이 정확한 정보를 확보할 필요도 없었다. 이루 말할 수 없이 동정심이 깊은 러시아 지휘관들도, 프랑스인에게 열광하는 러시아인들도, 러시아군에서 복무하는 프랑스인들도 포로들을 위해 아무것도 해 줄 수 없었다. 프랑스군은 러시아군이 처해 있던 그 곤경 때문에 파멸했다. 해악을 끼치지도 않고 증오스럽지도 않고 죄도 없지만 딱히 필요하지도 않은 프랑스인들에게 주기 위해 쓸모 있는 존재인 굶주린 병사들에게서 빵과 옷을 빼앗을 수는 없었다. 몇몇 사람들은 그러기도 했다. 그러나 그것은 예외에 불과했다.

뒤에는 확실한 파멸이 있고 앞에는 희망이 있었다. 배는 불살라졌다. 다 같이 도주하는 것 외에는 달리 살아남을 방도가 없었다. 그리하여 프랑스군은 다 같이 도주하는 것에 모든 힘을 집중했다.

프랑스군이 멀리 도주할수록, 잔존한 프랑스인들의 처지가 더욱 가련해질수록, 특히 페테르부르크의 작전으로 인해 특별한 기대를 모았던 베료지나 전투 이후로 서로를, 특히 쿠투조프를 비난하는 러시아 지휘관들의 열기는 더욱 뜨겁게 타올랐다. 베료지나에서 페테르부르크의 작전이 실패한 것이 쿠투조프 때문이라고 생각했기에 그들은 그에 대한 불만과 경멸과 야유를 점점 더 강하게 드러냈다. 물론 야유와 경멸은 정중한 방식으로, 쿠투조프가 무엇에 대해, 그리고 무엇 때문에 자신이 비난받는지 물을 수도 없는 방식으로 표현되었다. 그들은 그에게 진지한 태도로 말하지 않았다. 그에게 보고하거나 허가를 청할 때면 슬픈 의식을 수행하는 시늉을 했지만 등 뒤에서는 눈을 찡긋거리며 끊임없이 그를 속이려 들었다.

그 모든 이들은 확신했다. 자기들로서는 그를 이해할 수 없기에 노인네와 아무런 할 말도 없다고, 그는 자신들의 작전이 함축하고 있는 심오함을 전혀 이해하지 못할 거라고, 그는 황금 다리라느니 부랑자 패거리를 이끌고는 국경을 넘을 수 없다느니 하는 판에 박힌 말(그들에게는 그 말들이 그저 판에 박힌 말로 들렸다.)로 답할 거라고…… 그들은 이미 그에게서 그 모든 말을 들었다. 그리고 그가 말한 모든 것, 예를 들어 식량을 기다려야 한다는 둥 병사들에게 부츠가 없다는 둥 하는 그 모든 것들은 너무도 단순한 데 비해 자신들이 제안한 모든 것들은 매우 복잡하고 교묘했으므로, 그들이 보기에 그는 어리석은 늙은이고 자신들은 비록 권력은 없으나 천재적인 장군들임이 분명했다.

특히 걸출한 해군 제독이자 페테르부르크의 영웅인 비트겐시테인이 합류한 이후 그러한 분위기와 참모들의 중상은 극도에 이르렀다. 쿠투조프는 그것을 보고 한숨을 쉬며 그저 어깨를 으쓱할 뿐이었다. 단 한 번 베료지나 전투 후 그는 따로 군주에게 보고서를 올린 베니히센에게 격노하여 다음과 같은 편지를 보냈다.

귀관의 발작 증세 때문이니 부디 이 편지를 받으면 칼루가로 떠나 그곳에서 황제 폐하의 이후 명령과 임명을 기다리시오.

그러나 베니히센이 전출된 후 콘스탄친 파블로비치 대공이 군대로 왔다. 그는 전쟁 초기에 참가했다가 쿠투조프 때문에 군대에서 밀려났다. 이제 대공이 군대로 와서 아군의 미약한 성공과 느린 이동에 대한 황제의 불만을 쿠투조프에게 전달했다. 조만간 황제는 직접 군대를 방문할 작정이었다.

전쟁만큼이나 궁정의 일에도 경험이 많은 노인인 쿠투조프, 이해 8월 군주의 의지에 반하여 총사령관으로 뽑힌 쿠투조프, 후계자이자 대공인 사람을 군에서 밀어낸 쿠투조프, 군주의 의지에 맞서 자신의 권한으로 모스크바 포기를 명령한 쿠투조프, 바로 그 쿠투조프는 이제 자신의 시대가 끝났고, 자신의 역할이 다했으며, 그 허울뿐인 권력도 더 이상 자신의 것이 아님을 곧 깨달았다. 그가 이를 깨달은 것은 궁정의 태도 때문만은 아니었다. 한편으로 그는 자신이 역할을 수행해 온 군사 업무가 종결된 것을 보았고, 자신의 사명이 완수된 것을 느꼈다. 다른 한편으로는 그 무렵 자신의 노쇠한 몸에 쌓인 육체적 피로와 함께 육체적 휴식의 필요를 느끼기 시작했다.

11월 29일 쿠투조프는 빌노에, 그의 표현에 따르면 자신의 그리운 빌노에 입성했다. 쿠투조프는 직무 기간에 빌노의 총독을 두 번 역임했다. 온전히 보존된 부유한 빌노에서 쿠투조프는 너무나 오랫동안 누리지 못한 편의 시설 외에도 옛 친구들과 추억을 발견했다. 그러자 갑자기 전쟁과 국정의 모든 고민거리를 외면한 채 주위의 들끓는 욕망들이 자기를 가만히 내버려 두는 한 평온하고 익숙한 생활에 침잠했다. 마치 역사의 세계에서 현재 벌어지고 또 앞으로 일어날 모든 것이 자신과 전혀 상관없다는 투였다.

가장 열렬한 분단론자이자 강공론자들 가운데 한 명인 치차고프,[55] 처음에 그리스로, 그다음에 바르샤바로 후방 교란전을 떠나려 하면서도 자신이 명령받은 곳으로는 절대 가려하지 않던 치차고프, 군주와 대담한 대화로 유명한 치차고프, 자신을 쿠투조프의 은인으로 생각하던 치차고프 — 1811년 쿠투조프 모르게 튀르크와 평화 조약을 체결하기 위해 파견되었다가 평화 조약이 이미 체결된 것을 확인하고는 군주 앞에서 평화 조약 체결은 쿠투조프의 공이라고 인정했기 때문이다 — 쿠투조프가 묵기로 되어 있는 빌노의 성에서 쿠투조프를 맨 처음 맞이한 사람이 이 치차고프였다. 해군의 약식 제복을 입고 단검을 차고 한쪽 겨드랑이에 군모를 낀 치차고프는 쿠투조프에게 부대 편성 보고서와 성의 열쇠를 건넸다. 쿠투조프에게 쏟아지는 비난을 이미 알고 있던 치차고프의 모든 태도에는 노망난 노인을 대하는 젊은이의 경멸과 존경이 뒤섞인 태도가 확연히 드러나 있었다.

그런데 치차고프와 이야기를 나누던 도중 쿠투조프는 치차

---

55) 파벨 바실리예비치 치차고프(Pavel Vassilievich Chichagov, 1765~1849). 러시아의 제독이자 정치가. 알렉산드르 1세 때 해군 차관, 새 국무 협의회의 위원, 차르의 시종무관을 역임했다. 1812년 도나우 소함대를 통솔하고 베료지나 전투에 참전했으나 프랑스군의 베료지나 도하에 대해 책임을 추궁당했다. 1813년 치료차 외국으로 간 후 다시는 러시아에 돌아오지 않았다.

고프가 보리소프에서 탈취당한 승용 마차와 그 안에 실린 식기들이 무사하며 곧 그에게 반환될 거라고 말했다.

"당신은 제가 식기도 없이 식사를 한다고 말하려는 것이죠……. 천만에요. 당신이 만찬을 연다 해도 저는 당신에게 모든 것을 제공할 수 있습니다." 치차고프는 얼굴을 확 붉히며 말했다. 그는 말 한 마디 한 마디를 통해 자신의 정당성을 입증하고 싶었기에 쿠투조프 역시 그런 것에 마음을 쓰는 사람이라고 단정했다. 쿠투조프는 사람을 꿰뚫어 보는 듯한 특유의 미묘한 미소를 짓더니 어깨를 으쓱하며 대답했다. "내가 지금 말한 것이 내가 말하고 싶은 전부요."

쿠투조프는 군주의 의지를 거스르며 군대의 대부분을 빌노에 주둔시켰다. 측근들이 말하듯 쿠투조프는 이번에 빌노에서 체류하는 동안 눈에 띄게 기력을 잃고 육체적으로 쇠약해졌다. 그는 장군들에게 모든 것을 맡긴 채 마지못해 군 업무를 해 나갔고, 군주가 오기를 기다리며 방탕한 생활에 빠졌다.

군주는 12월 7일 톨스토이 백작, 볼콘스키 공작, 아락체예프 등 수행원들을 거느리고 페테르부르크를 출발하여 12월 11일 빌노에 도착했다. 그들은 여행용 썰매를 타고 곧장 성으로 왔다. 강추위에도 성에는 예복을 완전히 갖춰 입은 100명가량의 장군들과 참모 장교들, 그리고 세묘놉스키 연대의 의장병들이 서 있었다.

땀에 젖은 말 세 필이 끄는 트로이카 썰매를 타고 군주보다 앞서 성으로 온 특사가 외쳤다. "오십니다!" 코노브니친은 수위의 작은 방에서 기다리던 쿠투조프에게 보고하기 위해 현관방으로 뛰어들었다.

일 분 후 예복을 완전히 갖춰 입고 가슴을 훈장으로 온통 뒤덮고 장식 띠를 배에 꽉 졸라맨 노인의 뚱뚱하고 커다란 형상이 뒤뚱거리며 현관 계단으로 나왔다. 쿠투조프는 모자를 똑바로 쓰고 손에 장갑을 쥔 채 옆으로 힘겹게 계단을 딛고 내려와서 군주에게 바치고자 준비한 보고서를 한 손에 들었다.

분주한 움직임, 수군거리는 소리. 그리고 무서운 속도로 달리는 트로이카. 모든 눈동자가 다가오는 썰매에 쏠렸다. 안에 탄 군주와 볼콘스키의 모습이 벌써부터 보였다.

그 모든 것이 오십 년의 습관에 따라 늙은 장군에게 육체적으로 불안한 영향을 미쳤다. 그는 걱정스럽고 초조한 기색으로 자기 몸을 더듬고 모자를 고쳐 썼다. 그리고 군주가 썰매에서 내려 그를 올려다보자 즉시 기운을 차리고 몸을 꼿꼿이 세워 보고서를 건넨 후 비위를 맞추는 듯한 특유의 침착한 목소리로 말하기 시작했다.

군주는 쿠투조프를 머리부터 발끝까지 재빨리 훑어보더니 일순간 얼굴을 찌푸렸다. 그러나 곧 자신을 억누르고 쿠투조프에게 다가가 두 팔을 벌려 늙은 장군을 안았다. 오랜 익숙한 인상으로 인해, 그리고 그의 성의에 대한 감응으로 그 포옹은 여느 때처럼 다시 쿠투조프에게 영향을 미쳤다. 그는 흐느꼈다.

군주는 장교들과 세묘놉스키 연대의 위병들에게 인사를 건네고 다시 한번 노인과 악수를 하고는 함께 성으로 들어갔다.

원수와 단둘이 남게 되자 군주는 더딘 추격이며 크라스노예와 베료지나에서의 실책에 대해 불만을 토로하고, 앞으로 있을 국외 원정에 대한 자신의 의견을 전했다. 쿠투조프는 어떤 반박이나 소견도 내비치지 않았다. 그가 칠 년 전 아우스터리츠 벌판에서 군주의 명령을 경청하며 짓던 더할 나위 없이 순종적이고 멍한 표정이 이 순간 그의 얼굴에 떠올라 있었다.

쿠투조프가 고개를 숙인 채 특유의 묵직한 걸음걸이로 뒤뚱뒤뚱 집무실에서 나와 홀을 지나고 있을 때 누군가의 목소리가 그를 불러 세웠다.

"대공작 각하." 누군가가 말했다.

쿠투조프는 고개를 들어 톨스토이 백작의 눈을 한참 동안 응시했다. 톨스토이 백작은 어떤 작은 물건이 담긴 은쟁반을 들고 앞에 서 있었다. 쿠투조프는 무엇을 요구받고 있는지 전혀 깨닫지 못한 듯했다.

문득 그는 기억을 해낸 것 같았다. 그의 통통한 얼굴에 보일 듯 말 듯 미소가 스치고 지나갔다. 그는 정중하게 몸을 조아리며 쟁반 위에 놓인 물건을 집었다. 그것은 게오르기 일등 훈장이었다.

11

다음 날 원수는 만찬과 무도회를 열었고, 군주는 친히 참석하여 모임을 빛냈다. 쿠투조프는 게오르기 일등 훈장을 받았다. 군주는 그에게 최고의 영예를 베풀었다. 그러나 원수에 대한 군주의 불만은 모든 이들에게 알려져 있었다. 예의는 지켜졌고, 군주는 가장 먼저 그 모범을 보였다. 그러나 노인이 실책을 범했으며 이제 아무짝에도 쓸모없다는 것을 모두 알고 있었다. 무도회장에서 쿠투조프가 예카체리나 시대의 옛 관습에 따라 군주의 입장에 맞춰 적에게서 탈환한 깃발을 그의 발치에 던지라고 지시했을 때 군주는 불쾌하게 얼굴을 찌푸리며 중얼거렸고, 몇몇이 그 말을 들었다. "늙은 어릿광대."

쿠투조프에 대한 군주의 불만은 빌노에서 점점 더 커졌다. 특히 쿠투조프가 다가올 전쟁의 의미를 이해하려 하지 않고 이해하지도 못하는 것처럼 보였기 때문에 더욱 그러했다.

다음 날 아침 군주가 그의 거처에 모인 장교들에게 "그대들은 러시아만을 구한 것이 아니오. 그대들은 유럽을 구했소."라고 말했을 때 이미 모든 사람들은 전쟁이 아직 끝나지 않았다는 것을 알았다.

쿠투조프만이 그것을 이해하려 하지 않았다. 그리고 새로운 전쟁은 상황을 개선시키지도 러시아의 영광을 드높이지도 못하며, 그저 러시아의 상황을 악화시키고 지금 러시아가 오른 최고의 영광 — 그의 견해에 따르면 — 을 갉아먹을 뿐이라는 의견을 공공연히 피력했다. 그는 군주에게 새로운 군대를 모집하는 것이 불가능하다는 사실을 입증하려 애썼다. 주민의 어려운 처지와 실패의 가능성 등에 대해서도 말했다.

그러한 분위기 속에서 원수는 자연히 앞으로 있을 전쟁의 장애물이자 방해꾼으로만 보였다.

노인과의 충돌을 피하기 위한 출구는 저절로 나타났다. 아우스터리츠 전투 때처럼, 그리고 바르클라이가 지휘하던 전쟁 초기처럼 총사령관을 동요하게 만들거나 그에게 통보하지 않은 채 그가 딛고 선 권력의 토대를 빼앗아 군주에게 넘기는 것이었다.

이런 목적 아래 사령부가 서서히 재편되었으며, 쿠투조프의 사령부는 모든 실질적인 힘을 잃고 그 힘이 군주에게 넘어갔다. 톨, 코노브니친, 예르몰로프는 다른 직분을 받았다. 다들 원수가 너무 쇠약해져 건강을 잃었다고 소리 높여 떠들었다.

그는 자신을 대신할 사람에게 자리를 넘겨주기 위해 건강을 잃어야 했다. 그리고 실제로 그의 몸은 쇠약해졌다.

쿠투조프가 민병대를 모집하기 위해 튀르크에서 돌아와 페테르부르크의 재무국에 나타났다가 꼭 필요한 순간 군대에 나타나는 과정이 자연스럽고 단순하게 점진적으로 일어난 것처럼, 쿠투조프의 역할이 다하고 그 자리에 새롭게 요구되는 활동가가 등장하는 지금의 과정도 똑같이 자연스럽고 점진적이고 단순했다.

1812년 전쟁은 러시아인의 마음에 소중한 국민적 의의 외에도 다른 의의, 즉 유럽적 의의를 띠어야 했다.

서에서 동으로 여러 민족들이 이동한 뒤에는 동에서 서로 이동이 뒤따라야 했다. 그 새로운 전쟁을 위해서는 쿠투조프와 다른 자질과 시각을 갖추고 그와 다른 동기로 움직이는 새로운 활동가가 필요했다.

쿠투조프가 러시아의 구원과 영광을 위해 꼭 필요했듯이 알렉산드르 1세도 여러 민족들이 동에서 서로 이동하기 위해, 여러 민족들이 국경을 회복하기 위해 꼭 필요한 존재였다.

쿠투조프는 유럽이, 균형이, 나폴레옹이 무엇을 의미하는지 깨닫지 못했다. 그는 그것을 이해하지 못했다. 적이 섬멸되고 러시아가 해방되어 최고 영광의 자리에 오르고 나자 러시아 민족의 대표자인 이 러시아인에게는 러시아인으로서 더 이상 할 것이 없었다. 국민 전쟁의 대표자에게 죽음 말고는 아무것도 남지 않았다. 그리고 그는 죽었다.[56]

---

56) 쿠투조프는 병에 걸려 1813년 4월 28일 프로이센의 슐레지엔(오늘날 폴란드의 실롱스크)에 있는 작은 마을 분츨라우에서 죽음을 맞이했다.

12

매우 종종 있는 일이지만 피에르는 포로 시절의 육체적인 고초와 긴장감이 다 지나간 뒤에야 비로소 그 긴장과 고초의 모든 괴로움을 느끼기 시작했다. 그는 포로의 신분에서 해방된 후 오룔로 갔고, 도착한 지 사흘째 되는 날 막 키예프로 떠나려는 순간 병을 앓기 시작하여 그 후 석 달 동안 오룔에서 병상에 누워 있었다. 의사들의 말에 따르면 쓸개의 염증 때문에 열이 오른 것이었다. 의사들이 그를 치료하고 피를 뽑고 물약을 주었음에도 그는 건강을 회복했다.[57]

자유를 찾은 후부터 병에 걸리기까지 피에르에게 일어난 모든 일은 그의 안에 거의 어떤 인상도 남기지 않았다. 그는

---

57) 의술에 대한 불신이 강했던 톨스토이는 『안나 카레니나』와 『이반 일리이치의 죽음』 등 여러 작품을 통해 이러한 불신을 표현했다. 이 부분도 의사의 치료는 병을 악화시킬 뿐이라고 암시하는 역설적 표현으로 볼 수 있다.

비나 눈이 내리던 회색빛의 음울한 날씨, 내면과 육체에 깃든 우수, 다리와 옆구리의 통증만을 기억했다. 또 사람들의 불행과 고통에 대한 전반적인 인상을 기억했다. 그리고 자신에게 이것저것 심문하며 마음을 불안하게 만들던 장교들과 장군들의 호기심이라든지, 승용 마차와 말들을 찾으려던 자신의 고생을 기억했다. 무엇보다 그 시기에 자신의 생각과 감정이 침체되어 있던 것을 기억했다. 속박에서 풀려난 날 그는 페챠 로스토프의 시신을 보았다. 바로 그날 그는 안드레이 공작이 보로지노 전투 후 한 달 남짓 더 살다가 얼마 전에야 야로슬라블의 로스토프가에서 죽음을 맞이했다는 사실을 알게 되었다. 그리고 바로 그날 피에르에게 그 소식을 전해 주던 제니소프는 대화 도중에 엘렌의 죽음을 언급했다. 피에르가 이미 오래전에 그 사실을 알았으리라 생각한 것이다. 그때 피에르에게는 이 모든 것이 그저 기이하게 여겨졌다. 그는 자신이 이 모든 소식의 의미를 이해하지 못하는 것을 느꼈다. 그때 그는 인간들이 서로를 죽이는 이런 장소에서 한시바삐 벗어나 어딘가 조용한 은신처에 숨기 위해, 또 그곳에서 정신을 차린 후 휴식을 취하면서 그동안 알게 된 모든 이상하고 새로운 소식을 곰곰이 생각해 보기 위해 급히 서둘렀을 뿐이다. 그런데 오룔에 도착하자마자 병이 들고 만 것이다. 병상에서 의식을 회복한 피에르는 모스크바에서 온 두 하인 테렌티이와 바시카가 주위에 있는 것을 보았다. 그리고 피에르의 영지인 옐레츠에서 지내다가 피에르의 석방과 병에 대한 소식을 듣고 그를 간호하기 위해 달려온 첫째 공작 영애를 보았다.

몸이 회복되는 동안 피에르는 지난 몇 달 동안 익숙해진 인상들을 조금씩이나마 떨쳐 냈다. 그리고 새날이 와도 아무도 자신을 어디론가 몰고 가지 않고, 아무도 그에게서 따뜻한 침대를 빼앗지 않고, 그를 위한 점심과 차와 저녁이 틀림없이 마련되는 생활에 익숙해져 갔다. 그러나 오래도록 꿈속에서는 여전히 포로 상태에 놓인 자신을 보았다. 피에르는 포로에서 풀려난 뒤 새로 알게 된 소식들, 즉 안드레이 공작의 죽음, 아내의 죽음, 프랑스군의 섬멸을 그처럼 조금씩 이해해 나갔다.

자유, 인간에게 천부적으로 주어진 충만하고 절대적인 자유, 그가 모스크바를 떠나 첫 번째 휴식지에서 난생처음으로 자각한 자유가 회복기 동안 피에르의 영혼을 가득 채웠다. 그는 외적 조건과 무관한 그 내적 자유가 이제는 넘치도록 풍부하고 호화로운 외적 자유에 둘러싸인 것 같아 놀랐다. 그는 낯선 도시에 아는 사람 없이 혼자 있었다. 아무도 그에게 그 어떤 것도 요구하지 않았다. 그는 어디로도 보내지지 않았다. 그가 원하는 모든 것이 그에게 있었다. 아내는 이미 이 세상 사람이 아니므로 이전에 그를 끊임없이 괴롭히던 아내에 대한 생각까지도 이제 사라져 버렸다.

"아, 얼마나 좋은가! 얼마나 멋진가!" 깨끗한 천이 깔리고 향기로운 수프가 차려진 테이블이 앞에 놓일 때면, 밤이 되어 부드럽고 깨끗한 침대에 누울 때면, 아내와 프랑스군이 더 이상 없다는 사실이 떠오를 때면 그는 혼잣말을 중얼거렸다. "아, 얼마나 좋은가! 얼마나 멋진가!" 그리고 오랜 습관에 따라 스스로에게 묻곤 했다. 자, 다음에는 뭘까? 난 앞으로 무엇을 하지? 그리고 곧 스스로에게 답했다. 아무것도 없어. 난 살아갈 거야. 아, 얼마나 멋진가!

예전에 그를 괴롭히던 것, 그가 끊임없이 찾던 것, 즉 삶의 목적은 이제 그에게 존재하지 않았다. 그가 찾던 그 삶의 목적이 지금 이 순간에만 우연히 존재하지 않은 것은 아니다. 그는 그 목적이 존재하지도 않고 또 존재할 수도 없다는 것을 느꼈다. 그리고 그런 목적의 부재가 자유에 대한 충만하고 기쁜 자각, 그 무렵 그의 행복을 이루던 그 자각을 그에게 부여했다.

그는 목적을 가질 수 없었다. 이제 그에게 신앙이 있기 때문이었다. 어떤 원칙이나 말이나 사상에 대한 신앙이 아니라 언제나 감지되는 살아 있는 하느님에 대한 신앙이었다. 이제껏 그는 스스로에게 부과한 목적에서 하느님을 찾았다. 목적을 향한 이러한 추구는 그저 하느님을 향한 추구일 뿐이었다. 그런데 포로로 있는 동안 문득 말이나 판단이 아닌 직접적인 감각으로, 이미 오래전 보모가 말한 것, 즉 하느님은 이곳에, 바로 이곳에, 그리고 어디에나 계신다는 것을 깨달았다. 포로 시절 그는 카라타예프 안에 있는 하느님이 프리메이슨에서 인정하는 만유의 건축자 속 하느님보다 더 위대하고 무한하고 심원하다는 것을 깨달았다. 그는 눈에 잔뜩 힘을 주어 멀리 바라보다가 발치에서 자신이 찾던 것을 발견한 사람의 기분을 느꼈다. 그는 평생 주위 사람들의 머리 위쪽 어딘가를 응시했다. 그런데 눈에 힘을 줄 필요 없이 그저 앞을 보기만 하면 되었던 것이다.

예전에 그는 어디에서도 위대하고 심원하고 무한한 것을

볼 수 없었다. 어딘가에 틀림없이 있을 거라고 느껴 그것을 찾았을 뿐이다. 가까이 있고 이해할 수 있는 모든 것에서 그는 유한하고 저급하고 현세적이고 무의미한 것만 보았다. 그는 지성의 망원경으로 무장하고 먼 곳을, 아련한 안개에 가려 그 저급하고 현세적인 것이 단지 또렷하게 보이지 않는다는 이유로 위대하고 무한하게 여겨지던 그곳을 응시했다. 유럽의 삶, 정치, 프리메이슨, 철학, 박애주의가 그에게는 그런 식으로 보였다. 그러나 그가 자신의 약점으로 여기던 그때 그 시절에도 그의 지성은 그 먼 곳을 꿰뚫어 보고 그곳에서 똑같이 저급하고 현세적인 것을 보았다. 그러나 이제 그는 모든 것에서 위대하고 영원하고 무한한 것을 보는 법을 터득했다. 따라서 그것을 보기 위해, 그 관조를 즐기기 위해 그가 망원경 ─ 그는 이제껏 그것으로 사람들의 머리 너머를 바라보았다 ─ 을 버리고 주변의 끊임없이 변하는 영원히 위대하고 심원하고 무한한 삶을 즐겁게 관조한 것은 당연한 일이다. 그 삶을 가까이 들여다볼수록 그는 점점 더 평온하고 행복해졌다. 이전에 그의 모든 지적 구축물을 파괴하던 '왜'라는 무서운 질문은 이제 그에게 존재하지 않았다. 이제 '왜'라는 그 질문에 대해 그의 마음속에는 언제나 다음과 같은 단순한 답변이 준비되어 있었다. 하느님이 존재하기 때문에. 하느님의 뜻이 없이는 사람의 머리에서 머리카락 한 올도 떨어지지 않기 때문에.

13

피에르는 외적인 면에서 거의 변하지 않았다. 겉보기에 그
는 예전과 똑같았다. 예전과 다름없이 멍했고, 눈앞에 있는 것
이 아닌 자신의 특별한 무언가에 정신이 팔린 듯했다. 이전과
현 상태의 차이라면, 예전에는 눈앞에 무엇이 있는지, 사람들
이 자신에게 무슨 말을 하는지 잊어버릴 경우 마치 아무리 애
를 써도 자신과 멀리 떨어진 무언가를 인식하지 못하겠다는
듯 괴롭게 이마를 찡그렸다는 점이다. 지금도 그는 사람들이
자신에게 무슨 말을 하는지, 눈앞에 무엇이 있는지 잊곤 했다.
그러나 이제는 마치 조롱하듯 희미한 미소를 띤 채 눈앞에 있
는 것을 유심히 바라보고 사람들이 자신에게 하는 말을 주의
깊게 들었다. 물론 전혀 다른 무언가를 보고 듣는 게 분명했지
만…… 예전에 그는 착하지만 불행한 사람으로 보였다. 그래
서 사람들은 본능적으로 그를 멀리했다. 이제는 입가에 언제

나 삶의 기쁨이 어린 미소가 감돌고 눈에는 사람들에 대한 관심, 즉 '저들도 나처럼 만족하고 있는가?' 하는 물음이 빛나고 있었다. 그래서 사람들은 그와 함께 있는 것을 즐거워했다.

예전에 그는 많은 말을 했고 이야기를 할 때 흥분했으며 다른 사람의 말을 거의 듣지 않았다. 그러나 이제는 대화에 몰입하지 않고, 사람들이 가장 내밀한 비밀을 그에게 기꺼이 털어놓을 만큼 잘 들어 주었다.

피에르를 좋아한 적 없는, 특히 노백작의 죽음 이후 자신이 피에르의 은혜를 입은 것을 알고부터 그에게 증오를 품었던 공작 영애는 오룔 — 피에르의 배은망덕에도 그를 간호하는 것을 자신의 의무로 여긴다는 점을 그에게 입증하고자 찾아왔다 — 에서 체류한 지 얼마 지나지 않아 분하고 놀랍게도 자신이 그를 좋아한다는 사실을 곧 깨닫게 되었다. 피에르는 결코 공작 영애의 환심을 사려 하지 않았다. 단지 호기심을 품고 그녀를 주시했을 뿐이다. 예전에 공작 영애는 자신을 향한 그의 시선에 무심과 조소가 어려 있다고 느꼈다. 그래서 다른 사람들 앞에서와 마찬가지로 그의 앞에서도 몸을 움츠리고 자기 삶의 전투적인 면만을 드러냈다. 그런데 이제는 오히려 그가 그녀 삶의 가장 내밀한 부분까지 파고드는 것 같았다. 그래서 처음에는 의심하면서, 그다음에는 고마운 마음을 담아 자신의 성격 가운데 감춰진 좋은 면들을 그에게 보여 주었다.

아무리 교활한 인간도 그보다 더 능숙하게 공작 영애의 환심을 사지는 못했을 것이다. 그는 그녀의 젊은 나날들 가운데 가장 아름다운 시절의 추억을 불러일으키고 그 추억에 공감을 표했다. 그러나 피에르의 교활함이라고 해 보았자 원한에 사무치고 쌀쌀맞고 자신만의 방식으로 오만함을 드러내는 공작 영애에게 인간적인 감정을 불러일으키면서 자신의 만족을 구하는 것에 지나지 않았다.

"그래, 그는 정말로, 정말로 좋은 사람이야. 나쁜 사람들의 영향을 받지 않고 나 같은 사람들의 영향을 받으면……." 공작 영애는 이렇게 혼잣말을 하곤 했다.

테렌티이와 바시카 같은 하인들도 피에르에게 일어난 변화를 나름대로 눈치채고 있었다. 그들은 피에르가 매우 소탈해졌음을 발견했다. 테렌티이는 종종 주인의 옷을 벗겨 주고 나서 손에 부츠와 옷가지를 든 채 밤 인사를 건네고는 주인이 대화를 시작하지 않을까 기대하며 방에서 나가지 않고 꾸물거리곤 했다. 그러면 대개 피에르는 테렌티이가 이야기를 하고 싶어 하는 것을 눈치채고 그를 불러 세웠다.

"음, 그런데 말이야, 나에게 들려주지 않겠나…… 자네들은 어떻게 먹을 것을 구했지?" 그는 이렇게 묻곤 했다. 그러면 테렌티이는 모스크바의 참화에 대해, 고인이 된 백작에 대해 이야기를 꺼냈다. 그렇게 그는 옷가지를 든 채 이야기를 하고 때로는 피에르의 이야기를 듣기도 하면서 한참 동안 서 있다가, 주인이 자신에게 보이는 친밀함과 자신이 그에게 느끼는 우정을 즐겁게 의식하며 복도로 나가곤 했다.

피에르를 치료하기 위해 날마다 방문하는 의사는 의사들의 의무에 따라 자신의 매 순간이 고통받는 인류를 위해 소중하다는 표정을 짓는 것을 본분으로 여기는 사람이었다. 그런데도 피에르의 집에 몇 시간씩 눌러앉아 자신이 좋아하는 역사에 대한 이야기를, 그리고 환자 전반의, 특히 귀부인들의 기질에 대한 관찰을 들려주곤 했다.

"맞아요. 그런 사람과 이야기하면 즐겁답니다. 우리 고장 사람들의 대화와는 다르죠." 그는 이렇게 말하곤 했다.

오룔에는 포로가 된 프랑스 장교들이 몇 명 살았다. 의사가 그들 가운데 한 명인 젊은 이탈리아인 장교를 데려왔다.

그 장교는 피에르의 거처를 드나들기 시작했고, 공작 영애는 이탈리아인이 피에르에게 표현하는 부드러운 감정을 조롱했다.

이탈리아인은 피에르를 찾아와 자신의 과거와 가족생활과 사랑에 대해 이야기할 수 있을 때만, 그리고 프랑스인에 대한, 특히 나폴레옹에 대한 분노를 토로할 수 있을 때만 행복을 느끼는 것 같았다.

"만약 모든 러시아인들이 당신과 조금이라도 비슷하다면 말이죠, 당신네들 같은 민족과 전쟁을 하는 것은 신성 모독입니다." 그는 피에르에게 말했다. "당신은 프랑스인 때문에 그토록 고통을 받고도 그들에게 적의조차 품지 않는군요."

그런데 피에르가 그 이탈리아인의 열정적인 사랑을 얻게 된 것은 단지 이탈리아인의 영혼에서 가장 좋은 면들을 일깨우고 그것에 감탄했기 때문이다.

피에르가 오룔에 체류한 마지막 시기에 프리메이슨인 옛 지인 빌라르스키 백작이 그를 찾아왔다. 빌라르스키 백작은 1807년에 피에르를 프리메이슨 지부로 데려간 바로 그 사람이었다. 빌라르스키는 오룔현에 큰 영지를 가진 부유한 러시아 여자와 결혼했으며, 그 도시에서 식량 부서의 임시직을 맡고 있었다.

베주호프가 오룔에 있는 것을 알게 된 빌라르스키는 친하게 지낸 적이 전혀 없는데도 그를 찾아와 황야에서 마주친 사람들이 서로에게 흔히 그러듯이 우정과 친밀감을 표명했다. 빌라르스키는 오룔에서 적적하게 지내다가 자신과 같은 부류의 사람을, 그가 생각하기에 똑같은 관심거리를 가진 사람을 만나게 되어 행복했다.

그러나 빌라르스키는 피에르가 실생활에서 매우 뒤처졌으며 무기력과 에고이즘에 빠져 있는 — 그가 혼자 피에르를 정의한 바에 따르면 — 것을 곧 깨닫고 놀랐다.

"녹슬어 가고 있군요, 친구." 빌라르스키는 피에르에게 말했다. 그렇지만 지금 빌라르스키는 피에르와 있는 것을 예전보다 더 즐거워했다. 그래서 매일 찾아왔다. 빌라르스키를 보고 그의 이야기를 듣던 피에르는 자신이 바로 얼마 전까지만 해도 그와 똑같은 인간이었다는 생각에 믿기지 않을 만큼 놀랍고 이상야릇한 기분을 느꼈다.

빌라르스키는 결혼하고 가정을 가진 남자로 아내의 영지와 직무와 가족에 대한 책임을 맡고 있었다. 그는 그 모든 일이 인생의 방해물이라고, 그 모든 것은 경멸할 만한 것이라고 생각했다. 왜냐하면 그러한 일들의 목적은 그와 가족의 사적인 행복이었기 때문이다. 그의 관심은 언제나 전쟁, 행정, 정치, 프리메이슨에 관한 생각에 쏠려 있었다. 그런데 피에르는 빌라르스키의 시각을 바꾸려 애쓰거나 비난하지 않고, 이제 늘 짓고 있는 잔잔하고 즐거운 조소를 머금은 채 자신이 익히 아는 그 기이한 현상을 감탄하듯 바라보았다.

빌라르스키, 공작 영애, 의사, 그리고 요즘 만난 모든 사람들과의 관계에서 피에르는 모든 사람들의 호의를 끌어내는 새로운 특징을 보였다. 그것은 사람들이 저마다 자기 방식대로 사물을 생각하고 느끼고 바라볼 가능성을 인정하는 것이었다. 그리고 말로는 사람의 생각을 바꿀 수 없음을 인정하는 것이었다. 예전에는 피에르를 불안하고 짜증스럽게 했던 저마다의 이런 당연한 독자성이 이제 그가 사람들에 대해 품는 공감과 흥미의 토대가 되었다. 자신의 삶과 타인들의 시각 사이에, 혹은 그 시각들 사이에 존재하는 차이나 때로 완벽하기까지 한 모순은 피에르에게 기쁨을 주고 조소 어린 온화한 미소를 불러일으켰다.

실생활의 문제에서 이제 피에르는 뜻밖에도 예전에 없던 무게 중심이 자신에게 생긴 것을 느꼈다. 전에는 모든 금전 문제, 특히 막대한 부를 소유한 사람으로서 매우 종종 처하게 되는 돈에 대한 요청이 그를 출구 없는 불안과 의심으로 몰았다. '줄까, 말까?' 그는 스스로 이렇게 묻곤 했다. '나에게는 돈이 있다. 그런데 저 사람에게 돈이 필요하다. 하지만 돈이 더 필요한 다른 사람이 있다. 돈이 더 필요한 사람은 어느 쪽일까? 혹시 둘 다 사기꾼일까?' 예전에는 그 모든 추측에서 어떤 방책도 찾아내지 못하고, 줄 만한 것이 있으면 누구에게든 다 줘 버렸다. 그리고 예전에는 자신의 재산에 관한 문제가 생길 때마다 어떤 이는 이렇게 해야 한다 말하고 또 어떤 이는 저렇게 해야 한다 말하는 바람에 똑같은 망설임에 빠지곤 했다.

이제 그는 스스로도 놀랄 정도로 그 모든 문제에서 더 이상 의혹이나 망설임을 느끼지 않았다. 이제 그의 안에 자신이 알지 못하는 어떤 법에 따라 무엇을 해야 하고 무엇을 하지 말아야 하는지 결정하는 심판관이 출현했다.

그는 예전과 다름없이 돈 문제에 무심했다. 그러나 지금은 무엇을 하고 무엇을 하지 말아야 할지 분명히 알았다. 이 새로운 심판관이 그에게 작용한 첫 번째 사례는 포로인 프랑스 대령의 요청이었다. 그는 피에르를 찾아와 자신의 무훈을 잔뜩 떠들어 대더니 결국 아내와 아이들에게 송금할 4000프랑을 달라며 요구하다시피 했다. 피에르는 조금도 어려워하거나 긴장하지 않고 요구를 거절했다. 나중에 그는 이전에 도저히 해결할 수 없을 정도로 어렵게 보이던 것이 어찌나 간단하고 손쉬운 일이었는지 깜짝 놀랐다. 그때 그는 대령의 청을 거절하는 동시에 자신이 오룔을 떠날 때 이탈리아인 장교가 돈을 받도록 하기 위해서는 꾀를 부릴 필요가 있다고 판단했다. 이탈리아인 장교는 분명 돈이 필요해 보였기 때문이다. 피에르가 보기에 실생활 문제에서 자신의 견실한 시각을 입증하는 새로운 증거는 아내의 빚에 관한 문제나 모스크바의 저택과 별장을 수리할 것인가 말 것인가 하는 문제에 대한 자신의 결정이었다.

그의 수석 관리인이 오룔에 왔다. 피에르는 변화가 생긴 수입에 대해서 그와 함께 총결산을 했다. 수석 관리인의 계산에 따르면 피에르는 모스크바 화재로 인해 200만 루블가량의 비용을 들여야 했다.

수석 관리인은 이 손실에 대한 위로로 다음과 같은 계산을 제시했다. 즉 그런 손실이 있더라도 피에르가 백작 부인이 사후에 남긴, 그에게 지불 의무가 없는 빚을 구태여 갚지 않고 모스크바 시내의 저택과 근교의 별장들 — 매년 8만 루블의 비용이 들고 아무 이익도 내지 않는 — 을 수리하지 않는다면 수입은 줄어들기는커녕 늘어난 것이라고 말이다.

"네, 그렇군요, 그 말이 맞아요." 피에르는 유쾌한 미소를 지으며 말했다. "네, 네, 나에겐 그것이 전혀 필요 없어요. 난 재산을 잃고 나서 훨씬 더 부자가 되었군요."

그러나 1월에 사벨리치가 모스크바로부터 와서 모스크바의 상황에 대해, 건축가가 저택과 모스크바 근교에 있는 별장의 수리를 위하여 제시한 견적에 대해 이야기했다. 그는 그 문제가 이미 결정된 일인 양 말했다. 그 무렵 피에르는 바실리 공작과 페테르부르크의 여러 지인들로부터 편지를 받았다. 편지에는 아내의 빚에 대한 문제가 적혀 있었다. 그러자 피에르는 그토록 마음에 들었던 수석 관리인의 계획이 미덥지 못하다고, 직접 페테르부르크에 가서 아내와 관련한 문제를 매듭짓고 모스크바의 집을 다시 지어야겠다고 판단했다. 왜 그렇게 해야 하는지 몰랐다. 그러나 그래야 한다는 것을 의심할 여지 없이 잘 알고 있었다. 그러한 결정의 결과 그의 수입은 4분의 3 정도로 줄어들 것이다. 그러나 그렇게 해야 했다. 그는 그렇게 느꼈다.

빌라르스키가 모스크바로 떠날 예정이었다. 그래서 그들은 함께 떠나기로 약속했다.

피에르는 오룔에서 회복기 내내 기쁨과 자유와 생명의 감정을 느꼈다. 그런데 여행하는 동안 문득 자신이 자유의 세계에 있다는 것을 깨닫고 수백 명의 새로운 얼굴들을 보았을 때 이러한 감정은 한층 강해졌다. 그는 여행 내내 방학을 맞은 초등학생의 기쁨을 맛보았다. 모든 사람 — 마부, 역장, 길 위나 마을의 농부 — 들이 그에게 새로운 의미를 띠었다. 빌라르스키가 옆에서 러시아의 가난과 유럽보다 낙후된 점, 무지를 끊임없이 불평하며 지껄이는 말도 피에르에게는 기쁨을 불러일으킬 뿐이었다. 빌라르스키가 시체처럼 생기 없다고 여기는 곳에서 피에르는 놀랍도록 강렬한 생명을, 눈 덮인 그 광활한 공간에서 하나가 된 이 특별한 사람들 전체의 삶을 지탱하는 힘을 보았다. 그는 빌라르스키에게 반박하지 않았다. 마치 빌라르스키에게 찬성하듯(찬성하는 척하는 것이 어떤 결론에도 이를 수 없는 토론에서 벗어날 가장 간단한 방법이었기 때문이다.) 즐거운 미소를 지으며 그의 말에 귀를 기울였다.

14

개미들이 무너진 개밋둑으로부터 무엇을 위해 어디로 서
둘러 가는지, 어째서 어떤 개미들은 티끌과 알과 시체를 끌면
서 개밋둑을 떠나고 또 어떤 개미들은 개밋둑으로 돌아오는
지, 무엇을 위해 개미들이 서로 충돌하고 서로를 뒤쫓으며 싸
우는지 설명하기 어렵듯, 프랑스군이 물러간 후 러시아 사람
들을 이전에 모스크바라고 불리던 장소로 밀려들게 한 원인
도 설명하기 힘들 것이다. 그러나 폐허가 된 개밋둑 주위에 흩
어진 개미들을 보면 개밋둑은 완전히 무너졌어도 그 우글거
리는 곤충들의 끈기와 힘과 셀 수 없이 많은 수로 미루어 모든
것이 파괴되었으되 개밋둑의 힘 전체를 이루는 파괴할 수 없
고 비물질적인 무언가는 예외임을 알 수 있듯이, 10월의 모스
크바 역시 관청과 교회와 성물과 풍부한 물자와 집들이 없어
도 8월의 모스크바와 똑같았다. 모든 것이 파괴되었지만 비물

질적인, 그러나 파괴할 수 없는 강력한 무언가는 예외였다.

적군이 모스크바에서 사라진 후 사방에서 모스크바로 쇄도하는 사람들의 동기는 그야말로 제각각이고 개인적이었으며, 초기에는 대부분 야만적이고 동물적이었다. 모든 사람에게 공통된 충동은 오직 한 가지뿐이었다. 그것은 자신의 활동을 펼치기 위해 그곳으로, 이전에 모스크바라고 불리던 곳으로 가겠다는 갈망이었다.

일주일 후 모스크바의 주민은 이미 1만 5000명이었고, 이주일 후에는 2만 5000명이었다. 그 수는 점점 불어나 1813년 가을 무렵에는 1812년의 주민 수를 능가할 정도가 되었다.

가장 먼저 모스크바에 들어온 러시아인들은 빈친게로데 부대의 코사크들, 인접한 촌락의 농민들, 모스크바에서 달아나 근교에 숨어 있던 주민들이었다. 황폐한 모스크바로 들어온 러시아인들은 모스크바가 약탈당한 것을 발견하고 자신들도 약탈을 시작했다. 그들은 프랑스군이 자행한 짓을 계속해 나갔다. 농민들이 파괴된 저택과 거리에 버려진 것들을 전부 자기 마을로 실어 가기 위해 짐마차 행렬을 끌고 모스크바로 왔다. 코사크들은 힘닿는 대로 최대한 자신들의 진영으로 실어 갔다. 집주인들은 다른 집에서 발견한 것들을 전부 챙긴 후 그것이 원래는 자신의 소유였다는 핑계를 대며 자기 집으로 운반해 갔다.

그러나 최초의 약탈자들에 이어 제2, 제3의 약탈자들이 왔으며, 약탈자들이 늘어남에 따라 약탈은 날이 갈수록 점점 더 어려워지고 보다 일정한 형태를 띠게 되었다.

프랑스군이 발견할 당시의 모스크바는 비록 텅 비긴 했지만 유기적이고 균형 잡힌 생활을 영위하는 도시로서 모든 형태를 갖춘, 상업과 수공업과 사치와 국정과 종교 등 다양한 기능을 갖춘 곳이었다. 이러한 형태는 생명력을 잃었으나 여전히 존재했다. 상점가, 작은 가게, 창고, 곡물 창고, 시장이 있었으며, 그곳들 대부분은 상품을 갖추고 있었다. 또한 공장과 공방이 있었고, 화려한 물건들로 가득 찬 궁전과 부자들의 저택이 있었다. 병원과 감옥과 법정과 예배당과 대교회도 있었다. 프랑스군이 오래 체류할수록 도시 생활의 이런 형태들은 점점 파괴되어 갔다. 결국 모든 것은 하나로 뒤섞여 서로 분간이 되지 않는, 생명 없는 약탈의 벌판이 되어 버렸다.

프랑스군이 약탈을 계속할수록 그 약탈은 모스크바의 부(富)뿐만 아니라 약탈자들의 힘까지 점점 파괴했다. 그러나 러시아인들의 약탈 ─ 그 약탈은 러시아인들이 수도로 돌아와 살게 된 계기가 되었다 ─ 은 오래 지속될수록, 그에 가담하는 자들이 많아질수록 모스크바의 부와 도시의 균형 잡힌 생활을 더욱 빨리 부흥시켰다.

약탈자 외에도 집주인, 사제, 고위 관리, 하급 관리, 상인, 수공업자, 농민 등 호기심이나 직무나 이해타산에 이끌린 온갖 다양한 사람들이 마치 심장으로 향하는 피처럼 사방에서 모스크바로 몰려들었다.

일주일 후 물건을 실어 가기 위해 빈 짐수레들을 끌고 온 농민들은 관청의 저지를 받았고, 도시 밖으로 시체를 운반하도록 강제 동원되었다. 동료들의 실패에 대해 들은 다른 농민들은 빵과 귀리와 건초를 싣고 도시에 와서 경쟁하듯 가격을 낮추어 예전보다 낮은 값으로까지 떨어뜨렸다. 목수 조합들은 높은 품삯을 기대하며 매일 모스크바에 들어왔다. 사방에서 목조 주택들을 새로 짓고 불에 탄 집들을 수리했다. 노점상들은 장사를 개시했다. 불에 그을린 집에 음식점과 여인숙이 들어섰다. 불타지 않은 많은 교회에서 사제들이 성무를 재개했다. 기부자들은 약탈당한 교회의 물품들을 가지고 왔다. 관리들은 자그마한 사무실에 모직 천을 덮은 책상과 서류 수납장을 갖추어 놓았다. 상급 관청과 경찰은 프랑스군이 남긴 재물을 분배하도록 지시했다. 다른 집에서 끌고 온 물건들이 많이 남아 있던 집의 주인들은 그라노비타야 궁전[58]으로 그 모든 물건들을 끌어가는 것이 부당하다고 불평했다. 다른 집주인들은 프랑스군이 온갖 집에서 물건들을 끌어내어 한집에 모아 두었으니 그 집에서 발견된 물건들을 그 집주인에게 넘기는 것이야말로 부당하다고 주장했다. 경찰은 욕을 먹기도 하고 매수되기도 했다. 불에 탄 국유 재산에 대한 견적은 열 배로 부풀려 기록되었다. 원조에 대한 요청도 있었다. 라스톱친 백작은 선언문을 작성했다.

---

58) 'granovityi'는 러시아어로 '면이 많은' 혹은 '각이 많은'이라는 뜻이다. 궁전 전면의 독특한 석조 세공 때문에 '그라노비타야 궁전'이라는 명칭이 생겼다. 이 궁전은 크렘린에 남아 있는 15세기 왕궁의 일부다. 거대한 홀은 한때 알현실과 연회장으로 사용되었다.

15

1월 말 피에르는 모스크바로 와서 무사히 보존된 곁채에 거처를 정했다. 그는 라스톱친 백작과 모스크바에 돌아온 몇 몇 지인들을 방문하고 사흘째 되는 날 페테르부르크로 떠나려 했다. 모두들 승리를 축하했다. 황폐해졌다가 되살아나고 있는 수도에서는 모든 것이 생명력으로 부글부글 끓어올랐다. 다들 피에르를 보고 기뻐했다. 다들 그를 보고 싶어 했고, 다들 그가 본 것에 대해 이것저것 캐물었다. 피에르는 자신이 만난 모든 사람들에게 각별한 친밀감을 느꼈다. 그러나 이제는 무언가에 얽매이지 않기 위해 모든 사람들을 조심스럽게 대했다. 중요한 질문이든 시시하기 짝이 없는 질문이든 그는 사람들이 묻는 모든 질문에 대해 똑같이 모호한 답변을 했다. "어디에서 살 거냐?" "집을 개축할 거냐?" "언제 페테르부르크로 떠날 거냐?" "작은 궤짝 하나를 가지고 가 줄 수 없냐?"라고 사람들이 물으면, 그는 "네.""아마도요.""그렇게 생각합니다."
등등으로 대답했다.

로스토프가에 대해 그는 그들이 코스트로마에 있다는 말을
들었다. 나타샤에 대한 생각이 드는 경우는 드물었다. 그녀가
머리에 떠오른다 해도 단지 오래전의 즐거운 추억으로서일
뿐이었다. 그는 자신이 생활의 이런저런 조건들로부터 자유
로울 뿐 아니라 의도적으로 스스로에게 지운 — 그에게는 그
렇게 생각되었다 — 그 감정으로부터도 자유로운 것 같다고
느꼈다.

모스크바에 도착한 지 사흘째 되는 날 그는 드루베츠코이
가(家) 사람들로부터 마리야 공작 영애가 모스크바에 있다는
소식을 들었다. 종종 안드레이 공작의 죽음과 고통과 마지막
나날이 피에르의 마음을 사로잡곤 했는데 이제 그러한 것들
은 새로운 생생함을 띠고 그의 머리에 떠올랐다. 마리야 공작
영애가 모스크바에 있고 브즈드비젠카 거리의 타지 않은 자
택에서 산다는 사실을 식사 중에 알게 된 피에르는 그날 저녁
그녀의 집으로 향했다.

마리야 공작 영애의 집으로 가는 도중 피에르는 안드레이
공작에 대해, 그와 자신의 우정에 대해, 그와의 이런저런 만남
에 대해, 무엇보다 보로지노에서의 마지막 만남에 대해 계속
생각했다.

'그는 그때처럼 적의에 찬 심정으로 죽었을까? 죽음을 앞둔
그에게 삶의 이유가 보이지는 않았을까?' 피에르는 생각했다.
그는 카라타예프와 그의 죽음을 떠올리며 자기도 모르게 두

사람을 비교하기 시작했다. 그렇게나 다른, 그와 동시에 피에르가 그들 모두에게 품은 애정의 면에서, 그리고 모두 살다가 죽었다는 면에서 너무도 닮은 두 사람을…….

피에르는 극도로 심각한 기분에 잠겨 노공작의 저택으로 향했다. 그 저택은 무사했다. 비록 파손의 흔적이 보이긴 했지만 저택의 분위기는 그대로였다. 노공작의 부재가 집안의 질서를 깨뜨리지 않았다는 점을 손님에게 느끼게 하려는 듯 엄격한 표정으로 피에르를 맞이한 늙은 하인은 공작 영애가 자신의 방에 들어갔다고, 공작 영애가 방문객을 받는 날은 일요일이라고 말했다.

"내가 왔다고 알려 드리게. 아마 맞아 주실 거야." 피에르가 말했다.

"알겠습니다." 하인이 대답했다. "그럼 초상화방으로 가 주십시오."

몇 분 후 하인과 데살이 피에르에게로 왔다. 데살이 공작 영애를 대신하여 전하길, 그녀가 그를 만나게 되어 몹시 기뻐하고 있으며, 피에르가 그녀의 무례함을 용서한다면 2층에 있는 그녀의 방으로 와 주길 청했다고 했다.

초 한 자루가 비추는 천장이 낮은 방에는 마리야 공작 영애와 검은 옷을 입은 누군가가 앉아 있었다. 피에르는 공작 영애의 옆에 언제나 말벗들이 있었다는 것을 기억했다. 그들이 누구였는지, 그 말벗들이 어떤 사람들이었는지 피에르는 알지도 기억하지도 못했다. '말벗들 가운데 한 명이군.' 그는 검은 옷을 입은 귀부인을 흘깃 쳐다보며 생각했다.

공작 영애는 재빨리 일어나 그를 맞으며 한 손을 내밀었다.

"그래요." 그가 손에 입을 맞추고 나자 그녀는 그의 달라진 얼굴을 유심히 바라보며 말했다. "이렇게 우리가 만나게 되는 군요. 오빠도 마지막 나날에는 종종 당신에 대해 이야기했죠." 그녀는 피에르에게서 수줍어하는 말벗에게로 시선을 옮기며 말했다. 피에르는 그 수줍어하는 모습에 순간적으로 깜짝 놀랐다.

"당신이 구출되었다는 소식을 듣고 정말 기뻤어요. 우리가 오랫동안 받은 소식들 가운데 유일하게 기쁜 소식이었답니다." 공작 영애가 다시 더욱 초조한 기색으로 말벗을 돌아보더니 무언가 말하려 했다. 그러나 피에르가 말을 가로막았다.

"내가 안드레이 공작에 대해 아무것도 모른다는 걸 상상할 수 있겠습니까?" 그가 말했다. "나는 그가 전사했다고 생각했습니다. 내가 아는 모든 내용은 다른 사람들로부터, 제삼자를 통해 알게 된 것입니다. 내가 아는 건 그가 결국 로스토프가에 갔다는 것뿐입니다……. 얼마나 대단한 운명입니까!"

피에르는 빠르고 힘차게 말했다. 그는 말벗의 얼굴을 한 번 흘깃 쳐다보다가 호기심 어린 주의 깊고 다정한 눈길이 자신에게 향한 것을 보았다. 대화를 할 때 종종 있는 일이지만 그는 어쩐지 그 검은 옷을 입은 말벗이 사랑스럽고 선하고 훌륭한 존재, 자신과 마리야 공작 영애의 허심탄회한 대화를 방해하지 않는 그런 존재라고 느꼈다.

그러나 그가 로스토프가에 대해 마지막 말을 하는 동안 마리야 공작 영애의 얼굴에 어린 당혹감은 한층 짙어졌다. 그녀는 다시 피에르의 얼굴에서 검은 옷을 입은 귀부인의 얼굴로 빠르게 시선을 옮기며 말했다.

"정말 모르겠어요?"

피에르는 검은 눈과 기묘한 입매를 지닌 그 말벗 여인의 창백하고 갸름한 얼굴을 한 번 더 흘깃 쳐다보았다. 오랫동안 잊고 있던 사랑스러움 이상의 친밀한 무언가가 그 주의 깊은 눈동자를 통해 그를 바라보고 있었다.

'아냐, 그럴 리 없어.' 그는 생각했다. '이 엄숙하고 야위고 창백하고 나이 든 얼굴? 그녀일 리 없어. 그냥 그녀를 떠올리게 하는 얼굴일 뿐이야.' 그러나 그 순간 마리야 공작 영애가 말했다. "나타샤예요." 그러자 주의 깊은 눈동자를 지닌 얼굴이 마치 녹슨 문이 열리듯 힘겹게 간신히 미소를 지었고, 그 열린 문으로부터 갑자기 오랫동안 잊고 있던, 특히나 지금의 그로서는 전혀 생각도 못 하던 행복이 불어와 그를 덮쳤다. 그것은 훅 불어와 그를 휘감고는 통째로 삼켜 버렸다. 그녀가 미소를 짓자 더 이상 의혹이 존재할 수 없었다. 나타샤였다. 그리고 그는 그녀를 사랑하고 있었다.

그 첫 순간 피에르는 자기도 모르게 그녀와 마리야 공작 영애에게, 무엇보다 자신에게 스스로도 알지 못하던 비밀을 털어놓고 말았다. 그는 기쁜 듯이, 그리고 고통스러울 정도로 아픈 듯이 얼굴을 붉혔다. 그는 자신의 흥분을 감추고 싶었다. 하지만 흥분을 감추려 할수록 자신과 그녀와 마리야 공작 영애에게 자신이 그녀를 사랑한다는 사실을 어떤 분명한 말보다 더 뚜렷이 드러낼 뿐이었다.

'아냐, 뜻밖이라 그런 거야.' 피에르는 생각했다. 그러나 마리야 공작 영애와 시작한 대화를 계속 이어 나가려던 순간 다시 나타샤를 힐끔 쳐다보았다. 그러자 그의 얼굴은 한층 더 붉어졌고, 그의 영혼은 기쁨과 두려움이 뒤섞인 한층 더 강렬한 흥분에 사로잡혔다. 그는 당황하여 앞뒤가 맞지 않는 말을 하다가 도중에 입을 다물고 말았다.

피에르가 나타샤를 알아채지 못한 것은 그 자리에서 그녀를 보게 될 것을 전혀 예상치 못했기 때문이다. 한편 그가 그녀를 알아보지 못한 것은 그녀를 만나지 못한 이후 그녀 안에서 일어난 변화가 너무도 컸기 때문이기도 하다. 그녀는 야위고 창백해졌다. 그러나 그런 것 때문에 알아보지 못한 것은 아니었다. 그가 방에 들어선 처음 순간에 그녀를 알아보지 못한 것은 예전엔 그 얼굴과 눈동자가 늘 생명의 기쁨이 어린 은밀한 미소로 빛났는데 그가 방에 들어와 그녀를 처음 흘깃 쳐다보았을 때는 그런 미소의 그림자조차 띠지 않았기 때문이다. 오직 슬프게 뭔가를 묻는 듯한 주의 깊고 선한 눈동자만 있을 뿐이었다.

피에르의 동요는 나타샤에게 동요가 아니라 거의 눈에 띄지 않게 그녀의 얼굴 전체를 빛내는 기쁨으로 투영될 뿐이었다.

16

"나타샤는 우리 집에 손님으로 와 있어요." 마리야 공작 영애가 말했다. "백작님과 백작 부인도 조만간 오실 거예요. 백작 부인의 상태가 아주 안 좋아요. 하지만 나타샤도 진찰을 받아야 하거든요. 두 분이 나타샤를 억지로 저와 함께 보내셨답니다."

"그렇군요. 슬픔을 겪지 않은 가족이 있겠습니까?" 피에르가 나타샤를 돌아보며 말했다. "당신도 알겠지만 그 일은 우리가 구출된 바로 그날에 일어났지요. 난 페챠를 보았습니다. 얼마나 멋진 소년이었는지 모릅니다!"

나타샤는 그를 바라보았다. 그러나 눈동자만이 그의 말에 반응하며 더 커지고 더 빛날 뿐이었다.

"어떤 말이나 생각이 당신에게 위안이 될까요?" 피에르가 말했다. "아무것도 없지요. 무엇 때문에 그 생명력 넘치는 훌륭한 소년이 죽어야 했을까요?"

"네, 신앙이 없었다면 이 시대를 사는 것이 힘들었을 거예요……." 마리야 공작 영애가 말했다.

"네, 네. 정말로 그렇습니다." 피에르가 황급히 끼어들었다.

"왜죠?" 나타샤가 피에르의 눈을 유심히 바라보며 물었다.

"왜라니?" 마리야 공작 영애가 말했다. "무엇이 그곳에서 우리를 기다리고 있을지 생각만 해도……."

나타샤는 마리야 공작 영애의 말을 끝까지 듣지 않고 다시 피에르를 주의 깊게 쳐다보았다.

"그것은 말이지요." 피에르는 계속 말을 이어 나갔다. "우리를 다스리는 하느님이 있다고 믿는 사람만이 그분이 겪은…… 그리고 당신이 겪은 것 같은 그런 상실을 견딜 수 있기 때문입니다." 피에르가 말했다.

나타샤는 무언가 말하려 벌써부터 입을 벌리고 있다가 갑자기 멈췄다. 피에르는 황급히 그녀에게서 고개를 돌리고는 마리야 공작 영애를 향해 다시 친구의 마지막 나날에 관하여 물었다. 피에르의 동요는 이제 거의 사라졌다. 그러나 그와 동시에 이제까지 느껴 온 자유도 전부 사라진 것을 깨달았다. 그는 이 순간 자신의 모든 말과 행동을 굽어보는 심판관이 있다는 것을, 이 세상 어느 누구의 심판보다 그에게 더 귀중한 심판이 있다는 것을 깨달았다. 그는 지금 말을 하면서 자신의 말과 아울러 그것이 나타샤에게 불러일으키는 인상을 살폈다. 일부러 그녀의 마음에 들 만한 말을 하는 것은 아니었다. 그러나 무슨 말을 하든 그녀의 관점에서 자신을 판단했다.

마리야 공작 영애는 이런 경우 언제나 그러듯 자신이 안드레이 공작을 발견했을 때의 상황에 대하여 마지못해 이야기를 시작했다. 그러나 피에르의 질문, 열기를 띤 불안한 눈빛, 흥분으로 떨리는 얼굴에 이끌려 그녀는 자신을 위해서는 상상 속에서조차 되살리기를 두려워하던 세부적인 정황으로 점차 빠져들었다.

"네, 네, 그래요, 그렇군요……." 피에르는 마리야 공작 영애 쪽으로 온몸을 숙인 채 그녀의 이야기에 열렬히 귀를 기울이며 말했다. "네, 네. 그럼 그는 평온을 찾았군요? 마음이 누그러들었군요? 그는 죽음을 두려워할 수도 없을 만큼 언제나 온 힘을 다해 오직 한 가지만을 추구했죠. 완벽하게 훌륭한 인간이 되는 것 말입니다. 그의 안에 있던 결점은, 그런 게 있다면 말이지요, 그에게서 비롯된 것이 아니에요. 그러니까 그의 마음이 부드러워졌다는 거죠?" 피에르가 말했다. "그는 당신을 만나게 되어 얼마나 행복했을까요!" 피에르는 문득 나타샤를 돌아보더니 눈물이 가득 고인 눈으로 바라보며 말했다.

나타샤의 얼굴에 경련이 일었다. 그녀는 얼굴을 찡그리고 일순간 시선을 내리깔았다. 잠시 주저했다. 말을 할까, 하지 말까?

"네, 그건 행복이었어요." 그녀는 가슴에서 나오는 낮은 목소리로 말했다. "나에게 그건 분명 행복이었어요." 그녀는 잠시 침묵했다. "그리고 그도…… 그도…… 그도 말했어요. 내가 그를 찾아간 순간 그도 그것을 바라고 있었다고요……." 나타샤의 목소리가 갈라졌다. 그녀는 얼굴을 붉히고 두 손으로 무릎을 꽉 눌렀다. 자신을 억제하는가 싶더니 갑자기 고개를 쳐들고 빠르게 말을 하기 시작했다.

"모스크바를 떠날 때만 해도 우리는 아무것도 몰랐어요. 나는 그에 대해 차마 물을 수도 없었죠. 그런데 갑자기 소냐가 말했어요. 그가 우리와 함께 있다고요. 아무 생각도 나지 않았어요. 난 그의 상태가 어떤지 상상할 수도 없었죠. 다만 그를 만나야 했어요. 그와 함께 있어야 했다고요." 그녀는 바르르 떨고 숨을 헐떡이며 말했다. 그러고는 아무도 말을 가로막지 못하게 하면서, 자신이 누구에게도 전혀 말하지 않은 것, 그 삼 주 동안의 여정과 야로슬라블에서 생활하며 겪은 모든 것을 이야기했다.

피에르는 입을 벌린 채 눈물이 가득 고인 눈으로 그녀를 뚫어지게 쳐다보면서 그 말을 들었다. 그녀의 말을 듣는 동안 그는 안드레이 공작에 대해서도, 죽음에 대해서도, 그녀가 하는 말에 대해서도 전혀 생각하지 않았다. 그녀의 말을 들으면서 그저 이 순간 그녀가 이야기를 하며 겪을 고통을 애처롭게 여길 뿐이었다.

공작 영애는 눈물을 참기 위해 얼굴을 찡그리며 나타샤 옆에 앉아 있었다. 그녀는 오빠와 나타샤가 그 마지막 나날에 나눈 사랑의 이야기를 처음으로 들었다.

그 괴롭고도 기쁜 이야기가 나타샤에게는 입 밖으로 내지 않으면 안 될 이야기인 듯했다.

그녀는 사소하기 짝이 없는 세세한 것들과 마음속 깊은 곳의 비밀을 뒤섞어 말했다. 결코 이야기를 끝맺지 못할 것 같았다. 그녀는 똑같은 이야기를 몇 번이고 되풀이했다.

문 너머에서 데살의 목소리가 들렸다. 그는 니콜루시카가 밤 인사를 하러 방에 들어가도 되느냐고 물었다.

"네, 그게 전부예요, 전부……." 나타샤가 말했다. 니콜루시카가 들어오자 그녀는 재빨리 일어나 문을 향해 뛰다시피 하다가 두꺼운 커튼으로 덮인 문에 머리를 부딪쳤다. 그녀는 아픔 때문인지 슬픔 때문인지 모를 신음 소리를 내며 방에서 뛰쳐나갔다.

피에르는 그녀가 나간 문을 쳐다보았다. 그는 자신이 어째서 갑자기 온 세상에 혼자 남게 되었는지 이해할 수 없었다.

마리야 공작 영애는 멍하게 있는 그를 불러 방에 들어온 조카 쪽으로 그의 관심을 돌렸다.

아버지를 닮은 니콜루시카의 얼굴이 부드러운 기분에 잠긴 이 순간의 피에르에게 어찌나 강렬한 영향을 미쳤던지 그는 니콜루시카에게 입을 맞추고는 벌떡 일어나 손수건을 꺼내며 창가로 물러났다. 그는 마리야 공작 영애에게 작별 인사를 하려고 했지만 그녀가 그를 붙들었다.

"아니에요, 나와 나타샤는 이따금 2시가 넘도록 잠자리에 들지 않기도 해요. 제발 좀 더 있어 줘요. 밤참을 차리라고 하겠어요. 아래층으로 가세요. 우리도 곧 갈게요."

피에르가 방을 나서기 전 공작 영애가 말했다.

"나타샤가 오빠에 대해 그처럼 이야기를 한 건 이번이 처음이에요."

17

피에르는 환하게 불이 밝혀진 큰 식당으로 안내되었다. 몇 분 후 발소리가 들리더니 공작 영애와 나타샤가 식당에 들어왔다. 나타샤는 차분했다. 그러나 이제 그녀의 얼굴은 다시 미소를 띠지 않은 엄숙한 표정으로 굳어 있었다. 마리야 공작 영애와 나타샤와 피에르는 진지하고 진심 어린 대화를 끝낸 후 으레 따르는 어색한 감정을 똑같이 느끼고 있었다. 이전의 대화를 계속하는 것은 불가능했다. 소소한 이야기를 하는 것도 무안하고, 침묵을 지키는 것도 탐탁지 않았다. 이야기를 하고 싶어 하면서 이렇게 침묵하는 것은 위선 같았기 때문이다. 그들은 묵묵히 테이블로 다가갔다. 하인들이 의자를 뒤로 뺐다가 안쪽으로 밀어 주었다. 피에르는 차가운 냅킨을 펼쳤다. 그는 침묵을 깨기로 결심하고 나타샤와 마리야 공작 영애를 힐끔 쳐다보았다. 마침 두 사람도 똑같은 결심을 한 듯했다. 두 사람의 눈동자에는 삶에 대한 만족, 그리고 슬픔 외에 기쁨도 있음을 인정하는 마음이 빛나고 있었다.

"보드카를 드시겠어요, 백작?" 마리야 공작 영애가 말했다. 그 말이 갑자기 과거의 그늘을 흩어 버렸다.

"당신에 대해 이야기해 줘요." 마리야 공작 영애가 말했다. "사람들이 당신에 대해 너무나 믿기 힘든 기적 같은 이야기들을 하고 있어요."

"네." 피에르는 이제 습관이 되어 버린 그 특유의 조소 어린 온화한 미소를 지으며 대답했다. "사람들은 나에게도 내가 꿈에서조차 본 적 없는 그런 기적 같은 일들에 대해 이야기한답니다. 마리야 아브라모브나는 나를 자기 집에 초대해서 나에게 일어났거나 일어났음에 틀림없는 일에 대해 줄곧 이야기하더군요. 스테판 스테파니치도 내가 어떤 식으로 이야기해야 할지 가르쳐 주고요. 전반적으로 난 흥미로운 인간이 되는 것이 매우 편안하다는 것(난 지금 흥미로운 인간이랍니다.)을 깨달았습니다. 사람들이 날 초대해서 나에 대한 이야기를 들려주거든요."

나타샤는 미소를 지으며 무언가 말하려 했다.

"우리는 들었어요." 마리야 공작 영애가 끼어들어 말했다. "당신은 모스크바에서 200만 루블의 손해를 보았다면서요. 정말인가요?"

"하지만 난 세 배나 더 부자가 되었답니다." 피에르가 말했다. 아내의 빚과 개축의 필요성 때문에 사정이 변했는데도 그는 계속 자신이 세 배나 더 부자가 되었다고 말했다.

"내가 의심할 여지 없이 손에 넣은 것은……." 그가 말했다. "자유롭니다……." 그는 진지하게 이야기를 시작했으나 그 이야기가 지나치게 자기중심적인 화제라는 것을 눈치채고 계속 이야기하기를 망설였다.

"당신은 개축을 할 건가요?"

"네, 사벨리치가 그렇게 하라더군요."

"말해 봐요, 당신은 모스크바에 남았을 때 백작 부인의 죽음을 몰랐나요?" 마리야 공작 영애는 이렇게 말하고 곧 얼굴을 붉혔다. 이제 자유의 몸이라는 말에 이어 이런 질문을 던지면 그의 말에 어쩌면 포함되지 않았을 의미를 덧붙이는 셈이 된다고 느낀 것이다.

"몰랐습니다." 피에르는 자신의 자유를 언급한 본인의 말에 마리야 공작 영애가 덧붙인 해석을 거북하게 생각하지 않는 듯 대답했다. "난 오룔에서 그 사실을 알았습니다. 내가 그 소식에 얼마나 충격을 받았는지 당신은 상상도 못 할 겁니다. 우리는 모범적인 부부가 아니었죠." 그는 나타샤를 흘깃 쳐다보고는 그녀의 얼굴에서 '저 사람이 아내를 어떻게 말할까' 하는 호기심을 알아채고 재빨리 말했다. "하지만 그 죽음은 나에게 큰 충격을 주었습니다. 두 사람이 싸울 때는 두 사람 모두에게 책임이 있기 마련이죠. 게다가 더 이상 존재하지 않는 사람 앞에서 자기 죄는 갑자기 무섭도록 무겁게 느껴지고요. 그리고 친구도 위로도 없는 그런 죽음이라니……. 그녀가 정말로, 정말로 불쌍합니다." 그는 이렇게 말을 맺은 후 나타샤의 얼굴에서 기꺼운 찬성의 뜻을 알아채고 기뻐했다.

"그렇군요. 그럼 당신은 다시 독신자 신랑감이 되었네요."
마리야 공작 영애가 말했다.

피에르는 갑자기 얼굴을 새빨갛게 붉히며 한참 동안 나타
샤를 쳐다보지 않으려 했다. 그가 그녀를 보자고 결심했을 때
그녀의 얼굴은 차갑고 엄했으며 심지어 경멸하는 듯한 표정
까지 띠었다. 그에게는 그렇게 보였다.

"그런데 당신은 우리가 들은 대로 정말 나폴레옹을 만나고
그와 이야기를 나누었나요?" 마리야 공작 영애가 말했다.

피에르는 웃음을 터뜨렸다.

"전혀요. 한 번도 없었습니다. 언제나 모든 이들에게는 포
로로 잡혀 있다는 것이 나폴레옹의 손님이 되었다는 것을 의
미하는 것 같군요. 난 그를 본 적도 없을 뿐 아니라 그에 대해
들은 적도 없답니다. 난 훨씬 더 하층에 속해 있었어요."

밤참 시간이 끝나 가고 있었다. 처음에는 자신의 포로 생활
에 대해 이야기하기를 거절하던 피에르도 점차 그 이야기에
빠져들었다.

"하지만 당신이 나폴레옹을 죽이기 위해 남았다는 것은 사
실이잖아요?" 나타샤가 살짝 미소를 지으며 물었다. "난 그때
그렇게 추측했어요. 우리가 수하레바 탑에서 만났을 때 말이
에요. 기억나요?"

피에르는 그것이 사실이라고 인정했다. 그리고 그 질문을
시작으로 마리야 공작 영애, 특히 나타샤의 질문들에 이끌려
조금씩 자신의 편력에 대한 상세한 이야기에 빠져들었다.

처음에 그는 조소 어린 온화한 눈길 ― 요즘 그가 사람들,

특히 자신에 대해 던지는 ── 로 이야기했다. 그러나 이야기가 자신이 목격한 공포와 고통에 이르자 스스로도 깨닫지 못하는 사이에 완전히 열중하여 기억 속에서 강렬한 인상을 다시 체험하는 사람처럼 흥분을 억누르며 이야기하기 시작했다.

마리야 공작 영애는 온화한 미소를 머금고 피에르와 나타샤를 번갈아 쳐다보았다. 그녀는 모든 이야기 속에서 오직 피에르와 그의 선량함만을 보았다. 나타샤는 팔꿈치를 괸 채 이야기와 더불어 시시각각 변하는 표정으로 피에르에게서 한순간도 눈길을 떼지 않고 계속 쳐다보았다. 그가 이야기하는 것을 그와 함께 체험하고 있는 듯했다. 시선뿐 아니라 그녀가 던지는 짧은 질문들과 감탄은 그가 이야기로 전달하고자 하는 바를 정확히 포착했음을 피에르에게 보여 주었다. 분명 그녀는 그가 이야기한 것뿐 아니라 그가 이야기하려고 했으나 말로는 표현할 수 없었던 것까지 이해하고 있었다. 자신이 아이와 여인을 지키려다 적에게 붙잡힌 일에 대해 피에르는 다음과 같이 이야기했다.

"그것은 끔찍한 광경이었습니다. 아이들은 버려지고 몇몇은 불 속에서……. 내 눈앞에서 한 아이가 구출되고…… 놈들이 여자들에게서 물건을 빼앗고 귀걸이를 잡아채고……."

피에르는 얼굴을 붉히며 말을 더듬었다.

"그곳에 순찰대가 와서 모든 남자들을, 약탈하지 않는 사람들까지 전부 잡아갔습니다. 나도 잡아갔죠."

"당신은 분명 우리에게 모든 것을 말해 주지 않았어요. 당신은 분명 무언가를 했어요……." 나타샤는 이렇게 말하고 잠시 침묵했다. "좋은 일을요."

피에르는 계속 이야기했다. 처형에 대해 이야기할 때 그는 끔찍한 장면은 자세히 이야기하지 않으려 했다. 그러나 나타샤는 하나도 빠뜨리지 말아 달라고 청했다.

피에르는 카라타예프에 대한 이야기를 꺼냈다가(그는 이미 테이블 앞에서 일어나 서성이고 있었고 나타샤는 눈으로 그를 좇았다.) 말을 멈췄다.

"아뇨, 당신은 내가 글도 모르는 그 사람에게서, 백치 같은 사람에게서 무엇을 배웠는지 이해할 수 없을 겁니다."

"아뇨, 아뇨, 말하세요." 나타샤가 말했다. "그 사람은 지금 어디에 있나요?"

"그는 거의 내 눈앞에서 죽임을 당했습니다." 그러고 나서 피에르는 퇴각의 마지막 시기, 카라타예프의 병,(그의 목소리는 계속 떨렸다.) 그리고 그의 죽음에 대해 이야기하기 시작했다.

피에르는 아직 누구에게도 이야기해 본 적이 없다는 듯, 스스로도 전혀 떠올려 본 적 없다는 듯 자신의 편력을 이야기했다. 이 순간 그는 마치 자신이 체험한 모든 것에서 새로운 의미를 보는 것만 같았다. 나타샤에게 그 모든 것을 이야기하는 이 순간 그는 여인들이 남자의 말에 귀를 기울이며 선사하는 진귀한 기쁨을 맛보고 있었다. 자신의 지성을 풍요롭게 하거나 기회가 생기면 똑같은 말을 옮기기 위해 이야기를 듣는 동안 상대의 말을 기억하려 애쓴다든지, 혹은 들은 말을 매끄럽게 다듬거나 보잘것없는 정신 활동으로 가공한 자신의 지적인 말을 얼른 전달하기 위해 애쓰는 그런 똑똑한 여성들이 주는 기쁨이 아니었다. 남성이 보여 주는 가장 좋은 것들을 전부 선별하여 자기 안에 흡수하는 능력을 타고난 진정한 여성들이 주는 기쁨이었다. 나타샤는 자신도 모르는 사이에 완전히 몰두하고 있었다. 피에르의 말도, 목소리의 흔들림도, 눈빛도, 얼굴 근육의 떨림도, 몸짓도 그 어느 것 하나 놓치지 않았다. 그녀는 아직 입 밖으로 표현되지 않은 말까지 공중에서 잡아채 자신의 활짝 열린 가슴속에 품고서 피에르의 모든 정신 작용의 비밀스러운 의미를 추측하려 했다.

마리야 공작 영애는 피에르의 이야기를 이해했고 그에게 공감했다. 그러나 그녀는 지금 다른 것을 보았고, 그것이 그녀의 주의를 온통 삼켜 버렸다. 그녀는 나타샤와 피에르 사이에서 사랑과 행복의 가능성을 보았다. 그리고 머리에 처음으로 떠오른 이 생각은 그녀의 마음을 기쁨으로 가득 채웠다.

새벽 3시였다. 하인들이 슬프고 엄숙한 얼굴로 초를 갈러 왔다. 하지만 아무도 그들을 눈치채지 못했다.

피에르가 이야기를 마쳤다. 나타샤는 생기 넘치는 반짝이는 눈으로 집요하고도 주의 깊게 피에르를 계속 쳐다보았다. 마치 그가 어쩌면 털어놓지 않았을 나머지 것들도 알고 싶은 듯했다. 피에르는 부끄럽고도 행복한 당혹감 속에서 이따금 그녀를 흘깃거리며 대화를 다른 화제로 돌리려면 이제 무슨 말을 해야 할까 궁리했다. 마리야 공작 영애는 침묵했다. 새벽 3시고 이제 자러 가야 할 시간이라는 사실이 어느 누구의 머리에도 떠오르지 않았다.

"사람들은 불행이니 고통이니 말하죠." 피에르가 말했다.

"하지만 지금 이 순간 사람들이 나에게 포로가 되기 전 상태로 남고 싶은지, 그 모든 것을 처음부터 겪고 싶은지 묻는다면 나는 부디 다시 한번 포로가 되어 말고기를 먹고 싶어요. 우리는 일단 익숙한 길에서 밀려나면 모든 게 끝이라고 생각합니다. 그러나 오직 그곳에서 새로운 좋은 것이 시작되지요. 생명이 있는 동안에는 행복도 있습니다. 우리 앞에는 많은 것이, 많은 것이 있어요. 그것이 내가 당신에게 하려는 말입니다." 그는 나타샤를 향해 말했다.

"네, 그래요." 그녀는 전혀 다른 무언가에 답하며 말했다. "나도 처음부터 그 모든 것을 다시 겪는 것 외에 아무것도 바라지 않을 거예요."

피에르는 유심히 그녀를 바라보았다.

"그럼요. 더 이상 아무것도요." 나타샤가 한 번 더 분명히 말했다.

"그렇지 않습니다, 그렇지 않아요." 피에르가 외쳤다. "내가 살아 있고 살기를 바라는 것이 내 잘못은 아닙니다. 당신도 마찬가지고요."

갑자기 나타샤가 두 손에 얼굴을 묻고 흐느꼈다.

"왜 그래, 나타샤?" 마리야 공작 영애가 말했다.

"아무것도 아니에요. 아무것도." 그녀는 눈물 어린 눈으로 피에르를 향해 미소를 지었다. "잘 가요. 이제 자야 할 시간이네요."

피에르는 일어나 작별 인사를 했다.

마리야 공작 영애와 나타샤는 여느 때처럼 함께 침실로 갔다. 그들은 피에르가 이야기한 것에 대해 말했다. 마리야 공작 영애는 피에르에 대한 자신의 의견을 말하지 않았다. 나타샤도 그에 대해 말하지 않았다.

"그럼 잘 자, 마리." 나타샤가 말했다. "있잖아, 난 종종 두려워. 마치 우리 자신의 감정을 비하할까 두려운 듯이 우리가 그(안드레이 공작)에 대해 말하지 않다가 그를 잊게 되지나 않을까 해서."

마리야 공작 영애는 무겁게 탄식했다. 그녀는 이러한 탄식으로써 나타샤의 말이 옳음을 인정했다. 그러나 말로는 동의하지 않았다.

"정말 잊을 수 있을까?" 그녀가 말했다.

"난 오늘 모든 것을 이야기할 수 있어서 너무 좋았어. 괴롭고 아프고, 그러면서도 좋아. 정말 좋아." 나타샤가 말했다. "난 그 사람이 정말로 그이를 사랑했다고 확신해. 내가 그 사람에게 말한 것도 그 때문이야…… 그 사람에게 말해도 괜찮지?" 갑자기 그녀가 얼굴을 붉히며 물었다.

"피에르에게? 물론이지! 얼마나 좋은 사람인데." 마리야 공작 영애가 말했다.

"있잖아, 마리." 나타샤는 갑자기 마리야 공작 영애가 그녀의 얼굴에서 오랫동안 보지 못한 장난꾸러기 같은 웃음을 지었다. "그 사람은 어쩐지 깔끔하고 윤기 있고 산뜻해졌어. 마치 욕조에서 나온 것 같아. 무슨 말인지 이해하겠지? 정신적으로 욕조에서 나온 것 같다니까. 그렇지?"

"응." 마리야 공작 영애가 말했다. "그는 많은 것을 얻었어."

"짧은 프록코트도 그렇고 짧게 깎은 머리도 그래. 정말, 정말 욕조에서 나온 것 같아…… 아빠는 때때로……."

"난 그(안드레이 공작)가 피에르를 어느 누구보다 좋아한 것을 이해해." 마리야 공작 영애가 말했다.

"그래. 그런데 그이는 그 사람과 달라. 남자들은 서로 완전히 다를 때 친해진다잖아. 정말 그래. 사실 두 사람은 어떤 면에서도 전혀 비슷하지 않잖아?"

"그래, 하지만 정말 뛰어난 사람이야."

"그럼 잘 자." 나타샤가 대답했다. 그리고 그 장난꾸러기 같은 미소는 마치 잊혀진 듯 그녀의 얼굴에 한참 동안 머물러 있었다.

18

　피에르는 그날 오랫동안 잠을 이룰 수 없었다. 방 안을 서성이면서 때로는 얼굴을 찌푸린 채 어려운 무언가를 골똘히 생각하다가 불현듯 어깨를 움츠리며 떨기도 하고, 때로는 행복한 미소를 짓기도 했다.

　그는 안드레이 공작에 대해, 나타샤에 대해, 그들의 사랑에 대해 생각했다. 그녀의 과거에 대해 질투하기도 하고 그 때문에 자신을 책망하기도 하고 스스로를 용서하기도 했다. 벌써 새벽 6시였지만 그는 여전히 방 안을 서성이고 있었다.

　'어쩔 수 없잖아. 이러지 않으면 안 된다면야! 어쩔 수 없어! 그러니까 이렇게 해야만 해.' 그는 속으로 혼잣말을 하고는 서둘러 옷을 벗고서 행복하고 흥분된 모습으로, 그러나 의심과 망설임 없이 침대에 누웠다.

　'난 해야만 해. 이러한 행복이 아무리 이상하고 불가능해 보

이더라도 그녀와 부부가 되기 위해서라면 뭐든지 해야만 해.'
그는 속으로 혼잣말을 했다.

며칠 전 피에르는 페테르부르크로로 출발할 날짜를 금요일
로 정해 두었다. 그가 목요일에 잠에서 깨자 사벨리치가 여행
짐을 꾸리는 것에 대해 지시를 받으러 왔다.

'페테르부르크에는 뭣 하러? 페테르부르크가 뭔데? 페테르
부르크에 누가 있다고?' 그는 혼잣말이긴 했지만 무심결에 이
렇게 물었다. '그래, 이 일이 일어나기 아주 오래전에 무언가
있긴 했지. 난 무엇 때문인지 페테르부르크로 떠나려 했어.'
그는 기억을 떠올렸다. '그런데 무엇 때문이지? 아마 난 가게
될지도 몰라. 이 사람은 정말 선량하고 자상한 사람이야. 모든
것을 얼마나 잘 기억하는지!' 그는 사벨리치의 늙은 얼굴을
처다보며 생각했다. '그리고 얼마나 기분 좋은 미소인가!' 그
는 생각했다.

"어때? 자네는 여전히 자유를 원하지 않나, 사벨리치?" 피
에르가 물었다.

"뭣 때문에 저에게 자유가 필요하겠습니까, 각하? 고인이
되신 백작님을 섬길 때도 잘 지냈고, 고인의 명복을 빕니다,
그리고 백작님을 섬기는 동안에도 모욕당한 적이 없는데요."

"그럼 자녀들은?"

"자식들도 잘 지낼 겁니다, 각하. 그런 주인님들을 위해 사
는 것도 괜찮습니다."

"그럼 나의 후계자들은?" 피에르가 말했다. "갑자기 내가 결
혼을 하면……. 그런 일이 생길 수도 있잖아." 그는 자기도 모

르게 미소를 지으며 덧붙였다.

"감히 말씀드리자면 그건 좋은 일입니다, 각하."

'이런 일을 참 쉽게도 생각하는군.' 피에르는 생각했다. '사벨리치는 이 일이 얼마나 무섭고 위험한지 몰라. 너무 이르거나 너무 늦으면……. 무섭다!'

"어떻게 할까요? 내일 떠나시렵니까?" 사벨리치가 물었다.

"아니, 조금 연기하겠어. 그때 말하지. 번거롭게 해서 미안하네." 피에르가 말했다. 그는 사벨리치의 미소를 보며 생각했다. '하지만 이제 페테르부르크 따위는 아무것도 아니고 무엇보다 이 문제가 해결되어야 한다는 점을 사벨리치가 모르다니 정말 이상한걸. 이 사람은 분명 알고 있어. 그냥 모른 척하는 거야. 이 사람에게 이야기해 볼까? 어떻게 생각할까?' 피에르는 생각했다. '아니야. 나중에 하자.'

아침 식사를 하는 자리에서 피에르는 공작 영애에게 전날 마리야 공작 영애의 집에 다녀왔으며 그곳에서 나탈리 로스토바를 만났다고 — 누구를 만났는지 상상할 수 있겠어요? — 말했다.

공작 영애는 그 소식에서 피에르가 안나 세묘노브나를 만났다는 소식보다 더 특별한 것을 전혀 발견하지 못한 척했다.

"그녀를 아십니까?" 피에르가 물었다.

"공작 영애를 본 적이 있어요." 그녀가 대답했다. "그녀와 로스토프가 아드님의 혼담이 진행되는 중이라고 들었어요. 그렇게 된다면 로스토프가를 위해서는 아주 잘된 일이죠. 사람들 말로는 그 집안이 완전히 망했다고 하더군요."

"아뇨, 로스토바를 아시냐고요."

"그때 그 사건에 대해서만 들었어요. 정말 안됐어요."

'아니, 공작 영애는 모르거나 모른 처하는 거야.' 피에르는 생각했다. '공작 영애에게도 말하지 않는 편이 낫겠어.'

공작 영애 역시 피에르의 여행을 위한 식량을 준비하고 있었다.

'이 모든 일에 마음을 써 주다니 다들 얼마나 좋은 사람들인가!' 피에르는 생각했다. '더군다나 전부 나를 위해서 말이야. 지금 저 사람들은 아마 이 일에 딱히 관심도 없을 텐데. 정말 놀라워.'

같은 날 경찰서장이 주인들에게 곧 돌려줄 물건들을 받아 오기 위해 그라노비타야 궁전으로 대리인을 보내자고 제안하러 피에르를 찾아왔다.

'이 사람도 마찬가지군.' 피에르는 경찰서장의 얼굴을 쳐다보며 생각했다. '얼마나 훌륭하고 잘생긴 경찰인가! 이토록 착할 수가! 이런 때 그런 하찮은 일에 마음을 쓰다니. 하지만 사람들은 이 사람이 정직하지 않고 사욕을 채운다고 하던데. 정말 말도 안 되는 소리야! 어쨌든 이 사람이 사욕을 채우면 안 될 이유가 뭐지? 이 사람은 그런 식으로 양육된걸. 다들 그렇게 하잖아. 이렇게 기분 좋고 선량한 얼굴이 나를 바라보며 미소 짓고 있다니.'

피에르는 마리야 공작 영애의 집에 식사를 하러 갔다.

마차를 타고 주택들이 타 버린 곳 사이로 길을 지나치는 동안 그는 그 폐허의 아름다움에 놀라고 말았다. 라인강과 콜로

세움을 떠올리게 하는 주택의 굴뚝들과 무너진 담들은 불탄 구역들 틈에서 서로를 가리며 그림처럼 아름답게 뻗어 있었다. 마주치는 삯마차 마부들과 승객들, 목조 가옥을 짓기 위해 재목을 자르는 목수들, 여자 상인들, 구멍가게 주인들 모두 환하게 빛나는 즐거운 얼굴로 피에르를 힐끔거렸다. 마치 '아, 저기 그 사람이 와요! 그 일이 어떻게 될지 지켜보자고요.'라고 말하는 듯했다.

마리야 공작 영애의 저택에 들어설 때 '어제 내가 여기에 와서 나타샤를 만나고 이야기를 나눈 것이 사실일까?' 하는 의심이 피에르를 엄습했다. '어쩌면 나의 상상일지도 몰라. 아마 들어가 봐야 아무도 만나지 못할 거야.' 그러나 방에 들어가자마자 그는 순식간에 자유를 잃고 이미 자신의 온 존재로 그녀가 있음을 감지했다. 그녀는 부드럽게 주름이 잡힌 똑같은 검은 드레스를 입고 전날과 똑같은 머리 모양을 하고 있었다. 그러나 전혀 달라 보였다. 만약 전날에도 그런 모습이었다면 그가 방에 들어섰을 때 한순간이라도 알아보지 못했을 리 없다.

나타샤는 그가 그녀를 거의 어린아이로, 그리고 그 후 안드레이 공작의 약혼녀로 알던 때와 똑같은 모습이었다. 그녀의 눈동자는 뭔가 묻고 싶은 듯 명랑한 빛으로 반짝였다. 얼굴에 다정하면서도 이상야릇하고 장난스러운 표정이 어려 있었다.

피에르는 식사를 했다. 어쩌면 저녁 내내 그곳에 머물렀을지도 모른다. 그러나 마리야 공작 영애가 저녁 기도에 가게 되어 피에르도 그들과 함께 집을 나섰다.

다음 날 피에르는 일찌감치 방문해 식사를 하고 저녁 내내

머물렀다. 마리야 공작 영애와 나타샤는 분명 손님을 반가워
했다. 피에르는 지금 생활의 모든 관심을 이 집에 쏟고 있었
다. 그렇다고 해도 저녁이 되니 모든 것이 몇 번씩 거듭 이야
기되었던 터라 대화가 계속 하찮은 화제를 오가기도 하고 종
종 중단되기도 했다. 이날 저녁에는 피에르가 너무 늦게까지
머물러 있자 마리야 공작 영애와 나타샤도 그가 어서 가 주기
를 기대하며 서로 눈짓을 주고받았다. 피에르는 그것을 보았
으나 떠날 수가 없었다. 괴롭고 거북해졌지만 계속 앉아 있었
다. 몸을 일으켜 나갈 수가 없었기 때문이다.

　이렇게 해서는 끝날 것 같지 않다고 예상한 마리야 공작 영
애가 먼저 일어나서 편두통을 호소하며 작별 인사를 건넸다.

　"그럼 내일 페테르부르크로 떠나나요?" 그녀가 말했다.

　"아뇨, 가지 않습니다." 피에르는 깜짝 놀라며 황급히 말했
다. 마치 화라도 난 듯했다. "아, 아니요, 페테르부르크요? 내
일이군요. 다만 작별 인사를 하지는 않겠습니다. 당신이 내게
부탁할 일이 있을지 모르니 들르겠습니다." 그는 마리야 공작
영애 앞에 얼굴을 붉히고 서서 여전히 떠나지 않으며 말했다.

　나타샤는 그에게 손을 내밀고는 밖으로 나갔다. 한편 마리
야 공작 영애는 자리를 뜨는 대신 안락의자에 앉아 특유의 빛
나는 깊은 눈빛으로 피에르를 유심히 뜯어보았다. 그녀가 방
금 전 분명하게 드러낸 피로는 이제 완전히 걷혔다. 그녀는 긴
대화에 대비하려는 듯 무겁고 긴 한숨을 내쉬었다.

　나타샤가 멀어지자 피에르의 동요와 어색한 기색은 순식간
에 사라지고 그 대신 흥분으로 들뜬 활기가 나타났다. 그는 재

빨리 마리야 공작 영애 쪽으로 안락의자를 바짝 끌어당겼다.

"그래요, 난 당신에게 말하고 싶었습니다." 그는 마치 자신이 들은 말에 대답하기라도 하듯 그녀의 시선에 답하며 말했다. "공작 영애, 도와주십시오. 내가 어떻게 하면 좋을까요? 희망을 가져도 될까요? 공작 영애, 나의 벗, 내 말을 끝까지 들어 주십시오. 나도 다 압니다. 내가 그녀에게 걸맞지 않다는 것을 알아요. 지금은 이런 이야기를 할 수 없다는 것도 압니다. 하지만 난 그녀에게 오빠가 되어 주고 싶습니다. 아뇨, 그렇게 하고 싶지 않습니다…… 그럴 수 없어요……."

그는 말을 멈추고 두 손으로 얼굴과 눈을 쓸었다.

"음, 그러니까……." 그는 말을 이었다. 조리 있게 말하기 위해 자신을 억누르는 듯 보였다. "내가 언제부터 그녀를 사랑하게 되었는지는 모르겠습니다. 하지만 오직 그녀만을, 내 평생 그녀 한 사람만을 사랑했습니다. 그녀 없는 인생은 상상할 수도 없을 만큼 사랑합니다. 지금은 감히 그녀에게 청혼을 하지 않겠습니다. 하지만 어쩌면 그녀가 내 사람이 될 수도 있다는 생각, 그리고 내가 그 기회를…… 그 기회를…… 놓칠지도 모른다는 생각을 하면 무섭습니다. 말해 주십시오. 내가 희망을 가져도 될까요? 어떻게 하면 좋을지 말해 주십시오, 공작 영애." 그는 잠시 침묵했다. 아무런 대답이 없자 그는 그녀의 손을 가볍게 건드리며 말했다.

"당신이 나에게 한 말을 생각하고 있었어요." 마리야 공작 영애가 대답했다. "이게 나의 대답이에요. 당신 말이 맞아요. 지금 그녀에게 사랑을 고백할 수는……." 마리야 공작 영애는 말을 멈추었다. 그녀는 이렇게 말하려 했다. 지금 그녀에게 사랑을 고백할 수는 없어요. 그러나 그녀는 그만두었다. 설사 피에르가 사랑을 고백하더라도 나타샤는 모욕을 느끼지 않을 뿐 아니라 그녀 역시 오직 그것만 바라고 있다는 것을 이틀 전 갑자기 변한 나타샤를 보면서 깨달았기 때문이다.

"지금 그녀에게 고백하면…… 안 돼요." 그래도 마리야 공작 영애는 이렇게 말했다.

"그럼 도대체 어떻게 해야 합니까?"

"이 문제는 나에게 맡겨 줘요." 마리야 공작 영애가 말했다. "난 알아요……."

피에르는 마리야 공작 영애의 눈을 응시했다.

"저, 그럼……." 그가 말했다.

"난 알아요. 그녀는 당신을 사랑해요…… 사랑하게 될 거예요." 마리야 공작 영애는 고쳐 말했다.

그녀가 말을 미처 끝내기도 전에 피에르는 펄쩍 뛰어오르며 깜짝 놀란 얼굴로 마리야 공작 영애의 손을 덥석 잡았다.

"왜 그렇게 생각하지요? 당신은 내가 희망을 가져도 된다고 생각하는군요. 그렇게 생각하는군요!?"

"네, 그래요." 마리야 공작 영애는 빙그레 웃으며 말했다. "그녀의 부모님께 편지를 써요. 그리고 나에게 맡겨요. 내가 때를 봐서 그녀에게 말할게요. 나도 그렇게 되기를 바라고 있어요. 내 마음도 그렇게 될 거라고 느껴요."

"아뇨, 그럴 리 없어요! 이렇게 행복할 수가! 하지만 그럴 리 없어요……. 이렇게 행복할 수가! 아뇨, 그럴 리 없습니다."

피에르는 마리야 공작 영애의 손에 입을 맞추며 말했다.

"당신은 페테르부르크로 가요. 그러는 편이 좋아요. 내가 당신에게 편지할게요." 그녀가 말했다.

"페테르부르크로요? 가라고요? 좋습니다, 네, 가지요. 하지만 내일 당신을 방문해도 될까요?"

다음 날 피에르는 작별 인사를 하러 왔다. 나타샤는 지난 며칠에 비해 다소 풀이 죽어 있었다. 하지만 그날 이따금 그녀의 눈동자를 힐끗거리던 피에르는 자신이 사라지고 있다고, 그도 그녀도 더 이상 존재하지 않는다고, 오직 행복의 감정만이 존재한다고 느꼈다. '정말일까? 아냐, 그럴 리 없어.' 그는 자기 마음을 기쁨으로 채우는 그녀의 모든 눈빛과 몸짓과 말에 속으로 혼잣말을 했다.

'정말, 이 손이, 이 얼굴이, 이 눈동자가, 나와 인연이 먼, 여성적 매력으로 넘치는 이 모든 보물이, 정말 이 모든 것이 영원히 나의 것, 나 자신만큼이나 나에게 친숙한 것이 될까? 아냐, 불가능한 일이야!'

"잘 가요, 백작." 나타샤가 큰 소리로 그에게 말했다. "난 아주 많이 당신을 기다릴 거예요." 그녀는 속삭이듯 덧붙였다.

그 소박한 말, 그리고 그 말과 함께 떠오른 눈빛과 표정은 두 달 동안 피에르의 끝없는 회상과 해석과 행복한 공상의 대상이 되었다. '난 아주 많이 당신을 기다릴 거예요……. 그래, 그래, 그녀가 어떻게 말했더라? 그래, 난 아주 많이 당신을 기다릴 거예요. 아, 얼마나 행복한가! 도대체 어떻게 된 일일까? 아, 정말 행복하다!' 피에르는 그렇게 속으로 혼잣말을 했다.

19

지금 피에르의 마음속에서는 엘렌과 약혼할 당시 비슷한 조건들 아래 그 마음에 일어났던 것이 전혀 일어나지 않았다.

그때처럼 고통스러운 수치심을 안은 채 자신이 한 말을 되풀이하지도 않았고, '아, 난 어째서 그 말을 하지 않았을까? 어째서, 어째서 난 그때 **당신을 사랑합니다**라고 말했던가?' 하고 속으로 혼잣말을 하지도 않았다. 오히려 지금은 그 얼굴과 미소를 세세하게 전부 떠올리며 그녀와 자신의 모든 말을 상상 속에서 곱씹었다. 아무것도 더하거나 빼고 싶지 않았다. 그저 곱씹고 싶을 뿐이었다. 자신이 시작한 일이 잘한 것인가 못한 것인가에 대해서는 이제 한 점의 의혹도 없었다. 다만 한 가지 무서운 의심이 이따금 머리에 떠올랐다. 이 모든 게 꿈은 아닐까? 마리야 공작 영애가 착각을 한 것은 아닐까? 내가 지나치게 오만하고 자신만만한 게 아닐까? 난 그녀를 믿어. 그러나 응당 그럴 테지만 마리야 공작 영애가 느닷없이 그녀에게 말하면 그녀는 생긋 웃으며 대답하겠지. '정말 이상하네! 그 사람은 분명 착각을 하고 있어. 그 사람은 모르나 봐. 자신은 인간, 그냥 인간이라는 걸, 그리고 나는……. 난 완전히 다른 지고한 존재란 말이야.'

피에르에게 종종 떠오르던 의심은 그것뿐이었다. 그는 이제 어떤 계획도 세우지 않았다. 눈앞의 행복이 너무나 믿기 힘든 것이었기에 그러한 일이 일어나기는 해야겠지만 그 후로는 어떤 일도 존재할 수 없을 것 같았다. 모든 것이 끝나 버린 것이다.

피에르가 도저히 감당할 수 없다고 생각한 전혀 예기치 못한 기쁨의 광기가 그를 사로잡았다. 그 한 사람뿐 아니라 온 세상 사람들에게도 인생의 의미는 오직 그의 사랑과 그녀가 그를 사랑할 가능성에 있는 것 같았다. 때때로 그에게는 모든 사람들이 오직 한 가지, 즉 그가 미래에 얻을 행복에만 관심을 갖는 것처럼 보였다. 이따금 모든 사람들이 자신과 똑같이 기뻐하면서도 그저 다른 흥밋거리에 몰두하는 척하며 그 기쁨을 숨기려 애쓰는 것 같았다. 말 한 마디 한 마디, 몸짓 하나하나에서 그는 자신의 행복에 대한 암시를 보았다. 그는 암묵적인 동의를 표현하는 의미심장하고도 행복한 시선과 미소로 자신과 마주친 사람들을 종종 놀라게 했다. 그러나 사람들이 그의 행복에 대해 알 리 없다는 것을 깨달을 때면 진심으로 그들을 동정했다. 그리고 그들이 몰두하고 있는 모든 것이 주의를 기울일 가치도 없는 정말로 시시하고 하찮은 것임을 어떻게든 설명하고픈 열망을 느꼈다.

사람들이 그에게 공직을 권유할 때, 혹은 모든 사람들의 행복이 이런저런 사건의 이런저런 결과에 달렸다고 전제하며 국정과 전쟁 같은 어떤 일반적인 문제를 논의할 때, 그는 동정하듯 온화한 미소를 띤 채 이야기에 귀를 기울이다가 기묘한 의견으로 상대방을 깜짝 놀라게 만들었다. 그러나 인생의 참된 의미, 즉 그의 감정을 이해한 듯 여겨지는 사람들뿐 아니라 그것을 이해하지 못한 게 틀림없는 불행한 사람들까지도 그시기에는 모두 그의 내면에서 빛나는 감정의 너무도 눈부신 빛에 감싸여 그의 눈앞에 나타났기 때문에, 피에르는 어느 누구를 만나든 조금도 힘들이지 않고 즉시 그 사람 안에서 좋은 점과 사랑받을 만한 점을 전부 찾아냈다.

죽은 아내의 업무와 서류를 검토하는 동안 그는 아내에 관한 기억에 어떤 감정도 느낄 수 없었다. 다만 자신이 지금 아는 행복을 그녀가 몰랐다는 것에 동정을 느꼈을 뿐이다. 이제 새 직위와 훈장을 받아 매우 오만해진 바실리 공작은 감명을 주는 선량하고 가련한 노인으로 보였다.

피에르는 훗날 이 행복한 광기의 시간을 종종 떠올렸다. 이 시기 그가 사람과 환경에 대해 가지게 된 모든 견해는 그에게 언제까지나 진실로 남았다. 그는 그 후에도 사람과 사물에 대한 이런 시각들을 버리지 않았을 뿐 아니라 오히려 내면에 의혹과 모순이 생길 때면 이 광기의 시간에 품었던 시각에 의지하곤 했다. 그리고 그 시각은 언제나 옳은 것으로 판명되었다.

'아마도 난 그때 이상하고 우스꽝스럽게 보였겠지. 하지만 그때 난 겉보기처럼 그렇게 정신 나간 상태는 아니었어. 오히려 그때 가장 현명하고 명민했지. 삶에서 이해할 가치가 있는 것은 전부 이해했고. 왜냐하면…… 난 행복했으니까.' 그는 생각했다.

피에르의 광기는 예전처럼 그가 사람을 사랑하기 위해 개인적 동기 ─ 그 자신이 사람의 미덕이라 부르던 ─ 를 기다린 게 아니라, 사랑이 마음에 가득 차올라 그가 이유도 없이 사람을 사랑하고 그 사람을 사랑할 분명한 동기를 찾아냈다는 사실에 있었다.

20

피에르가 떠난 후 나타샤가 조롱 섞인 즐거운 미소를 지으면서 피에르에 대해 짧은 프록코트를 입은 것이며 머리카락을 짧게 깎은 것이며 정말 욕조에서 나온 것 같다고 마리야 공작 영애에게 말한 그 첫날 저녁부터, 바로 그 순간부터 그녀도 모르던 감춰진 무언가가, 그러나 거부할 수 없는 무언가가 나타샤의 마음속에서 눈을 떴다.

모든 것 — 얼굴과 걸음걸이와 눈빛과 목소리 — 이, 그녀의 모든 것이 갑자기 변했다. 그녀 자신에게도 뜻밖인 생명력과 행복에 대한 소망이 표면으로 떠오르며 충족을 요구했다. 첫날 저녁부터 나타샤는 마치 자신에게 일어난 일을 전부 잊어버린 것 같았다. 그 이후로는 한 번도 자신의 처지를 불평하지 않았고, 과거에 대해 한마디도 하지 않았으며, 미래에 대한 즐거운 계획을 짜는 것도 더 이상 두려워하지 않았다. 그녀는 피에르에 대해 거의 말하지 않았다. 그러나 마리야 공작 영애가 그 이름을 입에 올리면 오랫동안 꺼져 있던 광채가 그녀의 눈동자에서 타오르고 입술은 묘한 미소를 지으며 오므라들었다.

마리야 공작 영애는 나타샤에게 일어난 변화에 처음에는 깜짝 놀랐다. 그러나 그 의미를 깨달았을 때 그 변화에 슬픔을 느꼈다. '나타샤는 오빠를 별로 사랑하지 않아서 그처럼 빨리 잊을 수 있었던 게 아닐까?' 마리야 공작 영애는 나타샤에게 일어난 변화를 혼자 곱씹을 때면 이런 생각을 하기도 했다. 그러나 나타샤와 있을 때는 그녀에게 화를 내지도 비난하지도 않았다. 마침내 눈을 떠 나타샤를 사로잡은 생명력은 분명 너무나 저항하기 힘든, 본인조차 전혀 예상하지 못한 힘이었다. 그랬기에 나타샤가 눈앞에 있을 때면 마리야 공작 영애는 마음속으로라도 그녀를 비난할 권리가 자신에게 없다고 느꼈다.

나타샤는 새로운 감정에 진심으로 푹 빠져 있었기에 이제 슬픔 대신 기쁨과 즐거움을 느끼고 있다는 사실을 애써 감추려 하지도 않았다.

그날 밤 마리야 공작 영애가 피에르와 이야기를 나누고 자기 방으로 돌아왔을 때 나타샤가 문지방에서 그녀를 맞았다.

"그 사람이 말했어? 응? 말했냐고?" 그녀가 거듭 물었다. 기쁘면서도 그 기쁨에 대해 용서를 구하는 애처로운 표정이 얼굴에 어려 있었다.

"문가에서 듣고 싶었어. 하지만 네가 나에게 말해 주리라는 것을 아니까."

마리야 공작 영애는 자신을 바라보는 나타샤의 시선을 충분히 이해했고 뭉클한 기분마저 느꼈다. 흥분한 그녀를 보며 애처로운 감정을 느끼기도 했다. 그러나 아무리 그렇다 해도 나타샤의 말은 처음 순간 마리야 공작 영애의 마음을 상하게 했다. 그녀는 오빠를, 그의 사랑을 떠올렸다.

'하지만 어쩌겠어! 나타샤도 달리 어쩔 수 없는데.' 마리야 공작 영애는 생각했다. 그녀는 슬프고 다소 굳은 얼굴로 피에르가 한 말을 나타샤에게 전부 전했다. 그가 페테르부르크로 떠나려 한다는 말을 듣자 나타샤는 깜짝 놀랐다.

"페테르부르크로?" 그녀는 이해할 수 없다는 듯 똑같은 말을 되풀이했다. 하지만 마리야 공작 영애의 슬픈 표정을 응시하던 그녀는 그 슬픔의 이유를 짐작하고 갑자기 울음을 터뜨렸다. "마리." 그녀가 말했다. "내가 어떻게 하면 좋을지 가르쳐 줘. 난 나쁜 여자가 될까 두려워. 너의 말대로 할게. 가르쳐 줘……."

"그를 사랑하지?"

"응." 나타샤가 조그만 소리로 말했다.

"그런데 뭣 때문에 울어? 난 너 때문에 행복한걸." 마리야 공작 영애가 말했다. 그녀는 그 눈물 때문에 이미 나타샤의 기쁨을 완전히 용서했다.

"머지않아 언젠가 그렇게 될 거야. 생각해 봐. 내가 그의 아내가 되고 네가 **니콜라**와 결혼하면 얼마나 행복할까!"

"나타샤, 그 문제에 대해서는 말하지 말아 달라고 부탁했잖아. 너에 대해 이야기하자."

그들은 잠시 침묵했다.

"그런데 페테르부르크에는 뭣 하러 간담!" 문득 나타샤가 말했다. 그러고는 황급히 혼잣말을 했다. "아냐, 아냐, 그건 그렇게 되어야……. 그렇지, 마리? 그렇게 되어야……."

에필로그

1부

1

1812년 이후 칠 년이 지났다. 거센 파도가 일던 유럽 역사의 바다는 해안가로 잔잔히 잦아들었다. 그것은 조용해진 것처럼 보였다. 그러나 인류를 움직이는 신비한(그 운동을 결정하는 법칙이 우리에게 알려지지 않았기에 신비한) 힘은 활동을 계속하고 있었다.

역사의 바다는 그 표면이 움직이지 않는 것처럼 보였지만 인류는 시간의 움직임과 마찬가지로 쉼 없이 움직이고 있었다. 인간들의 결합인 온갖 다양한 집단이 결성되고 해체되었다. 국가들이 형성되고 붕괴될 동기, 민족들이 이동할 동기가 마련되고 있었다.

역사의 바다는 예전과 달리 한 해안에서 다른 해안으로 격랑을 일으키며 몰아치지 않았다. 그것은 깊은 심해에서 들끓었다. 역사 인물들은 예전처럼 한 해안에서 다른 해안으로 파도에 실려 운반되지 않았다. 이제 그들은 한자리에서 빙글빙글 맴도는 것 같았다. 예전에는 군대의 수장으로서 전쟁과 원정과 전투를 지휘하는 것을 통해 대중의 움직임을 반영하던 역사 속 인물들이 이제 정치적이고 외교적인 판단, 법률, 조약을 통하여 격렬하게 들끓는 움직임을 반영했다…….

역사가들은 역사의 인물들이 수행한 이러한 활동을 반동이라고 부른다.

역사가들은 이른바 반동의 원인—그들의 견해에 따르면—인 이러한 역사 속 인물들의 활동을 기술하면서 그들을 준엄하게 비판한다. 알렉산드르와 나폴레옹부터 마담 스탈, 포티우스,[59] 셸링,[60] 피히테,[61] 샤토브리앙[62] 등에 이르기까지

---

59) 포티우스(Photius, 820~893)는 노브고로드 수도원의 대주교였다. 1820년부터 프리메이슨, 성서 협회, 그 외 종교 단체의 이단 요소를 박해하기 시작했다.

60) 프리드리히 빌헬름 요제프 폰 셸링(Friedrich Wilhelm Joseph von Shelling, 1775~1854). 독일의 관념론 철학자. 피히테와 스피노자에게 자극받은 셸링은 『철학 일반의 한 형식의 가능성에 관하여(Über die Möglichkeit einer Form der Philosophie überhaupt)』(1795)를 썼다. 피히테는 이 책에 열렬한 지지를 표했다. 그 후 라이프치히에서 자연 과학을 접한 셸링은 자연 철학이라 불리는 자연의 형이상학적 근거에 관한 여러 저작을 발표했다. 셸링은 항상 자연을 인간에게 종속된 대상으로만 보는 피히테에 반대하며 자연은 그 자체로서 정신을 향해 능동적으로 발전한다고 주장했다. 이를 계기로 두 사람은 서로의 철학 체계를 날카롭게 공격하다가 결별하기에 이르렀다. 한편 셸링은 자신의 저작 『세계의 영혼에 관하여(Von der Weltseele)』를 괴테에게 인정받아 예나 대학의 조교수로 초빙되었다. 그러나 1807년 헤겔이 『정신 현상학(Phänomenologie des Geistes)』에서 셸링의 동일 철학, 즉 절대자가 주관적인 것과 객관적인 것의 통일체인 모든 존재에서 자신을 직접 표현한다는 셸링의 정의에 반박함으로써 두 사람 사이에 논쟁

그 시대의 모든 유명한 인물들은 그들의 준엄한 법정 앞을 지나며 진보에 협력했는가, 반동에 협력했는가에 따라 무죄나 유죄를 선고받는다.

역사가들이 기술한 바에 따르면 러시아에서도 그 시기에 반동이 일어났다. 그리고 그 반동의 주범은 알렉산드르 1세, 다름 아니라 역시 역사가들의 기술에 따르면 이런저런 자유주의적 시책(施策)과 러시아 구원의 주역인 바로 그 알렉산드르 1세였다.

오늘날의 러시아 문헌을 보면, 김나지움의 학생부터 박식한 역사가에 이르기까지 그 통치 기간에 알렉산드르 1세가 범한 잘못된 행동에 대해 돌을 던지지 않을 자가 한 명도 없다.

'그는 이러저러하게 행동해야 했다. 이 경우에는 올바르게 행동했지만 저 경우에는 잘못했다. 치세 초기와 1812년 전쟁 때는 훌륭하게 처신했다. 그러나 폴란드에 헌법을 승인하고[63]

이 촉발되었다. 셸링은 헤겔과의 논쟁으로 지위가 약화되었지만 1841년 베를린 대학교 교수로 임명되어 말년의 철학을 펼칠 기회를 다시 얻었고, 이 시기 프리드리히 엥겔스, 쇠렌 키에르케고르, 야코프 부르크하르트, 미하일 바쿠닌 등이 그의 강의를 들었다.

61) 요한 고틀리프 피히테(Johann Gottlieb Fichte, 1762~1814). 칸트와 헤겔의 중간 시기에 활동한 독일의 관념론 철학자. 시민의 자유를 옹호하고 프랑스 혁명을 지지했으며 나폴레옹을 비난했다.

62) 프랑수아르네 드 샤토브리앙(François-René de Chateaubriand, 1768~1848). 왕당파 정통주의자로 프랑스 대혁명 때 반혁명군에 가담했다. 이후 프랑스로 돌아온 그는 외교관과 외무 대신을 역임했다. 『아탈라(Atala)』, 『르네(René)』 등의 소설과 『그리스도교의 정수(Le Génie du christianisme)』 등을 저술한 그는 프랑스 낭만주의의 선구자로 평가받는다.

63) 1815년 빈 회의(1814년 6월~1815년 9월)를 통해 '폴란드 왕국'('폴란

신성 동맹을 결성하고[64] 아락체예프에게 권력을 부여하고 골
리친과 신비주의를 후원하고 뒤이어 시시코프와 포티우스를
후원한 것은 옳지 않았다. 그가 군대의 전선 부대에 전념한 것
은 옳지 않았다. 세묘놉스키 연대를 해산한 것 등등은 옳지 않
았다 등등.'[65]

　역사가가 자신이 가진 인류의 행복에 대한 지식을 토대로
알렉산드르 1세에게 가한 모든 비난을 열거하려면 종이 열 쪽

드 의회 왕국'이라고도 한다.)이 수립되었다. 이 회의는 나폴레옹 전쟁에서
승리한 영국, 오스트리아, 프로이센, 러시아가 전리품을 분할하는 자리였고,
러시아는 이 회의에서 폴란드 합병을 승인받았다. 폴란드 왕국은 이전의 바
르샤바 대공국을 토대로 수립되었으며(영토는 바르샤바 대공국의 4분의 3
정도였다.) 빈 회의의 결정에 따라 국왕(러시아 황제가 폴란드의 국왕을 겸
임했다.)을 통해 러시아의 지배를 받게 되었다. 알렉산드르 1세는 폴란드에
헌법을 승인했는데, 이 헌법은 폴란드의 독자적인 의회와 행정부와 군대를
인정하고 국민의 기본권을 폭넓게 보장하는 등 알렉산드르 1세가 초기에 보
인 개혁적 성격을 띠었다. 1830~1831년 폴란드 봉기 이후 알렉산드르 1세
의 계승자인 니콜라이 1세는 군대와 의회를 해산하고 폴란드에 군부 독재를
실시했다. 한편 1863년에 또다시 폴란드 봉기가 일어나자, 당시 황제인 알렉
산드르 2세는 폴란드를 러시아의 현으로 복속시켜 러시아인 총독을 통해 통
치하고 모든 관리를 러시아인으로 교체하는 등 강력한 러시아화 정책을 실
시했다. 빈 체제 이후 확립된 러시아의 폴란드 지배는 1918년 폴란드 공화국
이 수립되기까지 계속되었다.
64) 신성 동맹은 1815년 9월 26일 파리에서 러시아와 오스트리아, 프로이
센 사이에 체결된 동맹이다. 영국은 자신들의 전통 외교 정책을 고수하며
참가를 거부했다. 신성 동맹은 그리스도교 정신에 입각한 동맹을 결성하여
유럽에 평화를 구현하자는 알렉산드르 1세의 발의로 만들어졌다. 알렉산드
르 1세는 종교적 사명감을 가지고 유럽 대륙을 구원하길 원했으나, 그 이면
에는 유럽 질서의 새로운 수호자로서 러시아의 입지를 강화하려는 목적도
있었다. 신성 동맹은 점차 민족주의나 자유주의의 성향을 띤 봉기를 억압하
는 반동적 도구로 전락하다가 1차 세계 대전의 발발로 해체되었다.

은 가득 채워야 할 것이다.

이 비난은 무엇을 의미하는가?

역사가들이 인정하는 알렉산드르 1세의 행동, 예를 들어 자유주의적 시책, 나폴레옹과의 전쟁, 1812년에 보여 준 단호함, 1813년의 원정은 동일한 근원, 즉 혈통, 교육, 생활 등 알렉산드르 1세의 인격을 실재화한 여러 조건들과 동일한 근원에서 나온 게 아닐까? 역사가들이 비난하는 알렉산드르 1세의 행동, 예를 들어 신성 동맹, 폴란드의 회복, 1820년대의 반동도 그 근원에서 나온 게 아닐까?

그렇다면 과연 이러한 비난의 핵심은 무엇인가?

알렉산드르 1세처럼 인간의 권력이 점할 수 있는 가장 높은 위치에 선, 모든 역사적 광선이 집중된 눈부신 빛의 초점에 있는 듯한 그런 역사적 인물, 권력과 떼려야 뗄 수 없는 음모와 기만과 아첨과 자기도취의 영향을 세상에서 가장 강하게 받는 인물, 삶의 매 순간 유럽에서 벌어지는 모든 일에 책임을 느끼는 인물, 상상 속에서 고안된 인물이 아니라 모든 인간과 마찬가지로 개인적 습관이며 정욕이며 선(善)과 아름다움과 진리에 대한 갈망을 지닌 살아 있는 인물, 핵심은 바로 이런

---

65) 표트르 대제가 조직한 세묘놉스키 연대는 황제의 근위대들 가운데 가장 전통이 오래되고 명망 있는 연대였다. 이들은 1820년 10월 신임 지휘관인 독일인 슈바르츠 연대장의 거친 대우에 항명하며 반란을 일으켰다. 연대의 군인들은 모두 페테르부르크의 페트로파블롭스크 요새에 투옥되었다. 반란 주모자들은 처형되었고, 나머지는 시베리아로 유형을 당했다. 세묘놉스키 연대는 1823년이 되어서야 다시 황제의 근위 연대라는 지위를 회복했다.

인물이 오십 년 전[66]에는 고결하지 못한 인물이었다는 점(역사가들도 이에 대해서는 비난하지 않는다.)이 아니라 인류의 행복에 관해 젊은 시절부터 학문에 종사한, 즉 책과 강의를 섭렵하고 그 책들과 강의 내용을 공책 한 권에 베끼는 활동에 종사한 오늘날의 교수들과 같은 시각을 가지지 않았다는 점이다.

그러나 오십 년 전 여러 나라 국민들의 행복이 무엇인가에 대한 알렉산드르 1세의 시각에 착오가 있었다고 가정하더라도, 알렉산드르 1세를 비판한 역사가들이 인류의 행복에 대해 가진 시각 역시 얼마의 시간이 흐른 뒤에는 옳지 않은 것으로 판명되리라 부득이 가정하지 않을 수 없다. 역사의 발전을 추적하다 보면 해가 바뀔 때마다, 새로운 저자들이 출현할 때마다 인류의 행복은 무엇인가에 대한 시각이 변하는 것을 알 수 있다는 점에서 이러한 가정은 더더욱 당연하고도 불가피하다. 말하자면 선[67]으로 여겨지던 것이 십 년 후에는 악으로 보이기도 하고 그 반대의 현상이 나타나기도 한다. 게다가 우리는 역사 속에서 무엇이 악이고 무엇이 선인가에 대한 완전히 상반된 시각들을 동시에 발견하기도 한다. 가령 어떤 이들은 폴란드에 헌법을 승인한 것과 신성 동맹을 결성한 것을 알렉산드르 1세의 공적으로 꼽고 어떤 이들은 실책으로 꼽는다.

알렉산드르 1세와 나폴레옹의 활동에 대해서는 유익했는

---

66) 『전쟁과 평화』는 1869년에 완결되었으므로 1820년 무렵을 가리킨다.
67) blago. 선, 행복, 이익, 복지 등 다양한 의미가 있다. '민중의 행복'처럼 행복으로 번역한 부분도 있으나 여기에서는 뒤의 '악'이란 단어와 대조를 이루도록 '선'으로 번역한다.

지 유해했는지 말할 수 없다. 우리는 그것이 무엇에 유익하고 무엇에 유해한지 말할 수 없기 때문이다. 설령 그 활동이 누군 가의 마음에 들지 않는다 해도 그것은 그 활동이 선이란 무엇 인가에 대한 그의 협소한 이해와 일치하지 않기 때문일 뿐이 다. 1812년 모스크바에 있던 내 아버지의 저택이 보존된 것이 나 러시아 군대의 영광이나 페테르부르크 대학과 그 외 여러 대학의 번영이나 폴란드의 자유나 러시아의 강대함이나 유럽 의 균형이나 유럽에서 진보로 알려진 어떤 종류의 계몽은 나 에게 선으로 보일 수 있다. 그러나 나는 모든 역사 인물의 활 동에는 이런 목적들 외에 나의 이해가 닿지 않는 좀 더 보편적 인 또 다른 목적들도 있었다고 인정하지 않을 수 없다.

그러나 이른바 학문이 모든 모순을 화해시킬 가능성을 지 니며 역사 속 인물과 사건에 대해 선악을 가늠하는 불변의 척 도를 갖는다고 가정하자.

알렉산드르 1세가 모든 것을 다른 식으로 할 수 있었다고 가정하자. 그가 자신을 비난하는 사람들, 인류의 운동이 지향 하는 궁극적인 목적을 안다고 공언하는 사람들의 지시에 따 라, 또한 현대의 비판자들이 그에게 줄 법한 민족성이니 자유 니 평등이니 진보니(더 이상 다른 것은 없는 듯하다.) 하는 강령 에 따라 일을 처리할 수 있었다고 가정하자. 이러한 강령이 만 들어질 수 있었고 실제로도 만들어져 알렉산드르 1세가 그에 따라 행동했다고 가정하자. 그럼 당시 정부의 방향에 반대한 모든 사람들의 활동, 역사가들의 견해로는 선하고 유익한 그 활동은 과연 어떻게 되었을까? 그 활동은 존재하지 않았을 것이다. 삶도 없었을 것이다. 결국 아무것도 없었을 것이다.

이성이 인간의 삶을 지배할 수 있다고 가정하면 삶의 가능성은 소멸하고 말 것이다.

2

역사가들이 그러듯 위대한 인간이 러시아나 프랑스의 위대함, 혹은 유럽의 균형이나 혁명 이념의 전파, 혹은 전반적인 진보, 혹은 그 무엇이든 어떤 목적의 달성을 향해 인류를 이끈다고 가정할 경우, 우연과 천재라는 개념 없이는 역사의 현상을 설명할 수 없게 된다.

만약 금세기 초반에 유럽에서 일어난 몇몇 전쟁의 목적이 러시아의 위대함이었다면 그 목적은 이전의 모든 전쟁과 침략 없이도 달성될 수 있었을 것이다. 만약 목적이 프랑스의 위대함이었다면 그 목적은 혁명과 제정이 없어도 달성될 수 있었을 것이다. 만약 목적이 이념의 전파였다면 출판이 그 목적을 병사들보다 훨씬 더 잘 수행했을 것이다. 만약 문명의 진보였다면 인간과 그들의 부를 멸하지 않고도 문명의 전파를 위한 더 합목적적인 다른 방법이 있었으리라는 점은 아주 쉽게 가정해 볼 수 있다.

도대체 그것은 왜 그런 식으로 일어났을까? 왜 다른 방식으로 일어나지 않았을까?

그것이 그런 식으로 일어났기 때문이다. "우연이 상황을 만들었다. 천재는 그것을 이용했다." 역사가들은 이렇게 말한다.

하지만 우연이란 무엇인가? 천재란 무엇인가?

우연과 천재라는 단어는 결코 실제로 존재하는 것을 의미하지 않기에 정의될 수 없다. 그 단어들은 단지 현상에 대한 어떤 수준의 이해를 가리킬 뿐이다. 나는 이러저러한 현상이 왜 일어나는지 모른다. 나는 내가 알 수 없다고 생각한다. 그래서 알려고도 하지 않고 우연이라 말한다. 나는 일반 인간의 성질에 부합하지 않는 행위를 일으키는 힘을 본다. 나는 그것이 왜 일어나는지 모르고 그것을 천재라 말한다.

밤마다 양치기의 몰이에 이끌려 여물이 마련된 특별한 칸막이 우리에 들어가다가 다른 양들보다 두 배로 살이 오른 양은 분명 양 떼들에게 천재로 보일 것이다. 그리고 밤마다 이 양이 공동 우리가 아닌 귀리가 마련된 특별한 칸막이 우리에 들어가는 상황, 살이 뒤룩뒤룩 찐 이 양이 죽임을 당해 고기가 되는 상황은 분명 일련의 모든 특별한 우연성과 천재성의 놀라운 결합으로 보일 것이다.

그러나 양들이 자기들에게 일어나는 모든 것이 오직 양들의 목적을 달성하기 위해 일어난다는 생각을 버리기만 하면, 자기들에게 일어나는 사건에 자신들이 이해할 수 없는 목적도 있을 수 있다고 인정하기만 하면 양들은 곧 그 살찌운 양에게 벌어지는 일에서 통일성과 일관성을 보게 될 것이다. 설사 양들이 어떤 목적으로 그 양이 사육되었는지 모르더라도 최소한 그 양에게 일어난 모든 것은 우연이 아니라는 점을 알게 될 것이다. 그렇게 되면 우연과 천재라는 개념은 더 이상 필요하지 않을 것이다.

친숙하고 이해하기 쉬운 목적에 대한 앎을 버리고 궁극적인 목적이 우리의 이해를 넘어선다는 것을 인정하기만 하면 우리는 역사 인물들의 생애에서 일관성과 합목적성을 보게 될 것이다. 또한 그들이 불러온, 일반 인간의 성질에 부합하지 않는 행동의 원인도 밝혀질 것이다. 그렇게 되면 우리에게는 우연과 천재라는 단어가 불필요해질 것이다.

우리가 유럽의 여러 국민들 사이에 일어난 격동의 목적을 모른다는 점, 그저 처음에는 프랑스, 그다음에 이탈리아, 아프리카, 프로이센, 오스트리아, 에스파냐, 러시아에서 벌어진 살인이라는 사실만 안다는 점, 서에서 동으로의 이동과 동에서 서로의 이동이 이 사건들의 본질과 목적이라는 점을 인정하기만 하면 우리는 나폴레옹과 알렉산드르 1세의 성격에서 우월성과 천재성을 볼 필요가 없을 뿐 아니라 그 인물들을 다른 모든 이들과 똑같은 인간으로 보는 것 외에 달리 생각할 수도 없을 것이다. 그리고 이 사람들을 그들답게 만든 작은 사건들의 우연성을 해명할 필요도 없을 뿐 아니라 모든 작은 사건들이 불가피했다는 점도 명백해질 것이다.

궁극적인 목적에 대한 앎을 버리면 우리는 명백히 깨닫게 될 것이다. 어떤 식물에 대해서든 그것이 생산하는 색깔과 씨

앗보다 그것에 더 잘 어울리는 다른 색깔과 씨앗을 생각할 수
없듯이, 모든 과거와 더불어 수행해야 할 사명의 아주 세밀한
부분까지 일치하는 두 인간을 생각해 내기란 불가능하다는
것을……

3

금세기 초 유럽에서 일어난 여러 사건들의 근본적이고 본질적인 의의는 유럽의 여러 국민 대중이 서에서 동으로, 그다음에는 동에서 서로 펼친 군사 행동이었다는 점이다. 이 운동의 계기는 서에서 동으로의 운동이었다. 서쪽의 여러 국민들이 모스크바까지 군사 행동을 완수할 수 있기 위해서는 ─ 그들은 그 운동을 완수했다 ─ 다음 사항들이 필수적이었다. 1) 동쪽 전투 집단과의 충돌을 감당할 만큼 큰 전투 집단을 이루는 것, 2) 기존의 모든 전통과 습관을 버리는 것, 3) 군사 행동을 할 때 자신을 위해서나 그들을 위해서나 그 운동에 수반될 기만과 약탈과 살인을 정당화해 줄 사람을 수장으로 삼는 것.

그리고 프랑스 혁명을 시작으로 그다지 크지 않은 오래된 집단이 붕괴한다. 낡은 관습과 전통이 붕괴한다. 새로운 규모의 집단, 새로운 관습과 전통이 한 발짝 한 발짝 서서히 생겨

나고, 장래에 운동의 선두에 서서 이후 일어날 일에 대한 모든 책임을 짊어질 사람이 준비되어 간다.

신념도 습관도 전통도 이름도 없는, 심지어 프랑스인도 아닌 한 인간이 이루 말할 수 없이 기묘하게 여겨지는 우연으로 프랑스를 선동하는 모든 당파들 사이를 움직이며 어느 편에도 붙지 않고 눈에 띄는 지위에 오른다.

동료들의 무지, 적들의 나약함과 초라함, 진심처럼 느껴지는 이 남자의 거짓말, 눈부시고 자신만만해 보이는 그의 편협함이 그를 군대의 수장으로 끌어낸다. 이탈리아 군대의 훌륭한 병사들, 싸우기를 꺼리는 적들, 어린아이 같은 뻔뻔함과 자신만만함이 그에게 군인으로서 영광을 가져다준다. 셀 수 없이 많은 이른바 우연이라는 것이 그가 가는 곳마다 따라다닌다. 프랑스 위정자들의 총애를 잃은 것도 그에게 유리하게 작용했다. 자신에게 예정된 길을 바꿔 보려던 그의 시도는 성공에 이르지 못한다. 그는 러시아 군대에 채용되지 못하고 튀르크에서도 임명을 받지 못한다.[68] 이탈리아 전쟁 동안에는 여러 번 죽을 고비를 겪었지만 뜻하지 않게 매번 예기치 못한 방식으로 목숨을 건진다. 그의 영광을 무너뜨릴 수 있었을 러시아 군대는 갖가지 외교적 판단에 따라 그가 유럽에 있는 동안에는 유럽에 발을 들이지 않는다.[69]

---

[68] 1795년 8월 나폴레옹은 프랑스 정부가 튀르크 포병대의 개혁을 위해 콘스탄티노플로 파견한 위원단에 지원했다.

[69] 수보로프와 바그라치온이 이탈리아 북부에서 거둔 일련의 승리(이 책 2권 1부 참조)는 나폴레옹이 이집트 원정을 떠난 동안(1798~1799)의 일이다.

이탈리아에서 돌아온 그는 파리 정부가 붕괴 과정에 놓였으며, 그 정부에 발을 들여놓은 사람들은 어김없이 제거되고 숙청된다는 것을 알게 된다. 그런데 그 위험한 상황에서 빠져나갈 길이 저절로 그의 앞에 나타난다. 무의미하고 딱히 이유도 없는 아프리카 원정이었다. 이른바 우연이 또다시 그를 따른다. 난공불락인 몰타섬이 한 발의 총격도 없이 항복한다. 경솔하기 짝이 없는 명령이 성공을 거둔다. 그 후로는 단 한 척의 배도 통과시키지 않을 적의 함대가 군대 전체를 통과시킨다.[70] 거의 무장을 하지 않은 아프리카 주민들에게 무수한 악행이 행해진다. 이 악행을 저지르는 사람들, 특히 그들의 지휘자는 이를 훌륭한 행동, 영예로운 행동, 카이사르와 마케도니아의 알렉산드로스 대왕이 한 것과 비슷한 행동, 좋은 행동이라고 확신했다.

스스로에 대해서는 어떤 것도 악하다고 생각하지 않을 뿐 아니라 납득하기 힘든 초자연적 의미를 더하며 자신의 모든 범죄를 자랑스러워함으로써 이루어지는 영광과 위대함이라는 이상, 그 남자뿐 아니라 그와 결합된 사람들을 이끌고 있음이 분명한 이 이상은 아프리카에서 거침없이 발전해 나간다. 그가 하는 모든 일이 그에게 성공을 가져다준다. 페스트도 그를 건드리지 않는다. 포로들에게 저지른 잔혹한 학살도 그의 죄

---

70) 1798년 나폴레옹은 자신의 함대가 지브롤터 해협을 지나 아일랜드에 상륙할 것이라는 소문을 퍼뜨려 영국의 넬슨 제독을 속이고 실제로는 몰타섬으로 향했다. 예상치 못한 프랑스군의 공격에 몰타섬의 영국군 수비대는 전투 한 번 치르지 못하고 나폴레옹에게 항복했다.

로 치부되지 않는다. 별 이유도 없이 어린아이처럼 경솔하고 비열하게 곤경에 빠진 동료들을 저버리고 아프리카를 떠난 사건도 그의 공적으로 인정되며, 적의 함대는 또다시 두 번이나 그를 놓친다. 그가 운 좋게 성공한 범죄에 도취되어 자신의 역할을 감당할 각오를 하고 어떤 뚜렷한 목적도 없이 파리로 돌아왔을 때, 일 년 전만 해도 그를 파멸시킬 수도 있었을 공화정의 부패가 극에 달하여 이제 그는 당파와 무관한 참신한 인물로서 높임을 받을 수 있다.

그는 어떤 계획도 갖고 있지 않다. 그에게는 모든 것이 두렵다. 하지만 당파들은 그에게 매달리며 참여를 요청한다.

이탈리아와 이집트에서 형성된 영광과 위대함이라는 이상, 광기를 띤 자기 숭배, 범죄의 대담성, 진심처럼 느껴지는 거짓을 갖춘 그 한 사람만이, 오직 그만이 장차 일어날 일을 정당화할 수 있다.

그는 그를 기다리는 자리에 필요한 인간이다. 따라서 거의 그의 의지와 무관하게, 또한 우유부단함과 무계획과 그가 저지르는 온갖 실수에도 불구하고 그는 권력의 쟁취를 목적으로 하는 음모에 연루되며 그 음모는 성공을 거둔다.

사람들은 그를 위정자 회의에 끌어들인다. 자신이 파멸했다고 생각한 그는 두려움을 느껴 도망치려 한다. 기절한 척하기도 하고 자신을 파멸시킬 게 분명한 무의미한 말을 지껄이기도 한다. 그러나 예전에는 명민하고 오만하던 프랑스의 통치자들이 이제 자신들의 역할이 다했다고 느껴 그보다 더 당황하는 바람에 권력을 유지하고 그를 파멸시키기 위해서 그에게 했어야 할 말을 하지 않는다.

우연, 수백만 가지의 우연이 그에게 권력을 부여하고, 모든 사람들은 약속이라도 한 듯 그 권력의 확립에 협력한다. 우연은 당시 프랑스 위정자들의 성품을 그에게 복종하도록 만든다. 우연은 그의 권력을 인정한 파벨 1세[71]의 성품을 만든다. 우연은 그에게 맞서는 음모를, 그에게 해가 되기는커녕 오히려 그의 권력을 견고하게 할 음모를 만든다.[72] 우연은 나폴레옹의 수중에 앙기앵을 보내 나폴레옹으로 하여금 뜻하지 않게 그를 죽이도록 만들고, 그렇게 함으로써 나폴레옹은 힘을

---

71) 파벨 1세(Pavel Petrovich Romanov, 1754~1801). 표트르 3세와 예카체리나 대제의 아들로 1796년부터 1801년까지 러시아를 통치했다. 파벨은 첫 번째 아내 빌헬미네와 사별한 후 1776년 뷔르템베르크 공국의 조피 도로테아(러시아 이름은 마리야 표도로브나/페오도로브나)와 재혼했다. 예카체리나 대제는 파벨의 아들이자 자신의 손자인 알렉산드르를 후계자로 지명하려 했으나 갑작스레 서거하는 바람에 1796년 파벨이 제위를 계승하게 되었다. 파벨 1세는 어머니 때문에 아버지인 표트르 3세가 살해되었을 뿐 아니라 왕위를 계승할 자신의 권리를 어머니에게 박탈당했다는 자각으로 정신적인 불안을 보였다. 예카체리나 대제가 아들의 정신적 불안을 못마땅하게 여겼을 뿐 아니라 황태자인 그를 정적으로 견제했기 때문에 그는 어머니와 연관된 것을 모두 혐오했고, 급기야 예카체리나 대제의 치세 때 확립된 정책 전반을 거부했다. 또한 프랑스의 혁명 사상과 투쟁을 더욱 거부했고, 국내에 들어오는 모든 사상 서적을 금지했으며, 왕권신수설을 내세워 귀족들을 억압했다. 대외적으로는 1789년 대프랑스 동맹을 맺어 오스트리아군과 함께 스위스, 이탈리아 등지에서 프랑스군과 싸웠으나 1799년에 영국과 관계를 단절하고 프랑스와 동맹을 맺었다. 이렇듯 파벨 1세의 일관성 없고 불안정한 대내외 정책은 귀족들의 불만을 샀고, 결국 그는 팔렌과 베니히센 등 많은 신하들의 암살 모의로 교살되었다.
72) 왕당파와 결탁한 모로 장군의 음모가 실패로 돌아간 후 프랑스 원로원은 나폴레옹이 제정의 황제에 오르는 것을 승인했다.

가졌으니 권한은 그의 것이라며 다른 어떤 수단보다 더 강력하게 대중을 설득한다. 우연은 그가 영국 원정 — 틀림없이 그를 파멸로 이끌었을 — 에 온 힘을 쏟고도 그 계획을 실행하지 못하게 하고, 뜻하지 않게 오스트리아군을 거느린 마크를 공격하게 만든다. 마크는 전투도 치르지 않고 나폴레옹에게 항복한다. 우연과 천재성은 그에게 아우스터리츠 전투의 승리를 선사한다. 그리고 우연히도 프랑스인뿐 아니라 영국 — 이후에 벌어질 사건들에 참여하지 않는 — 을 제외한 유럽의 모든 사람들이 이전에는 그의 범죄에 공포와 혐오감을 느꼈음에도 이제 그의 권력을, 그가 스스로에게 부여한 칭호를, 모든 이들에게 어쩐지 훌륭하고 이성적으로 보이는 위대함과 영광이라는 그의 이상을 인정한다.

마치 눈앞의 운동을 가늠하고 대비하기라도 하듯 서쪽의 힘은 1805년, 1806년, 1807년, 1809년에 걸쳐 점점 더 강해지고 커지면서 동쪽으로 돌진한다. 1811년 프랑스에서 형성된 사람들의 무리가 중부의 여러 국민들과 하나의 거대한 집단으로 뭉친다. 사람들의 집단이 강대해짐에 따라 그 운동의 선두에 선 인간을 정당화하는 힘도 점점 커져 간다. 거대한 운동에 선행한 십 년의 준비 기간에 그 인간은 유럽에서 왕위를 지키는 모든 자들과 손을 잡는다. 정체가 폭로된 세상의 모든 통치자들은 아무 의미도 없는 영광과 위대함이라는 나폴레옹의 이상에 맞서 어떤 이성적인 이상도 내세우지 못한다. 그들은 앞다투어 그에게 자신들의 하찮음을 보여 주려 애쓴다. 프로이센 왕은 위대한 인간의 은총을 구하고자 자신의 아내를 보낸다. 오스트리아 황제는 이 남자가 황제들[73]의 딸을 그의 침소에 들이는 것을 은총으로 여긴다. 여러 나라 국민들이 신성하게 여기는 것들을 수호해야 할 교황은 자신의 종교로 위대한 인간을 높이기 위해 힘쓴다. 나폴레옹이 자기 역할을 수행하기 위해 스스로 준비한다기보다 그를 둘러싼 상황 전체가 현재 일어나는, 또 장차 일어날 것에 대한 모든 책임을 받아들이도록 그를 준비시킨다. 그가 저지르는 모든 행위와 악행과 하찮은 음모는 즉시 주위 사람들의 입에서 위대한 행위의 형태로 반영된다. 독일인들이 그를 위해 생각해 낼 수 있었던 최고의 축연, 그것은 예나와 아우어슈테트의 축전이었다. 그만 위대한 게 아니라 그의 선조, 그의 형제들, 그의 의붓자식들, 처남들까지도 위대했다. 그의 이성의 마지막 힘까지 빼앗기 위해, 그리고 그의 무시무시한 역할을 준비하기 위해 모든 것이 행해진다. 그리하여 그가 완성되는 순간 힘도 완성된다.

침략은 동쪽으로 향하여 궁극적인 목표, 즉 모스크바에 이른다. 수도는 점령된다. 러시아 군대는 아우스터리츠부터 바그람에 이르는 이전의 전쟁들에서 적군이 격파될 때보다 더 심하게 격파된다. 그런데 갑자기 이제껏 예정된 목표를 향해 일련의 부단한 성공으로 그를 그처럼 일관되게 이끌어 온 우연과 천재성 대신, 보로지노에서의 코감기부터 혹독한 추위와 모스크바를 태운 불꽃에 이르기까지 무수하게 많은 정반대의

---

[73] '황제들'이라는 표현은 신성 로마 제국과 오스트리아 제국의 황제를 겸한 프란츠 2세를 뜻한다.

우연이 나타난다. 그리고 천재성 대신 전례 없는 어리석음과 비열함이 나타난다.

침략은 달아나다 되돌아오고 또다시 달아난다. 모든 우연은 이제 그를 위해서가 아니라 그를 거스르기 위해 계속된다.

동에서 서로의 역(逆)운동은 그 이전에 이루어진 서에서 동으로의 운동과 아주 흡사하게 일어난다. 대(大)운동에 앞서 1805년, 1807년, 1809년 동에서 서로의 운동을 위한 동일한 시도가 이루어진 바 있다. 똑같이 거대한 규모의 집단이 결성된다. 그리고 똑같이 중간에 위치한 여러 나라 국민들이 운동에 가담한다. 똑같이 중도에서 동요가 일어나고, 똑같이 목표에 가까워짐에 따라 속도가 빨라진다.

파리, 즉 궁극적인 목적이 달성된다. 나폴레옹의 정부와 군대는 붕괴된다. 나폴레옹은 더 이상 의미를 띠지 않는다. 그의 모든 행위는 분명 가련하고 추악하다. 그러나 또다시 설명하기 힘든 우연이 일어난다. 동맹자들은 나폴레옹을 증오한다. 그를 자신들에게 재앙을 가져온 원흉으로 본다. 힘과 권력을 빼앗기고 악행과 간교함을 폭로당한 그는 십 년 전이나 일 년 뒤와 마찬가지로 무법의 강도로 보였어야 했다. 그러나 어떤 기묘한 우연으로 아무도 그렇게 보지 않는다. 그의 역할은 아직 끝나지 않았다. 사람들이 십 년 전과 일 년 후에 무법의 강도로 취급했고 또 취급하게 될 인간은 어떤 이유로 그에게 지불된 수백만의 돈과 근위대와 함께 프랑스로부터 이틀이 걸리는 섬 — 그의 영토로 받은 — 으로 보내진다.

4

여러 국민들의 운동은 저마다 그들의 해안에 정착하기 시작한다. 큰 운동의 파도가 물러나고 잠잠해진 바다에 소용돌이들이 생긴다. 외교관들은 자신들이야말로 운동을 잠잠하게 한 사람들이라고 상상하며 그 위를 질주한다.

그러나 잠잠해진 바다에 갑자기 파도가 높이 일렁인다. 외교관들에게는 자신들이, 자신들의 대립이 이 새로운 압력의 원인처럼 보인다. 그들은 군주들 사이에 전쟁이 일어나리라 예상했다. 그들에게는 사태가 해결되지 않을 것처럼 보인다. 그러나 그들이 너울을 감지한 파도는 그들이 예상한 곳으로부터 오지 않는다. 똑같은 파도가 운동의 똑같은 출발점, 즉 파리로부터 솟구쳐 오른다. 서쪽으로부터 운동의 마지막 역류가 일어난다. 해결될 수 없을 것처럼 보이던 외교상 난제를 해결하고 이 시기 군사 운동에 종지부를 찍을 역류가…….

프랑스를 황폐하게 만든 인간이 어떤 모의도 없이, 병사도 기느리지 않고 홀로 프랑스에 돌아온다. 어느 파수꾼이든 그를 잡을 수 있다. 그러나 기묘한 우연으로 아무도 그를 잡지 않는다. 그뿐만 아니라 모든 이들이 하루 전만 해도 저주했고 한 달 후에도 저주하게 될 남자를 감격에 겨워 맞이한다.

이 남자는 마지막 합동 행위를 정당화하기 위해 아직 필요하다.

막은 끝났다. 마지막 배역의 연기도 끝났다. 배우는 옷을 갈아입고 분과 연지를 지우라는 지시를 받는다. 더 이상 그는 필요 없다.

그리고 이 남자가 자기 섬에서 쓸쓸하게 스스로를 관객 삼아 보기 딱한 희극[74]을 연기하고, 보잘것없는 음모를 꾸미고, 자기 행동을 정당화 — 그런 정당화는 더 이상 필요 없었다 — 하느라 거짓말을 하는 동안, 또 보이지 않는 손이 그를 이끌 때 사람들이 힘으로 착각한 게 과연 무엇이었는지 그 스스로 온 세상에 드러내는 동안 몇 년이 흐른다.

연극을 끝내고 배우에게 의상을 벗도록 한 무대 감독은 그를 우리에게 보여 주었다.

"너희가 믿은 것을 보라! 여기 그가 있다! 너희를 움직인 것

---

74) 톨스토이가 '보기 딱한 희극'이라고 언급한 것은 나폴레옹이 세인트헬레나섬에서 비서인 라스 카즈에게 구술하여 완성한 회상록 『세인트헬레나의 회상』을 가리킨다. 톨스토이는 이 회상록이 다른 어떤 역사 기록보다 나폴레옹을 훨씬 더 효과적으로 폭로한다고 생각했다. 이 책 3권 주 2를 참조.

은 그가 아니라 나[75]임을 이제 알겠는가?"

그러나 운동의 힘에 눈먼 사람들은 오래도록 그 말을 이해하지 못한다.

알렉산드르 1세, 즉 동에서 서로 향한 역운동의 선두에 선 인물의 생애는 한층 더 일관성과 필연성을 보여 준다.

다른 사람들을 몰아내고 동에서 서로 향한 그 운동의 선두에 서게 될 사람을 위해서는 무엇이 필요할까?

정의감, 유럽 정세에 대한 관심, 그것도 일정한 거리를 두고 사소한 이해에 아둔해지지 않는 관심이 필요하다. 또한 동료들, 즉 그 시대 군주들을 능가하는 도덕적 우월함이 필요하다. 온화하고 매력적인 성품도 필요하며, 나폴레옹에 대한 개인적인 분노도 필요하다. 그런데 알렉산드르 1세에게는 이 모든 것이 있다. 이 모든 것이 그의 지난 생애 전반에 걸쳐 이른바 무수한 우연, 예를 들면 교육, 자유주의적 시책, 아우스터리츠, 틸지트, 에어푸르트 등을 통해 마련된다.

국민 전쟁 동안 이 인물은 아무런 활약도 하지 않는다. 그가 필요하지 않았기 때문이다. 그러나 전 유럽의 전쟁이 불가피해지자마자 이 인물은 즉시 자기 자리에 나타나 유럽 국민들을 단결시켜 그들을 목적으로 이끈다.

목적은 달성된다. 1805년 마지막 전쟁 이후 알렉산드르는 인간이 도달할 수 있는 권력의 정상에 선다. 과연 그는 권력을 어떻게 사용할까?

---

75) 원문에 대문자로 표기되어 있다.

유럽의 중재자이자 젊은 시절부터 국민의 행복만을 지향한 사람이고 조국에서 자유주의 개혁의 첫 주창자였던 알렉산드르 1세. 그가 최고의 권력을, 자국민의 행복을 만들어 갈 가능성을 지닌 것처럼 보이는 이런 때, 추방된 나폴레옹이 자기가 권력을 가졌다면 어떻게 인류를 행복하게 해 주었을까 하는 유치하고 기만적인 계획을 짜고 있을 때, 자신의 소명을 모두 실현하고 머리 위로 하느님의 손을 느끼던 알렉산드르 1세는 불현듯 이 가상의 권력이 보잘것없다는 것을 인정하고 권력을 외면한다. 그는 자신이 경멸하던, 또 경멸받아 마땅한 사람들의 손에 그것을 넘기고 이렇게 말할 뿐이다.

"'우리에게 돌리지 마시고, 우리에게 돌리지 마시고, 오직 주님의 이름에만!'[76] 나도 너희와 같은 인간이다. 내가 인간답게 살도록, 나의 영혼과 하느님에 대해 사색하도록 내버려 두어라."[77]

태양도 에테르[78]의 각 원자도 그 자체로 완결된 구(球)인 동시에 그 거대한 크기로 인하여 인간의 이해가 도달할 수 없

---

76) 알렉산드르 1세가 1812년의 승리를 기념하기 위해 깨뜨린 메달에는 구약 성서의 『시편』 115편 1절, 즉 "주님, 영광을 우리에게 돌리지 마십시오. 우리에게 돌리지 마시고, 오직 주님의 이름에만 영광을 돌리십시오. 그 영광은 다만 주님의 인자하심과 진실하심에 돌려주십시오." 중 서두가 새겨져 있었다. 본문의 인용구는 메달에 새겨진 문구다.
77) 톨스토이는 이 부분에서 러시아에 널리 퍼진 믿음, 즉 알렉산드르 1세는 1825년 타간로크에서 죽은 것이 아니라 비밀리에 시베리아로 물러나 그곳에서 1866년까지 은둔자로 살았다는 설을 언급하는 듯하다.

는 한 전체의 원자에 지나지 않듯, 각 개인 역시 자기 안에 나름의 목적을 지니며 그것은 인간이 이해할 수 없는 전체적인 목적을 위해서이기도 하다.

꽃에 앉아 있던 벌이 어린아이에게 침을 쏜다. 그러자 아이는 벌을 두려워하며 벌의 목적은 인간에게 침을 쏘는 것이라고 말한다. 시인은 꽃송이 안에 착 달라붙은 벌을 황홀하게 바라보며 벌의 목적은 꽃의 향기를 자기 안에 빨아들이는 것이라고 말한다. 양봉지기는 꽃가루를 모아 벌통으로 운반하는 벌을 보며 벌의 목적은 꿀을 모으는 것이라고 말한다. 벌 떼의 생태를 좀 더 가까이에서 관찰한 다른 양봉지기는 벌이 어린 벌들을 먹이고 여왕벌을 기르기 위해 꽃가루를 모은다고, 벌의 목적은 종의 존속이라고 말한다. 식물학자는 벌이 암수딴그루 꽃의 꽃가루를 묻혀 암술로 날아가 가루받이를 돕는다고 언급한다. 식물학자는 벌의 목적이 그것에 있다고 본다. 다른 사람은 식물의 이주를 관찰하다가 벌이 그 이주를 돕는 것을 본다. 그 새로운 관찰자는 바로 이것이 벌의 목적이라고 말할지 모른다. 그러나 벌의 궁극적인 목적은 인간의 이상이 밝혀낼 수 있는 제1, 제2, 제3의 목적으로 끝나지 않는다. 이러한 목적들의 발견 속에서 인간의 앎이 점점 더 넓어질수록 인간이 궁극적인 목적을 이해할 수 없음은 더욱 분명해진다.

---

78) 공간을 채우고 있다는 일종의 가상 매질(媒質). 마이컬슨의 실험을 통해 그 모순이 발견되었으며, 아인슈타인의 상대성 이론으로 그 실재를 논의할 필요가 없게 되었다.

인간은 오직 벌의 생태와 생의 다른 현상들 사이에 존재하는 상응을 관찰할 수 있을 뿐이다. 역사 인물들과 여러 국민들의 목적에 대해서도 마찬가지다.

5

1813년 베주호프와 혼인한 나타샤의 결혼식은 유서 깊은 로스토프가의 마지막 경사였다. 그해 일리야 안드레예비치 백작이 죽었다. 그리고 언제나 있는 일이지만 유서 깊은 가문은 그의 죽음과 함께 몰락했다.

지난해의 사건들, 즉 모스크바의 화재와 모스크바로부터의 탈출, 안드레이 공작의 죽음과 나타샤의 절망, 페챠의 죽음, 백작 부인의 슬픔, 이 모든 것이 노백작의 머리를 덮쳐 잇따라 타격을 입혔다. 그는 그 모든 사건들의 의미를 이해하지 못하고 또 자신으로서는 이해할 수 없다고 느끼는 듯 보였으며, 정신적으로는 노쇠한 머리를 숙인 채 마치 그의 숨통을 끊을 새로운 타격을 기다리고 요청하는 것 같았다. 때로는 겁에 질려 어찌할 바를 모르는 것처럼 보였으며, 때로는 부자연스러울 만큼 활기차고 적극적으로 보였다.

한동안 표면적으로는 나타샤의 결혼이 그의 마음을 온통 차지한 것처럼 보였다. 그는 만찬과 밤참을 주문하기도 했다. 분명 즐거워 보이고 싶은 듯했다. 하지만 그의 쾌활함은 예전처럼 주위를 전염시키지 않았으며, 오히려 그를 알고 사랑하는 사람들의 마음에 연민을 불러일으켰다.

피에르가 아내와 함께 떠난 후 그는 조용해지고 울적함을 호소했다. 며칠 후 그는 병세를 보이더니 병석에 눕고 말았다. 병 초기부터 그는 의사들의 위로에도 자신이 다시는 일어나지 못하리라는 것을 알았다. 백작 부인은 두 주 동안 옷을 벗지도 않고 안락의자에 앉아 그의 머리맡을 지켰다. 그녀가 약을 줄 때마다 그는 흐느껴 울며 말없이 그녀의 손에 입을 맞추었다. 마지막 날 그는 슬피 울면서 아내와 집에 없는 아들에게 가산을 탕진한 것, 즉 자기 탓이라고 느끼는 가장 큰 죄에 대해 용서를 구했다. 그는 성찬식과 성유식을 치른 후 조용히 죽었다. 다음 날 로스토프가의 셋집은 고인에게 조의를 표하러 온 지인들로 가득 찼다. 그의 집에서 그처럼 숱하게 식사를 하고 춤을 춘 그 모든 지인들, 그처럼 숱하게 그를 조롱하던 그 모든 지인들이 이제는 자책과 애정이라는 똑같은 감정을 품은 채 마치 누군가의 앞에서 스스로를 변명하기라도 하듯 속으로 중얼거렸다. '그래, 어쨌든 더할 나위 없이 훌륭한 사람이었어. 요즘 세상에 그런 사람은 못 만나지……. 약점 없는 사람이 어디 있겠어?'

백작의 재정 상태가 너무 복잡하게 뒤엉켜 일 년만 더 그런 상태가 계속되면 그 모든 게 어떻게 될지 상상도 할 수 없는 바로 그때 그는 갑자기 죽어 버렸다.

니콜라이는 파리에 주둔 중인 러시아 군부대에서 아버지의 죽음에 대한 소식을 받았다. 그는 곧 퇴역을 신청했다. 그리고 그것이 수리되기를 기다리지 않고 휴가를 받아 모스크바로 왔다. 백작이 죽은 지 한 달이 지나자 재정 상태가 명확히 드러났다. 아무도 상상하지 못한 온갖 자질구레한 부채의 어마어마한 총액에 다들 깜짝 놀라고 말았다. 부채는 자산의 두 배였다.

친척들과 친구들은 니콜라이에게 상속권을 포기하라고 조언했다. 그러나 니콜라이는 상속권 포기가 자신에게 성스러운 아버지에 대한 기억을 비난하는 표현이라고 생각했다. 그래서 상속권을 포기하라는 권유를 들으려 하지 않고 부채를 갚을 의무와 함께 상속권을 물려받았다.

백작이 살았을 때는 그 방종한 선량함이 발휘하는 막연하면서도 강력한 영향력에 얽매여 그토록 오랫동안 잠자코 있던 채권자들이 갑자기 다 함께 변제를 독촉했다. 언제나 그렇듯 누가 먼저 받을지를 두고 경쟁이 벌어졌고, 미첸카와 그 밖의 사람들처럼 무담보 약속 어음 — 선물로 받은 — 을 보유한 사람들이 이제 가장 드센 채권자로 등장했다. 니콜라이에게는 숨 돌릴 틈도 없었다. 겉으로는 자신들에게 손해를 입힌 장본인인 노인을 불쌍히 여기는 것처럼 보이던 사람들이 이제 그들에게 분명 아무런 잘못도 저지르지 않았고 자발적으로 부채를 떠안은 젊은 상속자에게 무자비하게 달려들었다.

니콜라이가 자금 회전을 위해 생각한 계획은 전부 실패했다. 재산은 경매로 반값에 처분되었다. 하지만 부채의 절반은 여전히 미지불 상태였다. 니콜라이는 자신이 금전상의 진짜 부채라고 인정한 부채를 갚기 위해 매제인 베주호프가 내민 3만 루블을 받아들였다. 그러나 남은 부채 때문에 감옥에 가는 것을 피하고자 — 채권자들이 그러겠다고 위협했다 — 다시 근무를 시작했다.

그는 자신이 연대장 제1후보인 부대에는 갈 수 없었다. 어머니가 이제 아들을 삶의 마지막 유혹으로 여기며 매달렸기 때문이다. 그래서 예전부터 자신을 알던 모스크바 사람들 틈에 남기를 꺼리면서도, 또 문관 근무를 혐오하기까지 했지만, 모스크바에서 문관 자리를 구하여 자신이 좋아하는 군복을 벗고 어머니와 소냐와 함께 십체프 브라제크 거리의 작은 공동 주택에 거처를 정했다.

나타샤와 피에르는 그 무렵 페테르부르크에 살았으며 니콜라이의 상태에 대해서는 자세히 몰랐다. 매제에게 돈을 빌린 니콜라이는 가난한 처지를 그에게 숨기려고 애썼다. 니콜라이의 처지가 유난히 안 좋았던 이유는 봉급 1200루블로 자신과 어머니와 소냐를 부양해야 했을 뿐 아니라 그들이 가난하다는 것을 눈치채지 못하게 어머니를 돌보아야 했기 때문이다. 백작 부인은 어린 시절부터 길들여진 화려한 환경 없이 생활할 수도 있다는 것을 전혀 이해하지 못했다. 그래서 아들이 얼마나 힘들어할지 깨닫지 못한 채 지인을 데려오기 위하여 자기 집에 없는 승용 마차를 요구하기도 하고, 자신을 위한 값비싼 요리와 아들을 위한 술을 요구하기도 하고, 나타샤와 소냐와 니콜라이에게 깜짝 선물을 하기 위해 돈을 요구하기도 했다.

소냐는 집안 살림을 맡아 친척 아주머니를 돌보고, 그녀에게 소리 내어 책을 읽어 주고, 그녀의 변덕과 마음속의 혐오를 견디고, 니콜라이가 자신들이 처한 궁핍한 처지를 노백작 부인에게 숨길 수 있도록 도왔다. 니콜라이는 소냐가 어머니를 위해 한 모든 것에 갚을 길 없는 은혜의 빚을 졌다고 느꼈으며 그 인내와 헌신에 감탄하기도 했지만 그녀에게 거리를 두려고 애썼다.

그는 지나치게 완벽하고 흠잡을 것이 없다는 점 때문에 마음속으로 그녀를 비난하는 듯했다. 그녀는 인간으로서 높이 평가받을 모든 덕목을 갖추었다. 그러나 그로 하여금 그녀를 사랑하게 할 만한 면은 거의 없었다. 그래서 그는 그녀를 높이 평가할수록 그녀에 대한 사랑이 줄어드는 것을 느꼈다. 그는 그녀가 편지를 통해 자유를 주겠다고 한 말을 받아들였다. 그래서 그녀를 대할 때면 두 사람 사이에 있었던 모든 일을 아주 오래전에 이미 잊었으며 그 일은 결코 되풀이될 수 없다는 듯 행동했다.

니콜라이의 상황은 점점 더 나빠졌다. 봉급의 일부를 저축하겠다는 생각은 결국 공상에 불과했다. 저축을 하기는커녕 어머니의 요구를 만족시키느라 조금씩 빚까지 지게 되었다. 이러한 처지에서 벗어날 방법이 머리에 전혀 떠오르지 않았다. 친척 아주머니들이 권하는 부유한 상속녀와의 결혼은 생각만으로도 혐오스러웠다. 자기 처지에서 벗어날 또 다른 출구, 즉 어머니의 죽음에 대해서는 한 번도 머리에 떠올려 본

적이 없었다. 그는 아무것도 바라지 않고 아무것도 기대하지 않았다. 그는 처지를 묵묵히 감수하는 것에서 침울하고 엄숙한 쾌감을 마음속 깊이 느꼈다. 자신을 동정하고 모욕적인 도움을 제안하는 예전의 지인들을 피하려 애썼고, 모든 오락과 기분 전환을 피했으며, 심지어 집에서도 어머니와 카드를 펼치는 것 외에는 아무것도 하지 않고 그저 방 안을 말없이 서성이면서 연거푸 파이프 담배를 피울 뿐이었다. 마치 우울한 기분을, 그로 하여금 자신의 처지를 견딜 수 있게 해 주는 그 유일한 기분을 애써 자기 안에 간직하려는 듯 보였다.

6

초겨울 마리야 공작 영애가 모스크바에 왔다. 그녀는 시중에 나도는 소문을 통해 로스토프가의 처지와 '아들이 어머니를 위해 자신을 희생하고 있음'을 알았다. 그 도시의 사람들은 그렇게 말했다.

'그 사람이라면 틀림없이 그러리라 예상했어.' 마리야 공작 영애는 그에 대한 자신의 사랑을 기쁜 마음으로 확인하며 혼잣말을 했다. 자신과 그 가족 전체의 거의 친척과도 같은 우정 어린 관계를 떠올리면서 그녀는 그를 방문하는 것이 자신의 의무라고 생각했다. 하지만 보로네시에서의 자신과 니콜라이의 관계를 떠올리자 그렇게 하기가 두려웠다. 그럼에도 자신을 애써 억누른 채 모스크바에 도착한 후 몇 주 지나 로스토프가를 방문했다.

니콜라이가 가장 먼저 그녀를 맞이했다. 그의 방을 지나야만 백작 부인의 방으로 갈 수 있었기 때문이다. 처음에 마리야 공작 영애를 흘깃 쳐다보는 니콜라이의 얼굴에는 그녀가 그 얼굴에서 보게 되기를 기대한 기쁨의 표정 대신 전에 본 적 없는 싸늘하고 무뚝뚝하고 오만한 표정이 어려 있었다. 니콜라이는 그녀의 건강에 대해 묻고는 그녀를 어머니 방으로 안내한 후 오 분 동안 잠시 앉았다가 방에서 나가 버렸다.

마리야 공작 영애가 백작 부인의 방에서 나오자 니콜라이는 다시 그녀를 맞으며 유난히 엄숙하고 무뚝뚝하게 대기실로 안내했다. 그는 백작 부인의 건강에 대한 그녀의 말에 한마디도 대꾸하지 않았다. '당신과 무슨 상관입니까? 날 가만히 내버려 두십시오.' 그의 눈길은 그렇게 말하고 있었다.

"뭣 때문에 하릴없이 돌아다니는 거야? 원하는 게 뭐야? 저런 아가씨들, 저런 모든 인사치레, 참을 수가 없어!" 공작 영애의 카레타가 떠나자 그는 분노를 억제할 수 없었는지 소냐 앞에서 큰 소리로 말했다.

"아, 어떻게 그런 식으로 말할 수 있어, **니콜라!**" 소냐는 가까스로 기쁨을 숨기며 말했다. "정말 착한 사람이야. 어머니도 그녀를 정말 좋아해."

니콜라이는 아무 말도 하지 않았다. 그는 공작 영애에 대해 더 이상 말하고 싶지 않았을 것이다. 그러나 그녀의 방문 이후 노백작 부인은 하루에도 몇 번씩 매일 그녀에 대한 이야기를 꺼냈다.

백작 부인은 마리야 공작 영애를 칭찬했으며, 아들에게도 그녀를 방문하도록 요구하고, 그녀를 좀 더 자주 보고 싶다는 바람을 표현했다. 그러면서도 마리야 공작 영애에 대한 이야기를 할 때면 언제나 언짢은 기색을 드러냈다.

어머니가 마리야 공작 영애에 대해 이야기할 때 니콜라이는 잠자코 있으려고 애썼다. 그러나 그 침묵은 백작 부인의 역정을 돋웠다.

"그 애는 정말 훌륭하고 좋은 아가씨야." 백작 부인이 말했다. "너도 그 애를 방문해야 해. 어쨌든 너도 누군가를 만나야지. 그러지 않으면 우리와 함께 있느라 따분할 것 같은데."

"하지만 정말 그러고 싶지 않아요, 어머니."

"전에는 만나고 싶어 했으면서 지금은 그러고 싶지 않다니. 얘야, 정말이지 널 이해할 수 없구나. 따분해하다가도 갑자기 아무도 만나려 하지 않으니 말이다."

"따분하다고 말한 적 없어요."

"뭐? 넌 그 애를 보고 싶지도 않다고 말했잖니. 그 애는 정말 훌륭한 아가씨고 너도 늘 그 애를 좋아했잖아. 이제 와서 갑자기 어찌 된 영문인지. 너희는 나에게 뭐든지 숨기는구나."

"전혀 그렇지 않아요, 어머니."

"내가 너에게 무언가 불쾌한 일이라도 해 달라고 부탁했다면……. 하지만 내가 부탁한 건 답례 방문이잖니. 예의상 그래야 할 것 같은데……. 난 전에도 네게 부탁했다. 네가 어미에게 숨기는 비밀이 있다면 이제 나도 더는 참견하지 않으마."

"가겠어요. 어머니가 원하신다면."

"나는 아무래도 상관없어. 내가 그것을 바란 건 널 위해서니까."

니콜라이는 콧수염을 잘근잘근 씹으며 한숨을 쉬고 어머니의 주의를 다른 데로 돌리기 위해 카드를 펼쳤다.

다음 날, 그다음 날, 또 그다음 날에도 똑같은 이야기가 계속 되풀이되었다.

로스토프가를 방문했다가 예기치 않게 니콜라이로부터 냉담한 응대를 받은 후 마리야 공작 영애는 먼저 로스토프가에 가고 싶지 않았던 자신의 판단이 옳았음을 스스로 인정했다.

'난 다른 어떤 것도 기대하지 않았어.' 그녀는 자신의 긍지에 도움을 호소하며 마음속으로 중얼거렸다. '그 사람에게는 아무 볼일도 없어. 난 그저 나에게 늘 친절하셨고 많은 은혜를 베풀어 주신 노부인을 만나고 싶었을 뿐이야.'

그러나 이러한 논거로는 마음을 진정시킬 수 없었다. 자신의 방문을 떠올릴 때면 회한과 비슷한 감정이 그녀를 괴롭혔다. 그녀는 로스토프가를 더 이상 방문하지 않고 그 모든 것을 잊겠다고 단호하게 결심했지만 자신이 애매한 처지에 놓였음을 계속 의식했다. 그리고 자신을 괴롭히는 것이 도대체 무엇인지 스스로에게 묻다 보면 자신과 로스토프의 관계임을 인정하지 않을 수 없었다. 그의 차갑고 정중한 태도는 그녀에 대한 감정에서 나온 것이 아니었다.(그녀는 그것을 알았다.) 그 태도는 무언가를 감추고 있었다. 그 무언가를 밝혀내야 했다. 그리고 그때까지는 자신의 마음이 평온해질 수 없을 것 같았다.

한겨울 공부방에 앉아 조카의 수업을 감독하고 있을 때 하인이 그녀에게 로스토프가 방문했다고 알렸다. 그녀는 자신의 비밀을 들키지 않고 동요도 드러내지 않으리라 굳은 결심을 하고는 **마드무아젤 부리엔**을 불러 함께 응접실로 갔다.

처음에 니콜라이의 얼굴을 힐끗 쳐다본 그녀는 그가 단지 예의상 의무를 다하기 위해 방문했다는 것을 깨닫고, 그가 그녀를 대하던 그 태도로 의연히 버티리라 결심했다.

그들은 백작 부인의 건강에 대해, 공통의 지인들에 대해, 전쟁의 최근 소식에 대해 이야기를 나누었다. 손님이 예의상 앉아 있어야 할 십 분이 지나자 니콜라이는 자리에서 일어나며 작별 인사를 했다.

공작 영애는 대화하는 동안 **마드무아젤 부리엔**의 도움으로 아주 잘 버텨 냈다. 그러나 그가 몸을 일으키는 마지막 순간, 그녀는 자신과 아무 상관도 없는 이야기를 하는 것에 너무 지친 데다 어째서 자기 인생만 이토록 기쁨이 적을까 하는 생각에 너무 몰입한 나머지 그 특유의 빛나는 눈을 정면으로 향한 채 발작이라도 일으킨 듯 멍한 상태에 빠져 그가 일어나는 것도 모르고 가만히 앉아 있었다.

니콜라이는 그녀를 쳐다보았다. 그는 그녀의 넋 나간 모습을 알아차리지 못한 척하려고 **마드무아젤 부리엔**에게 몇 마디 건넨 후 다시 공작 영애를 힐끗 쳐다보았다. 그녀는 여전히 꼼짝 않고 앉아 있었고, 그 여린 얼굴에는 고통이 떠올라 있었다. 그는 문득 그녀가 가엾다고 느꼈으며, 그녀의 얼굴에 떠오른 슬픔의 원인이 어쩌면 자신일지 모른다고 어렴풋이 생각했다. 그는 그녀를 돕고 뭔가 즐거운 말을 건네고 싶었다. 그러나 그녀에게 건넬 만한 말이 전혀 떠오르지 않았다.

"안녕히 계십시오, 공작 영애." 그가 말했다. 그녀는 화들짝 정신을 차리고 얼굴을 붉히며 무겁게 한숨을 쉬었다.

"아, 죄송해요." 그녀는 마치 잠에서 깬 듯 말문을 열었다. "벌써 가시려고요, 백작. 그럼, 안녕히 가세요! 그런데 백작 부인께 드릴 베개는?"

"잠깐만요, 내가 당장 가져올게요." 마드무아젤 부리엔이 이렇게 말하며 방에서 나갔다.

두 사람은 침묵하며 이따금 서로를 흘깃거렸다.

"그렇군요, 공작 영애." 마침내 니콜라이가 슬픈 미소를 지으며 말했다. "얼마 전 일인 것 같은데 우리가 보구차로보에서 처음 만난 후로 참 많은 시간이 흘렀군요. 우리 모두가 얼마나 불행하게 여겨지던지……. 그때로 돌아갈 수만 있다면 원이 없겠습니다만…… 돌이킬 수는 없겠지요."

그가 그 말을 할 때 공작 영애는 빛나는 눈으로 그의 눈을 뚫어지게 쳐다보았다. 그녀를 향한 그의 감정을 설명해 줄 그 말의 은밀한 의미를 이해하려 애쓰는 듯했다.

"네, 그렇죠." 그녀가 말했다. "하지만 당신은 과거를 아쉬워할 필요가 없어요, 백작. 지금 내가 아는 당신의 삶이라면 당신은 언제나 그것을 즐겁게 추억하게 될 거예요. 지금 당신이 감수하는 희생은……."

"난 당신의 칭찬을 받아들이지 않겠습니다." 그가 황급히 그녀의 말을 가로막았다. "오히려 난 끊임없이 나 자신을 질책합니다. 하지만 이런 이야기는 재미도 없고 즐겁지도 않군요."

그리고 그의 눈은 다시 이전의 무뚝뚝하고 차가운 표정을 띠었다. 그러나 공작 영애는 이미 그의 안에서 자신이 알고 사

랑한 사람을 다시 알아보았으며 이제는 그 사람에게만 말을
건넸다.

"내가 이런 말을 하는 것을 당신도 허락해 주리라 생각해
요." 그녀가 말했다. "우리는 아주 가까웠지요…… 당신 가족
과도요. 난 당신이 나의 동정을 못마땅하게 여기지 않으리라
생각했어요. 하지만 나의 착각이었지요." 그녀가 말했다. 그녀
의 목소리가 갑자기 떨렸다. "난 이유를 모르겠어요." 그녀는
마음을 가다듬고 계속 말을 이었다. "예전에 당신은 전혀 다른
사람이었는데……."

"왜(그는 '왜'라는 말을 특히 힘주어 말했다.)라는 질문에 대해
서는 수천 가지 이유가 있지요. 감사합니다, 공작 영애." 그는
조용히 말했다. "이따금 힘듭니다."

'바로 그 때문이었어! 그 때문이야!' 마리야 공작 영애의 마
음속에서 내면의 목소리가 말했다. '내가 이 사람을 사랑한 것
은 그 쾌활하고 선하고 솔직한 눈빛 때문만이 아니었어. 잘생
긴 외모 때문만이 아니었어. 난 이 사람의 고귀하고 의연하고
자기희생적인 정신을 느꼈던 거야.' 그녀는 속으로 중얼거렸
다. '그래, 이 사람은 이제 가난한데 나는 부유하니……. 그래,
단지 그 때문이었어…….' 그녀는 예전에 그가 보여 준 다정함
을 떠올리고 이 순간 눈앞에서 그의 선하고도 슬픈 얼굴을 바
라보며 문득 그가 냉정해진 이유를 깨달았다.

"왜죠, 백작, 도대체 왜인가요?" 갑자기 그녀가 그에게 다가
서며 자기도 모르게 절규하다시피 했다. "왜죠? 말해 줘요. 당
신은 말해야 해요." 그는 침묵했다. "백작, 난 당신이 이러는

이유를 모르겠어요." 그녀는 계속 말을 이었다. "하지만 난 괴로워요, 난……. 솔직히 말할게요. 당신은 어떤 이유 때문인지 니에게서 예전의 우정을 앗아 가려 해요. 그래서 난 아파요." 그녀의 눈과 목소리에 눈물이 어렸다. "나의 인생에는 행복이 너무나 적었어요. 그래서 어떤 것을 잃든 마음이 괴로워요……. 용서하세요. 안녕히……." 그녀는 왈칵 울음을 쏟으며 방에서 나갔다.

"공작 영애! 잠깐만요, 제발." 그는 그녀의 발길을 붙잡으려 애쓰며 부르짖었다. "공작 영애!"

그녀가 돌아보았다. 몇 초 동안 그들은 말없이 서로의 눈을 바라보았다. 그러자 멀고도 불가능한 것이 갑자기 가깝고 가능하고 피할 수 없는 것이 되어 버렸다……………………
……………………………………………………………………………………………….

7

1814년 가을, 니콜라이는 마리야 공작 영애와 결혼하여 아내, 어머니, 소냐와 함께 리시에 고리로 이사했다.

삼 년 동안 그는 아내의 영지를 팔지 않고도 남은 빚을 갚았으며, 죽은 사촌 누이로부터 약간의 유산을 상속받아 피에르에게 진 빚도 갚았다.

삼 년이 더 지난 1820년 무렵 그동안 재정 문제를 아주 착실하게 안정시킨 니콜라이는 리시에 고리 부근에 작은 영지를 구입하고 아버지의 오트라드노예를 되사기 위해 교섭하는 중이었다. 그것은 그의 간절한 염원이었다.

필요에 쫓겨 영지 경영을 시작한 그는 얼마 지나지 않아 그일이 그가 사랑하는 거의 유일한 일거리가 될 만큼 깊이 빠져들었다. 니콜라이는 평범한 영주로 새로운 문물, 특히 당시 유행하던 영국식 문물을 좋아하지 않았으며, 영지 경영에 대한 이론적인 저작들을 비웃었다. 그리고 공장과 고가의 제조품과 고가의 작물을 좋아하지 않았으며, 대체로 영지 경영의 어떤 특정한 부분에 몰두하지도 않았다. 그의 눈앞에는 언제나 영지의 어떤 개별적인 부분이 아니라 전체로서의 영지만 있었다. 영지에서 중요한 것은 토지와 공기에 있는 질소와 산소도, 특별한 쟁기와 비료도 아니었다. 질소와 산소와 비료와 쟁기의 작용을 매개하는 주요 도구, 즉 노동자 농민이었다. 니콜라이가 영지 경영을 시작하고 그 경영의 다양한 부분을 깊이 탐구하기 시작했을 때 특히 그의 관심을 끈 것은 농민이었다. 농민은 그에게 도구일 뿐 아니라 목적이자 심판관으로도 보였다. 그는 처음에 농민들을 유심히 관찰하면서 그들이 무엇을 원하는지, 무엇을 선과 악으로 생각하는지 이해하려 애썼고, 그저 지시하거나 명령하는 척할 뿐 사실은 농민들에게서 방법과 언어와 선악의 판단을 배우기만 했다. 그리고 농민의 취향과 갈망을 이해하고 나서야 비로소 농민의 언어로 말하고 그 말의 은밀한 의미를 이해하는 법을 터득했으며, 그들과 친숙해졌다고 느끼고 나서야 비로소 과감히 그들을 감독하기 시작했다. 농민들과의 관계에서 자신이 실행을 요구받던 바로 그 의무를 수행한 것이다. 그리하여 니콜라이의 영지 경영은 더할 나위 없이 눈부신 결과를 거두었다.

영지의 감독을 맡은 즉시 니콜라이는 어떤 타고난 통찰력으로, 만약 농민들에게 선출권이 있었다면 그들이 뽑았을 만한 사람들을 영지 관리인, 촌장, 농민 대표로 실수 없이 임명했으며, 그 책임자들은 절대 교체하지 않았다. 거름의 화학 성분을 조사하기에 앞서, 대차(貸借)(그는 조롱조로 그렇게 즐겨 말했다.)에 골몰하기에 앞서 농민들의 가축 수를 확인했으며, 가능한 모든 수단을 사용하여 그 수를 늘렸다. 그는 농민들의 가족을 가장 큰 규모의 대가족 형태로 유지하려 했고 분가를 허락하지 않았다. 또한 게으른 자들, 방탕한 자들, 나약한 자들을 똑같이 박해하고 그들을 공동체에서 쫓아내려 애썼다.

건초용 풀과 작물을 파종하고 추수할 때 그는 자신의 밭과 농민들의 밭을 정확히 똑같은 방식으로 감독했다. 니콜라이처럼 파종과 추수를 그처럼 일찌감치 잘 끝내고 그처럼 많은 수확을 내는 지주는 좀처럼 없었다.

그는 허드렛일하는 하인과 상대하기를 싫어하고 그들을 식객이라 불렀다. 그리고 모든 사람들의 말처럼 그들을 제멋대로 굴게 내버려 두었다. 하인에 관한 어떤 지시를 내릴 필요가 있을 때면, 특히 벌을 줄 필요가 있을 때면 그는 망설이며 집안의 모든 사람들에게 조언을 구했다. 그는 농민 대신 하인을 병사로 보낼 수 있을 때만 한 치의 흔들림 없이 그렇게 해 버렸다. 농민에 관한 지시를 내릴 때는 결코 어떤 조그만 의심도 품어 본 적이 없었다. 그가 어떤 지시를 내리든 한 명 혹은 몇 명만 반대할 뿐 모든 이들이 그 지시에 찬성할 터였다.

그는 단지 자신이 그렇게 하고 싶다는 이유로 다른 사람에게 부담을 주거나 벌하려 하지 않았고, 마찬가지로 자신의 개인적인 바람을 이유로 다른 사람의 부담을 줄여 주거나 상을 주려 하지도 않았다. 무엇을 하고 무엇을 하지 말아야 하는지에 대한 그 척도가 무엇인지는 말할 수 없었을 것이다. 그러나 그의 마음속에 있는 그 척도는 확고부동했다.

그는 종종 어떤 실패와 무질서에 대해 분개하며 이야기했다. "우리 러시아 민중이 그렇지 뭐⋯⋯." 그는 자신이 더 이상 농민들을 견딜 수 없을 것 같다고 생각하곤 했다.

그러나 그는 이런 우리 러시아 민중과 그들의 풍습을 진심으로 사랑했다. 그가 영지 경영에서 좋은 결실을 맺는 유일한 길과 방법을 깨닫고 터득한 것도 단지 그 때문이었다.

마리야 백작 부인은 남편의 이런 사랑을 질투했으며, 자신이 그 사랑에 동참하지 못하는 것을 아쉬워했다. 그러나 그녀는 자신에게 낯선 그 별개의 세계가 그에게 주는 기쁨과 슬픔을 이해할 수 없었다. 그가 새벽녘에 일어나 아침 내내 밭이나 탈곡장에서 시간을 보내고 나서 그녀와 차를 마시기 위해 파종이나 풀베기나 추수로부터 돌아올 때 왜 그처럼 활기차고 행복해 보이는지 그녀는 이해할 수 없었다. 그가 어째서 부유하고 검약한 농부 마트베이 예르미신에 대해, 다른 집은 아직 아무것도 수확하지 않았는데 밤새 가족들과 곡물 다발을 옮겨 자기 밭에 벌써 낟가리를 쌓아 둔 그 농부에 대해 열광적으로 이야기하며 감탄하는지 그녀는 이해할 수 없었다. 말라서 시들어 가는 귀리 싹에 따뜻한 가랑비가 내릴 때 어째서 그가 창가와 발코니를 오가며 콧수염 아래로 그처럼 흐뭇한 미소를 짓고 눈을 찡긋거리는지, 혹은 풀베기나 추수 동안 위협적인 먹구름이 바람에 실려 멀어질 때면 어째서 붉게 그을리고 땀에 젖은 그가 쑥 향기를 풍기고 머리카락에 용담초를 붙인 채 즐겁게 두 손을 비비며 탈곡장에서 나와 "자, 이제 하루만 더 있으면 돼. 그럼 내 곡물도, 농부들의 곡물도 다 탈곡장에 들어가겠지."라고 말하는지 그녀는 이해할 수 없었다.

또 그녀가 자신들을 일에서 빼 달라고 호소하는 아낙과 농부들의 간청을 그에게 전했을 때 선한 마음을 가진 그가, 항상 그녀의 바람을 먼저 헤아려 주려던 그가 어째서 거의 낙담한 상태에 빠져 버리는지, 그 착한 니콜라가 어째서 완강하게 그 청을 거절하며 성난 태도로 자기 일에 간섭하지 말라고 부탁하는지 그녀는 더더욱 이해할 수 없었다. 그녀는 느꼈다. 그에게는 그가 열렬히 사랑하는 특별한 세계, 그녀가 이해할 수 없는 어떤 법칙을 가진 세계가 있다고⋯⋯.

그녀가 이따금 그를 이해하려 애쓰며 그의 공 — 그가 농노들에게 선을 베푼 것 — 에 대해 이야기하면 그는 화를 내며 대답하곤 했다. "결코 그렇지 않아. 난 한 번도 그렇게 생각해 본 적 없어. 난 그들을 위해 이런 일을 하지는 않아. 그런 것은 전부 시 나부랭이고 할멈들의 옛날이야기야. 이웃의 행복이라는 것이지. 난 내 아이들이 구걸하지 않기를 원해. 내가 살아 있는 동안 난 우리 재산을 모아야 해. 그게 전부야. 그러기 위해서는 질서가 필요하고 엄격함이 필요하지⋯⋯. 그런 거라고!" 그는 다혈질답게 주먹을 움켜쥐며 말했다. "물론 공정함도 필요해." 그는 덧붙였다. "농민이 헐벗고 굶주리고 말도 한 필밖에 갖고 있지 않다면 그자는 스스로를 위해서도 나를 위해서도 일하지 않을 테니까."

니콜라이의 모든 활동이 결실을 맺은 것도 분명 자신이 다른 사람들을 위해, 선행을 위해 무언가를 한다는 생각을 스스로 용납하지 않았기 때문일 것이다. 그의 재산은 급속도로 불어났다. 인근 농민들이 자기들을 사 달라고 청하러 그에게 오곤 했다. 그리고 그가 죽은 뒤에도 민중은 오래도록 그의 영지 관리에 대해 경건한 기억을 간직했다. "주인님은……. 농민들의 일을 우선시하고 자신의 일은 나중에 했지. 그렇다고 해서 그분이 우리를 눈감아 주는 일은 없었어. 한마디로 주인님이었지!"

8

니콜라이가 영지를 경영하며 괴롭게 여긴 한 가지는 걸핏하면 주먹을 휘두르던 경기병 시절의 오랜 습관과 결부된 불같은 성미였다. 처음에는 그것이 비난받을 만한 것이라고 전혀 생각하지 않았다. 그러나 결혼한 이듬해 그러한 폭력에 대한 그의 시각이 별안간 바뀌었다.

어느 여름날 보구차로보의 촌장이 호출되었다. 죽은 드론을 이어 촌장이 된 그는 온갖 사기와 태만으로 고발을 당했다. 니콜라이는 현관 계단에 있는 그에게로 갔다. 촌장의 처음 몇 가지 대답과 함께 현관에서 비명과 구타 소리가 들렸다. 아침 식사를 하러 집에 돌아온 니콜라이는 수틀 위로 고개를 푹 숙이고 앉아 있는 아내에게 다가가 평소처럼 그날 아침 그가 매달려 있던 일을 전부 이야기하기 시작했고, 그러던 가운데 보구차로보 촌장에 대해서도 이야기하게 되었다. 마리야 백작 부인의 얼굴이 붉어졌다 창백해졌다 했다. 그녀는 입술을 꼭 다문 채 계속 고개를 숙이고 앉아 남편의 말에 아무런 대꾸도 하지 않았다.

"정말이지 파렴치한 놈이야." 그는 기억을 떠올리는 것만으로도 화가 치미는지 이렇게 말했다. "참, 그자가 자신은 취해서 몰랐다고 말했다면…… 무슨 일 있어, 마리?" 문득 그가 물었다.

마리야 백작 부인은 고개를 들고 무언가 말하려 했다. 그러나 다시 얼른 고개를 숙이고 입술을 다물었다.

"왜 그래? 무슨 일 있어, 여보?"

아름답지 않은 마리야 백작 부인도 흐느껴 울 때면 언제나 사랑스럽게 보였다. 그녀는 결코 아픔이나 분노 때문에 울지 않았다. 언제나 슬픔과 연민 때문에 울었다. 그리고 그녀가 울 때면 그 빛나는 눈동자가 거부할 수 없는 매력을 띠었다.

니콜라이가 손을 잡자마자 그녀는 더 이상 버티지 못하고 흐느껴 울었다.

"니콜라, 나도 봤어요…… 그 사람이 잘못한 거죠. 하지만 당신이, 어째서 당신이! 니콜라!" 그러더니 그녀는 두 손에 얼굴을 묻었다.

니콜라이는 얼굴을 새빨갛게 붉힌 채 잠시 침묵하더니 그녀에게서 떨어져 묵묵히 방 안을 서성였다. 그는 그녀가 왜 우는지 깨달았다. 그러나 불현듯 자신이 어릴 때부터 익숙하게 여기고 지극히 평범하다 생각하던 것을 나쁘다고 하는 그녀에게 마음속으로는 동의할 수 없었다.

'이것은 상냥함인가? 할멈들의 옛날이야기인가? 아니면 아내의 말이 옳은가?' 그는 스스로에게 물었다. 혼자 그 문제를 해결하지 못한 그는 고통과 사랑이 뒤섞인 그녀의 얼굴을 한번 더 흘깃 쳐다보고는 문득 그녀가 옳으며, 자신은 이미 오래전부터 스스로에게 떳떳하지 못했다는 점을 깨달았다.

"마리." 그는 그녀에게 다가가며 나직이 말했다. "이런 일은 더 이상 없을 거야. 당신에게 약속할게. 절대 없을 거야." 용서를 비는 사내아이처럼 그는 떨리는 목소리로 똑같은 말을 되풀이했다.

백작 부인의 눈에서 점점 더 많은 눈물이 흘렀다. 그녀는 남편의 손을 잡고 입을 맞추었다.

"니콜라, 카메오[79]는 언제 깨뜨린 거예요?" 그녀는 화제를 바꾸기 위해 그의 손을 자세히 눈여겨보며 말했다. 그는 손가락에 라오콘[80] 머리가 달린 보석 반지를 끼고 있었다.

"오늘. 역시 그때였어. 아, 마리, 그 일을 떠올리게 하지 말아 줘." 그는 다시 얼굴을 확 붉혔다. "명예를 걸고 약속할게. 다시는 이런 일이 없을 거야. 이것이 나에게 오늘 일을 영원히 기억하게 할 거야." 그는 깨진 보석 반지를 가리키며 말했다.

그 후 촌장들이나 관리인들과 의논하는 도중 피가 얼굴로

---

79) 대개 바탕색과 다른 색으로 사람의 머리를 양각한 장신구다.
80) 트로이의 왕자이자 아폴론 신전의 사제였다. 트로이 전쟁의 말기에 그는 그리스군이 남긴 목마에 감춰진 속임수를 눈치채고 그것을 트로이성에 들이지 말라고 경고했다. 바다의 신 포세이돈은 그에게 노하여 큰 바다뱀을 보내 라오콘과 두 아들을 목 졸라 죽이게 했다.

솟구치고 손이 불끈 쥐어지면 니콜라이는 즉시 손가락의 깨진 반지를 빙빙 돌리며 그를 격분하게 만든 사람 앞에서 눈을 내리깔았다. 그러나 한 해에 두어 번은 정신을 잃을 정도로 흥분했다. 그럴 때면 아내에게 가서 고백을 하고 이런 일은 이번이 마지막이라고 또다시 맹세하곤 했다.

"마리, 아마 당신은 날 경멸하겠지?" 그가 그녀에게 말했다. "난 그런 대접을 받아 마땅해."

"그 자리를 피해요. 참을 수 없다고 느끼면 얼른 피해 버려요." 마리야 백작 부인은 남편을 진정시키려 애쓰며 서글프게 말했다.

현의 귀족 사회에서 니콜라이는 비록 존경은 받았지만 사랑을 받지는 못했다. 귀족들의 관심사는 니콜라이의 흥미를 끌지 못했다. 그리고 그런 이유 때문에 어떤 이들은 그를 오만한 인간으로, 또 어떤 이들은 어리석은 인간으로 생각했다. 여름 내내, 봄의 파종부터 수확까지 그는 모든 시간을 영지 경영 업무에 바쳤다. 가을이면 농사에 전념할 때와 똑같이 업무를 대하듯 진지한 모습으로 사냥개와 사냥 도구 일체를 가지고 떠나 한 달이고 두 달이고 사냥에 열중했다. 겨울이면 다른 마을을 방문하기도 하고 독서를 하기도 했다. 읽는 책은 주로 그가 매년 일정 금액에 맞춰 주문하는 역사서였다. 그는 본인의 말처럼 자신을 위한 번듯한 서고를 꾸미고 있었으며, 구입한 책은 전부 읽기로 했다. 그는 서재에 의미심장한 표정으로 앉아 이 책들을 읽곤 했다. 처음에는 스스로에게 의무로 지운 독서가 나중에는 습관적인 일과가 되었고, 특별한 만족과 진지한 일을 한다는 자각을 그에게 주었다. 겨울에는 업무로 출장을 갈 때를 제외하면 대부분 시간을 집에서 가족과 화목하게 보내며 어머니와 아이들의 소소한 관계에 끼어들기도 했다. 그는 아내와 점점 더 가까워졌고 매일같이 그녀에게서 새로운 정신적 보물을 발견했다.

소냐는 니콜라이가 결혼한 후 그의 집에서 살았다. 결혼 전 니콜라이는 스스로를 책망하고 그녀를 칭찬하며 약혼녀에게 자신과 소냐 사이에 있었던 일을 전부 이야기했다. 그는 마리야 공작 영애에게 사촌 누이를 다정하고 친절히 대해 달라고 부탁했다. 마리야 백작 부인은 남편의 책임에 충분히 공감했고 스스로도 소냐에 대한 책임을 느꼈다. 그녀는 자기 재산이 니콜라이의 선택에 영향을 미쳤다고 생각했다. 그래서 소냐를 어떤 이유로도 비난할 수 없었고, 자신도 소냐를 좋아하게 되기를 바랐다. 그러나 소냐를 사랑할 수 없었을 뿐 아니라 종종 마음속으로 적대감을 느꼈으며 그 감정을 억제할 수 없었다.

언젠가 그녀는 소냐에 대해, 그리고 소냐에 대한 자신의 부당함에 대해 친구인 나타샤와 이야기를 나누었다.

"그런데 말이야." 나타샤가 말했다. "넌 복음서를 많이 읽었잖니. 거기에 소냐에게 딱 들어맞는 부분이 한 군데 있어."

"뭔데?" 마리야 백작 부인이 깜짝 놀라 물었다.

"'가진 자는 받고 가지지 못한 자는 빼앗긴다.'[81] 기억나? 소

---

81)『마태복음서』 25장 29절 "가진 사람에게는 더 주어서 넘치게 하고, 갖지 못한 사람에게서는 있는 것마저 빼앗을 것이다."를 부정확하게 인용하고 있다.

냐는 가지지 못한 자야. 어째서일까? 나는 몰라. 어쩌면 소녀에게 이기심이 없어서인지도 모르지. 난 모르겠어. 하지만 소냐는 빼앗겨. 모든 것을 빼앗겼지. 이따금 그 애가 너무 불쌍해. 예전에 난 **니콜라**가 그 애와 결혼하기를 간절히 바랐어. 하지만 그렇게 되지 않으리라는 것을 언제나 예감했던 것 같아. 그 애는 헛꽃이야. 알지? 딸기에 달리는 꽃 같은……. 가끔 그 애가 가엾어. 하지만 이따금 소냐는 우리가 느끼듯 그렇게 느끼지 않는다는 생각이 들어."

마리야 백작 부인은 나타샤에게 복음서의 그 문구는 다른 식으로 이해해야 한다고 설명하면서도 소냐를 보며 나타샤의 설명에 동의했다. 실제로 소냐는 자기 처지를 괴로워하지 않고 헛꽃이라는 직분에 완전히 만족하는 것처럼 보였다. 그녀는 사람들이라기보다 가족 전체를 소중히 여기는 듯했다. 고양이처럼 사람이 아닌 집에 정을 붙인 것처럼 보였다. 그녀는 노백작 부인을 보살피고, 아이들을 귀여워하며 응석을 받아 주고, 언제나 그녀의 장기인 소소한 도움을 기꺼이 베풀려 했다. 그러나 뜻밖에도 사람들은 그 모든 것에 지나치게 미약한 감사를 나타냈다…….

리시에 고리의 대저택은 다시 새롭게 지어졌다. 그러나 더 이상 고인이 된 공작의 시절 같은 분위기는 아니었다.

곤궁한 시기에 건축되기 시작한 건물들은 소박하다고도 할 수 없었다. 오래된 석조 기초 위에 들어선 집은 내부만 회반죽을 칠한 목조 주택이었다. 크고 넓은 집의 판자 마루는 칠을 하지 않은 채였고, 그 안에는 지극히 소박하고 딱딱한 소파와 안락의자와 테이블과 의자가 놓였다. 가구들은 영지에 소속된 목수들이 영지의 자작나무로 만든 것이었다. 집에는 하인들을 위한 여러 개의 방과 방문객을 위한 별채가 있었다. 로스토프가와 볼콘스키가의 친척들은 이따금 온 가족이 함께 말 열여섯 마리와 수십 명의 하인들을 이끌고 리시에 고리를 찾아와 몇 달이고 지내곤 했다. 게다가 한 해에 네 차례, 즉 주인 부부의 명명일과 생일에는 100명에 달하는 손님들이 와서 하루나 이틀씩 묵곤 했다. 한 해의 나머지 시간에는 일상적인 업무와 차와 가정의 식재료로 지은 아침 식사와 점심 식사와 저녁 식사가 있는 흐트러짐 없는 규칙적인 생활이 계속되었다.

9

1820년 12월 5일, 겨울의 니콜라이 축일 전야였다. 그해 나타샤는 가을 초부터 아이들과 남편과 함께 오빠네 집에서 묵었다. 피에르는 페테르부르크에 있었다. 그는 특별한 용무 때문에 삼 주 예정으로 페테르부르크에 다녀오겠다고 말했는데 벌써 칠 주를 보내고 있었다. 그들은 이제나저제나 그가 돌아오기를 기다렸다.

12월 5일 로스토프가에는 베주호프 가족 외에 니콜라이의 옛 친구인 퇴역 장군 바실리 표도로비치 제니소프도 손님으로 머물고 있었다.

니콜라이도 알았다. 손님들이 모일 축일인 6일에는 베시메트를 벗고 프록코트에 코가 뾰족한 부츠를 착용해야 한다는 것을, 자신이 건축한 새 예배당에 가야 한다는 것을, 그다음에는 축하를 받고 자쿠스카를 권하고 귀족 대표 선거[82]와 수

확에 대해 이야기해야 한다는 것을⋯⋯. 그러나 축일 전날에는 평소처럼 보내는 것이 마땅하다고 생각했다. 식사 전까지 니콜라이는 처조카의 영지인 랴잔 마을에서 온 영지 관리인의 회계 장부를 검토하고, 업무와 관련된 편지 두 통을 쓰고, 탈곡장과 외양간과 마구간을 어슬렁거렸다. 그는 수호성인의 축일 때문에 다음 날 다들 술에 취할 것이라 예상하여 그에 대한 대책을 마련해 두고 식사 시간에 맞춰 집으로 돌아왔다. 그러나 아내와 눈을 맞대고 이야기를 나눌 사이도 없이 20인분의 식사가 마련된 긴 테이블 앞에 앉았다. 테이블 주위에는 집 안 사람들이 전부 모여 있었다. 테이블 앞에 앉은 사람들은 어머니, 그녀의 곁을 지키는 노파 벨로바, 아내, 세 아이들, 남자 가정 교사, 여자 가정 교사, 조카와 그의 남자 가정 교사, 소냐, 제니소프, 나타샤, 그녀의 세 아이들과 여자 가정 교사, 고인이 된 공작의 건축 기사였으며 이제 리시에 고리에서 여생을 보내고 있는 미하일 이바니치 노인이었다.

마리야 백작 부인은 테이블의 맞은편 끝에 앉아 있었다. 남편이 자기 자리에 앉자마자 마리야 백작 부인은 그가 냅킨을 치우고 앞에 놓인 컵과 술잔을 재빨리 옮기는 동작을 보며 그의 기분이 좋지 않다고 판단했다. 그런 일은 특히 수프를 들기 전이나 그가 농사일을 하다 곧바로 식사를 하러 올 때 종종 있었다. 마리야 백작 부인은 그의 이런 기분을 아주 잘 알았다.

---

82) 각 현의 귀족들은 자치 단체를 형성하여 정기적으로 선거를 하고 회합을 했다. 이 시기에 귀족 모임은 지방 행정에서 거의 독보적인 역할을 했다.

그녀의 기분이 좋을 때는 그가 수프를 다 먹을 때까지 차분히 기다렸다가 그와 이야기를 나누고 그 스스로 별 이유도 없이 부루퉁해 있었다는 사실을 인정하게 만들었다. 그러나 지금 그녀는 자신의 이런 관찰을 완전히 잊었다. 그가 이유 없이 자기에게 화를 내서 괴로웠다. 그녀는 불행하다고 느꼈다. 그에게 어디에 다녀왔느냐고 물었다. 그는 대답했다. 그녀는 농장에 별 문제가 없는지 또 물었다. 그는 그녀의 부자연스러운 말투에 불쾌한 듯 얼굴을 찌푸리고 황급히 대답했다.

'역시 내가 착각한 게 아니었어.' 마리야 백작 부인은 생각했다. '그런데 무엇 때문에 나에게 화를 내지?' 그가 대답하는 말투에서 마리야 백작 부인은 자신을 향한 적의와 대화를 끝내고 싶어 하는 바람을 읽었다. 그녀는 자신의 말투가 부자연스럽다는 것을 느꼈지만 몇 마디 더 질문을 하지 않고는 견딜 수 없었다.

제니소프 덕분에 식사하는 동안의 대화는 곧 전체를 위한 활기를 띠었다. 마리야 백작 부인도 남편과 이야기를 나누지 않았다. 사람들이 테이블에서 떠나 노백작 부인에게 감사 인사를 하러 가자 마리야 백작 부인은 남편에게 입을 맞추고 한 손을 내밀고는 무엇 때문에 자기에게 화를 내는지 물었다.

"당신은 언제나 이상한 생각을 하는군. 난 화를 내겠다는 생각도 하지 않았어." 그가 말했다.

그러나 언제나라는 말은 마리야 백작 부인에게 이런 대답으로 들렸다. 맞아, 화가 났어. 하지만 말하고 싶지 않아.

니콜라이는 아내와 매우 화목하게 지냈다. 질투심에 그들의 불화를 바라던 소냐와 노백작 부인조차 비난거리를 찾지 못할 정도였다. 그러나 그들 사이에도 반목의 순간이 있었다. 바로 더할 나위 없이 행복한 시기가 지난 후면 이따금 고독과 적대감이 불현듯 그들을 덮치곤 했다. 그러한 감정은 마리야 백작 부인의 임신기에 가장 빈번히 나타났다. 지금 그녀는 그런 시기를 겪고 있었다.

"그럼, 신사 숙녀 여러분." 니콜라이가 큰 소리로 유쾌한 듯 (마리야 공작 영애는 그가 그녀에게 모욕을 주기 위해 일부러 그런다고 생각했다.) 말했다. "나는 6시부터 계속 서 있었습니다. 내일은 고생을 해야 하니 이제 쉬러 가야겠습니다." 그러고는 마리야 백작 부인에게 더 이상 아무 말도 하지 않고 소파가 있는 작은 방으로 가서 소파에 드러누웠다.

'언제나 이런 식이지.' 마리야 백작 부인은 생각했다. '모든 사람들과 말을 하면서 나에게만 말을 하지 않아. 알아, 안단 말이야. 그이는 날 혐오스러워해. 특히 이런 상태일 때는.' 그녀는 불룩하게 솟은 배를 쳐다보고 거울에 비친, 어느 때보다 눈이 커 보이는 누르스름하고 창백한 야윈 얼굴을 바라보았다. 그러자 모든 것이 불쾌하게 느껴졌다. 제니소프의 고함과 웃음소리도, 나타샤의 이야기도, 특히 소냐가 자신에게 재빨리 던지는 시선도 불쾌했다.

소냐는 언제나 마리야 백작 부인이 화를 내기 위해 가장 먼저 택하는 핑곗거리였다.

그녀는 손님들과 잠시 앉았다가 그들이 하는 말을 전혀 이해할 수 없어 조용히 나와 어린이방으로 갔다.

아이들은 의자를 타고 모스크바로 가는 중이었으며, 그녀에게도 같이 가자고 초대했다. 그녀는 의자에 앉아 잠시 아이들과 놀아 주었다. 그러나 남편과 그의 이유 없는 짜증에 대한 생각이 계속 그녀를 괴롭혔다. 그녀는 일어나 뒤꿈치를 들고 힘겹게 걸으며 소파가 있는 작은 방으로 향했다.

'어쩌면 그이는 자고 있지 않을지도 몰라. 이야기를 해 봐야겠어.' 그녀는 속으로 중얼거렸다. 맏아들인 안드류샤가 그녀를 흉내 내어 뒤꿈치를 들고 뒤따라왔다. 마리야 백작 부인은 아들이 따라오는 것을 알아차리지 못했다.

"마리, 니콜라이는 자고 있을 거예요. 지쳤으니까요." 소냐가 소파가 있는 큰 방에서 말했다.(마리야 백작 부인에게는 어디를 가든 소냐와 마주치는 것처럼 느껴졌다.) "안드류샤가 니콜라이를 깨울지도 몰라요."

마리야 백작 부인은 뒤를 돌아보다가 안드류샤를 발견했다. 소냐의 말이 옳다고 느끼면서도 바로 그 때문에 화가 왈칵 치밀었다. 그녀는 가까스로 심한 말을 참고 있는 듯 보였다. 그녀는 아무 대꾸도 하지 않았다. 그리고 소냐의 말을 따르지 않기 위해 안드류샤에게 소리를 내지 말고 뒤따라오라며 손으로 신호를 한 후 문으로 다가갔다. 소냐는 다른 문으로 나갔다. 니콜라이가 잠든 방에서 그의 고른 숨소리가 들렸다. 아내는 그 숨소리를 지극히 작은 차이까지 잘 알았다. 그녀는 그 숨소리를 들으며 눈앞에서 그의 매끈하고 아름다운 이마, 콧수염, 얼굴 전체를 보았다. 그가 잘 때면 그녀가 그토록 자주 밤의 정적 속에서 한참이나 들여다보던 얼굴이었다. 니콜라이가 갑자기 꿈틀거리며 끙 소리를 냈다. 그 순간 안드류사가 문 뒤에서 소리쳤다.

"아빠, 여기 엄마가 있어요."

마리야 백작 부인은 놀라서 얼굴이 하얗게 질려 아들에게 신호를 보냈다. 안드류사는 입을 다물었다. 마리야 백작 부인에게 무섭게 느껴지는 침묵이 일 분쯤 흘렀다. 그녀는 니콜라이가 깨우는 것을 얼마나 싫어하는지 알았다. 갑자기 문 뒤에서 다시 끙끙거리고 움직이는 소리가 들리더니 니콜라이의 못마땅한 목소리가 말문을 열었다.

"잠시도 가만히 쉬게 내버려 두지를 않는군. 마리, 당신이야? 왜 아이를 이리 데려온 거야?"

"그냥 살펴보려고 왔을 뿐이에요. 난 보지 못했어요…… 미안해요……."

니콜라이는 헛기침을 하고 입을 다물었다. 마리야 백작 부인은 문에서 물러나 아들을 어린이방으로 데려갔다. 오 분 후 아버지의 사랑을 독차지한 검은 눈동자의 세 살짜리 어린 나타샤가 오빠로부터 아빠가 작은 소파방에서 자고 있다는 말을 듣고 어머니 몰래 아버지에게 달려갔다. 검은 눈동자의 소녀는 대담하게 문을 삐걱 열고 뭉툭한 작은 발로 힘차게 종종걸음을 치며 소파로 다가가더니, 등을 돌린 채 잠든 아버지의 자세를 보고는 뒤꿈치를 들고 서서 머리를 받친 아버지의 손에 입을 맞추었다. 니콜라이가 얼굴에 사랑 가득한 미소를 띠고 돌아보았다.

"나타샤, 나타샤!" 문 뒤에서 두려움에 찬 마리야 백작 부인의 속삭임이 들렸다. "아빠는 주무시고 싶어 하셔."

"아니에요, 엄마, 아빠는 자고 싶어 하지 않아요." 어린 나타샤가 자신 있게 밀했다. "아빠는 웃고 있는걸요."

니콜라이는 다리를 내리고 일어나 딸을 품에 안았다.

"들어와, 마샤." 그는 아내에게 말했다. 마리야 백작 부인은 방으로 들어가 남편 옆에 앉았다.

"난 그 애가 날 뒤따라온 것을 몰랐어요." 그녀는 겸연쩍은 듯 말했다. "난 너무……."

니콜라이는 한 손으로 딸을 안고 아내를 쳐다보았다. 그는 아내의 미안한 듯한 표정을 알아채고는 다른 손으로 아내를 안고 머리칼에 입을 맞추었다.

"엄마에게 입을 맞춰도 되지?" 그가 나타샤에게 물었다.

나타샤는 수줍게 생글거렸다.

"또 해." 그녀는 니콜라이가 아내에게 입을 맞춘 자리를 명령조의 몸짓으로 가리키며 말했다.

"난 모르겠어. 당신은 왜 내 기분이 나쁘다고 생각하지?" 니콜라이는 아내가 마음에 품은 질문 — 그는 이것을 알고 있었다 — 에 답하며 말했다.

"당신이 그렇게 있을 때 내가 얼마나 불행하고 외로운지 상상도 못 할 거예요. 언제나 그렇게 느껴져요……."

"마리, 그만해. 바보 같은 소리야. 부끄럽지도 않아?" 그는 쾌활하게 말했다.

"당신은 나를 사랑하지 못하는 것만 같단 말이에요. 난 너무 못생기고…… 그리고 언제나…… 지금은…… 이런 상태라……."

"아, 정말 우스운 사람이군! 예뻐서 사랑스러운 게 아니라 사랑스럽기 때문에 예쁜 거야. 예쁘다는 이유로 사랑받는 여자는 말비나 같은 여자들뿐이라고. 그렇다면 난 과연 아내를 사랑할까? 난 사랑하지 않아. 그냥…… 어떻게 말해야 할지 모르겠군. 당신이 없으면, 그리고 이렇게 어떤 고양이가 우리 앞을 지나갈 때면[83] 마치 내가 파멸해 버린 것 같아서 아무것도 할 수 없어. 뭐랄까, 내가 나의 손가락을 사랑할까? 난 사랑하지 않아. 하지만 이 손가락을 자르면……."

"아니에요, 난 그런 말을 하려던 게 아니에요. 하지만 당신 말은 이해하겠어요. 그럼 나에게 화를 내는 게 아니죠?"

"정말 화가 나는군." 그는 빙그레 웃으며 말하고는 자리에서 일어나 머리카락을 매만지고 방 안을 서성이기 시작했다.

"마리, 당신은 내가 무슨 생각을 하는지 알아?" 그가 말문을 열었다. 화해가 이루어지자 그는 곧 아내 앞에서 자신의 상념을 소리 내어 드러내기 시작했다. 그는 아내가 그의 말을 들을 준비가 되었는지 묻지 않았다. 아무래도 좋았다. 그에게 생각이 떠올랐다면 그녀에게도 떠오른 것이다. 그는 피에르를 설득하여 봄까지 자신들과 머물게 하겠다는 계획을 그녀에게 이야기했다.

마리야 백작 부인은 이야기를 끝까지 듣고 나서 자신의 의

---

83) 러시아어에서 "검은 고양이가 두 사람 사이로 지나간다."라는 표현은 두 사람 사이가 나빠졌음을 뜻한다.

견을 말한 후 이번에는 자신이 입 밖으로 소리 내어 생각하기 시작했다. 그녀의 생각은 아이들에 관한 것이었다.

"벌써부터 어엿한 여인이 보이네요." 그녀는 나타샤를 가리키며 프랑스어로 말했다. "당신네 남자들은 우리 여자들을 비논리적이라고 비난하죠. 여기 이 아이가 우리의 논리예요. 난 '아빠는 주무시고 싶어 하셔.'라고 말했는데 이 애는 '아니에요, 아빠는 웃고 있어요.' 하더군요. 아이의 말이 맞았어요." 마리야 백작 부인은 행복한 미소를 지으며 말했다.

"그래, 그렇구나!" 니콜라이는 강인한 팔로 딸을 번쩍 안아 올려 어깨 위에 앉히고는 딸의 작은 두 발을 잡고 방 안을 거닐기 시작했다. 아버지와 딸의 얼굴은 똑같이 철모르는 행복한 표정을 짓고 있었다.

"그런데 여보, 어쩌면 당신이 불공평한지도 몰라요. 당신은 그 애를 지나치게 사랑해요." 마리야 백작 부인은 프랑스어로 소곤소곤 말했다.

"그래, 하지만 어쩌겠어? 나도 티를 안 내려 애쓰고 있어……."

그때 현관방과 대기실에서 누군가 도착한 듯 문고리 소리와 발소리가 들렸다.

"누가 왔군."

"분명 피에르일 거예요. 내가 가서 알아볼게요." 마리야 백작 부인은 이렇게 말하고 방에서 나갔다.

그녀가 없는 동안 니콜라이는 딸을 어깨에 태운 채 방 안을 전속력으로 빙글빙글 돌았다. 숨이 찬 그는 까르르 웃는 딸을 재빨리 어깨에서 내리고 품에 꽉 안았다. 그는 뜀박질에서 춤을 연상했다. 그는 행복해 보이는 아이의 작고 동그란 얼굴을 바라보면서 자신이 노인이 되어 딸을 데리고 다니기 시작할 때, 그리고 고인이 된 아버지가 종종 딸과 다닐로 쿠포르를 추었듯 자신이 딸과 마주르카를 추게 될 때 이 아이는 어떤 모습일까 생각했다.

"그가 왔어요, **니콜라**." 몇 분 후 마리야 백작 부인이 방으로 돌아와 말했다. "우리 나타샤가 이제야 생기를 되찾았어요. 당신은 나타샤가 기뻐하는 모습과 그가 늦게 온 것에 대해 지금 어떤 벌을 받고 있는지 봐야 해요. 자, 어서 가요. 이제 그만 떨어져요." 그녀는 아버지에게 바짝 달라붙은 딸을 쳐다보며 생긋 웃었다. 니콜라이는 딸의 손을 잡고 밖으로 나갔다.

마리야 백작 부인은 소파가 있는 방에 남았다.

"절대, 절대로 믿지 않았을 거야." 그녀는 혼잣말로 속삭였다. "이렇게 행복해질 수 있다고는……." 그녀의 얼굴은 미소로 환히 빛났다. 그러나 그 순간 그녀는 한숨을 쉬었다. 그녀의 그윽한 시선에 잔잔한 슬픔이 묻어 있었다. 자신이 느끼는 행복 외에 이 생에서는 손에 넣을 수 없는 다른 행복이 있는 것 같았다. 이 순간 그녀는 무심결에 그 행복을 떠올렸다.

10

나타샤는 1813년 이른 봄에 결혼했다. 그리고 1820년 그녀에게는 이미 세 딸과 그녀가 간절히 바라던 아들이 있었다. 요즘 그녀는 아들에게 직접 수유를 했다. 그녀는 살이 찌고 펑퍼짐해졌다. 이 강인한 어머니에게서 예전의 날씬하고 발랄한 나타샤를 알아보기가 힘들 정도였다. 얼굴선은 또렷해졌으며, 차분하고 부드럽고 맑은 표정을 띠었다. 얼굴에는 예전에 그녀의 매력을 이루던 그 끊임없이 타오르는 생기의 불꽃이 없었다. 지금은 종종 얼굴과 몸만 보일 뿐 영혼은 전혀 보이지 않았다. 오직 강인하고 아름다운 다산의 암컷만 보였다. 예전의 불꽃이 그녀 안에서 타오르는 경우는 이제 아주 가끔이었다. 그런 일은 지금처럼 남편이 돌아왔을 때, 아이가 병에서 회복되었을 때, 혹은 마리야 백작 부인과 둘이서 안드레이 공작을 회상할 때(남편과 있을 때는 그가 안드레이 공작에 대한 추억을 질투한다고 생각하여 절대로 이야기하지 않았다.)뿐이었다. 아주 가끔이지만 결혼 후 완전히 그만둔 노래 속으로 무언가가 우연히 그녀를 끌어들일 때도 예전의 불꽃이 타오르곤 했다. 성숙한 아름다운 육체 안에서 예전의 불꽃이 타오르는 드문 순간이면 그녀는 예전보다 훨씬 더 매력적으로 보였다.

결혼 후 나타샤는 남편과 함께 모스크바, 페테르부르크, 모스크바 근교의 마을, 어머니의 집, 즉 니콜라이의 집에서 지냈다. 젊은 베주호바 백작 부인은 사교계에 좀처럼 모습을 보이지 않았고, 그녀를 본 사람들은 그녀에게 불만스러워했다. 그녀는 살갑지도 상냥하지도 않았다. 나타샤는 고독을 좋아한 게 아니라(그녀는 자기가 고독을 좋아하는지 아닌지도 몰랐다. 심지어 고독을 좋아하지 않는다고 생각하기까지 했다.) 아이를 임신하고 낳고 키우다 보니, 남편의 생활에 매 순간 동참하다 보니 사교계를 단념하지 않고는 그 요구를 충족시킬 수가 없었다. 결혼 전의 나타샤를 알던 모든 사람들은 그녀에게 일어난 변화를 보며 마치 이상한 무언가를 본 양 깜짝 놀랐다. 노백작부인만은 어머니의 직감으로 나타샤의 모든 충동이 단지 가정을 갖고자 하는 욕구, 남편을 갖고자 하는 욕구에서 비롯되었다는 것 — 나타샤가 오트라드노예에서 한 말은 농담이라기보다 진지한 외침이었던 것이다 — 을 이해했다. 어머니는 오히려 나타샤를 이해하지 못한 사람들의 놀라움을 놀랍게 여기며 자신은 나타샤가 모범적인 아내와 어머니가 되리라는 것을 늘 알고 있었다고 거듭 말하곤 했다.

"그 애는 그저 남편과 자식들에 대한 사랑을 극단까지 밀어

붙였을 뿐이야." 백작 부인은 말했다. "심지어 어리석을 정도
로 말이지."

나타샤는 똑똑한 사람들, 특히 프랑스인들이 전파하는 황
금률, 즉 여자는 결혼해도 긴장을 늦추어서는 안 되고 재능을
버려서도 안 되고 아가씨일 때보다 더 외모에 신경 써야 하며
남편을 결혼 전에 유혹했던 것과 똑같이 유혹해야 한다는 원
칙을 따르지 않았다. 오히려 곧바로 자신의 모든 매력을 버렸
다. 그녀의 매력 가운데 하나, 즉 노래는 범상치 않을 정도로
강렬했다. 그녀가 노래를 버린 것은 바로 그것이 강렬한 매력
이었기 때문이다. 사람들의 표현대로라면 그녀는 긴장을 풀
어 버렸다. 나타샤는 자신의 행동거지에 대해서도, 화법의 섬
세함에 대해서도, 가장 유리한 자세로 남편에게 자신을 보이
는 것에 대해서도, 몸치장에 대해서도, 자신의 요구로 남편을
몰아붙이는 것에 대해서도 전혀 신경 쓰지 않았다. 그녀는 이
원칙과 정반대인 행동만 했다. 예전에 자신의 본능이 사용하
도록 가르친 매력들이 이제는 남편 — 그녀는 처음부터 그에
게 전적으로, 즉 숨기는 구석 하나 없이 온 마음으로 자신을
내맡겼다 — 의 눈에 우습게 보일 뿐이라고 느꼈다. 자신과
남편의 관계는 그를 그녀에게 끌어당긴 시적인 감정이 아닌
다른 어떤 것, 모호하지만 견고한 어떤 것을 통해 마치 자신의
몸과 영혼의 관계처럼 지탱된다고 느꼈다.

남편을 매혹하기 위해 머리를 컬하고 훕스커트[84]를 입고

---

84) 탄력이 좋은 철사나 고래 뼈로 도련을 펼친 스커트.

로망스를 부르는 것이 그녀에게는 스스로 만족하기 위해 치장하는 것과 똑같이 이상하게 보였을 것이다. 다른 사람의 마음에 들기 위해 치장하는 것, 어쩌면 그것은 그녀 스스로도 몰랐지만 지금의 그녀에게도 기쁜 일이었을지 모른다. 그러나 전혀 그럴 짬이 없었다. 그녀가 노래에도, 치장에도, 자신의 말을 생각하는 것에도 마음을 쓰지 않았던 주된 이유는 그런 것들에 신경 쓸 틈이 전혀 없어서였다.

인간에게는 한 가지 대상 ― 그것이 아무리 하찮게 보일지라도 ― 에 완전히 몰입하는 능력이 있다고 알려져 있다. 그리고 그런 하찮은 대상일지라도 관심의 초점이 되었을 때 무한대로 성장하지 않는 경우가 없다는 점도 잘 알려진 바다.

나타샤가 푹 빠진 대상은 가족, 즉 그녀와 집에 완전히 속하도록 단단히 붙잡아 두어야 할 남편과 잉태하고 낳고 젖을 먹이고 양육해야 할 자식들이었다.

그런데 그녀가 자신을 사로잡은 대상을 이성이 아닌 온 마음으로, 자신의 온 존재로 파고들수록 그 대상은 그녀의 관심 아래에서 점점 더 크게 자랐다. 그리고 그녀가 느끼기에 자기 힘은 점점 더 나약하고 보잘것없어져 한 가지에만 온 힘을 집중해도 자신에게 필요할 듯한 그 모든 것을 다 해내지 못하는 것 같았다.

여성의 권리, 부부 관계, 부부의 자유와 권리에 대한 논의와 논쟁은 비록 오늘날처럼 문제라고 불리지는 않았을지라도 그때나 지금이나 조금도 다르지 않았을 것이다. 그러나 나타샤는 그런 문제에 아무런 관심이 없었을 뿐 아니라 전혀 이해하지 못했다.

오늘날과 마찬가지로 당시에도 그 문제들은 결혼의 온전한 의미 ― 그것은 가정이었다 ― 가 아닌 결혼에서 부부가 서로를 통해 얻는 쾌락, 즉 결혼의 시작만 보는 사람들에게나 존재했을 뿐이다.

어떻게 하면 식사에서 더 많은 만족을 얻을 수 있는가 하는 문제와 비슷한 그런 논의와 오늘날의 문제들은 식사의 목적을 영양 섭취로, 부부의 목적을 가정으로 생각하는 사람들에게는 오늘날과 마찬가지로 그 시절에도 문제가 되지 않았다.

식사의 목적이 신체의 영양 섭취라면, 느닷없이 두 끼 식사를 먹어 치운 사람은 큰 만족을 얻을 수 있어도 목적을 성취하지는 못한다. 위장이 두 끼분의 식사를 잘 소화해 낼 수 없기 때문이다.

만약 결혼의 목적이 가정이라면, 많은 아내 혹은 많은 남편을 갖고자 하는 사람은 많은 향락을 얻을 수 있어도 결코 가정을 가질 수는 없을 것이다.

만약 식사의 목적이 영양 섭취고 결혼의 목적이 가정이라면, 위장이 소화할 수 있는 양 이상을 먹지 않고 가정을 위해 필요한 것보다 더 많은 아내와 남편을 갖지 않을 때, 즉 일부일처일 때에만 모든 문제가 해결된다. 나타샤에게는 남편이 필요했다. 남편이 그녀에게 주어졌다. 그리고 남편은 그녀에게 가정을 주었다. 그래서 그녀는 더 나은 다른 남편의 필요성을 생각하지 않았을 뿐 아니라 모든 정신력을 그 남편과 가족을 돌보는 데만 쏟았다. 만약 상황이 달랐다면 어떻게 되었을까에 대해서는 상상도 할 수 없었고 그런 상상에는 어떤 흥미도 느끼지 않았다.

나타샤는 대체로 사교계를 좋아하지 않았고 친척들, 즉 마리야 백작 부인과 오빠와 어머니와 소냐와의 모임을 훨씬 소중히 여겼다. 자신이 헝클어진 머리에 할라트 차림을 하고 어린이방에서 기쁜 얼굴로 성큼성큼 걸어 나와 초록색 얼룩 대신 노란색 얼룩이 묻은 기저귀를 보여 주면 이제 아이의 몸이 훨씬 나아졌다는 위로의 말을 해 줄 사람들, 나타샤는 그런 사람들과의 교제를 소중히 여겼다.

나타샤는 의상, 머리 모양, 엉뚱한 말, 질투 — 그녀는 소냐든 가정 교사든, 아름답든 아름답지 않든 모든 여자를 질투했다 — 가 그녀와 가까운 모든 사람들의 일상적인 농담거리가 될 정도로 긴장을 풀었다. 피에르가 아내에게 쥐여 산다는 것이 일반적인 견해였고, 실제로도 그랬다. 결혼 초부터 나타샤는 자신의 요구를 선언했다. 피에르는 자기 삶의 모든 순간이 아내와 가족의 것이라는 그녀의 이런 사고방식에 매우 놀랐다. 그에게 완전히 새로운 사고방식이었다. 피에르는 아내의 요구에 놀랐지만 그 요구에 우쭐거리며 순순히 따랐다.

피에르는 다음과 같이 복종했다. 그는 감히 다른 여자에게 아첨할 수 없을 뿐 아니라 다른 여자와 웃으며 이야기할 수도 없었고, 시간을 때우기 위해 감히 클럽에 식사를 하러 갈 수도 없었고, 감히 충동적으로 돈을 쓸 수도 없었고, 용무를 위해서가 아니면 장기간 집을 비울 수도 없었다. 아내는 그 용무에 학문 연구도 포함시켰다. 그녀는 학문에 대해 아무것도 몰랐지만 큰 중요성을 부여했다. 그 대신 피에르는 집에서 자신뿐 아니라 온 가족까지 자기 마음대로 할 전권을 가졌다. 나타샤는 가정 안에서 자신을 남편의 노예 자리에 두었다. 피에르가 서재에서 공부할 때면, 즉 읽거나 쓸 때면 집 안의 모든 사람들이 발뒤꿈치를 들고 걸었다. 그가 어떤 것에 애착을 보이기만 하면 그가 좋아하는 것이 무엇이든 언제나 실현되었다. 그가 바람을 표현하기만 하면 나타샤는 벌떡 일어나 그것을 실행하러 달려갔다.

온 집안이 오직 남편의 가상 명령, 즉 나타샤가 열심히 짐작한 피에르의 바람에 지배되었다. 생활 방식과 생활 장소, 교제, 관계, 나타샤의 일, 자녀 양육이 피에르가 표명한 의지에 따라 전부 행해졌을 뿐 아니라 나타샤도 대화로 표현되는 피에르의 생각에서 무엇이 흘러나올지 짐작해 내려고 애썼다. 그리고 그녀는 피에르가 바라는 것의 본질이 무엇인지 정확히 알아냈고, 일단 본질을 알기만 하면 자신이 선택한 것을 확고하게 지켜 냈다. 피에르가 자신의 바람을 배신하려고 하면 그녀는 피에르의 무기로 그에 맞서 싸웠다.

가령 피에르와 나타샤로서는 영원히 잊지 못할 그 괴로운 시기에, 즉 나타샤가 연약한 첫 아기를 출산한 후 유모를 세 번이나 바꿔야 하는 상황에 절망하여 앓기 시작한 시기에 어느 날 피에르는 그녀에게 자신이 전적으로 동감하는 루소[85]의

---

85) 제네바 출생의 프랑스 소설가이자 철학자이자 회상록 작가인 장자크 루소의 저작은 18세기에 널리 읽혔으며, 그의 사상은 낭만주의 시대와 그 이후 사회 이론 및 교육 이론에 큰 영향을 미쳤다. 톨스토이도 그의 사상으로부터 큰 영향을 받았다.

사상을, 즉 유모를 두는 것의 부자연스러움과 해악을 전했다. 다음 아기가 태어나자 나타샤는 어머니와 의사들, 그리고 다름 아닌 남편이 그녀의 수유에 대해 마치 전대미문의 해로운 것인 양 반대하는데도 자기 주장을 고집했고, 그 후로 모든 자녀들을 자신의 젖으로 키웠다.

격앙된 순간에 걸핏하면 부부는 오랫동안 말다툼을 벌이곤 했다. 그러나 부부 싸움 후 피에르는 아내가 반대하던 자신의 생각을 그녀의 말뿐만 아니라 행동에서도 발견하며 기쁨과 놀라움을 느꼈다. 그는 똑같은 생각을 발견했을 뿐 아니라 그 생각의 표현에서 열정과 논쟁이 불러일으킨 불필요한 모든 것들이 제거되었음을 깨닫기도 했다.

칠 년간의 결혼 생활 후 피에르는 자신이 악한 인간은 아니라는 기쁘고도 확고한 자각을 느꼈다. 이렇게 느낀 것은 아내에게 반영된 자신을 보았기 때문이다. 그는 자기 안에서 선한 것과 악한 것이 온통 뒤섞여 서로 흐릿하게 만드는 것을 느꼈다. 그러나 아내에게는 참으로 선한 것만 반영되었다. 전혀 선하지 않은 것은 모두 버려졌다. 그리고 그러한 반영은 논리적 사유가 아닌 다른 방법을 통해, 즉 불가사의하고도 직접적인 반영을 통해 일어났다.

11

두 달 전 이미 로스토프가에 손님으로 묵던 피에르는 표도르 공작으로부터 편지 한 통을 받았다. 표도르 공작은 페테르부르크에서 어느 협회 회원들의 관심을 끌고 있는 중요한 문제들을 함께 협의하자고 요청했다. 피에르는 그 협회의 주요 설립자들 가운데 한 명이었다.

이제까지 남편의 모든 편지를 읽었듯 그 편지도 읽은 나타샤는 남편의 부재가 자신에게 미칠 모든 괴로움에 아랑곳하지 않고 그에게 페테르부르크로 가도록 직접 권했다. 그녀는 남편의 지적이고 추상적인 활동을 이해하지 못했지만 그 모든 활동에 엄청난 중요성을 부여했고, 자신이 남편의 그러한 활동에 방해가 될까 봐 늘 두려워했다. 피에르가 편지를 읽은 후 뭔가 묻고 싶은 듯한 겸연쩍은 눈길을 던지자 그녀는 페테르부르크에 다녀오라는, 단 돌아올 시기를 확정해 달라는 요청으로 답했다. 그리하여 그는 사 주간의 휴가를 받았다.

이 주 전 피에르의 휴가 기간이 끝난 후부터 나타샤는 끝없는 두려움과 슬픔과 초조에 빠졌다.

이 지난 이 주 사이에 방문한 제니소프 — 현 정세를 불만스러워하는 퇴역 장군인 — 는 한때 사랑한 사람의 전혀 닮지 않은 초상화를 보듯 놀라움과 슬픔이 담긴 눈길로 나타샤를 바라보곤 했다. 우울하고 권태로운 시선, 엉뚱한 대답, 어린이방에 대한 이야기가 예전에 마법 같은 매력을 풍기던 여인에게서 그가 보고 들은 전부였다.

나타샤는 이 시기 내내 침울하고 짜증스러워했다. 특히 어머니나 오빠나 마리야 백작 부인이 그녀를 위로하면서 피에르를 감싸고 그가 지체하는 이유를 찾아내려 애쓸 때면 더욱 그러했다.

"전부 바보 같은 소리예요. 다 쓸데없는 소리라고요." 나타샤가 말했다. "아무짝에도 쓸모없는 그이의 온갖 생각들, 그리고 그 멍청한 모든 협회들." 그녀는 자신이 매우 중요하다고 굳게 믿었던 것들에 대해 이렇게 말했다. 그런 다음에는 외아들 페챠[86]에게 젖을 먹이러 어린이방으로 가 버리곤 했다.

삼 개월짜리 이 자그마한 존재가 그녀의 가슴에 안겨 있고 그 입의 움직임과 작은 코의 쌕쌕거리는 소리를 느끼는 동안, 그녀에게 이 아기만큼 현명한 위로의 말을 해 줄 수 있는 사람

---

86) 표트르의 애칭. 표트르를 프랑스식으로 발음하면 피에르가 된다. 따라서 피에르와 아들 페챠는 이름이 같다.

은 아무도 없었다. 이 존재는 이렇게 말하고 있었다. '화가 났
구나. 질투하고 있어. 그에게 앙갚음하고 싶지만 두려워하지.
그래도 내가 여기 있잖아. 내가 여기 있잖아……' 그리고 나
면 대답할 말이 없었다. 그것은 진실 이상이었다.

그 불안한 이 주 동안 나타샤가 위안을 얻고자 아이에게 어
찌나 자주 달려가고 얼마나 안달했던지 아이는 젖을 너무 많
이 먹어 병을 앓게 되었다. 나타샤는 아이의 병에 두려움을 느
꼈다. 그러면서도 그녀에게는 이런 것이 필요했다. 아이를 간
호하며 남편에 대한 불안을 좀 더 쉽게 견뎌 낸 것이다.

마차 승강장에서 피에르의 썰매 소리가 들렸을 때 나타샤
는 아기에게 젖을 물리고 있었다. 어떻게 해야 주인마님을 기
쁘게 할지 잘 아는 보모는 환하게 빛나는 얼굴로 소리 나지 않
게, 그러나 재빠르게 방으로 들어왔다.

"왔어요?" 잠든 아이를 깨울까 봐 움직이기를 두려워하면
서 나타샤가 빠르게 속삭이며 물었다.

"오셨어요, 마님." 보모가 속삭였다.

나타샤의 얼굴로 피가 확 쏠렸다. 무심결에 두 발이 움직였
다. 그러나 벌떡 일어나 달려갈 수는 없었다. 아기가 다시 눈
을 뜨고 힐끗 쳐다보았다. '넌 여기 있어.' 아기는 마치 이렇게
말하는 듯했고, 다시 느릿느릿 입술을 쪽쪽거렸다.

가만히 젖을 뗀 나타샤는 아기를 어르다 보모에게 넘기고
빠른 걸음으로 문을 향해 걸었다. 그러나 문가에서 걸음을 멈
췄다. 너무 빨리 아이의 곁을 떠나며 기뻐하는 자신에 대해 양
심의 가책을 느낀 듯 뒤를 돌아보았다. 보모는 두 팔꿈치를 들

어 침대의 가로대 너머로 아이를 옮기고 있었다.

"가세요, 그냥 가세요, 마님, 안심하시고 가 보세요." 보모가 빙그레 웃으며 여주인과 보모 사이에 생기곤 하는 허물없는 태도로 소곤거렸다.

그제서야 나타샤는 경쾌한 걸음으로 대기실을 향해 달려 갔다.

파이프를 물고 서재에서 홀로 나온 제니소프는 비로소 나타샤를 알아보았다. 눈부시게 빛나는 기쁨의 빛이 그녀의 달라진 얼굴에서 세찬 물살처럼 흘러나왔다.

"왔어요!" 그녀가 뛰어가며 말했다. 그러자 제니소프는 피에르 — 그는 피에르를 별로 좋아하지 않았다 — 가 돌아온 것에 자신도 기뻐하고 있음을 깨달았다. 대기실로 뛰어 들어간 나타샤는 목도리를 풀고 있는 외투에 싸인 키 큰 인물을 알아보았다.

'그이야! 그이! 정말이야! 여기 그이가 있어!' 그녀는 속으로 혼잣말을 중얼거리고는 날듯이 뛰어가 그를 안고 그 머리를 자기 가슴으로 끌어당겼다. 그런 다음 그를 밀쳐내고는 서리에 덮이고 발갛게 상기된 피에르의 행복한 얼굴을 힐끗 쳐다보았다. '그래, 이 사람이 바로 그이야. 행복하고 만족스러운……'

그러자 문득 지난 이 주 동안 그를 기다리며 겪은 모든 괴로움이 떠올랐다. 그녀의 얼굴에서 환히 빛나던 기쁨이 사라졌다. 그녀는 얼굴을 찡그리고 그에게 비난과 독설을 퍼부었다.

"그래요, 당신에게는 좋았겠죠. 무척 기뻐하는군요. 그동안 즐겁게 지냈으니……. 나는 어땠을 것 같아요? 하다못해 당신이 아이들을 불쌍히 여겼더라면. 난 아이들에게 내 젖을 먹이잖아요. 젖에 문제가 생겼어요. 페챠가 하마터면 죽을 뻔했죠. 그런데 당신은 아주 신이 나 있네요. 네, 신났어요.”

피에르는 더 일찍 돌아오는 것은 불가능했기에 자신에게 잘못이 없음을 알았다. 그리고 그녀의 이러한 감정 폭발이 부적절하다는 것을 알았고, 이 분 후에는 사라지리라는 것도 알았다. 그는 무엇보다 자기 마음이 즐겁고 기쁘다는 것을 알았다. 미소를 지어 보이고 싶었지만 그러는 것은 감히 생각도 못했다. 그는 두려움을 띤 불쌍한 표정을 짓고 허리를 숙였다.

“하느님의 이름을 걸고 맹세하는데 나로서도 어쩔 수 없었어. 페챠는 어때?”

“이제 괜찮아요. 같이 가요. 당신은 어쩌면 그렇게 부끄러운 줄도 몰라요! 당신이 없을 때 내가 어떤지, 내가 어떤 괴로움을 겪는지 당신이 볼 수만 있다면…….”

“당신은 건강해?”

“가요, 가.” 그녀는 여전히 그의 두 손을 놓아주지 않은 채 말했다. 그들은 자신들의 방으로 갔다.

니콜라이 부부가 피에르를 찾아왔을 때 그는 어린이방에서 잠에서 깬 젖먹이 아들을 커다란 오른손 손바닥에 올려놓고 어르는 중이었다. 이가 나지 않은 입을 벌린 그 넓적한 얼굴에 즐거운 미소가 어렸다. 폭풍은 이미 오래전에 지나갔다. 남편과 아들을 애정 어린 눈길로 응시하던 나타샤의 얼굴에 기쁨 어린 밝은 태양이 빛나고 있었다.

"표도르 공작과는 이야기를 잘 나누었나요?" 나타샤가 말했다.

"응, 좋았어."

"봐요, 꼿꼿이 세우고 있어요.(나타샤는 아들의 머리를 가리킨 것이었다.) 이 아이는 날 얼마나 놀라게 하는지 몰라요!"

"공작 부인은 만나 봤어요? 그분이 그 남자에게 반했다는 게 사실이에요?"

"응. 상상할 수 있겠어……?"

그때 니콜라이와 마리야 백작 부인이 들어왔다. 피에르는 손에서 아들을 내려놓지 않고 몸을 숙여 그들과 입맞춤을 나누고는 이런저런 질문에 대답했다. 하지만 함께 이야기해야 할 흥미로운 화제가 많은데도 피에르는 작은 모자를 쓴 채로 고개를 불안정하게 갸웃거리는 아기에게 온통 주의를 빼앗긴 듯했다.

"정말 사랑스럽죠!" 아기를 바라보며 같이 놀아 주던 마리야 백작 부인이 말했다. "내가 이해할 수 없는 게 바로 이거예요, 니콜라." 그녀는 남편을 돌아보며 말했다. "어떻게 당신은 이 작은 매혹적인 기적들이 지닌 매력을 이해하지 못하죠?"

"이해가 안 돼. 난 이해할 수 없어." 니콜라이가 차가운 시선으로 아기를 보며 말했다. "고깃덩어리야. 가지, 피에르."

"중요한 것은 이 사람이 정말 다정한 아버지라는 거예요." 마리야 백작 부인은 남편을 변호하며 말했다. "다만 아이가 한 살 정도 되었을 때에만……."

"아니, 피에르는 아이들을 잘 돌봐." 나타샤가 말했다. "피에

르는 자기 손이 아이들의 엉덩이에 딱 맞게 만들어졌다고 말
한다니까. 봐."

"뭐, 꼭 그렇지만도 않아." 갑자기 피에르가 웃음을 터뜨리
며 말하고는 아기를 붙잡아 보모에게 건넸다.

12

현실의 모든 가정이 다 그렇듯 리시에 고리의 집에도 완전히 다른 몇 개의 세계가 공존했으며, 각 세계는 저마다 독자성을 유지하고 서로 양보하면서 하나의 조화로운 전체로 어우러졌다. 집에서 일어나는 모든 사건은 즐거운 일이든 슬픈 일이든 모든 세계에 똑같이 중요성을 띠었다. 그러나 각 세계에는 다른 세계와 상관없이 어떤 사건에 기뻐하거나 슬퍼할 나름의 이유가 있었다.

따라서 피에르가 돌아온 일은 기쁘고도 중요한 사건이었으며 모든 이들에게도 그러한 것으로 비쳤다.

주인에 관한 한 가장 신뢰할 만한 판단자인 하인들 — 주인을 대화와 감정 표현이 아닌 행위와 생활 방식으로 판단하기 때문에 — 은 피에르가 돌아온 것을 기뻐했다. 피에르가 있을 때면 백작도 매일같이 농사일을 하러 나가던 생활을 버리고 한층 쾌활하고 친절해지며 모두가 축일에 값비싼 선물을 받게 된다는 것을 알았기 때문이다.

아이들과 가정 교사들도 베주호프가 돌아온 것을 기뻐했다. 피에르만큼 그들을 전체의 생활에 끌어들여 주는 사람도 없었기 때문이다. 모든 종류의 춤에 어울릴 법한 — 그의 말에 따르면 — 에코세즈를 클라비코드로 연주할 수 있는 사람도 피에르뿐이었다. 그리고 그는 틀림없이 모두를 위해 선물을 가져왔을 것이다.

곱슬곱슬한 아마빛 머리칼과 매혹적인 눈동자를 지닌, 이제 열다섯 살이 된 병약하고 마른 영리한 소년 니콜렌카도 기뻐했다. 피에르 아저씨 — 니콜렌카는 피에르를 그렇게 불렀다 — 는 그의 열광과 열렬한 애정의 대상이었기 때문이다. 니콜렌카의 마음에 피에르를 향한 특별한 애정을 불어넣은 사람은 아무도 없었다. 니콜렌카도 그를 가끔가다가 보았을 뿐이다. 그를 양육하는 마리야 백작 부인은 자신이 그를 사랑하듯 니콜렌카가 자기 남편을 사랑하게 하려고 온 힘을 기울였다. 니콜렌카도 고모부를 사랑했다. 그러나 그 사랑에는 희미한 경멸의 빛이 묻어 있었다. 그는 피에르를 숭배했다. 니콜라이 고모부처럼 경기병이 되고 싶지도, 게오르기 훈장 수훈자가 되고 싶지도 않았다. 그는 피에르처럼 지적이고 선한 학자가 되고 싶었다. 피에르가 있을 때면 그의 얼굴은 언제나 기쁨으로 환해졌다. 그리고 피에르가 말을 걸어 주면 얼굴을 붉히고 숨을 헐떡였다. 그는 피에르의 말을 한마디도 흘려듣지 않고 나중에 데살과 함께 혹은 혼자서 피에르의 모든 말을 떠올리며 그 의미를 생각해 보곤 했다. 피에르의 지난 생애, 1812년까지의 불행,(니콜렌카는 자신이 들은 말을 통하여 그것에 대해 어렴풋한 시적인 심상을 만들어 냈다.) 모스크바에서의 모험, 포로, 플라톤 카라타예프,(니콜렌카는 피에르에게서 그에 대한 이야기를 들었다.) 나타샤를 향한 그의 사랑,(소년은 그녀도 특별한 애정으로 사랑했다.) 그리고 무엇보다 피에르와 아버지 — 니콜렌카는 아버지를 기억하지 못했다 — 의 우정, 이 모든 것들이 니콜렌카의 마음속에서 피에르를 영웅이자 성스러운 인물로 만들었다.

아버지와 나타샤에 대해 이따금 튀어나오는 이야기로부터, 피에르가 고인에 관해 말할 때의 흥분으로부터, 나타샤가 그에 관해 말할 때의 그 조심스럽고도 경건한 부드러움으로부터 이제 막 사랑에 눈뜨기 시작한 소년은 아버지가 나타샤를 사랑했고 죽어 가면서 그녀를 친구에게 남겼다고 상상했다. 또한 기억에 없는 그 아버지가 소년에게는 상상할 수도 없고 가슴의 두근거림이나 슬픔과 환희의 눈물 없이는 떠올릴 수 없는 신처럼 느껴졌다. 그래서 소년은 피에르가 돌아온 것에 행복해했다.

손님들도 피에르가 돌아온 것을 기뻐했다. 피에르는 어떤 모임에서든 언제나 활기를 불어넣고 사람들을 하나로 묶어 냈기 때문이다.

아내는 말할 것도 없이 집안의 어른들도 친구가 돌아온 것을 기뻐했다. 그가 있으면 더 마음 편하고 더 평온하게 지낼 수 있었다.

노부인들은 피에르가 가져올 선물에 기뻐했고, 무엇보다 나타샤가 생기를 되찾으리라는 사실에 기뻐했다.

피에르는 자신에 대한 이 다양한 세계의 다양한 관점을 깨닫고 자신이 요구받은 것을 서둘러 각 세계에 전했다.

이루 말할 수 없이 부주의하고 건망증이 심한 피에르가 이 번에는 아내가 작성한 목록대로 모든 것을 사 왔다. 장모와 처남이 부탁한 일도, 벨로바의 옷을 짓기 위한 옷감 선물도, 조카들에게 줄 장난감도 잊지 않았다. 결혼 초에는 아내의 그러한 요구, 즉 사기로 약속한 것은 전부 잊지 말고 꼭 사 오라는 요구가 이상하게 보였다. 그리고 첫 여행에서 사 오기로 한 것을 전부 잊었을 때 그는 진심으로 슬퍼하는 그녀의 모습에 깜짝 놀랐다. 그러나 나중에는 그것에 익숙해졌다. 나타샤가 자신을 위해서는 아무것도 부탁하지 않는 데다 다른 사람을 위해 부탁하는 것도 그가 먼저 말을 꺼낼 때뿐이라는 것을 알게 되자, 피에르는 이제 집안의 모든 사람들을 위해 이처럼 선물을 사는 것에서 그 스스로도 예기치 못한 어린아이 같은 기쁨을 발견했고 다시는 어떤 것도 잊어버리지 않았다. 그가 나타샤에게서 비난을 받았다면 단지 쓸모없고 지나치게 비싼 것을 샀기 때문이었다. 단정치 못한 몸가짐, 긴장이 풀린 모습 등 자신의 모든 결점 — 대부분 사람들의 견해에 따르면 — 혹은 자질 — 피에르의 견해에 따르면 — 에 나타샤는 인색함도 더했다.

많은 지출을 요구하는 대저택과 대가족의 형태로 생활하게 된 이후 피에르는 자신이 예전의 절반밖에 안 되는 생활비로

살고 있는 데다 최근에, 특히 전 부인의 빚으로 어려워진 재정이 회복되기 시작한 것을 알아차리고 깜짝 놀랐다.

적은 돈으로 살 수 있었던 것은 생활에 제약이 따랐기 때문이다. 피에르는 이미 엄청난 돈이 들어가는 사치 — 언제든 형태를 바꿀 수 있는 그런 종류의 생활 — 를 누리지 않았고 더 이상 그런 것을 바라지도 않았다. 자신의 생활 방식은 이제 죽을 때까지 완전히 정해졌다고, 그것을 바꾸는 것은 그의 권한 밖의 일이라고 느꼈다. 그 결과 이 생활 방식에는 돈이 많이 들지 않았다.

피에르는 웃음을 띤 쾌활한 얼굴로 자신이 사 온 물건들을 풀었다.

"어때!" 그는 상점 주인처럼 사라사 한 필을 펼치며 말했다. 나타샤는 맏딸을 무릎에 앉힌 채 그의 맞은편에 앉아 눈을 반짝이며 남편으로부터 그가 보여 주는 것으로 재빨리 시선을 옮겼다.

"벨로바에게 줄 옷감이죠? 좋네요." 그녀가 품질을 살피려고 천을 만져 보았다.

"분명 1아르신당 1루블짜리겠죠?"

피에르가 값을 말했다.

"비싸네요." 나타샤가 말했다. "음, 아이들이 얼마나 기뻐할까요, 어머니도요. 하지만 날 위해 이런 것을 살 필요는 없었는데." 그녀는 미소를 억누르지 못하며 덧붙였다. 그녀는 당시 막 유행하기 시작한, 진주가 박힌 황금 빗을 감탄하는 눈길로 바라보고 있었다.

"아델에게 넘어갔어. 계속 사라고 사라고 하잖아." 피에르가 말했다.

"내가 언제 이것을 꽂아 보겠어요?" 나타샤는 땋은 머리에 빗을 꽂았다 "이것은 마셴카를 사교계에 데리고 나갈 때에나 쓰겠네요. 어쩌면 그때 다시 유행할지도 모르죠. 자, 가요."

그들은 선물을 들고 우선 어린이방으로, 그다음 백작 부인에게로 갔다.

피에르와 나타샤가 겨드랑이에 선물 꾸러미들을 끼고 응접실로 들어갔을 때 백작 부인은 여느 때와 다름없이 벨로바와 함께 앉아 그란파시얀스라는 카드놀이를 하고 있었다.

백작 부인은 이미 예순이 넘었다. 머리카락이 하얗게 센 그녀는 주름 잡힌 가느다란 끈 장식으로 얼굴 전체를 감쌀 수 있는 실내용 모자를 쓰고 생활했다. 얼굴은 주름투성이였고 윗입술은 푹 꺼졌으며 눈동자는 흐릿했다.

너무나 빠르게 연이어 일어난 아들과 남편의 죽음 이후 그녀는 자신을 우연히 잊혀져 이 세상에 남게 된 아무런 목적도 의미도 지니지 않은 존재로 여겼다. 그녀는 먹기도 하고 마시기도 하고 자기도 하고 밤을 꼬박 새우기도 했지만 살아 있지 않았다. 삶은 그녀에게 어떤 인상도 주지 않았다. 그녀는 삶에서 평온 외에 아무것도 바라지 않았고, 그러한 평온은 오직 죽음에서만 발견할 터였다. 하지만 죽음이 찾아올 때까지 그녀는 살아야 했다. 즉 자신의 시간과 생명력을 소모해야 했다. 그녀에게서는 아주 어린 아이나 아주 늙은 노인들에게 두드러지는 특징이 극도로 심하게 눈에 띄었다. 그녀의 삶에는 표면적인 목표가 전혀 보이지 않았고, 오직 다양한 취미와 능력을 연마하려는 욕구만 보일 뿐이었다. 그녀는 먹고 자고 생각하고 말하고 울고 일하고 화내야 했다. 단지 그녀에게 위가 있고 뇌가 있고 근육과 신경과 간이 있기 때문이었다. 그녀가 이 모든 행동을 하는 것은 어떤 외적인 자극 때문이 아니었다. 생명력 넘치는 사람들이 이렇게 행동할 때와도 다른 식이었다. 생명력이 넘칠 때는 자신이 추구하는 목적에 가려 다른 목적 ─ 자기 힘을 사용하는 것 ─ 이 눈에 띄지 않는다. 그녀는 단지 폐와 혀를 육체적으로 작동시켜야 했기에 말을 했다. 코를 풀어야 했기에 어린아이처럼 울었다. 힘이 넘치는 사람에게는 목적으로 여겨지는 것이 그녀에게는 분명 핑곗거리로 보이는 것 같았다.

그래서 이른 아침이면, 특히 전날 무언가 기름진 것을 먹은 경우에는 그녀에게서 화를 내고픈 욕구가 나타났다. 그럴 때면 가장 가까이에 있는 핑곗거리를 골랐다. 바로 벨로바의 귀가 어둡다는 점이었다.

그녀는 방의 맞은편 끝에서 벨로바에게 조용히 무언가 이야기를 꺼내곤 했다.

"오늘은 날이 더 따뜻한 것 같네요." 그녀는 속삭이듯 말했다. 그리고 벨로바가 "물론 왔죠."라고 대답하면 그녀는 화를 내며 "아, 하느님, 어쩌면 저렇게 귀도 어둡고 멍청할까!"라고 투덜대곤 했다.

또 다른 핑곗거리는 코담배였다. 그녀에게는 코담배가 때로는 건조하게, 때로는 눅눅하게, 때로는 곱게 갈리지 않은 것처럼 느껴졌다. 그녀가 이렇게 짜증을 내고 나면 얼굴에 담즙이 가득 퍼졌다. 그래서 그녀의 하녀들은 확실한 징후에 의거해 언제 다시 벨로바의 귀가 어두워질지, 언제 다시 담배가 눅눅해질지, 언제 얼굴이 노랗게 변할지 알았다. 그녀는 담즙을 작동시켜야 하는 것과 마찬가지로 이따금 남은 사고 능력도 작동시켜야 했다. 이를 위한 구실은 혼자서 하는 카드점이었다. 울 필요가 있을 때, 그때의 핑곗거리는 고인이 된 백작이었다. 걱정해야 할 필요가 있을 때, 그때의 핑곗거리는 니콜라이와 그의 건강이었다. 독설을 쏟을 필요가 있을 때, 그때의 핑곗거리는 마리야 백작 부인이었다. 발성 기관을 단련시킬 필요가 있을 때 — 그런 일은 주로 어두운 방에서 소화를 위해 휴식을 취하고 난 뒤인 6시에서 7시 사이에 일어났다 — 그때의 핑곗거리는 언제나 똑같은 사람들에게 언제나 똑같은 이야기를 늘어놓는 것이었다.

집안의 모든 사람들이 노부인의 이런 상태를 알았다. 하지만 아무도 그것을 절대 입 밖으로 꺼내지 않았으며, 다들 그녀의 이런 욕구를 충족시켜 주기 위해 힘닿는 한 모든 노력을 기울였다. 그저 니콜라이, 피에르, 나타샤, 마리야가 이따금 주고받는 시선과 희미한 슬픈 미소에서만 그녀의 상태에 대한 이런 서로간의 이해가 표현되곤 했다.

그러나 그 시선들은 그 밖에도 다른 것을 말하고 있었다. 그녀가 이미 삶에서 자기 할 일을 마쳤다는 것, 지금 그녀에게서 보이는 것이 그녀의 전부가 아니라는 것, 우리도 모두 똑같이 되리라는 것, 한때는 소중했고 한때는 우리와 똑같이 생명력이 넘쳤던, 그러나 이제는 가련한 이 존재를 위해 자신을 억누르고 그녀에게 순종하는 것이 기쁨이라는 것을 그들은 말하고 있었다. 메멘토 모리(Memento mori).[87] 그들의 시선은 이렇게 말하고 있었다.

집안의 모든 사람들 가운데 오직 지극히 악한 사람들과 어리석은 사람들과 어린아이들만 이것을 이해하지 못하고 그녀를 피했다.

---

87) '죽음을 기억하라'는 뜻의 라틴어.

13

피에르가 아내와 응접실에 들어섰을 때 백작 부인은 그란 파시얀스라는 정신노동에 몰두하고픈 습관적인 상태에 빠져 있었다. 그래서 피에르나 아들이 귀가할 때마다 으레 되풀이하는 "때가 됐군. 때가 됐어, 이 사람아. 눈이 빠지도록 기다렸네. 아, 하느님, 감사합니다."라는 말을 습관적으로 하고 선물을 받은 뒤에는 "선물이 소중한 게 아니야. 나 같은 할망구를 챙겨 준 게 고맙지."라는 습관적인 말도 늘어놓긴 했지만, 이때는 아직 끝나지 않은 그란파시얀스에 집중할 수 없어서인지 피에르의 귀가를 불쾌해하는 것처럼 보였다. 그녀는 그란파시얀스를 끝내고 나서야 선물에 손을 댔다. 선물은 아름답게 세공한 카드 상자, 뚜껑이 달리고 양치기 여자들이 그려진 밝은 파란색의 세브르산 찻잔, 죽은 백작의 초상화가 붙은 금제 담뱃갑이었다. 초상화는 피에르가 페테르부르크의 세밀화가에게 주문한 것이었다.(백작 부인은 오래전부터 그것을 갖고 싶어 했다.) 그녀는 이런 때에 울고 싶지 않았기 때문에 초상화를 무심하게 쳐다보고 카드 상자에 더 관심을 쏟았다.

"고맙네, 사위, 자네 덕분에 마음에 위안을 얻었네." 그녀는 여느 때와 똑같이 말했다. "하지만 가장 좋은 것은 자네가 몸성히 돌아온 거야. 그런데 이런 건 처음 보네, 자네, 아내에게 야단을 좀 쳐야겠어. 뭐랄까? 자네가 없으니 완전히 미친 여자 같더군. 아무것도 못 보고 아무것도 기억하지 못해." 그녀는 습관적인 말들을 늘어놓았다. "봐요, 안나 치모페예브나." 그녀는 이렇게 덧붙였다. "사위가 우리를 위해 얼마나 멋진 카드 상자를 가져왔는지 말이에요."

벨로바는 선물에 찬사를 쏟고는 자신이 받은 사라사 천을 황홀하게 바라보았다.

그러나 피에르, 나타샤, 니콜라이, 마리야, 제니소프는 백작 부인 앞에서 이야기하고 싶지 않은 많은 것들에 대해 서로 이야기를 나누어야 했다. 무언가를 숨기기 위해서가 아니라 백작 부인이 워낙 많은 것에서 뒤처져 일단 그녀 앞에서 무언가에 대해 이야기를 꺼내기 시작하면 그녀가 엉뚱하게 던지는 질문들에 대답을 하고 그녀에게 이미 몇 번이고 되풀이한 말을 또다시 되풀이해야 했기 때문이다. 예를 들면 누가 죽었고 누가 결혼을 했다는, 그녀가 다시 기억하지 못할 일들을 이야기해야 했다. 하지만 그들은 평소대로 응접실의 사모바르 옆에서 차를 마시며 앉아 있었다. 피에르는 백작 부인에게도 필요 없고 아무도 흥미를 느끼지 않는 그녀의 이런저런 질문에 대답한 후 바실리 공작이 연로해졌다는 둥, 마리야 알렉세예브나 백작 부인이 안부를 전해 달라고 했으며 그녀를 잘 기억하고 있다는 둥 이야기를 늘어놓았다.

아무도 흥미를 느끼지 않는, 그러나 불가피한 그런 대화는 차를 마시는 내내 계속되었다. 가족의 성인 구성원들은 다들 차를 마시기 위해 둥근 테이블과 사모바르 주위에 모였다. 소냐는 사모바르 옆에 앉아 있었다. 아이들과 가정 교사들은 이미 차를 다 마신 후였다. 소파가 있는 옆방에서 그들의 목소리가 들려왔다. 차 모임에서는 다들 평소 앉는 자리에 앉았다. 니콜라이는 페치카 옆의 작은 테이블 앞에 앉아 차를 받았다. 늙은 보르조이 개 밀카는 그 옆의 안락의자 위에 누워 있었다. 얼굴 털이 하얗게 센, 검고 큰 퉁방울눈이 흰 털과 대조를 이루어 더 또렷하게 보이는 개는 첫 번째 밀카의 딸이었다. 곱슬머리와 콧수염과 구레나룻이 반백이 된 제니소프는 장군용 프록코트의 단추를 풀어 놓고 마리야 백작 부인 옆에 앉았다. 피에르는 아내와 노백작 부인 사이에 앉았다. 그는 노부인의 흥미를 끌 만하고 ― 그가 알기에 ― 그녀가 이해할 만한 것을 이야기하고 있었다. 그는 외부의 사회적 사건에 대해, 그리고 일찍이 노백작 부인과 함께 동년배 모임 ― 한때 실질적이고 활기차고 독자적인 그룹이었던 ― 을 이루었지만 이제는 대부분 세상에 뿔뿔이 흩어져 그녀와 마찬가지로 자신들이 삶에 뿌린 것의 남은 이삭들을 거두며 생애를 매듭짓고 있는 사람들에 대해 이야기했다. 하지만 노백작 부인에게는 그들만이, 그 동년배 사람들만이 유일하게 진지하고 참된 세상으로 보였다. 피에르의 활기찬 모습에서 나타샤는 여행이 재미있었다는 것, 그가 많은 것을 이야기하고 싶으면서도 백작 부인 앞이라 차마 못 하고 있다는 것을 알았다. 가족 구성원이 아니어서 피에르의 신중함을 이해하지 못하는 데다 매사에 불만이 많은 제니소프는 페테르부르크에서 어떤 일이 벌어지고 있는지에 대해 무척 흥미를 느꼈다. 그래서 때로는 세묘놉스키 연대에서 막 일어난 일에 대한 이야기로, 때로는 아락체예프에 대한 이야기로, 때로는 성서 협회에 대한 이야기로 끊임없이 피에르를 꾀어냈다. 피에르는 이따금 그 화제에 정신이 팔려 이야기를 늘어놓았다. 그러나 니콜라이와 나타샤가 매번 이반 공작과 마리야 안토노브나 백작 부인의 건강에 대한 화제로 그를 돌려놓았다.

"아니, 어떻게 된 거야, 그 모든 미친 짓은. 고스너[88]와 타타리노바[89] 말이야." 제니소프가 물었다. "지금도 여전한가?"

----

88) 요하네스 고스너(Johannes Gossner, 1773~1858). 독일의 가톨릭교 사제였다. 페테르부르크에 성서 협회 회장(1820~1824)으로 초빙되어 설교자로서 명성을 떨쳤으며, 그곳에서 『삶의 정수와 신약 성경에 나타난 예수의 교의(Geist des Lebens und der Lehre Jesu Christi im Neuen Testament)』를 저술했다. 러시아 정부는 이 책을 불태우도록 명하고 고스너를 러시아에서 추방했다. 1826년 개신교로 개종하여 루터파 목사가 되었다.
89) 예카체리나 필리포브나 타타리노바(Ekaterina Filippovna Tatarinova, 1783~1856). 1812년 전쟁에서 활약한 부흐회브덴 장군의 딸이다. 페테르부르크에 '영적 연합'이라는 신비주의 종파를 설립하고 자신에게 예언 능력이 있다고 주장했다. 이 종파는 치유와 점을 신봉하며, 제정 러시아의 비밀 교단인 스코프치(성욕에 저항하기 위해 남성의 성기를 거세하고 여성의 유방을 절제하는 의식으로 잘 알려져 있었다.)로부터 격렬한 원무를 통해 황홀경과 예언의 영을 이끌어 내는 의식을 차용했다. 이 교단은 1837년까지 존속했다.

"여전할 리가 있나?" 피에르가 외쳤다. "어느 때보다 더 심하지. 성서 협회는 이제 완전히 정부라니까."

"자네, 그게 무슨 말인가?" 차를 다 마신 백작 부인이 물었다. 식후에 화를 내기 위한 핑곗거리를 찾고 싶은 듯했다. "도대체 무슨 말을 하는 건가? 정부라니, 무슨 뜻인지 모르겠네."

"네, 그건 말이지요, 어머니." 어머니의 언어로 어떻게 번역해야 할지 잘 아는 니콜라이가 끼어들었다. "알렉산드르 니콜라예비치 골리친 공작이 협회를 세워 큰 세력을 갖게 되었다나 봐요."

"아락체예프와 골리친." 피에르가 조심성 없이 말했다. "그자들은 이제 완전히 정부야. 그것도 얼마나 굉장한 정부인지! 그자들은 모든 것에서 음모를 보고 모든 것을 두려워해."

"무슨 소리, 알렉산드르 니콜라예비치 공작 같은 분에게 무슨 잘못이 있다는 건가? 그분은 매우 존경할 만한 분이네. 난 당시에 마리야 안토노브나의 집에서 그분을 뵙곤 했지." 백작 부인은 모욕이라도 받은 양 분개하며 말했다. 그녀는 아무도 입을 열지 않자 더욱 분개하며 계속 말을 이었다. "요즘 사람들은 닥치는 대로 누구든 비난하는구나. 복음 협회가 왜 나쁘지?" 그러더니 자리에서 일어나(다른 사람들도 다 같이 일어섰다.) 엄격한 표정을 띤 채 소파가 있는 방의 자기 테이블로 유유히 걸어갔다.

서글픈 침묵이 흐르는 동안 옆방에서 아이들의 웃음소리와 목소리가 들렸다. 아이들 사이에서 무언가 즐거운 소동이 벌어지는 것이 분명했다.

"완성이다, 완성!" 모든 아이들의 목소리 틈에서 어린 나타샤의 즐거운 외침이 또렷이 들렸다. 피에르는 마리야 백작 부인과 니콜라이(그는 언제나 나타샤를 보고 있었다.)와 눈짓을 주고받으며 행복한 미소를 지었다.

"더없이 아름다운 음악이군!" 그가 말했다.

"안나 마카로브나가 긴 양말을 다 떴어요." 마리야 백작 부인이 말했다.

"와, 보러 가야지." 피에르가 벌떡 일어서며 말했다. 그는 문가에 멈춰 서서 입을 열었다. "내가 왜 이 음악을 유난히 좋아하는지 알아? 저 아이들은 만사가 순조롭다는 사실을 나에게 가장 먼저 알려 주거든. 오늘 이곳으로 오는데 집이 가까워질수록 두려움도 커지더군. 그런데 대기실에 들어서는 순간 안드류샤가 무언가에 큰 소리로 웃어 대는 소리가 들렸어. 음, 저것은 곧 만사가 순조롭다는 뜻이구나……."

"알아, 나도 그 느낌을 알지." 니콜라이가 수긍했다. "난 갈수 없어. 분명 긴 양말은 날 위한 깜짝 선물일 테니까."

피에르는 어린이방으로 들어갔다. 웃음소리와 고함 소리가 한층 커졌다. "자, 안나 마카로브나." 피에르의 목소리가 들렸다. "여기 한가운데로 오세요. 그리고 구령에 따라 하나, 둘, 그다음에 내가 셋이라고 말하면 너는 여기에 서. 너는 안기고. 자, 하나, 둘……." 피에르의 목소리가 말했다. 침묵이 흘렀다. "셋!" 그러자 방에서 아이들의 기쁨에 찬 낮은 탄성이 일었다.

"두 개다, 두 개!" 아이들이 외쳤다.

그것은 안나 마카로브나가 자기만 아는 비결을 사용하여

뜨개바늘로 단번에 뜬 두 개의 양말이었다. 그녀는 긴 양말을 다 뜨고 나면 언제나 아이들 앞에서 이처럼 엄숙하게 한 짝의 양말 속에서 다른 한 짝을 꺼내 보이곤 했다.

14

그 후 곧 아이들이 밤 인사를 하러 왔다. 아이들은 모든 사람에게 입을 맞추었으며, 가정 교사들은 고개 숙여 인사를 하고 나갔다. 데살만이 그의 학생과 함께 남아 있었다. 가정 교사는 학생에게 아래층으로 내려가자고 소곤거렸다.

"아니요, 무슈 데살, 고모에게 저도 이곳에 남게 해 달라고 부탁드리겠어요." 니콜렌카 볼콘스키도 똑같이 소곤거리며 대답했다.

"고모, 저도 남게 해 주세요." 니콜렌카가 고모에게 다가가며 말했다. 얼굴에 애원과 흥분과 환희가 떠올랐다. 마리야 백작 부인은 그를 바라보고는 피에르를 돌아보았다.

"당신이 여기 있으면 이 아이가 자리를 떠나지 못해요……." 그녀가 그에게 말했다.

"내가 곧 이 아이를 당신에게 데려가지요, 무슈 데살. 잘 자요." 피에르는 스위스인에게 한 손을 내밀며 말하고는 니콜렌카를 돌아보았다. "그동안 서로 통 못 봤구나. 마리, 정말 점점 닮아 가죠!" 그는 마리야 백작 부인을 돌아보며 이렇게 덧붙였다.

"아버지하고요?" 소년은 얼굴을 새빨갛게 붉힌 채 감격에 겨운 반짝이는 눈으로 피에르를 올려다보며 말했다. 피에르는 그에게 고개를 끄덕이고는 아이들 때문에 중단된 이야기를 계속했다. 마리야 백작 부인은 캔버스를 손에 든 채 자수를 놓고 있었다. 나타샤는 남편을 뚫어지게 바라보았다. 니콜라이와 제니소프는 자리에서 일어나 파이프를 가져오라고 하여 담배를 피우고, 사모바르 뒤에 침울하고 고집스레 앉은 소녀로부터 차를 받아 오고, 피에르에게 이것저것 물었다. 반짝이는 눈동자를 지닌 곱슬머리의 병약한 소년은 한구석에 아무의 눈에도 띄지 않게 앉아 있었다. 그는 더블칼라 밖으로 나온 가느다란 목 위의 곱슬 진 머리를 움직여 피에르가 있는 쪽을 돌아보기만 하면서 이따금 몸을 떨고 혼자 뭐라고 속삭이곤 했다. 아마도 어떤 새롭고 강렬한 감정을 경험하고 있는 듯했다.

화제는 정부의 최고위층으로부터 요사이 흘러나온 유언비어에서 계속 맴돌고 있었다. 대부분 사람들은 보통 그러한 소문에서 내정의 가장 중요한 관심사를 본다. 군 복무에서의 실패로 정부에 불만을 품은 제니소프는 지금 페테르부르크에서 벌어지는 — 그의 견해에 따르면 — 온갖 어리석은 일들을 알고 기뻐했으며, 강도 높고 신랄한 표현으로 피에르의 말에 대해 자신의 소견을 언급했다.

"예전에는 독일인이 되어야 했는데 이제 타타기노바나 마담 크귀드너[90]와 춤을 춰야 하다니…… . 책도 에카그트샤우젠이나 그 패거기들의 것을 읽어야 하고. 아, 우기의 멋진 보나파그트글 다시 풀어놓고 싶군. 그자가면 어리석은 짓을 전부 때겨 부술 텐데. 말도 안 돼. 슈바그츠 같은 병사 놈에게 세묘놉스키 연대글 넘기다니."

니콜라이는 제니소프처럼 무엇이든 덮어 놓고 나쁘게 보고 싶은 마음은 없었지만 그 역시 정부를 비판하는 것을 매우 가치 있고 중요한 일로 여겼다. 그리고 A가 어느 부서의 대신에 임명되고 B 장군이 어디의 현 지사로 임명되고 군주가 무슨 말을 하고 대신이 무슨 말을 했다는 등의 이 모든 일들을 매우 중요하게 여겼다. 그는 이런 것에 관심을 갖는 것이 필수라 생각하여 피에르에게 이런저런 질문을 던졌다. 이 두 대담자의 질문 때문에 대화는 정부 고위층에 대한 소문의 그 통상적인 성격에서 벗어나지 못했다.

---

90) 바르바라 율리아나 크뤼드너(Varvara Juliana Krüdner, 1764~1824) 남작 부인은 러시아 외교관의 부인으로 1804년 리가에서 신비주의 종파로 개종했다. 러시아 귀족으로서 안락한 생활을 포기하고 경건한 신비주의에 전념하면서도 성적 관계에서 자유분방한 성향을 떨치지 못했다. 그녀는 바덴과 스위스에서 성서 연구회와 고해 성사 대회를 주최하는 등 활발한 종교 활동을 펼치며 많은 추종자들을 거느렸다. 1812년 전쟁 후 우울증에 빠져 있던 알렉산드르 1세도 크뤼드너를 통해 신비주의에 몰두하기 시작했고, 그녀의 적극적인 권고로 신성 동맹을 발의했다. 그러나 점차 알렉산드르 1세에 대한 그녀의 영향력은 약해졌고, 마침내 그로부터 그리스 독립 전쟁에 대한 지지를 얻으려 한 일을 계기로 1821년 페테르부르크에서 추방되었다.

그러나 남편의 행동 방식과 생각을 전부 아는 나타샤는 피에르가 아까부터 화제를 다른 방향으로 돌려 자신의 진솔한 생각을 털어놓고 싶어 하면서도 그러지 못하는 것을 보았다. 그가 페테르부르크에 다녀온 것도 바로 그 생각을 새로운 벗인 표도르 공작과 의논해 보기 위해서였다. 그래서 그녀는 표도르 공작과의 용무는 어떻게 되었냐는 질문으로 그를 거들었다.

"무슨 말이야?" 니콜라이가 물었다.

"언제나 똑같은 이야기지." 피에르는 주위를 둘러보며 말했다. "다들 알잖아. 사태는 이대로 내버려 둘 수 없을 만큼 추악하게 흘러가고 있어. 힘닿는 한 막아 내는 게 모든 정직한 사람들의 의무야."

"하지만 정직한 사람들이 무엇을 할 수 있나?" 니콜라이가 살짝 눈살을 찌푸리며 말했다. "도대체 무엇을 할 수 있지?"

"그건……."

"서재로 가지." 니콜라이가 말했다.

한참 전부터 수유를 위해 누군가 자신을 부르러 올 것이라 짐작하고 있던 나타샤는 보모가 부르는 소리를 듣고 어린이 방으로 갔다. 마리야 백작 부인이 그녀를 따라갔다. 남자들은 서재로 갔고, 니콜렌카 볼콘스키는 고모부의 눈에 띄지 않게 그곳으로 따라가 창가의 책상 옆으로 가서 어둑하게 그늘진 곳에 앉았다.

"그개서 자네는 어떻게 할 건가?" 제니소프가 말했다.

"영원한 환상이야." 니콜라이가 말했다.

"말하자면 이런 거지." 피에르가 입을 열었다. 그는 자리에 앉지 않은 채 방을 서성이고 멈춰 서기도 하면서 두 손을 빠르게 놀리며 혀 짧은 소리로 이야기를 했다. "이런 거야. 페테르부르크가 처한 상황은 이래. 말하자면 군주가 아무것도 하지 않는 거지. 그는 그 신비주의에 완전히 빠졌어.(피에르는 이제 누구의 신비주의도 용인하지 않았다.) 군주는 오직 평온만을 찾는데 그에게 평온을 줄 수 있는 사람은 양심도 명예도 없는 자들뿐이야. 모든 것을 난도질하고 압살하는 자들이지. 마그니츠키, 아락체예프 같은 그런 부류의 인간들 말이야…… 만일 자네가 농사에 전념하지 않고 평온만을 바란다면 자네의 영지 관리인이 잔인할수록 자네는 목적을 더 빨리 달성할 거야. 자네도 인정하지?" 그는 니콜라이를 돌아보았다.

"글쎄, 그런데 자네는 무엇 때문에 그런 이야기를 하지?" 니콜라이가 말했다.

"음, 모든 게 썩어 가고 있어. 법정에서는 절도가 횡행하고 군대에는 몽둥이만 있지. 교련과 둔전[91]뿐이야. 민중은 고통을 받고 계몽은 억압당해. 저들은 젊고 정직한 것은 무엇이든 파괴해 버려. 이런 상태가 계속될 수 없다는 것은 누구나 알

———————

91) poselenie. 러시아어로 이주, 정주, 유형 등을 뜻한다. 피에르가 이 장면에서 언급하는 'poselenie'는 아락체예프가 군대를 자활이 가능한 조직으로 만들기 위해 도입한 제도를 가리킨다. 이 제도 아래에서 병사들은 군대의 규율을 따르는 동시에 일정한 거주지에서 주변 땅을 경작해야 했다. 말하자면 농노제와 군사 조직을 결합한 형태였다. 이 책에서는 'poselenie'를 '둔전'으로 번역했다. 병사들을 가족과 강제로 떼어 놓고 군대의 규율과 가혹한 처벌 아래 농사를 짓게 한 이 정책은 강한 비판을 받았다.

아. 무엇이든 지나치게 팽팽하면 반드시 끊어지는 법이지." 피에르가 말했다. (정부가 존재한 이래 어떤 정부든 그 정부의 활동을 유심히 눈여겨본 사람들은 언제나 이렇게 말하기 마련이다.) "난 페테르부르크에서 그들에게 딱 한 가지만 말해 줬어."

"누구에게?" 제니소프가 물었다.

"누군지 자네들도 알잖아." 피에르는 의미심장하게 눈을 힐끗 치뜨고 말했다. "표도르 공작과 그들 모두에게 말했지. 물론 계몽과 자선을 위해 경쟁하는 것은 다 좋아. 다 훌륭한 목적이야. 하지만 현재 상황에서는 다른 것이 필요해."

그때 니콜라이가 조카를 알아보았다. 그의 얼굴이 침울해졌다. 그는 조카에게로 다가갔다.

"왜 여기 있니?"

"왜라니? 그 애를 있게 둬." 피에르가 니콜라이의 손을 잡으며 말하고는 계속 말을 이었다. "그것으로는 부족하지. 그래서 나는 그들에게 이제 다른 것이 필요하다고 말하는 거야. 자네들이 가만히 서서 이 팽팽한 현이 마침내 끊어지기를 기다릴 때, 모든 이들이 피할 수 없는 혁명을 기다릴 때 전체의 파국을 막기 위해서는 최대한 많은 사람들이 최대한 힘껏 손을 맞잡지 않으면 안 돼. 젊고 강한 것은 전부 그쪽으로 끌려 들어가 타락하고 있어. 어떤 자는 여자에게 끌리고 어떤 자는 명예에 끌리고 어떤 자는 허영에 끌리고 어떤 자는 돈에 끌리지. 그렇게 그들은 반대편 진영으로 넘어가고 있어. 자네들과 나 같은 독립적이고 자유로운 인간들은 전혀 남지 않게 돼. '모임의 범주를 넓혀라.'라고 나는 말하지. 미덕뿐 아니라 독립과 활동도 표어로 삼으면 좋잖아."

니콜라이는 조카를 내버려 두고 성난 표정으로 안락의자를 끌어와 그 위에 앉았다. 그러고는 피에르의 말을 들으면서 불만스러운 듯 기침을 하고 점점 더 심하게 얼굴을 찌푸렸다.

"활동의 목적이 뭐야?"그가 외쳤다. "자네들과 정부의 관계는 어떻게 되지?"

"어떤 관계냐니! 협력 관계지. 정부가 허용하면 모임이 비밀 결사가 될 필요는 없지. 이 모임은 정부를 적대시하지 않을 뿐만 아니라 진정한 보수주의자들의 모임이야. 참된 의미에서 신사들의 모임이지. 내일 푸가쵸프[92]가 내 아이들과 자네 아이들을 죽이러 오지 않도록, 아락체예프가 나를 둔전병으로 보내지 않도록, 우리는 오직 그 목적을 위해 서로 손을 잡는 거야. 오직 공공의 복지와 공공의 안전이라는 목적을 위해서 말이야."

"그래. 하지만 비밀 결사잖아. 결국 적의를 품은 유해한 모임이지. 그런 모임은 악만 초래할 수도 있어."니콜라이가 목

---

92) 예멜란 이바노비치 푸가쵸프(Emelyan Ivanovich Pugachyov, 1740~1775). 돈 코사크 지역의 소지주 아들로 태어난 그는 튀르크 전쟁에 코사크 부대의 일원으로 참전하였으며, 1773년 러시아 정교회의 신자가 되었다. 한편 표트르 대제에 이어 예카체리나 대제까지 귀족들의 환심을 사려는 목적으로 농노제를 강화하자 전국에서 농민 폭동이 끊임없이 발발했다. 이러한 시대를 배경으로 푸가쵸프는 1773년 예카체리나 대제 치세 중에 표트르 3세를 참칭하여 농민 반란을 일으키고, 볼가강 유역과 우랄 지역 대부분을 차지하며 세력을 넓혀 갔다. 그러나 그의 군대는 1774년 미헬손 장군에게 격파되었고, 그는 1775년에 처형되었다.

소리를 높이며 말했다.

"어째서? 유럽을 구한 투겐트분트[93](당시 사람들은 러시아가 유럽을 구하리라고는 생각도 못 했다.)가 해로운 무언가를 낳았나? 투겐트분트, 그것은 선행을 위한 단체야. 사랑이고 상호 부조라고. 그리스도가 십자가에서 설교한 것이지."

대화 도중 방에 들어온 나타샤는 기쁘게 남편을 바라보았다. 그녀는 그의 말에 기뻐한 게 아니었다. 그 말에는 관심도 없었다. 그녀에게는 이 모든 것이 몹시 단순한 것처럼, 자신이 오래전부터 이 모든 것을 알았던 것처럼 느껴졌기 때문이다.(그녀는 자신이 그 모든 것의 근원, 즉 피에르의 영혼 전체를 알기 때문에 그렇다고 생각했다.) 하지만 그녀는 그의 활기차고 열광적인 모습에 기뻐했다.

그녀보다 더 기쁘고 열광적인 모습으로 피에르를 바라보는 사람은 모두에게 잊혀진, 더블칼라 밖으로 가느다란 목을 드러낸 소년이었다. 피에르의 모든 말이 그의 심장을 불태웠다. 그는 신경질적인 손놀림으로 자신도 알아차리지 못하는 사이에 고모부의 책상에 있는 봉랍과 깃털을 손에 잡히는 대로 부러뜨리고 있었다.

---

93) 독일어로 '미덕의 연합'이라는 뜻을 지닌 투겐트분트(Tugendbund)는 1808년에 프로이센 해방을 위하여 보나파르트에게 대항하고자 결성된 조직이다. 애국심을 고취하며 군대를 재조직하고 교육을 장려한다는 목적을 표방했다. 1809년 프리드리히 빌헬름 3세가 나폴레옹의 요구로 이 조직을 해산한 후에도 1815년까지 비밀 단체로 계속 존속했으며, 1812년 전쟁에 큰 영향력을 미쳤다.

"내가 제안하는 건 절대로 자네가 생각하는 그런 게 아니라 독일의 투겐트분트 같은 거야."

"어이, 형제, 소시지 만드는 놈들에게는 그 투겐트분트가 괜찮겠지. 하지만 난 모르겠어. 게다가 발음도 못 하겠군." 제니소프의 단호한 목소리가 쩌렁쩌렁 울렸다. "모든 것이 비굴하고 볼썽사납지. 나도 동의해. 단, 투겐트분트만은 이해할 수 없어. 마음에 안 드는 게 있다면, 그럼 분트[94]글 해야지. 바고 그거야. 그때는 나도 당신 편에 서겠어."

피에르는 빙그레 웃었고 나타샤는 소리 내어 웃었다. 하지만 니콜라이는 더더욱 눈살을 찌푸리며 혁명의 조짐이 전혀 보이지 않는다고, 피에르가 말하는 모든 위험은 그의 상상에만 존재한다고 주장하기 시작했다. 피에르가 반증을 펼쳤다. 피에르의 지적 능력이 더 뛰어나고 기민했기에 니콜라이는 자신이 궁지에 몰린 것을 깨달았다. 그것이 그를 더욱 화나게 했다. 왜냐하면 그는 마음속으로 논증이 아닌, 논증보다 더 강력한 무언가를 통해 자신의 견해가 의심할 여지 없이 정당하다는 것을 알았기 때문이다.

"내가 자네에게 말하려는 건 바로 이런 거야." 그가 말했다. 그는 자리에서 일어나 신경질적인 동작으로 파이프를 구석에 놓으려다가 마침내 그것을 집어 던지고 말았다. "난 자네에게 증명할 수 없어. 자네는 우리나라의 모든 것이 추악하다고, 혁

---

94) bunt. 러시아어로 '폭동'을 뜻한다. 이 장면에서 제니소프는 투겐트분트라는 용어에서 연합 혹은 단체를 뜻하는 독일어 'bund'와 러시아어 'bunt'로 언어유희를 하고 있다.

명이 일어날 거라고 말하지만 난 그렇게 보지 않아. 하지만 자네는 서약이 약속의 문제라고 말하지. 그 말에 대해 난 자네에게 이런 말을 하고 싶군. 자네는 나의 가장 좋은 벗이야. 그 점은 자네도 알지. 하지만 자네가 비밀 결사를 만들고 정부에 저항하기 시작한다면, 어떤 정부든 말이야, 난 말이지 그 정부에 복종하는 것이 나의 의무라는 사실을 알아. 그래서 만약 아락체예프가 당장 기병 중대를 이끌고 자네를 공격하여 죽이라고 명령하면 난 일 초도 주저하지 않고 갈 거야. 그다음은 좋을 대로 판단해.”

그 말이 끝난 후 어색한 침묵이 흘렀다. 나타샤가 먼저 말문을 열어 남편을 옹호하고 오빠를 공격했다. 그 옹호는 미약하고 서툴렀지만 목적은 달성되었다. 대화가 다시 시작되었다. 그리고 그 대화는 더 이상 니콜라이가 마지막 말을 할 때처럼 불쾌하고 적대적인 어조를 띠지 않았다.

모두가 저녁 식사를 하러 일어서자 얼굴빛이 창백한 니콜렌카 볼콘스키가 눈을 반짝이며 피에르에게 다가왔다.

“피에르 아저씨…… 아저씨는…… 아니……. 만약 아버지가 살아 계셨다면…… 아버지는 아저씨의 의견에 동의하셨겠죠?” 그가 물었다.

피에르는 문득 자신이 이야기하는 동안 이 소년의 내면에서 얼마나 특별하고 독창적이고 복잡하고 강렬한 감정과 사유의 작용이 일어났는지 깨달았다. 자신이 한 모든 말을 떠올린 그는 소년이 자기 말을 들었다는 것에 화가 치밀었다. 그러나 소년에게 대답을 해야만 했다.

"그랬을 거라고 생각한다." 그는 마지못해 말하고 서재에서 나갔다.

소년은 고개를 숙였다. 그는 그제야 비로소 자신이 책상 위에 무슨 짓을 저질렀는지 알아차린 듯했다. 그는 얼굴이 빨개져서 니콜라이에게 다가갔다.

"고모부, 용서하세요. 일부러 그런 건 아니에요." 그는 부러진 봉랍과 펜을 가리키며 말했다.

니콜라이는 화가 나서 부르르 떨었다.

"괜찮아, 괜찮아." 그는 봉랍 조각과 펜을 책상 밑으로 던지며 말했다. 치밀어 오른 분노를 간신히 억제하는 듯 보이던 그는 소년에게서 고개를 돌렸다.

"넌 절대 여기에 있지 말아야 했어." 그가 말했다.

15

저녁 식사 때 화제는 더 이상 정치와 사회에 관한 것이 아니었다. 오히려 니콜라이가 가장 즐거워하는 1812년의 추억이 화제가 되었다. 먼저 꺼낸 사람은 제니소프였다. 피에르는 그 화제만 나오면 유난히 쾌활하고 익살스러워졌다. 그렇게 친척들은 더할 나위 없이 다정한 관계가 되어 헤어졌다.

저녁 식사 후 서재에서 옷을 벗은 니콜라이는 오랫동안 기다린 관리인에게 몇 가지 지시를 내리고 할라트 차림으로 침실에 들었다. 그는 아내가 아직 책상 앞에 앉아 있는 것을 발견했다. 무언가 적고 있었다.

"뭘 쓰고 있어, 마리?" 니콜라이가 물었다. 마리야 백작 부인의 얼굴이 붉어졌다. 그녀는 자기가 쓰고 있는 것이 남편으로부터 이해와 인정을 받지 못할까 두려웠다.

그녀는 자기가 쓴 것을 그에게 숨기고 싶었을 테지만, 그러면서도 그가 발견하는 바람에 말하지 않을 수 없게 된 것을 기뻐했다.

"일기예요, 니콜라." 그녀는 반듯하고 큼직한 글씨가 가득 적힌 작고 파란 공책을 그에게 내밀며 말했다.

"일기?" 니콜라이는 조롱조로 말하고는 공책을 손에 쥐었다. 공책에는 프랑스어로 다음과 같은 글이 적혀 있었다.

12월 4일. 오늘 맏아들 안드류샤가 잠에서 깨고도 옷을 갈아입으려 하지 않아 마드무아젤 루이즈가 나를 부르러 왔다. 안드류샤는 제멋대로 굴고 고집을 부렸다. 내가 으름장을 놓았지만 아이는 더욱더 화를 낼 뿐이었다. 그때 나는 내가 책임을 지기로 하고 아이를 내버려 두었다. 그리고 보모와 함께 다른 아이들을 깨우고 그 아이에게는 널 사랑하지 않는다고 말했다. 아이는 깜짝 놀란 듯 오랫동안 입을 다물고 있더니 루바시카만 입은 채로 나에게 덥석 매달렸다. 아이가 어찌나 소리 높여 울던지 나는 한참 동안 진정시킬 수 없었다. 아이는 무엇보다 나를 슬프게 한 것 때문에 괴로워하는 듯했다. 그 후 저녁에 내가 작은 표를 주자 아이는 나에게 입을 맞추며 다시 애처롭게 울었다. 이 아이는 상대가 부드럽게 대하면 무엇이든 가능한 아이다.

"표가 뭐야?" 니콜라이가 물었다.

"난 큰 아이들에게 저녁마다 자신들이 어떻게 행동했는지에 대한 기록을 주기 시작했어요."

니콜라이는 자신을 향한 빛나는 눈동자를 힐끗 쳐다보고

계속 종이를 넘기며 읽었다. 일기장에는 아이들의 생활 가운데 어머니가 중요하게 여긴 것들이 전부 기록되어 있었다. 그것은 아이들의 성격을 드러내기도 했고 양육 방식에 대한 일반적인 생각을 불러일으키기도 했다. 대부분 지극히 보잘것없는 사소한 일들이었다. 그러나 니콜라이가 이 육아 일기를 처음으로 읽은 이 순간에는 부모 중 어느 쪽에게도 그런 식으로 보이지 않았다.

12월 5일 자 일기에는 다음과 같이 적혀 있었다.

미챠가 식사 시간에 장난을 쳤다. 아버지는 미챠에게 피로그를 주지 말라고 지시했다. 미챠는 피로그를 받지 못했다. 하지만 다른 아이들이 먹는 동안 미챠는 너무나 애처롭고 탐욕스럽게 그 아이들을 쳐다보았다. 단것을 주지 않는 벌은 탐욕을 키운다고 생각한다. 니콜라에게 말해야겠다.

니콜라이는 공책을 내려놓고 아내를 바라보았다. 빛나는 눈동자가 무언가 묻고 싶은 듯 — 그가 일기를 인정할 것인가 아닌가 — 그를 바라보고 있었다. 니콜라이가 일기를 인정했을 뿐 아니라 아내에게 감탄했다는 것에는 의심의 여지가 없었다.

'어쩌면 이렇게 고지식하게 할 필요는 없을지도 몰라. 어쩌면 이런 게 전혀 필요하지 않을지도 모르지.' 니콜라이는 생각했다. 그러나 지칠 줄 모르는 영원한 정신적 긴장, 오직 아이들의 도덕적 선만을 추구하는 그 긴장에 감탄했다. 만약 니콜라이가 자기 감정을 의식할 수 있었다면, 그는 아내에 대한 자신의 확고하고 부드럽고 긍지에 찬 사랑의 주된 근거가 그녀의 영혼 앞에서, 아내가 항상 머무는, 그로서는 거의 접근할 수 없는 고결한 정신세계 앞에서 그 자신이 느끼는 이런 경이의 감정에 언제나 기반한다는 사실을 발견했을 것이다.

그는 영적 세계 속에 있는 그녀 앞에서 자신의 보잘것없음을 의식하며 그녀가 그처럼 지적이고 선하다는 사실에 긍지를 느꼈다. 그리고 독자적인 영혼을 가진 그녀가 그에게 속해 있을 뿐 아니라 자신의 일부를 이루고 있다는 점에 더더욱 기뻐했다.

"인정, 정말로 인정해, 여보." 그는 의미심장한 표정으로 말했다. 그는 잠시 침묵하고 이렇게 덧붙였다. "그런데 난 오늘 치졸하게 행동했어. 당신은 서재에 없었지. 나와 피에르가 논쟁을 시작했는데 내가 흥분하고 말았어. 못 참겠더군. 그 사람은 정말 어린아이 같다니까. 나타샤가 그의 고삐를 잡지 않았다면 그에게 무슨 일이 일어났을지 나도 모르겠어. 피에르가 무엇 때문에 페테르부르크에 다녀왔는지 상상할 수 있겠어? 그자들이 그곳에서 조직한……."

"네, 알아요." 마리야 백작 부인이 말했다. "나타샤에게 들었어요."

"그럼, 당신도 안단 말이지." 니콜라이는 논쟁을 떠올리는 것만으로도 열을 올리며 계속 말했다. "피에르는 정부에 맞서는 것이 모든 정직한 사람의 의무라고 날 설득하려 들어. 하지만 서약과 의무가……. 당신이 그 자리에 없어서 유감이야. 다들 나를 공격했지. 제니소프도, 나타샤도……. 나타샤는 정말 웃기는 애야. 사실 남편을 깔아뭉개고 살면서 일단 상황이 논의로 발전되면 그 애 — 자신의 언어도 없으면서 — 는 그냥 남편의 언어로 지껄인다니까." 니콜라이는 가장 소중하고 가까운 사람들에 대한 비판을 부추기는 뿌리치기 힘든 갈망에 굴복하며 덧붙였다. 자신이 나타샤에 대해 한 말이 자신과 아내의 관계에서 그 자신에 관하여도 똑같이 할 수 있는 말임을 잊었다.

"네, 나도 그 점은 눈치채고 있었어요." 마리야 백작 부인이 말했다.

"내가 의무와 서약이 무엇보다 우선한다고 피에르에게 말했더니, 그는 어떻게 될지 하느님만 아실 일을 주장하기 시작했어. 당신이 없었던 게 유감이야. 당신은 뭐라고 했을까?"

"내 생각에는 당신이 전적으로 옳아요. 난 나타샤에게도 그렇게 말했어요. 피에르는 모든 사람들이 고통받고 괴로워하고 타락해 간다고, 우리 의무는 이웃을 돕는 것이라고 말하죠. 물론 그의 말은 옳아요." 마리야 백작 부인이 말했다. "하지만 그는 잊고 있어요. 우리에게는 보다 가까운 사람들에 대한, 바로 하느님이 우리에게 명하신 다른 의무가 있다는 것, 그리고 우리는 자신을 위험에 내맡길 수 있어도 자녀들을 그렇게 할 수는 없다는 것 말이에요."

"그래, 그래, 내가 그에게 말한 것도 바로 그거야." 니콜라이는 그 말을 받아 계속 말을 이었다. 그에게는 실제로 자신이 그 말을 한 것처럼 느껴졌다. "그런데 그는 이웃에 대한 사랑이니 그리스도교니 하며 계속 자기 생각을 고집하더군. 그것도 니콜렌카 앞에서 말이야. 니콜렌카는 그때 서재에 몰래 숨어들어 와 모든 것을 부러뜨리고 있었지."

"아, 있잖아요, **니콜라**, 니콜렌카는 너무 자주 내 속을 썩여요." 마리야 백작 부인이 말했다. "정말 특이한 아이예요. 게다가 우리 아이들 때문에 내가 그 아이를 잊고 있는 게 아닐까 두려워요. 우리는 모두 자녀들이 있고 친척들이 있지만 그 아이에게는 아무도 없잖아요. 그 아이는 언제나 혼자서 생각에 잠겨 있어요."

"음, 당신은 그 아이 때문에 자책할 것이 전혀 없어 보여. 지극히 자애로운 어머니가 자기 아들을 위해 할 수 있는 모든 것을 당신은 그 아이를 위해 했고 지금도 하고 있어. 물론 나도 그것을 기쁘게 생각해. 그 아이는 훌륭해. 훌륭한 소년이야. 오늘 그 애는 무아지경에 빠져 피에르의 말을 듣고 있더군. 당신도 상상할 수 있을 거야. 우리는 저녁 식사를 하러 서재에서 나갔지. 그러다 난 그 아이가 내 책상 위에 있는 것들을 모조리 부러뜨린 것을 보았어. 아이는 곧바로 자신이 했다고 말하더군. 난 그 아이가 거짓말하는 것을 한 번도 본 적이 없어. 훌륭해, 훌륭한 아이야!" 니콜라이가 똑같은 말을 되풀이했다. 니콜라이는 솔직히 니콜렌카를 좋아하지 않았다. 하지만 언제나 그 아이를 훌륭하다고 인정하고 싶어 했다.

"하지만 내가 엄마와 똑같지는 않죠." 마리야 백작 부인이 말했다. "난 내가 그렇게 할 수 없다는 걸 느껴요. 그 점이 날 괴롭혀요. 뛰어난 아이예요. 하지만 난 그 아이가 너무 걱정스러워요. 사람들과의 교제가 그 아이에게 유익할 거예요."

"뭐, 오래가지 않을 거야. 올여름에는 그 아이를 페테르부르크에 데려갈 테니까." 니콜라이가 말했다. "그래, 피에르는 언제나 몽상가였고 지금도 여전히 그렇지." 그는 서재에서의 대화로 되돌아가 계속 말을 이었다. 그 대화 때문에 흥분한 듯 보였다. "그곳에서의 그 모든 일이 나와 무슨 상관이야? 아락체예프가 선하지 않다느니 하는 게 다 나와 무슨 상관이지? 난 결혼을 했고, 사람들이 날 감옥에 처넣고 싶어 할 만큼 많은 빚을 졌어. 이런 것을 보지도 이해하지도 못하는 어머니도 달렸지. 게다가 당신과 아이들과 일이 있고. 내가 아침부터 밤중까지 사무실에 있거나 일 때문에 돌아다니는 게 나의 만족을 위해서인가? 아니야, 난 알아. 어머니를 안심시키고 당신에게 빚을 갚고 아이들을 예전의 나처럼 궁핍한 처지에 두지 않기 위해 내가 일해야 한다는 것 말이야."

마리야 백작 부인은 인간이 빵만으로 사는 것은 아니라고, 그가 이런 문제에 너무 많은 중요성을 부여한다고 말하고 싶었다. 그러나 그렇게 말할 필요도 없고 그래 봤자 무익하다는 것을 알았다. 그녀는 그저 그의 손을 잡고 입을 맞추었다. 그는 아내의 이러한 몸짓을 자기 생각에 대한 인정과 수긍으로 받아들이고 잠깐 묵묵히 생각에 잠겼다가 그 생각을 소리 내어 계속 말했다.

"당신도 알지, 마리." 그가 말했다. "오늘 탐보프 마을에서 일리야 미트로파니치(이 사람은 관리인이었다.)가 왔어. 숲이 이미 8만 루블에 팔렸다더군." 그러고 나서 니콜라이는 생기 넘치는 얼굴로 조속한 시일 내에 오트라드노예를 되찾을 가능성에 대해 이야기하기 시작했다. "십 년만 더 있으면 난 아이들에게 탄탄한 재정 상태로 1만 루블을 남기게 될 거야."

마리야 백작 부인은 남편의 말을 들으며 그가 하는 말을 전부 이해했다. 그녀는 알았다. 그가 이처럼 자신의 상념을 소리로 드러낼 때면 이따금 자신이 무슨 말을 했는지 묻기도 하고, 그녀가 다른 생각을 하는 것을 눈치채면 화를 내기도 한다는 것을……. 하지만 그녀는 이를 위해 많은 노력을 기울였다. 그가 하는 말에 조금도 흥미를 느끼지 않았기 때문이다. 그녀는 그를 바라보면서 다른 것을 생각한다기보다 다른 것을 느끼고 있었다. 그녀는 자신이 이해하는 모든 것을 결코 이해하지 못할 이 남자에게 순종적이고 부드러운 애정을 느꼈다. 그녀는 이 때문에 열정적인 부드러움의 느낌을 실어 더 열렬히 그를 사랑하는 것 같았다. 그녀의 모든 것을 삼키고 그녀가 남편의 계획을 세세하게 파악하는 것을 방해하는 이런 감정 외에도, 그가 말하는 것과 전혀 공통점이 없는 여러 상념들이 머리에 떠올랐다. 그녀는 조카에 대해 생각했다.(피에르가 이야기하는 동안 조카가 흥분했다는 남편의 말에 그녀는 강한 충격을 받았다.) 섬세하고 예민한 조카의 다양한 특징들이 떠올랐다. 조카를 생각하다가 자기 아이들에 대해서도 생각했다. 그녀는 조카와 자기 아이들을 비교하지 않았다. 그러나 그들에 대한 자신의 감정을 비교해 보고는 슬프게도 니콜렌카에 대한 감정에 무언가가 부족하다는 것을 발견했다.

이따금 그 차이가 나이 때문에 생긴다는 생각이 머리

에 떠올랐다. 그러나 니콜렌카 앞에서 죄를 지은 듯한 기분이 들었다. 그래서 마음속으로 자기 결점을 바로잡고 불가능한 것 ── 즉 그리스도가 인류를 사랑했듯이 자신의 남편과 아이들과 니콜렌카와 모든 이웃을 이 삶 속에서 사랑하는 것 ── 을 해내리라 스스로 다짐하곤 했다. 마리야 백작 부인의 영혼은 언제나 무한하고 영원하고 완전한 것을 갈망했기에 결코 평온을 누릴 수 없었다. 내면에 감춰지고 육체에 짓눌린 영혼의 숭고한 고통이 그녀의 얼굴에 엄숙한 표정으로 떠올랐다. 니콜라이가 그녀를 바라보았다.

'아, 하느님! 마리가 죽으면 우리는 어떻게 될까? 마리가 저런 표정을 짓고 있으면 그럴 것만 같아.' 그는 이런 생각을 하고 이콘 앞에 서서 저녁 기도를 읊기 시작했다.

16

    남편과 단둘이 된 나타샤도 여느 부부들이 대화를 나누는 모습과 다를 바 없이 남편과 이야기를 나누고 있었다. 즉 판단과 추론과 결론의 매개 없이 논리학의 모든 규칙에 어긋나는 방식으로, 완전히 독특한 방법으로 매우 분명하고 빠르게 서로의 생각을 이해하고 전달한 것이다. 피에르의 논리적인 사유 과정이 그녀에게는 두 사람 사이가 어딘지 모르게 매끄럽지 않다는 확실한 신호로 느껴질 만큼 그녀는 남편과 그런 방식으로 대화하는 것에 익숙했다. 그가 신중하고 침착하게 논증하기 시작하고 그녀가 그의 본보기에 말려들어 똑같이 하기 시작할 때면 그녀는 이것이 반드시 말다툼으로 이어지리라는 것을 알았다.

    그들이 둘만 남은 바로 그때부터, 나타샤가 행복에 젖은 눈동자를 크게 뜨고 조용히 다가가 별안간 재빨리 그의 머리를 가슴에 꽉 끌어안으며 "이제 당신은 완전히, 완전히 나의 것이에요, 나의 것! 당신은 떠날 수 없어요!"라고 말한 그때부터 논리학의 모든 규칙에 어긋나는 그 대회가 시작되었다. 완전히 다른 여러 화제들에 대해 동시에 이야기한다는 것만으로도 이미 논리학의 모든 규칙에 어긋났다. 많은 화제를 이렇듯 동시에 논하는 것은 명료한 이해를 방해하지 않았을 뿐 아니라 오히려 그들이 서로를 충분히 이해하고 있음을 보여 주는 가장 확실한 신호가 되었다.

꿈속에서는 그 꿈을 이끄는 감정 이외의 모든 것이 불분명하고 무의미하고 서로 모순되듯이, 이성의 모든 법칙에 어긋나는 이 의사소통에서도 일관성 있고 분명한 것은 언어가 아니라 언어를 이끄는 감정뿐이었다.

나타샤는 오빠의 일상생활에 대해, 남편이 없는 동안 자기가 살아 있다고 할 수 없을 정도로 괴로워한 것에 대해, 자신이 마리를 더욱더 사랑하게 된 것에 대해, 마리가 모든 면에서 자신보다 낫다는 것에 대해 이야기했다. 그 말을 하면서 나타샤는 자신이 마리의 우월함을 알고 있다고 솔직히 인정했다. 하지만 그런 말을 하면서도 마리와 다른 모든 여자들보다 자신을 더 좋아해 줄 것을, 특히 그가 페테르부르크에서 많은 여자들을 보고 난 후인 지금 자신에게 그 말을 다시 되풀이해 주기를 피에르에게 요구했다.

피에르는 나타샤의 말에 대답하고는 페테르부르크에서 귀부인들이 있는 야회와 만찬에 참석하는 것이 그에게 얼마나 견디기 힘든 일인지 이야기했다.

"난 귀부인들과 이야기하는 법을 완전히 잊어버렸어." 그가 말했다. "그냥 지루해. 더욱이 내가 너무 바빴거든."

나타샤는 그를 뚫어지게 쳐다보고 계속 말을 이었다.

"마리 말이에요, 정말 매력적이에요." 그녀가 말했다. "얼마나 아이들을 잘 이해하는지! 마리는 마치 아이들의 영혼만 보는 것 같아요. 예를 들면 어제 미첸카가 제멋대로 굴기 시작하자……."

"아, 그 아이는 제 아버지를 쏙 빼닮았어." 피에르가 끼어들었다.

나타샤는 그가 미첸카와 니콜라이의 비슷한 점에 대해 그런 식으로 언급하는 이유를 알았다. 그는 처남과 논쟁한 기억에 불쾌감을 느껴서 그것에 대해 나타샤의 의견을 듣고 싶었던 것이다.

"니콜렌카에게는 이런 약점이 있어요. 모든 사람이 인정하지 않으면 오빠는 어떤 것에도 절대 찬성하지 않아요. 하지만 난 이해해요. 당신은 활동 분야를 개척하는 것을 중요하게 생각하죠." 그녀는 언젠가 피에르가 한 말을 되풀이하며 말했다.

"아냐." 피에르가 말했다. "중요한 것은 사유와 판단이 니콜라이에게는 오락이고 거의 심심풀이에 불과하다는 거야. 서고를 꾸민다고 하지만 구입한 책을 다 읽기 전에는 새 책을 사지 않는 것을 규칙으로 삼았잖아. 시스몽디[95]도 루소도 몽테

---

95) 장 샤를 레오나르 시스몽디(Jean Charles Léonard Sismondi, 1773~1842). 스위스 태생인 자유주의 성향의 역사가이자 경제학자. 열여섯 권짜리 저작인 『중세 시대 이탈리아 공화국의 역사(Histoire des républiques italiennes du Moyen Age)』(1817)로 큰 명성을 누렸다.

스키외도 말이야." 피에르는 빙긋 웃으며 덧붙였다. "당신도
알지, 내가 얼마나 그를……." 그가 말의 어조를 부드럽게 하
기 시작했다. 하지만 나타샤는 그럴 필요가 없다는 것을 느끼
게 하기 위해 그의 말을 가로막았다.

"그럼 당신 말은 오빠에게 사유는 심심풀이라는……."

"그래, 하지만 나에게는 다른 모든 것이 오락이지. 페테르
부르크에 있는 내내 모든 사람들이 마치 꿈속에 나오는 사람
들 같았어. 어떤 생각이 날 사로잡으면 다른 모든 것은 심심풀
이가 되어 버려."

"아, 당신이 아이들과 인사하는 것을 보지 못해 너무 아쉬
워요." 나타샤가 말했다. "어느 아이가 가장 기뻐했어요? 틀
림없이 리자죠?"

"응." 피에르는 이렇게 말하고 자기 마음을 사로잡은 것에
대해 계속 이야기했다. "니콜라이는 우리가 생각을 해서는 안
된다고 말해. 난 그럴 수 없어. 말할 나위도 없지만 난 페테르
부르크에서 그걸 느꼈어.(당신에게 단언할 수 있어.) 내가 없으
면 이 모든 것은 와해되고 다들 저마다 자기 쪽으로 끌어당기
려 할 거야. 하지만 난 모두를 하나로 뭉치는 데 성공했어. 그
리고 내 생각은 아주 단순하고 분명해. 우리가 이런저런 것에
대항해야 한다고 말하는 게 아니야. 우리가 실수할 수도 있어.
그러나 난 말하겠어. 선을 사랑하는 사람들은 서로 손을 맞잡
으라고, 오직 하나의 깃발, 즉 실천적인 선(善)만 두자고 말이
야. 세르게이 공작은 훌륭하고 지적인 사람이야."

나타샤는 피에르의 생각이 위대한 사상이라는 점을 의심

하지 않았다. 그러나 한 가지가 그녀를 혼란스럽게 했다. 그가 그녀의 남편이라는 점이었다. '사회를 위해 이처럼 중요하고 필요한 사람, 이 사람이 나의 남편이기도 하단 말인가? 어떻게 이런 일이 일어났을까?' 그녀는 그에게 이런 의구심을 표현하고 싶었다. '이 사람이 정말로 가장 똑똑한 사람인지 아닌지 판단할 수 있는 사람은 누구누구일까?' 그녀는 스스로에게 묻고는 피에르가 몹시 존경하는 사람들을 마음속으로 한 명 한 명 꼽아 보았다. 그의 이야기에 따르면 그가 플라톤 카라타예프만큼 존경하는 사람은 아무도 없었다.

"당신은 알아요? 내가 무슨 생각을 하는지?" 그녀가 말했다. "플라톤 카라타예프에 대해 생각했어요. 그는 어떻게 생각할까요? 지금의 당신에게 찬성할까요?"

피에르는 그 질문에 전혀 놀라지 않았다. 아내의 사고의 흐름을 잘 알았던 것이다.

"플라톤 카라타예프?" 그는 이렇게 말하고 잠시 생각에 잠겼다. 이 화제에 대한 카라타예프의 판단을 상상해 보려고 진심으로 애쓰는 듯 보였다. "그 사람은 이해하지 못했을 거야. 하지만 내 생각으로는 어쨌든 찬성했을 거야."

"당신을 정말로 사랑해요!" 나타샤가 갑자기 말했다. "아주 아주 많이요."

"아냐, 찬성하지 않았을지도 몰라." 잠시 생각하던 피에르가 말했다. "그가 찬성하는 게 있었다면 그건 우리의 가정생활이었을 거야. 그는 모든 것에서 품위와 행복과 평온을 보기를 간절히 바랐지. 난 그에게 우리를 자랑스럽게 보여 줄 수 있는데……. 지금 당신은 우리가 떨어져 있던 것에 대해 말하지. 당신은 믿지 못할 거야. 당신과 떨어진 후에 내가 당신에게 얼마나 특별한 감정을 품게 되는지……."

"그렇군요, 또……." 나타샤가 말문을 열었다.

"아니, 그런 게 아냐. 난 절대로 당신을 사랑하는 것을 멈추지 않을 거야. 그리고 이보다 더 사랑하는 것은 불가능해. 그것은 특별히……. 음, 그래……." 그는 말을 끝맺지 못했다. 마주친 두 사람의 시선이 나머지 말을 다 해 버렸기 때문이다.

"얼마나 어리석은지!" 갑자기 나타샤가 입을 열었다. "밀월이니 신혼이 가장 행복하다느니 하는 말들이요. 오히려 지금이 가장 행복한데. 당신이 떠나지만 않으면 말이에요. 우리가 어떻게 싸웠는지 기억해요? 언제나 잘못은 나에게 있었죠. 언제나 나였어요. 그런데 우리가 무엇 때문에 싸웠죠? 이제는 기억조차 나지 않네요."

"언제나 똑같은 것 때문이었어." 피에르가 빙그레 웃으며 말했다. "질투……."

"말하지 말아요. 너무 싫어요." 나타샤가 날카롭게 소리를 질렀다. 적의에 찬 차가운 광채가 눈동자에서 반짝였다. "그 여자를 봤죠?" 그녀는 잠시 침묵하고는 덧붙였다.

"아니, 설사 보았다 해도 알아보지 못했을 거야."

두 사람은 잠시 침묵에 잠겼다.

"아, 알아요? 당신이 서재에서 말할 때 난 당신을 보고 있었어요." 나타샤가 말했다. 그녀는 밀려드는 구름을 몰아내려 애쓰는 듯 보였다. "당신과 그 애는 두 개의 물방울처럼 닮았어요. 꼬마 녀석(그녀는 아들을 그렇게 불렀다.) 말이에요. 아, 그 아이에게 가 봐야겠어요……. 시간이 됐어요……. 아쉽네요. 가야 하다니…….”

두 사람은 몇 초 동안 침묵했다. 그러고는 갑자기 동시에 서로를 돌아보더니 무언가 말하기 시작했다. 피에르는 자기만족과 열정이 어린 모습으로 말문을 열었다. 나타샤는 조용하고 행복한 미소를 지으며 이야기했다. 말이 맞부딪친 두 사람은 동시에 입을 다물고 서로에게 양보했다.

“아냐, 무슨 말을 하려고 했어? 말해. 말해 봐.”

“아니에요. 당신이 말해 봐요. 내 이야기는 그냥 바보 같은 이야기인걸요.” 나타샤가 말했다.

피에르는 자신이 꺼낸 이야기를 들려주었다. 그것은 페테르부르크에서 그가 거둔 성공에 대한 자기만족적인 판단의 연속이었다. 이 순간 그에게는 자신이 러시아 사회 전체와 온 세상에 새로운 방향을 부여하도록 부름을 받은 것 같았다.

“내가 말하고 싶은 건 단지 거대한 결과를 낳은 모든 사상은 언제나 단순하다는 거야. 만약 악한 인간들이 서로 결탁해서 세력을 형성하면 정직한 사람들도 그냥 똑같은 것을 해야 한다는 것, 그것이 내 생각의 전부야. 정말 단순하지.”

“네.”

“당신은 무슨 말을 하려 했어?”

“그냥 바보 같은 이야기예요.”

“아냐. 그래도 해 봐.”

“아무것도 아니에요. 사소한 이야기예요.” 나타샤는 미소로 얼굴을 더욱 빛내며 말했다. "난 그냥 페챠에 대해 말하고 싶었어요. 오늘 보모가 그 애를 내게서 데려가려고 다가오니까 페챠가 까르르 웃으며 실눈을 뜨더니 니에게 착 달라붙지 뭐예요. 숨었다고 생각한 게 분명해요. 정말 사랑스럽죠. 페챠가 소리치고 있네요. 그럼, 갈게요!" 그러고 나서 그녀는 방에서 나갔다.

같은 시간 니콜렌카 볼콘스키의 거주 공간인 아래층 침실에서는 여느 때처럼 이콘 앞의 램프가 밝게 타오르고 있었다.(소년은 어둠을 두려워했으며 이러한 결점은 고쳐지지 않았다.) 데살은 베개 네 개를 높이 괸 채 자고 있었다. 로마인 같은 매부리코가 고르게 코 고는 소리를 냈다. 식은땀을 흘리며 막 잠에서 깬 니콜렌카는 침대에 앉아 눈을 크게 뜨고 눈앞을 바라보았다. 무시무시한 꿈이 그를 깨웠다. 그는 꿈에서 투구를 쓴 자신과 피에르를 보았다. 플루타르코스의 책[96]에 묘사된 그런 투구였다. 니콜렌카와 피에르 아저씨는 대군의 선두에서 나아갔다. 그 군대는 비스듬한 하얀 선들로 이루어져 있었다. 가을이면 주위를 날아다니는, 데살이 성모의 실이라 부르는 거미집처럼 그 선이 대기를 가득 채웠다. 선두에는 영광이 있었다. 똑같은 실이었지만 그저 좀 더 도톰했다. 그들 ― 그와 피에르 ― 은 경쾌하고 즐겁게 목표를 향하여 점점 더 가까이 돌진했다. 두 사람을 움직이던 실이 갑자기 가늘어지면서 엉키

―――――――――――

96) 『영웅전(Bioi Paralleroi)』을 가리킨다.

기 시작했다. 힘들어졌다. 그런데 니콜라이 일리이치 고모부가 위협적이고 준엄한 자세로 그들 앞에 서 있었다.

"당신들이 이렇게 해 놓았습니까?" 그가 부러진 봉랍과 펜을 가리키며 말했다. "난 당신들을 사랑했습니다. 하지만 아락체예프가 나에게 명령을 내렸습니다. 난 가장 먼저 앞으로 나오는 자를 죽이겠습니다." 니콜렌카는 피에르를 돌아보았다. 하지만 이미 피에르는 사라지고 없었다. 피에르는 아버지, 즉 안드레이 공작이었다. 아버지는 형상과 형체를 지니지 않았지만 그 자리에 있었다. 니콜렌카는 그를 보면서 사랑으로 나약해지는 기분을 느꼈다. 자신이 힘도 없고 뼈도 없이 흐물흐물해지는 것 같았다. 아버지는 그를 어루만지며 애처로이 여겼다. 그러나 니콜라이 일리이치 고모부가 그들에게로 서서히 계속 다가오고 있었다. 니콜렌카는 공포에 사로잡혔다. 그리고 잠에서 깼다.

'아버지.' 그는 생각했다. '아버지,(집에는 굉장히 닮은 두 점의 초상화가 있었지만 니콜렌카는 한 번도 안드레이 공작을 인간의 형상으로 상상해 본 적이 없었다.) 아버지가 나와 함께 계셨고 날 어루만져 주셨어. 아버지는 내 생각에 찬성하셨고 피에르 아저씨의 생각에도 찬성하셨지. 그분이 무슨 말을 하든 난 그것을 해내겠어. 무치 스체볼라[97]는 자기 손을 태웠지. 하지만 내 인생에 그와 같은 일이 일어나지 말라는 법이 있나? 난 알아. 어른들은 내가 공부하기를 원해. 그러니 공부할 거야. 하지만 언젠가 공부를 그만두겠어. 그리고 그때는 그것을 할 거야. 난 하느님께 오직 한 가지만 구하겠어. 플루타르코스의 인간들에게 일어난 일이 나에게도 일어나게 해 달라고. 그럼 난 똑같이 해내겠어. 더 잘 해낼 테야. 모두가 날 알아보고 모두가 날 사랑하고 모두가 나에게 감탄하겠지.' 문득 니콜렌카는 가슴을 옥죄는 흐느낌을 느끼고 울음을 터뜨렸다.

"아파요?" 데살의 목소리가 들렸다.

"아뇨." 니콜렌카는 이렇게 대답하고는 베개를 베고 누웠다. '착하고 좋은 분이야. 난 저분이 좋아.' 그는 데살에 대해 생각했다. '하지만 피에르 아저씨! 아, 얼마나 훌륭한 사람인가! 그런데 아버지는? 아버지! 아버지! 그래, 난 그분조차 흡족해하실 그런 일을 해내고 말 테야……'

---

97) 플루타르코스의 『영웅전』 가운데 「포플리콜라의 생애」에 나오는 무키우스 스카에볼라(Mucius Scaevola)를 러시아식 발음으로 지칭한 인명이다. 로마 제국 초기인 기원전 507년 클루시움 왕국과 에스투리아 왕국이 동맹을 맺어 로마를 침공했다. 가이우스 무키우스라는 젊은 귀족은 클루시움의 왕 포르센나를 죽이기 위해 적진에 숨어들었다가 포르센나 앞에 끌려갔다. 그는 왕 앞에서 말없이 자신의 오른손을 불길에 넣었다. 무키우스가 "로마에는 나와 같은 용기를 가진 병사가 300명이나 더 있다."라고 말하자 대담하고 용감한 무키우스의 대답에 놀란 포르센나는 급히 병사들을 거두어 퇴각을 명령했다고 한다. 그 후 가이우스 무키우스의 이름에 '왼손잡이'라는 뜻의 '스카에볼라'가 덧붙어 '무키우스 스카에볼라'로 불리게 되었다. 1800년대 러시아에서 플루타르코스의 『영웅전』은 소년들의 교육을 위한 필독서였다.

에필로그

2부

1

역사의 대상은 여러 나라 국민들과 인류의 삶이다. 인류의 삶은 말할 것도 없고 한 나라 국민의 생활조차 직접 포착하여 말로 감싸는 것, 즉 서술하는 것이 불가능해 보인다.

옛날 모든 역사가들은 포착할 수 없을 것처럼 보이는 것, 즉 국민의 삶을 서술하고 포착하기 위해 동일한 방법을 사용했다. 국민을 다스리는 개별 인간들의 활동을 서술한 것이다. 그리고 그들이 보기에 그 활동은 국민 전체의 활동을 나타냈다.

개별 인간들은 어떻게 자신의 의지에 따라 국민들을 움직였는가? 그리고 무엇이 이 인간들의 의지를 지배했는가? 이 문제에 대해 옛사람들은 다음과 같이 대답했다. 우선 그들은 첫 번째 물음에 대해서 선택받은 한 인간의 의지에 국민들을 종속시키는 신의 의지를 인정한다고 답했다. 그리고 두 번째 물음에 대해서는 선택받은 인간의 이 의지를 예정된 목적으로 이끄는 동일한 신의 존재를 인정한다고 답했다.

옛사람들에게 이 질문들은 신이 인간사에 직접 개입한다는 믿음으로 해결되었다.

새로운 역사학은 자신의 이론에서 이 두 가정을 거부한다.

인간은 신에게 종속되고 국민은 명확한 목적을 향해 인도된다는 옛사람들의 신앙을 저버린 새 역사학은 권력의 현상이 아닌 권력을 형성하는 원인을 연구해야 할 것처럼 보였을 것이다. 그러나 새 역사학은 그렇게 하지 않았다. 새 역사학은 이론상으로 옛사람들의 견해를 거부했지만 실제로는 그들의 견해를 추종한다.

신의 권력을 부여받고 신의 뜻대로 직접 인도받는 사람들 대신, 새 역사학은 비범한 초인적 능력을 부여받은 영웅이나 군주부터 언론인에 이르기까지 대중을 이끄는 온갖 다양한 특징을 지닌 인간들을 내세웠다. 유대인, 그리스인, 로마인 등 여러 나라 국민들이 품은 목적, 즉 신을 기쁘게 한다는 예전의 목적 대신 새 역사학은 자신의 목적을 제시했다. 그것은 프랑스인과 독일인과 영국인의 행복, 그리고 가장 추상화된 형태로는 모든 인간 문명 ─ 대개 큰 대륙의 북서쪽 작은 한구석을 차지한 몇몇 나라의 국민들을 가리키는 ─ 의 행복이다.

새 역사학은 옛사람들의 신앙을 거부했지만 그 자리에 자신들의 새로운 견해를 제시하지는 못했다. 그리고 상황의 논리는 황제들의 신권과 옛사람들의 숙명을 거부한 척하는 역사가들로 하여금 다른 길을 거쳐 똑같은 것에 이르도록, 즉 다음과 같은 것을 인정하도록 만든다. 1) 몇몇 개인이 여러 나라 국민들을 이끈다. 2) 여러 나라 국민들과 인류가 지향하는 어떤 목적이 존재한다.

기번[98]부터 버클[99]에 이르기까지 최근 역사가들이 저술한 모든 저작의 토대에는 이 두 가지 케케묵은 불가피한 명제가 깔려 있다. 비록 역사가들 사이에 불일치가 보이고 그들의 견해가 참신해 보이더라도 말이다.

첫째, 역사가는 인류를 이끄는──그들의 견해에 따르면── 개별 인물들(어떤 역사가는 이런 인물들로 군주, 사령관, 대신을 꼽고, 또 어떤 역사가는 군주와 웅변가 외에 학자, 개혁가, 철학자, 시인을 꼽는다.)의 활동을 기술한다. 둘째, 역사가는 인류가 지향하는 목적(어떤 역사가에게 이 목적은 로마, 에스파냐, 프랑스 왕국의 위대함이고, 또 어떤 역사가에게 그것은 유럽이라 불리는 세계의 작은 한구석에서의 자유와 평등과 어떤 종류의 문명이다.)을 안다.

1789년 파리에서 동요가 일어난다. 그것은 커지고 진전되어 여러 나라 국민들이 서쪽에서 동쪽으로 향하는 운동으로 표현된다. 그 운동은 몇 차례 동쪽으로 향하다가 동쪽에서 서쪽으로 나아가는 역운동과 충돌한다. 1812년 그 운동은 자신의 극한, 즉 모스크바에 이른다. 그리고 동쪽에서 서쪽으로의

---

98) 에드워드 기번(Edward Gibbon, 1737~1794). 영국 역사가. 여섯 권짜리 저작인 『로마 제국의 쇠퇴와 몰락의 역사(A History of the Decline and Fall of the Roman Empire)』로 잘 알려져 있다.

99) 헨리 토머스 버클(Henry Thomas Buckle, 1821~1862). 영국 역사가이자 사회학자. 『영국의 문명사(The History of Civilization in England)』의 저자. 문명의 발전이 전쟁의 중단을 가져온다는 생각을 피력했다.

역운동은 첫 번째 운동과 마찬가지로 중부의 여러 국민들을 끌어들이면서 현저한 대칭을 이루며 일어난다. 역운동은 서쪽에서 운동의 출발점이었던 지점, 즉 파리에 이르러서야 멎는다.

이 이십 년 동안 거대한 면적의 밭이 경작되지 못한다. 집들이 불탄다. 상업이 방향을 바꾼다. 수백만 명의 사람들이 영락하거나 부유해지거나 이주한다. 그리고 이웃 사랑이라는 율법을 따르던 수백만 명의 그리스도교 신자들이 서로를 죽인다.

이 모든 것은 도대체 무엇을 의미하는가? 이런 일이 일어난 이유는 무엇인가? 이 사람들로 하여금 집에 불을 지르고 자신과 비슷한 사람들을 살육하게 만든 것은 무엇인가? 이 사건들의 원인은 무엇인가? 사람들을 이런 식으로 행동하게 만든 것은 어떤 힘인가? 바로 이러한 것들이, 과거의 운동 시기에 생산된 회상록이나 구전과 맞닥뜨린 인류가 스스로에게 제기하게 되는 본능적이고도 소박한, 그러면서도 지극히 당연한 물음들이다.

이 물음들을 해결하기 위해 인류의 상식은 여러 나라 국민들과 인류의 자기 인식을 목적으로 삼는 역사학에 의지한다.

옛사람들의 견해를 고수하려 할 경우 역사학은 이렇게 말할 것이다. 신은 자기 백성에게 상을 주기 위해서든 벌을 주기 위해서든 자신의 뜻을 이루고자 나폴레옹에게 권력을 주고 그의 의지를 이끌었다고 말이다. 그리고 그것은 충분하고 분명한 대답이 되었을 것이다. 나폴레옹의 신적 의미를 믿을 수도 있고 믿지 않을 수도 있다. 다만 그 의미를 믿는 사람은 그 시대의 역사 전체에서 모든 것을 이해할 수 있었고 그들이 보기에는 어떤 모순도 있을 것 같지 않았다.

그러나 새로운 역사학은 그런 식으로 대답할 수 없다. 학문은 신이 인간사에 직접 개입한다는 옛사람들의 견해를 인정하지 않는다. 따라서 학문은 다른 대답을 내놓아야 한다.

새로운 역사학은 이 물음들에 답하며 다음과 같이 말한다. 당신은 이 이동이 무엇을 의미하는지, 왜 일어났는지, 어떤 힘이 그 사건들을 일으켰는지 알고 싶은가? 들어라.

루이 14세는 스스로를 과신하는 매우 오만한 인간이었다. 그에게는 이런저런 정부(情婦)들과 이런저런 대신들이 있었다. 그는 프랑스에 악정을 펼쳤다. 루이의 후계자들도 유약한 인간으로 역시 프랑스에 악정을 펼쳤다. 그리고 그들에게는 이런저런 총신들과 이런저런 정부들이 있었다. 게다가 몇몇 사람들이 이 시기에 책을 저술했다. 18세기 말 파리에 스무 명가량의 사람들이 모여 인간은 모두 평등하고 자유롭다고 말하기 시작했다. 이때부터 파리 전역에서 사람들이 서로를 살육하고 파괴하기 시작했다. 그들은 왕과 그 밖의 많은 이들을 죽였다. 그 무렵 프랑스에 천재적인 인간이 있었다. 바로 나폴레옹이었다. 그는 매우 천재적이었기에 어디를 가나 모든 이들을 무찔렀다. 즉 많은 사람들을 죽였다. 그리고 무언가를 위해 아프리카인들을 죽이러 갔다. 그들 역시도 굉장한 솜씨로 해치웠다. 대단히 교활하고 똑똑했던 그는 프랑스에 돌아오자 모든 이들에게 자기를 따르라고 명령했다. 그러자 다들 그에게 복종했다. 황제가 된 그는 다시 이탈리아와 오스트리아와 프로이센의 국민을 죽이러 갔다. 그리고 그곳에서 많은 사람들을 죽였다. 그런데 러시아에 알렉산드르 황제가 있었다. 그는 유럽의 질서를 회복하기로 결심하고 나폴레옹과 전쟁을 벌였다. 그러나 1807년에 갑자기 나폴레옹과 화친을 맺었고, 1811년에는 다시 싸움을 벌였다. 그렇게 그들은 또다시 많은 국민을 죽이기 시작했다. 그리고 나폴레옹은 60만 군대를 이끌고 러시아에 침입하여 모스크바를 점령했다. 그런 다음 별안간 모스크바를 버리고 도주했다. 그때 알렉산드르 황제는 슈타인과 여러 사람들의 조언에 도움을 받아 유럽 평화의 파괴자에 맞서 무장하도록 유럽을 규합했다. 나폴레옹의 모든 동맹자들은 갑자기 그의 적이 되었다. 그리고 이 무장 군대는 새롭게 힘을 모은 나폴레옹에 맞서 움직이기 시작했다. 동맹자들은 나폴레옹을 물리치고는 파리에 입성하여 나폴레옹을 퇴위시키고 그를 엘바섬으로 유배 보냈다. 그들은 그에게서 황제의 칭호를 빼앗지 않고 그에게 모든 경의를 표했다. 비록 오 년 전, 그리고 그 후 일 년 뒤에는 모든 이들이 그를 무법의 도적으로 간주했지만 말이다. 그때까지 프랑스인들과 동맹자들에게 조롱당하기만 하던 루이 18세의 치세가 시작되었다. 나폴레옹은 옛 근위대 앞에서 눈물을 흘리며 퇴위하고 유배를 떠났다. 그 후 노련한 정치가들과 외교관들(특히 가장 먼저 어떤 자리를 차지하는 데 성공하여 프랑스의 국경을 확장한 탈레랑)[100]이 빈에서 회담을 열었으며, 그 회담을 통해 여러 나라 국민들

---

100) 나폴레옹의 첫 번째 퇴위 후 유럽의 질서를 재확립하기 위해 열린 빈 회의에 프랑스 협상단 대표로 참석한 탈레랑은 인접 국가의 영토를 230제곱킬로미터 정도 확보하여 프랑스의 예전 국경을 회복했다. 이 책 3권 주 1을 참조.

을 행복하게도 하고 불행하게도 했다. 그런데 별안간 외교관들과 군주들이 거의 싸우다시피 했다. 이미 그들은 언제라도 자신의 군대에 서로를 죽이라고 또다시 명령할 태세를 갖추고 있었다. 그러나 그때 나폴레옹이 1개 대대를 이끌고 프랑스에 돌아왔다. 그를 증오하던 프랑스인들 모두가 즉시 그에게 복종했다. 하지만 동맹국의 군주들은 이에 격노하며 다시 프랑스인들과 전쟁을 벌였다. 그리고 그들은 천재적인 나폴레옹을 제압하고 나서 갑자기 그를 도적으로 취급하며 세인트헬레네섬에 유배를 보냈다. 그리고 사랑하는 사람들과 사랑하는 프랑스로부터 떨어진 유형자는 그곳의 바위에서 서서히 죽어 가며 자신의 위대한 업적을 후손에게 전했다. 한편 유럽에서는 반동이 일어나 모든 군주들이 다시 자신의 국민들을 괴롭히기 시작했다.

이것을 역사 서술에 대한 조롱이나 희화화로 여긴다면 공연한 생각일 것이다. 오히려 이것은 어떤 물음 — 회상록 저술가와 각 나라의 역사 편찬자로부터 당시의 세계사와 문화사라는 새로운 장르에 이르기까지 역사 전체가 제기하는 — 에도 답을 주지 않는 모순된 답변에 대한 가장 온건한 표현이다.

이 답변들의 기이함과 우스꽝스러움은 새 역사학이 아무도 던지지 않은 질문에 답하는 어리석은 사람과 비슷하다는 점에서 비롯된다.

만약 역사학의 목적이 인류와 여러 나라 국민들의 움직임을 기술하는 것이라면 첫 번째 물음 — 이 물음에 대한 답변 없이는 다른 나머지 물음도 전부 이해할 수 없다 — 은 다음과 같다. 어떤 힘이 여러 나라 국민들을 움직이는가? 이 질문에 대해 새 역사학은 염려스럽게도 나폴레옹이 매우 천재적이었다느니, 루이 14세가 매우 오만했다느니, 이런저런 저술가들이 이런저런 책을 저술했다느니 말한다.

이 모든 것은 매우 있을 법한 일이고, 인류도 여기에 기꺼이 동의할 것이다. 그러나 인류는 그것에 대해 묻지 않는다. 만약 스스로에게 기반을 두는 언제나 동일한 신의 권력을, 나폴레옹과 루이 황제와 저술가 같은 사람들을 통해 자신의 백성을 다스리는 신의 권력을 우리가 인정한다면 그 모든 것이 흥미로울지도 모른다. 그러나 우리는 이러한 권력을 인정하지 않는다. 그러므로 나폴레옹과 루이 황제와 저술가 같은 사람들에 대해 말하기에 앞서 우리는 이러한 인물들과 여러 국민들의 움직임 사이에 존재하는 연관성을 제시해야 한다.

만약 신의 권력 대신 다른 힘이 제시되면 그 새로운 힘이 무엇인지 해명되어야 한다. 왜냐하면 역사의 모든 흥미로운 점이 바로 이러한 힘에 존재하기 때문이다.

역사는 마치 이 힘이 말할 나위도 없이 자명하고 모든 이들에게 알려져 있다고 가정하는 듯하다. 그러나 이 새로운 힘을 이미 알려진 것으로 인정하고픈 갈망이 아무리 간절하다 해도, 아주 많은 역사학 저작들을 읽은 사람이라면 역사가들 스스로도 다양하게 이해하는 그 새로운 힘이 모든 이들에게 완전히 다 알려졌다는 점에 대해서는 자기도 모르게 의심을 품을 것이다.

2

어떤 힘이 국민들을 움직이는가?

전기(傳記)를 전문으로 다루는 역사가들과 개별 국민들을 연구하는 역사가들은 이 힘을 영웅과 군주만이 가진 권력으로 이해한다. 그들의 서술에 따르면 사건은 오직 나폴레옹과 알렉산드르 같은 사람들, 혹은 대체로 부문 역사의 연구자가 기술하는 인물들의 의지로 생긴다. 이런 부류의 역사가들이 사건을 움직이는 힘에 대한 물음에 제시하는 답변은 만족스럽다. 그러나 그것은 각 사건을 연구하는 역사가가 단 한 명존재하는 한에서만 그러하다. 다양한 국적과 견해를 가진 역사가들이 똑같은 사건을 기술하는 순간 그들이 내놓은 답변은 즉각 모든 의미를 잃는다. 왜냐하면 각 역사가들이 그 힘을 다양하게 해석할 뿐 아니라 종종 완전히 상반된 시각으로 해석하기 때문이다. 어떤 역사가는 나폴레옹의 권력이 사건을 일으켰다고 주장하고, 어떤 역사가는 알렉산드르의 권력이 사건을 일으켰다고 주장한다. 또 다른 역사가는 어떤 제삼자의 권력이 사건을 일으켰다고 주장한다. 게다가 이런 부류의 역사가들은 동일한 인물의 권력이 토대로 삼은 힘을 설명할 때조차 상반된 주장을 펼친다. 나폴레옹 옹호자인 티에르는 나폴레옹의 권력이 그 미덕과 천재성에 토대한다고 말한다. 공화주의자 랑프레의 말에 따르면 그 힘은 나폴레옹이 국민에게 저지른 협잡과 속임수에 토대한다. 이런 부류의 역사가들은 상대방의 명제를 서로 허물며, 그렇게 함으로써 사건을 일으키는 힘에 대한 개념을 깨뜨리고 역사의 본질적 물음에 대한 어떠한 대답도 내놓지 않는다.

모든 국가의 국민들에 대해 다루는 일반 역사의 연구자들은 부문 역사의 연구자들이 사건을 일으키는 힘에 관하여 피력하는 견해가 옳지 않음을 인정하는 듯하다. 그들은 이 힘이 영웅과 군주만 갖는 권력이 아닌 다양한 방향을 향한 많은 힘들의 결과라는 사실을 인정한다. 전쟁이나 국민의 정복을 기술하는 일반 역사의 연구자는 한 인물의 권력이 아니라 사건과 결부된 많은 인물들의 상호 작용에서 사건의 원인을 찾는다.

이 견해에 따르면 많은 힘들의 산물로 간주되는 역사 인물들의 권력은 이미 그 자체로는 사건을 일으키는 힘으로서 고찰될 수 없을 듯하다. 그러나 일반 역사의 연구자들도 대부분 권력의 개념을 자체적으로 사건을 일으키거나 사건의 원인이 되는 힘으로 사용한다. 그들의 서술에 따르면 역사 인물은 그가 속한 시대의 산물이고 그 권력은 다양한 힘들의 산물일 뿐이다. 그러나 그의 권력은 사건을 일으키는 힘이기도 하다. 예를 들어 게르비누스[101]와 슐로서[102]를 비롯한 여러 역사가들은 어느 때는 나폴레옹이 프랑스 혁명과 1789년 이념 등의 산물이라 주장하고, 어느 때는 1812년의 원정을 포함해 자신들이 달가워하지 않는 여러 사건들이 그릇된 방향을 향한 나폴레옹의 의지의 산물에 지나지 않는다고, 1789년의 이념 자체는 나폴레옹의 전제 정치로 인해 정체되었다고 노골적으로 말하기도 한다. 혁명의 이념과 전반적인 분위기가 나폴레옹의 권력을 낳았다. 그런데 나폴레옹의 권력이 혁명의 이념과 전반적인 분위기를 억압한 것이다.

이런 기이한 모순은 우연이 아니다. 그것은 도처에서 발견될 뿐 아니라 일반 역사의 연구자들이 남긴 모든 기록은 이런 연이은 일련의 모순으로 이루어져 있다. 이 같은 모순은 일반 역사의 연구자들이 분석의 토대에 발을 디뎠다가 도중에 멈추기 때문에 발생한다.

합력(合力)과 동등한 복수(複數)의 분력(分力)을 발견하기 위해서는 분력의 총합이 합력과 같아야 한다. 일반 역사의 연구자들은 절대 이런 조건을 관찰할 수 없다. 따라서 합력을 설명하기 위해 그들은 불가피하게 불충분한 분력 외에도 합력에 따라 움직이는 해명되지 않은 힘이 더 있다고 가정해야

---

101) 게오르크 고트프리트 게르비누스(Georg Gottfried Gervinus, 1805∼1871). 독일의 역사학자이자 셰익스피어 연구자다.
102) 슐로서(F. C. Schlosser, 1776∼1861). 하이델베르크의 역사학 교수. 열아홉 권짜리 대저작인 『세계사(Weltgeschichte)』를 저술했다.

한다.

부문 역사의 연구자는 1813년의 원정이나 부르봉 왕가의 복고를 기술하면서 이 사건들이 알렉산드르 1세의 의지로 발생했다고 단언한다. 그러나 게르비누스 같은 일반 역사의 연구자는 부문 역사의 연구자가 제시한 그 견해를 반박하면서 1813년의 원정이나 부르봉 왕가의 복고가 알렉산드르 1세의 의지 외에도 슈타인, 메테르니히,[103] **마담 스탈**, 탈레랑, 피히테, 샤토브리앙 등의 활동 때문이기도 하다는 점을 보여 주려 애쓴다. 역사가는 알렉산드르 1세의 권력을 탈레랑, 샤토브리앙 같은 구성 요소들로 분해한 것이 분명하다. 이 구성 요소들의 총합, 즉 샤토브리앙과 탈레랑과 **마담 스탈** 등의 상호 작용은 합력 전체, 즉 수백만 명의 프랑스인들이 부르봉 왕가에 굴복한 현상과 동등하지 않은 것 같다. 샤토브리앙과 마담 스탈과 그 밖의 여러 사람들이 서로 이런저런 말을 주고받은 것에서 비롯된 것은 수백만 사람들의 복종이 아니라 단지 그들 사이의 관계일 뿐이다. 따라서 수백만 사람들의 복종이 어떻게 그들의 이런 관계에서 비롯되었는지 밝히려면, 즉 하나의 A와 동등한 구성 요소들로부터 어떻게 A의 1000배인 합력이 생기

---

103) 클레멘스 로타르 벤첼 폰 메테르니히(Klemens Lothar Wenzel von Metternich, 1773~1859). 오스트리아의 정치가이자 외교관. 베를린 주재 대사와 파리 주재 대사, 오스트리아의 외무 대신을 역임했다. 1812년 러시아 원정 후 나폴레옹을 설득하여 전쟁을 그만두게 하려고 했지만 실패했다. 그후 오스트리아가 대프랑스 동맹에 참가하도록 이끌었다. 빈 회의에서는 오스트리아의 협상단 대표였다.

는지 밝히려면, 역사가는 자신이 여러 힘의 결과로서 인정하며 부인하려던 권력이라는 힘을 또다시 불가피하게 인정하지 않을 수 없다. 즉 합력에 따라 작용하는 해명되지 않은 힘을 인정해야 하는 것이다. 일반 역사의 연구자가 하는 일이 바로 이것이다. 그 결과 그들은 부문 역사의 연구자들뿐 아니라 그들 자신과도 모순되고 만다.

비의 원인을 명확히 이해하지 못하는 농촌 주민들은 자신들이 비를 바라느냐 화창한 날씨를 바라느냐에 따라 바람이 먹구름을 흩어 놓았다느니 바람이 먹구름을 몰고 왔다느니 하고 말한다. 일반 역사의 연구자들도 똑같다. 역사가들은 때로 본인들이 바라는 것이 자기 이론에 부합할 때면 권력은 사건들의 결과라고 말한다. 하지만 이따금 자신들이 다른 것을 입증해야 할 때면 권력이 사건을 일으킨다고 말한다.

문화 역사가라 불리는 세 번째 부류의 역사가들은 일반 역사의 연구자들 — 때로 저술가와 귀부인들을 사건을 일으키는 힘으로 인정하는 — 이 깔아 놓은 길을 따라가면서도 완전히 다른 방식으로 그 힘을 이해한다. 그들은 이른바 문화 속에서, 지적 활동 속에서 그 힘을 본다.

문화 역사가는 자신의 선조, 즉 일반 역사의 연구자들에 대해 철저한 연속성을 보인다. 어떤 사람들이 서로 이런저런 관계를 맺었다는 점으로 역사 사건을 설명할 수 있다면, 이런저런 사람들이 이런저런 책을 썼다는 점으로 역사 사건을 설명하지 못할 이유가 없기 때문이다. 이런 역사가들은 살아 있는 모든 현상들에 수반되는 모든 무수한 징후들 가운데 지적 활동의 징후만을 추려 이 징후가 원인이라고 말한다. 그러나 사건의 원인이 지적 활동에 있음을 보여 주려는 모든 노력에도 불구하고 지적 활동과 여러 나라 국민들의 움직임 사이에 무언가 공통점이 있다는 주장에 동의하려면 많은 양보가 필요하다. 그러나 어떤 경우에도 지적 활동이 인간 활동을 이끈다고 가정할 수는 없다. 인간 평등에 대한 설교에서 비롯된 프랑스 혁명의 잔혹하기 이를 데 없는 살인, 사랑에 대한 설교에서 비롯된 사악하기 이를 데 없는 전쟁과 처형 같은 현상들은 그 가정을 뒷받침하지 못하기 때문이다.

설령 이 역사를 가득 채운 복잡한 논의들이 전부 옳다고, 이른바 이념이라 불리는 어떤 모호한 힘이 여러 나라 국민들을 지배한다고 가정하자. 그렇다고 해도 역사의 본질적인 물음은 답변이 없는 채로 남는다. 혹은 군주들의 이전 권력에, 조언자들이나 여러 인물들의 영향력 — 일반 역사의 연구자들이 끌어들인 — 에 이념이라는 새로운 힘이 더 결합될 뿐이다. 그런데 그 이념과 대중의 관계는 해명을 필요로 한다. 나폴레옹이 권력을 가졌고 그로 인해 한 사건이 일어났다는 점은 납득할 수 있다. 한발 양보해서 다른 영향력과 더불어 나폴레옹 역시 사건의 원인으로 볼 수도 있다. 하지만 『사회 계약론』이라는 저작이 어떤 식으로 프랑스인들을 서로 짓밟게 했다는 것인가? 이는 그 새로운 힘과 사건의 인과 관계가 해명되지 않는 한 이해될 수 없다.

동시대를 살아가는 모든 사람들 사이에 연관성이 존재한다는 것은 의심할 여지가 없다. 따라서 인류의 움직임과 상업,

수공업, 원예업 등 어떤 것이든 그 사이에서 이런 연관성을 발견할 수 있는 것과 마찬가지로, 인간들의 지적 활동과 그들의 역사적 행위 사이에서도 어떤 연관성을 발견할 가능성이 존재한다. 하지만 어째서 문화 역사가들에게 인간들의 지적 활동이 모든 역사적 움직임의 원인이나 표현으로 보이는지는 납득하기 어렵다. 역사가들로 하여금 이러한 결론에 이르게 한 것은 오직 다음과 같은 판단일 것이다. 1) 역사가 학자들을 통해 기록된다는 점, 따라서 상인과 농부와 군인이 응당 기꺼이 그렇게 하듯 학자들 역시 자신이 속한 계층의 활동이 모든 인류의 활동의 토대라고 기꺼이 생각하리라는 점. 2) 정신 활동, 계몽, 문명, 문화, 이념 등 이 모든 개념이 모호하고 막연하다는 점, 그 개념들의 기치 아래 훨씬 덜 분명한 의미를 지닌, 따라서 어느 이론에나 쉽게 갖다 붙일 수 있는 말을 사용하는 것이 매우 편리하다는 점.

그러나 이런 종류의 역사가 지닌 내적 가치는 말할 것도 없고(어쩌면 그런 역사는 누군가를 위해 혹은 무언가를 위해 필요할지도 모른다.) 점점 모든 일반 역사를 흡수하기 시작한 문화사의 주목할 만한 점은 그것이 각양각색의 종교적, 철학적, 정치적 학설을 사건의 원인으로서 상세하고 진지하게 선별하면서도, 1812년 원정 같은 현실의 역사 사건을 기술해야 할 때면 매번 그 원정을 나폴레옹의 의지의 산물이라고 노골적으로 말하면서 무의식중에 그것을 권력의 산물로 기술한다는 점이다. 문화 역사가들은 그런 식으로 말하면서 무의식중에 자신과 모순을 일으키거나 자신들이 생각해 낸 새로운 힘은 역

사 사건들을 나타내지 않는다고, 역사를 이해하는 유일한 수
단은 권력 — 아마 그들은 인정하지 않았을 — 이라고 주장하
게 된다.

3

기관차가 달린다. 누군가 묻는다. 기관차는 어떻게 움직이는가? 농부는 말한다. 악마가 그것을 움직인다고. 어떤 사람은 말한다. 기관차가 달리는 것은 그 바퀴가 움직이기 때문이라고. 또 어떤 사람은 주장한다. 움직임의 원인은 바람에 실려 가는 연기라고.

농부의 말에 반박하기는 불가능하다. 그에게 반박하기 위해서는 누군가가 그에게 악마가 존재하지 않는다는 사실을 입증해야 한다. 혹은 다른 농부가 그에게 악마는 존재하지 않으며 어느 독일인이 기관차를 움직인 것이라고 설명해 주어야 한다. 그럴 때 비로소 그들은 이런저런 모순으로부터 자신들 모두 틀렸음을 알게 될 것이다. 그러나 원인이 바퀴의 움직임이라고 말하는 사람은 스스로를 반박하게 된다. 왜냐하면 그는 분석의 영역에 발을 디딘 이상 앞으로 더 나아가야 하기 때문이다. 그는 바퀴가 움직인 이유를 해명해야 한다. 그리고 기관차가 움직인 최후의 원인, 즉 보일러 안에 압축된 증기에 이를 때까지 그는 원인의 모색을 중단할 권리를 얻지 못할 것이다. 기관차의 운동을 뒤로 실려 가는 연기로 설명한 사람은 바퀴에 대한 설명이 원인을 제시하지 못하는 것을 눈치채고 가장 먼저 눈에 띄는 특징을 취하여 자기 쪽에서 그것을 원인으로 내밀었다.

기관차의 운동을 설명할 수 있는 유일한 개념은 눈에 보이는 운동과 동등한 힘이라는 개념이다.

여러 나라 국민들의 움직임을 설명할 수 있는 유일한 개념은 여러 국민들의 움직임 전체와 동등한 힘이라는 개념이다.

하지만 다양한 역사가들이 이 개념을 그야말로 다양하게, 그러나 눈에 보이는 운동과 전혀 동등하지 않은 힘으로서 이해한다. 어떤 이들은 기관차에서 악마를 본 농부처럼 그 개념에서 직접적으로 영웅만이 갖는 힘을 본다. 또 어떤 이들은 바퀴의 운동을 본 사람처럼 그 개념에서 다른 어떤 힘으로부터 발생하는 힘을 본다. 또 어떤 이들은 바람에 실려 가는 연기를 본 사람처럼 그 개념에서 지적 영향력을 본다.

사건에 참여한 모든 사람의, 예외 없는 모든 사람의 역사가 아닌 카이사르든 알렉산드르 1세든 루터든 볼테르든 개별 인물의 역사가 기록되는 한, 인간이 자신의 활동을 하나의 목적에 집중하도록 만드는 힘에 대한 개념 없이는 인류의 움직임을 기술할 가능성이 전혀 없다. 그리고 역사가들이 아는 한 그개념은 오직 권력뿐이다.

오늘날의 역사 서술에서 사료(史料)를 제어할 수 있는 유일한 손잡이는 바로 이 개념이다. 그리고 버클처럼 이 손잡이를 부러뜨리는 사람은 사료를 다루는 다른 방법을 알지 못한 채 그것을 다룰 최후의 가능성마저 잃고 말 뿐이다. 역사 현상을 해명하는 데 권력이라는 개념이 불가피하다는 점을 가장 잘 입증하는 이들은 바로 일반 역사가들과 문화 역사가들이다. 그들은 권력이라는 개념을 부정하는 것처럼 보이지만 부득이하게 그것을 계속 사용한다.

역사학은 이제까지 인류의 여러 문제와 관련하여 통화, 즉 지폐와 주화 같은 것이었다. 전기와 각 국민의 개별 역사는 지폐와 비슷하다. 그것들을 무엇으로 보증하는가 하는 문제가 발생할 때까지 누구에게도 피해를 주지 않고, 심지어 유익한 형태로 자기 임무를 다하며 통용되고 유통될 수 있다. 영웅들의 의지가 어떤 식으로 사건을 일으키는가 하는 문제를 잊기만 한다면 티에르의 역사는 흥미롭고 교훈적이며 시적인 정취마저 띨 것이다. 그러나 사람들이 제조가 간단하다는 이유로 지폐를 대량으로 만들거나 그것을 황금과 교환하고 싶어 하기 때문에 지폐의 실제 가치에 대한 의심이 발생하는 것과 마찬가지로, 이런 종류의 역사가 지니는 실질적 의미에 대한 의심이 발생하는 것은 그런 역사가 지나치게 많이 나타나기 때문이거나 누군가가 순진한 생각으로 '나폴레옹은 도대체 무슨 힘으로 그런 것을 해냈을까?' 하고 묻기 때문이다. 즉 통용되는 지폐를 실제적 개념의 순금으로 교환하기를 원하기 때문이다.

일반 역사가들과 문화 역사가들은 지폐의 불편함을 인정하고 지폐 대신 금속으로 된, 그러나 황금의 밀도를 갖지 않은 주화를 만들기로 결심한 사람들과 비슷하다. 그러면 화폐는 확실히 금속 화폐가 되지만 단지 주화일 뿐이다. 지폐는 여전히 잘 모르는 사람들을 속일 수 있다. 반면에 가치를 지니지 않은 주화는 아무도 속일 수 없다. 금은 교환만이 아니라 실무를 위해서도 사용될 수 있을 때에야 비로소 금이듯, 일반 역사가들도 권력이란 무엇인가? 하는 역사의 본질적 물음에 답할 수 있을 때에야 비로소 금이 될 것이다. 일반 역사가들은 이 물음에 서로 상반된 대답을 내놓고, 문화 역사가들은 그것을 아예 회피하며 전혀 다른 무언가에 답한다. 금과 비슷한 토큰이 그것을 금으로 인정하는 데 동의한 사람들의 무리 사이에서, 그리고 금의 성질을 모르는 사람들 사이에서 사용될 수 있듯이, 일반 역사가들과 문화 역사가들도 인류의 본질적 물음에 답하지 않은 채 자신들의 어떤 목적을 위하여 대학과 독자 대중 — 그들의 표현처럼 진지한 책의 애호가들 — 사이에서 통용 화폐의 역할을 한다.

4

신이 선택받은 한 사람에게 한 국민의 의지를 종속시키고 그 의지는 신에게 종속된다는 옛사람들의 견해를 거부하는 한, 역사는 다음의 두 가지 가운데 하나를 선택하지 않고는 모순 없이 단 한 걸음도 내디딜 수 없다. 인간사에 신이 직접 개입한다는 이전의 신앙으로 되돌아갈 것인가, 역사 사건을 일으키는 그 권력이라 불리는 힘의 의미를 명확히 해명할 것인가.

전자로 돌아가는 것은 불가능하다. 그 신앙은 붕괴되었기 때문이다. 따라서 권력의 의미를 해명하지 않으면 안 된다.

나폴레옹은 군대의 소집과 출정을 명령했다. 그런 생각은 우리에게 너무나 당연하고 친숙하게 받아들여져서 나폴레옹이 그런 말을 했을 때 어째서 60만 명의 인간들이 전쟁을 하러 나섰을까 하는 물음조차 무의미하게 느껴질 정도다. 그는 권력을 가졌고, 따라서 그가 내린 명령은 실행으로 옮겨졌다.

만약 신이 그에게 권력을 주었다고 믿는다면 이 대답은 완벽할 정도로 만족스러울 것이다. 그러나 그것을 인정하지 않는다면 우리는 즉각 한 인간이 다른 사람들을 지배하는 그 권력이란 과연 무엇인가에 대해 정의하지 않을 수 없다.

이 권력은 약한 존재를 능가하는 강한 존재의 육체적 우위, 즉 육체적 힘을 행사하거나 그것을 행사하겠다는 협박을 토대로 한 육체적 우위라는 직접적인 권력, 마치 헤라클레스의 권력 같은 직접적인 권력일 수 없다. 또 순진한 생각을 가진 일부 역사가들이 역사 인물은 영웅이라고, 천재성이라 불리는 비범한 정신과 지성의 힘을 부여받은 인간이 실제로 존재한다고 말할 때 염두에 두는 정신력의 우위에 기초할 수도 없다. 그 권력이 정신력의 우위에 기초할 수 없는 이유는 나폴레옹 — 그의 정신적 강점에 대한 견해들 사이에는 서로 맞지 않는 것들이 많다 — 같은 영웅적 인간에 대해서는 말할 것도 없이 수백만 명의 인간들을 통치한 루이 11세나 메테르니히도 정신력에서 어떤 비범한 특징을 지니기는커녕 오히려 대부분의 경우 그들이 통치한 수백만 사람들 가운데 어느 누구보다 정신적으로 더 나약했음을 역사가 우리에게 보여 주기 때문이다.

권력의 근원이 그것을 소유한 인물의 육체적, 정신적 특징에 있지 않다면 틀림없이 인물의 외부, 다시 말해 권력을 소유한 인물이 처한 대중과의 관계에 있을 것이다.

법학, 즉 권력에 대한 역사 해석을 순금으로 교환해 주겠다고 약속하는 역사의 환전상이 권력을 이해하는 방식도 이와 마찬가지다.

권력이란 대중의 확실한 표명이나 암묵적 동의를 통해 대중이 선출한 지배자에게로 이양되는 대중 의지의 총합이다.

국가와 권력은 어떻게 수립되어야 하는가 — 만약 그 모든 것이 수립될 수 있다면 — 에 대한 고찰로 이루어진 법학의 영역에서는 이 모든 것이 매우 분명할 테지만, 권력에 대한 그러한 정의를 역사에 적용하는 경우 이런저런 설명이 요구된다.

옛사람들이 불을 절대적으로 존재하는 무언가로 생각했듯이 법학도 국가와 권력을 그런 식으로 생각한다. 그런데 우리 시대의 물리학이 불을 자연 요소가 아닌 현상으로 여기는 것과 마찬가지로 역사는 국가와 권력을 단지 현상으로만 생각한다.

역사와 법학의 이러한 근본적인 시각 차이로부터 다음과 같은 사실이 뒤따른다. 즉 법학은 그 자신의 견해에 따르면 권력이 어떻게 수립되어야 하는지, 시간을 초월하여 부동으로 존재하는 권력이 과연 무엇인지에 대해 상세히 말할 수 있다. 그러나 시간 속에서 변형되는 권력의 의미에 대한 역사적 물음에 대해서는 아무런 대답도 할 수 없다.

만약 권력이 지배자에게 이양된 의지의 총합이라면 푸가쵸프는 대중 의지의 대표자인가? 만약 그렇지 않다면 나폴레옹 1세는 어째서 대표자인가? 나폴레옹 3세[104]가 불로뉴에서 체포되었을 때는 그가 죄인이다가 그 후에는 그가 체포한 사람들이 죄인인 이유는 무엇인가?

간혹 두세 사람이 가담하는 궁정 혁명의 경우에도 대중의 의지는 새로운 인물에게 이양되는가? 국제 관계의 경우 국민 대중의 의지는 침략자에게 이양되는가? 1808년 라인 동맹의 의지는 나폴레옹에게 이양되었는가? 1809년 아군이 프랑스 군과 동맹을 맺고 오스트리아를 공격했을 때 러시아 국민 대중의 의지는 나폴레옹에게 이양되었는가?

이 물음에 대해서 다음과 같은 세 가지 답변이 가능하다.

1) 대중의 의지는 언제나 그들이 선출한 한 명 혹은 여러 명의 지배자들에게 무조건 이양되고, 따라서 새로운 권력의 모든 출현, 즉 일단 이양된 권력에 대항하는 모든 투쟁은 단지 현 정권에 대한 침해로 간주되어야 한다는 점을 인정한다.

2) 대중의 의지는 어떤 일정한 조건에서 조건부로 지배자에게 이양된다는 점을 인정하고, 권력의 모든 제약과 충돌과 심지어 파멸은 지배자들이 권력 이양의 토대인 여러 조건을 준수하지 않아서 일어난다는 점을 제시한다.

3) 대중의 의지는 불명료한 미지의 조건 아래에서 조건부로 지배자들에게 이양되며, 많은 권력의 출현과 그 투쟁과 쇠락은 어떤 인물들에게서 다른 인물들로 대중의 권력이 이양

---

104) 나폴레옹 1세의 조카인 샤를 루이나폴레옹 보나파르트(Charles Louis-Napoleon Bonaparte, 1808~1873)로 프랑스 제2공화정의 대통령이자 제2제정의 황제였다. 나폴레옹 1세가 권좌에서 쫓겨난 후 해외에서 오랫동안 추방 생활을 하던 그는 프랑스에 잠입하여 1836년 루이 필리프 국왕을 몰아내고자 쿠데타를 모의하다가 미국으로 추방되었다. 1840년 다시 부르봉 왕가 타도를 모의하며 불로뉴에 잠입했다가 함 성채에 영구히 감금되는 형을 언도받았다. 1846년 탈옥하여 영국에서 지내다가 1848년 2월 혁명 때 다시 프랑스에 돌아와 제2공화정의 대통령으로 선출되었다. 1851년 경제 상황이 어려워지자 그는 정당에 대한 국민의 분노를 자극하고 또다시 쿠데타를 일으켜 입법 의회를 해산했다. 1852년 국민 투표를 통해 제2제정 수립을 결의하고 제2제정의 황제에 올랐다.

되기 위한 미지의 조건들을 지배자들이 다소라도 수행할 때에만 일어난다는 점을 인정한다.

역사가들은 대중과 지배자의 관계를 이렇게 세 가지로 설명한다.

생각이 단순하여 권력의 의미에 대한 물음을 이해하지 못하는 일부 역사가들, 다름 아닌 앞서 언급한 부문 역사가들과 전기 역사가들은 마치 대중 의지의 총합이 역사 인물들에게 무조건적으로 이양되는 양 인정한다. 그리하여 이 역사가들은 어떤한 권력에 대해 기술하면서 그 권력이야말로 유일하게 절대적이고 진정한 권력이라고, 이 진정한 권력에 대항하는 다른 모든 힘은 권력이 아닌 권력의 침해, 즉 폭력이라고 가정한다.

태고의 평화로운 시기에 적합한 그들의 이론은 국민들의 삶에서 복잡한 격동기, 즉 다양한 권력이 동시에 발생하여 서로 투쟁하던 시기에 적용하기에는 부적합하다. 정통주의 역사가는 국민 공회[105]와 총재 정부[106]와 보나파르트가 단지 권력 침해일 뿐이라 주장할 것이며, 공화주의자와 보나파르트주의자의 경우에 전자는 국민 공회가, 후자는 제정이 진정한

---

105) 프랑스 혁명기에 입법 의회를 이어 1792년부터 1795년까지 프랑스를 통치한 의회로서 헌법 제정 위원회다. 국민 공회의 주도권을 차지한 세력에 따라 지롱드파 국민 공회, 산악파 국민 공회, 테르미도르파 국민 공회로 구분된다.
106) 프랑스 혁명력 3년 헌법으로 설립된 프랑스 혁명기의 정부다. 로베스피에르가 몰락한 후 1795년 테르미도르 쿠데타부터 1799년 나폴레옹의 쿠데타까지 존속했다. 입법부는 의회 안건 제출권을 갖는 500인 의회와 의안 선택권을 갖는 원로원으로 양원제 의회 체제를 갖추었고, 행정부는 다섯 명의 총재로 구성되었다. 부패와 도덕적 해이로 악명을 떨쳤다.

권력이고 다른 나머지는 전부 권력 침해라 주장할 것이다. 그런 식으로 서로를 반박하는 이 역사가들의 권력에 대한 설명은 아주 나이 어린 아이들에게나 통할 것이 분명하다.

역사에 대한 이런 시각이 옳지 않음을 인정하는 다른 부류의 역사가들은 말한다. 권력은 대중 의지의 총합을 지배자에게 조건부로 이양하는 데 기초하며 역사 인물은 오직 한 나라 국민의 의지가 암묵적인 동의로 그에게 지시한 강령을 수행하는 조건에서만 권력을 소유한다고. 그러나 그 조건이 무엇인지에 대해 이 역사가들은 우리에게 말하지 않는다. 설사 말한다 해도 그들은 언제나 서로 모순된다.

역사가들은 한 국민이 행하는 운동의 목적이 무엇인가에 대한 각자의 견해에 따라 이러한 조건을 프랑스 국민이나 다른 여러 나라 국민들의 위대함과 부와 자유와 계몽으로 본다. 그러나 이러한 조건이 무엇인가에 대한 역사가들 사이의 의견 충돌은 말할 것도 없고, 심지어 모두에게 공통된, 이 조건들을 위한 단 한 가지 강령이 존재한다고 인정하더라도 우리는 역사적 사실들이 거의 언제나 이 이론과 모순된다는 사실을 발견할 것이다. 만약 권력이 이양되는 조건이 국민의 부와 자유와 계몽에 있다면, 어째서 루이 14세[107]와 이반 4세[108]는 평온한 죽음을 맞이할 때까지 통치하고 루

---

107) 루이 14세(Louis XIV, 1638~1715). 루이 대왕 혹은 태양왕이라는 별칭으로 널리 알려진 프랑스 국왕. 절대 왕정을 상징하는 존재로 프랑스의 전성기를 이끌기도 했으나 프로테스탄트에 대한 적대 정책과 지나친 팽창주의 정책으로 인해 대내외에 끝없는 갈등과 전쟁을 야기했다.

이 16세와 찰스 1세[109]는 민중에게 처형당했을까? 이 물음에 대해 이 역사학자들은 강령에 위배된 루이 14세의 활동이 루이 16세에게 영향을 미쳤다고 답한다. 그러나 어째서 그 활동이 루이 14세와 루이 15세에게는 영향을 미치지 않았는가? 어째서 그 활동은 다름 아닌 루이 16세에게 영향을 미쳐야 했는가? 그리고 그 반영 기간은 어느 정도인가? 이 물음들에 대한 답은 존재하지 않으며 존재할 수도 없다. 이런 시각으로는 왜 의지의 총합이 몇 세기 동안 지배자와 그 후계자들로부터 이양되지 않다가 그 후에 갑자기 오십 년에 걸쳐 국민 공회로, 총재 정부로, 나폴레옹으로, 알렉산드르 1세로, 루이 18세로, 다시 나폴레옹으로, 샤를 10세로, 루이 필리프로, 공화정으로, 나폴레옹 3세로 이양되었는지 거의 설명이 되지 않는다. 이처럼 급속하게 일어난 한 인물에서 다른 인물로의 의지 이양을 설명하는 경우, 특히 국제 관계와 침략과 동맹이 따르는 경우 이 역사가들은 현상들 가운데 일부가 이미 의지의 올바른 이양이 아닌 외교관이나 군주나 정당 지도자의 모략, 실책, 간계, 약점에 따른 우연이라고 부득이 인정할 수밖에 없다. 따라서 내란, 혁명, 침략 등 역사 현상의 대부분은 이 역사가들에게 더 이상 자유 의지가 이양된 결과물로서가 아니라 잘못된

---

108) 이반 4세(Ivan IV, 1530~1584). 이반 뇌제라는 별칭으로 널리 알려진 모스크바 대공. '차르'로 칭해진 러시아 최초의 군주다. 군대의 규율을 강화하고 중앙 집권제를 펼치는 과정에서 공포 정치를 실시했다.
109) 찰스 1세(Charles I, 1600~1649). 영국의 국왕. 권위적인 통치와 의회와의 알력으로 내전(청교도 혁명)을 야기했으며, 이로 인해 처형되었다.

방향을 향한 한 사람 혹은 여러 사람들의 의지의 결과물, 다시 말해 권력 침해로 보인다. 따라서 역사 사건은 이런 부류의 역사가들에게도 이론을 벗어난 현상으로 보이게 된다.

이런 역사가들은 몇몇 식물들이 발아하여 쌍떡잎식물이 되는 것을 본 후 생장하는 모든 것은 오직 쌍떡잎으로 갈라지면서 성장한다고 주장할 식물학자, 종려나무나 버섯이나 심지어 충분히 생장하고 가지를 뻗어 더 이상 쌍떡잎식물과 비슷한 모습을 띠지 않는 참나무는 이론을 벗어난 것이라고 주장할 식물학자와 비슷하다.

제삼의 역사가들은 대중의 의지가 역사 인물들에게 조건부로 이양되나 그 조건들이 우리에게 알려지지 않았다고 인정한다. 그들은 역사 인물들이 권력을 갖는 것은 단지 그들이 자신에게 이양된 대중의 의지를 실현하기 때문이라고 말한다.

하지만 그러한 경우 만약 국민을 움직이는 힘이 역사 인물이 아닌 국민 자신에게 있다면 이 역사 인물들의 의의는 과연 무엇인가?

이 역사가들의 말에 따르면 역사 인물들은 스스로를 통해 대중의 의지를 표현한다. 역사 인물들의 활동은 대중의 활동을 대표하는 것이다.

그러나 그 경우 다음과 같은 물음이 제기된다. 역사 인물들의 활동 전부가 대중의 의지를 표현하는가, 아니면 그 활동의 어떤 측면만 그러한가? 만약 일부 사람들이 생각하듯 역사 인물들의 모든 활동이 대중 의지를 표현한다면 궁정의 온갖 소문이 세세하게 기록된 나폴레옹과 예카체리나의 전기는 국민

의 삶을 표현할 것이다. 하지만 그것은 분명 터무니없는 생각
이다. 만약 철학자이자 역사가인 척하는 다른 사람들이 생각
하듯 역사 인물들의 활동 가운데 한 측면만이 국민의 삶을 표
현한다면 역사 인물의 활동 가운데 어떤 측면이 국민의 삶을
표현하는지 정의하기 위해 먼저 국민의 삶이 무엇인지부터
알아야 한다.

이 같은 난관에 부딪친 이런 부류의 역사가들은 최대한 많
은 사건을 포괄할 수 있는 지극히 모호하고 감지하기 어렵고
일반적인 추상 개념을 고안해 내고는 바로 이 추상 개념 속
에 인류가 운동하는 목적이 있다고 말한다. 거의 모든 역사
가들이 취하는 가장 흔하고 일반적인 추상 개념은 자유, 평
등, 계몽, 진보, 문명, 문화다. 어떤 추상 개념을 인류 운동의
목적으로 제시한 역사가는 사후에 가장 많은 기념물을 남긴
인물들 — 황제, 대신, 장군, 작가, 종교 개혁가, 교황, 언론
인 — 을 선택하여 자신이 판단하기에 어떤 추상 개념을 증진
하거나 저해했는가에 따라 그 모든 인물들을 연구한다. 그러
나 인류의 목적이 자유나 평등이나 계몽이나 문명이라는 것
은 어떤 식으로도 입증할 수 없기에, 그리고 대중과 지배자 혹
은 대중과 인류의 계몽자 사이의 관계는 오직 대중 의지의 총
합이 언제나 우리 눈에 잘 띄는 인물에게 이양되기 마련이라
는 임의의 가정에만 기초할 뿐이기에, 이주하고 집을 불태우
고 농사일을 버리고 서로를 죽인 수백만 명의 행동은 집을 불
태우지 않고 농업에 종사하지 않고 자신과 비슷한 사람들을
죽이지 않은 수십 명의 행동을 묘사한 기술 속에는 결코 표현

되지 않는다.

　역사는 끊임없이 이것을 증명한다. 지난 세기말에 서쪽 나라들의 국민들이 동요를 일으켜 동쪽을 향해 돌진한 사실이 과연 루이 14세와 루이 15세와 루이 16세와 그들의 정부(情婦)들과 대신들의 활동으로, 나폴레옹과 루소와 디드로[110]와 보마르셰[111] 등의 생애로 해명될까?

　동쪽의 카잔과 시베리아를 향한 러시아 국민의 이동이 과

---

110) 드니 디드로(Denis Diderot, 1713~1784). 프랑스의 계몽주의 철학자. 18세기 계몽주의 사상의 성과를 집대성한 『백과전서(Encyclopédie ou dictionnaire raisonné des science, des arts et des métiers)』를 편찬하여 이른바 '백과전서파'라 불렸다. 종교적 관용, 사상의 자유, 과학과 기술의 가치를 논하고 국가 권력이 가장 중시해야 할 대상이 민중임을 강조한 이 저작은 프랑스 지배층과 성직자 계층의 반감을 불러일으켰다. 그는 『백과전서』의 편찬 외에도 희곡과 소설과 예술론과 정치론에 대한 다양한 저작을 남겼으며 번역에 종사하기도 했다. 러시아의 예카체리나 대제는 디드로와 서신을 교환하고, 『백과전서』가 완결된 후 재정적으로 궁핍해진 디드로를 일평생 후원했다. 1773년 디드로는 페테르부르크로 가서 감사의 뜻을 전하고, 그녀를 위해 『러시아 정부를 위한 대학 계획(Plan d'une université pour le gouvernement de Russie)』을 썼다. 그러나 그곳에서 다섯 달을 머무는 동안 예카체리나 대제의 '계몽적 전제주의'에 환멸을 느끼고 자신의 혁명적 정치 사상을 더욱 견고히 다졌다.
111) 피에르 오거스탱 카롱 드 보마르셰(Pierre Augustin Caron de Beaumarchais, 1732~1799). 프랑스의 극작가. 시계상의 아들로 태어나 작위를 사서 '드 보마르셰'라는 성을 사용했다. 혁명 이전에 프랑스 지배 계급을 풍자하는 희곡들을 발표하여 큰 인기를 누렸다. 그 후 루이 16세의 밀사로 활약했고, 혁명 후에는 혁명 정부에 협력했다. 작품에는 「비망록(Mémoires)」, 「세비야의 이발사(Le Barbier de Séville)」, 「피가로의 결혼(Le Mariage de Figar)」 등이 있다.

연 이반 4세의 병적인 성격이나 쿠룹스키[112]와 주고받은 서신에 세세히 드러날까?

십자군 원정 기간에 일어난 여러 나라 국민들의 이동이 고드프루아[113]와 루이[114]와 그들의 귀부인들에 대한 연구로 해명될 것인가? 여러 나라 국민들이 어떤 목적도 없이, 통솔자도 없이, 부랑자 무리와 함께, 은자 베드로[115]와 함께 서쪽에서 동쪽으로 이동한 사실은 우리에게 여전히 이해할 수 없는 현상으로 남아 있다. 더욱 이해할 수 없는 것은 역사 인물들이 예루살렘 해방과 같은 원정의 이성적이고 신성한 목적을 분명하게 제시한 바로 그때 그 이동이 중단되었다는 사실이다. 교황, 왕, 기사 들은 성지의 해방을 위해 민중을 선동했지만 민중은 꿈쩍도 하지 않았다. 예전에 그들을 이동하도록 부추기던 미지의 원인이 더 이상 존재하지 않았기 때문이다. 고

---

112) 안드레이 미하일로비치 쿠룹스키(Andrei Mikhailovich Kurbskii, 1528~1583). 이반 4세의 측근으로 보야르(대귀족)였다. 카잔 정복에서 공을 세우기도 했으나 이후 이반 4세의 총애를 잃고 투옥되었다가 폴란드-리투아니아로 도주했다. 그곳에서 이반 4세와 서신을 교환하고 (1564~1579), 저술을 통해 이반 4세의 공포 정치를 비판했다.
113) 고드프루아 드 부용(Godefroy de Bouillon, 1061~1100). 제1십자군 (1096~1099)의 2차 원정 당시에 지도자였다. 예루살렘을 함락시킨 후 그리스도교 국가를 건설하여 왕이 되었다.
114) 루이 7세는 신성 로마 제국의 콘라드 3세와 함께 제2십자군(1147~1149)을 이끌었고, 루이 9세는 제7십자군(1248~1254)을 이끌었다.
115) 은자 베드로(Peter the Hermit, 1050~1115). 제1십자군의 1차 원정을 이끈 프랑스 수도사. 이 군대는 튀르크 군대(엄밀히 말하면 셀주크튀르크 제국의 군대)에 완전히 섬멸되었으나 은자 베드로는 살아남았다.

드프루아와 미네징거[116]들의 역사는 여러 나라 민중의 삶을 수용하지 못하는 듯하다. 그리하여 고드프루아와 미네징거의 역사는 고드프루아와 미네싱서의 역사로 남았고, 민중의 삶과 그들의 동기에 대한 역사는 여전히 알려지지 않은 채다.

저술가들과 종교 개혁가들의 역사가 국민들의 생활에 대해 우리에게 해명해 준 것은 더욱 적다.

문화사는 우리에게 작가나 개혁가의 동기와 생활 조건과 사상을 해명한다. 우리는 루터의 성미가 급했고 그가 이런저런 연설을 했다는 사실을 알게 될 것이다. 루소가 의심이 많았으며 이런저런 책을 저술했다는 사실도 알게 될 것이다. 그러나 우리는 어째서 종교 개혁 후에 여러 국민들이 서로를 살육했는지, 어째서 프랑스 혁명기에 서로를 처형했는지 알지 못할 것이다.

최근 역사가들이 시도하듯 이 두 역사를 결합해 본다 하더라도 그것은 군주와 저술가의 역사이지 국민들의 삶의 역사는 아니다.

---

116) 12~13세기 독일의 음유 시인들. 미네장(minnesang, 연가)은 본래 궁정 연애를 다룬 노래만을 뜻했으나 점차 정치적, 종교적, 윤리적 내용을 다룬 노래까지 포함하게 되었다. 미네징거들 가운데에는 고드프루아 드 부용에 대한 서사시를 부르는 이들도 있었다.

5

여러 나라 국민들의 삶이 몇몇 인물들의 생애 안에 수용될
수는 없다. 이 몇몇 인물들과 국민들 사이에 연관성이 발견되
지 않기 때문이다. 의지의 총합이 역사 인물에게 이양된다는
점에 이 연관성이 기초한다는 이론은 역사의 실험으로 확인
되지 않은 가설이다.

대중 의지의 총합이 역사 인물에게 이양된다는 이론은 법
학 분야에서라면 매우 많은 것을 설명하고 그 목적을 위해 필
수적일 수도 있다. 그러나 역사에 적용할 경우 혁명과 침략과
내란이 발생하거나 역사가 시작되는 순간 곧 이 이론은 아무
것도 해명하지 못한다.

이 이론을 반박하기 어려워 보이는 것은 민중의 의지를 이
양하는 행위가 존재한 적이 없어 검증할 수 없기 때문이다.

어떤 사건이 일어나든 누가 사건의 선두에 서든, 이론은 언

제나 이러저러한 인물이 사건의 선두에 선 것은 의지의 총합이 어떤 인물에게 이양되었기 때문이라고 말할 수 있다.

이 이론이 역사의 물음에 제시하는 답변은 움직이는 가축 떼를 보면서 들판의 다양한 지점에 자리 잡은 목초지의 다양한 질이나 목동의 몰이에는 전혀 주의를 기울이지 않고 어느 가축이 무리의 선두에 있는가로 가축 떼가 이리저리 향하는 원인을 판단할 법한 사람의 답변과 비슷하다.

"가축 떼가 이 방향으로 가는 이유는 선두에 선 동물이 가축 떼를 이끄는 데다 나머지 모든 동물의 의지의 총합이 이 가축 떼의 우두머리에게 이양되었기 때문이다." 권력의 무조건적인 이양을 인정하는 첫 번째 부류의 역사가들은 이런 식으로 답한다.

"만약 가축 떼의 선두에 선 동물이 바뀐다면, 그것은 그 동물이 가축 떼 전체가 선택한 방향으로 무리를 이끄는가에 따라 모든 동물의 의지의 총합이 한 지배자에게서 다른 지배자에게로 이양되기 때문에 벌어지는 일이다." 대중 의지의 총합이 이미 알려진 ─ 역사가들이 생각하기에 ─ 일정한 조건하에서 지배자에게 이양된다고 인정하는 역사가들은 그렇게 대답한다.(이러한 관찰 방법에서는 대중의 방향이 바뀌는 경우 관찰자가 자신이 선택한 방향에 따라 이제는 앞쪽이 아닌 옆쪽에, 때로는 뒤쪽에 있는 것을 우두머리로 인정하는 일이 매우 잦다.)

"만약 선두에 선 동물들이 계속 교체되고 가축 떼 전체의 방향이 계속 바뀐다면, 이것은 우리에게 알려진 어떤 방향에 도달하기 위해 동물들이 자신의 의지를 어떤 동물들 ─ 우리 눈에 띄는 ─ 에게 넘겼기 때문이다. 따라서 가축의 이동을 연구하기 위해서는 우리 눈에 띄는, 가축 떼의 사방에서 움직이는 모든 동물들을 관찰해야 한다." 군주부터 언론인에 이르기까지 모든 역사 인물들을 시대의 표현으로 인정하는 제삼 부류의 역사가들은 이렇게 답한다.

대중의 의지가 역사 인물들에게 이양된다는 이론은 단지 말 바꾸기, 즉 질문의 문구를 다른 말로 표현한 것에 지나지 않는다.

역사 사건들의 원인은 무엇인가? 바로 권력이다. 그렇다면 권력이란 무엇인가? 권력이란 한 인물에게 이양된 의지의 총합이다. 대중의 의지는 어떤 조건에서 한 인물에게 이양되는 가? 모든 사람의 의지가 한 인물을 통해 표현된다는 조건에서다. 즉 권력은 권력이다. 다시 말해 권력은 우리에게 불가해한 의미를 지닌 말이다.

인간의 지식의 범위가 한 가지 추상적 사유에 한정된다면, 권력에 대한 과학의 해명을 검토한 인류는 권력이란 말에 불과할 뿐 실제로는 존재하지 않는다는 결론에 이를 것이다. 그러나 현상의 인식을 위해 인류에게는 추상 개념 외에도 경험이라는 도구가 있다. 인류는 이 도구로 사유의 결과를 검증한다. 그리고 경험은 말한다. 권력은 말이 아니라 실제로 존재하는 현상이라고.

권력이라는 개념 없이는 인간 활동의 총합을 전혀 기술할 수 없음은 말할 것도 없고, 권력의 존재는 역사를 통해서뿐만 아니라 현대의 사건에 관한 관찰을 통해서도 증명된다.

한 가지 사건이 일어날 때면 언제나 그 의지에 따라 사건이 일어나는 것처럼 보이는 한 명 혹은 여러 명의 사람들이 나타난다. 나폴레옹 3세가 명령하자 프랑스군이 멕시코로 향한다.[117] 프로이센 왕과 비스마르크가 명령하자 군대가 보헤미아로 향한다.[118] 나폴레옹 1세가 명령하자 군대가 러시아로 향한다. 알렉산드르 1세가 명령하자 프랑스인들이 부르봉 왕가를 따른다.[119] 어떤 사건이 일어나든 그 사건은 언제나 그것을 지시한 한 명 혹은 여러 명의 의지와 결부되어 있음을 경험은 우리에게 보여 준다.

신이 인간사에 개입함을 인정하는 오랜 습성에 따라 역사

---

117) 1862년 나폴레옹 3세는 멕시코 내전에 개입하도록 프랑스군을 멕시코로 파병했다. 1864년 오스트리아의 대공 막시밀리안을 멕시코 왕으로 삼았으나, 미국 남북 전쟁이 종결된 후 미국이 아메리카 대륙에 대한 유럽의 간섭을 묵과하지 않을 것으로 예견되어 프랑스군은 멕시코를 떠나야 했다. 1867년 막시밀리안은 왕위에서 쫓겨나 멕시코인들에게 총격을 당했다.

118) 1866년의 오스트리아-프로이센 전쟁을 가리킨다. 프로이센의 빌헬름 1세 아래에서 수상을 지낸 오토 폰 비스마르크(Otto von Bismarck, 1815~1898)는 보헤미아 지방에서 이전에 오스트리아 제국의 일부이던 영토를 점령했다.

119) 1814년 3월에 오스트리아, 영국, 프로이센, 러시아, 스웨덴, 포르투갈 등 동맹국 군대가 파리에 입성함으로써 나폴레옹 전쟁은 종결되고, 같은 해 5월 30일 동맹국과 프랑스 사이에 1차 파리 조약이 체결되었다. 유럽에서 가장 강력한 군주로 떠오른 알렉산드르 1세는 나폴레옹이 퇴위하자 부르봉 왕가의 복고와 새로운 왕 루이 18세의 정통성을 인정해 주었다. 그리고 알렉산드르를 비롯하여 동맹국 측은 부르봉 왕가의 복고가 이루어진 프랑스에 관대한 처분을 내려 프랑스 국경을 혁명 초기에 합병한 영토까지 포함하는 1792년 1월 1일의 경계선으로 정했다.

가들은 권력을 부여받은 인물이 표명하는 의지의 표현에서 사건의 원인을 보고 싶어 한다. 그러나 그런 결론은 추론으로도 경험으로도 뒷받침되지 않는다.

한편으로 추론은 한 인간이 표명하는 의지의 표현 — 그의 말 — 이 단지 전쟁이나 혁명 같은 사건으로 표현되는 전체 활동의 일부에 지나지 않는다는 점을 보여 준다. 따라서 불가해한 초자연적 힘인 기적을 인정하지 않는 한 말이 수백만 사람들을 움직이게 만든 직접적인 원인일 수 있다고는 인정할 수 없다. 다른 한편으로 설사 말이 사건의 원인이 될 수 있다고 인정한다 하더라도 역사는 역사 인물들이 표명하는 의지의 표현이 대부분 어떤 행위도 일으키지 않는다는 사실을, 즉 그들의 명령이 종종 수행되지 않을 뿐 아니라 때로는 명령과 정반대되는 일마저 일어나기도 한다는 사실을 보여 준다.

인간사에 신이 개입한다는 것을 인정하지 않는 한 우리는 권력을 사건의 원인으로 인정할 수 없게 된다.

경험의 관점에서 보자면 권력은 한 인간이 의지를 표현하는 것과 다른 사람들이 그 의지를 수행하는 것 사이에 존재하는 의존 관계에 지나지 않는다.

이 의존 관계의 조건을 이해하기 위해 우리는 무엇보다 의지의 표현이라는 개념을 신이 아닌 인간과 연관시키며 그 개념을 되살려야 한다.

옛사람들의 역사가 우리에게 제시하듯, 만약 신이 명령을 내리고 자신의 의지를 표명한다면 이 의지의 표현은 시간에 좌우되지 않을 뿐 아니라 무엇으로도 불러낼 수 없다. 신은 사건에 전혀 결부되어 있지 않기 때문이다. 그러나 명령, 즉 시간 속에서 활동하고 서로 연관되어 있는 인간들의 의지의 표현에 대해 말할 경우 우리는 명령과 사건의 관계를 이해하기 위하여 다음과 같은 것들을 되살려야만 한다. 1) 발생하고 있는 것 전체의 조건, 즉 사건과 명령을 내리는 인물들 모두가 시간 속에서 펼치는 운동의 연속성. 2) 명령하는 인물과 명령을 수행하는 사람들 사이의 필연적인 연관 관계의 조건.

6

몇 년 혹은 몇 세기 후에 일어날 일련의 모든 사건들과 연관을 맺을 수 있는 것은 오직 신이 표명하는, 시간에 좌우되지 않는 의지의 표현뿐이다. 무엇으로도 불러낼 수 없는 신만이 오로지 자신의 의지로 인류의 운동 방향을 정할 수 있다. 그러나 인간은 시간 속에서 움직이고 직접 사건에 참여한다.

간과된 첫 번째 조건, 즉 시간이라는 조건을 되살리면 우리는 다음 명령의 수행을 가능하게 하는 이전 명령 없이는 한 건의 명령도 수행될 수 없음을 알게 될 것이다.

자연 발생적으로 출현하여 일련의 사건들 전체를 망라하는 명령은 단 하나도 없다. 각 명령은 다른 명령에서 비롯된다. 그리고 그 명령은 일련의 사건들 전체가 아니라 언제나 사건의 한 가지 계기와 연관될 뿐이다.

예를 들어 나폴레옹이 군대에 출정을 명령했다고 말할 경우 우리는 서로 얽혀 있는 일련의 연이은 명령들을 동시에 표현된 한 가지 명령 안에 결합하는 셈이 된다. 나폴레옹은 러시아 원정을 명령할 수도 없었고, 그런 명령을 내린 적도 없었다. 그는 어떤 날에는 빈과 베를린과 페테르부르크로 발송할 이런저런 서류를, 그다음 날에는 이런저런 법령이라든지 육군과 해군과 군 경리부 등등에 보낼 명령서를, 즉 무수히 많은 명령서를 작성하도록 명령했다. 바로 그 명령들이 프랑스 군대를 러시아로 인도한 일련의 사건에 상응하는 일련의 명령을 형성했다.

만약 나폴레옹이 통치 기간 내내 영국 원정에 대한 명령을 내린다면, 그가 자신의 계획들 가운데 어떤 것에도 그 정도로 수고와 시간을 들이지 않는다면, 그럼에도 통치 기간 내내 계획을 실행하고자 단 한 번도 시도하지 않다가 러시아 원정을 감행한다면 ── 그가 종종 언급한 신념에 따르면 그는 러시아와 동맹을 맺는 것이 유리하다고 생각했다 ── 전자의 명령들은 일련의 사건에 부합하지 않았고 후자의 명령들은 부합했기 때문에 그런 일이 발생하는 것이다.

명령이 확실히 수행되려면 실현 가능한 명령이 표명되어야 한다. 그러나 무수히 많은 인간이 참여한 나폴레옹의 러시아 원정뿐 아니라 지극히 단순한 사건에 대해서도 무엇이 실현되고 실현될 수 없는지를 아는 것은 불가능하다. 이런저런 것을 수행하기 위해서는 언제나 무수한 장애와 맞닥뜨릴 수 있기 때문이다. 실행된 명령이란 언제나 실행되지 못한 무수히 많은 명령들 가운데 하나다. 모든 불가능한 명령은 사건과 결합되지도 않고 실행되지도 않는다. 오직 가능한 명령만이 일련의 사건에 부합하는 일련의 명령들 속에 엮여 들어가 실행에 옮겨진다.

사건에 선행하는 명령이 사건의 원인이라는 우리의 그릇된 개념은, 한 사건이 일어나고 사건들과 연관된 수천 가지 명령들 가운데 하나가 실행됐을 때 실행이 불가능하여 일어나지 않은 일들을 잊기 때문에 생긴다. 게다가 이런 의미의 착각을 하게 되는 주요한 이유는 역사 서술에서 일련의 무의미하고 사소한 온갖 다양한 사건들, 예를 들어 프랑스 군대가 러시아에 들어온 것들 전부가 그 일련의 사건들이 일으킨 결과에 따라 한 가지 사건으로 일반화되고, 그 일반화에 따라 일련의 모든 명령들도 의지의 한 표현으로서 일반화되기 때문이다.

우리는 나폴레옹이 러시아 원정을 원했고 그것을 해냈다고 말한다. 그러나 사실 우리는 나폴레옹의 모든 활동에서 이 의지의 표현 같은 것을 결코 발견하지 못할 것이다. 우리는 그가 표명하는 의지의 표현과 일련의 명령들이 온갖 다양하고 모호한 방식으로 튀어나오는 모습을 보게 될 것이다. 실행되지 않은 나폴레옹의 무수한 명령들로부터 1812년 원정을 위해 실행되는 명령들이 형성된 것은 그 명령들이 다른 명령들과 어딘가 달랐기 때문이 아니라 그 일련의 명령들이 프랑스 군대를 러시아로 이끈 일련의 사건들과 부합했기 때문이다. 형판(型板)으로 이런저런 형상들을 그릴 수 있는 것은 물감을 칠하는 방향이나 방식 때문이 아니라 형판에서 오려 낸 형상에 사방으로 색을 칠하기 때문인 것과 마찬가지다.

따라서 시간 속에서 명령과 사건의 관계를 고찰해 보면, 우리는 어떠한 경우에도 명령이 사건의 원인일 수 없으며 전자와 후자 사이에 어떤 일정한 의존 관계가 존재한다는 점을 발견할 것이다.

이 의존 관계가 어떤 것인지 이해하기 위해서는 신이 아닌 인간에게서 나온 모든 명령에 관해 우리가 놓친 또 다른 조건, 즉 명령하는 인간도 사건에 참여하고 있다는 조건을 되살리지 않으면 안 된다. 명령자와 명령을 받는 자의 이런 관계가 바로 권력이라 불리는 것이다. 그 관계는 다음과 같다.

인간은 공동 행동을 위해 언제나 일정한 결합을 형성한다. 비록 공동 행동을 위해 제시된 목적이 다양할지라도 그 결합 안에서 활동에 참여하는 사람들 사이의 관계는 언제나 동일하다.

이러한 결합을 형성할 때 사람들은 언제나 다음과 같은 관계에 놓인다. 그들이 함께한 공동 행동에서 가장 많은 수의 사람들이 가장 직접적으로 참여하고, 가장 적은 수의 사람들이 가장 덜 직접적으로 참여한다.

사람들이 공동 행동을 수행하기 위해 형성하는 모든 결합들 가운데 가장 뚜렷하고 명확한 한 가지 형태는 군대다.

각 군대를 형성하는 것은 군대에서 언제나 가장 많은 수를 차지하는 최하층 사병, 그다음으로 계급이 높되 사병보다 수가 적은 하사관과 부사관, 그리고 한 인물로 수렴되는 군 최고 권력에 이르기까지 수적으로 점점 적어지는 고위층이다.

군 조직은 원뿔 모양으로 완벽하고 정확하게 표현할 수 있다. 지름이 가장 큰 아랫면은 졸병들로 이루어질 것이다. 더 높고 더 좁은 면은 군대의 더 높은 계급으로 이루어지고, 그런 식으로 원뿔의 꼭대기에 이르면 그 정점에 사령관이 있을 것이다.

가장 많은 수를 차지하는 병사들은 원뿔의 최저점과 아랫면을 형성한다. 병사는 직접 찌르고 베고 불태우고 약탈하며 언제나 상관들로부터 이런 행위를 하라는 명령을 받는다. 그러나 자신은 결코 명령을 내리지 않는다. 부사관(그들은 수가 훨씬 적다.)은 병사들에 비해 행위 자체를 더 적게 하지만 명령을 내린다. 장교는 행위 자체를 그보다 더 적게 하고 더 빈번하게 명령을 내린다. 장군은 그저 군대에 목표를 가리키며 진격하라고 명령할 뿐 무기는 거의 사용하지 않는다. 사령관은 행위 자체에 직접 참여할 수 없고 그저 대중의 움직임에 대한 전반적인 명령을 내릴 뿐이다. 공동 행동을 위해 인간이 결합하는 모든 경우, 예를 들어 농업에서든 상업에서든 어떤 관청에서든 이와 똑같은 인간들의 상호 관계가 나타난다.

따라서 하나로 융합된 원뿔의 모든 점들, 군대의 관등, 혹은 모든 관청과 일반 사업의 계급과 지위를 맨 아래부터 맨 위까지 인위적으로 분석하지 않아도 하나의 법칙이 나타난다. 그 법칙에 따르면 사람들은 단체 활동을 수행하기 위하여 언제나 다음과 같은 방식으로 조직되기 마련이다. 즉 사람들이 사건의 수행에 더 직접적으로 참여할수록 명령을 내릴 가능성은 더 적되 그 수는 더 많으며, 행위 자체에 덜 직접적으로 참여할수록 더 많은 명령을 내리되 그 수는 더 적다. 최하층부터 시작하여 최후의 한 사람, 사건에 가장 덜 직접적으로 관여하고 무엇보다 명령을 내리는 일에 자신의 활동을 집중하는 그 한 사람에 이를 때까지 계속 그린 식이다.

명령하는 자와 명령받는 자의 이런 인간관계는 권력이라 불리는 개념의 본질을 이룬다.

모든 사건이 일어나기 위한 시간이라는 조건을 되살렸을 때 우리는 명령이 일련의 상응하는 사건들에 관련될 때에만 수행된다는 사실을 발견했다. 명령하는 자와 수행하는 자의 연관성이라는 필수 조건을 되살렸을 때, 우리는 사건 자체에 가장 적게 참여하는 것이 명령하는 자의 특성이며 그들의 활동은 오직 명령에 집중되어 있다는 것을 발견했다.

7

어떤 사건이 일어날 때 사람들은 사건에 대한 견해와 희망을 표명한다. 그리고 사건은 많은 사람들의 단체 행동에서 비롯되므로 표명된 견해나 희망들 가운데 한 가지는 대략적으로나마 반드시 수행되기 마련이다. 표명된 견해들 가운데 한 가지가 실현될 때 그 견해는 사건에 선행하는 명령으로서 사건과 결부된다.

사람들이 통나무를 끈다. 사람들은 저마다 통나무를 어디로 어떻게 끌어야 할지 자신의 견해를 밝힌다. 사람들은 통나무를 끌고, 그 작업이 그들 가운데 한 사람의 말대로 되었음이 밝혀진다. 그 사람이 명령을 내린 것이다. 이것이 원시 형태의 명령과 권력이다.

남들보다 더 많이 손을 놀려 일한 사람이 자기가 한 일을 숙고하고 전체 활동에서 생길 결과를 판단하고 명령을 내릴 가능성은 더 적다. 남들보다 더 많이 명령하는 사람은 말로 하는 활동 때문에 손으로 행동할 가능성이 더 적을 것이다. 활동을 한 가지 목적에 집중하는 사람들의 집단이 큰 경우, 명령에 활동을 집중할수록 전체 활동에 덜 직접적으로 관여하는 사람들의 부류는 더욱 확연히 구분된다.

인간은 혼자서 행동할 때면 언제나 자기 내면에 어떤 일련의 판단, 즉 그가 생각하기에 자신의 과거 활동을 이끌었고 현재 활동을 정당화하고 미래 행위를 예측하게 하는 그런 판단을 간직한다.

인간 집단은 행동에 참여하지 않는 사람들에게 자신들의 공동 행동에 대한 판단과 정당화와 예측을 궁리하도록 하면서 동일하게 행한다.

우리에게 알려진, 혹은 알려지지 않은 이유로 프랑스인들이 서로를 파멸시키고 죽이기 시작한다. 그리고 그 사건에 상응하여 사람들의 의지 표명이라는 형태로 사건에 대한 정당화가 수반된다. 프랑스의 안녕과 자유와 평등을 위해 불가피했다는 것이다. 사람들이 서로 살육하기를 멈춘다. 그리고 권력의 통일과 유럽에 대한 저항 등등 불가피성에 대한 정당화가 수반된다. 사람들이 자신과 비슷한 자들을 죽이며 서쪽에서 동쪽으로 나아가자 프랑스의 영광이니 영국의 비열함이니 하는 말들이 수반된다. 역사가 우리에게 보여 주듯 사건에 대한 이런 정당화는 어떤 보편적 의미도 띠지 않으며, 인간의 권리를 인정하기 때문에 인간을 죽인다든지 영국의 콧대를 꺾기 위해 러시아의 무수한 사람들을 죽인다든지 하는 자기모순에 빠지고 만다. 그러나 이런 정당화도 그 시대의 의미에서는 필연적 의의를 지닌다.

이런 정당화는 사건을 일으킨 사람들에게 도덕적 책임을 면제해 준다. 이런 일시적인 목적은 열차 앞에서 선로를 청소하며 움직이는 솔과 비슷하다. 그것들이 사람들의 도덕적 책임이라는 길을 쓸어 주기 때문이다. 이런 정당화 없이는 각 사건을 검토할 때 나타나는 지극히 단순한 물음, 즉 어떻게 무수한 인간들이 공동으로 범죄, 전쟁, 살인 등을 저지르게 되는가 하는 물음은 해명될 수 없을 것이다.

오늘날 유럽에 존재하는 정치와 사회생활의 복잡한 형태에서 군주, 대신, 의회, 신문을 통하여 규정되고 지시되고 명령되지 않았을 법한 사건을 어떤 것이든 생각해 내는 게 가능한가? 국가의 통일, 국민성, 유럽의 균형, 문명에서 정당화를 끄집어내지 못할 공동 행동이 존재할 수 있을까? 따라서 발생한 모든 사건은 어떤 표명된 희망과 필연적으로 일치하고 그 정당성을 획득하며 한 사람 혹은 여러 사람의 의지의 소산으로 여겨지게 된다.

선박이 어느 방향을 향해 나아가든 그 앞에는 언제나 선박이 가르는 파도의 흐름이 보일 것이다. 선박에 있는 사람들에게는 이 흐름이 유일하게 눈에 띄는 움직임일 것이다.

오로지 이 흐름의 움직임을 매 순간 가까이에서 주시하고 그 움직임을 선박의 움직임과 비교할 때, 우리는 이 흐름의 움직임이 매 순간 선박의 움직임으로 정해지며, 우리 역시 스스로 깨닫지 못하는 사이에 이동하고 있어서 착각에 빠지고 말았다는 점을 확신하게 될 것이다.

역사 인물들의 움직임을 매 순간 주시하고(다시 말해 발생하고 있는 모든 것의 필연적 소선, 즉 운동의 시간적 연속성이라는 조건을 되살리고) 역사 인물과 대중의 필연적인 연관성을 시야에서 놓치지 않는다면, 우리는 앞서 말한 것과 똑같은 사실을 보게 될 것이다.

선박이 한 방향으로 나아갈 때 그 앞에는 그와 똑같은 파도의 흐름이 있다. 선박이 자주 방향을 바꾸면 앞에서 달리는 파도의 흐름도 자주 바뀐다. 그러나 선박이 어느 방향으로 돌든 언제나 그 움직임에 선행하는 흐름이 있을 것이다.

무슨 일이 생기든 언제나 그 일은 앞서 예견되고 명령되었다는 식으로 판명될 것이다. 선박이 어디로 향하든 파도의 흐름은 선박의 움직임을 이끌지도 강화하지도 않고 앞에서 거품을 일으킬 뿐이지만, 멀리서 보면 스스로의 의지로 움직일 뿐 아니라 선박의 움직임까지 이끄는 것처럼 보일 것이다.

역사가들은 명령으로서 사건과 관계를 맺는 역사 인물들의 의지 표명만을 고찰하기 때문에 사건이 명령에 좌우된다고 생각했다. 우리는 사건 자체나 역사 인물이 처한 대중과의 관계를 고찰하면서 역사 인물들과 그 명령들이 사건에 의존한다는 것을 발견했다. 이 결론의 명백한 증거는 아무리 많은 명령이 있더라도 다른 원인이 없으면 사건이 일어나지 않는다는 점이다. 그러나 사건 ─ 어떤 사건이든 ─ 이 일어나면 다양한 인물들이 끊임없이 표명한 모든 의지 가운데 의미로나 시간으로나 명령으로서 사건과 연관을 맺는 그런 의지가 즉

각 발견될 것이다.

이러한 결론에 도달했다면 우리는 역사에 관한 다음과 같은 두 가지 본질적인 물음에 대해 솔직하고도 분명히 대답할 수 있다.

1) 권력이란 무엇인가?

2) 어떤 힘이 여러 나라 국민들의 움직임을 일으키는가?

1) 권력이란 어떤 인물이 발생 중인 공동 행동에 대해 견해와 예측과 명분을 많이 표명할수록 사건에 덜 참여하는 방식으로 다른 인물들과 맺는 관계다.

2) 여러 나라 국민들의 움직임을 일으키는 것은 역사가들이 생각하듯 권력도 지적 활동도, 심지어 두 가지의 결합도 아니며, 사건에 참여하는 모든 사람, 사건에 가장 직접적으로 참여하고 가장 덜 책임지는 방식으로, 혹은 그 반대의 방식으로 언제나 서로 연결된 모든 사람의 활동이다.

정신적 측면에서는 권력이 사건의 원인처럼 보이고, 육체적 측면에서는 권력에 복종하는 사람들이 원인처럼 보인다. 그러나 육체 활동 없는 정신 활동이란 생각조차 할 수 없는 불가능한 것이기에 사건의 원인은 어느 한쪽이 아니라 그 두 가지의 결합이다.

다시 말해 우리가 고찰한 현상에는 원인이라는 개념이 적용되지 않는다.

만약 인간 이성이 자신의 대상을 가지고 노는 게 아니라면 최종 분석에서 우리는 영원이라는 원에, 즉 인간의 이성이 사유의 모든 영역에서 도달하게 될 한계에 다다를 것이다. 전기는 열을 발생시키고, 열은 전기를 발생시킨다. 원자들은 서로를 끌어당기기도 하고 밀치기도 한다.

열과 전기의 상호 작용에 대해, 원자에 대해 우리는 이것이 왜 발생하는지 말하지 못하고 달리 생각할 수 없으니까, 그래야만 하니까, 그것이 법칙이니까 그렇다고 말한다. 그것은 역사 현상과도 관련이 있다. 전쟁이나 혁명은 왜 일어날까? 우리는 모른다. 우리는 단지 이런저런 행위의 실현을 위해 사람들이 어떤 형태의 결합을 이루어 다 함께 참여한다는 것만 알 뿐이다. 그러면서 우리는 달리 생각할 수 없으니까, 그것이 법칙이니까 그렇다고 말한다.

8

만약 역사가 외적 현상에 관한 것이라면 그 단순하고 명백한 법칙의 제시만으로도 충분하고 우리의 논의도 끝낼 수 있을 것이다. 그러나 역사의 법칙은 인간에 관한 것이다. 물질의 입자는 우리에게 자신은 끌어당기고 밀쳐야 할 필요를 전혀 느끼지 않는다고, 그 법칙은 사실이 아니라고 말할 수 없다. 그러나 역사의 대상인 인간은 나는 자유로운 존재라고, 따라서 법칙에 종속되지 않는다고 분명히 말한다.

인간의 자유 의지에 관한 문제는 비록 말로 확실히 표명되지 않았다 해도 역사의 도처에서 감지된다.

진지하게 사고하는 역사가라면 누구나 부득이 이 물음에 봉착할 것이다. 역사의 모든 모순과 모호함, 그리고 이 학문이 택한 그릇된 길은 단지 이 물음이 해결되지 않았다는 사실에 기초한다.

만약 각 사람의 의지가 자유롭다면, 즉 사람이 저마다 자기가 원하는 대로 행동할 수 있다면 역사 전체는 서로 아무 연관 없는 일련의 우연에 지나지 않는다.

1000년 동안 수백만 명 가운데 단 한 명이라도 자유롭게 행동할 가능성, 즉 자신이 원하는 대로 행동할 가능성을 소유했다면 법칙에 어긋나는 이 사람의 자유로운 행동 하나는 모든 인류에 적용될 법칙의 존재 가능성을 전부 파괴할 것이다.

만약 인류의 행위를 지배하는 법칙이 단 하나라도 있다면 자유 의지란 있을 수 없다. 인간의 의지는 그 법칙에 종속되어야 하기 때문이다.

바로 이러한 모순 속에 의지의 자유에 대한 물음, 예로부터 인류 최고의 지성들을 사로잡고 예로부터 그 모든 거대한 의미 속에서 제기된 물음이 존재한다.

문제는 다음과 같은 점에 있다. 어떤 시각 — 신학적, 역사적, 윤리적, 철학적 — 에서든 인간을 관찰 대상으로 바라볼 경우, 존재하는 모든 것과 마찬가지로 인간도 종속되어 있는 필연이라는 일반 법칙을 발견하게 된다는 점이다. 그러나 우리가 다른 것들을 인식할 때와 마찬가지로 인간을 내부로부터 응시하노라면 우리는 자신이 자유롭다고 느끼게 된다.

이러한 의식은 이성과 무관하고 그것과 완전히 별개인 자기 인식을 위한 근원이다. 인간은 이성을 통해 스스로를 관찰한다. 그러나 오직 의식을 통해서만 자신을 알게 된다.

자기 인식 없이는 어떠한 관찰도, 어떠한 이성의 응용도 생각할 수 없다.

이해하고 관찰하고 추론하기 위해 인간은 먼저 자신을 살아 있는 존재로서 인식해야 한다. 살아 있는 인간은 자신이 욕망하는 존재임을 안다. 자신의 의지를 인식하는 것이다. 인간은 생의 본질을 이루는 자신의 의지를 자유로운 것으로 인식하며 그와 다른 것으로는 인식할 수도 없다.

만약 자신을 관찰하는 사람이 자기 의지가 언제나 동일한 법칙을 따른다는 점을 알게 된다면(인간이 음식을 섭취할 필요성을 관찰하든 두뇌 활동을 관찰하든, 그 무엇을 관찰하든) 항상 동일한 자기 의지의 방향을 의지의 한계로 이해할 수밖에 없다. 자유롭지 않은 것은 제약받을 수도 없다. 그 사람에게 인간의 의지가 제한된 것처럼 보이는 것은 의지를 자유로운 것으로 인식하기 때문이다.

당신들은 내가 자유롭지 않다고 말한다. 그러나 내가 한 팔을 들었다가 내려놓는다. 누구든 이 비논리적인 답변이 자유에 대한 반박할 수 없는 증거임을 안다.

그 답변은 이성에 속하지 않는 의식의 표현이다.

만약 자유에 대한 의식이 이성과 무관한, 그것과 완전히 별개인 자기 인식의 근원이 아니라면 그 의식은 판단과 경험에 종속될 것이다. 그러나 사실 그러한 종속은 결코 존재하지 않을 뿐 아니라 생각조차 할 수 없다.

일련의 경험과 판단은 각 사람에게 다음과 같은 점을 제시한다. 인간은 관찰 대상으로서 일정한 법칙에 속해 있고, 그것에 복종하며, 한번 인식된 인력이나 비침투성의 법칙과는 투쟁하지 않는다는 것이다. 그러나 동일한 일련의 경험과 판단은 각 사람에게 다음을 제시한다. 인간이 자기 내면에서 인식하는 완전한 자유란 존재할 수 없으며, 인간의 모든 행위는 그 육체와 성격에, 그리고 그에게 작용하는 여러 요인에 좌우된다는 점이다. 그러나 인간은 결코 그 경험과 판단의 결론에 복종하지 않는다.

경험과 판단을 통해 돌이 아래로 떨어진다는 사실을 알게 된 인간은 그것을 확고하게 믿으며 어느 경우에나 자기가 깨달은 법칙의 실현을 기대한다.

그러나 인간은 자신의 의지가 법칙에 종속되어 있음을 위에서처럼 분명하게 깨닫고 나서도 그것을 믿지 않으며 믿지도 못한다.

경험과 판단이 인간이란 똑같은 성격을 지닌 채로 똑같은 조건에 처하면 예전과 똑같은 행동을 하기 마련이라고 아무리 가르쳐 주어도, 인간은 똑같은 성격을 지닌 채 똑같은 조건에서 늘 똑같이 끝나게 마련인 행위를 1000번째 할 때조차 자신은 경험 이전과 다름없이 스스로의 희망대로 행동할 수 있다고 분명하게 확신한다. 야만인이든 사상가든 그 어떤 인간이든 동일한 조건에서 두 가지 행위를 상상하기란 불가능하다는 점을 판단과 경험이 아무리 명백하게 증명해 보인다 하더라도, 인간은 이런 무의미한 개념(자유의 본질을 이루는) 없이는 삶을 상상할 수 없다고 느낀다. 인간은 설사 불가능하다 해도 그것이 있다고 느낀다. 왜냐하면 자유라는 그 개념이 없으면 인간은 삶을 이해할 수 없을 뿐 아니라 단 한 순간도 살수 없기 때문이다.

인간이 살아갈 수 없다고 한 것은 사람들의 모든 갈망과 생을 향한 충동이 자유를 확대하기 위한 갈망일 뿐이기 때문이다. 부와 빈곤, 명예와 무명(無名), 권력과 예속, 힘과 나약함, 건강과 질병, 교양과 무지, 노동과 여가, 포식과 기아, 미덕과 악덕은 단지 자유의 크고 작은 정도 차이에 지나지 않는다.

자유를 소유하지 않은 인간은 삶을 잃은 사람이라고밖에 달리 상상할 수 없다.

만약 이성의 관점에서 자유라는 개념이 동일한 순간에 두 가지 행위를 수행할 가능성이나 원인 없는 행위 같은 무의미한 모순으로 보인다면, 그것은 의식이 이성에 종속되지 않는다는 점만을 증명할 뿐이다.

확고하고 반박의 여지가 없고 경험과 판단에 종속되지 않는 이런 자유에 대한 의식, 모든 사상가들이 인정하고 모든 이들이 예외 없이 감지하는 이 의식 — 이 의식 없이는 인간에 관한 어떤 개념도 생각해 낼 수 없다 — 은 문제의 다른 측면을 이루기도 한다.

인간은 지극히 선하고 전지전능한 하느님의 창조물이다. 그렇다면 인간의 자유에 대한 의식에서 비롯된 개념인 죄란 무엇인가? 그것은 신학의 문제다.

인간의 행위는 통계로 표시되는 일반적인 불변의 법칙에 종속된다. 자유에 대한 인식에서 비롯된 개념, 즉 사회에 대한 인간의 책임은 과연 무엇일까? 그것은 법학의 문제다.

인간의 행위는 천성과 그것에 영향을 미치는 여러 요인들로부터 비롯된다. 그렇다면 자유에 대한 인식에서 비롯된 행동들의 선악에 대한 인식과 양심은 과연 무엇일까? 그것은 윤리학의 문제다.

인류 전체의 삶과 결부된 인간은 그 삶을 규정하는 법칙에 종속된 것처럼 보인다. 그러나 그 인간은 이런 연관성과 상관없이 자유로운 존재로 여겨진다. 여러 나라 국민들과 인류의 지난 삶을 어떤 식으로 보아야 하는가? 인간들의 자유로운 활동의 산물로 보아야 하는가, 자유롭지 못한 활동의 산물로 보아야 하는가? 그것은 역사의 문제다.

겨우 우리의 자신만만한 지식의 대중화 시대에 접어들어서야 의지의 자유라는 문제는 무지의 가장 강력한 무기인 출판의 보급 덕분에 문제 자체가 존재할 수 없는 수준으로 국한되었다. 우리 시대에 이른바 선각자의 대부분, 즉 무지몽매한 무리는 문제의 한 가지 측면에만 몰두하는 자연 과학자의 일을 문제 전체의 해결로 여겼다.

영혼과 자유는 없다. 인간의 삶은 근육 운동으로 표현되고, 근육 운동은 신경 활동으로 설명되기 때문이다. 영혼과 자유는 없다. 우리는 우리가 알지 못하는 시기에 원숭이로부터 생겨났기 때문이다. 사람들은 그렇게 말하고 저술하고 인쇄한다. 수천 년 동안 모든 종교와 모든 사상가가 필연의 법칙 자체를, 지금 그들이 생리학과 비교 동물학을 통해 그토록 열정적으로 증명하려 애쓰는 그 필연의 법칙 자체를 인정했고 결코 부정하지 않았다는 점을 그들은 상상조차 하지 않는다. 그들은 이 문제에서 자연 과학의 역할이란 단지 문제의 한 가지 측면을 해명하기 위한 도구로서 기능하는 것임을 깨닫지 못한다. 관찰의 관점에서 볼 때 이성과 의지는 뇌의 분비물에 지나지 않고 인간은 우리에게 알려지지 않은 시기에 일반 법칙에 따라 하등 동물에서 발전되었을지 모른다는 주장은 수천 년 동안 모든 종교론과 철학론이 인정한 진리, 즉 이성의 관점에서 인간은 필연 법칙에 속한다는 진리를 새로운 측면에서 설명할 뿐, 자유의 인식에 기초한 정반대의 또 다른 측면을 지닌 이 문제의 해결은 터럭만큼도 진척시키지 않는다.

만약 인간들이 우리에게 알려지지 않은 시기에 원숭이로부터 태어났다고 한다면 그것은 인간이 우리에게 알려진 시기에 한 줌의 흙에서 태어났다는 것만큼이나 납득할 만하다.(전자의 경우에 x는 시간이고, 후자의 경우에 x는 발생이다.) 인간의 자유에 대한 인식은 인간이 속한 필연 법칙과 어떤 식으로 결합하는가 하는 문제를 비교 생리학과 동물학으로는 해결할 수 없다. 우리는 개구리, 토끼, 원숭이에게서 단지 근육-신경 활동만 관찰할 수 있지만 인간에게서는 근육-신경 활동과 의식을 관찰하기 때문이다.

이 문제를 해결하겠다고 생각하는 자연 과학자들과 그 숭배자들은 교회의 한쪽 벽면에만 회반죽을 칠하라는 지시를 받았는데 작업 감독이 자리를 비운 틈을 이용하여 창문, 이콘, 발판, 아직 버팀대를 대지 않은 벽까지 격정적으로 회반죽을 칠해 놓고는 미장의 관점에서 모든 것이 고르고 매끄럽게 된 것을 기뻐하는 미장이와 비슷하다.

9

　자유와 필연이라는 문제의 해결에서 역사학은 그 문제를 제기하는 다른 지식 분야에 비해 더 유리하다. 역사학에서 이 문제는 인간 의지의 본질 자체가 아닌 과거의 일정한 조건에서 이 의지가 발현했다는 관념과 관련이 있다.

　이 문제의 해결을 위해 역사학은 사변적 학문을 대하는 경험적 학문의 입장에서 다른 학문들을 대한다.

　역사학은 인간의 의지 자체가 아닌 의지에 대한 우리의 관념을 대상으로 삼는다.

　그러므로 역사학에는 신학, 윤리학, 철학의 경우처럼 자유와 필연이라는 두 모순의 결합에 관한 난해한 비밀이 존재하지 않는다. 역사는 이 두 가지 모순의 결합이 이미 실현된 인간의 삶이라는 관념을 고찰한다.

　비록 각 사건이 일정 부분은 자유롭게, 일정 부분은 필연적으로 보여도 실제 생활에서 각각의 역사 사건과 각각의 인간 행위는 지극히 작은 모순조차 감지되는 일 없이 매우 분명하고 명확하게 이해된다.

자유와 필연은 어떻게 결합되고 이 두 개념의 본질은 무엇인가 하는 문제의 해결을 위해 역사 철학은 다른 학문들과 정반대의 길을 걸을 수 있고, 또한 그래야 마땅하다. 역사학은 그 자체 안에서 자유와 필연에 대한 개념을 정의한 후 그렇게 만들어진 정의로 삶의 현상들을 끌어오는 대신 삶에 속하는 무수히 많은 현상들 ─ 언제나 자유와 필연에 좌우되는 것처럼 보이는 ─ 로부터 자유와 필연에 관한 개념 자체의 정의를 끌어내야만 한다.

많은 사람들 혹은 한 사람의 활동에 관한 어떤 관념을 고찰하든 우리는 그것을 부분적으로는 인간의 자유에서 생긴 산물로서, 부분적으로는 필연 법칙에서 비롯된 산물로서 이해할 수밖에 없다.

여러 나라 국민들의 이동, 야만족들의 침입, 나폴레옹 3세의 명령, 한 시간 전에 어떤 인간이 여러 방향의 산책길 가운데 하나를 선택한 행위 등에 대해 말할 때 우리 눈에는 지극히 작은 모순도 보이지 않는다. 이 인간들의 행위를 이끄는 자유와 필연의 척도는 우리가 보기에 명확히 규정되어 있다.

우리가 현상을 고찰할 때 관점의 차이에 따라 자유의 크고 작음에 대한 관념이 달라지는 경우는 매우 흔하다. 그러나 인간의 각 행위가 우리에게 자유와 필연의 어떤 결합으로만 보인다는 점은 언제나 똑같다. 각각의 고찰된 행위에서 우리는 일정한 몫의 자유와 일정한 몫의 필연을 발견한다. 그리고 어떤 행위에서든 우리가 자유를 많이 발견할수록 필연은 더 적게 발견되고, 필연을 많이 발견할수록 자유는 더 석게 발견되기 마련이다.

필연에 대한 자유의 비율은 행위를 고찰하는 사람의 관점에 따라 낮아지기도 하고 높아지기도 한다. 그러나 그 비율은 언제나 반비례한다.

물에 빠져 다른 사람을 붙잡으려다 그 사람마저 빠뜨리는 사람, 또는 아기에게 젖을 먹이느라 진을 빼고 먹을 것을 훔칠 만큼 굶주린 어머니, 또는 규율에 익숙해져 명령에 따라 대오를 이루고 무방비인 인간을 죽이는 자. 이 사람들이 처한 조건을 아는 이에게는 그 죄가 덜한 것처럼 보인다. 다시 말해 그들이 덜 자유롭고 필연의 법칙에 더 종속된 것처럼 보이는 것이다. 그리하여 그 사람이 물에 가라앉는 중이었고 어머니가 굶주린 상태였고 병사가 대오에 속해 있었음을 모르는 이에게는 이 사람들이 보다 자유로워 보인다. 마찬가지로 이십 년 전에 살인을 저지르고 그 후 사회에서 아무 피해도 주지 않고 조용히 살아가는 남자는 이십 년이 지나 그의 행위를 관찰하는 이에게 죄가 덜한 것처럼 보인다. 그의 행위가 필연 법칙에 더 종속된 것처럼 보이는 것이다. 그리고 그가 살인을 저지른 바로 그다음 날 그 행위를 관찰한 이에게는 그것이 보다 자유로운 행위로 보인다. 마찬가지로 미치광이, 주정뱅이, 격렬하게 흥분한 사람의 각 행위는 그 행위를 일으킨 사람의 정신 상태를 아는 이에게 덜 자유롭고 더 필연적인 것처럼 보이고, 모르는 이에게는 더 자유롭고 덜 필연적인 것처럼 보인다. 행위를 관찰하는 자의 관점에 따라 이 모든 경우에 자유에 대한 개념은 확대되거나 축소되며, 그에 따라 필연에 대한 개념도 축소되거나 확대된다. 따라서 필연이 크게 보일수록 자유는 작게 보인다. 혹은 그 반대가 되기도 한다.

종교, 인류의 상식, 법학, 그리고 다름 아닌 역사학은 필연과 자유의 이 관계를 동일한 방식으로 이해한다.

자유와 필연에 대한 우리의 관념이 확대되고 축소되는 모든 경우는 예외 없이 오직 다음의 세 가지 근거에 기초한다.

1) 행위를 수행한 인간과 외부 세계의 관계,

2) 그 인간과 시간의 관계,

3) 그 인간과 행위를 일으킨 원인의 관계.

1) 첫 번째 근거는 인간과 외부 세계의 관계 — 우리가 보기에는 정도의 차이가 있다 — 즉 각 인간이 자신과 동시에 존재하는 모든 것에 대해 점하는 일정한 위치에 대한 개념 — 그 명료성의 정도에는 차이가 있다 — 이다. 그 근거로 인해 물에 가라앉는 인간이 뭍에 있는 인간보다 덜 자유롭고 필연에 더 종속된다는 점은 분명해진다. 그 근거로 인해 인구가 조밀한 지역에서 다른 사람들과 밀접한 연관을 맺고 살아가는 사람의 행위, 가족과 직무와 사업에 매인 사람의 행위는 혼자서 고독하게 지내는 사람의 행위보다 명백히 덜 자유롭고 필연에 더 종속되는 것처럼 보인다.

주위의 모든 것과의 관계를 제외한 채 한 사람을 고찰할 경우 그 사람의 각 행위는 우리에게 자유로운 것처럼 보인다. 그러나 그 사람과 주변의 관계를 어떤 것이라도 발견할 경우, 무엇이든 — 그 사람과 이야기를 나누는 사람이든, 읽는 책이든, 몰두하는 일이든, 심지어 그 사람을 에워싼 공기든, 그 주변의 물건에 떨어지는 빛이든 — 그것과 그 사람의 관계를 볼경우 우리는 이런 조건들 하나하나가 그 사람에게 영향을 미치면서 행위의 한 가지 측면이라도 이끌어 낸다는 사실을 깨닫게 된다. 이러한 영향을 보는 한 그 사람의 자유에 대한 우리의 관념은 그만큼 축소되고 그 사람이 속한 필연에 대한 관념은 확대된다.

2) 두 번째 근거는 인간과 세계의 시간적 관계 — 우리가 보기에는 정도의 차이가 있다 — 즉 인간의 행위가 시간 속에서 점하는 위치에 대한 개념 — 그 명료성의 정도에는 차이가 있다 — 이다. 그 근거로 인해 최초의 인간이 범한 타락 — 인류는 그 타락의 결과로 출현했다 — 은 분명히 현대 인간의 결혼보다 덜 자유롭게 보일 것이다. 그리고 이 근거로 인해 수세기 전에 살았고 시간 속에서 나와 이어진 사람들의 생활과 활동은 나에게 현대의 생활 — 나는 이 생활의 결과를 아직모른다 — 만큼 자유롭게 보일 수 없다.

이 점에서 자유와 필연의 정도 차이에 대한 관념의 점진적 변화는 행위의 수행부터 그에 대한 판단까지의 시간 간격에 좌우된다.

만약 내가 현재 상태와 거의 동일한 조건에서 일 분 전에 나자신이 한 행동을 고찰한다면 나의 행위는 나에게 명백히 자유로워 보일 것이다. 그러나 한 달 전에 나 자신이 한 행동을 검토할 경우 다른 조건에 놓인 나는 부득이 다음과 같은 점을 인정하게 된다. 그 행위가 행해지지 않았다면 그 행위에서 비롯된 유익하고 유쾌하고 심지어 필수적이기까지 한 많은 것들도 일어나지 않았으리라는 점을…… 만약 내가 십 년도 더 된 훨씬 먼 과거의 행위로 기억을 거슬러 올라간다면 내 행위의 결과는 나에게 훨씬 더 분명하게 보일 것이다. 그리고 그 행동이 없었다면 어떻게 되었을까를 상상하는 것이 나로서는 어려울 것이다. 내가 기억을 통해 더 오래전으로 거슬러 올라갈수록, 또는 추론을 통해 더 먼 미래로 뻗어 나갈수록, 어느 쪽이든 다 똑같지만 행위의 자유에 대한 나의 판단은 더욱 의심스러워질 것이다.

마찬가지로 우리는 인류의 전반적인 문제에 자유 의지가 관여하는 비율에 대한 그 확실성의 수열을 역사에서도 발견한다. 막 일어난 현대의 사건은 우리에게 의심할 여지 없이 모든 유명 인사들의 성과로 보인다. 그러나 시간적으로 더 멀리 떨어진 사건에서 우리는 이미 그것의 필연적 결과를 안다. 우리는 그 결과 이외에 다른 어떤 결과도 상상할 수 없다. 그리고 더 먼 과거의 사건들을 고찰할수록 그 사건들은 우리에게 덜 임의적으로 보인다.

오스트리아-프로이센 전쟁은 우리에게 교활한 비스마르크와 그 외 여러 인물들의 행위에 따른 명백한 결과로 보인다.

나폴레옹 전쟁은 이미 의심스럽긴 하지만 여전히 우리에게 영웅들의 의지의 소산으로 보인다. 그러나 십자군 원정의 경우 우리는 이미 분명한 자리를 점한 사건을 보게 된다. 그리고 그것 없이 유럽의 새로운 역사를 생각할 수도 없다. 그러나 십자군 원정의 연대기 필자들에게는 그 사건도 몇몇 인물들의 의지의 소산으로 보였을 뿐이다. 민족 이동에 대해 말하자면 우리 시대의 어느 누구도 유럽 세계의 부흥이 아틸라[120]의 독단에 달려 있었다고는 생각하지 않을 것이다. 우리가 역사에서 관찰 대상을 찾아 더 먼 과거로 거슬러 올라갈수록 사건을 일으키는 인간의 자유는 더욱 의심스러워지고 필연 법칙은 더욱 분명해진다.

3) 세 번째 근거는 원인의 끝없는 연결 고리에 우리가 어느 정도 접근할 수 있다는 점이다. 연결 고리는 이성의 필연적 요구이며, 우리가 이해한 각 현상, 즉 인간의 각 행위는 그 연결 고리 안에서 앞서 행해진 일의 결과로, 또한 뒤에 행해질 일의 원인으로 자신의 분명한 자리를 확보해야 한다.

그 근거로 인해 한편으로는 관찰에서 이끌어낸 생리학적, 심리학적, 역사적 법칙 ─ 인간이 속한 ─ 을 더 많이 알수록, 행위의 생리학적, 심리학적, 역사적 원인을 더 충실히 관찰할수록, 다른 한편으로는 관찰된 행위 자체가 더 단순할수록, 관찰 대상인 사람의 성격과 지능이 덜 복잡할수록 자신과 다른 사람들의 행위는 우리에게 더 자유롭고 덜 필연적인 것처럼 보인다.

---

120) 로마 제국을 침략한 훈족의 왕(재위 434~453)으로 남부 발칸 지방과 그리스, 이어서 갈리아와 이탈리아까지 공략했다. 아틸라는 중세 독일의 전설적인 영웅 서사시 『니벨룽겐의 노래(Nibelungenlied)』에서 '에첼'로, 아이슬란드의 무용담에서 '아틸리'라는 이름으로 등장한다.

우리는 악행이든 선행이든 선과 악 어느 쪽도 아니든 어떤 행위의 원인을 완전히 이해하지 못할 때 그러한 행위에서 최대의 자유를 인정한다. 악행인 경우 우리는 무엇보다 그런 행위에 대한 처벌을 요구한다. 선행인 경우에는 무엇보다 그러한 행위를 높이 평가한다. 어느 쪽도 아닌 경우 우리는 최대의 독자성과 고유함과 자유를 인정한다. 그러나 만약 무수한 원인들 가운데 하나라도 안다면 우리는 필연을 어느 정도 인정하여 범죄에 대한 처벌을 덜 요구하고 선행의 공로를 덜 인정하고 고유하게 보이는 행동의 자유도 덜 인정할 것이다. 범죄자가 악한들 사이에서 자랐다면 그것만으로도 이미 죄는 경감된다. 아버지와 어머니의 자기희생, 보상받을 가능성이 있는 자기희생은 이유 없는 자기희생보다 더 납득할 만하다. 따라서 공감을 덜 불러일으키고 덜 자유로워 보인다. 종파와 정당의 설립자나 발명가의 행동이 어떻게 무엇을 통해 준비되는지 알 경우 우리는 그들에게 덜 놀랄 것이다. 만약 우리가 일련의 많은 경험을 지녔다면, 만약 우리의 관찰이 언제나 사람들의 행위 속에서 원인과 결과의 상호 관계를 찾아내는 것을 지향한다면 우리가 원인과 결과를 더 올바르게 연결할수록 사람들의 행위는 더 필연적이고 덜 자유롭게 보일 것이다. 만약 관찰되는 행위가 단순하다면, 만약 관찰 대상이 될 만한 행위가 무수히 많다면 그 행위가 필연적이라는 우리의 관념은 더욱 확실해질 것이다. 정직하지 않은 아버지를 둔 아들의 정직하지 않은 행위, 어떤 환경 속으로 전락해 버린 여인의 나쁜 행실, 다시 술독에 빠진 술꾼의 행동 등은 그 원인을 잘 이해할수록 덜 자유롭게 보인다. 만약 관찰 대상인 인간 자체가 어린아이나 미치광이나 바보처럼 지적 발달의 가장 낮은 단계에 있을 경우, 행위의 원인이나 성격과 두뇌의 단순함을 아는 우리 눈에는 이미 너무나 많은 필연과 너무나 적은 자유가 보인다. 그리하여 행위를 일으키는 것이 분명한 한 가지 원인을 알게 되면 그 즉시 행위를 예언할 정도에 이른다.

모든 법률에 존재하는 죄에 대한 책임 능력 면제와 죄를 감면해 주는 상황은 오직 이 세 가지 근거 위에서만 성립된다. 관찰 대상인 인간이 처한 조건에 대한 앎의 정도에 따라, 행위의 수행부터 그에 대한 판단에 이르는 시간 간격의 정도에 따라, 행위의 원인에 대한 이해 정도에 따라 책임은 크게도 작게도 보이는 것이다.

10

그리하여 자유와 필연에 대한 우리의 관념은 외부 세계와의 관계 정도에 따라, 시간 간격의 정도에 따라, 원인에 대한 의존도에 따라 ─ 우리는 이런 것들 속에서 인간 생활의 현상을 관찰한다 ─ 점차 축소되기도 하고 확대되기도 한다.

따라서 외부 세계와의 관계가 가장 잘 알려지고, 사건이 실행될 때부터 판단이 이루어질 때까지의 기간이 가장 길고, 행동의 원인이 가장 잘 납득되는 상황에서 인간을 관찰할 때 우리는 최대의 필연과 최소의 자유에 대한 관념을 얻게 된다. 그러나 외부 조건에 대한 의존도가 최소인 사람을 관찰할 때, 그 사람의 행위가 현재와 아주 가까운 시기에 수행되고 그 행위의 원인이 우리에게 알려지지 않았을 때 우리는 최소의 필연과 최대의 자유에 대한 관념을 얻을 것이다.

하지만 우리가 아무리 자신의 시각을 바꾼들, 인간과 외부 세계의 관계를 아무리 분명히 이해한들, 시간을 아무리 늘이거나 줄인들, 원인을 아무리 잘 이해하거나 이해하지 못한들 그 어떤 경우든 우리는 결코 완전한 자유도 완전한 필연도 상상할 수 없다.

1) 외부 세계의 영향으로부터 배제된 인간을 아무리 상상해 본들 우리는 공간 속에서의 자유에 대한 개념을 결코 얻지 못한다. 인간의 모든 행위는 불가피하게 인간을 에워싼 것과 인간의 육체 자체로 설명된다. 내가 손을 올렸다가 내린다. 나의 행위는 나에게 자유로운 행위로 보인다. 그러나 '내가 모든 방향으로 손을 올릴 수 있을까?' 하고 스스로 물을 때 난 주위의 물체들과 내 신체 구조에서 그 행위를 위한 장애가 더 적은 방향으로 손을 올렸음을 알게 된다. 내가 가능한 모든 방향 가운데 하나를 골랐다면 그것은 그 방향에 장애가 더 적었기 때문이다. 나의 행위가 자유로우려면 어떤 장애에도 부딪치지 않아야 한다. 인간을 자유로운 존재로 상상하려면 우리는 공간을 초월한 인간을 상상해야 한다. 그것은 분명 불가능하다.

2) 판단의 시간을 행위의 시간에 아무리 가까이 근접시켜 본들 우리는 결코 시간 속에서의 자유에 대한 관념을 얻지 못할 것이다. 설사 내가 일 초 전에 이루어진 행동을 관찰하더라도 그 행동은 그것이 실행되는 그 순간의 구속을 받으므로 나는 여전히 행동의 부자유를 인정할 수밖에 없기 때문이다. 내가 손을 올릴 수 있을까? 나는 손을 올린다. 하지만 스스로에게 묻는다. 이미 지난 그 순간에 손을 들지 않을 수는 없었을까? 그 점을 확인하기 위해 다음 순간에는 손을 올리지 않는

다. 그러나 내가 손을 올리지 않은 때는 내가 자유에 대해 자문한 그 처음 순간이 아니다. 시간은 지났다. 시간을 멈추는 것은 나의 권한이 아니다. 내가 그때 올린 손은 지금 내가 움직임을 멈춘 이 손이 아니고, 내가 그때 그 동작을 했을 때의 공기는 지금 나를 에워싼 이 공기가 아니다. 첫 번째 동작이 행해진 순간은 다시 돌아오지 않으며, 그 순간 나는 오직 한 가지 동작만을 할 수 있었다. 그리고 내가 어떤 행동을 했든 그 행동은 오직 한 가지일 수밖에 없었다. 다음 순간에 내가 손을 올리지 않았다는 사실이 내가 손을 들지 않을 수 있었음을 증명하지는 않았다. 나의 동작은 한 순간에 오직 한 가지일 수밖에 없기 때문에 다른 것일 수 없었다. 그 동작을 자유로운 것으로 상상하려면 현재 안에서, 과거와 미래의 경계에서, 즉 시간 밖에서 그것을 상상해야 한다. 그것은 불가능하다.

3) 원인을 이해하는 어려움이 아무리 커진들 우리는 결코 완전한 자유라는 관념, 즉 원인의 부재에 이르지는 않을 것이다. 자신이나 타인의 어떤 행동에서든 의지 표현의 이유가 우리에게 아무리 이해되지 않더라도 이성의 첫 번째 요구는 원인의 가정과 그 탐구다. 원인 없이는 어떤 현상도 생각해 낼 수 없기 때문이다. 나는 어떤 원인에도 좌우되지 않는 행위를 수행하기 위해 손을 올린다. 그러나 내가 원인 없는 행동을 수행하기를 원한 것 자체가 내 행동의 원인이다.

설사 우리가 모든 영향력으로부터 완전히 배제된 인간을 상상한 후 그 인간이 현재에 행한 순간적인 행동 —— 어떤 원인도 없는 —— 만을 관찰하면서 필연의 잔재를 0이나 다름없는 무한소로 가정한다 해도 우리는 인간의 완전한 자유라는 개념에 이르지 못할 것이다. 시간을 초월한 채 어떤 원인에도 좌우되지 않고 외부 세계의 영향을 진혀 받지 않는 존재란 이미 인간이 아니기 때문이다.

그와 마찬가지로 우리는 자유의 관여 없이 오직 필연의 법칙에만 종속되는 인간의 행위를 결코 상상할 수 없다.

1) 인간이 처한 공간 조건에 대한 우리의 지식이 아무리 커진들 그 지식은 결코 완전해질 수 없다. 공간이 무한하듯 이 조건들의 수도 무한하기 때문이다. 따라서 인간에게 미치는 영향의 모든 조건이 해명되지 않는 한 완전한 필연은 없으며 어느 정도 자유가 있기 마련이다.

2) 우리가 관찰 대상인 현상과 그 판단 사이의 시기를 아무리 길게 늘여도 그 시기는 유한할 것이다. 그러나 시간은 무한하다. 따라서 이 점에서도 완전한 필연은 결코 있을 수 없다.

3) 어떤 행위든 그 원인들의 사슬이 아무리 쉽게 이해된다 해도 우리는 그 사슬 전체를 알 수는 없을 것이다. 그 사슬은 무한하기 때문이다. 그러므로 우리는 역시 완벽한 필연을 얻지 못할 것이다.

하지만 그 밖에도 우리가 0이나 다름없는 최소한의 자유를 가정하며 어떤 경우, 예를 들어 죽어 가는 인간이나 태아나 백치 같은 경우 자유가 전혀 존재하지 않을 수 있음을 인정한다 해도 오히려 그 때문에 우리는 자신들이 관찰하는 인간에 대한 개념 자체를 파괴하고 말 것이다. 자유가 존재하지 않는 순간 곧 인간도 존재하지 않기 때문이다. 따라서 최소한의 자유도 없이 필연의 법칙에만 종속된 인간 행위에 대한 관념은 완전히 자유로운 인간 행위에 대한 관념만큼이나 불가능하다.

따라서 자유 없이 필연의 법칙에만 종속된 인간 행위를 상상하려면 우리는 무한히 많은 공간 조건들, 무한히 큰 시간, 무한히 많은 일련의 원인들에 대한 지식을 가정해야 한다.

필연의 법칙에 종속되지 않는 완전히 자유로운 인간을 상상하려면 우리는 공간과 시간을 벗어나고 원인에 대한 종속 관계를 벗어난 인간만을 상상해야 한다.

첫 번째 경우, 만약 자유 없는 필연이 가능하다면 우리는 그 필연으로써만 필연의 법칙에 대한 정의에 이를 것이다. 즉 내용 없는 형식에 이르는 것이다.

두 번째 경우, 만약 필연 없는 자유가 가능하다면 우리는 공간과 시간과 인과를 벗어난 무조건적 자유, 즉 무조건적이고 무엇에도 제약받지 않는다는 바로 그 점 때문에 무(無)이거나 형식 없는 내용에 불과한 자유에 이를 것이다.

우리는 대체로 인간의 모든 세계관을 형성하는 두 가지 근거, 즉 삶의 불가해한 본질과 그 본질을 규정하는 법칙에 이를 것이다.

이성은 말한다. 1) 공간 — 그 가시성(可視性), 즉 물질이 그것에 부여하는 모든 형식과 더불어 — 은 무한하며 다른 식으로는 생각할 수 없다. 2) 시간은 단 한 순간의 쉼도 없는 무한한 운동이며 다른 식으로는 생각할 수 없다. 3) 인과 관계에는 시작도 없고 끝도 있을 수 없다.

의식은 말한다. 1) 나는 유일자다. 오로지 내가 존재하는 모든 것이다. 따라서 나는 공간을 포함한다. 2) 나는 흐르는 시간을 현재라는 정지된 시간으로 측량한다. 오직 그 현재 안에서만 나는 스스로를 살아 있는 존재로 인식한다. 따라서 나는 시간의 외부에 있다. 3) 나는 인과 관계의 외부에 있다. 스스로를 나의 삶에 일어나는 모든 현상의 원인으로 느끼기 때문이다.

이성은 필연의 법칙을 표현한다. 의식은 자유의 본질을 표현한다.

무엇에도 제약받지 않는 자유란 인간의 의식 안에서 생의 본질이다. 내용 없는 필연은 세 가지 형식을 지닌 인간의 이성이다.

자유는 고찰의 대상이다. 필연은 고찰의 주체다. 자유는 내용이다. 필연은 형식이다.

형식과 내용으로서 서로 연관된 인식의 두 가지 근원이 분리될 때 우리는 비로소 상호 배타적이고 불가해한 자유와 필연이라는 개념들을 개별적으로 얻게 된다.

두 가지 근원이 결합할 때 비로소 인간의 삶에 대한 명확한 관념이 생긴다.

내용과 형식으로서 결합할 때 서로 정의되는 이 두 가지 개념의 외부에는 삶에 대한 어떤 관념도 존재할 수 없다.

우리가 인간의 삶에 대해 아는 것이라고는 단지 자유와 필연, 즉 의식과 이성의 법칙의 어떤 관계일 뿐이다.

우리가 자연이라는 외부 세계에 대해 아는 것이라고는 단지 자연의 힘과 필연, 혹은 삶의 본질과 이성의 법칙 사이에 존재하는 어떤 관계일 뿐이다.

자연의 생명력은 우리 외부에 있으며 인지되지 않는다. 우리는 그 힘을 인력, 관성, 전기, 축력(畜力) 등으로 부른다. 하지만 인간의 생명력은 우리에게 인지되고, 우리는 그것을 자유라고 부른다.

그러나 모든 사람에게 감지되지만 그 자체로는 불가해한 인력이 우리가 그것을 지배하는 필연 법칙을 아는 한에서만 (모든 물체는 무게를 지닌다는 원초적인 지식으로부터 뉴턴의 법칙에 이르기까지) 이해 가능한 것과 마찬가지로, 각 사람에게 감지되지만 그 자체로는 불가해한 자유의 힘은 우리가 그것을 지배하는 필연 법칙(모든 인간은 죽는다는 사실부터 복잡하기 이를 데 없는 경제적, 역사적 법칙에 대한 지식에 이르기까지)을 아는 한에서만 이해 가능하다.

모든 지식은 삶의 본질을 이성의 법칙 아래 둔 것에 지나지 않는다.

인간의 자유는 인간이 그 힘을 인식한다는 점에서 다른 모든 힘과 구분된다. 그러나 이성이 보기에 그 힘은 다른 모든 힘과 조금도 다르지 않다. 인력, 전기의 힘, 화학 약품의 힘은 이성에 의해 다양하게 규정된다는 점에서만 서로 구분될 뿐이다. 그와 마찬가지로 이성이 보기에 인간의 자유라는 힘은 그 이성이 자유에 부여한 정의를 통해서만 다른 자연력과 구분될 뿐이다. 필연이 없는 자유, 즉 자유를 규정하는 이성의 법칙이 없는 자유는 인력, 열, 식물의 힘과 전혀 다를 바 없다. 이성의 입장에서 자유는 단지 정의되지 않은 찰나적인 생의 감각일 뿐이다.

그리고 천체를 움직이는 힘의 정의하기 힘든 본질, 열이나 전기나 화학 약품의 힘 혹은 생명력의 정의하기 힘든 본질이 천문학, 물리학, 화학, 식물학, 동물학 등의 내용을 형성하듯 자유라는 힘의 본질도 역사의 내용을 형성한다. 그러나 모든 과학의 대상은 생의 이런 미지의 본질이 발현된 것이고 그 본질 자체는 단지 형이상학의 대상에 지나지 않을 수 있듯이, 역사의 대상은 공간과 시간과 인과의 종속 관계 안에 있는 인간의 자유라는 힘의 발현이다. 자유 자체는 형이상학의 대상에 지나지 않는다.

경험 과학에서는 우리에게 알려진 것을 필연 법칙이라고 부른다. 그리고 우리에게 알려지지 않은 것을 생명력이라 부른다. 생명력은 우리가 생의 본질에 관해 아는 것을 제외한, 우리에게 알려지지 않은 나머지 부분에 대한 표현일 뿐이다.

역사에서 우리에게 알려진 것을 필연 법칙이라고 부르듯 우리는 우리에게 알려지지 않은 것을 자유라고 부른다. 역사의 입장에서 자유는 우리가 인간의 삶의 법칙에 관해 아는 것을 제외하고 남은, 우리에게 알려지지 않은 나머지 부분에 대한 표현일 뿐이다.

11

역사는 시간 속에 존재하는 외부 세계와의 관계 안에서, 인과의 종속 관계 안에서 인간의 자유가 발현하는 현상을 살핀다. 이성의 법칙으로 이 자유를 정의하는 것이다. 따라서 역사는 이 자유가 이 법칙으로써 정의되는 한에서만 과학이 된다.

역사가 인간의 자유를 역사 사건에 영향을 미칠 수 있는, 다시 말해 법칙에 종속되지 않는 힘으로서 인정하는 것은 천문학이 천체를 움직이는 자유로운 힘을 인정하는 것과 똑같다.

그러한 인정은 법칙, 즉 모든 지식의 존재 가능성을 파괴한다. 만약 단 하나라도 자유롭게 운동하는 천체가 있다면 케플러와 뉴턴의 법칙은 더 이상 존재하지 않으며 천체의 운동에 대한 어떤 관념도 존재하지 않을 것이다. 만약 인간의 자유로운 행위가 단 하나라도 존재한다면 어떤 역사 법칙도, 역사 사건에 대한 어떤 관념도 존재하지 않을 것이다.

역사에는 인간의 의지가 운동하는 선(線)들이 존재한다. 한 쪽 끝은 미지 속에 감춰져 있고, 반대편 끝에서는 현재에 속한 인간의 자유에 대한 의식이 공간과 시간과 인과의 종속 관계 안에서 움직인다.

우리 눈앞에서 이 운동 범위가 더 확대될수록 이 운동의 법칙은 더욱 명확해진다. 이 법칙을 포착하여 정의하는 것이 곧 역사의 과제다.

오늘날 학문이 자신의 대상을 보는 시각으로는, 또 학문이 인간의 자유 의지 안에서 여러 현상들의 원인을 찾으며 따르는 방법으로는 학문을 위한 법칙을 표현하기가 불가능하다. 인간의 자유를 아무리 한정하더라도 우리가 자유를 법칙에 속하지 않는 힘이라고 인정하는 순간 법칙은 존재할 수 없기 때문이다.

이 자유의 경계를 무한으로 설정할 때, 즉 자유를 무한소로서 고찰할 때 비로소 우리는 원인에 접근하는 것이 완전히 불가능하다는 사실을 확신하게 될 것이다. 그리고 그때는 역사의 원인을 탐구하는 대신에 법칙의 탐구를 자신의 과제로 설정할 것이다.

이 법칙들에 대한 탐구는 이미 오래전에 시작되었다. 그리하여 옛 역사학이 원인을 끊임없이 세분화하며 자기 파괴에 이르는 것과 동시에 역사학이 습득해야 할 새로운 사유 방식이 만들어지고 있다.

인간의 모든 학문이 이 길을 걸었다. 학문들 가운데 가장 정밀한 수학은 무한소에 이르자 미분 과정을 버리고 그 미지의 무한소들을 총합하는 새로운 과정에 착수한다. 수학은 원인에 대한 개념을 버리고 법칙, 즉 미지의 무한소의 모든 요소에 공통된 특징을 탐구한다.

　다른 학문들도 비록 형식은 다를지라도 똑같은 사유 방법을 따랐다. 뉴턴이 인력의 법칙을 이야기했을 때 그는 태양이나 지구에 끌어당기는 성질이 있다고 말한 것은 아니었다. 그는 가장 큰 것에서 가장 작은 것에 이르기까지 모든 물체에 서로 끌어당기는 듯한 성질이 있다고 말했다. 물체가 운동하는 원인을 제쳐 두고 무한대부터 무한소에 이르기까지 모든 물체에 공통된 특성을 표현한 것이다. 자연 과학도 그와 똑같은 것을 행한다. 즉 자연 과학 역시 원인에 대한 물음은 제쳐 두고 법칙을 탐구하는 것이다. 역사학도 똑같은 길 위에 서 있다. 만약 역사학이 사람들의 생활 속 일화들을 기술하는 대신에 여러 나라 국민들과 인류의 움직임을 연구 대상으로 삼는다면 원인이라는 개념은 제쳐 두고 법칙을 탐구해야 한다. 서로 동등하며 불가분의 관계로 연결된 자유의 모든 무한소 요소들에 공통된 법칙을.

12

코페르니쿠스의 법칙이 발견되고 증명된 이후 태양이 아닌 지구가 움직인다는 사실을 인정하는 것만으로도 고대인들의 우주학 전체가 붕괴했다. 이 법칙을 부정하면 천체의 운동에 대한 옛 견해를 유지할 수 있었겠지만, 부정하지 않은 채 프톨레마이오스적 우주에 대한 연구를 계속하는 것은 불가능했을 듯하다. 그러나 코페르니쿠스의 법칙이 발견된 이후에도 프톨레마이오스적 우주는 오랫동안 계속 연구되었다.

출산이나 범죄의 수가 수학 법칙의 지배를 받는다고, 어떤 지리적, 정치 경제적 조건들이 이런저런 통치 형태를 규정한다고, 주민과 대지의 어떤 관계가 민족 이동을 낳는다고 어떤 사람이 최초로 표명하고 증명한 이후 역사를 구축하는 기반은 사실상 붕괴하고 말았다. 새로운 법칙을 부인하고 역사에 대한 종래의 관점을 유지하는 것이 가능했을지도 모른다.

그러나 그 법칙을 부인하지 않은 채 역사적 사건을 인간의 자유 의지가 만들어 낸 산물로 계속 연구하기는 불가능했을 것처럼 보인다. 만약 어떤 지리적, 민족적, 경제적 조건들 때문에 어떤 통치 형태가 확립되었다거나 어떤 민족 이동이 일어났다면, 통치 형태를 확립하거나 민족 이동을 일으킨 인물들 — 우리가 보기에 — 의 의지는 더 이상 원인으로서 고찰할 수 없기 때문이다.

그럼에도 종래의 역사학은 그것과 완전히 대립되는 통계학, 지리학, 정치 경제학, 비교 문헌학, 지질학의 법칙과 나란히 계속 연구되고 있다.

물리 철학에서는 옛 시각과 새로운 시각 사이에 투쟁이 오랫동안 끈질기게 계속되었다. 신학은 옛 시각을 옹호하며 새로운 시각이 계시를 파괴한다고 비난했다. 그러나 진리가 승리를 거두자 신학도 새로운 토대 위에 견고하게 구축되었다.

오늘날 역사학에서도 옛 시각과 새로운 시각 사이에 투쟁이 오랫동안 끈질기게 계속되고 있다. 마찬가지로 신학은 옛 시각을 수호하며 새로운 시각이 계시를 파괴한다고 비난한다.

어느 경우든 투쟁은 양쪽 모두의 열정을 불러일으키고 진리를 억누른다. 투쟁의 한편에는 수 세기 동안 건립된 건축물 전체에 대한 두려움과 연민이 있고, 다른 한편에는 파괴에 대한 열정이 있다.

새롭게 출현하는 물리 철학의 진리와 투쟁하는 사람들은 자신들이 그 진리를 인정하면 하느님과 천지 창조와 눈의 아들 여호수아의 기적[121]에 대한 믿음이 깨질 것 같다고 느꼈다. 코페르니쿠스와 뉴턴의 옹호자들, 예를 들어 볼테르 같은 사람들은 천문학의 법칙이 종교를 무너뜨릴 것 같다고 느꼈다. 그래서 그들은 인력의 법칙을 종교에 맞설 무기로 이용했다.

마찬가지로 오늘날에는 필연 법칙을 인정하기만 하면 영혼, 선악, 그리고 이 개념 위에 세워진 모든 국가 제도와 교회 제도가 붕괴할 것처럼 보인다.

볼테르가 자기 시대에 그랬던 것처럼 오늘날에도 그와 마찬가지로 필연 법칙을 수호하려는 부름 받지 않은 옹호자들이 종교에 맞설 무기로서 필연 법칙을 이용한다. 그럼에도 천문학에서 코페르니쿠스의 법칙이 그랬던 것처럼, 역사학에서 필연 법칙도 국가 제도와 교회 제도의 토대를 파괴하기는커녕 오히려 견고하게 하고 있다.

당시 천문학의 문제에서 그랬듯이 오늘날 역사학의 문제에서도 모든 시각 차이는 눈에 보이는 현상들의 척도로 기능하는 절대 단위를 인정하느냐 마느냐에 기초한다. 천문학에서

---

121) 구약의 『여호수아서』 10장에 눈(Nun)의 아들 여호수아가 일으킨 기적이 묘사된다. 모세를 이어 이스라엘의 새로운 지도자가 된 여호수아는 이스라엘과 화친했다는 이유로 기브온성이 아모리 족속의 다섯 왕에게 협공을 당하자 기브온을 구하러 나섰다. 여호수아의 군대는 아모리 족속의 군대를 크게 무찌르고 달아나는 적을 계속 추격했다. 그러던 가운데 여호수아가 이스라엘 백성 앞에서 큰 소리로 "태양아, 기브온 위에 머물러라! 달아, 아얄론 골짜기에 머물러라!" 하고 외치자 여호수아의 군대가 적을 완전히 정복하기까지 태양이 멈추고 달이 멈추었다.

그 단위는 지구의 부동성이었다. 역사학에서 그 단위는 개인의 독립성, 즉 자유다.

천문학에서 지구의 운동을 인정하기 어려운 것은 지구의 부동성에 대한 직접적인 감각과 행성들의 운동에 대한 그 비슷한 감각을 부인해야 한다는 점 때문이다. 마찬가지로 역사에서도 개인이 공간과 시간과 인과 관계의 법칙에 종속된다고 인정하기 어려운 것은 자신의 개인적 독립성에 대한 직접적인 감각을 부인해야 하기 때문이다. 그러나 천문학의 새로운 시각이 '사실 우리는 지구의 움직임을 느끼지 않지만, 지구의 부동성을 가정할 경우에 터무니없는 결론에 이르고 말 것이다. 반면 우리가 느끼지 못하는 그 운동을 가정하고 나면 우리는 법칙에 이를 것이다.'라고 말하듯이 역사학의 새로운 시각도 이렇게 말한다. '사실 우리는 우리의 종속성을 느끼지 않는다. 하지만 우리의 자유를 가정하면 터무니없는 결론에 이르고 말 것이다. 반면 외부 세계, 시간, 인과 관계에 대한 자신의 종속성을 인정하고 나면 우리는 법칙에 이를 것이다.'

전자의 경우에는 공간에 실재하지 않는 부동성에 대한 의식을 버리고 우리에게 감지되지 않는 운동을 인정해야 했다. 이 경우에도 그와 마찬가지로 실재하지 않는 자유를 부정하고 우리에게 감지되지 않는 종속성을 인정하는 것이 필수다.

부록

『전쟁과 평화』에 덧붙이는 말[1]

─ 톨스토이

　최상의 생활 조건 속에서 오 년 동안 쉼 없이 창작에 매달려 온 작품을 발표하면서 나는 서문에 이 작품에 대한 나의 견해를 서술하고, 그렇게 함으로써 독자들의 마음속에 일어날지 모를 당혹감을 미리 막고 싶다. 나는 독자들이 내 책에서 내가 표현하기를 원하지 않았던 것이나 표현할 능력이 없었던 것을 보거나 찾지 않기를, 그리고 내가 표현하고자 했으나 장황하게 늘어놓는 것은(작품의 제약으로) 부적절하다고 생각했던 것에 관심을 가져 주기를 바란다. 시간과 능력 탓에 나는 의도한 것을 충분히 실현하지 못했다. 그래서 전문 잡지의 호의에 기대어 이런 것에 흥미를 느낄지 모를 독자들을 위해 부

[1] 이 글은 《루스키 아르히프(Русский архив)》(1868년 3월호)에 실렸다. 당시에 톨스토이는 본래 총 여섯 권으로 기획된 『전쟁과 평화』를 4권까지 출간하고 5권을 집필하는 중이었다.

족하게나마 작자로서 작품에 대한 견해를 간략히 전하고자 한다.

1) 『전쟁과 평화』란 무엇인가? 이것은 장편도 아니고 서사시는 더더욱 아니다. 하물며 역사 연대기도 아니다. 『전쟁과 평화』는 실제 표현된 형식으로 작자가 표현하기를 원했고 또 표현해 낼 수 있었던 것이다. 예술적 산문 작품의 전통적인 형식을 무시한 작자의 이러한 선언은 만약 그것이 미리 계획된 것이거나 전례가 없는 것이라면 뻔뻔스럽게 들릴지도 모른다. 푸시킨 시대 이후에 러시아 문학의 역사는 이처럼 유럽적 형식에서 벗어난 많은 사례를 제시했을 뿐만 아니라 오히려 그에 반하는 예를 한 가지도 보여 준 적이 없다. 고골의 『죽은 혼』부터 도스토옙스키의 『죽은 집』에 이르기까지[2] 새로운 시기의 러시아 문학에는 어느 정도 평범함을 넘어선 작품치고 장편, 서사시, 중편의 형식에 완전히 부합하는 것이 하나도 없다.

2) 1부가 출간되었을 때 일부 독자들이 나에게 말한 바에 따르면 내 작품에는 시대의 특징이 충분히 드러나지 않았다고 한다. 이러한 비판에 대해 나는 다음과 같이 반론하고자 한다. 사람들이 내 소설에서 발견하지 못한 시대의 특징이라는 것이 무엇인지 나는 안다. 그것은 농노제의 참상, 아내를 감금

---

2) 톨스토이는 운을 맞추기 위해 고골의 작품 제목과 도스토옙스키의 작품 제목을 나란히 열거했다. 『죽은 집(Мёртвый дом)』의 본래 명칭은 '죽은 집으로부터의 기록(Записки из мёртвого дома)'이다. 이 작품은 톨스토이가 '좋은 예술'의 범주에 포함시킨 몇 안 되는 작품들 가운데 하나다.

하고 성인이 된 자식을 매질하는 풍속, 살티치하[3] 등등일 것이다. 그러나 나는 우리의 상상 속에 살아 있는 그 시대의 이러한 특징이 옳다고 생각하지 않으며 그것을 표현하고 싶지도 않다. 편지, 일기, 전설 등을 검토해 보아도 난 그 모든 야만적인 참상이 내가 오늘날이나 다른 어떤 시대에서 발견한 것보다 더 심하다고는 생각할 수 없었다. 그 시대에도 사람들은 사랑하고 질투하고 진리와 미덕을 추구하고 열정에 휩싸였다. 그리고 상류 계급에서는 오늘날과 똑같이 복잡한, 때로는 오늘날보다 훨씬 더 세련된 정신적, 도덕적 생활이 이루어졌다. 만약 우리 마음속에 그 시대의 특징을 압제와 폭력으로 여기는 견해가 형성되어 있다면 그것은 단지 우리에게 전승된 전설과 수기와 중·장편 속에 폭력과 야만성의 가장 두드러진 사례만 기록되었기 때문이다. 그 시대의 지배적인 특징이 야만성이라고 결론짓는 것은 언덕 너머의 우듬지만 보는 사람이 그 지역에는 나무 외에 아무것도 없다고 결론짓는 것만큼이나 옳지 않다. 그 시대의 특징은 존재한다(어느 시대나 그렇듯). 그것은 다른 영지의 상류 계급 사람들이 지금보다 서로 더 소원하게 지낸 점, 당시의 지배적인 철학, 교육의 특이성, 프랑스어를 사용하는 습관 등에서 비롯된다. 그리고 나는 이

---

3) 다리야 니콜라예브나 살티코바(Dariya Nikolaevna Saltykova, 1730~1801)의 성을 경멸조로 지칭한 표현이다. 악명 높은 지주였던 그녀는 권력을 남용하여 많은 농노들(주로 성인 여성과 소녀)을 고문으로 죽였다. 그녀는 1768년 유죄를 선고받아 하루 동안 붉은 광장에서 칼을 쓴 채 사람들의 조롱거리가 되었고, 그 후 수녀원에 감금되어 평생을 보냈다.

런 특징을 최대한 표현하려고 노력했다.

3) 러시아어 작품에서 프랑스어를 사용한 점. 내 작품에서 러시아인뿐 아니라 프랑스인마저 때로는 러시아어로, 때로는 프랑스어로 이야기하는 이유는 무엇일까? 러시아어 책에서 인물들이 프랑스어로 말하고 쓴다며 비난하는 것은 어떤 사람이 그림을 보다가 그 안에서 현실에 없는 검은 반점(음영)을 알아차리고 비난하는 것과 비슷하다. 화가가 그림 속 얼굴에 표현한 음영이 현실에 존재하지 않는 검은 반점처럼 보인다고 해서 화가를 비난할 수는 없다. 화가를 비난할 수 있는 경우는 그 반점이 부정확하고 서툴게 그려졌을 때뿐이다. 금세기 초반에 대해 연구하고 일정한 사회의 러시아 인물들과 나폴레옹이나 당시의 생활에 매우 직접적으로 관여한 프랑스인들을 묘사하는 동안 나는 무심결에 그 프랑스적 사고방식의 표현에 필요 이상으로 휩쓸리고 말았다. 따라서 내가 표현한 음영이 어쩌면 부정확하고 서툴렀다는 점을 부정하지는 않겠다. 다만 나는 나폴레옹이 어느 때는 러시아어로, 어느 때는 프랑스어로 말하는 것을 우스꽝스럽게 여기는 사람들이 다음과 같은 점을 깨닫기를 바랄 뿐이다. 그것이 그들에게 그와 같이 보이는 이유는 마치 그림을 바라보는 사람처럼 그들이 명암을 띤 얼굴을 보지 않고 코밑의 검은 점만 보기 때문이라는 것을 말이다.

4) 볼콘스키, 드루베츠코이, 빌리빈, 쿠라긴 등 작중 인물들의 이름은 널리 알려진 러시아 이름들과 비슷하다. 역사에 존재하지 않은 인물들과 역사에 존재한 인물들을 나란히 배

치하는 경우에 라스톱친 백작을 프론스키 공작이라든지, 스트렐스키라든지, 그 밖에 허구로 꾸며낸 성 — 한 개의 성이든 두 개의 성을 결합한 성이든 — 을 가진 다른 공작이나 백작과 대화를 하게 하는 것은 내 귀에 어색하게 느껴졌다. 볼콘스키(Bolkonsky)나 드루베츠코이라는 이름은 비록 볼콘스키(Volkonsky)나 트루베츠코이는 아니어도 러시아 귀족 사회에서 친숙하고 자연스러운 울림을 띤다. 나는 나의 모든 작중 인물들을 위해 베주호프나 로스토프같이 내 귀에 이상하게 느껴지지 않는 이름을 고안해 낼 수 없었다. 그러므로 러시아인의 귀에 가장 친숙한 성을 취해 철자를 이리저리 바꾸지 않았더라면 이러한 어려움을 달리 극복할 수 없었을 것이다. 이 허구의 이름들이 실재한 인물의 이름과 비슷하다는 이유로 내가 이런저런 실재 인물을 묘사하고자 했다고 생각하는 사람이 있다면 나로서는 몹시 유감스럽다. 특히 실제로 존재하거나 존재했던 사람을 묘사하는 문학 활동과 내가 종사한 활동에는 아무런 공통점도 없기 때문이다.

M. D. 아흐로시모바와 제니소프는 내가 무심결에 별생각 없이 이름을 지은 예외적인 작중 인물이다. 그들의 이름은 그 시대의 매우 독특하고 사랑스러운 두 실재 인물의 이름과 매우 비슷하다. 그것은 이 두 인물이 매우 두드러진 특징을 지니는 바람에 생긴 나의 실수다. 그러나 이 점과 관련된 나의 실수는 이 두 작중 인물을 도입하는 것으로 한정된다. 그리고 독자들은 아마 현실과 비슷한 그 어떤 일도 이 작중 인물들에게 일어나지 않는다는 점에 동의할 것이다. 나머지 작중 인물들

은 완전히 가공의 인물들이다. 나는 구전에서든 현실에서든 어떤 특별한 원형도 취하지 않았다.

5) 역사 사건들에 대한 나의 기술과 역사가들의 해석 사이에 놓인 차이. 그것은 우연이 아니라 필연이다. 역사가와 예술가는 역사의 시대를 묘사할 때 완전히 다른 두 가지 대상을 갖는다. 역사가가 역사 인물을 삶의 모든 측면에 관련된 온갖 복잡함을 담아 전체적으로 제시하려 하면 잘못을 범하게 되듯, 예술가도 역사 인물을 항상 그 역사적 의의에 비추어 제시하면 자신의 임무를 다하지 못할 것이다. 쿠투조프가 늘 백마를 타고서 망원경을 든 채 적을 가리키고 있었던 것은 아니다. 라스톱친이 늘 한 손에 횃불을 들고 자신의 보로노보[4] 저택에 불을 지른 것도 아니고,(사실 그는 그 일을 결코 하지 않았다.) 마리야 페오도로브나 황후가 늘 흰 담비 털의 긴 망토를 걸친 채 한 손을 법전에 올려놓고 서 있었던 것도 아니다. 그러나 대중의 상상에서 그들은 그러한 모습으로 그려진다.

어떤 사람이 어떤 목표에 바친 공헌을 고려하는 역사가에게는 영웅이 존재한다. 그러나 삶의 모든 측면과 이 사람의 관련성을 고려하는 예술가에게 영웅은 존재할 수 없으며 존재해서도 안 된다. 예술가에게는 인간만이 존재해야 한다.

역사가는 때로 진실을 왜곡하기도 하면서 역사 인물의 모든 행위를 본인이 그 인물에게 부여하려는 한 가지 관념 아래 끼워 맞춰야 한다. 반면에 예술가는 그 관념을 오직 한 가지에

---

4) 모스크바 근교에 있는 라스톱친의 영지다.

한정하는 것 자체가 자신의 임무와 일치하지 않음을 깨닫고 서 유명 인사가 아닌 인간을 이해하고 보여 주기 위해 애쓸 뿐 이다.

사건 자체의 묘사에서는 그 차이가 훨씬 더 두드러지고 더 욱 본질적이다.

역사가는 사건의 결과에 관련되어 있고, 예술가는 사건의 사실에 관련되어 있다. 전투를 묘사하는 역사가는 이렇게 말한다. 이러이러한 군대의 왼쪽 측면이 이러이러한 마을 쪽으로 이동하여 적을 물리쳤으나 퇴각하지 않을 수 없었다. 그때 공격에 돌입한 기병대가 적을 무찌르고…… 등등. 역사가는 다른 식으로는 말할 수 없다. 그러나 이런 말은 역사가에게 어떤 의미도 갖지 않으며 심지어 사건 자체를 건드리지도 못한다. 예술가는 그 자신의 경험이나 편지, 회상록, 이런저런 이야기를 이용하여 발생한 사건에 대한 자신의 이미지를 끌어낸다. 그리고 역사가가 이러이러한 군대의 활동에 대해 끌어낸 결론은 아주 종종 (예를 들어 전쟁에서) 예술가의 결론과 정반대가 되기도 한다. 도출된 두 결론의 차이는 양자(兩者)가 정보를 얻기 위해 선택한 자료의 차이로써 설명된다. 역사가의 주된 자료(계속 전투의 예를 들어 보자.)는 개별 사령관들과 총사령관의 보고서다. 예술가는 그런 자료로부터 아무것도 끌어내지 못하고 아무것도 설명하지 못한다. 게다가 예술가는 그런 것들에서 필연적인 거짓을 발견하기에 그것들을 외면한다. 어느 전투에서든 서로 적대하는 양편이 거의 언제나 서로 정반대의 방식으로 전투를 묘사한다는 사실은 말할 것도 없이 한 전투에 대한 모든 서술에는 필연적으로 거짓이 포함된다. 이러한 거짓은 수 베르스타에 걸쳐 산개한, 공포와 수치와 죽음의 영향 아래 극도의 정신적 흥분에 휩싸인 수천 병사들의 행동을 몇 마디 말로 묘사해야 할 필요에서 비롯된다.

전투에 대한 묘사에서는 대개 이런 식으로 서술된다. 이러이러한 군대가 이러이러한 지점의 공격을 위해 보내졌다가 그 후 퇴각하라는 명령을 받았다 등등. 마치 연병장에 있는 수만 명의 병사들을 한 사람의 의지에 복종하게 만드는 규율이 삶과 죽음의 문제가 놓인 곳에서도 똑같은 영향을 미칠 것이라고 가정하듯 말이다. 전쟁터에 가 본 사람이라면 누구나 그것이 얼마나 잘못된 생각인지 안다.[5] 그러나 공식적인 보고서는 이러한 가정을 토대로 하고, 전투에 대한 서술은 이러한 보고서를 토대로 한다. 전투 직후 혹은 전투 다음 날이나 그다음 날이라도 보고서가 작성되기 전에 군대 전체를 돌며 모든 병사, 모든 상급 장교, 모든 하급 장교에게 전투가 어떤 식으로 진행되었는지 물어보라. 그들은 당신에게 그 모든 사람들이 보고 겪은 것을 들려줄 것이다. 그러면 당신은 웅장하고 복잡하고 끝없이 다양하고 답답하고 모호한 인상을 형성하게 될

---

5) 이 작품의 1부와 쇤그라벤 전투에 대한 묘사가 출판된 후 나는 이 전투에 대한 니콜라이 니콜라예비치 카르스키의 말을 전해 들었다. 그리고 그 말은 나의 신념을 확고하게 해 주었다. 총사령관 N. N. 무라비요프는 자신은 전투에 대해 이보다 더 충실한 묘사를 읽어 본 적이 없다고, 자신은 경험을 통하여 전투 중에는 총사령관의 명령을 실행하기가 불가능하다는 것을 확신하게 되었다고 말했다.(톨스토이 주)

것이다. 전투가 어떻게 진행되었는지에 대해서는 그 누구로부터도, 총사령관으로부터는 더더욱 알아내지 못할 것이다. 그러나 이삼일 후면 보고서가 제출되기 시삭하고, 말 많은 사람들은 자신들이 보지 못한 것이 어떤 식으로 일어났는지 떠들기 시작한다. 마침내 전체적인 이야기가 짜 맞춰지고, 이 이야기로부터 군대의 전반적인 의견이 만들어진다. 자신의 의심과 의무을 이런 거짓된, 그러나 분명하고 언제나 우쭐한 기분이 들게 하는 그림과 맞바꾸는 것은 모든 이에게 안도감을 준다. 한두 달 후 전투에 참가한 사람에게 물어보라. 당신은 더 이상 그의 이야기에서 이전에 날것으로 존재하던 삶의 소재를 느끼지 못할 것이다. 그의 이야기가 보고서를 따르기 때문이다. 그래서 나는 보로지노 전투에 참전한 생존 인물들 가운데 지적인 이들로부터 그 전투에 대해 들어 보았다. 그들 모두 내게 똑같은 이야기를 했고, 그들 모두 미하일롭스키-다닐렙스키, 글린카[6] 등의 부정확한 서술을 따라 했다. 심지어 서로 수 베르스타 떨어져 있었는데도 그들의 이야기는 세부적인 점들까지 똑같았다.

세바스토폴 함락[7] 후 포병대 사령관 크리자놉스키는 나에게 전 요새의 포병대 장교들이 올린 보고서들을 보내며 스무가지가 넘는 그 기록을 하나의 기록으로 작성해 달라고 요청

6) 『보로지노 전투의 기록(Очерки Бородинского сражения)』 등을 저술했다.
7) 1855년 크림 전쟁 말기에 있었던 사건이다. 톨스토이는 세바스토폴 방어전에 참전했다.

했다. 그 보고서의 사본들을 만들어 두지 않은 것이 아쉽다. 그것은 전쟁을 서술하는 토대가 되는 그 순박하고 불가피한 허구를 가장 잘 보여 주는 사례였다. 당시 그 보고서들을 작성하던 동료들 가운데 많은 이들이 이 글을 읽고 나면 상관의 명령에 따라 자신들도 알지 못하는 것을 작성하던 일을 떠올리며 웃음을 터뜨릴 것 같다. 전쟁을 겪어 본 사람이라면 누구나 러시아인들이 전쟁에서 자신의 의무를 얼마나 잘 수행하는지, 그리고 허풍과 거짓말 ― 서술에 필수적인 ― 을 섞어 그것을 서술하는 일을 얼마나 못하는지 안다. 우리 군대에서 보고서와 기록을 작성하는 임무를 수행하는 이들이 대부분 아군 내의 외국인이라는 것은 누구나 아는 사실이다.

내가 이 모든 것을 말한 이유는 전쟁 역사가들의 자료인 전쟁 관련 서술에 거짓이 필연적으로 존재한다는 것을 보여 주기 위해서, 그렇게 함으로써 예술가와 역사가 사이에는 역사 사건에 대한 해석에서 종종 불일치를 드러낼 수밖에 없다는 것을 보여 주기 위해서다. 그러나 역사 사건에 대한 그들의 서술에 거짓이 섞일 수밖에 없다는 필연성 외에도 나는 나의 흥미를 끈 그 시대 역사가들에게서 특별한 성향의 과장 어법을 발견했는데(어쩌면 사건을 그룹으로 분류하고 그것을 간략하게 표현하고 사건의 비극적 분위기에 순응하는 습관의 결과로서), 그러한 어법에서는 거짓과 왜곡이 종종 사건뿐 아니라 사건의 의미에 대한 해석마저 건드렸다. 나는 그 시대의 주요한 두 역사서를 연구하면서 어떻게 이런 책들이 인쇄되고 읽힐 수 있었을까 하고 종종 당황하곤 했다. 동일한 사건들을 자료까지 언급해 가며 이루 말할 수 없이 심각하고 의미심장한 어조로, 그러나 서로 정반대로 서술하는 것은 말할 나위도 없고, 나는 이 역사가들의 저서에서 너무나 터무니없는 서술을 발견하기도 했다. 나는 이 두 저서가 그 시대의 비할 데 없는 기념비적인 역작으로 수백만 독자를 보유한다는 점을 기억하고 웃어야 할지 울어야 할지 알 수 없었다. 유명한 역사가 티에르의 저서에서 한 가지만 예를 들어 보기로 하자. 티에르는 나폴레옹이 위조지폐를 들여온 사실을 서술하며 다음과 같이 말한다. "나폴레옹은 그와 프랑스군에 걸맞은 행위로써 이러한 조치를 취하도록 고무하며 화재의 희생자들에게 원조를 베풀라고 명령했다. 그러나 대부분이 적인 타국 사람들에게 내주기에 식량은 너무나 귀중한 것이므로 나폴레옹은 그들이 다른 곳에서 스스로 식량을 조달하도록 돈을 주는 것이 최선이라고 생각했다. 그리하여 그는 그들에게 루블 지폐를 분배하라고 명령했다."

이 문구만 따로 떼어 놓고 볼 때 부도덕하다고까지는 못 해도 완전히 무의미하다고밖에 할 수 없는 그 어이없는 말은 충격적이다. 그러나 책 전체에서 보자면 그것은 충격적이지도 않다. 왜냐하면 그 말이 직접적인 의미를 전혀 지니지 않은 과장되고 엄숙한 어조의 전반적인 양식에 꼭 들어맞기 때문이다.

그러므로 예술가와 역사가의 임무는 완전히 다르다. 그렇기에 사건과 인물에 대한 내 책의 묘사가 역사가의 묘사와 일치하지 않는다는 점이 독자들을 놀라게 하지는 않을 것이다.

그러나 예술가는 사람들 사이에 형성된 역사 인물과 사건에 대한 개념이 공상이 아니라 역사가가 모을 수 있었던 한에서의 역사 기록에 기초한다는 사실을 잊어서는 안 된다. 따라서 예술가는 역사가와 마찬가지로 사료를 지침으로 삼아야 한다. 내 소설 속 역사 인물들이 말하고 행동하는 모든 부분에서 나는 허구를 지어내지 않고 사료를 이용했다. 그 사료는 내가 집필하는 동안 하나의 장서(藏書)를 이루었다. 여기에 그 제목들을 적을 필요는 없겠지만 나는 언제라도 참고 문헌을 제시할 수 있다.

6) 마지막으로 여섯 번째, 나에게 가장 중요한 생각은 이른바 위대한 인물들이 역사 사건에서 차지하는 미미한 의의(내 판단에 따르면)에 관한 것이다.

너무나 비극적이고 너무나 무수한 사건이 넘치고 너무나 우리에게 가깝고 너무나 다양한 구전이 여전히 남아 있는 시대를 연구하는 동안 나는 발생하는 역사 사건의 원인이 우리 이성으로 접근할 수 없는 것이라는 명백한 사실에 이르렀다. 1812년의 사건들이 나폴레옹의 정복욕과 알렉산드르 파블로비치 황제의 확고한 애국심 때문에 일어났다고 말하는 것(그것은 모두에게 너무나 간명해 보인다.)은 이러이러한 야만인들이 자기 백성을 서쪽으로 이끌고 이러이러한 로마 황제들이 자기 백성에게 악정을 베풀어서 로마 제국이 몰락했다고, 혹은 최후의 일꾼이 산에 삽을 꽂았기 때문에 거대한 산이 평평해졌다고 말하는 것만큼이나 무의미하다.

수백만의 사람들이 서로를 죽이기 시작해 50만 명을 죽인 그런 사건이 한 사람의 의지 때문일 리 없다. 한 사람이 혼자 산을 팔 수 없듯이 한 사람이 50만 명을 죽게 할 수는 없다. 그렇다면 원인은 과연 무엇일까? 어떤 역사가들은 프랑스군의 정복욕과 러시아의 애국심이 원인이라고 말한다. 또 어떤 사람들은 나폴레옹의 군대가 퍼뜨린 민주주의 요소에 대해, 러시아가 유럽과 관계를 맺어야 했던 필요성에 대해 말한다. 그러나 수백만 사람들이 서로를 죽이기 시작한 것은 도대체 어떻게 된 일일까? 도대체 누가 그들에게 그렇게 하도록 명령한 것일까? 그 일로 득을 볼 사람이 없고 모두가 그 일로 안 좋아지리라는 것은 누구에게나 분명해 보인다. 그렇다면 그들은 왜 그런 짓을 했을까? 그 무의미한 사건의 원인에 대해 무수한 소급적 추론이 행해질 수 있고 또 실제로 행해지고 있다. 그러나 이런 무수한 설명과 한 가지 목적으로의 수렴은 그저 이런 원인이 무수하게 존재하며 그 가운데 어떤 것도 원인으로 불릴 수 없다는 점을 증명할 뿐이다.

어째서 수백만의 사람들이 서로를 죽이기 시작했을까? 세계가 창조된 이래 그것은 육체적으로나 정신적으로나 악한 행위라는 것이 알려져 있는데도 말이다.

인간들이 그것을 수행함으로써 근본적인 동물학적 법칙을 따르는 것이 반드시 필요했기 때문이다. 벌들이 가을에 서로를 죽이고 수컷 동물들이 서로를 죽임으로써 따르는 그 근본적인 동물학적 법칙을…… 이 무시무시한 질문에 대해 다른 어떤 답도 제시될 수 없다.

이 진실은 명백할 뿐 아니라 모든 인간에게 너무나 선천적이다. 만약 인간의 내면에 또 다른 감정과 의식, 즉 인간이 어떤 행동을 할 때 매 순간 스스로를 자유로운 존재라고 믿게 하는 그런 감정과 의식이 없다면 그 진실은 증명할 필요도 없을 것이다.

전체적인 관점에서 역사를 조사하다 보면 우리는 태고부터 내려오는 사건 발생의 법칙을 의심할 여지 없이 확신하게 된다. 그런데 개인적 관점에서 보는 경우에는 정반대 사실을 확신하게 된다.

타인을 죽이는 인간, 네만강을 건너도록 명령한 나폴레옹, 일자리에 지원하거나 손을 올렸다 내렸다 하는 우리는 모두 우리의 각 행동이 합리적인 이유와 스스로의 의지에 기초한다고, 다른 방식이 아닌 바로 그런 식으로 행동하는 것은 우리 자신에게 달렸다고 확신한다. 그리고 그러한 확신은 우리 한 사람 한 사람에게 너무나 고유하고 소중한 것이기에 타인들의 행동이 비자발적이라고 믿게 만드는 역사적 논거와 범죄 통계에도 불구하고 우리는 자신의 자유에 대한 의식을 자신의 모든 행동으로 확장한다.

이 모순은 해결할 수 없을 것처럼 보인다. 예를 들어 나는 어떤 행동을 할 때 내가 그것을 원해서 한다고 확신한다. 그러나 그것이 인류 전체의 생활의 일부라는 관점(그 역사적 의의)에서 조사할 경우 나는 이 행동이 예정된 것이고 필연적인 것임을 확신하게 된다. 도대체 어디에서부터 잘못된 것일까?

이른바 일련의 자유로운 추측을 이미 발생한 사실에 맞춰 즉각 과거로 소급하는 인간의 능력을 심리학적으로 관찰하다 보면(나는 다른 곳에서 이 부분을 좀 더 상세히 다루고자 한다.) 인간이 어떤 종류의 행동을 행하면서 자신이 자유롭다고 의식하는 것은 착각에 지나지 않는다는 가정을 확인하게 된다. 그러나 동일한 심리학적 가정은 또 다른 종류의 행동이 존재한다는 것을 입증한다. 그 행동 안에서 자유에 대한 의식은 소급적이지 않으며 즉각적이면서도 분명하다. 유물론자들이 무슨 말을 하든 어떤 행동이 나에게만 관련되는 한 나는 의심할 여지 없이 그 행동을 하거나 자제할 수 있다. 지금까지 나는 나의 의지만으로 의심할 여지 없이 내 팔을 올리기도 하고 내리기도 했다. 지금 당장 나는 글쓰기를 중단할 수 있다. 지금 당장 당신은 읽기를 중단할 수 있다. 나는 의심할 여지 없이 나의 의지만으로, 또한 어떤 장애에도 방해받지 않은 채 머릿속에서 미국이나 어떤 수학 문제로 이동할 수 있다. 나는 나의 자유를 시험하면서 팔을 올렸다가 허공에서 힘차게 내릴 수도 있다. 나는 방금 그렇게 했다. 그러나 내 옆에 한 아이가 서 있다. 나는 팔을 그 아이 위로 올린다. 나는 방금 전과 똑같은 힘을 실어 아이 위로 팔을 내리기를 원한다. 나는 그렇게 할 수 없다. 개가 아이를 공격한다. 나는 개를 향해 손을 번쩍 치켜들지 않을 수 없다. 내가 군대의 대열에 서 있다면 나는 연대의 움직임을 따르지 않을 수 없다. 전투에서 나는 나의 연대와 함께 공격에 가담하지 않을 수 없고, 내 주위의 모든 이들이 후퇴할 때는 나 역시 달아날 수밖에 없다. 내가 피고의 변호인으로서 법정에 설 경우 나는 말을 하지 않을 수 없다. 적어도 앞으로 무슨 말을 할지에 대해서는 안다. 내 눈으로 주먹이 날아올 경우 나는 눈을 깜빡이지 않을 수 없다.

이처럼 행위에는 두 가지 종류가 있다. 하나는 나의 의지에 달려 있고, 다른 하나는 나의 의지와 무관하다. 그리고 모순을 초래하는 오류가 발생하는 것은 단지 나의 자아, 즉 가장 추상화된 나의 존재와 관련된 모든 행위에 응당 따르는 자유에 대한 의식을 내가 타인들과 함께 행한 행동, 즉 다른 사람의 의지와 나의 의지가 일치해야 하는 행동으로 잘못 옮겼기 때문이다. 자유와 부자유의 경계를 판단하기는 매우 어렵다. 그 경계를 분명히 하는 것이 심리학의 본질적이고도 유일한 임무다. 그러나 우리의 최대한의 자유와 최대한의 부자유가 나타나는 조건을 관찰하다 보면 반드시 다음과 같은 점을 발견하게 된다. 즉 우리의 행위가 추상적일수록, 우리의 행위가 타인의 행위와 덜 결부될수록 우리의 행위는 더욱 자유로워진다. 반면 우리의 행위가 다른 사람들의 행위와 더 많이 연관될수록 우리의 행위는 덜 자유로워진다.

타인과의 가장 강력하고 긴밀하고 무겁고 지속적인 관계는 이른바 타인에 대한 권력이다. 그러나 진정한 의미에서 그 관계는 타인의 속박을 가장 많이 받는 것에 지나지 않는다.

착각이든 아니든 나는 집필을 하는 동안 그러한 점을 충분히 확신했다. 그렇기에 1805년, 1807년, 특히 이 숙명론[8]의 법칙이 가장 두드러진 1812년의 역사 사건들을 묘사할 때 당연히 나는 자기가 사건을 지배하고 있다고 상상하면서도 사건의 다른 모든 참가자들에 비해 그 사건들에서 자유로운 인간

---

8) 1812년 전쟁에 대해 쓴 거의 모든 저자들이 그 사건들에서 특별하고 운명적인 무언가를 보았다는 점은 주목할 만하다.(톨스토이 주)

적 행위를 덜 보여 준 사람들의 활동에 중요한 의의를 부여할 수 없었다. 이 사람들의 활동은 내게 오직 역사를 지배하는 숙명론 — 나의 확신으로는 — 의 예증이라는 점에서만, 그리고 가장 부자유한 행동을 한 사람으로 하여금 자신의 자유를 스스로에게 입증하기 위해 공상 속에서 일련의 소급적 추론을 하게 만드는 심리학적 법칙의 예증이라는 점에서만 흥미로울 뿐이다.

작품 해설

변두리에서 중심을 바라보다

우리 삶의 목적은

그저 존재하는 것이 아니라

품위 있게 살아가는 것이다.

— 세르게이 그리고리예비치 볼콘스키

1. 『전쟁과 평화』가 탄생하기까지

1855년 3월 러시아의 군주인 니콜라이 1세가 세상을 떠났다. 니콜라이 1세의 억압적인 치세에 움츠러들고 크림 전쟁(1853~1856)의 패색에 민족적 긍지를 잃은 러시아 귀족 사회는 니콜라이 1세의 죽음에 환호하며 새롭게 즉위한 알렉산드르 2세에게 막연한 기대를 걸었다.

크림 전쟁의 전장 한복판에서 이제 막 전역한 스물일곱 살의 청년 작가 톨스토이는 러시아 사회의 이런 느닷없는 활기를 못마땅하게 여겼다. 그는 크림 전쟁의 경험을 바탕으로 「12월의 세바스토폴」, 「5월의 세바스토폴」, 「1855년 8월의 세바스토폴」을 차례로 발표할 만큼 당시의 전쟁에 대해, 그리고 전쟁 수행 과정에서 드러난 제정 러시아의 무능에 대해 속속들이 알고 있었다. 그는 러시아 군대가 재래식 무기와 전근대적 조직 때문에 전쟁을 제대로 수행하지 못하는 것을 목격했고, 러시아의 후진성이 니콜라이 1세의 보수적이고 전제적인 정책의 결과임을 절감했다. 만약 삼십 년 전의 제카브리스트 의거[1]가 성공했더라면, 1812년 전쟁에서 나폴레옹을 꺾고 유럽의 최강국으로 부상한 러시아는 전쟁 중에 서유럽에서 유입된 '자유주의'와 '입헌주의'의 이념을 토대로 인본주의적이고 합리적인 체제의 부강한 나라가 되었으리라. 적어도 지금처럼 영국과 프랑스와 오스만 제국의 최첨단 병기 앞에 맥없이 무너지는 치욕은 겪지 않았으리라. 톨스토이는 그렇게 생각했고, 그러한 견해는 니콜라이 1세가 죽고 알렉산드르 2세가 즉위할 당시의 일반 여론이기도 했다. 그러나 톨스토이가 가장 견딜 수 없었던 것은 니콜라이 1세의 공포 정치 속에서는 계속 숨죽이고 있다가 그의 죽음 앞에서야 환호하며 앞다투어 비난을 퍼붓는 '작은 러시아인들'이었다.

알렉산드르 2세는 즉위 후 시베리아에 유배된 제카브리스트들을 사면했다.(1826년에 추방된 121명의 유배자들 가운데 1856년에 귀향한 제카브리스트는 19명에 불과했다.) 그 가운데 한 명이 바로 세르게이 그리고리예비치 볼콘스키 공작이었다. 그리고 그는 톨스토이의 외가 쪽 육촌 형제였다.

---

1) 1825년 12월 14일 니콜라이 1세의 즉위식에서 입헌주의와 농노 해방을 부르짖다가 사살, 처형, 유배된 일단의 장교들과 귀족들의 의거를 일컫는다. 이 의거에 참가한 이들을 지칭하는 '제카브리스트'라는 명칭은 러시아어에서 '12월'을 뜻하는 '제카브리(dekabri´)'에서 비롯되었다.

세르게이 볼콘스키는 이른바 '1812년의 아이들'이었다. 러시아에서 가장 오래된 귀족 가문의 후손이자 알렉산드르 1세의 최측근이기도 했던 그는 1808년부터 1812년에 이르기까지 나폴레옹 전쟁의 수많은 전투에 참전하며 정신적 각성을 경험한다. 그는 부대에서 접한 러시아 민중의 애국심에 감동했고, 그들에게서 용감하고 지혜로운 인간을 발견했다. 그에게는 위선적이고 비겁한 귀족이 아닌 이 진실하고 소박한 민중이 러시아의 위대한 잠재력을 간직한 것처럼 보였다. 그는 전쟁 후 유럽을 둘러보는 동안 여러 국가들의 정치적, 사상적, 문화적 분위기를 직접 목격하면서 국민 대부분을 농노로 전락시켜 착취하는 제정 러시아의 전제 정치 아래서는 러시아의 미래가 암담할 수밖에 없다고 생각했다. 이후 제카브리스트가 될 대부분의 젊은 귀족 장교들이 세르게이 볼콘스키와 비슷한 정신적 경험을 한다. 말하자면 1812년 전쟁은 러시아에 민족성과 민주성과 민중성에 대한 자각을 일깨운 혁명적인 계기가 되었다. 그러나 아이러니하게도 프랑스식 체제를 모방하고자 자유주의 개혁을 추진하던 알렉산드르 1세는 1812년 전쟁을 계기 삼아 반동적인 성향으로 돌아섰고, 전쟁 후 러시아에는 다시 가혹한 전제 정치가 부활했다. 하지만 전제 정치의 폭정이 심화될수록 세르게이 볼콘스키를 비롯한 '1812년의 아이들'은 새로운 세상에 대한 꿈을 몽상이 아닌 현실로 만들기 위해 더욱 결속했으며, 마침내 제카브리스트 의거를 일으켰다.

러시아 귀족 사회는 제카브리스트들에 대한 정부의 무자비한 진압을 지켜보고는 삼십 년 동안 억압에 침묵했고, 반대 세력을 제거한 니콜라이 1세 치하의 제정 러시아는 오히려 무기력과 침체의 늪에 빠져 버렸다. 그러한 문제가 단적으로 드러난 사건이 크림 전쟁의 패배였다. 그러나 시베리아에 유배된 제카브리스트들은 그 삼십 년 동안 시베리아의 농민들 속에서 평등주의적 공동체를 이루어 농민으로 살아가며 자연스럽고 소박한 '러시아적 삶'의 가능성을 모색했다. 특히 세르게이 볼콘스키는 농업 서적들을 탐독하고 농업을 연구하면서 현지 농민들에게 도움을 주기 위해 애썼고(농민들은 볼콘스키를 '우리 공작님'이라 부르며 존경했다.) 남편을 따라간 아내 마리야는 그곳에서 농민들을 가르쳤다.

이처럼 평생 참된 가치를 추구해 온 세르게이 볼콘스키가 1856년에 가족을 이끌고 시베리아 유배지에서 러시아 사회의 중심으로 귀환했다.

톨스토이는 이 늙은 제카브리스트가 돌아온 직후부터 나폴레옹을 이기고 황제에게 저항한 이 위대한 거인의 눈을 통해 동시대의 '작은 러시아인들'을 비추려 시도했다. 그러나 이 구상은 그의 머릿속에서 어렴풋한 안개로 떠돌 뿐 좀처럼 선명한 윤곽으로 펼쳐지지 않았다. 그런 그가 '돌아온 제카브리스트'라는 구상에 다시 매달리게 된 계기는 세르게이 볼콘스키와의 만남이었다.

톨스토이는 1859년 자신의 영지 야스나야 폴랴나에 농민의 자녀들을 위한 학교를 만들어 다양한 실험적 수업을 모색했지만, 자신에게 한계를 느껴 1860년부터 1861년에 독일과 이탈리아와 영국 등 유럽의 교육 현장을 견학하러 떠났다. 그 견학 기간에 마침 이탈리아 피렌체에 거주하던 자신의 영웅 세르게이 볼콘스키를 방문했다. 1860년 11월의 만남에서 두 사람이 무슨 이야기를 나누었는지에 대한 기록은 좀처럼 눈에 띄지 않는다. 다만 톨스토이는 "긴 회색 머리를 가진, 구약 성경에 나오는 예언자 같은 노인"을 만나 그의 귀족적인 기품과 민중적 사고에 깊은 감명을 받았다는 고백을 남겼다. 그러나 톨스토이가 이 방문 직후 제카브리스트에 대한 소설을 본격적으로 집필하기 시작한 것은 분명하다. 이듬해 3월 그는 러시아의 혁명적 사상가 게르첸에게 보낸 편지에서 이렇게 말한다. "넉 달 전부터 장편을 구상 중입니다. 주인공은 돌아온 제카브리스트가 될 것입니다."

톨스토이가 '제카브리스트'라는 제목을 붙인 이 소설의 주인공은 1826년 모든 재산과 작위를 박탈당하고 유배되었다가 삼십 년 만에 노인의 모습으로 모스크바에 돌아온 피에르와 나타샤 부부, 그리고 기품과 자연스러움을 겸비한 그들의 두 자녀였다.

톨스토이는 이 소설을 3장까지 쓰고, 결국 완성하지 못했다. 피에르와 나타샤라는 작중 인물들에 생명력을 불어넣으려면 그들에게 구체적인 삶과 행동의 동기를 부여해야 했다. 그 부부가 왜 시베리아로 추방되었는지, 피에르가 왜 제카브리스트 의거에 참여했는지, 피에르를 그러한 행동으로 이끈 이념이 어떻게 형성되었는지 드러내야 했던 것이다. 작중 인물인 피에르와 나타샤는 1856년을 비추는 이방인의 시선으로

서 자신들을 배치하려는 작자 톨스토이의 의지에 계속 저항했다. 결국 톨스토이는 1812년으로 거슬러 올라갔고, 더 나아가 알렉산드르 1세와 나폴레옹의 대결이 시삭되는 1805년까지 다시 거슬러 올라가야 했다. 그리하여 노부부의 형상으로 톨스토이의 머리에서 태어난 피에르와 나타샤는 마침내 청년과 앳된 소녀의 육체를 새롭게 입고 또 다른 이야기 속에서 자신들의 위대한 여정을 떠나게 된다.

톨스토이는 1863년부터 1867년에 이르는 오 년 동안 집중적으로 이 새로운 장편을 집필했고, 1865년부터 《루스키 베스트니크》에 '1805년'이라는 제목으로 연재를 시작했다.(잡지 연재와 함께 연재분을 책으로 출간하는 작업이 나란히 이루어졌다.) 그리고 1867년 여름에 그는 작품의 연재가 곧 끝날 것이며 제목을 '전쟁과 평화'로 결정했다고 알렸다.(톨스토이는 '세 시기', '끝이 좋으면 다 좋다' 등의 제목도 고려했으나 결국에는 이 제목으로 확정했다. 그는 세르게이 볼콘스키를 만나고 나서 약 넉 달 뒤인 1861년에 게르첸과 프루동을 연이어 만났다. 그때는 마침 게르첸이 이전에 저술한 『전쟁과 평화』라는 방대한 논문이 재출간되고 프루동도 『전쟁과 평화』라는 저작을 끝내 가던 시점이었다. 그는 아마도 이들의 저술에서 작품 제목을 따온 것으로 보인다.) 톨스토이는 연재를 끝낸 후 상당 부분을 삭제하고 수정하여 1868년 책으로 출간했고(전 4권), 1869년 제2판을 출간했으며(전 6권), 1873년 또다시 상당 부분을 개정한 제3판을 출간했다. 그 후에도 『전쟁과 평화』는 쇄를 거듭하면서 오늘날의 네 권짜리 작품으로 자리 잡게 되었다.

694

2.『전쟁과 평화』, 성장을 담다

이 소설은 1805년 7월부터 1820년 12월까지 대략 십오 년의 시간 속에서 전개된다. 톨스토이는 알렉산드르 1세, 나폴레옹, 쿠투조프 등 수많은 실존 인물들과 안드레이, 피에르, 나타샤, 니콜라이, 마리야 등 허구 인물들의 삶을 엮어 나갔다. 총 559명이 등장한다는 이 방대한 소설을 이끌어 가는 주요 모티프는 무엇보다 주요 작중 인물들의 성장이다.

다섯 명의 주인공들은 하나같이 미숙하고 불안한 청춘기를 거치면서 그 거대한 시간이 그들에게 던진 온갖 시련을 극복하고 저마다 독특한 인격으로 성숙해 나간다. 극도의 허무주의자인 안드레이 공작은 아내의 죽음, 나타샤와의 사랑과 결별과 재회, 두 번의 중상을 거치며 삶과 죽음에 대한 나름의 깨달음 속에서 죽는다. 스스로도 어찌할 수 없는 방탕한 자아에 고뇌하며 후회와 새로운 다짐을 거듭하던 피에르는 포로 생활 중 자기 안에 있는 '우주적 자아'를 발견하고 자신의 거대한 몸뚱이에 어울리는 큰 인물로 변모한다. 당돌한 어린 소녀에서 원초적이고 러시아적인 생명력을 내뿜는 아름다운 여인으로 성숙한 나타샤는 아나톨의 유혹에 빠져 쓰라린 상실을 경험하지만 가족과 이웃 안에서 자신이 베풀어야 할 사랑에 눈을 뜨며 더 큰 생명력을 지닌 인물로 성장한다. 에필로그에서 모성으로 인해 완전히 달라진 나타샤의 외양은 자연이 그녀에게 그 끝없는 생명력을 선사한 이유를 짐작하게 한다. 한편 첫 전투에서 부들부들 떨던 풋내기 사관후보생 니콜라이는 명민하지 못한 탓에 많은 실수를 저지르지만 결국에는 진솔하고 책임감 있는 러시아 지주가 된다. 또한 위압적인 아버지와 자신의 못생긴 외모로 인해 가련하리만치 늘 위축되어 있던 마리야는 선하고 지적이고 신앙심 깊은 여성으로 성장한다.

그런데 이 소설은 러시아가 나폴레옹과의 전쟁을 통해 정체성에 혼란을 느끼며 점차 자기 안의 커다란 잠재력과 힘을 자각하는 모습을 펼쳐냈다는 점에서 러시아 자체의 성장 소설이라고도 볼 수 있다. 일본의 러시아 문학 연구자인 하라 타쿠야는 안드레이와 피에르가 1812년 보로지노 전장에서 발견한 거대한 에너지, 즉 '러시아 민중'이야말로 이 소설의 진정한 주인공일 수 있다고 언급한다. 말하자면 러시아의 성장은 곧 러시아 민중의 가치를 발견해 나가는 과정이었던 셈이다.

이 소설은 1805년 7월 페테르부르크의 어느 야회에서 시작한다. 야회의 주최자인 안나 셰레르는 나폴레옹에 대한 이야기로 소설의 첫 문단을 연다.

러시아에서 1805년 이전의 약 100년은 표트르 대제와 예카체리나 대제가 토대를 놓은 제정의 형성기였다. 표트르 대제는 러시아로부터 오랜 몽골 지배의 흔적을 완전히 털어 내고 하루빨리 서구적 근대화를 이루기를 원했다. 그는 유럽과의 신속하고 용이한 접촉을 위해 늪지에 인공 도시 페테르부르크를 세우고, 많은 인재들을 유럽으로 보내 다양한 분야의 지식과 기술을 흡수했다. 그는 러시아가 유럽 변방의 야만적인 아시아 국가로 취급받지 않으려면 유럽(좀 더 좁게는 프랑스)과 완전히 동화되어야 한다고 믿었던 것 같다. 그래서 러시아의 귀족들에게 프랑스어와 프랑스식 의복과 예법과 문화를 강요했다.(『전쟁과 평화』에는 러시아어보다 프랑스어를 더 편하게 구사하는 귀족들의 모습이 잘 표현되어 있다.)

한편 예카체리나 대제는 러시아 영토를 오늘날의 모습에 가깝게 확장하고 광대한 제국을 효율적으로 통치하기 위한 귀족 중심의 관료제와 그 경제적 토대가 될 농노제를 확립했다. 독일 공국의 공주이기도 했던 그녀는 한때 계몽 군주가 되기를 꿈꾸기도 했지만 농노제에 저항하는 숱한 농민 봉기에 맞닥뜨리며 전제 군주로 변해 갔다.

『전쟁과 평화』의 시대 배경이 된 알렉산드르 1세 시대는 나폴레옹의 프랑스로 인해 많은 나라들의 각축장이 되어 버린 유럽 안에서 러시아가 이제 자신의 정체성과 자신의 자리를 찾아야 하는 시대였다.('정체성'이라는 화두는 오늘날까지도 러시아에 계속 이어져 내려오는 문제다.)

1805년 7월의 야회로 돌아가자. 안나 셰레르는 1804년에 프랑스 황제로 즉위한 나폴레옹이 이탈리아 국왕까지 자처하며 스스로 대관식을 올린 사건을 언급하며 그를 적그리스도로 몰아붙이고 알렉산드르 1세가 유럽의 구원자가 될 거라 주장한다. 이 야회에 피에르[2]가 들어선다. 최신 유행의 옷(아마도 프랑스 유행을 따른)을 걸쳤지만 사교계 예법에 어두운 뚱뚱한 젊은이, 러시아에서 최고의 부를 자랑하는 베주호프 백작의 사생아이기에 귀족이라고도 평민이라고도 할 수 없는 어

---

2) '표트르'라는 러시아 이름에 대한 프랑스어 애칭이다.

정쩡한 신분, 프랑스 유학을 마치고 막 귀국하여 아직 어떤 직무도 수행해 본 적 없는 나폴레옹 숭배자……. 어떤 사회와 계층에도 완전히 소속될 수 없는 피에르의 이 주변적 특성은 어쩌면 유럽과 아시아의 경계에 선 1805년의 러시아를 상징하는지도 모른다.

프랑스 대혁명 이후 여러 차례 대프랑스 동맹을 맺어 온 오스트리아, 영국, 프로이센, 러시아 등은 1805년 이후에도 나폴레옹을 상대로 전쟁과 평화 조약을 거듭한다. 연합군의 다른 나라들과 마찬가지로 러시아도 아우스터리츠 전투(1805년), 프리들란트 전투(1807년), 바그람 전투(1809년) 등에서 나폴레옹에게 계속 패한다. 『전쟁과 평화』 1권과 2권은 러시아로서는 치욕스러운 이런 패배의 역사를 담고 있다. 그러나 한편으로는 유럽을 흉내 내기에 급급했던 러시아가 유럽에 대한 환상에서 깨어나는 모습을 그리기도 한다. 피에르처럼 나폴레옹의 숭배자였던 안드레이 공작이 아우스터리츠 전장에서 심각한 부상을 입은 채 나폴레옹과 대면하는 장면은 러시아의 이러한 각성을 잘 드러낸 비유다. 안드레이 공작은 나폴레옹을 보자 "의심과 피로움"을 느낀다.

이 순간 그에게는 나폴레옹을 사로잡은 모든 관심거리가 몹시 초라해 보였다. 자신이 보고 헤아리게 된 드높고 공평하고 선한 하늘에 비하면 그 저급한 허영과 승리에 대한 기쁨을 드러내는 자신의 영웅이 너무도 졸렬해 보였다.

— 1권 3부 19장

이후 1811년 알렉산드르 1세가 나폴레옹의 대륙 봉쇄령[3]을 위반한 것을 계기로 1812년 6월 나폴레옹의 군대가 러시아 국경선을 넘는다. 대프랑스 동맹 연합군의 일원으로 계속 외국 영토에서만 전쟁을 치러 왔던 러시아군은 조국의 영토와 동포들을 짓밟는 외국 군대에 이제까지와 전혀 다른 치열한 모습으로 맞서지만 퇴각을 거듭하다 석 달 만에 모스크바를 내주고 만다. 그러나 텅 빈 모스크바에서 혹한의 겨울을 날 수 없었던 프랑스군은 스스로 퇴각하고, 러시아군은 그 뒤를 추격하여 파리까지 쫓아간다. 이 과정이 『전쟁과 평화』 3권과 4권에 묘사된 내용이다.

이 소설에서 러시아를 프랑스의 침공으로부터 구원한 것은 프랑스식의 천재적인 지휘관도 아니고 독일식의 과학적 전략도 아니었다. 자신의 의지와 지식으로 전쟁을 이끌기보다 전쟁 전체의 흐름을 묵묵히 주시하며 그 속에서 자신이 해야 할 바를 찾아내는 쿠투조프의 능동적인 인내, 자신의 운명에 불평하지 않고 언제나 신의 선한 뜻을 신뢰하는 카라타예프의 낙천주의……. 이들의 모습이 수동적이고 어리석게 보일 수도 있다. 그러나 더 넓고 더 높은 거대한 시야를 지닌 이 '외재적 눈'에 대한 자각이야말로 러시아를 구원하고 러시아에 러시아다움을 더해 준 위대한 잠재력이었을지 모른다.

그런데 만약 이 소설이 4권에서 끝났다면 러시아의 성장은

---

3) 1806년 나폴레옹이 영국을 고립시키기 위해 유럽 대륙의 국가들로 하여금 영국과 무역을 하지 못하게 조치한 것을 이른다.

외세를 물리치고 조국을 지켜내고 유럽의 강대국으로 우뚝 선 그 영광스러운 순간에 갇히고 말았을 것이다. 그러나 톨스토이는 에필로그 1부에서 성상의 지향점을 다시 러시아 내부로 돌린다.

에필로그 1부의 시점은 1820년이다. 러시아의 목을 고통스럽게 조이는 것은 이제 외세가 아니라 러시아 내부의 폭압적이고 반동적인 흐름이다. 피에르는 미래의 제카브리스트가 될 사람들을 만나며 구심을 세운다. 피에르를 죽은 아버지(안드레이 공작)와 겹쳐서 바라보는 니콜렌카(열다섯 살가량)의 꿈은 오 년 후 피에르와 니콜렌카가 제카브리스트로서 걷게 될 운명을 분명히 표현한다. 투구를 쓴 채 군대의 선두에서 나아가는 피에르와 니콜렌카, 대기를 가득 채운 채 점점 가늘어지고 뒤엉키며 그들의 행진을 힘들게 하는 거미줄⋯⋯. 피에르와 나타샤, 니콜렌카는 실패로 돌아갈 것이 분명한 1825년의 제카브리스트 의거를 향해, 1812년 전쟁보다 훨씬 더 힘겨울 미래를 향해 가고 있다. 톨스토이는 작중 인물들에 대한 이야기를 "난 그분(아버지)조차 흡족해하실 그런 일을 해내고 말 테야⋯⋯."라는 니콜렌카의 다짐으로 마무리한다. 이는 러시아의 진정한 성장과 영광이 외세를 물리치는 물리적 힘뿐 아니라 자신의 올바르지 못한 모습을 스스로 바로잡으려는 도덕적 힘에도 있음을 암시하는 게 아닐까.

3. 『전쟁과 평화』, 『일리아스』의 세계를 재현하다

로맹 롤랑은 『전쟁과 평화』를 "우리 시대의 가장 방대한 서사시, 현대의 『일리아스』"라고 일컬었다.[4] 『전쟁과 평화』 안에서 자연의 섭리와 인간의 역사가 대양처럼 광활한 시공간을 타고 유유히 흐르는 것을 보는 듯한 그 느낌을 "현대의 『일리아스』"가 아니면 달리 어떻게 표현할 수 있을까? 롤랑 외에도 메레시콥스키나 츠바이크처럼 톨스토이에 관해 탁월한 비평을 남긴 많은 연구자들이 이 작품이 지닌 '일리아스적' 특성에 주목했고 찬탄했다. 실제로 1857년 8월에 톨스토이는 "『일리아스』와 복음서를 가장 관심 있게 읽고 있으며, 『일리아스』의 상상할 수 없을 만큼 아름다운 결말 부분을 읽었다."라고 일기에 썼다. 톨스토이는 작품을 집필할 때 영감이 고갈되지 않도록 수백 권의 소설을 읽는 것을 철칙으로 삼았는데 『전쟁과 평화』 집필기에는 괴테, 위고, 스탕달의 작품 등을 탐독했고, 특히 호메로스의 『일리아스』와 『오디세이아』는 그가 원전을 읽기 위해 그리스어까지 배울 만큼 열중한 책이었다. 톨스토이가 그토록 많은 작중 인물들과 그토록 복잡한 전쟁사를 일정한 리듬으로 그처럼 생생하고 자연스럽게 그려 낼 수 있었던 것은 『일리아스』에서 습득한 기법 덕분임이 분명하다.

『일리아스』가 지닌 특성들 가운데 두드러진 점은 인간들의 운명과 피비린내 나는 전장을 높은 곳에서 무심하게 내려다

---

4) 로맹 롤랑, 김경아 옮김, 『톨스토이 평전』(거송미디어, 2005), 101쪽.

보는 신들의 냉엄한 시선이다.

　로맹 롤랑은 말한다. (『전쟁과 평화』에서는) 수만 겹으로 조용히 파도치는 이 드넓은 인간의 바다 위에 폭풍을 일으키기도 하고 가라앉히기도 하는 절대적 힘을 지닌 혼이 내려다보고 있다고……[5]

　『전쟁과 평화』의 작자는 개별자들에게 '눈'을 부여한다. 그들은 그 눈으로 자기들 내면을 들여다보고 상대를 바라보는 가운데 소설 전체의 지평을 넓혀 나가며, 그곳을 다양한 인식과 평가와 감정의 색채로 채워 나간다. 그리고 '아우스터리츠의 하늘' 같은 거대한 눈이 그처럼 다양한 층위를 이룬 세계를 '숭고한 무관심'으로 내려다본다. 그 눈은 작중 인물들의 삶과 죽음, 절망과 고독, 기쁨과 깨달음에 공감을 나타내지 않으며 그저 모든 것을 숨김없이 드러낼 뿐이다. 다만 『일리아스』에서 신들의 눈이었을 그 무심한 눈은 『전쟁과 평화』에서 '죽음'의 눈으로 변신한다. 보로지노 전투 전날 밤 안드레이 공작이 떠올린 '관념의 높은 곳에서 비치는 차갑고 하얀 빛'은 호메로스의 가차 없는 눈을 떠올리게 한다.

　그리고 이런 관념의 높은 곳에서 내려다보자 이제까지 그를 괴롭히고 마음을 사로잡던 모든 것들이 갑자기 그림자도 없이, 원근도 없이, 뚜렷한 윤곽도 없이 차갑고 하얀 빛을 받아 환히 드러났다. 생애 전체가 환등처럼, 그가 인공 조명 아래서 한참

---

5) 앞의 책, 102쪽.

동안 유리를 통해 들여다보던 환등처럼 그의 눈앞에 떠올랐다.

— 3권 2부 24장

  그 눈은 잔인하리만치 투명하게 모든 작중 인물들로부터 혐오스러운 면모와 사랑스러운 면모를 전부 드러낸다. 피에르와 나타샤도 예외는 아니다. 플로베르가 『전쟁과 평화』를 읽고 톨스토이를 '대단한 화가이자 대단한 심리학자'로 표현한 것은 바로 작중 인물들을 숨을 곳 없이 몰아붙이는 그 냉혹함 때문이다.

  한편 이러한 편견 없는 눈은 지상에 존재하는 모든 것을 완전히 동등한 것으로 바라본다. 츠바이크는 이렇게 말한다.

    지상에 존재하는 모든 것, 인간과 흙덩이, 식물과 동물, 남성과 여성, 노인과 어린애, 야전군 사령관과 농부가 동일한 빛의 균형을 이루는 감각적 도약으로서 그(톨스토이)의 인지 기관에 흘러 들어와 그로부터 질서 정연한 형상으로 되뿜어 나온다. 이런 점이…… 그의 예술에 대해 호메로스 이름으로 살아 있는 그 바다처럼 단조롭고도 위대한 리듬을 부여하는 것이다.[6]

  육(肉)과 물(物)의 세계에 속한 모든 것은 이런 작자의 무차별한 관찰력을 통해 선명하고 세밀한 윤곽과 풍성한 색채를

---

6) 슈테판 츠바이크, 장영은·원당희 옮김, 『톨스토이와 도스토예프스키』(자연사랑, 2001), 45쪽.

띤 언어를 입는다. 메레시콥스키는 언어로 세상을 조형하는 톨스토이의 놀라운 능력을 언급하며 "모든 문학 작품을 통틀어 인간의 육체 묘사에서 톨스토이를 따라갈 작가가 없다."라고, "그가 우리에게 새로운 육체 감각들을 주고 새 술을 담기 위한 새 부대를 주었다."라고 극찬했다.

톨스토이는 『일리아스』의 '눈'을 『전쟁과 평화』에 담음으로써 인간 내면에 대한 무자비한 묘사와 감각적 세계에 대한 세밀한 표현을 성취했고, 역설적으로 그 '눈'의 숭고한 무관심은 『전쟁과 평화』의 세계에 놀랄 만큼 약동적인 생명력을 불어넣었다.

4. 톨스토이, 문학사에 서명을 남기다

톨스토이는 『전쟁과 평화』의 집필을 위해 도서관을 이룰 만큼 무수한 역사 자료를 조사하고 읽었으며 호메로스 외에도 스턴, 루소, 스탕달, 메스트르, 푸시킨, 레르몬토프, 브일리나(러시아 민담) 등 다른 많은 작가들에게서 받은 영향을 자신의 작품 속에 엮어 넣었다. 그리고 다채로운 문학적 유산을 녹여 낸 용광로에서 자신의 고유한 정금(正金)을 뽑아냈다. 그 정금을 알아본 사람들은 금괴에 '톨스토이'의 이름을 새겨 놓았고, 톨스토이의 정금은 후대의 창작과 문예 이론에 큰 영향을 미쳤다.

톨스토이 고유의 대표적인 기법은 '영혼의 변증법'이다. 이

용어를 만들어 낸 이는 소설가이자 문예 비평가인 니콜라이 체르니솁스키였다. 그는 「L. 톨스토이 백작의 전쟁 이야기, 상트페테르부르크, 1856」(《소브레멘니크(Современник)》8호)에서 다음과 같이 말한다.

톨스토이 백작의 관심은 무엇보다도 사람들에게서 어떤 감정과 사상이 어떻게 발생되어 나오는가 이다. 그가 흥미를 가지는 것은 어떤 상태나 어떤 인상에서 직접적으로 발생한 감정이 상상력에 의한 회상과 연상의 영향을 받아 어떻게 다른 감정으로 전이되고, 다시 원래의 그 지점으로 돌아왔다가 또다시 다른 회상들에 연결되어 이리저리 움직여 다니는가 이다. 또한 현실과 처음 감촉하여 발생한 어떤 생각이 어떻게 다른 생각으로 옮겨가고, 더 멀리 멀리로 빠져 들어가며, 또 다른 현실감촉에 대한 환영으로, 현재에 대한 반성을 담은 미래에의 몽상으로 섞여 들어가는가 하는 것이 톨스토이의 주요한 관심사다.[7]

체르니솁스키의 이 비평은 『전쟁과 평화』 이전 작품들에 관한 것이다. 등단 초기부터 감지된 톨스토이의 이러한 능력은 『전쟁과 평화』에서 더욱 원숙해졌고, 이후 『안나 카레니나』에서 안나의 죽음 직전을 그릴 때도 탁월한 솜씨를 발휘했다.

톨스토이는 잠에 빠지거나 잠에서 깨어나는 인물, 다른 관

---

7) 빅토르 쉬클롭스키, 이강은 옮김, 『레프 톨스토이 1』(나남, 2009), 330~331쪽.

심거리 때문에 본래의 상념에서 자꾸 벗어나는 인물, 극도의 혼란에 빠져 이성적 판단을 잃은 인물의 의식을 생생하게 묘사하고자 할 때 주로 이 기법을 사용했다. 『전쟁과 평화』에서는 니콜라이가 말 위에서 졸며 단어의 발음에 따라 계속 한 이미지에서 다른 이미지를 떠올리는 장면(1권 3부 13장), 안드레이 공작이 신열에 시달리며 죽음의 이미지와 사투를 벌이는 장면(4권 1부 16장), 페챠가 기병도 가는 소리를 들으며 잠에 빠졌다가 꿈속에서 온갖 음악을 듣는 장면(4권 3부 10장) 등이 그 대표적인 예다.

톨스토이의 고유한 기법으로 알려진 또 다른 기법은 '낯설게 하기'다. 이 용어는 러시아 형식주의 유파의 빅토르 시클롭스키가 「기법으로서의 예술」이라는 논문에서 톨스토이의 작품 세계를 논하기 위해 고안한 것이다. 시클롭스키는 말한다.

삶의 감각을 되살리고 사물을 느끼기 위해, 돌을 돌로 만들기 위해 이른바 기법이 존재한다. 예술의 목적은 사물에 대한 감각을 인식으로서가 아니라 시각(視覺)으로서 부여하는 것이다. 또한 예술의 기법은 사물을 '낯설게 하는' 기법, 형식을 어렵게 하고 지각의 어려움과 지각 시간을 확대하는 기법이다. ……L. 톨스토이의 낯설게 하기 기법은 그가 사물을 그 이름으로 부르지 않고 마치 그것을 처음 보듯 묘사하고 사건을 처음 일어난 것처럼 묘사하는 데 있다.

사실 톨스토이는 사물이나 상황을 낯설게 보이도록 묘사

하기를 즐겼지만 그것은 사물에 대한 감각을 새롭게 하기 위해서라기보다 상실된 가치를 부각하기 위해서였다. 말하자면 비난, 풍자, 야유가 뒤섞인 윤리적 호소인 것이다. 물론 바흐친을 비롯한 여러 문예 이론가들이 이러한 논지로 시클롭스키의 '낯설게 하기' 개념을 비판하긴 했다. 그러나 삶의 감각을 되살리고 사물을 느끼기 위한 기법으로서 '낯설게 하기'라는 용어는 그 자체로도 매우 매혹적인 개념이었을 뿐 아니라 톨스토이 역시 스스로 명칭을 붙이진 않았지만 빈번히 이 기법을 사용하여 인상적인 장면들을 만들었다. 결국 '낯설게 하기'는 톨스토이의 고유한 기법으로 널리 알려지게 되었다.

『전쟁과 평화』에서도 '낯설게 하기' 기법은 안드레이 공작이 스페란스키에게 반감을 느끼는 장면이나 피에르가 프리메이슨에 가입하는 장면 등 여러 곳에서 사용된다. 특히 보로지노 전투에서 아주 효과적으로 사용되었다.

하얀 모자와 녹색 연미복을 입은 뚱뚱한 피에르는 흘러내리는 안경을 연신 치켜 올리며 보로지노 전장을 돌아다닌다. 전투 준비에 여념이 없던 병사들은 광대 같은 피에르의 이상한 행색에 놀라고 심지어 공포마저 느낀다. 실제 전투를 보게 된다는 기대에 부풀어 여기저기 끼어들어 구경하는 피에르의 눈을 통해 전장의 풍경, 병사들의 흥분, 전투의 참상이 낯설게 그려지고, 실제 전쟁이 사령부의 지략이 아니라 뜻하지 않은 우연과 수많은 의지의 복잡한 얽힘 속에서 벌어지는 모습이 부각된다. 그리고 흥미진진하게 전투를 지켜보던 피에르는 점차 병사들과 전장을 낯설게 바라보며 "아냐, 이제 저들은 이 짓을 그만두겠지. 이제 자신들이 저지른 짓에 몸서리를 치게 될 거야!"
라고 혼잣말을 한다. 1812년 9월의 보로지노 전투는 이전의
어떤 전투보다도 많은 사상자를 낸 참혹한 전투로 단 하루 동
안의 사상자 수가 러시아 병력 10만 명 가운데 5만 명, 프랑스
병력 12만 명 가운데 2만 명으로 총 7만 명 이상이었다. 이 끔
찍한 전쟁의 참상과 무의미함을 전달하려는 톨스토이에게 필
요한 눈은 전쟁에 익숙하고 무조건적인 복종이 의무이며 명
령받은 위치에서 이탈할 수 없는 군인의 눈이 아니었다. 톨스
토이에게 필요한 눈은 하얀 모자와 녹색 연미복을 입고 자신
에게 쏟아지는 눈총에 개의치 않은 채 전장을 종횡무진 들쑤
시고 다닐 만큼 전쟁에 대해 아무것도 모르는 철부지 같은 피
에르의 눈이었다.

5. 『전쟁과 평화』는 과연 소설인가?

『전쟁과 평화』가 출간되자 그에 대한 반응은 양극단으로
나뉘었다. 한쪽은 생동감 넘치고 서사시적 웅장함을 간직한
작품에 열광했고, 반대쪽은 작품의 장르가 불분명하다, 러시
아어 작품에 프랑스어를 그토록 많이 사용하는 것은 무의미
하다, 동시대의 문제를 외면한 군사적이고 귀족적인 취향의
작품이다 등 신랄한 비판을 퍼부었다. 시대의 감수성에 따라
작품 안에는 동시대인들이 더 잘 포착하는 일면도 있고, 미래
의 독자 대중에 이르러서야 발굴되는 아름다움과 의미도 있

을 것이다. 이 글에서 당시의 비판을 세세하게 살피지는 않을 것이다. 다만 3권부터 전쟁과 역사에 대한 작자의 담론을 점점 늘리다가 급기야 역사 철학에 관한 본격 논의를 담은 에필로그 2부(작중 인물들의 생애를 묘사한 화법과 완전히 다른)를 별도로 덧붙인 것은 후대에도 계속 논쟁거리가 되었고, 오늘날의 소설 대중들에게도 여전히 놀라움과 의아함을 안기고 있기에 장르 문제에 대해서만큼은 다루어 두고자 한다.

소설가 헨리 제임스는 이 작품을 "물처럼 흐물흐물한 푸딩", "크고 느슨하고 헐렁한 괴물"이라고 표현했다. 플로베르는 『전쟁과 평화』를 읽은 직후 투르게네프에게 이런 편지를 보냈다. "이것은 최고의 작품입니다. ……1권과 2권은 탁월합니다만 3권은 놀랍도록 그 가치가 하락합니다. 그는 자기 말을 되풀이하고, 철학을 하고 있습니다. 그래서 결국 우리에게는 신사분이, 저자가, 러시아인이 보이게 됩니다. 그러나 그전까지 우리가 본 것은 자연과 인류였습니다." 이들의 언급은 『전쟁과 평화』가 19세기까지 소설이라는 장르에 대해 형성된 주류 개념(유럽적 의미에서)에서 많이 벗어나 있음을 암시한다. 자기 작품에 대해 말을 아끼는 톨스토이도 「『전쟁과 평화』에 덧붙이는 말」(《루스키 아르히프》, 1868)이라는 에세이를 통해 당시의 여러 논쟁점에 관하여 견해를 밝혔다. 톨스토이는 특히 『전쟁과 평화』의 장르에 관하여 이렇게 말한다.

『전쟁과 평화』란 무엇인가? 이것은 장편도 아니고 서사시는 더더욱 아니다. 하물며 역사 연대기도 아니다. 『전쟁과 평화』는 실제 표현된 형식으로 작자가 표현하기를 원했고 또 표현해 낼 수 있었던 것이다. ……푸시킨 시대 이후에 러시아 문학의 역사는 이처럼 유럽적 형식에서 벗어난 많은 사례를 제시했을 뿐만 아니라 오히려 그에 반하는 예를 한 가지도 보여 준 적이 없다. 고골의 『죽은 혼』부터 도스토옙스키의 『죽은 집』에 이르기까지 새로운 시기의 러시아 문학에는 어느 정도 평범함을 넘어선 작품치고 장편, 서사시, 중편의 형식에 완전히 부합하는 것이 하나도 없다.

톨스토이는 「5월의 세바스토폴」을 쓸 때부터 "나의 주인공은 진실이다."라고 말했다. 그는 세바스토폴 전투 당시에 포병대 장교들의 보고서 수십 개를 하나의 기록으로 작성하라는 명령을 받은 적이 있다. 그는 업무를 수행하면서 보고서와 기록이 사건의 진실과 얼마나 거리가 먼지, 그것들에 얼마나 많은 거짓말과 허풍이 끼어드는지 절실히 깨달았다. 그는 역사 기록도 마찬가지라고 여겼다. 물론 그가 역사나 철학 등 다른 인문학 분야의 필요성을 부인한 것은 아니다. 그는 그저 '역사학의 서술은 객관적이고 과학적'이라는 선입견이 환상임을 폭로하고, 영웅주의에 입각한 당시의 역사학을 비판하려 했을 뿐이다. 즉 역사를 주도하는 동력이 영웅의 자유 의지에 있지 않다는 점, 자유로운 행위로 보이는 것은 수많은 인과 관계의 교차로 일어난다는 점을 말하고 싶었던 것이다. 그는 역사학이 습득해야 할 새로운 방식은 '무수한 무한소를 총합'하는 것이라고 말한다. 그리고 그에게 소설 형식은 그 방식을 가장 잘 실현한 장르였다. 그렇다고 해서 그가 소설의 양식으로 간주된 기존의 서술 방식을 전적으로 신뢰했던 것은 아니다. 그는 장르의 경계를 뛰어넘어 '돌아온 제카브리스트'가 거쳐 온 시간을 생생하고 진실하게 그리기를 열망했다. 그런데 당시까지 개척된 소설의 언어와 형식은 진실을 탐구하고자 하는 그에게 최선의 방법이긴 했지만 최고는 아니었다. 그에게는 자신의 구상을 형상화할 새로운 형식이 필요했다. 그러한 관점에서 보았을 때 톨스토이가 소설적 언어와 비소설적 언어(굳이 대비하자면)를 자기 작품 속에 모두 품은 것은 인간이 자신과 세계를 표현하고 이해하기 위해 고안한 언어들의 전체상을 드러내기 위해서가 아니었을까? 말하자면 그에게는 작중 인물들뿐 아니라 언어 자체를 내려다보는 '아우스터리츠의 하늘'이 필요했던 게 아닐까? 한 가지만은 분명하다. 그는 자신의 작품을 '소설'이 아니라고 했지만 그의 동시대인들과 미래의 독자들은 여전히 그의 작품을 '소설'로 바라보고 있다는 점, 이 작품으로 인해 '소설' 자체의 표현 가능성과 경계가 말로 표현할 수 없을 만큼 확장되었다는 점이다.

6. 글을 맺으며

『전쟁과 평화』라는 이 위대한 산물을 잉태한 씨앗은 러시아 최고 상류층으로서 특권을 전부 박탈당하고 삼십 년 동안의 힘겨운 유형 생활 끝에 모스크바로 돌아온 노부부였다. 세르게이 그리고리예비치 볼콘스키, 그는 '품위 있게 살아가기'가 자신의 전부를 걸 만한 목표가 될 수 있고 또 되어야 함을 자신의 전 생애를 통해 보여 주었다. 그는 재산과 명예를 전부 잃은 대신 『전쟁과 평화』의 작중 인물들(그의 군인 경력은 안드레이 볼콘스키 공작에게로, 제카브리스트의 경력은 피에르에게로 분배된다.) 안에서 불멸을 얻는다. 또한 그의 생애는 노년의 톨스토이를 통해 다시 한번 재생된다. 농민에 대한 애정, 진실한 삶을 찾고자 하는 열정, 황제도 두려워하지 않고 자신이 납득할 수 없는 것과는 결코 타협하지 않는 불굴의 의지…… 심지어 톨스토이는 자신도 모르는 사이에 서른두 살 때 단 한 번 만난 세르게이 볼콘스키의 모습 그대로 늙어 간다. 그리고 그런 톨스토이의 모습을 닮고 따르려 한 무수한 사람들 속에서 세르게이 볼콘스키의 삶은 몇 번이고 몇 번이고 다시금 재생된다. 톨스토이는 『전쟁과 평화』에서 역사를 이끌어 가는 것은 뛰어난 영웅의 개인 의지가 아니라 민중의 의지의 총합이라고 거듭 말하지만, 세르게이 볼콘스키 한 사람이 지켜 낸 의지의 풍요로운 소산은 그저 경이롭게 보일 뿐이다.

마지막으로 톨스토이가 『전쟁과 평화』를 집필하던 시절(1865년)에 동시대 작가 보보리킨에게 보낸 편지로 이 글을 마무리하려 한다.

예술의 목표는 사회적 목적과 부합되지 않는(수학자들이 말하듯이) 것입니다. 예술가의 목표가 어떤 문제를 해결하는 데 있지 않다는 것은 논박의 여지가 없는 사실입니다. 오히려 예술

가의 목표는 사람들로 하여금 끊임없이 수많은 양상들을 펼쳐
내는 삶 그 자체를 사랑할 줄 알게 하는 것입니다. (중략) 내가
쓸 작품이 20년이나 지난 다음에 이제 겨우 어린아이에 불과한
사람들에게 읽힐 텐데 그들이 그 작품 때문에 울다가 웃다가 할
것이며, 궁극적으로는 삶을 사랑하게 될 것이라는 말을 듣게 된
다면, 나는 내 온 삶과 모든 열정을 그 작품을 창작하는 데 쏟아
부을 것입니다.[8]

2018년 4월
연진희

---

8) 앤드류 노먼 윌슨, 이상룡 옮김, 『톨스토이: 삶의 숭고한 의미를 향해 가는
구도자』(책세상, 2010), 381쪽.

작가 연보[1]

1724년   표트르 안드레예비치 톨스토이(작가 레프 니콜라예
         비치 톨스토이의 4대조 할아버지)가 표트르 대제로부
         터 백작 작위를 받음.

1821년   톨스토이의 외할아버지인 니콜라이 일리이치 볼
         콘스키 공작이 툴라현의 야스나야 폴랴나 영지에
         서 사망함.

1822년   파블로그라드 근위대 장교였던 니콜라이 일리이치
         톨스토이 백작(1794~1837)과 마리야 니콜라예브
         나 볼콘스카야 공작 영애(1790~1830)가 결혼함.

1825년   12월, 니콜라이 1세 즉위. 제카브리스트 의거가 일
         어남.

---

1) 연보에 적힌 날짜는 제정 러시아가 사용한 율리우스력을 따랐다.

1828년	8월 28일, 니콜라이 일리이치 톨스토이 백작의 넷째 아들 레프 니콜라예비치 톨스토이(이후 '톨스토이'로 약칭)가 야스나야 폴랴나에서 태어남.
1830년	3월, 여동생 마리야가 태어남.(1912년에 죽음.) 8월, 출산 후 건강이 악화된 어머니가 사망함.
1833년	형들을 가르친 표도르 이바노비치 레셀이 톨스토이를 가르치기 시작함. 작센 공국 출신의 독일인인 레셀이 『유년 시대(Детство)』에서 가정 교사 카를 이바노비치로 묘사됨.
	열 살인 맏형 니콜라이가 동생들에게 "모든 사람들이 행복해지고, 질병도 전쟁도 없어지고, 아무도 다른 이들에게 화내지 않고, 서로 사랑하고, 모두 다 함께 개미 형제단이 되는" 비밀을 알려 줌. 그는 자신이 이 비밀을 녹색 지팡이에 새겨 골짜기 끝자락의 길옆에 감춰 두었다고 말함.
1836년	푸시킨의 시 「바다에(К морю)」(60행)와 「나폴레옹(Наполеон)」(120행)을 아버지 앞에서 암송함.
1837년	1월, 가족 전체가 야스나야 폴랴나 영지에서 모스크바로 이주. 2월, 푸시킨이 결투로 사망. 6월, 아버지가 툴라에 토지 거래를 하러 갔다가 노상에서 원인 불명으로 사망.(독살되었다는 의혹도 있음.) 아버지의 여동생 알렉산드라 일리니치나 폰 오스텐-사켄 백작 부인(1795~1841)이 톨스토이가 남매들의 후견인이 됨. 아이들을 실제적으로 돌본 사람은 톨

스토이가의 먼 친척이자 아버지의 집에서 어릴 때부터 지낸 타치야나 알렉산드로브나 예르골스카야(1792~1874)임.

1838년   5월, 할머니 펠라게야 니콜라예브나 톨스타야가 사망함. 6월, 톨스토이가의 자녀들인 드미트리, 레프, 마리야가 타치야나 알렉산드로브나와 함께 야스나야 폴랴나로 돌아옴.

1839년   8월, 맏형 니콜라이가 모스크바 대학교의 철학과에 입학.

1840년   1월, 톨스토이가 타치야나 알렉산드로브나의 명명일을 축하하기 위해 「사랑하는 고모에게(Милой тетеньке)」라는 시를 씀. 오늘날까지 보존된 그의 작품들 가운데 최초의 작품임.

1841년   7월, 레르몬토프가 결투로 사망. 8월, 오스텐-사켄 백작 부인이 사망. 10월, 아버지의 작은 여동생 펠라게야 일리니치나 유시코바(1798~1875)가 새로운 후견인이 됨. 11월, 톨스토이가 남매들이 유시코바가 사는 카잔현으로 이주. 맏형 니콜라이도 카잔 대학교로 학교를 옮김.

1843년   형 드미트리와 세르게이가 카잔 대학교 철학과에 입학.

1844년   5월, 톨스토이가 카잔 대학교 동양어과에 진학하여 아랍어와 튀르크어를 배움. 사교계에 출입하며 방탕한 생활을 함. 6월, 맏형 니콜라이가 카잔 대학교에서 학업을 마침. 9월, 수차례 보충 수업과 재시험을 거친 후 카잔 대학교 동양어과에 '아랍-튀르크어 문학의 자비 부담 학생'으로 학생 신분을 유지하게 됨. 12월, 맏형 니콜라이가 육군 18포병 여단에 입대.

1845년 8월, 진급 시험에 떨어진 후 법학과로 전과를 신청. 여름에 야스나야 폴랴나에 머무는 동안 철학에 매력을 느끼게 됨.

1846년 역사학 교수 이바노프의 수업을 결석한 것 때문에 대학교의 감금소에 여러 번 갇힘.

1847년 1월, 일기를 통해 매일의 원칙과 생활 계획을 세우고 실행 점수를 표시함. 3월, 임질 치료를 위해 입원. '철학과 실천의 결합'을 인생의 목표로 삼고 일기를 쓰기 시작. 루소와 고골과 괴테의 작품을 읽음. 몽테스키외의 『법의 정신(De l'esprit des lois)』과 예카체리나 대제의 훈령을 비교 연구. 4월, 대학을 그만두고 야스나야 폴랴나로 돌아감. 후견인이 관리하던 양친의 유산을 형제들과 분배하여 야스나야 폴랴나 영지를 비롯해 마을 네 곳을 상속받음. 새로운 방식의 농경을 시도하고 농노들을 계몽하고 그들의 생활 조건을 개선하기 위해 노력했으나 실패함. 일기 쓰기를 중단함.

1848년 10월 이후 1950년 6월까지 약 삼 년 동안 모스크바와 페테르부르크에서 방탕한 생활과 도박에 빠져 빚을 많이 짐. 음악 공부를 함.

1849년   4월, 페테르부르크 대학교에서 법학 학사 자격 검정 시험에 두 과목을 합격했으나 중도에 포기하고 귀향함.

1850년   6월 11일, '방탕한 삼 년'을 반성하기 위해 다시 일기를 쓰기 시작함.

1851년   3월, 단편 「어제의 이야기(История вчерашнего дня)」를 집필(미완성). 4월, 군대에 복무하는 형 니콜라이와 함께 캅카스를 여행하다가 형의 부대에서 병사로 복무. 로렌스 스턴의 작품을 읽음. 스턴의 『프랑스와 이탈리아를 지나는 감상적 여행(Sentimental Journey through France and Italy)』을 번역하기 시작함.(끝맺지 못함.) 『유년 시대』를 집필하기 시작함.

1852년   1월, 사관후보생 시험을 거쳐 4급 포병 하사관이 됨. 스타로글라드콥스카야에 주둔 중인 코사크 부대에서 지냄. 체첸인과의 전투 중에 포로가 될 뻔함. 3월, 고골이 사망함. 5월, 『유년 시대』를 탈고. 9월, 네크라소프가 편집장을 맡은 《소브레멘니크(Современник)》 9월호부터 『유년 시대』를 익명으로 연재함. 12월, 「습격(Набег)」을 탈고.

1853년   체첸인 토벌에 참가했으며, 이후 일기에서 전쟁을 비판함. 3월, 《소브레멘니크》에 「습격」이 실림. 『코사크들(Казаки)』을 쓰기 시작. 9월, 「당구 계수원의 수기(Записки маркера)」를 탈고. 10월, 튀르크가 국경 인접 지역을 점령한 러시아에 전쟁을 선포함.

1854년 1월, 소위보로 임명. 3월, 영국과 프랑스가 튀르크를 지원하며 러시아에 전쟁을 선포함으로써 크림 전쟁이 시작됨. 4월, 『소년 시대(Отрочество)』의 원고를 네크라소프에게 보냄. 9월, 군인 잡지에 싣기 위해 단편 「즈다노프 아저씨와 훈장을 받은 체르노프(Дяденька Жданов и кавалер Чернов)」와 「러시아 병사들은 어떻게 죽는가(Как умирают русские солдаты)」를 씀. 10월, 야스나야 폴랴나의 오래된 저택을 매각함. 11월, 세바스토폴에 도착.

1855년 3월, 『청년 시대(Юность)』를 쓰기 시작함. 니콜라이 2세가 사망하고 알렉산드르 2세가 즉위. 4월, 포위된 세바스토폴에서 가장 위험한 지점인 4요새에 체류. 6월, 《소브레멘니크》에 「12월의 세바스토폴(Севастополь в декабре месяце)」이 실림. 8월, 《소브레멘니크》에 「1855년 봄 세바스토폴의 밤(Ночь весною 1855года в Севастополе)」이 실림. 이후 '5월의 세바스토폴(Севастополь в мае)'로 작품명이 변경됨. 세바스토폴의 최후의 방어전에 포병대 지휘관으로 참전. 9월, 《소브레멘니크》에 단편 「벌목(Рубка леса)」을 발표. 11월, 페테르부르크를 방문. 투르게네프, 네크라소프, 곤차로프,

페트, 츄체프, 체르니솁스키, 살티코프-셰드린, 오
스트롭스키 등 다양한 문인들과 친분을 맺음.

1856년   1월,《소브레멘니크》에 단편「1855년 8월의 세바
스토폴(Севастополь в августе 1855года)」을 발
표. 작가인 톨스토이의 이름이 실린 최초의 작품
임. 1월 9~10일, 폐결핵에 걸려 죽음을 목전에 둔
형 드미트리가 오룔을 방문함. 같은 달 22일, 형
드미트리가 임종. 2월, 시인 A. A. 페트와 친분을
맺게 된 일을 일기에 처음 기록함. 단편「눈보라
(Метель)」를 탈고. 3월, 중위로 진급. 크림 전쟁이
종식되고 평화 협정이 체결됨. 9월, 톨스토이의 작
품들을 수록한 첫 단행본『전쟁 이야기(Военные
рассказы)』출간. 11월, 군대를 전역함.

1857년   1월,《소브레멘니크》에『청년 시대』를 발표. 모스
크바를 떠나 프랑스, 스위스, 독일을 여행함. 3월,
파리에서 단두대 처형을 목격하고 다음 날 갑자기
파리를 떠남. 5월 23일, "결혼해야 한다. 자신의 안
식처에서 살아야 한다."(일기) 바덴바덴에 체류하
던 중 룰렛으로 큰돈을 잃음. 페테르부르크로 돌아
옴. 단편「루체른(Люцерн)」을 탈고.

1858년   2월,「알베르트(Альберт)」를 탈고. 5~9월, 야스
나야 폴랴나의 농민 아낙인 악시니야 바지키나와
내연 관계를 맺음. 여름, 체조와 농업에 몰두. 12월,
사냥을 나갔다가 곰의 습격을 받음.「세 죽음(Три

смерти)」과 장편『가정의 행복(Семейное счасти-е)』을 탈고.

1859년   1월 1일, "올해 결혼해야 한다. 그러지 않으면 평생
         못 할 것이다."(일기) 5~10월, 다시 악시니야와 관
         계를 맺음. 10월, 학교에서 농민의 자녀들에게 공
         부를 가르침(1862년까지).

1860년   중편「홀스토메르(Холтомер)」를 집필하기 시
         작.(1885년에 완성.) 5월, 악시니야와 계속 관계를
         맺음. 형 니콜라이와 세르게이와 함께 외국으로 떠
         남. 7월, 여동생 마리야와 그 자녀들과 함께 페테르
         부르크를 떠나 독일, 스위스, 프랑스, 영국, 벨기에
         를 여행하며 외국의 교육 제도를 시찰함(1861년까
         지). 9월, 형 니콜라이가 폐결핵으로 숨을 거둠. "니
         콜라이 형의 죽음은 내 삶에서 가장 강렬한 인상으
         로 남았다."(일기) 11월, 이탈리아 피렌체에서 육촌
         형제이자 유배지에서 돌아온 제카브리스트인 세
         르게이 그리고리예비치 볼콘스키 백작을 방문. '제
         카브리스트들(Декабристы)'이라는 제목의 장편
         을 쓰기 시작함.(1861년까지 매달리지만 결국 완성하
         지 못함.)

1861년   2월, 런던에서 망명 생활을 하던 러시아 사상가 게
         르첸과 친분을 맺고 가까이 지냄. 알렉산드르 2세
         가 러시아에 농노 해방령을 선포. 3월, 브뤼셀에서
         프루동과 친교를 나눔. 런던에서 찰스 디킨스의 낭

독회에 참석. 4월, 러시아로 귀국. 5월, 잡지《야스나야 폴랴나》를 발행하기 위해 인가를 받음. 같은 날, 크라피벤스키군(郡) 4관구의 농지 조정인으로 임명됨. 투르게네프의 스파스코예-루토비노보 영지를 방문하여 머물다가 투르게네프와 다툰 후 십칠 년 동안 교류를 끊음.

1862년 2월, 교육 잡지《야스나야 폴랴나》첫 호 발행. 4월, 질병을 사유로 들며 농지 조정인 직무를 사임. 5월, V. 모조로프와 E. 체르노프라는 학생 둘과 함께 사마라 초원으로 '마유 치료'를 하러 떠남. 7월, 헌병대가 야스나야 폴랴나에서 가택 수사를 함. 8월, 톨스토이가 알렉산드르 2세에게 가택 수사에 대해 항의하는 서한을 보냄. 9월, 시의(侍醫)의 딸인 소피야 안드레예브나 베르스(1844~1919)와 크렘린궁의 성모 승천 교회에서 결혼하고, 다음 날 야스나야 폴랴나에 도착함. 10월 1일, "학생들과 농민들과 결별했다."(일기) 10월 8일, "우리 관계에는 정신적인 면에서 우리를 서서히 갈라놓는 단순하지 않은 무언가가 있다."(소피야의 일기) 12월 30일, "숱한 생각들, 그래서 쓰고 싶다."(일기)

1863년 1월부터《야스나야 폴랴나》를 휴간함. 장편『전쟁과 평화(Война и мир)』를 집필하기 시작.(1869년 완성.) 2월, 「폴리쿠시카(Поликушка)」를 발표함. 2~5월, 꿀벌과 가금과 양과 송아지와 새끼 돼지를

기르고, 사과나무가 6500그루에 달하는 거대한 과
수원을 조성하고, 이웃 지주와 합작하여 양조장을
만듦. 6월, 첫째 아들 세르게이가 태어남.(1947년에
죽음.)

1864년   8~9월, 톨스토이의 첫 번째 선집이 두 권짜리로
출간됨. 10월, 첫째 딸 타치야나가 태어남.(1950년
에 죽음.)

1865년   2~3월, 모스크바의 미술 학교에서 조각을 공부.
이후『전쟁과 평화』의 삽화를 맡게 될 화가 M. S.
바실로프와 친분을 맺음. 6~8월, 지휘관을 구타한
죄목으로 전시 군법 회의에 넘겨진 중대 서기 바실
리 샤부닌의 문제에 개입함. 톨스토이의 노력이 실
패로 돌아가 샤부닌이 8월 9일 처형됨. 11월 27일,
"시인은 자기 인생에서 최고의 것을 떼어 내어 작
품 속에 넣는다. 그 때문에 그의 작품은 아름답고
삶은 비루하다."(수첩) '1805년'이라는 제목으로
『전쟁과 평화』1부를《루스키 베스트니크(Русски-
й вестник)》에 발표.

1866년   1월, 도스토옙스키의『죄와 벌(Преступление и
наказание)』이《루스키 베스트니크》에 일 년 동안
연재. 톨스토이의 둘째 아들 일리야가 태어남. 4월,
러시아 인민주의 혁명가 드미트리 카라코조프가
알렉산드르 2세를 암살하려다 실패함. 11월,《루
스키 베스트니크》에 '1805년'의 2부를 발표하면서

제목을 '전쟁과 평화'로 바꿈.

1867년 3월, 야스나야 폴랴나에 화재가 일어남. 6월, 형 세르게이가 사실혼 관계인 집시 여인 마리야 시시키나와 정식으로 결혼함. 9월, 『전쟁과 평화』를 위한 자료를 조사하기 위해 보로지노로 여행을 떠남.

1868년 3월, 《루스키 아르히프》에 톨스토이가 쓴 「『전쟁과 평화』에 덧붙이는 말(Несколько слов по поводу книги 《Война и мир》)」 발표.

1869년 『전쟁과 평화』의 에필로그를 완결. 5월, 셋째 아들 레프가 태어남.(1945년에 죽음.) 5~8월, 독일 철학자 쇼펜하우어의 저작에 몰두. 9월 2일, '아르마자스의 공포'. 이 순간 중요하게 여겨지는 모든 것을 완전히 소멸시킬 죽음에 대해서 말로 표현하기 어렵고 딱히 이유도 없는 슬픔과 공포와 두려움이 발작처럼 엄습함.

1870년 6월, "난 지금 벌써 엿새째 농부들과 함께 온종일 풀을 베고 있습니다. 말로 표현할 수 없군요. 내가 이 일을 할 때 느끼는 감정은 만족이 아니라 행복입니다."(우루소프에게 보내는 편지) 12월, 페트에게 보내는 편지에서 크세노폰과 호메로스를 그리스어 원서로 읽고 있다고 전함. 표트르 대제 시대에 대한 소설을 씀.(1873년까지 매달리지만 결국 완성하지 못함.) 『읽기 교재(Азбука)』를 저술.

1871년 2월, 둘째 딸 마리야가 태어남. 6~8월, 사마라 초원에서 마유 치료를 받음. 9월, 사마라현의 광대한 대지를 헐값에 구입하고 공증을 받음. 러시아 철학자이자 비평가인 스트라호프를 만남.

1872년 3월, 단편 「캅카스의 포로(Кавказский пленник)」와 「하느님은 진실을 보지만 빨리 말하지는 않을 것이다(Бог правду видит, да не скоро скажет)」를 탈고. 11월, 『읽기 교재』를 출간. 넷째 아들 표트르가 태어남.

1873년 장편 『안나 카레니나(Анна Каренина)』를 집필하기 시작.(1877년에 완성.) 8월,《모스콥스키에 베도모스치(Московские ведомости)》제207호에 톨스토이가 사마라의 기근에 대해 쓴 편지가 발표됨. 톨스토이의 발언 덕분에 전국에서 기부가 이루어짐. 4월, 다섯째 아들 니콜라이가 태어남. 9월, 화가 크람스코이가 야스나야 폴랴나에서 톨스토이의 초상화를 그림. 넷째 아들 표트르가 크루프에 걸려 죽음. 『전쟁과 평화』 개정판을 포함해 톨스토이 전집이 네 권으로 출간. 11월, 톨스토이의 저작집이 여덟 권으로 출간.

1874년 9월,《오체체스트벤니에 자피스키(Отечественные записки)》호에 톨스토이가 쓴 「민중 교육에 관하여(О народном образовании)」가 발표되어 큰 호응을 받음. 12월, 『새 읽기 교재(Новая Азбука)』를 집필함.

1875년	『안나 카레니나』를 《루스키 베스트니크》에 발표하기 시작함. 2월, 다섯째 아들 니콜라이가 뇌수종으로 죽음. 6월, 『새 읽기 교재』를 출간. 10월, 셋째 딸 바르바라가 조산으로 태어나 생후 두 시간 만에 죽음. 소피야의 건강이 위독해짐.
1877년	『안나 카레니나』를 탈고. 《루스키 베스트니크》의 발행인인 캇코프와의 불화 때문에 톨스토이가 『안나 카레니나』의 마지막 장인 8장을 자비로 출간함. 톨스토이가 소설에서 세르비아 전쟁과 핀란드에 대해 드러낸 시각에 캇코프가 반발한 것이 불화의 원인임. 12월, 여섯째 아들 안드레이가 태어남.
1878년	1월, 『안나 카레니나』를 책으로 출간함. 4월, 파리에 있는 투르게네프에게 편지를 보내 화해를 청함. 5월, 투르게네프가 톨스토이와 화해하고 우정을 회복하고 싶다는 답장을 보냄. 6~8월, 가족들과 함께 사마라 영지에 머무름. 8월, 투르게네프가 야스나야 폴랴나를 방문함.
1879년	3월, 바실리 셰골료프를 통해 많은 민담과 전설을 접하게 됨. 훗날 그가 들려준 이야기를 모태로 많은 단편을 씀. 『참회록(Исповедь)』(1882년에 탈고하지만 종교 검열관이 출판을 금지. 1884년 제네바에서 출판.)과 『교조주의 신학에 대한 연구(Исследование догматического богословия)』를 씀. 17세기 말부터 19세기 초를 배경으로 하는 장편을 구상하고

역사 자료를 연구함. 11~12월, 논문 「교회와 국가(Церковь и государство)」, 「그리스도인이 해도 되는 일과 하지 말아야 할 일(Что можно и чего нельзя делать христанину)」, 「우리는 누구의 것인가, 하느님의 것인가 악마의 것인가?(Чьи мы? Боговы или дьяволовы?)」를 저술. 12월, 일곱째 아들 미하일이 태어남.(1944년에 죽음.)

1880년   3월, 러시아 작가 V. M. 가르신이 야스나야 폴랴나를 방문. 11월, 도스토옙스키가 『카라마조프가의 형제들(Братья Карамазовы)』을 완결함.(두 해 동안 집필.)

1881년   2월, 도스토옙스키의 부고를 듣고 슬퍼함. 3월, 알렉산드르 2세가 폭탄 테러로 암살을 당함. 알렉산드르 3세의 즉위와 함께 러시아 정부가 반동 정책으로 돌아섬. 톨스토이가 알렉산드르 3세에게 알렉산드르 2세를 암살한 테러리스트 혁명가들을 사형하지 말아 달라고 요구하는 서한을 보냄. 알렉산드르 3세는 자신에게 범죄자들을 용서할 권리가 없다고 답변함. 암살자들이 처형됨. 7월, 투르게네프의 스파스코예-루토비노보 영지를 방문. 단편 「사람은 무엇으로 사는가(Чем люди живы)」를 탈고함. 9월, 가족들과 함께 모스크바로 이주. 10월, 여덟 번째 아들 알렉세이가 태어남.

1882년   1월, 모스크바 인구 조사에 참가함. 2월, 논문 「그렇다면 우리는 무엇을 할 것인가(Так что же нам делать)』를 집필하기 시작.(1886년에 탈고.) 7월, 모스크바의 돌고루키-하모브니키 골목에 위치한 저택을 구입함.(현재 톨스토이 박물관으로 운영 중.) 10~11월, 성경을 읽기 위해 고대 히브리어를 공부. 12월, 크라피벤스키군의 귀족 회장으로 선출되었으나 거절함.

1883년   1월, 야스나야 폴랴나에 큰불이 남. 3월, 투르게네프가 임종을 앞두고 쓴 편지에서 톨스토이에게 예술을 저버리지 말라고 부탁함. 5월, 재산 문제를 소피야에게 완전히 위임함. 9월, 종교적 신념을 이유로 크라피벤스키군 지방 재판소에서 배심원 직무를 수행하기를 거부함. 10월, 사상과 사회 활동 면에서 톨스토이와 깊은 유대 관계를 맺게 될 블라지미르 체르트코프를 만남.

1884년   1월, 종교론『나의 신앙은 무엇에 있는가(В чём моя вера)』를 탈고하지만 출판이 금지됨. 톨스토이가 이 책을 집필하는 동안 러시아 화가 니콜라이 게가 그의 초상화를 그림. 6월, 넷째 딸 알렉산드라가 태어남. 11월, 체르트코프가 민중에게 염가로 책을 보급하기 위해 모스크바에 '포스레드니크(Посредник)' ('중개자'를 뜻함.) 출판사를 설립함.

1885년   1월, 아내 소피야가 톨스토이의 저작 출판과 관련된 모든 업무를 도맡음. 3월 '포스레드니크'에서 처음으로 책들이 출판됨.

1886년 　출판사 '포스레드니크'를 위해 민중을 위한 이야기들을 씀.「두 아들과 황금(Два брата и золото)」,「사랑이 있는 곳에 신도 있다(Где любовь, там и бог)」,「두 노인(Два старика)」,「세 노인(Три старца)」,「바보 이반에 관한 이야기(Сказка об Иване-дураке)」,「사람에게 얼마나 많은 땅이 필요한가(Много ли человеку земли нужно)」등. 1월, 여덟 번째 아들인 알렉세이가 크루프로 죽음. 2월, 러시아 작가인 V. G. 코롤렌코와 친분을 맺음. 3월, 중편『이반 일리이치의 죽음(Смерть Ивана Ильича)』을 탈고. 11월, 희곡「계몽의 열매(Плоды просвщения)」를 집필하기 시작함.(1890년에 탈고.)

1887년 　술과 담배를 끊기 위해 애씀. 러시아 작가 N. S. 레스코프와 친분을 맺음. 1월, 알렉산드르 3세와 그 가족이 참석한 가운데 희곡「어둠의 힘(Власть тьмы)」을 낭독. 3월,《루스키에 베도모스치(Русские ведомости)》제64호에서 '포스레드니크'의 편집자가 작가의 희망에 따라 그 잡지에 발표되는 톨스토이의 모든 저작에 대해 저작권 사용료를 지불하지 않고 자유롭게 출판하기로 했다고 발표함. 8월,『삶에 관하여(О жизни)』를 탈고.

1888년 　담배를 완전히 끊음. 열세 번째이자 마지막 자식인 이반이 태어남. 첫 손주 안나(아들 일리야의 딸)가 태어남.

1889년   8월, 중편 「크로이체르 소나타(Крейцерова соната)」
를 탈고. 장편 『부활(Воскресение)』을 집필하기 시
작.(1899년에 완성.) 검열관이 「크로이체르 소나타」의
출간을 허가하지 않음. 11월, 중편 「악마(Дьявол)」를
기고.

1890년   1월, 러시아와 베를린에서 희곡 「어둠의 힘」을 초
연함. 2월, 알렉산드르 3세와 황후가 「크로이체르
소나타」를 읽음. 황제는 이 작품을 마음에 들어 했
지만 황후가 못마땅하게 여김. 1891년 4월, 발행이
금지된 「크로이체르 소나타」의 출판 허가를 소피
야가 알렉산드르 3세로부터 받아 냄. 7월, 톨스토
이가 1881년 이후의 모든 저작에 대한 권리를 포
기하되 이전 작품들에 대한 저작권은 아내에게 넘
기겠다고 발표하려 하자 소피야가 자살을 시도함.
9월, 툴라현과 랴잔현의 기근을 돕기 위한 운동을
조직. 육식과 술을 끊음. 《루스키 베스트니크》와
《노보예 브레먀》에 톨스토이가 1881년 이후의 저
작에 대한 권리를 포기한다는 편지를 기고함.

1892년   4월, 랴잔현의 네 개 군에 매일 9000명에게 식사를
제공하는 187개 식당이 문을 엶. 7월, 톨스토이와
가족들 사이에 재산 문제로 다툼이 생긴 후 톨스토
이가 모든 부동산 소유권을 아내와 자녀들에게 넘
긴다는 내용의 문서에 서명함.

1893년	1월, 희곡 「계몽의 열매」로 러시아 극작가상을 수상. 프랑스 작가인 모파상의 에세이를 위해 서문을 씀. 러시아 연극 연출가 콘스탄틴 스타니슬랍스키를 만남.
1894년	러시아 작가 이반 부닌을 만남. 2월, 1881년 이후 저술한 저작에 대한 권리를 포기한다는 톨스토이의 예전 선언을 거듭 확인해 주는 편지가 외국 신문들에 개재됨. 11월, 니콜라이 2세가 즉위함.
1895년	2월, 단편 「주인과 하인(Хозяин и работник)」을 탈고. 막내아들 이반이 성홍열로 죽음. 6월, 4000명의 두호보르교 신자들이 병역 거부 운동을 벌이자 당국이 톨스토이를 그 지도자로 지목하며 더욱 심하게 탄압함. 8월, 러시아 작가 안톤 체호프를 만나 『부활(Воскресение)』의 초고 일부를 건넴. 「어둠의 힘」이 페테르부르크 말리 극장에서 상연됨. 농노들에 대한 체벌에 항의하는 「수치스럽다(Стыдно)」를 씀.
1896년	중편 「하지-무라트(Хаджи-Мурат)」를 집필하기 시작.(1904년에 탈고했으나 작가의 생전에 발표되지 못함.) 10월, 정부로부터 탄압을 받던 두호보르교 신자들에게 원조 자금을 보냄.
1897년	2월, 페테르부르크에 가서 국외로 추방당하는 체르트코프를 배웅. 3월, 모스크바에서 병상에 누운 체호프를 방문함. 8월, 병역을 거부하는 두호보르

교 신자에게 노벨 평화상을 주자는 내용의 편지를
스위스 신문에 기고함.

1898년 캐나다로 이민 가는 두호보르교 신자들을 재정적
으로 돕기 위해 장편『부활』과 중편「신부 세르기
이(Отец Сергий)」를 씀. 논문「예술이란 무엇인가
(Что такое искусство)」를 탈고.

1899년 독일 시인 라이너 마리아 릴케를 만남.

1900년 희곡「산송장(Живой труп)」을 씀.(사후에 출판됨.)
작가이자 혁명가인 막심 고리키를 만남. 니체를 읽
은 후 그의 도덕적 '야만성'을 비난. 11월, 공자를
연구함.

1901년 2월, 러시아 정교회로부터 파면을 당함. 9월, 크림
으로 요양을 떠남. 1회 노벨 문학상 후보로 당선이
유력했으나 결국 수상하지 못함. 이 결과에 대해
많은 비판이 일자 스웨덴 학술원은 톨스토이의 아
나키스트적 성향이 노벨상 이념과 맞지 않아 수상
자로 선정하지 않았다고 공식 발표함.

1902년 1월, 톨스토이의 병이 악화되자 고리키와 체호프
가 방문함. 2월, 톨스토이가 앓던 늑막염과 폐렴 증
상이 한층 심해짐. 3월, 건강이 점차 호전됨. 5월,
톨스토이가 장티푸스를 앓음. 6월, 톨스토이가 야
스나야 폴랴나로 돌아옴. 도중에 하리코프와 쿠르
스크의 기차역에서 대중의 열렬한 환호를 받음. 차
르인 니콜라이 2세에게 전제 정치 폐기, 이주와 교

육과 신앙의 자유, 토지 사유제 폐지를 요구하는 서한을 보냄.

1903년 1월, 비류코프(톨스토이의 첫 번째 전기 작가가 됨.)의 요청으로 『회상(Воспоминание)』을 집필하기 시작.(1906년에 탈고.) 키시뇨프에서 벌어진 유대인 학살에 항의함. 8월, 단편 「무도회가 끝난 후(После бала)」를 탈고. 9월, 논문 「셰익스피어와 연극에 관하여(О Шекспире и о драме)」에서 셰익스피어를 신랄하게 비판함.

1904년 중편 「하지-무라트」를 탈고. 2월, 러일 전쟁이 발발함.(1905년에 종식됨.) 7월, 체호프가 죽음. 8월, 형 세르게이가 죽음.

1905년 단편 「코르네이 바실리예프(Корней Васильев)」와 「기도(Молитва)」를 씀.

1906년 11월, 딸 마리야(결혼 후 성이 오볼렌스카야로 바뀜.)가 폐렴으로 죽음. 노벨상 수상자로 추천되었다는 소식을 듣고 거부의 뜻을 전함.

1907년 러시아 화가인 일리야 레핀이 톨스토이의 초상화를 그림. 단편 「교회 안의 노인(Старик в церкви)」을 씀.

1908년 1월, 토머스 에디슨이 야스나야 폴랴나에 축음기를 선물함. 5월, 사형에 반대하는 논문 「난 침묵할 수 없다(Не могу молчать)」를 써서 국내외에 발표. 7월, 톨스토이가 비밀 일기를 씀(7월 18일까지).

평소에는 V. G. 체르트코프와 알렉산드라 리보브나(톨스토이의 딸)가 톨스토이의 허락 아래 그의 일기를 정서함.

1909년   자신이 죽은 후 저작 전체에 대한 권리를 딸 알렉산드르에게 맡긴다는 유언을 작성. 7월 18일, 아내 소피야가 톨스토이에게 저작 전체에 대한 저작권을 넘기지 않으면 자살하겠다고 협박함. 7월 26일, 소피야가 톨스토이에게 스톡홀름에서 열리는 국제 평화 회의에 참가하면 모르핀을 복용하겠다고 위협하는 바람에 출석하지 않음. 8월, 스톨리핀 수상에게 사형 제도와 사유 제도를 비판하는 편지를 보냄. 비서 구세프가 혁명 선동과 판매 금지본 유포의 혐의로 체포되어 추방됨. 9월, 구세프를 추방한 문제로 현 지사와 내무 대신에게 항의함. 영국의 지배를 받는 비참한 상태의 인도에 대해 간디로부터 편지를 받음. 11월, 1881년 이후의 저작권을 체르트코프에게 넘긴다는 유언장에 서명함.

1910년   6월 22일, 소피야가 히스테리 증상을 일으킴. 톨스토이가 가출하기까지 그 증상이 단발적으로 계속 이어짐. 6월 25일, 소피야가 아편 복용으로 자살을 시도한 척함. 7월 10일, 소피야가 못에 뛰어들어 자살을 시도. 7월 15일, 톨스토이가 은행 금고에 보관한 십 년 동안의 일기를 내놓으라고 요구하며(남편의 일기를 저작권을 주장할 수 있는 문학 작품으로 간주함.) 소피야가 자살 소동을 벌임. 7월 21일, 톨스토이가 그루몬트 숲에서 유서를 최종으로 정서하고 서명함.(톨스토이의 사후에 모든 저작에 대한 권리를 딸 알렉산드라에게 물려주고, 알렉산드라가 사망할 경우 다른 딸 타치야나에게 그 권리를 이양한다는 내용이었음. 톨스토이 사후에 그 저작권의 효력을 중지시키는 것이 법적으로 불가능했기 때문에 형식상 딸들을 저작권 상속자로 삼아 자신의 지적 유산을 민중에게 무상으로 제공하고자 함.) 7월 28일, 저작에 대한 권리를 포기하겠다는 톨스토이의 유언을 무효화하기 위해 소피야가 아들인 안드레이와 레프와 함께 톨스토이를 정신병 환자로 공표할 계획을 논의함. 9월 2일, 톨스토이가 없는 사이에 소피야가 그의 방들에서 '체르트코프의 혼을 몰아내기' 위해 기도식을 하고 그의 침실에서 체르트코프의 사진들을 전부 치움. 9월 6일, 소피야가 남편이 최근 들어 지력이 떨어졌다고 주장하며 아들들과 함께 톨스토이의 유언을 거부하겠다고, 차르에게 이 문제의 판단을 맡기겠다고 선언함. 9월 23일, '프로스베셰니예' 출판사가 소피야에게 톨스토이의 저작 전체에 대한 사용료로 100만 루블을 제안함. 10월 7일, 체르트코프가 톨스토이를 방문한 후 소피야가 히스테리를 일으킴. 10월 28일, 이른 새벽에 주치의 D. P. 마코비츠키와 함께 야스나야 폴랴나를 떠남. 남편이 집을 나간 것을 안 소피야가 못에 몸을 던져 자살하려 했으나 사람들에게 구조됨. 10월 31일, 톨스토이가 병세를 나타내 아스타포보 기차역에서 내림. 역장이 자신의 숙사를 제공함. 11월 7일 오전 6시 5분, 폐렴으로 임종. 11월 9일, 유언에 따라 야스나야 폴랴나의 오솔길 옆(니콜라이 형과 그가 모든 인간을 행복하게 만드는 비밀이 새겨진 녹색 지팡이가 묻혀 있다고 믿은 장소)에 영면함.

세계문학전집 356

전쟁과 평화 4

1판 1쇄 펴냄   2018년 6월 15일
1판 11쇄 펴냄   2024년 6월 21일

지은이   레프 톨스토이
옮긴이   연진희
발행인   박근섭, 박상준
펴낸곳   (주)민음사

출판등록   1966. 5. 19. (제 16-490호)
서울특별시 강남구 도산대로1길 62(신사동) 강남출판문화센터 5층 (우편번호 06027)
대표전화 02-515-2000   팩시밀리 02-515-2007
www.minumsa.com

ISBN 978-89-374-6356-3 04800
ISBN 978-89-374-6000-5 (세트)

*잘못 만들어진 책은 구입처에서 교환해 드립니다.

세계문학전집 목록

세계문학전집은 계속 간행됩니다.